JN057358

「ちがい」がある子とその親の物語 II

――自閉症、統合失調症、重度障がい、神童の場合

FAR FROM THE TREE
Parents, Children and the Seach for Identity
by Andrew Solomon

Japanese translation rights arranged with Andrew Solomon
c/o The Wylie Agency (UK) LTD, London
through Tuttle-Mori Agency, Inc., Tokyo

＊本書のデータはすべて原書刊行時のものです。

目次

以下続刊

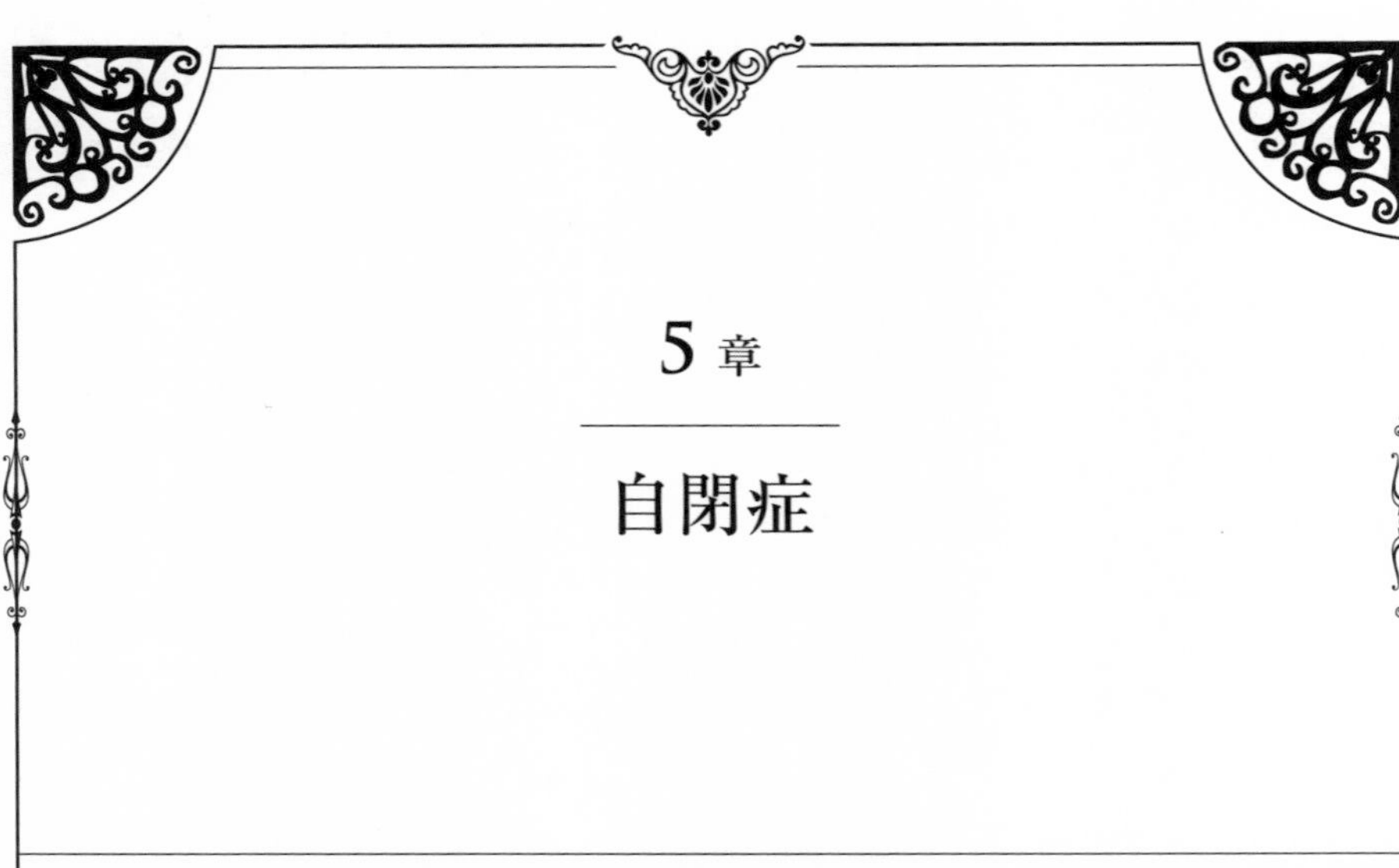

5章

自閉症

医療の進歩で、多くの病は予防や治療が可能になってきた。たとえば、いまは多くの感染症が、ワクチンで予防できたり、抗生物質で治療できる。エイズ・ウイルス（ＨＩＶ）もたいていの場合、抗レトロウイルス療法でコントロールできるようになったし、致命的ながんも完治が可能になってきた。

また、ウイルスの母体内曝露［訳注：胎児が子宮内で薬物やウイルスにさらされること］が難聴を引き起こすメカニズムがわかって、聴者の親から生まれるろうの子どもの数が減った。人工内耳［訳注：耳の聴覚を司る器官である蝸牛に電極を接触させて、聞こえるようにする器具］によって、聞こえない人の数も減った。下垂体性低身長症の治療で、低身長の人も減った。ダウン症は早期発見が可能になったことで、中絶を選ぶ人も増えたものの、以前よりはるかに効果的な治療や対処ができるようになった。そして統合失調症は、神経遮断薬で症状を緩和できるようになった。

しかし不思議なことに、自閉症者は増えつづけている。専門家のなかには、「昔なら診断されなかったケースが診断されているだけだ」と言う人もいるが、それだけでは、一九六〇年に新生児二五〇〇人にひとりだった自閉症児の割合が、今日八八人にひとりに増大した理由の説明はつかない。なぜ増加しているのか、本当のところはまだわからない。なにしろ、自閉症とはなんなのかということすら、じつはまだよくわかっていないのだから。

症状の特徴と定義

自閉症は、病気というよりも症候群である。というのは、生物学的にどこか異常があるのではなく、特徴的な行動が現れる症例をひとまとめにしたものだからだ。脳のどの部分と関係があるのか、なぜ起こるのか、何が引き金となるのかといったことについては、あまりわかっていない。つまり、自閉症かどうかを判断するには、外に表れた症状を見るしかない。ノーベル生理学・医学賞受賞者のエリック・カンデルは「自閉症を理解できれば、脳を理解できる」と言った。言い換えれば、脳を理解したときに初めて自閉症を理解できるということだ。

自閉症は、知覚経験、運動機能、平衡感覚、自分の体がどこにあるかを把握する身体感覚、内面の意識といった、行動のほぼ全般に影響する障がいだ。知的障がいそのものは、自閉症の一種とは言えない。自閉症は、社会生活に必要な機能にかかわる障がいだからだ。おもな症状には、ことばが話せない、もしくは遅れる、非言語的コミュニケーションがうまくできない、腕を上下にパタパタ振るような反復運動、乏しいアイコンタクト、友人関係への関心の低さ、自発的な遊びや想像力を使う遊びをしない、共感性や洞察力や社交性のなさ、強いこだわり、興味の対象への高い集中力、回転するものや光るものなどに対する興味等がある。

自閉症者には、比喩やユーモアや皮肉や風刺があまり通じない。また、一見わけのわからないものに愛着をいだいたり、おもちゃを本来の遊び方ではなくサイズや色で並べたりなど、強迫的で型にはまった行動に没頭する。手を噛んだり頭を何かに打ちつけるなど、自傷行為をする場合もある。さらに、多くの自閉症児はものを指さす能力が育たず、代わりに自分が示したいもののところまで人を引っ張っていく。何度も同じことばや文章をくり返すが、たいていの場合、その意味は理解していないと思われる。話し方はイントネーションに欠ける場合が多く、自分が興味のあることについては、同じ話を何度もくり返すことが多い。ものを食べるときの決まりごとや、極端にかぎられた食の好みも特徴的だ。

　加えて、自閉症者は混み合った場所や人との接触、蛍光灯や光の点滅、騒音などにことのほか敏感な傾向がある。服のタグなど些細（ささい）なことに耐えられなかったりもする。ふつうの人がうれしいと思うことに当惑するケースも多い。そして、ほとんどの自閉症児が（認識されるかされないかは別として）早いうちから症状を見せはじめる一方で、三分の一は一見ふつうに成長し、たいていは生後一歳四カ月から一歳八カ月のあいだで発育が後退する。症状が少しずつ現れる場合もある。そのため、自閉症は症状も程度もさまざまな連続体（スペクトラム）として定義される。

　こうした背景のもと、自閉症児の親の多くは、資金援助と研究の促進を求めて活動している。自閉症の因果関係の研究や行動療法［訳注：心の病を抱える人の行動に着目し、修正していく療法］の拡大、適切な学校教育、障がい者の利益、支援サービスの拡充、居住設備の拡充なども求めている。

　自閉症児の親の団体のひとつ〈キュア・オーティズム・ナウ（いま自閉症を治そう）〉は、米議会にはたらきかけて、二〇〇六年に自閉症支援法を通過させた。この法律により、自閉症と、関連する障がいにかかわる研究に、五年間で一〇億ドル（約一〇五〇億円）の投入が約束された。米国国立精神衛生研究所（ＮＩＭＨ）の所長トマス・インセルは、「ホワイトハウスからは、ほかの何よりも自閉症対策に力を入れてほしいと要請されている」と述べている。一九九七年から二〇一一年のあいだで、自閉症について書かれた本や記事の数は、それまでの六倍に増えた。これほど積極的な運動が起き、しかも活動団体側が勝利を収めているのは、エイズの危機が高まったとき以来だろう。

どう愛したらいいのか

障がいを、〝奇妙だけれど美しい場所〟にたとえた『オランダへようこそ』〔訳注：ダウン症の子の親エミリー・キングスレーが著した有名な寓話。全文は本書第一巻4章参照〕への痛烈な批判として、ある自閉症児の母親が書いた『ベイルートへようこそ』がある。こちらは、自閉症の子どもを育てることを、突然、紛争地帯のまっただなかに置き去りにされたようなものだとたとえている。壁に排泄物をなすりつける、極度に興奮した状態で何日も眠らない、人とかかわったり会話したりしない、やみくもに暴力をふるう……といった性向が見られるからだ。

こうした症状の治療法はない。もちろん自閉症児を教育することはできるし、投薬や食事の指導、生活様式の改善によって、抑うつや不安、その他の心身の問題を緩和できる可能性もある。それでも、ある特定の個人に対して、どの治療法が効果的かを見きわめるのはむずかしいし、いらだたしいことに、多くの子どもはどんなかたちの治療にも無反応な場合が多い。それに、もっとも効果的だと報告されているいくつかの治療は、多くの人手が必要なうえに高額ときている。効いているかどうかを見きわめるただひとつの方法は、長期間治療を続けてからやめることだ。

さらにやっかいなことに〝覚醒〟についての逸話がいくつもあるため、親たちはいつ起きるともわからない奇跡を起こそうと必死になる。現実には、そうやってがむしゃらに治療に金をかけ、破産寸前まで行っても、結局わが子の憂慮すべき行動は解決されないことが多い。ほとんどの親は、最終的には治療できない部分を受け入れ、治療できそうなことにだけ専念する。だが、自閉症はそれをもあっさりと裏切る。

昔から「自閉症は愛する能力が育たない」とよく言われる。親は、自分の愛情に応えてくれない子どもをどこまで愛せるのか——私はここに興味があって取材を始めた。自閉症児は、自分だけの世界にこもっていて、親から慰められたり励まされたりすることも、逆に親を喜ばせるためにがんばったりすることもないように見える。そもそも感情がないのか、それとも表情に出ないだけなのかの区別がつきにくいので、親はひどくストレスがたまりがちだ。

自閉症者をどう愛したらいいのかという問いは、もはや永遠に解けない数学の問題のようだ。もし、本当は愛情を受け取ることができるのに与えられなかったら、本人はまちがいなく苦しむ。また、もし愛情を受け取ることができないのにたくさん与えられたら、その愛情は無駄なのかもしれない。どちらにしてもつらい選択だ。何よりの問題は「感情は無償では提供できない」ということだ。誰にとっても、自分の愛情に応えてくれない人間を愛しつづけるのは至難の業だ。だが私が取材で得たのは、世に広がった考えとはちがい、そうした愛によってほとんどの自閉症児が、少なくとも最終的には不完全ながら他者に愛着をもつようになる、ということだった。

セス

ベッツィ・バーンズとジェフ・ハンセンは、子どもをひとりしかもたない計画だった。それなのに、娘のセスが二歳になるころ、ベッツィはもうひとり子どもが欲しくなり、ほどなく妊娠した。彼女は羊水検査を希望した。「ジェフに言ったわ。『何か異常が見つかったらどうする?』って。そうしたら彼は、『その子を愛してやるだけさ』って。障がい児でも愛そうって約束したの。すでにそういう子どもを育てているとも知らずに」

セスは、赤ん坊のころから喜んでひとり遊びをする、手のかからない子だった。だがしばらくすると、ベッツィとジェフはセスがしゃべらず、おなかがすいても決して「ミルク」と言わないで、ただカップを持ってくるだけなのを心配しはじめた。かかりつけ医は、初めての子育てで不安になりすぎているのだと言ってベッツィを安心させた。そうこうするうち、英語教師のジェフがミネソタの高校で仕事を見つけ、家族はミネアポリス郊外のセントルイス・パークに引っ越した。

ベッツィが母親たちのグループに参加し、ほかの母親たちの話に耳を傾けたのは、セスが三歳のときだった。「青くなったわ。よそとうちとでは、何かがひどくちがっていたから」。ベッツィは地元の保健局に連絡し、早期介入プログラム［訳注：障がいのある子に早いうちからカウンセリングほかさまざまな支援をする］が必要かどうかを尋ねた。評価員は言った。「娘さんが、私の顔ではなく宝石に興味を示すのは心配です。ただ、このことがあなたやご主人がした何かに関係があるとは考えないでください。それから私が自閉症ということばを使っても、どうか怖がらないでください」。ジェフは、公共図書館に行って自閉症について調べた。「貸し出しカウンターに自閉症の本を何冊もどさりと置いたときの、図書館員の驚いた顔が忘れられないよ」

自閉症への主な対策は早期介入だ。ベッツィはセスをすぐにある幼稚園に連れていった。その教室には、健常児に混じって要支援児も何人かいた。セスはそこで言語療法と作業療法、理学療法、音楽療法を受けた。それでも、ほかの子とのちがいはひどくなり、自傷行為と不眠も出てきた。セスが四歳になると、夫妻は神経科医に会いにいった。医師は言った。「この手の質の高い早期介入プログラムを受けてもしゃべりださない場合は、一生しゃべらないでしょう。あなたがたはそれに慣れていくべきです。お子さんは重度の自閉症です」

セスは人生で四回だけ、ことばを発したことがある。いずれの場合も、発したことばは状況に合っていた。最初はセスが三歳のとき。ベッツィがクッキーを与えると、それをベッツィに押し戻し、「ママが食べて」と言ったのだ。ジェフとベッツィは目と目を見合わせ、彼らの世界が変わるのを待った。それから一年間は何もしゃべらなかったが、ある日ベッツィが立ち上がってテレビを消そうとすると「自分のテレビが欲しい」と言った。さらに三年後、学校で電気のスイッチをいじりながら言った。「誰が電気をつけっぱなしにしたの?」。四回目は、ある日セスのクラスにやってきた人形使いが、「やあ、みんな! カーテンの色は何色?」と訊いたときで、セスは「紫」と答えた。

文章を組み立ててことばにできるということは、沈黙の下になんらかの理性があることを示唆している。「セスにとって、話すことは交通渋滞みたいなものだと思ってるわ」とベッツィは言った。「あるいは、混線して考えが口まで到達しないみたいな」。まったく話をしない子どもを育てるというのは、とてもつらいことだがある意味でわかりやすい。しかし、たった四回でも話したことのある子どもを育てるのは、ぞっとする暗闇のなかを進むようなものだ。もし発話可能な段階まで交通が整理されたら、適切な治療で問題を解決することができるのだろうか? ベッツィはセスに話しかけるとき、この子はすべてを理解しているかもしれないし、まったく伝わっていないかもしれないという不可知論［訳注:物事の本質は人間には認識できないという態度］に徹するしかなかった。

「あの子のなかには文字がないのかもしれない」とベッツィは言った。「だけど、どこかに未開の知性が宿っていると信じている。私は彼女の魂が囚われていないかを心配してるの」。セスは子ども時代にIQ五〇と診断され、知的障がいとみなされたが、直近にみてもらったセラピストは、知的障がいはないと思うと言った。

私が会ったとき、セスは一〇歳で、大喜びでクレヨンをたくさん抱え、テーブルと紙の上にクレヨンを走らせていた。紙が終わってテーブルに移るときの感覚が好きらしい。ほんのいっときながら、突然人の顔も描きはじめた。細長い輪郭、目と口、帽子……、そこでセスは手を止めた。「何かが出てこようとしてたのね」とベッツィは言った。「ことばを言うときに何かが出てくるみたいに」

セスがまだ小さかったとき、歯の治療で麻酔をされたことがある。そのときベッツィは一瞬、この子が麻酔で死んだら楽になるのに、と思ったという。「母は『あなたはセスをみじめな状態から救ってあげたいだけなのよ』と慰めてくれた。でもセスは、いつもみじめというわけじゃなかった。みじめなのは私だった。正気じゃなかったの。セスが麻酔から醒めたとき、私はあの子の青白い肌と白っぽい金髪、高い頬骨に目をやった。そして悟ったの。これから新しい関係をつくっていくんだ、と。だって、彼女はこれからもずっとここにいるんだから」

セスがどの程度まで人を認識しているのか、あるいは人に関心があるのかは、はっきりしない。「ときどき家具になったような気分になる」とベッツィは言った。「セスが体をすり寄せてくるときですら、ただ押すものが欲しいだけなんじゃないかと思ったりするの。『ああ、ママを愛してる』じゃなくて、『これ、あったかい。押してみよう』みたいな」

ベッツィはこの時期のことを、*Tilt*［訳注：ティルトとは心理的に動揺し、膠着した状態のこと］という小説に書いた。そのなかには、セスとの日常も綴られている。「行動学の専門家がこう言ったことがある。セスが癇癪を起こしたからといって食べ物をあげると――ちなみに、食べ物を欲しがっていることは、彼女が戸棚のそばに立って掌のつけ根で戸棚を叩くことからわかる――癇癪を起こせば報酬がもらえるということになり、賄賂を渡して言うことをきかせたのと同じだ、と。しかし、何もかもわからない世界で、どうしたらそうせずにいられるだろう。セスは顔を輝かせながら、ひたすら同じことをくり返す子になっている」

別のくだりでは、こんなことが書かれている。「私がセスの様子を見ようとお風呂に戻ると、彼女は楽しそうにバスタブのなかに浮かんでいる。小さな茶色いものをまわりにぷかぷか浮かせて。その小さな茶色いものは崩れかかっている。うんちだ。私は叫び声をあげる。出て、出て、出て！　あの子にそのことばがわかるなんて、どうして思ったのだろう。セスはずっと微笑んだままだ。私がそこから引っ張り出すと、もうだいぶ体重のあるセスは倒れてすべり、バスタブの横に体を打ちつける。髪はうんちだらけ、私の手もうんちだらけ。あの子は笑っている。うんちを流すまでバスタブには戻せないけれど、重いからシンクに抱きあげることもできない。だから床にタオルを敷いて、シンクで手ぬぐいを濡らし、それでセスの頭をごしごしふいて、まわりをお湯が流れていくのを見つめる。それからセスの脚の黒ずんだ傷穴に気づき、そっとつぶやく。すばらしい。傷口にうんち」

ジェフとベッツィは、セスのために家を改造せざるをえなかった。彼女の手が届かないように、吊り戸棚を床から二メートルほどの高いところに設置した。セスが変なものを入れてしまうので、冷蔵庫には南京錠をつけた。セスはひと晩じゅう寝なかったりまわりのものに体当たりしたりした。だから何度も入院した。医師からはくり返し施設入所を勧められた。とうとうベッツィはひどいうつになり、入院までした。「こんな目にあうのが、私じゃなくてほかの誰かならいいのにと思ったわ」とのちにベッツィは言った。

セスが妹のモリーの首を絞めようとしているのにジェフが気づいたのは、ベッツィの退院が近づいたある日のことだった。ソーシャル・ワーカーが、セスを施設に三カ月あずける段取りをつけた。「彼らは私に、それが永遠になるとは言わなかった。そんなことを言ったら私が死んでしまうと知っていたから」とベッツィは言った。「二〇〇〇年の一月一日、あの子は私たちの家を永遠に去った」。セスは七歳だった。

施設長はベッツィとジェフに、セスが環境に慣れるまで、少なくとも一カ月は訪問しないようにと伝えた。セスは施設でどうにかすごしているようだったが、ベッツィには耐えられなかった。数週間後のセスの誕生日、ベッツィはふたたび入院した。「あの子の一部だったものを捨てるのは、あの子を捨てるような気分なの。南京錠も高い吊り戸棚も、セスがいっしょに暮らしていたときの思い出として残してあるわ」

ベッツィは、障がい児の母親を支援するグループに入っていた。そのメンバーが、地域にグループホームを建設するよう求めて活動してできたのが、セスが入った施設だった。私が初めて会いにいったとき、セスはすでに施設で二年以上すごしていた。そこで暮らしているひとりに脳性麻痺の少女がいて、母親が帰るときにかならず泣いた。ベッツィは言った。「妹と話をしていたときに、私が『セスは私が帰るときに泣いたりしない』と言うと、妹は『もしセスが泣いたらどんな気分になるか、想像してみて』と返したわ」。セスのような子どもの親は、自分たちの愛情が子どもにとって無意味なのではないかと怖れている。また、自分たちの愛情不足が子どもに悪い影響をおよぼしたのではないかとも怖れている。どちらの怖れのほうがよりやりきれないかは、なんとも言えない。セスの入所から三年後、ベッツィが言った。「規定の日に会いにいかないと、ものすごい罪悪感を覚えるの。母親グループのある女性は『それは、一日行かなかったらずっと行かなくなるんじゃないかって怖れているからよ』って言った。いまは、施設への訪問を嫌だと思う自分をあえて受け入れるようにしているわ」

私とランチをしていたとき、ベッツィがすまなそうに言ったことがある。「セスが入院していて、病院から連絡があるかもしれないから、携帯電話をここに置いておかないと」。私が、それはお気の毒に、おつらいでしょうねと言うと、「その反対よ」と彼女は言った。「母親として、あの子の役に立ってると感じられる機会だもの」

次第に、セスに変化が見られるようになった。「ある日の帰りぎわ『キスしてちょうだい！』って言ったら、セスが私の顔に顔をすり寄せたの。職員のひとりが言った。『セスがママにキスしてる！』。あの子が、ほかの人にはそういうことをしないとは知らなかった。それが私たちの言うキスなのかどうかもわからないけれど、セスのまわりの空気がとても柔らかかったから、あれはキスだったと思うわ」

ベッツィは一度、セスの世界をこんなふうに説明してくれた。

「あの子にとって音と感覚は、チューニングの合っていないラジオみたいなものなのかもしれない。つまり、世界はそんなふうにして彼女のなかに入っていくというか……。世界は、雑音とか要求とかささくれとか、電話の音、ガソリンのにおい、下着、計画や選択といったかたちで彼女のなかに入る。セスは自分の足をきちんと包んでくれる靴をはくのが大好きなの。ときどき春に、その感覚を味わうためだけにブーツをはくことがあるくらい。それからフライドポテトも。あのカリッとしたしょっぱい感じが大好きみたい。みんなもそうでしょ？　サルサとか、口に刺激を与えてくれる食べ物も大好きよ。それに、何かの下にもぐりこむこともすごく喜ぶ。ドライブに出かけたり窓から外を見たりするのも、すごく好き。人の肘（ひじ）の柔らかい皮膚も好きで、よく誰かを追いかけて肘を触ろうとしてた。

あの子の感覚のことを考えたければ、ただちょっと子どもに戻ればいいの。それは私の感覚でもあるから。私は落ち葉の上を歩くときのパリパリした感触がとっても好きだし、薄い氷の上を歩いて氷がパキパキいうのも好き。近づきすぎるのが嫌なものや、長いことさわっているのが嫌なものもいくつかある。私の母が持っていた、すごく柔らかくて手ざわりのいいビーバーの毛皮のコートも好きだったわ。そばに寄りたくないものもたくさんある。たとえば、リムジンを見るとぞっとする。長ければ長いほど。でも、セスとちがって私はいつもことばを並べ替えて遊んでた。どれとどれがくっつくか、どれとどれが分かれるか、どれとどれが合わないか理解したかった。セスはそういうのは嫌い。あの子は知性を無理やり遠ざけてる。だから、こっちも感覚的にならなくちゃ。それが彼女を理解する唯一の方法なのよ」

ベッツィが会いにいくと、セスはコートとブーツを持ってきて、外に出たいと示す。反対に、出かけたくないときはベッツィのコートを取り、断固とした態度で床に置く。「あの子は何かをしてる。そこに意味があることを知っている」とベッツィは言う。また、手話をいくつか知っていて、〝もっと〟、〝お願い〟、〝行く時間〟、〝外〟、〝水〟、〝ジュース〟などを唐突に手話で言うことがある。「あの子のことばを憶えなければ。そのことばは、私たちのことばが彼女にとってわけがわからないのと同じように、私たちにとってわけがわからないものかもしれないけれど」

ベッツィは、水泳をしているときはセスと心地よく過ごせる。だが、そのためにはプールという公共の場に行かなければならない。私と会った直後のある日、ふたりはセントルイス・パークのレセプション・センターにあるプールに行った。到着したのは閉館の一時間前で、たくさんの家族がいた。セスは着くなり水着の下を脱ぎ、水のなかで排便し、自分の排泄物で遊び、裸で走りまわって誰にもつかまえさせなかった。母親のひとりが金切り声をあげた。「汚物よ！　汚物！」。たちまちそこにいた全員が、子どもを引っ張って水から上がらせた。監視員が笛を吹いて叫び、セスは混乱のただなかに立って、けたたましい声で笑っていた。

私はセスの一〇歳の誕生日に、ジェフとベッツィ、モリーといっしょにグループホームを訪ねた。ケーキを持っていったが、安全のためにろうそくは持っていかなかった。プレゼントが買い物袋から取り出されると、セスはその買い物袋のなかにもぐりこみ、じっとしていた。彼女が気に入ったただひとつのものはリボンで、それをからませたりほどいたりしつづけた。「決められた日常を乱すこういうパーティは、セスにとっては苦痛なのかもしれないな」とジェフが言った。「誰のためにこうしているのかわからなくなるよ」

実際のところ彼らの目的は、セスが両親に愛されていること、だからきちんとセスの面倒をみてもらいたいと職員に示すことだった。「われわれが部屋に入ってくるのを見たとき、セスの頭にはどんなことが駆けめぐったんだろう」とジェフは疑問を口にした。「ああ、あの人たちがまた来た、って感じなのかな」

ベッツィは、ひっきりなしにいろいろな人がいろいろな治療を提案してくると言った。『ビタミン療法は試したか？』『聴覚訓練はやってみた？』『食物アレルギーがあるからでは？』なんてね。聴覚統合訓練も試したし、ビタミン療法ってやつも感覚統合療法も試したわ。小麦とコーン、それからグルテンと乳製品を取り除く除去食もやった。カゼイン〔訳注：牛乳やチーズに含まれるタンパク質〕も、ピーナッツバターもとらないようにした。何か変わるんじゃないかと期待して。でも最後には、あの子のことをあきらめたって気持ちにさいなまれる。まだ、できること全部を試したわけではないのにって。ロシアに行くとか、自分の首を切り落とすとか。鞭で打つ？　生け贄（いけにえ）を捧げる？　ルルドの奇跡の泉を訪ねる？このあいだは、障がい児の親たちが研究センターを立ち上げたという記事を読んだわ。一週間に四四もの治療がおこなわれているとか。その治療を全部試したらわが子はふつうになるかもしれないと思っても、お金がない親にとっては本当にきついでしょうね。でも、セスはあのとおりの子で、私は彼女の特徴をよくわかっている。私にできるのは、あの子にとって何が心地よくて何が心地よくないのかを知ろうとすることだけよ」

セスは周期的に暴れる。グループホームの職員にものを投げつけたり、自分から床に体を打ちつけたり、自分を噛んだりする彼女を、医師たちは薬で抑えようとした。私がセスとかかわった九年のあいだでも、エビリファイ、セロクエル（いずれも統合失調症薬）、アティバン（抗不安薬）、デパコート（躁治療薬）、トラゾドン（抗うつ薬）、リスパダール（統合失調症薬）、アナフラニール（抗うつ薬）、ラミクタル（抗てんかん薬）、ベナドリル（抗ヒスタミン薬）、メラトニン（松果体ホルモン）、ホメオパシー療法薬のカームスフォルテを処方された。彼女に会うたびに、新しい薬になっていた。

最初の出会いから数年後、なぜか、グループホームの職員も手に負えないくらいセスの破壊行動がひどくなったことがある。ベッツィと職員がセスを救命救急室に連れていくと、看護師は、精神科の指導医が入院を許可するまで待ってもらいたいと説明した。「わかりました」とベッツィは言った。「でも、この子はここでは耐えられませんよ」。一時間半後、セスは自動販売機に体当たりをしていた。さらに二時間後、ようやくベッツィが呼ばれてセラピストと話をしていると、待合室から悲痛な金切り声が聞こえてきた。窓を叩き割ろうとしたセスを、警備員がクッション壁におおわれた部屋に連れていくところだった。ドアに体当たりして逃げようとするセスを、看護師と施設の付添人と警備員が三人がかりで部屋に押しこめようとしていた。彼らは武装した警備員をふたり呼んで、部屋の外に待機させた。「なんてこと」とベッツィは言った。「そういうものが必要なのね。拳銃が」

セスは八日間入院し、その間、医師があれこれと投薬を試みたが、すでに試したことのない薬はほとんどなかった。グループホームに病院から電話があった。「シリアルを食べさせてもだいじょうぶですか？　一日に一〇杯でも食べたいようなんですが」。退院したセスは五キロ近くも体重が増えたが、行動に関する改善は見られなかった。

その間、家族はジェフの双極性疾患にも対処しなければならなかった。その負担は家族にずっしりと重くのしかかった。ベッツィは、ジェフがいつも正気でいられるかどうかわからない、とグループホームの職員に言わざるをえなかった。「ジェフの面目をつぶしたり恥をかかせたりはしたくない。彼を愛しているから。でもセスのために、どうしてもしなくてはならない電話だった。ジェフは、もしもセスが自閉症と診断されていなければ、自分の双極性疾患も発症しなかっただろうと思っている。甘い考えかもしれないけど、私のうつにも同じことが言えると思っている。セスを愛するがゆえに起きたことなんだって」

セスの入所から三年のあいだで、ジェフは混合性躁病エピソード〔訳注：うつが混合した極度の躁状態が長く続くこと〕で二回入院し、ベッツィはうつで三回入院した。「脳の構造がちがう人なら、きっとこの状況にも難なく対処できるんだろうね」とジェフは言った。「でも、われわれふたりは精神科病棟に入るしかなかった」

ベッツィはセスに、一般的なティーンエイジャーが着るような服を着せるのをあきらめた。ここ何年ものあいだ、オーバーオールが彼女のユニフォームだ。グループホームでは、セスのほかにもうひとり、エメットという名の重い自閉症の少年がいて、ふたりは友だちになった。セスと同様、エメットも絶えず取り乱し、不眠になり、ときには暴力的になったり大量の薬を処方されたりしていた。

ある日ベッツィがセスの部屋に入っていくと、エメットがいっしょにいて、ズボンとオムツを脱いでいた。「まさぐっていた、と言ったらいいのかしら」とベッツィは言った。セスは窓辺を行ったり来たり走っていた。ふたりきりにしてはいけないことになっていたのに、介護者がよそで起きた緊急事態に対処するためその場を離れたすきに、こんなことになったのだ。「セスとエメットが恋愛をするなんてことはありえない。でも、いっしょにいるとうれしいとは思っているのかもしれない」とベッツィは言った。「ふたりともつらい人生をおくっているから、いっしょにいることでささやかな幸せを見つけたのかもしれないわね」。しかし、グループホームの職員は、そういうことを大目に見たりはしないし、妊娠の危険は関係者全員が憂慮すべき事柄だった。

「いろんな人から『そんな生活がよく続けられるわね』と言われるけど、朝起きて『もうこんな生活は無理』なんて言うわけにはいかないでしょ」とベッツィは言い、私が「なかには、もうやらないと決めて、すべて行政にまかせる人もいますよ」と答えると、「でもね」と続けた。「そんなのまるで、熊手で内臓を引きずり出されるみたいだわ」

ある夜、学校から帰ってきたモリーが、「神様はなんでもできるのなら、どうしてセスの自閉症をなくしてくれないの？」と訊いてきた。ジェフが「たぶん、セスはああなるように決まっていたんだ」と答えると、モリーは声高に言った。「神様はパパのなかにもいるし、ママにもいる。このテーブルにもいるし、どこにでもいるんでしょ」。ベッツィも続けて言った。「そして、セスのなかにもいる」

後日、ベッツィは私に言った。「調子のいい日、私にはセスのまわりに神様の光が見える。でも調子の悪い日には神様に、どうかわかってくださいと懇願する。それが自閉症というものなの。セスは禅問答のようなものよ。なぜセスは自閉症なのか？　それはセスが自閉症だから。セスでいるというのはどんな感じなのか？　それはセスでいるということである。なぜならほかの誰もセスにはなれないから――。私たちは決して、それがどんなものなのか知ることはできない。ただ、そうだからそうなの。たぶん、何も変えることはできない。変えようとすることは、もうやめるべきよね」

自閉症者は十人十色

自閉症（オーティズム）とは、一九一二年にスイスの精神科医オイゲン・ブロイラーが「思考が論理と現実の両方から分離している」状態を表すために使いはじめたことばだ。今日われわれが自閉症に分類している症状は、長年〝児童統合失調症〟の一種と見なされていた。ところが一九四三年に、オーストリアの精神科医でアメリカに移住したレオ・カナーが、自閉症を独立した障がいだと論じた。彼が〝自閉的な（オーティスティック）〟ということばを使ったのは、研究対象の子どもたちが極度に周囲から孤立していることを強調するためだった。

カナーは、自閉症は〝母親の愛情不足〟によって引き起こされると信じていた。そしてこの考えが、影響力のある精神科医マーガレット・マーラーによってさらに広められた。倒錯した欲求をもつ母親が奇形児や問題児を生むというとんでもない理論は、低身長やその他の身体的異常に関しては葬られて久しかったが、精神的な問題を抱える子どもに関しては根強く残っていた。幼いころの経験が子どもの発達に影響する、というフロイトの理論とも自然に合致した。

「愛情のない親のせいで子どもが自閉症になる」というカナーの理論は、〝冷蔵庫マザー〟［訳注：母親の冷淡さが子どもの自閉症に関係しているという意。一九四〇年代につくられたことば］につながった。のちに彼は、自閉症は先天性かもしれないと認めたが、二〇世紀なかば、心理学者のブルーノ・ベッテルハイム［訳注：自身もうつを抱え、経歴詐称や患者への問題行動などがあった］が、「小児自閉症の増悪因子は、わが子がいなければいいのにという親の願望である」と言い、ふたたび物議をかもした。

一九五四年から自閉症を研究しているイザベル・ラピンは、私にこう語った。「かつて自閉症は、高い知性をもちながらも精神的に不安定な子どもに起きる、難解でまれな精神障がいだとされてきました。母親のせいで引き起こされ、精神分析で治療をする。その目的はガラス玉を割って蝶を飛び出させることだ、と。高機能の自閉症者がいるとは誰も信じていませんでした」。だが、自閉症の息子の父であるバーナード・リムランドは、一九六四年に『小児自閉症』（海鳴社）という本を書き、自閉症を完全に生物学的な側面から説明した。

翌一九六五年には、自閉症児の親たちが全米自閉症児協会を立ち上げた。その第一回会合では、メンバーがみな小さな冷蔵庫型の名札をつけたという。「私たち母親は謝罪が欲しかったのです」と言ったのは、高機能自閉症者として有名なテンプル・グランディン［訳注：米の動物学者。高機能自閉症ながら多くの功績を残した。オリヴァー・サックスの『火星の人類学者』にも登場］の母親、ユースティシア・カトラーだ。「私たちにはその資格がありました。父親たちにも」

一九四四年、オーストリア人小児科医のハンス・アスペルガーは、カナーが研究していた子どもとよく似た症状をもつ四人の子どもの症例研究を論文として出版した。しかし、カナーが英語圏の精神医学界で絶大な影響力をもった一方で、アスペルガーの論文は一九八一年までドイツ語圏で知られるだけだった。カナーと同様アスペルガーも、被験者たちにめざましい成長をとげる可能性があると信じていた。また、被験者たちの長所も認識していた。たとえば、豊かな創造力や非常に洗練された芸術への嗜好（しこう）、年齢に比べて高い洞察力などだ。ただしアスペルガーは、自身の研究した症状のことを「子どもにプレッシャーをかけて、その子に失望すると背を向けた、上位中流階級の親たちの苦悩の現れ」だと信じていた。

今日では、アスペルガー症候群の子どもは幼少期から非常に言語感覚がすぐれているが、ことばを特異な方法で用いることが多いとわかっている。概して認知面ではふつうの発達を見せ、多少の不器用さはあるものの、人との交流にも興味を示すことも。あるアスペルガーの青年が立ち上げたウェブサイトでは「共感とは、相手の感じていることを正しく推測できること」だと説明している。とはいえ、彼らにはしばしば基本的なコミュニケーションの能力が欠けているし、自分から会話を先導するよりも相手に応えるほうが居心地よく感じることが多い。アスペルガーが患者たちを〝小さな教授〟と表現したように、彼らは典型的な自閉症者よりも自分たちの症状をよく認識している傾向があり、そのためうつ病を発症する者が多い。

近年、米国精神医学会では、アスペルガー症候群の人々を自閉症スペクトラム障がいに分類するようになった。ここには、重度の自閉症者や、小児期崩壊性障がいなどの関連障がいと診断された人々もすべて含まれる。それだけ、これらの診断を明確に線引きするのはむずかしいということだ。

アスペルガー症候群のことを高機能自閉症と呼ぶ人もいるが、社会性に欠陥を抱えている場合、豊富な語彙（ごい）が役に立つとはかぎらない。自閉症者の多くがぼんやりと上の空のように見えるのに対して、アスペルガー症候群の人はつねにせかせかと忙しそうに見える。相手に近寄りすぎたり、よくわからない事柄についてひっきりなしにしゃべったりすることもある。

ある研究者は、アスペルガーの人にインタビューしたときのことをこう語っている。一見とても感じのいい人物で、非常に楽しく会話ができた。しかし翌週会うと、また同じ会話が始まり、さらにその翌週も、また同じ会話が始まった、と。別の精神科医は、数学の天才でIQが一四〇あり、ことばも達者だが社会性のない患者の話をしてくれた。マクドナルドのカウンターでかわいらしい女性から、今日は何にしますかと尋ねられた彼は、「きみの股をさわらせて、お願い（プリーズ）」と言った。警察がやってきたとき、彼はただただ当惑していた。彼にしてみれば彼女の質問に答えただけだからだ。それも「お願い（プリーズ）」と丁寧に。

作家、教授、牛の管理施設の設計者という肩書きをもつテンプル・グランディンや、〈自閉症自己支援ネットワーク〉の創設者アリ・ネーマンのような、自閉症スペクトラムの有名な大人たちは、社会できわめてうまくやっており、良好な対人関係も築いている。それでも、ふたりの話によれば、そうした技術はあとから学んだもので、今日社会的交流を楽しめているのも、終わりのない学習がもとになっているという。グランディンはこう書いている。「私の心は、画像だけを拾うインターネットの検索エンジンのようにはたらく。頭のなかのインターネットに画像をためればためるほど、新しい状況でどのようにふるまえばいいかのサンプルが得られる」

自閉症スペクトラムの人々の多くは、演劇のレッスンのように微笑み方や泣き方を憶える。自伝『眼を見なさい！――アスペルガーとともに生きる』（東京書籍）の著者ジョン・エルダー・ロビソンは、何時間もかけて人間の表情を憶え、人の表情の意味を理解したり、自分も表情をつくったりできるようになったと述べている。「ぼくには目を見るというのがどういう意味かすらわからなかった。だから自分をとても恥ずかしく思っていた。でもその意味がやっとわかり、もう恥ずかしくなくなった。成長するにつれ、ぼくはふつうにふるまうことを自力で学んだ。いまでは、平均的な人ならひと晩くらい、あるいはもっと長い時間、うまくだますことができる」

どんな自閉症者も、独特の長所と短所をもっている。ある分野ではきわめて高い能力を発揮するが、それ以外の分野はまるで不器用という人もいる。加えて、重度の人と軽度の人ではかなり症状がちがうため、自閉症スペクトラムを普遍的にとらえるのはなかなかむずかしい。

二〇代のころ、私は自閉症の男性と友だちになった。彼は七歳になるまでしゃべらず、おもしろくもないことに笑い、社会的な機微に疎かった。その一方、理知的で几帳面で、とてつもない速さで暗算ができ、株取引でまたたく間に財産を築いた。また映像記憶の持ち主で、すばらしい美術品を集めていた。ある週末に訪ねていくと、彼はCDプレイヤーでフィリップ・グラス（米の作曲家）の音楽をかけた。そこから、何度くり返しても充分ではないといわんばかりに、週末のあいだじゅうずっとかけつづけた。また別のときは、私が今度ロサンジェルスに行くと言うと、市内のありとあらゆる場所への道順を説明してくれた。かつてロサンジェルスに魅せられ、四カ月滞在して毎日一〇時間ドライブしていたのだと言って。

その後、私たちは、彼が自分のした心ない行為を認めなかったために仲たがいをしてしまった。私は、彼が社会規範にしたがえないのはただの見せかけだと思っていた。治すことのできない疾患が私たちの友情をむしばんでいたとわかったのは、ずっとあとのことである。

アナ

詩人のジェニファー・フランクリンは、自分の表現力に見合う素材を、重度の自閉症を抱えた娘アナ・リビア・ナッシュのなかに見いだした。ここに紹介する詩は、ジェニファーがアナについて綴ったもので、ギリシャ神話にある、娘のペルセポネを失ったデメテルの話を下敷きにしている。娘を冥界に奪われたデメテルは、とてつもない喪失感に襲われ、娘がいなくなる一年の半分のあいだ、世界を冬にした。

私はあなたの叫びをけっして聞かない
なぜなら

本当のことであってほしくないから
あなたが苦痛に泣き叫ぶあいだも

太陽は木の葉のあいだから輝きつづけた
そんなの、正しいことじゃない
……

あなたの母親でない人はみな

私を慰めようとした。私は誓った
ずっと笑わずにいることを

破壊という愕然とするほど新奇な出来事のさなかでさえ
この誓いを守りつづけるのが
これほど簡単だとは
思ってもみなかった

アナは、おもちゃで奇妙な遊び方をする子だった。たとえば、ひとつずつつかんでは、まるで目録でもつくるかのように注意深く眺め、自分のうしろに置いた。また、ベビーベッドのなかで目を覚ましては、ひとり言を言っているような声を出した。指さしをしたことは一度もなかった。

　ジェニファーは小児科医を何度も訪ねたが、そのたびに心配ないと言われた。アナが二歳になる直前、ジェニファーは親子学級に参加した。するとすぐに、アナよりもほかの子どもたちのほうが自分に話しかけてくることに気づいた。「そのときふいに、自分が無理をしてアナの注意を惹いていたことに気がついたの」とジェニファーは言った。

　ふたたびアナを小児科医のところに連れていった。小児科医はまたもやだいじょうぶだと言ったが、ジェニファーが「以前ほどしゃべらなくなった」と言うと態度を変え、すぐに小児神経科医を紹介した。コーネル大学メディカル・センターの臨床医は、アナをＰＤＤ‐ＮＯＳ——特定不能の広汎性発達障がい（批判的な人々は、ＰＤＤを〝医者が診断をくださなかった（フィジシャン・ディドゥント・ディサイド）〟の頭文字だと揶揄（やゆ）する）と診断した。アナは自閉症にしては愛情を示しすぎている、とのことだった。「今日は病院を離れないでください。それから自閉症についても調べてみてください。この子の症例には当てはまらないと思うのですが」と医師は言った。ジェニファーはこのどっちつかずの診断を「ひどい仕打ちだった」と語った。

　ジェニファーの夫ギャレットはがんの専門医だったから、死と病気には慣れていた。だが、昔からすべてを計画どおりに進めるのがモットーだったジェニファーには、完全に不意打ちだった。それについて、こんな詩を書いている。「一瞬のうちに／あなたを失っただけじゃない／私は無限の可能性を捨てた／あなたのまえに広がっていた可能性を」

その後、自閉症児の教育について調べ、アナに早期介入プログラムを受けさせることにした。それに加えて、一時間につき二〇〇ドル（約二万一〇〇〇円）をコンサルタントに支払い、毎週四時間、アナに行動療法を受けさせた。そのコンサルタントは、州の助成で地元のセラピストを指導し、アナの訓練にあたらせた。ジェニファーとギャレットはマサチューセッツに所有していた別荘を売り、すべてを訓練に注ぎこんだ。ジェニファー自身、一週間に二〇時間、セラピストとともに自閉症について学んだ。アナは四五分続くこともある癇癪を何度も起こし、ジェニファーの腕はあざと引っかき傷だらけになった。

それでも、アナは自宅でおこなう、しっかり形の決まった行動療法にはいい反応を示しているようだった。そこで四歳のときに、アナはリード・アカデミーに入学した。そこは、ニュージャージー州ガーフィールドにある、生徒二四人、教師二六人の学校だった（当時のニューヨーク市には、その行動療法を取り入れている学校はなかった）。ギャレットは仕事の関係でニューヨークに残らなくてはならなかったが、ジェニファーはアナのためにニュージャージーに引っ越した。

リード・アカデミーは、応用行動分析（ＡＢＡ）を取り入れていた。これは、カリフォルニア大学ロサンジェルス校の神経心理学者Ｏ・アイバー・ロバースによって開発された療育法だ。当初は積極的強化と厳しい体罰を組み合わせ、動物の調教と似た療育をおこなったが、現在ではほとんどのＡＢＡプログラムで、行動をうながす褒美のみが採用されている。つまり、子どもが何か望ましいことをしたら褒美を与え、望ましくないこと（何かに頭を打ちつけたり、腕をパタパタ動かしたり、体を揺らしたり、甲高い声をあげたりなどの〝常同行動〟）をしたら、それを止めて望ましい行動に改めさせる。ここでの褒美は、ボードにシールを貼ってもらうことだった。シールが一定数たまったら、好きなものがもらえた。

アナは七歳でいくらかことばを習得したが、めったに使わなかった。アナが支離滅裂なことをつぶやきはじめると、教師は命令（手を叩きなさい、まわれ右をしなさい、頭をさわりなさい、など）で制止した。それで言うことをきけば、シールがもらえた。アナはまた、「どこに住んでいるの？」とか、「何歳？」、「どこの学校に行っているの？」といった質問にも答えなければならなかった。ときには、指示されて本を読んだり、歌ったり、何かを学んだりもした。それらができるたびに褒美をもらった。ボードのシールがいっぱいになると、好きなことをしていい時間を五分間もらえた。アナはスナック菓子を欲しがることもあれば、肩車をねだることもあった。

ジェニファーは、家でもこれを取り入れた。「私が行動療法を実践しない唯一の時間は、アナが自分の部屋に行ってから寝るまでのあいだだけ。おやすみなさいと言って本を一〇冊ほど読み聞かせたあとは、ベッドのなかでぶつぶつつぶやいていても、そのままにしているの」

私がジェニファーに会ったのは、アナがリード・アカデミーでの三年目を終えようとしているころだった。進歩はめざましかった。アナはもはや自傷をせず、スーパーマーケットに行くのも耐えられるようになっていた。以前は毎日のようにジェニファーを引っかいたり彼女の髪を引っ張ったりしていたが、そんな行動も月に一度あるかないかだった。ことばも以前よりなめらかに出てくるようになった。

ジェニファーは、アナがこうした変化を自分でも楽しんでいるらしいことを見てとり、安堵していた。「最初のころ、家ではなかなかＡＢＡがうまくいかなくて、アナが泣いたり癇癪を起こしたりしている姿を見るのがすごくつらかった。でも、アナは学校ではぜったいに泣かない。適切な方法でやれば、むずかしくないと思うわ」

アナが帰宅する四時から九時まで、ジェニファーは休みなく彼女に付き添う。アナがベッドに行ったあとも興奮して眠れないので、読書や書き物や映画鑑賞で気持ちを鎮める。「ほとんどひと晩じゅう起きたまま、暗闇のなかでひとりでできることをしているの。その時間なら、ほかの人たちがふつうの活動にいそしんでいる姿を見る必要もないから」。起床は五時。娘のために朝食をつくり、スクールバスが来るまで娘といっしょにドリルをやる。それから疲れきってベッドに戻り、午後四時まで眠り、また同じことをくり返す。「最初は自分を恥じる気持ちでいっぱいだったけど、これも生き延びるためにしなくてはならないことなのだと考えて、いまでは受け入れられるようになったわ」

ジェニファーは一時期抑うつ状態になり、途方に暮れ、自暴自棄にすらなった。「でも、わが子を見捨てるわけにはいかない。あの子は生まれたいと頼んだわけじゃない。こんな問題を自分から望んだわけじゃない。完全に無防備なの。私が面倒をみなかったら誰がみるの？」

アナがリード・アカデミーに通いはじめた初日から、ジェニファーは、アナがいつか「同世代の子どもと見分けがつかなくなり」、普通教育に加わることができると期待していた。しかし、そんなことは起こりそうになかった。「見分けがつかなくなる」というのは、親たちのあいだでくり返し出てくる言いまわしで、現実的なことばではない。

アナは、人とはちがうためにからかわれる。だが皮肉なことにからかいに鈍感なので、普通学校に通う準備ができていないと見なされてしまう。「せめて、自分がからかわれていることに気づくようになってくれたらって思う」とジェニファーは言った。

ジェニファーは妊娠初期、ひどいつわりに悩まされ、中絶も考えたほどだった。「そんな考えが浮かんだのを認めるのは嫌なんだけど。『みんなこれを乗りきっているの？』と思ったことは何度もあったわ」。彼女はまた、フランスを旅行した際、レ・ゼイジー・ド・タヤックにある先史時代博物館を訪ねたときの話もしてくれた。「赤ちゃんを抱いている母親の骨を見たの。ふつうならありえない恰好で埋葬されている骨を。考古学者は混乱したはず。でも私は『アナと私がこんなふうにいなくなれるのなら、願ってもないことだわ』と思った。もちろん、彼女を傷つけることは、どんなことだってするつもりはないけれど」

自閉症に関連する機能不全は、ときにいくつも重なって、怖ろしいレベルの苦痛になることがある。それは自閉症者本人にとっての苦痛であるとともに、介護者にとっての苦痛でもある。自閉症児の父親スコット・シーは、次のような手記を残している。

「床に脱ぎっぱなしのズボンやオムツが見えた時点で、もう手遅れだと悟る。ドアや壁に真っ赤なものがなすりつけてある。廊下の角を曲がると、寝室は犯罪現場だ。斧を振りまわす殺人鬼？　いや、これが最悪のときの娘なのだ。そこらじゅうの糞便。ペンキのように光る血糊。黒く固まった血。黄褐色の顔。直径一メートルの嘔吐物の池。そのまんなかに立つ娘。ページの角が折れ曲がったファミリー・サークル誌を片手に持って、もう片方の手をテレビのほうに伸ばしている。彼女は裸で、唯一身につけている靴下は足首まで血に染まっている。両手から血がしたたり、人喰い人種を思わせる顔には、ただただ混乱の表情が浮かんでいるだけだ。汚れた靴下を脱がせてやっていると、バランスをとろうとした彼女が、私の背中に血の手形をつける。温かいシャワーの下に立たせてやると、今度は硬く固まった糞便の残骸をほじくりはじめる。フランスパンのように硬いものを。行動学者も、胃腸科専門医も、生活技能の専門家も、全員がそれぞれの方針や治療法やビデオ、食餌療法、オイル、訓練計画を提案する。でも、こちらがいちばん求めているのが何かは、娘だってわかっている——トイレトレーニングだ。きちんとできるときもある。トイレに行き、座り、用を足す。おそらく全体の五パーセントくらいだ。ときには巨大なソフトボール大の便が便器を満たすこともある。互いに叫び声をあげながら、虹や流れ星でも眺めるみたいに、不思議な気分でそれをのぞきこむ。まさにわくわくする経験というやつだ」

イェール大学児童研究センター所長のフレッド・ヴォルクマーは、患者のひとりで、母親の申し分ない療育によってうまく成長した二五歳の天才数学者について語っている。その患者は、母親にこう言ったそうだ。「どうして人には母親が必要なの？　どうして家族をもたなくちゃいけないの？　ぼくにはわからない」。母親はのちにこう語っている。「息子はすべてのことをとても理知的に考えます。でも、それを聞いて私がどう感じるかは理解しないのです」。イギリスの精神科医ジュリエット・ミッチェルは、次のように述べた。「極端な事例では、相手が存在していないかのような、息をのむほど残酷な態度をとることもあります。これは存在が消滅したという意味ではありません。消滅する以前に、そもそも存在すらしないのです。そこには、自分が他者を認識することと他者が自分を認識することに相関があるという、精神的な平等は皆無なのです」

アイルランドの神話に、生まれた子が怪物の子とすり替えられて連れ去られる、取り替え子（チェンジリング）の話がある。取り替え子は、見た目はまさに子どもそのものなのに、心がない。ひとりになりたがり、故郷の怪物の国を思い出させる木ぎれをつかんで離さず、ことばを話す代わりにぶつぶつぶやいたりうなったりする。母親がなでたり、かわいがったりしようとしても、笑って唾を吐き、奇怪な行動で復讐（ふくしゅう）する。唯一の解決策は、かがり火の上に放り投げることだけだった。マルチン・ルターはこう書いている。「取り替え子はただの肉のかたまり（マッサ・カルニ）である。なぜならそこに魂はないからだ」。カナダのマギル大学の伝染病学教授ウォルター・O・スピッツァーは、二〇〇一年の自閉症学会でそうした取り替え子の神話を引き合いに出し、自閉症者は「生きた体のなかに死んだ魂を宿している」と表現した。

自閉症の擁護者は、当然そうしたたとえに異議を唱えてきた。自閉症自己擁護者として有名なアマンダ・バグズはこう言った。「生ける屍(しかばね)にたとえられるというのは、多くの障がい者にとって一種の感情的な暴力です」。自閉症者を中心とする一部の人々は、神経多様性(ニューロ・ダイバシティ)［訳注：神経疾患の人々も、ジェンダーや人種、あるいはさまざまな障がいと同じように、社会的に尊重されるべきだという考え方］を旗印に、自閉症は障がいであると同時にひとつの豊かな個性であると主張してきた。個性と病気のあいだの緊張関係は、この本（全三巻）に登場する障がいのほとんどに共通しているが、これほどまでに激しい衝突は、ほかには見当たらない。

神経多様性への理解を訴えるバグズのような活動家は、異世界に「迷いこんだ」ように見える子どもも、いずれその世界に満足すると論じるのかもしれない。もちろんそういう仮説は、コミュニケーションの可能な人が示すものだ。自閉症のおもな特徴は共感の欠如だから、自閉症の人が代弁するほかの自閉症者の意見を信じていいかどうかは疑わしい。しかし、自閉症の自己擁護者は、親が「わが子はこうしてほしいにちがいない」という推測で治療を選んでいるのを見抜いている。

多くの親は、わが子が自閉症から抜け出せるように懸命に手を貸すが、その努力は失敗に終わることが多い。そしてまた、わが子は〝治療される〟ことが嫌で、そのままのほうが幸せなのだと悟ることも、それと同じくらい多い。

フィオーナとルーク

ふたりの自閉症児の母ナンシー・コーギーは、運命とあたたかい関係を築けなかった。子どもの世話は全面的に彼女にまかされるなか、かなりの犠牲をはらって平常心を保っていた。「この子たちを擁護し、闘いつづけて一九年になる」とナンシーは言った。「私の全人格が変わった。すぐに喧嘩を売り、議論をふっかけるようになったの。私には反論しないほうがいいよ。しなければならないことはするし、欲しいものは手に入れる。昔は全然こんなふうじゃなかったんだけど」。悲惨な状況でも明るい面を見ようとする家族にたくさん会ってきた私は、みじめさと嫌悪を含んだナンシーの言い分や、自分がどういう子どもを授かるか知っていたら産まなかった、と言える態度に潔さを感じた。

ナンシーの母は、一歳半の孫娘フィオーナに、どこかおかしなところがあると思っていた。ある日美容院で、自閉症の息子をもつ女性と話をした。その息子は、まさにフィオーナにそっくりだった。すぐにナンシーに電話をかけて言った。「小児神経科医に予約をとっておいたわ。フィオーナを連れていったらいいと思う」。そのときナンシーは第二子を妊娠して一八週だったが、母の機嫌をとることにした。小児神経科医はフィオーナをひと目見るなり言った。「お子さんは広汎性発達障がい（ＰＤＤ）です」。ナンシーは動揺した。「来週まで様子を見ましょうとかいう話じゃなかった。即座に診断されたの」

フィオーナには典型的な自閉症の特徴があり、人と一切かかわらず、自分からしゃべろうとする様子もまったく見せなかった。さわられるのを極端に嫌い、服を着るのも嫌がった。「食べ物は全部地下室にしまって鍵をかけておく。そうしないと壁に投げつけられてしまうから」とナンシーは言った。「家に火をつけることだってやりかねない」。二歳八カ月のとき、フィオーナはマサチューセッツ州立大学で早期介入プログラムを受けた。「三時ごろになると、三時半にはあの子が帰ってくるんだと思って体が震えてきた」とナンシーは言った。「帰ってきてほしくなかった。育児支援を受けているあいだ、私はいつも自分の部屋に閉じこもっていた。真っ暗で何も聞こえない、光もない、誰もいないクローゼットのなかで、ただじっと座っていたかった」

そんなふうだったのに、第二子のルークが二歳を迎えた夏、ナンシーが姉とケープコッドの浜辺に座っていると、姉が「あなたにはまた新たな問題ができたようね」と言った。ナンシーは驚いた。「娘にくらべて、息子は完全にふつうに見えてたから」と彼女は振り返った。とはいえ、ナンシーにはふつうの子どもを育てた経験がなかった。「突然、私の全人生は、検査、検査、検査、それだけになった」。夫のマーカスは会計士だった。「夫は毎日、国税庁とやりとりしていた。頑固で理不尽な役所のあれこれにも慣れていたから我慢強くて、保険会社やクレームや学校組織の資金担当者に対処するノウハウも心得ていた。それが夫の役割で、私の役割は子どもたちに対処することだった。ボストン小児病院で検査してもらうために、何年間マサチューセッツ・ターンパイクを往復したことか……。子どもたちは一七歳と一九歳になったけど、私はいまでも同じことをしてるわ」

子どもはふたりとも自閉症スペクトラムと診断されたが、症状はそれぞれちがう。フィオーナは八歳のときに二階の窓から飛びおりた。マッシュポテトがつくりたくなって、ガレージのドアの鍵が見つかれば、ジャガイモを取ってきて料理ができると思ったのだ。訓練の結果、ようやくことばの発達も見えはじめたが、文章と感情はちぐはぐだった。「たとえば私が誰かと話をしていて、いっしょにテーブルについているときなんかに、娘はひとり言をつぶやくの。交響曲を聞きにいこうとか、オペラに行こうとか、女友だちと演劇をやろうとか」とナンシーは言った。「あの子はおしゃれをして音楽を聞くのが大好きだから、そのうちコンサートのチケットを買ってあげるつもり。いつもぶつぶつ言っててちょっと変で、ほかの人とかかわろうという気はまったくないけど、人の邪魔をしたり困らせたりということはないから」

弟のルークは気だてのいい子だったが、思春期になって症状がひどくなった。幼稚園のころからクロミプラミン（三環系抗うつ剤）を処方されていたが、それがリスパダール（統合失調症治療薬）とパクシル（抗うつ薬）に替わった。「息子は基本的に心配性で、あまり機敏じゃない」とナンシーは言った。「話すのはもっぱら興味のあることだけ。ビデオ、映画、動物。常識はゼロ。四歳児にひどいことばを浴びせられたら、相手を部屋の向こう側に投げとばすかもしれないわね。かんかんに怒って。だけど二分後にはまた愛らしい子どもに戻る。ほんとに厄介よ」。フィオーナは、支援を得ながら一年生から八年生（中学二年生）まで普通教育を受けた。ルークは知性面での欠陥と破壊的行動のせいで、普通学級には向かないと判断された。

ナンシーは怒りをあらわにしがちだが、絶望も感じている。子どもたちがまだ幼かったときには、その絶望が表に出ていた。「夜中の三時に目が覚めて、これがただの悪夢じゃないって改めて気づかされる。そうして朝になってマーカスを見て、『よくぐっすり眠れるわね』って言う。私たちには、結婚当初のような感情はもう残っていないわ」

マーカスは長時間働いていた。ナンシーに言わせれば、必要以上に長い時間。通りをいくつか隔てたところに住むナンシーの母は、娘にどんな様子か尋ねるが、めったに会いにはこなかった。義理の母親は完全に無関心だ。「親身になって助けてくれる人は誰もいなかった」とナンシーは言った。「誰も私の子どもたちを好きじゃなかった。たしかにかわいげのある子たちじゃなかったけれど、嘘でも誰かがかわいいわねっていうふりをしてくれてたら、それだけで救われたかもしれない」

ナンシーとマーカスは〈マスヘルス〉［訳注：マサチューセッツ州が運営する健康保険］に加入していて、子どもたちにパートタイムの介助者を雇う際にも補助が出ていたが、その後、予算の縮小があり、保険適用者から除外された。結局、介助者への支払いを自己負担しなければならなくなったが、その額は莫大だった。ナンシーは一四歳のフィオーナを寄宿学校に入れることに決め、夫妻はそのためにあらゆる手を使って必死に闘った。「夫は精神的にボロボロになって、泣き崩れながら『娘に何が必要かわかってもらうのに、これ以上ぼくたちに何ができるのかわからないよ』と言った。夫が泣く姿を見たのは二回だけで、あれがそのうちの一回だった」。ルークは一五歳で寄宿学校に入れた。「よちよち歩きの子どもと同じだけの監視が必要なふたりの子どもなの」とナンシーは言った。「そんなわけで、ふたりはいま一年のうち二八一日、寄宿学校にいる」

ルークはかわいい女の子が大好きだが、注意の向け方が適切でないせいで、いつも相手に拒絶される。ナンシーはそのたびにルークによく説明し、つらい経験を忘れさせてやらなければならない。彼はまた歯止めが利かず、力も怖ろしく強い。ナンシーとマーカスが、以前も面倒をみてもらったことがあるベビーシッターにふたりをあずけて結婚式に出かけたとき、ルークはベビーシッターの二歳の息子を抱き上げて部屋の向こうに投げた。「去年は私の母を引っぱたいたわ」とナンシーは言った。「父には黙れと言った」

コーギー夫妻は、ナンシーが子どものころから行っているケープコッドのリゾート・クラブの会員だったが、私が彼らに会った一年後、ナンシーから、ルークがプールサイドで女の子に卑猥な恰好をして見せたので、クラブへの出入りが禁止になったと聞かされた。実際には、女の子と会話がしたくて、不器用なやり方で近づいただけだったのだが。ナンシーは、ルークは脳の欠陥のせいで自制心がはたらかないのだと説明する手紙を書いたが、クラブからはなしのつぶてで、出入り禁止のままだ。「社会のつまはじき者として生きることには慣れているの。でしょう?」とナンシーは言った。

彼女は、つねに怒りをたぎらせている一方で、わが子にはやさしく話しかけることができる。「ふたりともとても愛情深くて、かわいらしくて、やさしいの。フィオーナは小さいころはそうでもなかったけど、いまはいっしょにソファに並んで座れるし、なでたり抱きしめたりもさせてくれる。以前はベッドに寝かせるときにキスをしたり、愛してると言ったりしたものよ。『愛してると言って』と私が言えば、あの子はオウム返しに『愛してる』と言う。最近、やっとそのことばの意味がわかったらしくて、心から言ってくれるようになったわ。一度なんて、私がソファで眠りこんでしまったときに、毛布を出して私にかけて、キスをしてくれたのよ。フィオーナは私たちの期待をはるかに超えて、うまく日常生活をおくれるようになった。みんなが『自分を褒めてあげなさい』って言ってくれる。もちろん、そうしてる」

とはいえナンシーは、誰かがフィオーナをたぶらかさないか、つねに心配だった。それで結局、子どもたちには不妊手術を施した。「私たちが何よりも望むのは、孫ができないこと」とナンシーは悲しげに言った。「夫はときどき私に『生まれ変わったらまたぼくと結婚する？』と訊く。私は『ええ。でも子どもはつくらない』と答えるの。将来こうなるって知ってたら、決して子どもはもたなかった。子どもたちを愛しているか？　ええ、愛している。ふたりのためならなんでもできるか？　ええ、できる。私にはあの子たちがいて、ふたりのためにあらゆることをして、ふたりのことを愛してる。でも、生まれ変わったらもう二度とこんなことはしない。生まれ変わっても同じことをすると言っている人は、嘘つきだと思うわ」

ことばを使わない自閉症者のなかには、受け取るにしろ発するにしろ、どんな言語形態ももっていないように見える人もいれば、発話をうながす口腔顔面筋（こうこうがんめんきん）のコントロールがむずかしいだけの人もいる。そういう人は、キーボードを叩くことでどうにか意思疎通をはかったりする。また、思考が一連のことばとなる無意識のプロセスにアクセスできない人もいる。あるいは、知的障がいが重いために、言語能力を発達させられない人もいる。

言語と知的障がいの関係は複雑だ。無言のうしろ側に何が隠れているのか、本当には誰もわからない。〈オーティズム・スピークス〉［訳注：自閉症の啓発、擁護団体］の元副会長で自閉症科学協会の創設者であり代表でもあるアリソン・テッパー・シンガーは、私に、彼女の一一歳の娘がついに言語を獲得したときの話をしてくれた。「あの子の〝話す〟とは、たとえば『ジュースが飲みたい』と言うこと。『ママには私の心の動きがわかってないみたい』なんてことばは期待していません」

ミッキ・ブレスナーンは、息子のコミュニケーションを解読する試みについて話している。彼女の息子は子どものころ、ほとんどことばを発しなかったが、泣くとかならず「ロボット」とくり返し口にした。彼女は息子におもちゃのロボットを買ってやり、ロボットの映画に連れていったが、それでも苦痛を感じて泣くたびに「ロボット」とくり返した。いくつかの治療を経たあとでミッキが、〝あの子は、かつて側彎症（そくわんしょう）［訳注：背骨が左右に弓なりに曲がってしまう］の手術で脊柱（せきちゅう）に金属のロッドを入れられたときに、ロボットにされてしまったと考えているのだ〟と気づいたのは二年後だった。「息子はそれをうまく表現できなかった。そして私もわかってやれなかったんです」とミッキは言った。「診断では、知的レベルは平均的範囲に収まっていました。でも行動面ではとても能力が低い。もし息子の頭脳が天才でも、自分で服を着ることができなかったら、それにどんな意味があるんでしょう？　ただたんに、自分で服が着られないっていう意味しかないのです」

ミッキの息子はかぎられた言語能力しかなく、ほんのたまにしかそれを使わない。「話すには興奮しないといけないんです。神経的な問題です。近ごろ、どんどん興奮するようになってきています。まるで、そうすれば話ができるとでもいうように。あまり話さなかったときよりも、いまのほうがやりきれない気分です。息子は結婚はしないでしょう。子どもをもつことも、お祖父ちゃんになることも、家を買うこともない。大人としての生活は、その人の人生に味わいを与えてくれるものですが、息子の場合は、見渡すかぎり何もないんです」。別の母親は、一三歳の息子のことをこう語った。「もし息子がろう者で手話を必要としていたら、私も手話を習う。でも、私には息子のことばを学ぶことができない。息子自身も、それがなんなのかわかってないんですから」

二〇〇八年に、カーリー・フライシュマンという名の、ことばを使ったことのない自閉症のカナダ人の少女が、一三歳でタイピングを始めた。両親はそれまで、娘が読んだり彼らの話を理解したりできるとは夢にも思っていなかった。「仰天しました」と父親は言った。「娘の内面は、発話の能力があって、知的で、感情豊かな、私たちがこれまで会ったこともない人間だったとわかったんですから。専門家ですら娘のことを、中度から重度の認知障がいがあると見なしていたのに」

彼女が最初にタイプした文章のなかには、「自閉症について言えることがひとつあるとすれば、私だってこんなふうにはなりたくない、でも現実にはこうなってる、ということ。だからどうか怒らないで。ただ理解して」とあった。のちに彼女はこうも書いている。「自閉症でいるのはつらい。誰も私を理解してくれないから。みんな私がばかだと思っている。私が話せなかったり人とちがう行動をしたりするから。みんな、自分たちとちがうように見えたり思えたりするものが怖いのだと思う」

ある自閉症児の父親が、カーリーに「自閉症の子どもとして父親に何を知ってほしいか」と尋ねると、カーリーはこう返事をした。「息子さんはあなたに、自分はあなたが思っているよりもずっといろんなことをわかっていると知ってもらいたがっている。そう思います」。また、思いがけない内面の現れについて両親に尋ねられたときはこう言った。「行動療法が役に立ったんだと思う。おかげで自分の考えを整理することができた。残念ながら、私をふつうにまではしてくれないけれど。でも信じることが役に立った。そうしたら奇跡が起きた。私がタイプするのを見たでしょう？　パパやママのおかげで、私は自閉症だってことを忘れられた」

デイビッド

ハリーとローラのスラトキン夫妻は、マンハッタンのアッパーイーストサイドにある瀟洒（しょうしゃ）な家に住んでいる。香りの専門家であるハリーは社交的な実業家で、エルトン・ジョンやオプラ・ウィンフリー［訳

注：米のトーク番組司会者、プロデューサー」などの著名人のためにフレグランスをコーディネートする。ローラもアロマキャンドルのビジネスで成功を収めている。夫妻は裕福だったため、ほかの家庭ならなかなか受けることのできないサービスも受けることができ、著名な自閉症活動家、そして慈善家として名を馳せている。

一九九九年、ふたりは双子を授かった。アレクサンドラはふつうに育ったが、デイビッドはちがった。一歳二カ月ごろから廊下を行ったり来たりして走りまわったり、母親が動揺するような奇妙な声で笑ったりしはじめ、誰もがお手上げ状態になった。何人かの専門医に診せたが有効な手立てはなく、結局、広汎性発達遅滞と診断された。医師はしばしばこの診断名を、ショッキングな事柄を穏やかに伝える手段として使ったが、ローラはそれを聞いて元気づけられた。「そんなにひどい響きじゃないと思った」と当時を思い返して言った。「だって〝遅滞〟っていうことは、まだ来ていない、ただ時間がかかるだけ、という意味だから」。しかしその後、別の医師に電話すると、デイビッドは自閉症かもしれないと告げられた。「あのときは胸に短剣を突き刺されたような気分で、私たちの世界は一変してしまったわ」

早期介入プログラムによって自宅にセラピストが派遣され、ローラは必死で本を読みあさった。「私たちはフル回転だった。自分たちに何が起きているのか、まったくわからなかったから。ある夜、私は日記に自分の考えを書き綴っていた。息子は話せるようになるのか？　学校へ行けるのか？　友だちができるのか？　結婚できるのか？　デイビッドに何が起きるのか？　そしたら涙があふれてきた。でも、ハリーが言ったの。『ローラ、泣くのはやめるんだ。だってそんなことをしてもデイビッドの助けにはならないんだから。自分たちのためにもならない。元気を振り絞って、建設的なことをしよう』。その翌朝から、私たちは動きはじめた」

彼らは〈自閉症のためのニューヨーク・センター〉を立ち上げ、教育機関や地域へのはたらきかけ、医療研究の促進に努めた。もてる人脈はすべて活用した。ニューヨークには応用行動分析を取り入れている学校がなかったので、市の教育長に会いにいき、ぜひとも新たな学校を開校したいと訴えた。肝心なのは誰でも利用できることだと考えていた夫妻は、その学校を普通教育機関のひとつとして認めてほしいとも訴えた。

こうして二〇〇五年、ハーレムのＰＳ50公立学校と同じ建物内に〈ニューヨーク・センター自閉症チャーター・スクール〉が生まれた。校長と教師陣は、スラトキン夫妻ともうひとりの自閉症児の母アイリーン・ラニアーが選出した。ニューヨーク市は同校に対し、一年間で生徒ひとりにつき八万一〇〇〇ドル（約八五〇万円）の助成をした。生徒ひとりに教師ひとり。楽しげに装飾されて光にあふれた学校は、さながら普通教育のなかのオアシスだ。校長のジェイミー・パリアーロはＰＳ50公立学校の八年生向けにも同じプログラムを始め、普通学級の子どもたちがチャーター・スクールの子どもたちと交流できるようにした。いまでは一〇〇〇以上の家庭がチャーター・スクールの予約待ちリストに名を連ね、対処できないくらい多くの生徒が、嬉々としてプログラムに参加している。

ローラとハリーはまた、ハンター大学に五〇〇万ドル（約五二五〇万円）を寄付し、自閉症児の療育法を教師に教えるプログラムも開始した。夫妻の願いは、充分な訓練を受けた教師が増えて、同じような学校のネットワークができ、ニューヨークのすべての自閉症児がそうしたプログラムに参加できるようになることだ。「質の悪い教育とすぐれた教育のちがいは、子どもたちが自立できるかできないかよ」とローラは言う。それに加えて、夫妻はコーネル大学とコロンビア大学と連携して、自閉症児に最高水準の早期介入プログラムと、必要な臨床ケアを提供する最先端の研究センターを立ち上げた。さらには、〈トランジショニング・トゥ・アダルトフッド（成人期への移行）〉という名前のシンクタンクも設立した。そこでは、成人した自閉症者が居住環境を改善するにはどうしたらいいかといったことや、適切な職業訓練の提供などがおこなわれている。

もちろん、こうしたプログラムを導入する一方で、スラトキン夫妻はデイビッドの手助けもした。「最初の年は希望の年」とローラは言った。「まだわかっていないから。自分の子どもが軽度の自閉症で、いつかよくなると想像できる」。だが、それもその年の終わりまでだった。ローラがデイビッドのセラピストに「この子の障がいが、あなたが療育してきたほかの子どもに比べてどれくらいなのか教えて」と言うと、彼は答えた。「息子さんはおそらく、私の出会ったなかでももっとも重度の自閉症だと思います」

ローラは私に言った。「あれは私が希望を失った日。人生で最悪の日。少しずつでも進歩してるって信じていたのだから。息子はいつか話すようになる、ふつうの学校に行けるようになる、私のしてることは全部正しいことなんだって。早くから支援を整え、世界一優秀な医者をそろえ、優秀な教師やセラピストを集め、週に四〇時間の訓練をさせ、できるかぎりのことをしてきた。すばらしい教育プログラムのおかげで、ほとんどの生徒はめざましい進歩をとげていて、私たちはチャーター・スクールで毎日それを目にしていた。でも、デイビッドはそんなふうにはならないなんて……。ただただ落ちこんだわ。その日から、重度の自閉症ということばを使わなくちゃならなくなった。それまでの私の人生は終わった。絶望的な未来を腕に抱いて、仲よくやっていかなくちゃならなくなったの」

それからも、夫妻はあらゆる種類の治療や訓練を試みた。ある治療でセラピストが、デイビッドにやりたいことをなんでもやらせてみようと提案したことがあった。「デイビッドは居間のテーブルのまわりを走るのが大好きだった」とローラは言った。「だから彼女は『デイビッドといっしょに走りましょう』と言った。こちらが彼の世界に入っていこうというわけ。私はその世界からあの子を連れだしたいのに」

なんの希望もないまま月日は流れた。デイビッドにことばの発達はまったく見られず、理解力はほぼゼロと思われた。歌でコミュニケーションをとることもできず、多くの自閉症児に有効な、絵カード交換式コミュニケーション・システムも効果なしだった。チャーター・スクールを設立したとき、ローラはぜひとも息子をここに通わせたいと思っていた。結局、入学はくじで決められ、デイビッドは選ばれなかったのだが、そのときにはもう、たとえ世界一の学校に入れても、わが子にはなんの効果もないことがわかっていた。

デイビッドは毎晩、午前二時半に目を覚ましては部屋を跳ねまわった。「ある晩、飛び跳ねながら壁にぶつかるデイビッドを見て、私は夫に言った。『デイビッドみたいな子どもたちのための施設がある。そろそろそういうことを考えるべきときだと思うわ。もうこんなふうに暮らすのは無理よ』って」。ローラは続けた。「ハリーはすごい剣幕で反論した。『そんなことは二度と言うな。息子はどこにもやらない』って。でもある日、ハリーが我慢の限界に近づいているのを感じた私は『施設を探してくる』と言ったの」

デイビッドは決してじっとしていなかった。「あの子は深い鎮静状態を引き起こすリスパダール（統合失調症治療薬）を服用している」とローラは言った。「それでも多動は治まらないけど、攻撃的な行動を抑える役には立っていると思う。長いことこの薬をのんでいるから、のまなかったらどうなるかわからないの。一度、投薬をやめようとしたときは、まるでヘロインを奪われた人みたいになってしまって……。ハリーが、イノシシに使うようなダーツ状の鎮静剤を打つしかないと言って、背中から注射を打ったのよ」

デイビッドは大きくなるにつれ、どんどん凶暴になっていった。『オーティズム・エブリデイ（自閉症の日々）』というドキュメンタリー番組のなかで、ハリーは涙ながらに、週末の別荘ですべてのドアに鍵をかけるときのことを話している。「デイビッドが万が一外に出て、池に落ちたらたいへんだから。でも、池に落ちてくれたらいいのにと思うときもあります。こんなふうに一生苦しみつづけてほしくなくて」。デイビッドの双子の妹は「学校から帰ってくるのがイヤなの。あの家に入っていきたくない。もう何も聞きたくない」と言うようになった。ハリーは言った。「私たちが話しているのは、自分の糞便を食べたり壁になすりつけたり、六日間寝ずに起きていたり、医者に行かなくてはならないほど強くローラをつねったり、妹の髪をわしづかみにして引っ張ったりする男の子のことです」

ローラは養護施設を真剣に探しはじめた。「本当に、耐えがたいほど心が痛むけれど、息子がそこに行かなくちゃならないのはわかってるの。ただ、それをいつにするかが問題なだけ」。五番街にほど近い家のリビングで、ローラはデイビッドを施設に入れる必然性を、落ち着きと悲しみの入り混じった面持ちで、うつむきながら語った。「私は毎日息子に朝食と昼食をつくる。愛情をこめて。施設ではどんなやり方なのか心配。息子がカリカリのベーコンや、パスタにたくさんじゃなくほんのちょっとだけバターをのせるのが好きだなんてこと、誰も知ろうとはしてくれないでしょ」

悲しみを追いやりたい一心で、ローラはとにかく行動した。「私は息子が行かない学校のために一生懸命働いている。そして息子にはおそらく役に立たないであろう研究を支援している。息子が決してケアを受けることのない施設を設計するシンクタンクも運営している。私が息子にしてやれることはほとんどないけれど、少なくともそれで、どこかの家族の希望が現実になっているのだと思うと救われるから。その希望は、かつては私もいだいていた。私たち家族にとっては実現しなかったけれど」

自閉症はあまりにも範囲が広いため、臨床医のなかには「自閉症群（ザ・オーティズムズ）」と呼ぶ人もいる。その原因やメカニズムはわかっていない。自閉症を言い表すときによく使われる〝突発性〟という単語は、現時点では解明できない症状であることを示している。

これまで研究者は、あらゆる症状の原因となっている〝核となる欠陥〟について多くの仮説を立ててきた。もっとも浸透している仮説は〝心の欠陥〟、すなわち、他人の考えが自分とちがうことを認識する能力の欠如だ。たとえば、子どもがキャンディの袋を見せられ、なかに何が入っているか訊かれたとする。その子はキャンディが入っていると思う。だが袋を開けてみると、代わりに鉛筆が入っている。続いて、ほかの子にこの袋を見せたらどう思うだろうかと尋ねられたその子は、ほかの子も同じようにだまされると予想するだろう。ところが自閉症の子どもは、ほかの子が袋に鉛筆が入っていることを知っていると思うのだ。

近年、多くの脳画像研究で、自閉症者の場合、自分が何かの動作をするときと、他者の動作を観察するときの両方で活発になるミラーニューロン〔訳注：他者の運動と自分の運動を結びつける神経〕が、自分が動作をするときにのみ活発になり、他者の動作を観察するときにはまったく活性化しないことが実証された。これは心の欠陥という表現にも当てはまる。

ユニバーシティ・カレッジ・ロンドンのウタ・フリスは、自閉症者は外からの情報を統合したりそこから学んだりするのに必要な一貫性のある思考の能力が欠けている、という理論を打ち立てた。ほかにも、自閉症者には思考の柔軟性が欠けていると主張する人もいるし、自閉症の主要な問題は、注意力が覚醒しすぎているか、逆に覚醒が足りないことだと言う人もいる。これらはみな真実なのかもしれないが、それでもすべてを説明できるわけではない。

回想録『ぼくたちが見た世界——自閉症者によって綴られた物語』（柏書房）で、自閉症のカムラン・ナジールは次のように書いている。「自閉症者にとっての課題は、自分自身の心にすら圧倒されてしまうことである。概して彼らはさまざまな細かいことに、一般の人よりもよく気づく。ぼくの知人は、たった一度建物のまわりを歩いただけで、記憶を頼りにその建物を、建築上の緻密な点まで——部屋の配置だけでなくエレベーター・シャフトや廊下や階段がどこにあるかまで——スケッチできる」。また、ある曲を一度聞いただけで、最初から最後まで演奏できる女性のことにもふれている。「同時に、自閉症者は情報を分類したり整理したりする能力がかぎられている。この大量のインプットと少量のアウトプットの組み合わせが、必然的に一種の情報の停滞を引き起こすのだ。その結果、自閉症者は他者を含まない単純な作業に没頭しようとする」。アスペルガー症候群と診断されたジョン・エルダー・ロビソンは、こう振り返っている。「機械はぼくに決して意地悪をしなかった。ぜったいにぼくをだまさないし、ぼくの気持ちを傷つけることもない。機械のそばにいると安心できた」

脳画像からわかった自閉症のメカニズムはごくわずかだが、いくつかの反応については明らかになってきている。イェール大学でおこなわれた研究によると、自閉症もしくはアスペルガー症候群の大人の場合、顔を認識する際にふつうなら活性化するはずの脳の部位が活性化しない。代わりに、ふつうは物体を認識するときに活性化する脳の部位が活性化するという。ある自閉症の少年は、自分の母親に対してもティーカップに対しても、脳の同じ部位が反応した。しかし、彼が夢中になっているデジタルモンスターのキャラクターを見せると、ほとんどの人が他者と親密な関係を築くときに使う部位が突然活性化した。

ベン

ボブとスーのレーア夫妻は一九七三年、ボブがユタ大学で客員教授として働いていたときに、引き取り手がいない子どもベンのことを知り、彼を家族の一員として迎えようと決めた。夫妻にはすでに実の息子と、ベンと同じように白人と黒人の血を引く養女がいた。ユタ州は養子縁組の申請を一年待つように求めたが、夫妻の弁護士は、その手続きを回避できると言った。スーは私に「あのとき、もっと手がかりを集めるべきだった」と言った。

ベンにどこかおかしなところがあることがはっきりしたのは、一家がニューヨーク州北部のタリーにある自宅に戻ってからだった。「なんだかぼんやりしたところがあった」とボブは言った。「抱きあげようとしても、それに反応して身がまえることがなかったんだ」。夫妻はユタ州子ども家庭局に電話し、ベンの医療記録を依頼した。返事がないまま数カ月がすぎたので、今度は弁護士に依頼して子ども家庭局に問い合わせの手紙を書いてもらった。すると子ども家庭局は、ユタ州にベンを返すことを提案してきた。「いったいどういうこと?」とスーは言い返した。「セーターか何かみたいに、『うちの息子は欠陥があるので送り返したいんです』なんて言えるとでも思ってるの?」。かかりつけの小児科医は、ベンをひととおり検査したあと、とにかく家に連れて帰ってかわいがってあげるようにとだけ言った。

ボブは実験心理学者だったが、ベンの世話が彼のいちばんの関心事になった。体操教師だったスーは、特殊教育の博士号を取るためにシラキュース大学に戻った。

地元の学校はベンを受け入れたがらなかった。レーア夫妻は地元当局を訴えた。スーは担当者に言った。「この子の肌の色が茶色いから学校に入れないなんてことはないでしょう? 自閉症だから学校に来ちゃいけないなんて、どこの規則に書いてあるのか教えてください」。学校の授業はベンのために組み替えられた。だが、ベンはことばをほとんど理解できず、話しはじめることもなかったにもかかわらず、口話での授業を受けなくてはならなかった。

世の中には、発話ができなくても、筆談なら会話できる人もいる。また、筋肉のコントロールが利かないために字を書くことはままならないが、タイプならできる人もいる。もしタイプもできなければ、さらに別の方法がある。ベンはファシリテイティッド・コミュニケーション(FC)[訳注:補助を受けての意思疎通」を学んだ。タイプを打つときに、介助者が本人の両腕を支えてやって、キーボードが打てるように助けるシステムだ。ＦＣによるコミュニケーションについては昔から、本当に障がい者本人のことばなのか、それとも介助者がキーを打つ場所を誘導しているのかが大いに議論されているが、ベンの両親は、息子がＦＣでの発言をしっかり自分でコントロールしていると確信していた。

成長するにつれ、ベンはしょっちゅう頭を床に打ちつけたり、ナイフで自分を傷つけたり、窓を頭で突き破ろうとしたりするようになった。「彼の行動は、コミュニケーションのひとつの方法だったの」とスーは言った。「最善の方法ではないけれど、ドラッグを使ったり、酔っ払ってスノーモービルを運転することで自己主張する子どもと同じよ」

ティーンエイジャーになったベンを、お気に入りの家電販売チェーン〈ラジオシャック〉に連れていったときは、エスカレーターの前で恐慌をきたし、一番下で脚を組んで座りこみ、両手で頭を叩いたり、集まってきた群衆に奇声を発したりした。そこで、スーがつねに持ち歩いていたＦＣ用のタイプライターを取りだすと、ベンは「ぼくを叩いて」とタイプした。「私は心でつぶやいたわ。『ええ、わかったわ。ショッピングモールのまんなかで、近くには警官もいて、あなたは有色人種で私は白人だというのに、叩けというのね』って。そしたらベンがまた『レコード・プレーヤーみたいに』とタイプしたの」。突如スーの頭に、針が引っかかって空まわりするレコード盤が浮かんだ。彼女はベンの肩を手でぽんと叩き、リセットをうながす「ティルト」ということばをかけた。するとベンは立ち上がった。家族はまた静かにショッピングモールを歩きだした。

高校生になると、ベンの問題行動はさらに手に負えなくなってきた。「私はベンの介助者のウィリーがあまり好きじゃなかった。太っただらしない恰好の男性で、いつもスウェットパンツをはいていて」とスーは言った。「私がただ偏見の目で見ているだけかもしれないとも思ってたけれど、ある日ウィリーが、自分の三歳の娘をレイプしたかどで逮捕された。じつはベンも、ウィリーに暴力を振るわれていたことをタイプして、言語療法士にくわしい情報を伝えていたの。それで言語療法士は校長に連絡して、警察に通報してもらった。ウィリーはよく、『ベンは毎日悪戦苦闘してる。だからいっしょにトレーニングルームに行って、ウェイトでも持ち上げてきます』と言っていた。つまりそこでウィリーは、誰かを見張りに立ててベンをレイプしていたの。私たちはしばらくベンを家で世話して、自分が悪いなんて考えちゃダメと言い聞かせたわ」

学校に戻ったベンは、気の合う介助者の助けで、クラスメイトといい関係を築くことができた。三年生のときには、FCを使って校内新聞にコラムを書いたりもした。学校のダンスパーティには非障がい者の女の子を誘い、受け入れられた（彼女のボーイフレンドは悔しがったらしい）。そのパーティでは〝キング〟候補にもなった。卒業式でベンが通路を歩いて卒業証書を受け取ったときには、出席者が総立ちになった。それを見てスーとボブは泣いた。そのときのことをスーはこう語った。「卒業式にいた何千人もの人が全員立ち上がって、ベンに拍手してくれたのよ」

私はレーア夫妻が即座にベンを助けようと決めたこと、そして彼を決して〝修正〟しようとしなかったことに心を打たれた。「あるとき娘が私に聞いた。『もしベンがふつうだったら、どんなふうだと思う？』って」とスーは言った。「私は、『ベンは彼からしたらふつうなんだと思う』と答えたわ。ベンに問題行動がなかったらと思ったことはあるかって？　もちろん。もっといいコミュニケーション方法があったらと思ったことも、もちろんあるわ」

ベンがタイプすることの多くはあいまいだ。しばらくのあいだ、彼はずっと「そしてあなたは泣くことができる」とばかりタイプしていた。それがどういう意味なのか、誰も理解できなかった。するとある日ベンは、こんなふうにタイプした。「ぼくはそれをやめたい。ぎくしゃくした感じ。ぎくしゃくはつらい。ぼくは取り乱す。そうするとバカみたいに見える」。ボブは自閉症の大会に行き、必死に治療法を探している親たちに囲まれたときのことをこう語った。「来年はきっとよくなるとかいった、ありきたりのことばばかり。でも私たちはそんな型にははまらず、こう言っている。『いや、いまこの瞬間からよくなるんです。子どものためにできるかぎりのことをしましょう』」

ベンが高校を卒業すると、ボブとスーは自宅から一二キロ離れたところに彼の家を購入し、頭金を払った。ローンの返済と公共料金の支払いは、ベンの障がい手当でまかなえるはずだった。ベンも木のテーブルをつくり、工芸品展で売って稼いだ。そこでの暮らしには、訓練を受けた介助者か、家賃と引き替えに面倒をみてくれる同居人がつねに付き添った。水が大好きなベンのために、レーア夫妻は泳げる場所を見つけ、温水浴槽（ホットタブ）も買ってやった。

一〇年後、スーの母親が亡くなって遺産を受け取ると、一家は三カ月のヨーロッパへのキャンプ旅行に出かけた。「家族のそれぞれが、自分のしたいことをひとつ選ぶことになったの」とスーは言った。「ベンは、自分の見つけた場所で泳ぐことを選んだ。地中海でもエーゲ海でも。プールでも湖でも川でも。アテネで撮った写真がある。アテネでいちばん標高の高い場所で、石壁の上に座っている写真よ。小さなドラムスティックを握って、石を叩いてる。その表情にはまぎれもなく喜びが浮かんでる」

だが、ヨーロッパから戻るなり、ボブがアルツハイマー病と診断された。この本のために私が取材をしたときには、かなり症状が進んでいた。二年のあいだ、ボブはスー以外の誰にも秘密にしていたが、ベンは「パパは病気」とタイプした。また、スーが動揺しているのを察知し、「ママは打ちひしがれてる」ともタイプした。ついにボブは椅子に座り、ベンの言うとおりだと説明した。パパはたしかに病気だが、すぐに死ぬわけではない、と。

ボブの病と向き合ってみて、レーア夫妻は改めて、ベンが彼らにはかりしれない影響を与えていることに気づいた。「もしベンがいなかったら、私はこの病にまったくちがうふうに対処していただろうね」とボブは言った。スーはこう言った。「私はベンから、人の心を読み、何を考えているか、ことばにしないどんなことを感じているのかを理解しようとしつづけ、そこからたくさん学んだ。たとえ考えや感情が混乱していても、その人を人として扱うことの大切さについても。その人が安全で愛されていると感じられるにはどうしたらいいかも。みんな、ベンを育てて学んだ。だから、ボブがそれを必要としたときには、準備ができていたのよ」

自閉症者と脳

自閉症の発症は、大脳半球同士の神経の接続不足と、それぞれの脳領域同士の神経の接続過剰に関係している。平均的な人の場合、脳への過負荷を抑えるためにシナプスの刈りこみがおこなわれるが、自閉症の脳ではそれが起きないとされる。多くの自閉症児は、出生時は標準よりも脳の容量が小さめだが、六カ月から一四カ月のあいだで増え、しばしばふつうよりも一〇から一五パーセントほど容量が大きくなる。ただし、成長するにつれてそうした状況は解消されるようだ。

人間の脳は、思考が生まれる灰白質と、その思考をひとつの領域から別の領域に伝達する白質から成っているが、自閉症者の場合、白質の部分で頻繁に過剰な反応が起こり、ひどい雑音をつくる。電話に出るたびに相手の声だけでなく、一〇〇もの声が同時に聞こえるように。はっきりとしゃべっている自分の声も相手の声も、雑音に呑みこまれてしまうのだ。自閉症の場合、小脳と大脳皮質と大脳辺縁系での神経細胞も消失する。自閉症者の遺伝子は、発達の重大な段階で神経伝達物質の脳中濃度を変えている可能性がある。

自閉症というのは漠然とした呼称だが、自閉的行動にもさまざまな原因があり、あるひとつの遺伝子、あるいは少数の遺伝子が自閉症の症候群を引き起こすわけではない。これまでに、互いに機能的に結びついて脳のネットワークをつくっている遺伝子がいくつも特定されている。

　自閉症に関連する遺伝子と環境との関係も、はっきりしていない。研究者はこれまでに、多くの環境要因を研究してきた。胎児期に浴びるホルモン、風疹などのウイルス、プラスチックや殺虫剤などの環境毒物、ワクチン、代謝不均衡、サリドマイド［訳注：睡眠薬、胃腸薬として服用されたが、胎児に異常が発生した］やバルプロエート（抗痙攣薬）などだ。その結果、いまのところ自閉症は、自発的な新規突然変異または遺伝による遺伝子の異常が原因と考えられている。また、それは父親の年齢と強い関連があり、年齢の高い父親の精子において自然に起きる生殖細胞のデノボ変異［訳注：ある個体から新しく発生した突然変異］による可能性が高い。最近の研究では、父親が三〇代の場合の自閉症の発生率は、二〇代の場合の四倍になることがわかっている。年齢がさらに高くなると、発生率は跳ね上がるようだ。

　その一方、自閉症は妊娠期に起きる母子の遺伝子的な不適合が影響している、という仮説を立てている研究者もいる。同類交配が影響しているという説を立てている研究者もいる。これは、インターネットに接続が容易な現代では、似た性格の者同士が互いに相手を見つけやすいので、いくらか自閉的傾向のある者、いわゆるハイパーシステマイザー［訳注：数学や論理的思考など、〝理系〟にかかわる脳領域が突出して発達している人のこと］同士が子どもをつくることで両者の特質が集中して現れる、という説だ。

　もし、自閉症者の脳内で何が起きているのかがわかったら、どんな遺伝子が関係しているかの解明に役立つだろう。また、自閉症にどんな遺伝子が関係しているのかがわかれば、脳内で何が起きているかが解明されるかもしれない。ある研究結果は、自閉症には二〇〇ほどの遺伝子が関連している可能性があり、その解明にはもういくつかの遺伝子の特定が必要であるとしている。上位遺伝子や修飾遺伝子がもともとの遺伝子の発現に影響する場合もあれば、環境因子が影響する場合もある。遺伝子型（本人のもっている遺伝子）と表現型（現れる行動や症状）の関係が近ければ近いほど、識別は容易になるが、自閉症の場合、共通の遺伝子型の人が共通の表現型をもっているわけではない。つまり、遺伝子研究によって、発症の確率が一定ではないことが実証されている。自閉症のリスク遺伝子をもっていながら発症しない可能性もあれば、その反対に、リスク遺伝子をもっていない人でも自閉症を発症する可能性があるということだ。

一卵性双生児の一方に自閉症が発症した場合、もう一方にも自閉症が発症する可能性は六〇～九〇パーセントとされる（症状は軽度なものから重度なものまでさまざま）。このことから、自閉症には強い遺伝的根拠があるとわかる。一卵性双生児の場合、目の色やダウン症といった形質はつねに双方に現れるが、その他の多くの特徴はかならずしも双方に現れるわけではない。しかし、自閉症と遺伝の相関は、統合失調症や抑うつ症、強迫神経症など、あらゆる認知障がいのなかでもっとも高い。

では、二卵性双生児の片方に自閉症が発症した場合はどうか。もう片方にも自閉症が発症する確率は二〇～三〇パーセントとされる。二卵性双生児は同一の遺伝子ではないが、環境要因はほぼ同じだ。また、双子ではないきょうだいが自閉症を発症している場合、ほかのきょうだいに自閉症が発症する確率は、一般集団の二〇倍である。自閉症者の近縁者は、自閉症でなくても潜在的になんらかの社会的困難を抱えている場合が多い。以上のことから、自閉症には遺伝要因が大きく関与しているものの、遺伝子だけでは説明しきれないことがわかる。

一般的な疾患は、ひとつの特定の遺伝子によって引き起こされる場合が多い。たとえばハンチントン病患者はみな、ハンチントン病を引き起こす遺伝子異常をもっている。ところが自閉症は、何百もの異なる遺伝子異常が発症を促す要因となる。独特のまれな遺伝子変異は多くの人に起こるわけではないが、なんらかのちょっとした変異なら多くの人に起こる。

そのうえ、自閉症にかかわる遺伝子の特定はむずかしい。自閉症に関連するまれな遺伝子変異は数多くあると思われるが、つねに遺伝で受け継がれるわけではないからだ。しかも、それらはゲノム全体にまき散らされている。イェール大学の神経遺伝学プログラムの共同主任マシュー・ステイトはこう言っている。「ゲノムの特定部分に自閉症と大いに関連する箇所が見つかったというのは、スターバックスの近くに住んでいる人を見つけたと言うようなものだ。そんな人はいくらでもいるでしょう？」

国立精神衛生研究所所長トマス・インセルは、次のように述べている。「通常の脳を育てるには五〇〇〇個の遺伝子が必要だ。そして概念上は、そのすべてが変異して自閉症を引き起こす可能性がある」。コールド・スプリング・ハーバー研究所のマイケル・ウィグラーによると、単一の遺伝子変異が要因となっている自閉症の症例はほぼないに等しく、関連する遺伝子の多くはまだ識別されていない。

要するに、自閉症に関連するほとんどの遺伝子は複数の作用をもたらすということだ。これらの遺伝子のいくつかは、注意欠陥多動性障がい（ＡＤＨＤ）やてんかん、消化器疾患など、しばしば自閉症に併発する症状にも関与する。ただし、ほとんどの場合、関与の程度は低い。ひとつの遺伝子が自閉症発症の可能性を高めるのは一〇〜二〇パーセント程度で、多くの疾病リスクアレル［訳注：疾病のリスクを高める対立遺伝子］によく見られるような、一〇倍などという数字ではない。

遺伝性疾患の多くは、特定の遺伝子の構造上の異常によって引き起こされる。なかには遺伝子そのものが完全に消失している場合もあれば、余分な遺伝子が存在している場合もある。かりに、I am happy という文をゲノムの配列だと考えてみよう。病気発症の場合によく見られるのは、I am harpy や I ag happy などのような異常だ。しかしまれに、I m hpy や、I amamamamam happppy といった配列も出現する。

ウィグラーと同僚のジョナサン・セバットは、主としてこうした遺伝子のコピー数の多様性に着目してきた。遺伝学の基本原則は「われわれの遺伝子はふたつが対になっていて、一方は母親から、一方は父親から受け継いでいる」というものである。しかしまれに、ある遺伝子もしくはいくつかの遺伝子について、三つ、四つ、あるいは一二ものコピーをもつ人がいる。逆に、ひとつの遺伝子あるいは複数の遺伝子についてコピーがひとつしかない場合や、まったくない場合もある。平均的な人は、少なくともゲノムの一二パーセントの領域でコピー数多型を有し、基本的には良性である。認知障がいに関連しているのは、ゲノムのある特定の場所で、その場所での重複が、統合失調症や双極性障がい［訳注：躁状態とうつ状態をくり返す精神疾患。躁うつ病］、自閉症の発症しやすさと関連している。

ただし、このうち同じ場所での欠失に関連するのは、自閉症だけだ。ウィグラーは、彼の自閉症の研究対象者の多くに、かなりの欠失があることを発見した――多い場合には二七もの染色体に欠失が見られた。セバットは現在、染色体の重複による自閉症と欠失による自閉症は同じ症候群といえるのかどうかを研究しており、いくつかの重要な相関を発見している。たとえば、染色体の同じ場所に欠失のある自閉症者は、重複のある自閉症者よりも脳が大きい、などである。

私たちはいまだに、まれな変異を特定している最中で、見つかったのはまだ氷山の一角だ。ウィグラーは、かりにすべての情報を手に入れたとしても、遺伝子はつねに規則的な相関を示すわけではないという問題に取り組まねばならないと指摘している。「人格と染色体の欠失のあいだには、おそらく相関がある。ただし、あなたと私に同じような欠失があったとしても、同じ結果になるとはかぎらない。同じ貧しい環境でふたりの子どもを育てたとしても、ひとりが聖職者になって、もうひとりが泥棒になることもあるように。そういうことが体の内側でも起こりうると思う」

「われわれはいま、二五年前にがんの遺伝学研究が始まったのと同じ地点にいる」と言ったのは、カリフォルニア大学ロサンジェルス校の神経行動遺伝学センターで共同所長を務めるダニエル・ゲシュヴィントだ。「自閉症に関連する遺伝子の約二〇パーセントについては知ることができた。統合失調症や抑うつ症の研究に比べてスタートが遅かったことを考えれば、めざましい進歩だ」

前述したように、自閉症は原因不明の一連の症状に対する包括的なカテゴリーである。だが、特異なメカニズムをもつ自閉症の亜型が見つかった場合は「自閉症」ではなく、固有の診断名が与えられる。たとえば、レット症候群やフェニールケトン尿症（ＰＫＵ）、結節硬化症、神経線維腫症、脆弱（ぜいじゃく）Ｘ症候群、ジュベール症候群のように。しかし、自閉症が行動で定義されるのなら、たとえ別の要因から来ているのだとしても、自閉症的な行動がある人々を〝自閉症的でない〟と表現するのは理にかなっていないのではないだろうか。

最近では、自閉症のような症状が引き起こされる理由を理解できれば、自閉症の総合的なメカニズムも解明できるのではないか、という考えのもとに研究をする人も出てきた。

たとえば、臓器移植の際によく使われる免疫抑制薬のラパマイシンは、てんかん発作を抑え、学習障がいを好転させ、結節硬化症の成体マウスの記憶障がいを改善することから、同じ症状を抱えるほかの人々にも同じ効果が期待できる。カリフォルニア大学ロサンジェルス校のアルシノ・シルバ教授は、こう語っている。「記憶とは、取るに足りない些末（さまつ）な情報を切り捨てることと、有益な情報をより分けることであるが、われわれの発見は、突然変異のマウスには重要な情報と不要な情報の識別ができないことを示唆している。彼らの脳は意味のない不要な情報（ノイズ）でいっぱいになっていて、それが学習を妨げているのではないかと考えられる」。これは、多くの自閉症者を想起させる。〝ノイズ〟は自閉症の主要なメカニズムなのかもしれない。

脆弱Ｘ症候群とレット症候群は、どちらも単一遺伝子の突然変異で引き起こされる。脆弱Ｘ症候群は、タンパク質をコード化する遺伝子に変異が生じ、脳内でのタンパク質合成の制御ができなくなることで発症する。それが知的障がいと行動の欠陥にどうつながるのかは解明されていないが、最近では、過剰なタンパク質合成に原因があるというのが定説だ。実験でも、変異した脆弱X染色体を人工的に増殖させたマウスには、タンパク質の過剰合成と学習障がい、社会性の欠如が見られた。脆弱X症候群の治療法のひとつに、代謝型グルタミン酸受容体5をブロックする方法がある。代謝型グルタミン酸受容体5は、おもに脳内のタンパク質の合成をうながすタンパク質だ。この薬の服用により、脆弱X症候群のマウスの過剰なタンパク質合成を減らし、発症を抑え、行動を標準化するというわけだ。

一方、レット症候群の遺伝子の特徴やメカニズムは、脆弱X症候群とはちがっているが、人工的な遺伝子変異でレット症候群を発症したマウスも、変異の影響を受けた細胞間の伝達経路にはたらきかける薬に反応している。

脆弱X症候群とレット症候群のマウスの研究からわかった驚くべき発見は、薬剤によって、成体のマウスの症状にめざましい改善が見られたことだ。両症候群の治療薬はまだ臨床試験の初期段階だが、少なくとも、ある薬剤での予備データによると、脆弱X症候群の子どもの社会的関与面で好ましい効果をあげている。ほかにも、人間ではまだ同様の結果は得られていないものの、マウス実験で画期的な発見のあった研究が多数報告されている。これらの発見は、「発達障がいは生まれつきの脳の障がいで、好転することはありえない」という仮説に対し、意義深い反論を提起している。もし、発達障がいが細胞間の伝達経路の機能障がいによるものだとしたら、遺伝子を変化させることなく自閉症の症状を改善させることもできるかもしれない。言い換えれば、自閉症の症状の多くは、改善可能な脳の機能の問題なのかもしれないのだ。とはいえ、全快はむずかしい。〈オーティズム・スピークス〉の科学部長ジェラルディン・ドーソンはこう言っている。「壊れた車のエンジンを直すことはできます。それでも、運転のしかたは教えなければならない」

二〇一二年、コールド・スプリング・ハーバー研究所のウィグラーと仲間の科学者たちは、脆弱X症候群の影響を受けた遺伝子と、特発性自閉症の子どもの崩壊した遺伝子とのあいだに相関があることを発見した。これは、脆弱X症候群で投薬の成果が見られれば、より大きな集団である自閉症の人々の治療にも役立つ可能性があることを意味する。ウィグラーとセバットは、さらに多くのことが解明できると信じている。「この分野で薬物療法がさらなる発展をとげないとしたら、そのほうが驚きだ」とウィグラーは言っている。「われわれは、すべての遺伝子について知ることはできないだろうし、万人に効く治療法を見つけることもできないだろう。しかし、特定の集団に効く治療法は見つけられるはずだ」

ケンブリッジの自閉症研究者サイモン・バロン＝コーエンは、女性は共感の人で、生まれつき他者を理解しようとする傾向がある一方、男性は体系化の人で、生まれつき事実にもとづいた客観的な情報をまとめようとすると主張している。この観点からすると、自閉症は男性的な認知力が過剰発現している状態といえる。つまり共感に欠け、秩序はあり余っている状態だ。バロン＝コーエンはまた、胎内でのテストステロン濃度が異常に高い場合、脳の構造に影響をおよぼし、自閉症を引き起こす可能性があることも指摘している。男児の妊娠中は、胎内により多くの男性ホルモンが循環することを考えれば、女児よりも男児の場合のほうが、ちょっとした過剰が自閉症の引き金になりやすいことは考えられる。

実際、自閉症者は総じて体系化が好きで、尋常でないほど高い技能をもっている人が大勢いる。生活の多くの領域で自力でうまく立ちまわれないものの、ある領域では並はずれた能力をもつ学者のような人もいる。その能力には、たとえば「毎年のイースターの日付を即座に延々とあげられる」といった、どちらかといえばたわいもないものもあれば、細部まできわめて正確な製図を描く、複雑なデザインを構想する、一度上空を飛んだだけでローマの地図を完璧に描くといった有益なものもある。これが胎内でのテストステロンの曝露と関係するのかどうかは議論の余地があるが、いずれの能力にも男性的特徴が感じられる。

ときには深刻な外傷（トラウマ）、たとえば出生時に受けたなんらかの傷のせいで、自閉症に似た症状が出る人もいる。ルーマニアのチャウシェスク政権時代［訳注：人工中絶禁止と人口増加政策により孤児が激増した］に劣悪な環境で育てられ、児童養護施設から里親に引き取られた子どもたちには、自閉症に似た行動が多く見られた。ただ、検査では他者やまわりの物質的世界から距離を置こうとする徴候は見られなかった。また、ユダヤ人大虐殺（ホロコースト）の生存者ブルーノ・ベッテルハイムは、ダッハウ強制収容所の収監者のなかにも、自閉症者のように引きこもるタイプがいたと言っている。彼はこの経験にもとづいて、すべての自閉症は虐待に関係があるというまちがった結論を導き出したが、虐待が障がいに関連する症状を悪化させる可能性はある。

さらには、自閉症の発症が両親や医師を混乱させるせいで、ほかの病気の検知や治療が見過ごされることもある。ハーバード・メディカル・スクールで教授を務めていたマーガレット・バウマンは、何年も痙攣でもがき苦しんでいた自閉症患者について書いている。その痙攣は自閉症の症状と見なされ、くわしく検査されていなかったが、胃腸科専門医の診察を受けたところ、食道に潰瘍（かいよう）があるとわかった。その潰瘍が治療されると、患者の痙攣も治まった。イェール大学のフレッド・ヴォルクマーは、鉛筆すら持てないほどの深刻な運動障がいのある九歳の自閉症の少年について述べている。その子が三年生になり、ほかの生徒が筆記体を習っていたとき、ヴォルクマーは少年にノートパソコンを使わせることを提案したが、教師は〝松葉杖〟的なものを与えることに反対した。そこでヴォルクマーは言った。「もしあなたに片脚がなくて、私が松葉杖を差し出したら、それは善行でしょう」

自閉症者のおよそ三分の一は、自閉症に加えてひとつ以上の精神疾患の診断をくだされている。五人にひとりがうつ病、約一八パーセントが不安神経症に悩まされているという。しかし、複雑な要因がからんでいるため、精神疾患の治療はなされない場合も多い。カムラン・ナジールの自閉症者の友人エリザベスは、両親からうつの傾向を受け継いだ。「医師は抗うつ剤を処方したり、彼女の不快感にきちんとした診断をくだしたりすることに消極的だった」とナジールはつらい胸のうちを綴った。「あれは本当にすべて自閉症が原因だったのだろうか？」。エリザベスは結局、自殺した。

親の複雑な思い

ジョン・シェスタックとポーシャ・アイバーセンは〈キュア・オーティズム・ナウ〉を立ち上げた。〈オーティズム・スピークス〉と統合するまで、自閉症研究を推進していた主要な民間財団で、誰にでも利用可能な世界最大の遺伝子情報バンク〈自閉症遺伝資源交流〉をスタートさせ、多くの自閉症関連遺伝子の情報をデータ化した。「育て方が悪いから自閉症になったという思いこみは、その考えが出てきてから五〇年間、意義深い研究が何もなされなかったことを意味しています」とポーシャは言う。「息子のダブが診断を受けたとき、自閉症はまだ一般にはよく知られてなくて、くわしい研究も進んでいませんでした。私は科学が得意だったとは言えません。でも、もし家が火事になったときに三階にいたら、飛びおり方を学ぶでしょう。そんなわけで私は自閉症の科学を学んだんです」。彼女は、研究者と自閉症者の家族が接する機会を増やすことに努めた。「私たちにできるもっとも効果的なことは、みずからデータになることなんです」

カーリー・フライシュマン同様、ダブ・シェスタックも標準的な知性を備えていた。ただその心は何年ものあいだ、静寂のなかに閉じこめられていた。ポーシャが、息子が字を読むことができるのだと悟ったのは、彼が九歳のときだ。文字を指さすよう問いかけたところ、ちゃんと指さしたのだ。「本当に驚きました」とポーシャは言った。「ずっと、この子は考えられない、だから字を読むこともできないと思っていましたから」

ダブが自分の考えを表現できるとわかると、ポーシャはこれまで長いあいだ何をしていたのかと尋ねた。「聞いていた」と息子は答えた。「発達遅滞のように見えるけど本当は知性があるなんて人はいない、という考え方が一般的でした」とポーシャは説明した。「でも現にそういう人がいるんです」

ポーシャは自閉症のもっとも難解な部分、自閉症者の外側に見えている部分と内側で起こっていることとの関係性について調べはじめた。「自閉症者のなかには、コミュニケーションに意欲がないように見える人がいます。その一方、何がなんでも理解してもらいたがっている人もいます。私の息子の場合、障がいと人格のあいだに大きな溝がある。彼はたいてい自分のやりたいことをしていないし、ふるまいたいようにふるまってもいません。朝はよくめそめそ泣くような声をあげ、両手をひらひらさせています。化学反応の嵐が起きたみたいに、何かが彼をかりたてるんです。ただ、そうしていても、彼が何かを表現していることに私が気づかなかったときよりはずっと幸せそうです。不自然なコミュニケーションでも、あるとないとでは天と地ほどちがうんです」

症状が広範で、ひとつとして同じ症例がないことを考えると、自閉症の診断はきわめて微妙な作業である。しかも自閉症スペクトラムの一方の端はふつうにかぎりなく近い。それも考慮に入れると、診断はさらにむずかしくなる。

どんな人でも心が乱れることはあるが、それがぎりぎり自閉症に分類されるほどになると、問題は複雑になる。「学校での教室の分け方は二分法です」とイザベル・ラピンは言う。「彼らはふつうの教室か、特別支援センターに振り分けられる。これは政策であって、生物学じゃありません」

自閉症のテストには、無数の質問とチェック項目が並んでいる。診断法には、〈異常行動チェックリスト（ＡＢＣ）〉、〈小児自閉症評定尺度（ＣＡＲＳ）〉、有名な〈乳幼児期自閉症チェックリスト（ＣＨ

AT)〉、七時間かかる〈自閉症スペクトラムの半構造化面接(DISCO)〉、〈自閉症診断面接・改訂版(ADI-R)〉、そして高く評価されている〈自閉症診断観察尺度・汎用版(ADOS-G)〉などがあるが、話すことができる自閉症者と話せない自閉症者の両方に適用する一貫した診断法を見つけるのはむずかしい。

また、これらのテストはいずれも、テストをおこなう人によって結果が変わりやすい。たとえば、ADOSでは、子どもを誘導して創作遊びができるかどうかを見る項目がある。私がこれまで見ただけでも、非常に活力と想像力のある試験官もいれば、ただつくり笑いをしていたり、高圧的だったり、やる気がなかったり、想像力のまったくない試験官もいた。加えて、試験官は、子どもが本当にそれをできないのか(自閉症なのか)、あるいはやる気がないのか(性格的なものか、気分の問題か)を見きわめなければならないが、自閉症の度合いは日によって変動しがちだ。さらに、診断を求める大人が増えているから、テストはあらゆる年齢層に有効でなければならないが、自閉症は発達障がいなので、発達の早期に発症が認められなければ自閉症とは診断されず、「その傾向が認められる」とされる。

医師が親の意見を無視するのはどんな症例でもよくあるが、二〇世紀初頭の開業医アウグスト・ビアは、「賢い母親はしばしば、下手な医者よりも鋭い診断をくだす」と述べた。診断するにあたって、親が子を観察する際の距離の近さと、医師が患者を観察する際の専門性は、同じくらい有効だ。両者を対立させると関係者全員にとって不幸なことになる。それなのに医学は、わが子を病気と思いたくない親の見解にうまく対処できないことが多い。

たしかに、多くの親にとって、子どもが自閉症と診断されることは地獄に落ちるようなものだろう。だがその一方で、障がい者の権利の擁護者で、ウェブサイト〈神経多様性ドットコム〉の開設者であり、一〇歳でアスペルガー症候群と診断された息子の母親であるキャスリーン・サイデルのような人にとっては、啓示にもなりうる。「息子がアスペルガー症候群と診断されたことが、人生で物事を認識するときに大いに役立っていると思っています」と彼女は言った。「以前はわけがわからなかったことが理解できるようになって、自分たちは正しいことをしていると感じられます。診断のおかげで、過度な期待をいだかない利点を知ることもできました。以前は、そんなふうに考えるのは正しいことにも健全なことにも思えなかったけれど……。神様はじつにさまざまな方法で脳をつくります。クレイ社のスーパーコンピュータは、すごく複雑で緻密な大量の情報処理をしますが、本体がとても熱くなるから、液体冷却システムのあるところに設置しなければならない。きわめて特別な取り扱いが必要です。でも、動かすためにそういう環境が必要だからといって、欠陥があると言えますか？　断じて言えません。私の子どももそれと同じ。彼には支援が必要です。目をかけてやらないといけない。でも、すばらしい子なんです」

マービン

マービン・ブラウンの母イシルダは、自分が変えられるものと変えられないものを、はっきりと認識している。そして、変えられないものには抵抗しない。イシルダは、私が出会ったたいていの母親よりも、息子の状況を心穏やかに受け止めているように見えた。選択肢のない人生は、彼女に物事を受け入れる資質を与えた。その当然の帰結として生まれる幸福に、私は感服した。

イシルダはサウス・カロライナで生まれ育った。貧しいアフリカ系アメリカ人の農家の、一〇人きょうだいのひとりだった。一九六〇年代にニューヨークに出て、ハウス・クリーニングの仕事を見つけた。若くして結婚し、三〇歳までに五人の子どもの母親になった。マービンはその四番目だ。

二歳になるころまでに、彼がふつうとはちがうことに気づいたとイシルダは言う。「三歳になると話しはじめたけれど、すぐにやめてしまった。それから五歳になるまで、もう何も話そうとしなかった」。自閉症の診断が下りたのは、マービンがそろそろ四歳になる一九七六年のことだった。「決して泣かなかった。ただただご機嫌で、遊びまわったり、行ったり来たり走りまわったり。すごく早起きで、毎日起きるのは夜中の二時。あの子が起きると私も起きる。マービンは少しもじっとしていられなかった。だから私も自然とそれに慣れた」

ハウス・クリーニングの仕事は決して楽ではない。しかもイシルダは、マービンのせいで三、四時間しか寝られないなかで、その仕事を何年も続けた。「毎日、あまり疲れませんようにと祈っていたわ。正しいことができるように導いてください、マービンに耐えられる強さも授けてください、と。日々の生活に必要だったから」

マービンには、手をひらひらさせることに始まって、たくさんの常同行動があり、発話もかぎられていた。イシルダは、家から一時間ほどのヤコビ病院でおこなわれていた自閉症児向けプログラムに、息子を参加させることにした。そこの子どもたちは、ほとんどがヤコビ病院近くの普通学校に通っていた。移動が大嫌いなマービンのために、一家はそろって学校の近くに引っ越した。

マービンが一〇歳のときに、イシルダの夫は家を出ていってしまったが、マービンは、やさしい母親も、それまでの学校やアパートメントも手離さずにすんだ。イシルダは継続できるものはすべて継続した。「あの子は寂しいと『すごく寂しい』と言う。楽しければ『楽しい』、怒っていれば『怒ってる！』と言う。そんなとき私はあの子をなだめて、背中をやさしく叩きながら、『ほら、ちょっと座ってひと息つきなさい』と言ってあげるの。それで、あの子の気持ちを落ち着かせることができる」

成長するにつれ、マービンの世話はある意味で楽になった。以前よりよく眠るようになり、自分でいろいろなことをうまくできるようになったからだ。マービンが二〇代になると、イシルダはハウス・クリーニングの仕事を辞めて、ニューヨーク州マウント・バーノンで高齢者介護の仕事を見つけた。それでいくらか体の負担も軽くなった。さらに、何人かの専門家に、マービンはグループホームに入れたほうがいいと助言され、息子のために施設を見つけた。グループホームに連れていくまえに彼女は、「ここにいたいと思ったらいればいいのよ」と言った。そして、毎週末、家に連れて帰ると約束した。結局、マービンはその施設が好きじゃないと言った。イシルダはもう少し様子を見てみなさいと言いつづけたが、その年の終わりには、よそでは楽しめないのだと悟って、家に連れ帰ることにした。

それから五年後、マービンは混乱をきたした。ブロンクスのデイプログラムに参加していたときだった。ほかの参加者にあとで聞いたところによると、教師のひとりが彼を怒らせるようなことをしたのだという。マービンは暴力をふるったことはなかったが、デイプログラムの職員が警察を呼び、警察は彼に手錠をかけて精神科病院に連行した。息子が収監されたと聞いて、イシルダはすぐ病院に行き、息子を解放してもらった。マービンは怖がり、ひどく混乱していた。

イシルダは激怒した。「市長、警察本部長、あらゆる人に手紙を書いたわ。かつて掃除に行っていたお客さんのひとりが、手紙を書くのを手伝ってくれた。州内のあらゆる機関が総出で対処することになって、プログラムは調査された」。すると、ほかにも同じ経験をして怖い思いをした人たちがいることがわかり、責任者の女性が辞めさせられた。マービンは別のデイプログラムに参加することになった。そこでは就職に向けた訓練があったので、マービンは監督者つきで書店で働いたり、メッセンジャー・サービスの仕事をしたり、介助者としての仕事を学んだりした。

私が会ったとき、イシルダは六二歳で、子育てを始めてから四三年がたっていた。「あの子には充分な監視が必要。でもあの子は私のことを『ぼくの友だち』って呼ぶの」と、イシルダは戸惑いと満足がない交ぜになった顔に、照れくさそうな笑みを浮かべて言った。彼女は地域社会の情報源になっていた。

何百人もの自閉症児の親に会い、マービンに関するビデオをつくり、彼が助けてもらっているさまざまな機関で見せていた。「人にはこんなふうに言う。『さあ、いまの息子を見てください。そして、あちこち走りまわってしゃべらないあなたのお子さんを見て。うちの息子もかつてはそうでした。あなたたちがあきらめたら、子どもはチャンスを失うんです』」。彼女はそこで間を置き、満面に晴れやかな笑みを浮かべた。「私は過去を振り返って、神様に言った。『こんなにも長い道のりを私に歩ませてくださって、心から感謝します』ってね」

全米自閉症協会では、現在一五〇万人が自閉症スペクトラムだと見積もっており、疾病予防管理センター（ＣＤＣ）は二一歳未満の五六万人が自閉症だと言っている。また米国教育省は、自閉症者の割合は一年で一〇パーセントから一七パーセントに増加していると伝えていて、今後一〇年で、全米で四〇〇万人に達するだろうと予想している。世界人口の一パーセント以上が自閉症スペクトラムだという最近の研究もある。

急増の原因のひとつは、カテゴリーの範囲が広がったことにある。かつて、ちょっとおかしいけれどとくに診断名は与えられなかった人々がいたように、以前なら統合失調症や知的障がいに分類されていた可能性のある人々が、いまは自閉症スペクトラム障がいに分類されるからだ。

また、親たちの積極的な擁護活動のおかげで、自閉症児はほかの病児や障がい児よりも手厚い支援を受けられるようになったことも影響している。よりよいサービスが受けられるとなれば、かならずしも支援を受けなくていい子どもにまで当てはめる医師も出てくるだろう。かつては不当に責められるのを怖れて、自閉症と診断されることを避けたかもしれない親たちも、いまは子どもが特殊教育の支援を受けられるよう、積極的にその診断を求めている。たとえばカリフォルニアでは、かなりの数の診断が自閉症に振り替えられており、州は、知的障がいの減少と、この二〇年で福祉サービスを受ける自閉症者が一二倍に増えたことが一致すると報告している。

とはいえ、親の費用負担はそれでもとても大きい。自閉症の研究者ローラ・シュライブマンは、自閉症者ひとりの生涯コストは五〇〇万ドル（約五億二五〇〇万円）と見積もっている。充分な保険をかけている親でも、莫大な年間コストがかかるということだ。にもかかわらず、多くの保険会社は、医学療法というよりは教育療法に近いような、手のかかる療法への支払いは避けたがる。資金のある親たちは、保険会社か教育委員会か自治体政府、あるいはその全部を訴える。重度障がいのある子どもとの生活は、それだけでも気力と体力を消耗させるが、こうした法的な手続きが親を限界まで追いこんでしまうことも多い。

結局のところ、自閉症そのものは増加しているのか？　途方もない時間とエネルギーがこの問題に注がれてきたが、いまだになんの答えも出ていない。しかし、診断と発症はたしかに増えていると言っていい。私がこの本の執筆に費やした一〇年のあいだ、自閉症にかかわっている友人を紹介したいと言われたことが何度もあるが、その数はほかの障がいの場合の少なくとも一〇倍だった。

国立精神衛生研究所所長のトマス・インセルは、一九七〇年代には、自閉症児がボストン小児病院に入院すると小児科の責任者が研修医を呼び集め、自閉症児を観察させたと語る。いつまた自閉症児に会えるかわからなかったからだ。だが今日、インセルの住む九軒の家が並ぶ通りには、自閉症児がふたりいる。

こうした現状について、国立精神衛生研究所の元所長でハーバード大学の元学長スティーブン・ハイマンは、こう述べる。「自閉症スペクトラム障がいの診断が増えていることは、それが恥ずかしいことではないという認識と、幅広い教育の広がりを反映している。では、発症そのものは増加していないということか？　いや、そうではないが、こうした状況によって、判断はむずかしくなっている」。最近の診断基準に当てはめたいくつかの研究によると、かつて自閉症でないと診断された人が最近の基準では自閉症と見なされることもあるが、その診断にはつねに多少の憶測が含まれている。

多くの科学者は、退行性の自閉症という分類はまったく適切ではないと主張してきた。そもそも、特定の遺伝子型をもつ子どもは、発達のある段階でなんらかの退行の症状を示しはじめる。それこそが自閉症の発症なのだから。しかし、退行性の自閉症の子の親は、退行が起きる引き金は明らかに環境が要因だと主張することが多い。退行は子どもがワクチンを打つのと同じ年にしばしば起きるので、多くの親は子どもの自閉症をワクチン、とりわけ、はしか、おたふく風邪、風疹の三種混合ワクチン（MMR）と、水銀由来の防腐剤チメロサールを含むワクチンのせいにしてきた。三種混合ワクチンは、生後一年間は母親由来抗体に阻害されて効果が出ないため、最初の接種は一歳を過ぎたころにおこなわれる。一九七〇年代にアメリカで導入され、一九八〇年代には広範に普及した。

ワクチン論争

一九九八年、イギリス・ロイヤルフリー病院の胃腸科専門医であるアンドリュー・ウェイクフィールドが、自閉症児における三種混合ワクチンと胃腸障がいに関連があるとする論文を、医学雑誌「ランセット」で発表した。ウェイクフィールドらが採り上げた症例は一二だけだったが、それでも記者たちは論文に注目し、多くの親が子どもにワクチンを打つのをやめた。イギリスでは、はしかの予防接種を受ける人の割合が九二パーセントから八〇パーセント未満に急落し、その結果、はしかの発症が急増した。イングランドとウエールズでは、一九九八年にはしかにかかった子どもはたったの五六人で、死亡者はひとりもいなかったのに、二〇〇八年にはイギリス全土で五〇八八人が発症し、ふたりの子どもが亡くなった。

多くの人口統計的研究では、ワクチンと自閉症の関連性は依然として証明されていない。疾病予防管理センターがおこなったある研究では、一四万人の子どもをモニターした結果、なんの相関も見つからなかったという。また日本のある研究では、予防接種を受けていない子どものほうが、自閉症を発症する割合が高いと報告されている。その後、ウェイクフィールドが、ワクチン製造業者を相手取った訴訟の担当弁護士に依頼されて研究をしていたことや、一二人の被験者のうち一一人までがこの訴訟の関係者の子どもだったこと、またウェイクフィールドが裁判がらみの研究に資金援助するイギリスの法律扶助組織から研究費をもらっていたことなどがわかり、共同執筆者一三人のうち一〇人が公式に論文から自分たちの名前を削除した。ランセット誌の編集者は論文掲載について謝罪し、論文には「致命的な欠陥があった」と述べた。二〇一〇年、イギリス医学総会議が調査をおこない、ランセット誌は論文を全面的に撤回した。

にもかかわらず、ワクチンは悪者ではないことを示す新たな証拠が出現するたびに、ウェイクフィールドの信奉者が隠蔽(いんぺい)工作をして議論を別の問題にすり替えたため、ワクチン原因説は長いこと脚光を浴びつづけた。子どもに接種されていたすべてのワクチンからチメロサールが取り除かれても、自閉症の診断率が減少しないとわかると、今度は、混合ワクチンに免疫システムを攻撃する問題があるからだとか、あまりに多くのワクチンを打ちすぎるのが原因だなどと主張する人々が出てきた。親にとって、自閉症による退行を目の当たりにすることは、出生時から障がいを認識している場合よりも精神的な打撃が大きいのだろう。かつてはいっしょに遊んだり笑ったりしていたわが子の姿をもう二度と見られないのではないかという恐怖に襲われるのだから。

自閉症による退行に関連した情報のほとんどは、その子どもの発達について両親から話を聞くことで得られる。ふつう、退行症状のある自閉症児の親は、一歳四カ月ごろからわが子の言語能力の喪失に気づきはじめる。私が会ったある子は、兄が自閉症だったので、本人も自閉症発症のリスクが高いと見なされて診察を受けた。六カ月のときは声を立てて笑ったり遊んだりし、診断医とのやりとりを楽しんでいたが、一歳を少しすぎたときには、同じ診断医にほとんど関心を示さなくなった。笑わず、微笑みも浮かべず、他者の存在を認識すらしなかった。無気力でうつろな目をして、半年前と同じ子どもとは思えないほどだった。そうした退行は機能の喪失によるものなのか、それとも幼児期の社交性と成長してからの社交性では脳の使用領域がちがうからなのか？　いずれにしろ、自閉症の二〇～五〇パーセントは退行症状を伴うとされている。

ジャーナリストのデイビッド・カービーは、著書 *Evidence of Harm*（有害の証拠）で、自閉症とワクチンには関連性があるという仮説の広まりについて述べ、ワクチンが子どもに悪影響をおよぼしたと信じる親と、ワクチン開発にかかわった科学者や為政者との対立について取材している。どちらの側も、相手方は金銭的な利害と捏造（ねつぞう）された研究結果に踊らされたのだと主張している。しかし結局、中立人の弁護団は関連性について適切な科学的裏づけを提示できなかった。そのため、米国ワクチン障がい保障プログラムは現在、ワクチンが自閉症の原因だとして補償を求める五〇〇〇件の訴えを退けている。

二〇〇八年三月、アトランタ連邦請求裁判所は、ハンナ・ポーリンの訴えを認めた。その訴えとは、水痘ワクチンが潜在的なミトコンドリア異常を悪化させて、幼児に自閉症の症状を引き起こした可能性があるというものだった。ワクチン反対派はこの訴訟結果を、遅きに失した正義と見なした。初期の煙草反対運動になぞらえる者もいた。「五〇年代と六〇年代には肺がんと心臓病が急増したが、煙草会社はこぞって、煙草と病気にはなんの因果関係もないことの科学的根拠を示した」と言うのは、〈シェーファー自閉症リポート〉の開設者で自閉症の青年の養父であるレニー・シェーファーだ。

その一方、神経多様性や自閉症者の権利を擁護する活動家の多くは、ワクチン原因説に科学的な根拠は何もなく、自閉症者を侮辱する考え方だと腹を立てている。キャスリーン・サイデルはこう述べた。「このような主張を聞かされる陪審と判事の心は、ある一定の方向に導かれます。でも導かれるその道は、かならずしも正義につながっているわけではありません」

疫学研究では、ワクチンと自閉症になんの相関もないことが実証されている。ということは、ワクチンに対して脆弱な子どもはいないということだろうか？　退行症状のある自閉症児をもつある母親は、私にこう話した。「小児科でワクチンを打って、二四時間以内に白血球数が三万一〇〇〇個に急増したんです。息子はすぐに入院し、敗血症だと言われました。退院したとき、息子の社交性は失われていました。本当に、すっかりなくなっていたんです。連れていったときと連れ帰るときでは別人のようでした」

ポーシャ・アイバーセンは「いくらたくさんの証拠があっても、個人の経験には太刀打ちできません」と言い、インセルは次のように述べる。「私はここ一〇年で、食物アレルギーや喘息、糖尿病、自閉症、小児双極性障がいが四〇倍にも増えていることに何か意味があるのではないかという気がする。これらすべてを説明できる、もっと全般的な原因があるのではないかと。それが何かはわからないけれど、環境要因が鍵となっている気はする」。残念ながら、現代の生活にはあまりにも多くの分類すべき環境変数がある。携帯電話、飛行機移動、テレビ、ビタミン剤、食品添加物……。環境重金属［訳注：土壌や岩石など、自然環境に含まれている重金属。カドミウム、ヒ素、鉛、水銀など体内にたまると有害なものもある］が子どもを苦しめてきたと信じている人も多くいる。また、ある種の物質が原因ではないかと言う人もいる。とりわけ、エストロゲンのような作用がある人工の高分子化合物で、プラスチックの合成に使われるビスフェノールA。この年間生産量は三〇〇万トン以上だ。

ほとんどの遺伝学者は、こうした疑問は今後何年ものあいだ解決されないかもしれないと考えている。だが、一般に広く認められている科学的定説がくつがえされた例もある。二〇〇一年にスタンフォード大学の精神科医ヨアヒム・ホールマイヤーらが、一卵性と二卵性の双生児で自閉症の研究をしたところ、共通の環境因子をおもな要因とする自閉症の発症率が五八パーセントであるのに対し、遺伝的要因で発症する確率はたったの三八パーセントだった。一卵性双生児の双方が自閉症を発症する確率は予想よりも低く、遺伝子よりも環境（おそらく子宮環境）が重要な役割を果たしていることが示唆されたのだ。カリフォルニア大学サンフランシスコ校人類遺伝学研究所所長で、この研究を立案したニール・リッシュはこう語った。「私たちは遺伝的要素が関係していないと言っているのではありません。むしろ逆です。しかし、ほとんどの自閉症スペクトラム障がいの人々にとって、原因は単純に遺伝子だけではないのです」

この研究は、『総合精神医学文書』誌の編集者、ジョゼフ・コイルによって〝大変革をもたらすもの（ゲーム・チェンジャー）〟と名づけられた。同時期に同じ雑誌に掲載された別のグループの研究では、妊娠直前、または妊娠中に抗うつ薬の一種である選択的セロトニン再取りこみ阻害薬（ＳＳＲＩ）を服用した母親の子どもに、自閉症のリスクが増加することも発見された。これらのデータはすべて予備的なもので、自閉症の七〇パーセントは遺伝的なものであると示すデータは依然として信憑性が高いが、環境リスクも重要であるという考え方を、主流派は再考せざるをえないだろう。

マーク・ブラキシルは、プリンストン大学の非の打ちどころない卒業生であり、経営コンサルタント会社の創業者であり、自閉症ワクチン原因説の支持者のなかでももっとも知的な人物のひとりである。彼と妻のエリースは体外受精を一〇回試み、流産を一〇回、子宮外妊娠を二回経験した。そしてついに、ふたりの娘に恵まれた。

二番目の娘のミカエラは、最初はふつうに成長しているように見えた。だが二歳になるころ、エリースは何かがおかしいと思いはじめた。結局、二歳九カ月で自閉症と診断された。「私はあまり子どものことにかかわっていなかったの。仕事がたいへんだったので。それにミカエラは手のかからない子だったし。私の悲しみへの対処法は、できるかぎりのことを積極的に知ることだったわ。だから神経科学を専門的に勉強したりもした。とにかく強迫観念にかられていた」

私がマークに会ったとき、ミカエラは一二歳になっていて、著しい進歩をとげていた。マークはミカエラを世話してくれる一〇人をリストにまとめていた。セラピスト、ベビーシッター、彼女の体の状態に細やかな注意をはらってくれる医者。ここまでの環境を整えられる人はめったにいないことは、マークもよくわかっていた。それでも、ひどい挫折感にさいなまれていた。「ミカエラは最初から重度の自閉症という診断だった。ことばも話さなかった。でもいまは人とかかわることができ、愛らしくてとても社交的だよ。言語はいまだにアスペルガーのレベルに到達していないけれど、それに近づきつつある。彼女が話したがるのは、ピノキオとジミニー・クリケット［訳注：ピノキオに登場する旅人のコオロギ］のことだけだけど。われわれの仕事は、彼女をそこから引っ張り出すこと。私はただただ、あの子がジミニー・クリケット以外の話もするようになってほしいんだ」

マークは自分の活動にのめりこんでいた。「自閉症は脳にできる発疹のようなものだと思う。でも、たとえばワクチンや水銀が原因だというような考えをもっていると、科学的な研究を妨害しただのなんだのと非難される。私たちは、自閉症は伝染病のようなものだと思っている。ばかげた理論かもしれないが、とにかく環境によるものだと思う。現時点での自閉症に対する解決策には満足していない。科学にも、制度にも。遺伝子研究はみじめな失敗が続いている。疾病予防管理センターも、ワクチンを安全に供給するだけ。だから彼らは、彼らの望む結果を与えてくれるくだらない研究にばかり力を入れる」

マークは、彼がおこなった共同研究について話した。その研究では、自閉症児は初めて髪を切ったときに体内の水銀濃度が下がるという結果が出た。彼はそれを、自閉症児はほかの赤ん坊のように効率的に水銀を排出できない証拠と考えた。ニューロ・トクシコロジー誌などの評価の高い科学誌で、査読つき論文［訳注：専門家による検証を通った論文。信頼性が高い］も発表している。彼の情熱を目のまえにすると、説得されずにいるのは困難だ。彼が引き合いに出す科学のほとんどがことごとく反論されていて、彼が見くびっている科学のほとんどが、確かな実験的根拠にもとづいているように見えるとしても。もちろん、科学はつねに改訂されるべきものだが、コールド・スプリング・ハーバー研究所所長のブルース・スティルマンが指摘しているように、科学は特定の意図をもつべきものではない。マークの科学には意図があるように思える。

彼は言った。「私はフットボール・チームのキャプテンで、生徒会長で、ナショナル・メリット［訳注：米でもっとも有名な奨学金］の奨学生だった。子どものころは、両親の喜びだった。自閉症擁護活動は使命のようなものだよ。勝つことや、ほかの人より金を稼ぐことや、いい成績をとることとは関係がない。私が選んだような道をたどったら、ふつうは社会の片隅に自分を追いやることになる。でもそれは自分自身を解放することだ。なぜなら、ニューヨーク・タイムズの言っていることなんて、私にはどうでもいいから。私は正しいことをして、世界に足跡を残したいだけなんだ」

「治療」と「教育」

これまでのところ、自閉症者に対する教育の介入は、医療の介入よりもうまく機能しているようで、最近の治療はほとんどが学校を拠点におこなわれている。ダウン症やその他の多くの障がいと同様、自閉症の診断と治療もできるだけ早くおこなわれるのが何よりだ。

早期介入プログラムを受けるには、早期発見が欠かせない。イェール大学の心理学者アミ・クリンらは、自閉症者と非自閉症者に実験をおこなった。まず『バージニア・ウルフなんかこわくない』［訳注：一九六六年制作、夫婦間の確執を描いた映画］を見せ、コンピュータで被験者の動作を解析したところ、非自閉症者は登場人物たちの口論が始まると話し手の顔を交互に見るのに対し、自閉症者はそうしないことがわかった。さらに、幼児たちに、ほかの子どもと母親がやりとりしているビデオを見せた。すると、標準的に発達している幼児は目に注目したが、自閉症の疑いのある幼児は物や口に注目することがわかった。

早期治療が効果的である以上、早期診断が重要だという点では大方の意見が一致しているものの、どんな早期治療をするべきかについてはさまざまな意見がある。カリフォルニア大学サンフランシスコ校の心理学者、ブライナ・シーゲルは、著書 *Helping Children with Autism Learn*（自閉症児の学習援助）のなかで、「自閉症治療の実態は、治療のとらえ方に非常に多様な観点——発達、行動、教育、認知力、医療など——があるため複雑だ。それぞれのセラピストがこうしたさまざまな観点から治療をおこなうので、しばしばセラピスト同士が互いの用語を理解できないという事態が生じる」と述べている。

アメリカの行動心理学者チャールズ・ファースターは、人間も動物と同様、条件づけ（コンディショニング）によって学習すると提唱した最初の人物だ。一九六〇年代になってこの考え方が、現在自閉症治療で使われている行動介入療法、とりわけ応用行動分析（ＡＢＡ）につながった。

ほかに成果をあげている自閉症治療といえば「自閉症者の行動から学ぶ」というものがある。スタンレー・グリーンスパン博士は、〈発達段階と個人差を考慮した、相互関係にもとづくアプローチ（ＤＩＲ®／フロアタイム™）〉で一躍有名になった。この治療法は、自閉症児と床（フロア）に座って関係をつくりあげていく。また、聴覚統合訓練や感覚統合療法では、自閉症児の特定の過敏性に取り組む。言語療法は自閉症児にことばの使い方を教え、明瞭な発音を助ける。インドのソマ・ムコパディエイは、この分野になんの予備知識もなかったが、ラピッド・プロンプティング・メソッド（ＲＰＭ）という療育法を開発し、自閉症でことばを発しない息子を療育した。その子はいま、タイプライター詩人として活躍する。

盲導犬と似た役割をする介助犬も、自閉症児や自閉症者に非常に有効であることが多い。パニック発作を食いとめる手助けをし、いまいる場所を確認させ、自閉症者と実社会のあいだの感情の橋渡しをしてくれる。

ある母親は、介助犬のチューイーが家族に加わってから息子のケイレブに変化があったことを大喜びしていた。「息子は以前よりも落ち着いて、とてもしっかりしてきました。まえよりずっと、物事にうまく対処できるようになったみたいです。ケイレブとチューイーにとって、一日二四時間いっしょにいることはとても重要なんです。どちらもお互いを変わらない存在だと知る必要がありますから」。ケイレブが介助犬を学校に連れていくことを許可すべきか否かについて、準備書面にはこう書かれている。「チューイーを受け入れてから、ケイレブは興奮することが少なくなり、宿題を完璧にすませ、ひと晩に六〜八時間寝るようになった。学校も含めて家から公共の場所までの移動も、以前よりずっと楽にできるようになった」

子どもの食生活を修正する親もいる。グルテンやカゼインや、食品に含まれているその他多くの物質を受けつけない自閉症者の話はよく耳にする。また、プロザックやゾロフト、パキシルなどの抗うつ剤（選択的セロトニン再取りこみ阻害薬）は、一部の自閉症者の不安を抑えるために使われてきた（結果はさまざまなようだ）。自閉症者の五分の一〜三分の一はてんかんを発症し、それを抗痙攣薬で抑えている。注意欠陥多動性障がい（ＡＤＨＤ）によく使われる刺激薬も、鎮静剤やハロペリドール、メレリルなどの抗精神病薬と同様、ときに自閉症者を落ち着かせるために処方される。

こうしたすべての治療の効果は一定ではなく、治療を始めるために必要な努力や経費はばかにならない。たとえ発話や運動機能や社会意識の改善と維持が期待できたとしても、自閉症が完全に治るわけではなく、自閉症独特の認知力はそのままだ。カムラン・ナジールは、大人になって初めて、ほとんどの人が子どものときから心得ていることの意味がわかったと述べている。「ぼくはようやくわかってきた。会話はパフォーマンスであり、ただたんに相手と交互にやりとりされるものだ。たとえば、ぼくが相手に何かを言うとする。ぼくが言ったことのうちのあるフレーズ、話題、もしくはものの見方が、相手のなかにある何かとつながる。あるいは何もつながらなかったりする。すると相手はそれに対して何かを言う。会話はそうやって進んでいく」

このような洞察が自閉症に関連する問題を解決していく。だが、問題が完全になくなることはない。

ロビン

ブルース・スペードはプロのカメラマンで、二七年ほどロンドンで暮らしていた。生涯かけて撮りつづけている自閉症の息子ロビンの写真には、奇妙な美に向けられた父親の視点が現れていて、不可解なほどひどく苦悶していたり、あふれんばかりの活力をみなぎらせていたり、怒りをあらわにしていたり、有頂天になったりしている人間を深く描き出している。

ロビンは、ときにはとてつもない愛らしさを見せることがある。「妻のハリエットと私が〝カイツブる〟と呼んでいたしぐさを、息子はよくした」とブルースは言った。「水鳥のカンムリカイツブリは求愛ダンスのとき、水の上で伸び上がって頭を振り、甲高い声で鳴くんだ。ロビンもこちらの目をのぞきこんで頭を振って、ときどき『見て、見て』と言ったものだよ。あの子がカイツブリダンスをしたら、それは合図なんだ。おまえは仲間だっていう」

しかしロビンは同時に、疲れを知らない子であり、相手を極度に疲れさせる子でもあった。成長して力が強くなるにつれ、怒りの爆発もどんどんすさまじくなった。通りで癇癪を起こすこともあり、そんなときはブルースかハリエットが、ロビンが落ち着くまで言い聞かせた。夫妻はもうひとり子どもが欲しかった——ブルースの言う「遊び方を知っている子ども」が。しかし、ふたりともあまりに疲れていて、そんなことを考える余裕もなくなった。

九歳になると、ロビンは寄宿学校に入った。「そうするか、私が仕事を辞めて失業手当をもらいながらロビンの世話をするか、どちらかしかなかった」とブルースは言った。次の年の夏に帰省したロビンは始終、食べ物をほしがり、母親はそれを拒むことができなかった。「妻は息子に食べ物を与えつづけた。車の後部座席は食べ物の袋だらけ」。ロビンは食べることを楽しんでいたが、怖ろしいペースで体重を増やし、またたく間に一〇〇キロを突破した。「結婚生活は崩壊寸前だった」とブルースは言った。あまりに巨大になったロビンは、歩くのもおぼつかなくなり、足の爪はたちまち肉に食いこんだ。ハリエットは浮気をした。「二度と仲直りできそうにない言い争いを何度もしたよ」とブルースは言った。「ハリエットはいつも、『そろそろ離婚ね』と言う。でも決して離婚はしない。この状況にひとりでは太刀打ちできないから」

しばらくして、ロビンの学校が閉鎖になった。子どもがひとり逃げ出して亡くなる事件が起こり、不適切な監督に、親がみな心配にかられたからだ。当時、イギリスではロビンのような凶暴な子どもをあずかる学校はふたつしかなかった。ブルースとハリエットはヨークシャーにあるもうひとつの〈ヘスリー・ビレッジ・アンド・カレッジ〉にロビンをあずけることにした。そこは、四四エーカー（約一七八平方メートル）の敷地に立つビクトリア時代の農場で、七〇人の自閉症児のために、小さなホテルや共有牧草地、パブ、ビストロ、美容室、郵便局、パン屋まで備わっていた。

だが、到着した日、新しい介助者が散歩にいこうと提案すると、ロビンは彼に頭突きをして馬乗りになり、殴って気絶させてしまった。その後は何カ月も、自傷の日々が続いた。あるときはドアから外に出ようとして、強く扉に頭を打ちつけた。あまりに何度もくり返すので、頭蓋骨のレントゲンを撮らなくてはならないほどだった。血が出るまで皮膚を引っかいたりもした。それでも、だんだんと場所に慣れ、暴力は収まっていった。

ロビンは性的関心も旺盛だ。「頻繁に自慰をするんだ」とブルースは言った。「よく人の鼻を見ようとする。そうすると興奮するから。たぶん穴が興奮を誘うんだろうね。あの子にもそれくらいの知識はある。私の鼻の穴も見たがるから、ときどき見せてやる。ちょっとのあいだだけ。それでオーガズムを得ることができる。やめさせたいとは思わないよ。息子には人生の楽しみがわずかしかないし、私にしてやれるのはそれくらいだから。そんなにむずかしいことじゃない。自分の息子だっていう事実を考えないようにすればね。たんなる性欲処理の問題だ。でも、鼻の穴に囚われすぎてほしくないとも思う。だからあまり頻繁にはさせない。カレッジには女の子もいて、彼女に会うと自慰の頻度が高くなる」

いまはヘスリー・カレッジで幸せにすごしているようだが、ロビンの奇矯な行動は続いている。私がブルースに会った数カ月前に休暇で帰省したときも、ほとんど眠らなかったという。四日連続の不眠が続いたので、ブルースとハリエットは医者に睡眠薬を処方してもらったが、それでも三時間しか眠らせることができなかった。おまけに、目を覚ますとのたうちまわった。錯乱状態に陥っているようだった。ハリエットがベッドに腰かけてなだめようとすると、ロビンは彼女の手をつかみ、腱を切り裂くほど噛みついた。「妻は病院に行くはめになった」とブルースは言った。「ショックで震えて、気を失う寸前だった。あれは最悪の夜だった」。ロビンをヘスリー・カレッジに戻したあと、帰省は息子にとって負担なのだろうかとふたりは思い悩んだ。「でも一週間ほどまえに帰ってきたときは、とても愛想がよくてやさしくて、いっしょにいて楽しかったんだ。汚れたお皿を食洗機に入れてくれたりもして。すごい進歩だよ。私たちはそれがとても誇らしい。ほかの親御さんが、子どもがケンブリッジ大学で一番になったらうれしいように」

チェーホフは、戯曲『桜の園』で「ひとつの病気にいろいろな治療法が勧められるとき、その病気は不治ということだ」と書いている。自閉症には気楽にできる療法から似非（えせ）療法まで、さまざまな治療法が提案される。効果が疑わしい治療法のリストは、効果をもたらす治療法のリストよりもずっと長く、完治すると幻想をいだいた親たちが、これで回復まちがいなしとうたうまやかしだらけの夢想家の餌食になっていく。たとえばバリー・ニール・カウフマンとサマリア・ライト・カウフマンは、一九八〇年代に〈サンライズ・プログラム〉という自閉症療育プログラムを独自に開発し、実の息子の療育にあたり、自閉症が完全に治ったと主張した。だが実際には、その息子を診察した医師が、そもそも自閉症だったのかどうかを疑っていると、ある批評家が主張した。このプログラムには両親との最初の面談で二〇〇〇ドル（約二二万円）、一週間の治療プログラムで一万一五〇〇ドル（約一二〇万円）の費用がかかる。

ニューヨークでは、ある精神科医が〝抱きしめ療法（ホールディング・セラピー）〟なるものを提唱したが、子どもが問題行動を起こしたときに親が抱きしめて体を押さえつけるというこの療法は、子どもと親双方の緊張をかえって高めそうだ。『ミラクル・ジャーニー――わが子を癒したモンゴル馬上の旅』といった本もあふれかえっている。これは、モンゴルのシャーマンによって自閉症から回復した子どもの話だ。劇的に回復した子どもの親なら誰でも、〝私はどんなことをしたか〟といった本を得々と書かずにいられなくなるのだろう。問題は、そうした親の多くが、わが子の〝覚醒〟の時期がたまたま治療を受けた時期と合致しただけかもしれないのに、それが誰にでも通用する療法だとして一般化することにある。

そういう実効性の疑わしい療法にかなりの時間と金を注ぎこんでも、それが子どもの体に害をおよぼすものでないならまだましだ。しかし、なかにはキレーション療法［訳注：キレート剤を用いて有害金属を体外排出させる治療］のように、体に長期にわたる害をおよぼす可能性が高いものもある。

この療法はもともと、第一次世界大戦中にけがをした兵士の体内から重金属を取り除くために開発された。合成複合材料であるキレート剤は、通常は静脈注射、ときに筋肉注射や経口で投与され、体内で金属と結合し、血液中や尿や髪に排出される。大規模な研究ではその効果が実証されていないにもかかわらず、ワクチンに使われる水銀由来の防腐剤が自閉症を引き起こすという説の支持者が推奨していて、アメリカの自閉症児のじつに一二人にひとりがこの療法を試したと推定される。そして、これまでに少なくともひとりの自閉症児が、この療法の最中に低カルシウム血症（血中カルシウム濃度が致命的なレベルまで下がり、心不全を引き起こす）で亡くなった。また、多くの人が頭痛や吐き気、抑うつ症状を訴えている。キレーション療法のおかげで奇跡的な回復をとげたと主張する親もいるが、誠意からなされるこうした悪気のない主張が、自閉症児を化学薬品で〝解毒〟するという急成長中のビジネス（その多くは規制対象外で非公開の取引）をますますはびこらせてしまっている。

ほかには、特許出願中のリュープリン（ほかのどんな薬にも増して肉体を大きく変化させる去勢薬）を使った〈プロトコル〉と呼ばれる治療法もある。これは、子宮内で浴びるテストステロンが自閉症の発症に影響するという考えを、思春期の患者に適用したものだ［訳注：自閉症は水銀により発生するという前提のもと、水銀がテストステロンと結合すると仮定し、リュープリンでテストステロン濃度を低下させれば水銀濃度が低下するとうたった治療法。投与された自閉症者には性的機能にダメージが残った］。効果を裏づける証拠がないにもかかわらず、ある医師の父親とその息子によって広められた。のちに「患者コミュニティ全体にとって危険」であることが判明し、メリーランド州医師会と、少なくともその他六州の関係機関が父親の医師免許を剥奪し、免許なしに医療行為をしたかどで息子を告訴した。

その他の物理的な治療法、たとえば、自閉症児を高圧酸素室に入れて全身に酸素を供給する高気圧酸素療法や、イルカといっしょに水槽に入れるイルカセラピー、アオコを食べさせる治療法、ビタミンの大量投与などは、たいてい無害だ（役にも立たない）が、ときに危険な場合もある。それに、混乱のもととなるうえに莫大な費用もかかる。

アンジェラ

私が初めてエイミー・ウルフに会ったとき、彼女はアンジェラについてこう語った。「娘は何もしゃべらないし、しょっちゅう失禁するけど、とてもかわいくて、私たちを愛してくれてるわ。ただ、介助のない世界にはいっときもいられなくて、いまは二四時間対応の施設にいる。歩くことはできるし、散歩も楽しむ。でも、ボタンははめられない。フォークを使って食べることはできるけど、スプーンはちょっと使いにくそうね。切ることができないから。たいていの場合はストローが必要。それから、恐怖心と認知力がほとんどないから、ちょっと目を離すと往来の多い通りのまんなかを歩きだしたりする。表現できる以上に物事を理解はしているけれど、どれくらい理解しているのかは誰にもわからない。それでも、娘はいろいろなことに楽しみを見いだしてるわ。ときどきぼんやりしていることもあるけど、快活だったり、意思疎通がかなりできるときもある。私を見て大喜びすることもあって、そんなときは夢のようよ。娘は人が好き。一度にたくさんの人でなければね。嫌いなのはお医者さん。歯医者も嫌い。靴屋も美容院も嫌い。大きなパーティやサプライズも嫌い。決まり切ったことが変わるのが嫌いなの。いまのところは、たいていとても平穏に日々をすごしてるわ。最悪だったのは最初の一四年間」

一九七二年、二〇歳のエイミーは、生まれ育ったニューヨークでの洗練された都会暮らしをあとにし、ニューメキシコ州タオスに引っ越した。そして鍼師、治療師として働いている男性と結婚し、一九七九年に妊娠した。アンジェラが生まれたとき、問題があることはすぐにわかった。ゆがんだ骨格、ずれた骨盤、内反足らしき足。それらを矯正するために、全身に装具がはめられた。アンジェラの体は筋肉がゆるんでぐにゃぐにゃ、まるでぬいぐるみ人形のようで、骨幹をまっすぐにしておけなかった。

二歳近くになるまで、歩くこともできなかった。ことばは出るようになったがとても遅く、痛ましいほど痩せていた。タオスの町には支援がほとんどなかった。「抗うつ剤すらなかった」とエイミーは振り返った。「福祉サービスもインターネットもない。セラピストもいなかった。アンジェラと私は、私が大切にしてきたコミュニティで、ひどい疎外感を味わったの」。エイミーの夫は治療師だったが、障がい児は手に負えないと言って家を出ていった。

アンジェラが三歳になったとき、エイミーは正式に離婚し、再出発のために娘を連れてニューヨークに戻った。その年、アンジェラはいくらかことばが出てきて、『きらきら星』を歌えるようになった。外に出れば家族の車がわかるようになり、トイレトレーニングも始めた。ところが、そこから少しずつ、すべてが崩れはじめた。何も話さなくなり、失禁もするようになった。筋肉の低緊張も改善しなかった。長いことアルコール依存症だったエイミーは、自分を制御しきれなくなった。「酔っぱらって車を運転していたの。娘が四歳くらいのときよ。私はチャイルドシートにいる娘にウォッカを飲ませた。土手を乗り越えてロングアイランド湾に落ちて、ふたりで死のうとして」。そうする代わりに、エイミーはアルコール依存症を更正する会に入り、以後ずっと酒を断っている。

両親の援助もあって、エイミーは娘の治療法を探しはじめた。アンジェラは他人に攻撃的になることはなかったが、自傷行為が多かった。ただ、ほとんどの場合はたんに「制御がきかなくなるだけで、ときどきひどく動揺することもあり、たいがい何を考えているのか理解不能」だった。

アンジェラが七歳になったとき、エイミーの職場の同僚が、自閉症児の治療で驚くべき成果をあげている日本人女性の話をした。東京郊外に学校を設立しているという。エイミーはボストンでその人に会った。通訳者は言った。「私たちにまかせてくださいと言っています。アンジェラは半年で話せるようになるそうです。でも、彼女を日本に連れてきてもらわなければなりません」

そこでエイミーは母とともにアンジェラを東京に連れていき、そこに入学させた。エイミーは校内に入ることができず、体育の時間に有刺鉄線のフェンス越しにアンジェラを見ることしか許されなかった。「私は東京に残って、毎日フェンス越しにアンジェラを見守った」とエイミーは言った。「あの子はうまくやっているようだった。ローラーブレードをたくさんさせてもらっていたわ。でもその後、トイレトレーニングのために水を飲ませてもらっていないことを知ったの。とても陰湿でおかしなやり方だと思った。だから五カ月通わせたあと、とっとと逃げ帰った」

エイミーは健康な子どもをもつ夢をいだきつづけていた。「もうひとり子どもが欲しかった。とっても。ノアが生まれるまで、私は絶えず苦痛だった。でも彼を生むと決断したことで、心の傷が癒やされたの」。とはいえ妊娠がわかったときはとても怖ろしく、「死ぬほど検査をした」

そのころ、エイミーの両親が資金を出してグループホームを設立し、ナッソー郡精神保健協会に運営を依頼した。ノアが生まれてほどなく、一一歳のアンジェラもそこに移ることになった。私がノアに会ったとき、彼はもう高校生で、音楽療法士として自閉症児にボランティアで療育をしていた。「六歳のころから、ノアは目の見えない人を見ると通りを渡るのを助けてあげていたのよ」とエイミーは言った。「それに自由な精神の持ち主で、私がいまだにいだいている怒りとも無縁」。ノアはうなずきながら言った。「誰かがアンジェラのことを『オツムの弱い子だ』と言うと、母さんは、しなくてもいいばかげた反応をするんだ。相手のことを五秒くらいしか知らないのに、すごく怒ったり。ぼくは我慢することと受け入れることをしっかり学んだ」

「夢のなかのアンジェラは、いまでも私に語りかける」とエイミーは言う。「あの子が話さなくなったのはつらかった。トイレに行くのをやめたのは、今年に入って起きたことよ。何かをやめることは、いまも続いていて、終わりがない。私は怒りを抑えなくちゃならない。禁酒も続けなくちゃいけない。親しい親族から、あの子を殺してしまえと言われたこともある。手を貸すからと。とんでもなくばかばかしい治療法を提案されたこともある。バスタブに閉じこめるとか、咳止めシロップを飲ませるとか。『なぜ私だけが苦しむのか——現代のヨブ記』っていう本をくれた人もいれば、いろんなくだらないものをくれた人もいた。あと、福祉分野の賃金体系のひどい不公平も見てきた。この分野で臨床業務にたずさわってる人たちはとても精力的で、たいてい優秀な熟練者ばかりなのに、ウェイターやウェイトレス程度の賃金しかもらえないんだから。ある社会を正しく判断する基準は、病気の人にどれだけ手厚いサービスを提供してくれるか、よ。私たちの社会はとうてい納得できるものじゃない」。エイミーは選挙の立候補者のような情熱でしゃべりつづけた。

「私は自分に起きた出来事にいまでも心をさいなまれていて、その痛みはほかのすべてに勝るの。時間の感覚なんてない。ただ同じことのくり返し。自分が何歳なのかも忘れた。だってここは、ふつうのやり方では何も測れない世界だから」

テンプル

自閉症は、マイナス面についてはかなり知られているが、一般人にはない特別な能力をもちうる可能性についてはは、あまり知られていない。たとえば彼らは、空間思考テストのような特定分野の認識力テストでは、一般人よりもいい結果を出す傾向がある。国立精神衛生研究所で自閉症コーディネーターとして働き、自閉症者の娘がいるジョイス・チャンは言う。「ある人物を自閉症たらしめている能力を取り除いたら、人間として興味深い部分も取り除いてしまうことになるのではないでしょうか。創造性と多様性を生み出しているのは、もしかしたら同じ遺伝子なのかもしれない」。デンマークの電気通信会社の幹部で自閉症児の父でもあるトーキル・ソナは、自閉症者を企業プロジェクトに派遣する専門斡旋会社をコペンハーゲンに設立し、自閉症者を障がい者として雇ってもらう慈善事業ではなく、特殊技能をもつ一般人として紹介する事業を展開している。

自閉症者のそうした特殊能力を、尋常ならざる天才と表現する人もいる。ジョン・エルダー・ロビソンはこう書いている。「サバン症候群［訳注：知的障がい者や発達障がい者のうち特定の分野でのみすぐれた能力を発揮する人の症状］というのは善し悪しのある恵みだ。なぜなら、ある分野へのピンポイントの集中力は高い代償をともない、それ以外の分野の能力が極端にかぎられるからだ。ぼくのデザインしたもののいくつかは、経済的にも機能的にも傑作だった。多くの人が、創造的な天才のなせる技だと言ってくれた。ところが、いまのぼくには、そのしくみがまったく理解できない。もちろん、ぼくの人生の物語は悲しくはない。この頭脳は消えても死んでもいないから。ただ配線が替わったのだ。ぼくの頭は昔からずっと同じ能力を秘めていると確信しているが、いまはもっと幅広い範囲で能力を発揮している」

私はテンプル・グランディンも同じようなことを言っていたのを思い出す。フィリップ・グラスのCDをかけてくれた私の友人も、社会に適応する能力が上がるにつれて、純粋な数学的思考力が弱まったと言っていた。つまり、治癒それ自体も疾患となりうる。悪いものと認識されていたものが取り去られたとき、同時にその人の才能も取り去られる可能性があるのだ。

私がテンプル・グランディンに初めて会ったのは、彼女が六〇歳のときだった。牛の専門家で家畜施設の設計者である彼女が手がけた設備は、今日アメリカのほとんどの家畜処理施設で使用されているが、テンプルはまた自身の自閉症に関する見解を非自閉症者に物語る才能でも有名だった。

テンプルは、自分の主な感情は恐怖で、動物が捕食者から身を守るときに示す類いの驚愕反射が発達しすぎていると主張する。「私は画像で考える。だから動物のことがよくわかるんだと気づいたの。だって、動物が考えるのと同じ方法で考えているから」。家畜産業の非効率性と非人間性に衝撃を受けて以来、彼女の目標はつねに、動物たちの扱われ方を改善することだ。そして、そのいちばん効率的な方法は、家畜処理施設を改良することだと信じている。

自閉症と診断されたのは一九五〇年代初めで、すでに自閉症を疑わせるさまざまな症状を示していた。母親のユースティシア・カトラーは、冷蔵庫マザーの烙印(らくいん)を押された。決して冷ややかな気持ちで娘に対処していたわけではなかったのに。「癇癪を収めるのはたいへん。排泄物をなすりつけられればひどいにおい。それでも、手離したら心が痛む」と回想録に書いている。「神は『生めよ殖えよ地に満てよ』と耳にささやいて、ごたごたの処理は人間にまかせる」

テンプルは、過去を振り返ってこう言った。「二歳半になったとき、私はじっと座って空間のにおいを嗅(か)ぎ、絨毯(じゅうたん)のけばを食べ、奇声をあげていた。自閉症の常同行動よ」。ユースティシアは、娘を助けるために独自のシステムを開発し、ベビーシッターとともに、つねにテンプルに接しつづけた。私がユースティシアに会ったとき、彼女はこう説明した。「自分だけの世界から引っ張り出してやらなければならないの」。美術のレッスンを受けたことで、テンプルには透視図の才能があることがわかった。母はその才能を伸ばすためにあらゆることをした。

テンプルは自分がまわりからとても目をかけてもらったことに、心から感謝している。「私は一五年間、休むことなくパニック発作を起こして、誰もがたいへんな思いをしていた。三〇代の前半に抗うつ剤に出会っていなかったら、大腸炎みたいなストレス性の病気で体がボロボロになっていたでしょうね。当時は私のような子どもは施設にやられるのがふつうだった。なのに、大学でとてもいい指導者に出会えて本当に運がよかったわ」。彼女はそこで間を置き、まるで自分でも驚いたかのように私を見た。「母が私を手元に置く代わりにどこかへやっていたら、私はどうなっていたんだろう。そんなこと、考えるのもイヤだけど」

ユースティシアは、何もかも自分で考えて実践していた。「お医者さんたちは、どうして私みたいにものごとを見通すことができなかったのかしら?」。私と話したとき、彼女はそんな疑問を口にした。思春期のころ、テンプルは母に「私は愛することができない」と言った。ユースティシアはこう書いている。「思春期というのはどんな子どもにとっても厄介なものだが、自閉症児の思春期はまるで悪魔の発明そのものだ」。テンプルの救いは馬だった。寄宿学校には馬屋があり、そこには校長が安く買い受けた、虐待された馬がたくさんいた。テンプルは馬の世話に喜びを見いだした。

あれから何年もたって、ユースティシアは成長したテンプルを称賛できるまでになった。回想録にはこうある。「あの子は最初、確かな考えも、直感的な手がかりもないまま、自分がはっきり自覚できる知性だけを唯一の手がかりにした。でも、それすらも当時はあやふやな状態で、ゆっくりと、何年もかけて、『出会った人と向き合う』ことを自分で学んでいった。なんと聡明で勇敢だったのだろう。自前の壊れやすい仮面を唯一の武器にして、人と向き合っていったのだから。自閉症は、誰もが内に秘めているものが誇張されたかたちで現れる。それを研究することが、私なりの悪魔払いの方法だ」

とはいえ、ユースティシアも失望から解放されたわけではない。こうも書いている。「途方もないことをなしとげたにもかかわらず、あの子は、ふつうの人が夢見るような、愛にあふれた人生だけは、手が届かないところにあるのを知っている。それでも、誰からも忘れられたくない、覚えていてほしいと思っている。それは、あの子が私に、どんなふうにして自己実現したいのかを、なんとしてでもわからせようとする姿を見れば明らかだ。愛という形でなくとも、あの子は誰かに承認してもらいたいと切望している。それはまぎれもない真実だ。あの子にとって愛情は、信頼するにはあまりにも危うくて謎めいているのだろう」

テンプルは親たちから何千通もの手紙を受け取ってきたが、どれにもすぐアドバイスをする。「こういう子どもたちのなかには、ただちに対処してあげないといけない子どもがいる。少し強引にでも立ち入らなかったら、どうすることもできなくなるの」。テンプルは行動療法と薬物療法、そしてどんなものであれ能力を引き出してくれる治療法ならすべて推奨する。「たとえば、あなたの子どもがウォルマートで癇癪を起こしている。それはロック・コンサート中のスピーカーのなかに閉じこめられたみたいな気がするからよ。その子は万華鏡のような世界を見ているの。音は大きくなったり小さくなったりして、雑音だらけ。たぶん、チャンネルをあちこちいじくりながらＨＢＯ［訳注：米の大手有料ケーブルテレビ］を見ようとしているような感じ。チャンネルをひんぱんに替えているうちに、ときどき、ちょっとだけ映像が映ることもある」

テンプルはまた、自閉症児は能力に応じた技能を発展させるべきであり、高機能になればなるほどその人は幸せになれると強く信じている。「地理が大好きな子どももいる。それなのに親や教師やセラピストは、その子の興味を育ててキャリアに役立てるようにするのではなく、ひたすら社会技能訓練にこだわる。たしかに社会技能訓練はとても重要よ。でもそれにこだわりすぎて、その子の才能を見逃してはいけない」。テンプルは、自分の成功を自閉症のおかげと考えている。「天才というのは、異常な状態でもあるの」と私に説明した。彼女は世界が病気と呼ぶものを、自分の輝きの原点にしたのだ。

こうした考え方すべてが、自閉症のある側面を称賛する神経多様性擁護運動につながった。おもな自閉症関連の慈善団体のひとつであり、のちに〈オーティズム・スピークス〉と統合された〈キュア・オーティズム・ナウ〉では、標語のひとつに〝自閉症をいま治すな（ドント・キュア・オーティズム・ナウ）〟を掲げている。これは、偏見に対抗するためにつくられ、磨かれてきた姿勢だが、根本的な真実を明らかにすることと、新たな真実をつくりだそうとすることのあいだの微妙な線の上を進んでいる。

保守的な人々は「一般社会に自閉症者の理を受け入れてほしいと訴えることは、社会を社会たらしめる原理原則を揺るがすことになる」と抗議するが、神経多様性を擁護する人は、自閉的行動は社会の一貫性を損なうという考えに意義を唱え、「自閉症は通常とはちがうが、同じくらいまっとうな生き方である」という態度を貫き、闘っている。

トマス・インセルは次のように述べる。「統合失調症や双極性障がいや自閉症は、ある人にたまたま起きたものであるということ、そしていまなおその病と闘う人々がいるということを認識するのは、とても重要だ」。また、自閉症者で国際自閉症ネットワークの共同創設者であるジム・シンクレアはこう書いた。「自閉症は人が〝持って〟いるものでも、人が囚われている〝殻〟でもない。自閉症のうしろにふつうの子どもが隠れているわけではない。自閉症はひとつの存在のしかたで、それはあらゆるところにおよぶ。その人の経験、感覚、知覚、思考、感情、出会い、存在のあらゆる局面に影響を与えるのだ。自閉症と当事者とを切り離すことは不可能だ。もし切り離されたら、本人はもとの人間とは別人になるだろう」

ほとんどの障がいにおいて、政治的に正しい用語は、症状より個人に注目する。たとえば「ろう者」よりも「耳の聞こえない人」と言い、「低身長症者」よりも「背が低い人」と言うように。一部の自閉症擁護活動家は「〝何か〟のある人」という言い方に反感を覚え、「自閉症のある人」よりも「自閉的な人」という言い方を好む。「自閉的な（オーティスティック）」という形容詞を名詞として使うことを好む人もいる。たとえば「自閉的な人々（オーティスティックス）は社会でさまざまな便宜を与えられるべきだ」というふうに。シンクレアも「自閉症のある人」という言い方は、男性を「男らしさのある人」と言ったり、カトリック教徒を「カトリック教義のある人」と言うのと同じで違和感があると述べている。

自閉症者の尊厳

神経多様性を擁護する活動家の多くは、現在の治療は自閉症者自身のためのものなのか、それともその両親を慰めるためのものなのかという疑問をいだいている。特異な性質をもっているというのは落ち着かないことかもしれないが、その性質を捨てることになったら、自閉症者はどれほどの苦痛を味わうことになるだろう、と。

イザベル・ラピンは、彼女の抱える大人の患者について、「まったく別の要求をもっている人に、私たちの思う成功の価値観を押しつけるべきではありません」と述べている。自閉症の娘がいるジョイス・チャンも、「私たちの闘いは、自分たちの子どもの状況を不当な仕打ちととらえて自己憐憫（れんびん）に陥ることではない」と言う。自閉症は両親に起きたことではなく、子どもに起きたことなのだから。

自閉症者とその親のための交流ウェブサイト〈ロング・プラネット（ちがう惑星）〉を立ち上げて、四万五〇〇〇人超の会員を抱え、自身もアスペルガー症候群のアレックス・プランクはこう言っている。「各分野に有力な人脈をもつ機関は、たいてい自閉症者の親がつくったものなので、その優先事項が自閉症者自身の考えと同じになることはないだろう。とりわけ、親たちの考える成功が、わが子を自分の子ども時代と同じようにしたいというものである場合には」。同じくアスペルガー症候群で、大学在学時に活動家となったアリ・ネーマンは、自分自身を言い表すくだけた用語として〝アスピー〟を使う。彼はこう言っている。「社会は、釣鐘曲線（正規分布）の視点から物事を分析する傾向を強めてきた。つまり、自分はどれくらい標準から離れているのか、もっとうまく標準に収まるにはどうすればいいのか、と。しかし、釣鐘曲線のいちばん高い部分には何がある？　平凡だ。もし個々のちがいを病気だと主張するならば、それこそアメリカ社会の悲劇だ」

二〇〇七年一二月、ニューヨーク大学児童研究センターは、自閉症治療プログラムに関する広告を出した。それは身代金要求文書に見立てたもので、ひとりがおどろおどろしい調子でこう宣言する。「おまえの息子はあずかった。息子は生きているかぎり決して自分を愛することも、社会とかかわることもできないだろう。これは始まりにすぎない」。その最後には「自閉症」という署名がある。そして、もうひとりがこう言う。「おまえの息子はあずかった。われわれはおまえの息子が社会とかかわる能力を破壊し、完全に孤独な人生を歩むよう仕向けている。さあ、すべてはおまえ次第だ」。こちらには「アスペルガー症候群」の署名がある。

当時のセンター長ハロルド・コプレウィッツは、心の病を抱えて治療を受けていない子どもたちの多くが、有能な専門家の治療を受けられるよう願ってこの広告を出した。しかし障がいの当事者も含め、多くの人から屈辱的で非難すべき広告と見なされた。自閉症の活動家たちは広告撤回キャンペーンを開始して陣頭指揮をとった。主導者はネーマンだった。彼は自身の立ち上げた〈自閉症自己支援ネットワーク〉のメンバーに向けたメモにこう書いている。「このきわめて侮蔑的な広告は、年寄りで攻撃的なステレオタイプの障がい専門家が、親たちを怖がらせてニューヨーク大学児童研究センターの治療を受けさせるためのものだ。自閉症やアスペルガーの診断を受けた人々が、人との交流を苦手とするのはよくあることだが、われわれは人との交流ができないわけではない。支援を受け、受け入れられ、ありのままの人間として認めてもらえれば、自分たちなりにうまくやったり目標を達成したりできる」

ネーマンは手紙キャンペーンで主要な障がい者団体にはたらきかけ、彼の立場を支持してもらった。キャンペーンはたちまち拡大し、すぐにニューヨーク・タイムズ、ウォールストリート・ジャーナル、ワシントン・ポストの各紙に取り上げられた。そのため抗議運動はますますエスカレートし、二日後、ついにコプレウィッツは降参した。これは神経多様性擁護運動にとっても、障がい者の権利を支援するさらに大きなコミュニティにとってもめざましい勝利だった。混乱の余波が続くなか、コプレウィッツはオンライン上で対話集会を開いた。そこには四〇〇人以上が参加した。

アリ・ネーマン自身、コミュニケーションには苦労する。「神経が標準的な人たちのコミュニケーションは、自閉症者にとっては外国語のようなもの。どんなに流暢に話せるようになったとしても、母国語を話すときのようにはうまくいかない」と言っている。高校時代、彼の知的技能、コミュニケーションの欠陥、ふつうでない学習スタイルは、障がい者であると同時にすぐれた才能の持ち主であることを示していた。そのため彼をどのクラスに入れるべきか、判断がむずかしかった。「まさにぼくのもっている特徴は、典型的な輝かしいアスピーだった。でも、人それぞれにちがいがある。そのちがいである神経多様性は、認められ、尊重されなければならない。学力が高いかどうかにかかわらず」とネーマンは言う。「たとえば、バーノン・スミスはアスペルガー症候群で、ノーベル経済学賞を受賞している。それからティム・ペイジ。彼もアスペルガー症候群で、ピューリッツァー賞を受賞した。こうした人々の存在は、人間の神経多様性の正当性を尊重し、認めることが大切だと訴える際に大いに有効だ。でも、何か特別な才能がある場合だけ、ちがいを尊重すべきだというのは大まちがいだ」

二〇一〇年、二〇歳のとき、ネーマンはオバマ大統領に指名されて全米障がい者協議会に参加した。

だが、批判の嵐が巻き起こった。彼の前向きすぎる自閉症のとらえ方が、自閉症治療に必要な予算の削減につながるのではないかと危惧する人々が反対したのだ。

「神経多様性」への賛否

神経多様性ということばは、オーストラリアの心理学者で、アスペルガー症候群の母と娘をもち、自身も自閉症スペクトラム障がいであるジュディ・シンガーの造語だ。「私はユダヤの礼拝堂でセミナーを受けていました。そこで、モーセの十戒の上をいく十戒を考えさせられたんです。私のひとつめの戒律は、〝多様性を称賛せよ〟でした」。アメリカ人ジャーナリストのハーベイ・ブルームも、同じようなことを考えていた。神経多様性ということばを最初に使ったのはシンガーだったが、一九九八年にそれについて本を出版したのはブルームだ。「私たちはどちらも、心理療法が衰退しはじめ、神経学が注目されつつあることに気づいていました」とシンガーは言った。「私は神経学の自由で活動的な側面に興味があったのです。フェミニズムやゲイの権利運動が当事者のためにあるのと同じで、神経がふつうとは異なる人々のためにある学問だというところに」

神経多様性擁護の動きは、自閉症スペクトラムの範囲の拡大、そして自閉症者同士のコミュニケーションの拡大とともに勢いを増していった。「インターネットは、それなしでは社会に適応できない人々にとって、人工的につくられた補助器官のようなものです」とシンガーは言っている。ことばや社会規範とつき合うのがむずかしい人にとって、リアルタイムで動かなくてもいいコミュニケーションのシステムは天の恵みだ。

アスペルガー症候群で〈オーティズム・ディーバ〉というブログを数年間執筆していたカミーユ・クラークは、神経多様性の重要な代弁者だった。彼女はまた、自閉症者で二分脊椎［訳注：脊椎（背中の骨）

が形成不全で、脊髄（脊椎の中にある）もダメージを受けている先天性の疾患」の成人した子どもの母親でもあった。「自閉症児は親を愛しています」と彼女は言う。「自閉症児の親は、子どもが愛情をどう表現するのか学ばなくてはならないのかもしれません。わが子がふつうの子どものするような愛情表現をしなくても、悪く受け取ってほしくない。ろうの子どもが『愛している』としゃべるのを親が聞くことはないかもしれないけれど、それはろうの子どもが親を愛していないということじゃない。多くのアスペルガー者や自閉症者にとって、他人のなかにいることは、ふつうの神経の人が大きなパーティでホストを務めるときのようなプレッシャーなんです」

自閉症者は、アイコンタクトをされると落ち着かないとよく言われる。〈神経多様性ドットコム〉の創設者のキャスリーン・サイデルは、息子の気持ちを尊重する手段として、視線をそらすことを学んだと言っていた。一方、息子のほうは、体の接触が母親にとって価値あるものだということを知ってから、折にふれて母を抱きしめたという。

クラークは、神経多様性という概念が、自閉症を越えて拡大しているのを感じている。「双極性障がいや統合失調症、失読症、トゥレット症候群などの人々も、この流れに〝賛同〟すべきだと思う」と私に宛てても書いている。「自閉症児の親は、自分たちにできることと、できないことについて理性的になるべきです。わが子がいずれ〝ふつう〟になるなどと期待すべきではない。自閉症者はそのままで価値がある。自閉症の特徴を抑えた人間に改造することができるとしたら、彼らならではの価値がなくなってしまいます」。ジム・シンクレアも次のように書いている。「私たちの人とのかかわり方は、世間一般とは〝ちがう〟。たとえば親がふつうだと思うことを押しつければ、子どもは不満に思い、失望し、腹を立てるだろう。もしかしたらそれが憤怒、憎しみにつながるかもしれない。だから、敬意をもって、なんの予断もいだかず、新しいことを知ろうという広い心で対処してほしい。そうすれば、想像もできなかった世界を発見するだろう」。また、ある活動家は私に、自閉症者を〝治そう〟とすることは、がんや左利きを治そうとすることとはちがう、と語った。

神経多様性を擁護する活動家の多くは、遺伝子検査が広くおこなわれるようになったら、中絶による〝大虐殺〟につながるのではないかと怖れている。「私は歳をとったときに、自分のような人がもう生まれない世界なんて見たくありません」。そう言うのは、アスペルガー症候群で、ウェブサイト〈アスピーズ・フォー・フリーダム〉の共同開設者でもあるガレス・ネルソンだ。本書に登場するほとんどの障がいに言えることだが、中絶の問題は、個人のアイデンティティと疾患それ自体のあいだにある緊張感を象徴している。

ネーマンは「われわれは自閉症が障がいでないと言ったことはないが、自閉症が病気だと言ったこともない。自閉症者の一人ひとりに教育を受ける機会と、彼らなりに成長し、社会でうまくやっていく機会を与えてほしい」と主張している。サイデルもこう言った。「遺伝子研究が自閉症者の治療法を生み出す可能性を否定しているわけではない。たとえば構音障がい［訳注：音をうまく出せず、正しくことばを発することができない］やセロトニン代謝の障がいを回復させたり、慢性不安を軽減したり、過剰な刺激を受けやすい傾向を抑えたり、攻撃性を抑えたりする遮断薬［訳注：神経伝達物質やホルモンの活動を阻害する物質］の開発には大賛成だ。けれども、私が心配しているのは、いま現在、自閉症スペクトラム障がいの人々、思いがけず私の子どもも仲間入りをすることになったこの集団が、どうやって人生を前向きに生きられるかということだ」

重度の自閉症児の親のなかには、話す能力のある自閉症の活動家は、本当の自閉症ではないとして拒絶する人もいる。ここには重大な皮肉がある。自閉症者の割合の増加は、自閉症が増加していると主張するうえでも、研究資金の提供を訴えるうえでもきわめて重要だが、自閉症者の数を押し上げている高機能自閉症者は、そうした研究のいくつかに反対していることが多いのだ。ジョイス・チャンの夫で『自閉症——ありのままに生きる』（星和書店）の著者ロイ・リチャード・グリンカーは、増加傾向などないと反論している。「スペクトラムの両端に、反科学的な意見がある。神経多様性を擁護する人々は、科学者が自閉症を治療したがっていることに憤っている。一方でワクチン反対派の人々は、科学者がやるべきとわかっている研究をしようとしないことに憤っている。双方の理論の根拠があまりにもちがいすぎるので、真の対話は不可能である。互いに話をすることができないのは、認識論も哲学も根本的にちがっているからだ」

またトマス・インセルは次のように述べている。「これは私の知るかぎりもっとも両極端に分裂したコミュニティだ。自閉症児たちは深刻な問題を抱えていると思う。自閉症児はただありのままの人間として受け入れられる必要があるだけだと主張すれば、自閉症者の置かれた状況を軽んじることになる。たいていのがんや伝染病に対して、そんな言い方はしないだろう。こういう脳の障がいをもつ人々が、必要な支援を受けられるように願うばかりだ。ほとんどの親はわが子にできるかぎり充実した人生をおくってほしいと思っているが、それはトイレトレーニングをしなければ不可能だし、コミュニケーションをとる手段がなければ不可能なのだ」

「どうか彼らについて書かないでください」。私が神経多様性についてふれると、〈シェーファー自閉症リポート〉の編集長レニー・シェーファーは言った。「メディアの注目を集めるのは、大声で騒ぎたてるほんのひと握りの人だけなんです。彼らは自閉症の真実を矮小化しています。自閉症は病気ではないなんて言うのは、物乞いをしている盲目の人のカップからお金を盗むようなものです。政治的、社会的な変化を起こすべきときだというのに、自閉症はたいした問題ではないと言っているのと同じです。そういう行為は、自閉症研究の資金集めの妨げになる」

これに対してサイデルは、自閉症は「子どもの魂を奪う」というインセルの主張を、「自閉症をおとしめる大げさな言い方だ」と非難し、こう説明している。「親が子どもを〝受容しすぎる〟がゆえに、子どもに医療を受けさせる必要性を見すごしたり、適切な教育の機会を奪ったり、子どもを好き放題に失禁させたり、彼らなりのコミュニケーションを学ぶ機会を奪ったり、自閉症にかかわる特定の問題の原因や治療法の研究を妨げたりしている実例を、インセルが実際に目にしたとは思えません。レニー・シェーファーのような人々は、この薄っぺらい人物を祭りあげ、『神経多様性擁護の活動家たちは、自閉症の子どもたちがただ隅っこで腐っていけばいい、彼らを助けてくれるものなどなくていいと思っている』みたいなことを言っている。なんてくだらないんでしょう。まともな心をもった親で、子どもを隅っこで腐らせたりする人なんていません」

一方、ふたりの自閉症児の母であるキット・ワイントラウブはこう書いている。「私の子どもたちに発達の異常があるという事実は、私が子どもたちをありのままに愛していないという意味ではない。子どもの将来や幸せを脅かす、ほかの障がいの場合と同様に、私は子どもたちにできるかぎり手を差しのべて、できるだけふたりが日常生活をうまくふつうにおくれるようにしている。この〝ふつうに〟ということばは、〝私の意思にしたがって動くよう訓練された、いかにもロボットのような子ども〟という意味ではない。〝自閉症ではないほとんどの人と同様、目的に満ちた独立した人生を歩み、ことばを話し、人とコミュニケーションをとり、関係を築いて維持できる〟という意味だ」

なかには〝自閉症のさまざまな面を称賛する活動家は、自閉症者の利益を代弁している〟という意見に憤る自閉症者もいる。自分のブログ上で神経多様性擁護運動に異を唱える自閉症者のジョナサン・ミッチェルは、次のように言う。「神経多様性の擁護者は、無防備な聴衆に向けて情報を発信しているが、自閉症スペクトラム障がいの人々の多くは、社会に不満をいだいている。自閉症者は自分を無価値だと感じていて、自己評価が低い。神経多様性はそこに魅惑的な逃げ道を与えてくれるのだろう。これは、わが子が欠陥のある壊れた存在ではなく価値あるものとして認識したいと思っている、重度の自閉症児の親にとっても同じである」

障がい者の権利運動が拡大すると、科学に不寛容になることはままある。ジュディ・シンガーはこう言っている。「私は障がい者の権利運動とは仲たがいをしました。彼らがあまりにも偏った考えだったからです。彼らの生物学嫌いは、まるで天地創造論者みたい」。しかし神経多様性擁護運動のメンバーのほとんどは、生物学を否定していない。活動名の頭に〝神経〟ということばを使っていることからして、生物学は彼らにとっても重要な論点なのだ。彼らが探っているのは、生物学の深い意味である。

彼らへの反感の大部分は、愛の解釈がさまざまであることに起因する。応用行動分析やワクチン原因説を支持する多くの人は、彼らの考えを受け入れない家庭では子どもたちが破滅に追いやられていると信じている。一方、多くの神経多様性擁護活動家は、応用行動分析は非人間的で、ワクチン原因説は侮辱的だと言っている。たとえばクラークは、応用行動分析は動物にのみ適したやり方だと非難し、サイデルは、わが子をワクチンの被害者だと言っている親は、自分自身の子どもの名誉を傷つけているだけだと言う。「私は、自閉症スペクトラム障がいの人はワクチンに毒されているという誤った概念の蔓延が、自分の子どもに長期にわたってどれほど深い心理学的な影響を与えることになるのか、とても心配しています。科学的にまちがっているうえ、象徴的な意味で屈辱的な理論です」

言うまでもなく、自閉症の活動家を、自閉症だからといって批判するのは繊細さに欠ける行為である。たとえその人が変わり者で、ひとつのことに集中しやすく、細部にこだわり、相手の反応を想像するのが苦手で、納得して受け入れられる理由がなければなかなか妥協しなくても、非難すべきではない。社会運動というのは、一般的に活動家その人に魅力があるほど運動が盛りあがるものなので、自閉症のこうした性質は、活動家としての自閉症者をやや説得力に欠ける存在にしがちだ。だがそれにしても、神経多様性擁護運動に反対する人の攻撃性は理解しかねる。ヤフーの〝有害な議論の証拠リスト〟によれば、相手を〝怠惰〟、〝ワクチンを知らない野蛮人〟、〝下品な売女〟、〝小切手をちらつかされないとやる気を出さない〟、〝悪意ある誇大広告を広める細菌マニアのインテリのファシスト〟などと非難しているのは、神経多様性擁護に反対する活動家だ。

症状のちがい、見方のちがい

米国国立精神衛生研究所で働く小児神経科医、サラ・スペンスはこう言っている。「重度の自閉症者の症状をいくらか緩和してあげると、彼らは少し気分がよくなります。臨床医としての意見を言えば、彼らは〝彼らの世界に〟いることを気に入っているようには思えません。殻を破りたがっている。神経多様性という政治戦略もわかりますが、科学と臨床的支援は政治に先んじなければなりません」。一方、サイモン・バロン＝コーエンは「自閉症は障がいでもあり、個性でもある。われわれは障がいを緩和する方法を見つけると同時に、個性を尊重し、評価する必要がある」と述べている。

自閉症的な症状との向き合い方は人それぞれだ。コミュニケーションがうまくとれないことで欲求不満がたまる人もいれば、そんなことは気にしていないように見える人もいる。なかには、発話がむずかしかったり不可能だったりしても、キーボードなどの技術に助けられてコミュニケーションをとる人や、注意深く見守ってもらうことで、生きるために充分な技術を伸ばせる人もいる。人とのつき合い方に欠陥があるせいで心を閉ざしてしまう人や、友だちづき合いにまったく興味のない人もいるが、その一方では、自分なりの方法で友だちをつくろうとする人もいる。自閉症のせいで精神的に打撃を受けてしまう人もいれば、自閉症を誇りに思う人、自分の人生におけるひとつの事実としてそのまま受け止める人もいる。

そこには社会的な条件が関係している——何度もまわりに軽んじられてきた人は、励ましを受けてきた人よりも、自分自身にあまり満足しない傾向がある。個人の性格の問題もある。自閉症者のなかにも楽天的で快活な人もいれば、内にこもってふさぎがちな人もいる。神経の機能が正常な人々にさまざまな性格があるように、自閉症の症状も人によってさまざまなのだ。

スティーブン・ハイマンはこう言っている。「もちろん、自閉症の重症度は大きな問題だ。それほど重症でなければ、克服や改善を人生の目標にでき、目標を達成できたかどうか、困難や障がいをどのように考えたり感じたりし、その結果どんな経験ができたか、いまの自分のやり方で幸せなのかどうかといった具合に励みにすることができる」。そしてインセルはこう言う。「もっとも障がいの重い人々にとって、神経多様性という考え方は脅威となるが、スペクトラムの反対の端にいる人々にとっては、この考え方のおかげで自分を受け入れやすくなり、社会も彼らの特異性を受け入れやすくなる面がある。自閉症コミュニティの一部の人々から聞いた話では、相手をありのままに受け入れるということは、本人がなりたい自分になることを後押しするという意味だという」。自閉症のアナの母親のジェニファー・フランクリンも、こうした意見について、熱のこもった口調で述べた。「もしアナが大人になってもオムツをつけたがったり、トイレトレーニングをやりたがらなかったとしても、私は受け入れます。何よりも願っているのは、あの子が神経多様性擁護の運動に参加できるくらいの意識を育ててくれること。もしアナがセラピストに、『うちのママは私にこんなことをさせるくそババアよ』なんてことが言えるレベルにまで達したら、私は自分のやるべきことを果たしたって思うわね」

自閉症者と社会は互いに調整し合うべきだ、と主張するテンプル・グランディンは、コミュニケーションがうまくとれない人やトイレにうまく行けない人、自傷行為をくり返してしまう人の苦しみについて、こう述べた。「自閉症のなかでももっとも深刻な症状を取り除くことができたら、それはとてもいいことでしょう。けれど、自閉症の遺伝子すべてを取り去ってしまったら、科学者や音楽家、数学者を一掃することになるかもしれない。そうして残ったものは、干からびた役人だけ。私の頭のなかには、焚き火のまわりで話をしている原始人の映像があるんです。その隅っこにはアスペルガーの男がいる。彼は人類最初の石槍をつくっていて、どうやって矢尻を棒に結わえつけようか考えながら、紐に使う動物の腱を切ったりしている。技術を生み出すのは、社交的な人々ではありません」

〝神経多様性コミュニティのなかで活躍できるのは、重度の自閉症者が抱えているような問題がほとんどない人々だけだ〟という主張への反論として、〈オーティスティック・ドット・オルグ〉の三人のウェブサイト管理人は、自分たちの誰ひとりとして完璧にトイレが使えないし、ひとりはことばが話せないと主張している。彼らは「ぼくたちは手をひらひら動かし、指をぱちぱち鳴らし、体を揺らし、よじり、手をこすり、叩き、飛び跳ね、奇声を発し、ぶんぶんうなり、金切り声をあげ、しゅーっと声をあげ、顔を痙攣させる」という記事をアップし、でもそうした行動は自閉症者の幸福を妨げるものではないと主張している。

神経多様性擁護活動家のアマンダ・バグズは「In My Language（私のことばで）」というビデオのなかで、自分の見ている世界を描いている。バグズにはいくつもの常同行動があり、ことばは話せない。「私の考え方や物事への反応のしかたは、ふつうの人とはとてつもなくちがっていて、そんなのは思考なんかじゃないと言う人もいるかもしれない」と彼女は言う。「ふつうの人のことばでタイプをしてこそ意思疎通ができるというのだ、と。私のような人間は世間では、謎めいているとか不可解だとか言われる。混乱しているのは自分たちのほうなのに。人間のさまざまな個性が認められて初めて、正義と人権は守られる」

また、アスペルガー症候群と診断され、ワシントン大学で働くジェイン・マイヤーディングは、次のように書いている。「自閉症スペクトラム障がいの人々がみな〝カムアウトして〟、社会の柔軟性を高めるために協力し、私たちの〝特殊なニーズ〟がすべて満たされる状況にまでもっていけたら、世界はずっと居心地のいい場所になるし、自閉症にかぎらず、みんなが排除されない場所になるだろう。そこは、髪の色や質がちがうのがふつうであるように、子どもたちもさまざまな方法で勉強することがふつうな世界だ。そこでは誰もが〝それぞれのことば〟をもっている」

ジョイス・チャンは、ことばをはっきり言おうと奮闘していた娘がついに「それは私の自閉症のせいだと思うの、ママ」と言えたときのことを述べている。二〇年前には考えられないことだ。そうやって自己を認識し受け入れられたということは、成長と解放の証明、そして病気にうち克った証明と言えるのではないだろうか？　と。

「私には娘のことで同情してくる人たちの気持ちがよくわからない」と記すのは、ロイ・リチャード・グリンカーだ。「自閉症は、隠さなくてはならない病気というより、対処しなくてはならない障がいだ。家族の評判をおとしめる不名誉の印などではなく、人間のさまざまな存在のしかたのひとつなのだ」

さらに、自閉症児の母親であるケイト・モビアスは次のように書いている。「エイダンにとっての〝発見！〟の瞬間、自閉症の下に隠れている理想の子どもがあらわになる瞬間はまだもたらされていない。代わりに私がみずからをさらけ出し、組み立て直し、ありのままのエイダンを見つめるだけではなく、自分自身を見つめる方法を与えられた」。そして、キャスリーン・サイデルはこう言った。「〝不治の〟ということばの響きはかなり衝撃的だけれど、自閉症はずっと続くという視点で物事を見ることもできます。この貴重な宝石をちがったカット面から見ることは、とてつもなく大きな障がいを抱えた人たちの挑戦を矮小化することには決してなりません。私は絵画の全体を見るように努めています。その美しい部分も含めて。夢を見る能力が人間性の一部であるように、自閉症も人間性の一部。神はあらゆる可能性を私たちのまえに示してくれていて、自閉症もまた、この世界の可能性のひとつなのです」

ろう者にとって、医療と積極的な活動はどちらもめまぐるしい速さで発展しているが、自閉症者にとってその歩みはゆっくりだ。ろうとちがって、自閉症は進歩的な視点から見ても、文化としては位置づけられていない。自閉症には言語学者が認めるような、正式な自閉症のことばが存在しない。自閉症者の教育に関して長い歴史をもつ大学があるわけでもない。ろう者の文化的な要求――ろう者の劇場、ろう者の社会習慣、ろう者のクラブなどの整備――に応える機関や体制と同等のものが、自閉症者には準備されていない。

しかし自閉症には、偉業を達成した人がたくさんいる。不確かではあるが、過去にさかのぼって診断したとすると、モーツァルトやアインシュタイン、ハンス・クリスチャン・アンデルセン、トマス・ジエファーソン、アイザック・ニュートン、その他多くの先見の明ある偉人たちが、いまなら自閉症スペクトラム障がいと診断されるであろうことがわかっている。

これらの天才たちがいない世界は、誰もが物足りないと思うだろう。

クリス

ビル・デイビスはブロンクスで育ち、ストリート・ギャングとして生きる道を選び、やがて組織犯罪の道に進んだ。一九七九年のある日、二〇歳のモデル志望の女性が、彼の経営するナイトクラブにやってきた。「彼女は花瓶からカーネーションを取っておれの襟（えり）にさし、『あなたは私のものよ』と言ったんだ。それからずっといっしょにいる」

一〇年後、ビルとジェイはペンシルベニアのランカスターに移り、そこで娘のジェシーが生まれた。

五年後、息子のクリスも生まれた。ジェイは子どもたちと家に残り、ビルはバーテンダーとして働いた。

二歳のとき、クリスはしゃべるのをやめた。二歳半になると、部屋の隅で前後に揺れるようになった。ジェイは何かたいへんなことが起きていると悟り、運転免許がないのに、クリスを車に乗せてフィラデルフィアの小児病院〈シーショア・ハウス〉に連れていった。だが、そこでも納得のいく答えは得られず、二日後にこう言った。「ボルティモアのケネディ・クリーガー研究所に行ってくる。それでだめだったら、ニュージャージー州ハドンフィールドのバンクロフト・スクールよ」。ビルは、「運転免許がないのに、あちこち車を運転しちゃだめだ」と言った。翌週、ジェイは運転免許の試験に合格した。

「あとからわかったんだが、どれも郡内でトップの病院ばかりだった。彼女はいつ、どうやってそんなことを調べたんだろう」とビルは言った。「しかも、そんなことを調べながら、どうやって交通ルールを学んだんだろう」

クリスは眠らなかった。両手をひらひらさせていた。自傷行為もあった。糞便を自分になすりつけ、両親にも投げつけた。自分を噛んだり、目に親指を突っこんだりもした。天井の扇風機を何時間も延々と見つづけた。ジェイは、クリスに対処するには無限の忍耐力が必要だと直感した。人と親密な関係を築くことも含め、彼が困難を感じるものに対処することも必要だった。ジェイとビルはなるべくきめ細かく対応するようにした。「たとえば、『さわってもいい？』、『本当にありがとう。偉いね』といったまめな声かけだ」とビルは言った。「クリスがその区画の終わりまで歩けないときは、半分くらいまで歩いた時点で、『立派に歩けてすごいぞ！』と声をかけた」

クリスは、原因と結果を理解するのがむずかしかった。走っている車が好きだったが、赤信号で止まると毎回悲鳴をあげた。ジェイは赤と緑のカードを用意し、車が赤信号に近づくと、クリスに赤いカードを見せ、走りだすころになると緑のカードを見せた。ひとたびその関係に気づくと、クリスの悲鳴はおさまった。クリスが視覚情報を理解できるとわかったジェイは、フラッシュカードとシンボルを使う訓練を思いついた。「私はつねに、彼が見ているものを観察してた」

ジェイは行動分析家のビンセント・カーボンの研究にも興味をもち、ペンシルベニア州まで車を走らせると、オフィスで彼に詰め寄った。「奥さん、私はいまから出かけるんです」とカーボンに言われたが、「冗談じゃない。私に手を貸すと言ってくれるまで、あなたをここから出さないわ」と返した。一時間ほど粘った結果、ジェイは次の研修コースに参加することを許された。ジェイは一週間そこに残って研修を受け、その後数年間で、彼の技法をもとにいくつかの有効な療育法を発展させた。今度はカーボンがジェイの療育法に興味をもち、ランカスターまでチームを送って、彼女がクリスに施す療育を観察させた。クリスが六歳になると、ジェイはほかの自閉症児も養育に加えた。ことばを話さないある男の子が時計が好きだとわかったときは、その子に時計を買ってやり、彼の興味を褒めた。するとある日、その子が突然自分に「よくやったね、ファン」と言った。それが発話の始まりだった。

ジェイは自分の療育法の実践を深めるために、フランクリン＆マーシャル大学とラトガース大学から研修生を採用し、自宅で彼らの指導と訓練にあたった。まずはクリスの部屋にカメラを取りつけ、学生たちの療育風景を録画し、まちがいがあれば正した。また、さまざまな会議や訓練に連れていったりもした。彼らが大学院に志願するときには推薦状も書いた。こうして、クリスが成長するまでに四〇人以上もの研修生を教育し、地域に住むほかの家族に彼女の活動が広まってからは、地域の人からも研修生を採用した。

もしクリスが五歳になってもしゃべらなかったら一生しゃべらないだろう、という見通しをジェイは信じなかった。彼女が正しかった。クリスは七歳になるころからしゃべりはじめ、一〇歳で短文なら話せるようになった。アメリカの大統領の写真と名前を組み合わせることも憶えた。ジェイは算数とお金の数え方を学べるように、たくさんのゲームも編みだした。

私が初めてクリスの部屋を見たとき、そこは教材であふれかえっていた。数え方を学ぶためのビーズやおはじきがシューズボックスからこぼれ出て、キャビネットには手づくりのフラッシュカードが五〇〇枚ほど詰めこまれていた。楽器もそこここにあり、棚という棚にはコインからセサミストリートのモンスターまでさまざまなものが詰めこまれたボウルが置かれていた。加えて、おそらく四〇〇本ほどのビデオテープが部屋じゅうに積み上げられ、棚に押しこまれ、何かの下やあいだに突っこまれていた。さながらビデオ版アレクサンドリア図書館［訳注：世界じゅうの文献収集の目的でつくられた紀元前のエジプトの図書館］だった。

新しい研修生が来ると、ジェイはかならずこう言った。「ここに二〇〇ドル（約二万一〇〇〇円）あります。あなたはいまから隣の部屋へ行ってください。そこに何かが隠してある。それがなんなのか、どこに隠してあるのか当ててみて」。新しい研修生が薄暗い隣室に入っていくと、ほかの研修生が全員、悲鳴をあげたりカタカタ音を立てたり意味のないことを口にしたりする。新入りはだんだんと不満がたまってきて、ついに言う。「あなたたちが何をしてるのかぜんぜんわからない。いったい何がしたいの？」。するとジェイが答える。「さあ、見つけて。そうしたら二〇〇ドルをあげるわよ！」。そして、その研修生が部屋から出てくると、ジェイは説明する。「これが自閉症児の生きている世界なの」

ビルはジェイの療育への没頭を意義深い挑戦ととらえ、州から助成を受けられるように交渉する役目を買ってでた。「地元の学校関係者は、『うちの息子には四〇時間の治療が必要なんです』と感情的に訴える親たちと何度も対決してきた。だからこう言う。『申し訳ありませんが、対応できません』。おれは、いや、エスリッジ対コリンズの裁判ではね……なんて反論した。学校関係者はそんなおれを嫌ってたよ。だが、おれはニューヨークのアイルランド系ギャングがはびこるなかで育ったから、ランカスターの教師なんて怖くもなんともなかった」

ビルとジェイが自宅でしていることが、地域の学校の提供するプログラムよりもクリスにふさわしいと認められれば、自治体は費用を助成しなければならない。結局ビルは、教材費、ワークショップの費用、研修生への給与などについて、毎年の予算を勝ち取った。

ジェイの治療法の発展は、次第に家族を巻きこむプロジェクトになっていった。たとえばクリスの姉のジェシーはトライアングルを手に取り、テーブルの下で叩きながら、クリスに同じようにテーブルの上で叩くように言う。地区の精神分析医が初めて、家族の要請で治療法の視察にきたとき、医師は八歳のジェシーに「きみは何をしているの？」と尋ねた。するとジェシーは「音識別データを集めてるの」と答えた。ジェイは、このトレーニングのメカニズムをジェシーに説明してあった。精神分析医はあとで地区委員会にこう報告した。「デイビス一家は、私よりもずっとよくわかっています。彼らに必要なものを与えてあげてください」

それでも、健康保険に入っていなかったデイビス夫妻には、自費で支払わなくてはならないものがたくさんあった。クリスには体操教室、発話クラス、病院での検査、メディケイド〔訳注：連邦と州が負担して州が運営する医療補助制度〕に入っていないさまざまな医師への相談料などの費用がかかった。「バーテンダーの仕事を四つかけもちして、ときには週に二五〇〇ドル（約二六万二五〇〇円）も家に入れてたよ」とビルは言った。「でも実際のところ、それじゃ家賃が払えなかった。で、状況がいよいよ厳しくなってくると、バーで資金集めパーティを開いたんだ。フィリーズの選手に頼んでサイン入りの野球ボールをもらったり、フライヤーズのホッケー場に行って、スティックを手に入れたりして、それを全部バーで売った。一回で六〇〇〇ドル（約六三万円）は集めたな」

ところで、多くの自閉症者同様、クリスも腸に疾患を抱えていた。トイレに行くのが苦痛なので、限界まで我慢してしまいがちだった。「そうすると腸の動きがどんどん激しくなって、そのうち爆発してしまうんだ」とビルは言った。「息子は『トイレ』と言っておれに抱きつく。おれは息子の体をきれいにしてやって、部屋を殺菌する。ああ、不潔なんてもんじゃない。古い映画のビデオが積み上げられている上にのっかって、小便をまき散らしたこともあった。あれは悲惨だった。でもそれが日常なのさ」。家のなかは荒れ果てた状態になった。だが、そこには愛が染みこんでいた。ビルは私に、過酷な子ども時代をすごしたジェイは、子どもたちを完璧な家庭で育てるのが大切な夢だったのだと話した。「なのに家を荒れたままにするというのは——彼女にとってつらい決断だった」

クリスが九歳になると、デイビス夫妻はそろそろ息子を学校教育に適応させる時期だと決意した。地域の教育機関は、ジェイがクリスの担当教師たちをトレーニングすることに同意し、受けもちの教師が、クリスの入学直前の夏に家にやってきた。「先生は心が広くて、喜んで学んだ。思いやりもあった。彼女とならいっしょにやっていけると思ったわ」とジェイは言った。その秋、クリスは入学した。クラスにはほかに男の子がふたり。あとは、ジェイがトレーニングした教師と四人の補助教員だった。

だがクリスが通学を始めてすぐ、ジェイが疲れを訴えはじめた。「それまでずっと、彼女は六時に起きて、朝の三時に寝る生活だった」とビルは言った。「いつも何か書いていて、いつもインターネットを見て、いつも電話をして、いつもあちこち飛びまわってた。だから『あの子を送っていってくれない？』と言いだしたときは驚いた」。ジェイはついに医者に行った。四五歳にして首にグレープフルーツ大の悪性腫瘍ができていて、肺と背骨にも転移していることがわかった。片方の腎臓もやられていた。軽い心臓発作まで起こし、内出血でかなりの血を失っていたから、五時間かけて緊急の輸血した。

私が会ったとき、ジェイは余命数カ月だった。看護師の訪問で化学療法を受けていて、少しでも長く生きられることを願っていた。髪が抜け、いくらか痩せていたのにとても美しく、ビルのたくましい男らしさとは対照的な柔らかさがあった。彼女は私に、病状など気にせず訪ねてきてほしいと言い張った。「私はラッキーだった」とジェイは言った。「クリスが学校に行くことができて。あの子はもう自分でなんでもやれる準備ができている。ビルはあの子が必要なものを手に入れられるようにしてくれるはずよ。私はいつも、あの子の見ているものを見てきた。目のまえのことにずっと対処してきた。でもビルは、あの子の感じていることを感じることができるの」

クリスの療育の様子を見るために取りつけたモニターシステムがまだそのままだったので、二階の彼の部屋で起きることを、ジェイは起き上がらなくても見ることができた。「私にとっては、なんだか不思議な経験なの。何もかもがまたたく間に進んでいく——私の死も、クリスが学校に行くことも。いまはクリスよりも娘と夫のほうが心配。実際のところ、クリスは本当に幸せな子よ。でも、あの子に感情を理解させるのはむずかしいから、いまは、私がもうすぐいなくなるということをどうにかしてわかってもらおうとがんばってるの」

クリスは、しばらくまえから攻撃的になっていた。相手はほとんどビルで、何度も嚙みついたり殴ったり頭突きをしたりする。そうかと思うと大量のビデオを階下に持ってきて、母の介護ベッドでいっしょに丸くなって映画を見たりもした。ある日私が訪ねていくと、薬でもうろうとしているジェイがひどく悲しそうに見えた。クリスはあれこれ要求し、うるさい音を立て、自分やまわりのものを叩きまくっていた。だが「パパをぶたないでくれ」とビルが言い、激怒しているクリスの眉を片手でなで、もう片方の手でジェイの手を握ったとき、クリスは突然不明瞭ながらジェイに言った。「愛してるよ」。そして母の胸に頭をのせた。

私が会いにいった一〇日後、一〇月の静かな午後、ジェイは息を引き取った。彼女は自分の療育法を、援助を頼んだふたつの大学に遺贈した。「だが、文書に書き記したところで、あまりうまくはいかないだろうな」とビルは言った。「なぜって、この療育法の真髄はジェイ本人だから。おれが記録できるようなものじゃなく」。ジェイの死の少しまえ、ランカスター市が彼女の功績に対してレッド・ローズ・アワードを贈った。死の数日後には、デイビス家の教育方針に異論を唱えていた〈インターミディエイト・ユニット〉［訳注：ペンシルベニア州議会の設立した教育サービス提供機関］が、ジェイ・デイビス奨学金をつくり、毎年一〇家族を自閉症全米会議に招待すると宣言した。またフランクリン＆マーシャル大学はジェイ・デイビス研修プログラムをつくると発表し、ペンシルベニア州は自閉症児の親のためにジェイ・デイビス奨学金を設けることを決め、〈自閉症研究機構〉はジェイ・デイビス記念アワードを設立した。

ビルは、悲しみを抱えながらも雄々しく進んだ。「おれたちの結婚は、クリスが自閉症と診断された日を境に一八〇度変わった。セックスもほとんどしなくなったし、親密でロマンティックな時間もほとんどなくなった。夕食に出かけるのも一年に一度あるかないかで、話題はクリスのことばかり。問題が次々と降って湧いた……。クリスが働いたり結婚したりしなくたって気にしない。クリスはクリスだ。クリスはおれたちにあらゆることを教えてくれた。あの子にどう対処したらいいのか、あの子はどうやって学ぶのか、どうやって自分の人生を生きるのか……。このあいだ、ジェイとクリスがよく行っていた場所にいっしょに車で行ったんだ。そしたらクリスが泣きだした。理由はわかってる。息子は謎なんかじゃない。おれは息子がなんなのか、よくわかってる」

昔からタトゥーが好きだったビルは、クリスの障がいを体に刻むことにした。胸に〝autism（自閉症）〟という文字を紋章ふうに彫ったのだ。アメリカ自閉症協会のシンボルである、パズルでできたリボンのロゴと、自閉症の擁護団体〈アンロッキング・オーティズム〉のシンボルである、UとAと鍵のマークとともに。

その後しばらく、私はビルと連絡をとらなかったが、久しぶりに会ったビルは「ジェイはクリスにいつも発破をかけてた。だからか、彼女が亡くなると、クリスは『学校なし』と言いだした」。と教えてくれた。「おれは考えた。『もしクリスの本当にやりたいのが一日じゅうテレビを見てることなら、無理にほかのいろんなことをさせるべきだろうか』って」。ビルは無断欠勤で責められ、ジェイの医療費が支払えなくて追いつめられ、一家は家を失ってランカスターの公園のベンチでしばらくすごした。

ジェイが亡くなって一年半後、クリスは大人になった。糞便をなすりつける行為はおさまった。世界には彼のルールとは別のルールがあること、それにしたがわなくてはならないことを理解しはじめていた。息子がコミュニケーションをとれるようにするには、要求の多い母親のやさしい世話が必要だったが、息子がコミュニケーションの目的を理解するには、父親の厳しい指導が必要だったのかもしれない。つまり、母親は息子にことばを教え、父親はその使い方を教えたのだ。

じつは私はずっと、クリスには言語能力があると断言するビルに疑いの目を向けていた。クリスはほんのときおり、いくつかの単語がわかっているようなそぶりを見せるだけで、ほとんどは単語しか話さず、ほんの短いフレーズしか記憶できなかったからだ。だが最後に私が訪ねたとき、驚いたことにクリスは複雑な文章をコンピュータに打ちこんでいた。私がそこにいるあいだに、イーベイにログインしてビデオも探した。クリスはたくさんのことばを知っていた。それを他者とつながるために使おうというそぶりこそ見せなかったが、感情面でも着実に成長していた。彼は私が部屋に入っていくと手をひらひらさせ、甲高い声を出しはじめた。何かの警告かもしれないと思ったが、私がソファに座ると、隣に丸くなって座った。

テンプル・グランディンはかつて、自分自身を「火星の人類学者」と言い表した。神経学者のオリバー・サックスが、自分の著書のタイトルにした言葉でもある。それで言うと、クリスはさながら、人類学者がひしめく部屋にいる火星人だ。「万が一クリスがすべてを感じとっている場合を考えて」とビルは言う。「おれは彼にちゃんと伝えてる。息子のすべてを心から愛していることを。万が一のためにね」

人間にはみな、愛され、称賛され、受け入れられることへの渇望がある——そう信じるのは、標準的な神経の持ち主がどうしてもいだいてしまう思いこみなのだろうか。

これまで、ふたつのまったく正反対の作り話が、自閉症にまつわるさまざまな問題の一因になってきた。ひとつは、自閉症児の親の手になる奇跡の文学に由来する。非常に極端なモチーフで描かれたその物語では、親のなりふりかまわぬ犠牲の結果、美しい少年少女が、まるで厳しい冬がすぎ去るかのように苦しみから解放され、スミレの咲き乱れる春の野原に踊りながら消えていく。ちゃんとことばを話し、顔を輝かせ、まだ気づいていないみずからの魅力に新鮮な興奮を覚えながら——このような偽りの希望の物語は、自閉症に悪戦苦闘している家族の気力を奪いかねない。

もうひとつの物語は、子どもに改善がまったく見られないというものだ。しかし親は、子どもを改善させるより称賛することにして、その発想の転換に満足する。こちらの物語は、多くの家族が直面している困難のうわべを飾り、自閉症の本来の欠陥をあいまいにする可能性がある。自閉症者の人生は、ともすれば謎に包まれたままだが、自閉症児の親の人生は、たいてい大方の予想どおり厳しい。しばしば耐えがたいほどに。社会の偏見がその困難に追い打ちをかける。なのに、こんなふうに片づけてしまうのはあまりに安易だ。

愛情を表さない子どもを育てるのは消耗する。夜どおし起きている子ども、つねに監視が必要な子ども、奇声を発し、癇癪を起こすが、その理由は教えてくれない子ども……、そうした子どもを育てる経験は親を混乱させ、打ちのめし、報われない気持ちにさせる。だが、どの問題もそれぞれのケースに応じた治療を組み合わせつつ、現状を受け入れることによって軽減はされる。
われを忘れて治療一本やりになるのも、ただ現状を受け入れるだけになるのもやめるべきだろう。

わが子を殺める親たち

障がいの世界では、おびただしい数の実子殺害が見られる。自閉症のわが子を殺す親はたいてい、子どもの苦しみを取り除いてやりたかったと訴えるが、自閉症者の権利獲得運動を疑問視する人でも、自閉症者に生きる権利があると主張することがいかに緊急の課題かはわかるだろう。

一九九六年、六歳のチャールズ＝アントアーヌ・ブレーが母親に殺害された。ところが、母親は禁錮刑にはならず、更正訓練施設で一年間すごしたのち、モントリオール自閉症協会に市民代表として採用された。一九九七年には一七歳のケイシー・オルベリーが、橋から飛びおりることに抵抗したあとで、母親にバスローブの紐で絞殺された。その母親は警察にこう語った。「あの子はいろいろなことに適応できなかった。あの子が変わっているから、人はみんな怖がる。もっと早くやればよかった。もうずっと長いこと、あの子を殺したいと思っていた」。彼女は故殺で一八カ月の刑を宣告された。一九九八年には、ピエール・パスキオが母親に溺死させられた。母親は三年の執行猶予つきの刑を言い渡された。一九九九年には、四五歳のジェイムズ・ジョゼフ・カミングズ・ジュニアが父親に刺し殺された。カミングズ・シニアは五年の禁錮刑を言い渡された。同じ年、一三歳のダニエル・ロイブナーが母親に生きたまま焼かれた。母親は六年の禁錮刑。二〇〇一年には、六歳のガブリエル・ブリットが父親に首を絞められ、湖に投げこまれた。父親はもう少し軽い罪を認める代わりに四年の刑を受け入れた。さらに二〇〇一年には、ヤドビガ・ミスケウィッチが一三歳の息子ジョニー・チャーチを絞殺し、精神科病院への強制入院を命じられた。医師の所見によれば、彼女には「優秀であらねばならないという厳しい価値基準」があったが、その理念にしたがって生きることができなくなったのが原因だった。

二〇〇三年、二〇歳のアンジェリカ・アウリエマが母親のイオアンナに溺死させられた。最初、娘を感電死させようとしていた母親は、「不安に取りつかれたようになっていました」と言い、三年の刑期を務めた。同じ年、テランス・コットレルが、母親と仲間の教会信徒たちに悪魔払いを受けさせられ、窒息死した。隣人が母親から説明された話によると、「彼らはその子を二時間近く押さえつけ、ほとんど息もさせなかった。そのあと悪魔が息子を通して話しはじめた。彼はそもそも話ができなかったが、『殺して、連れていって』と言った。母親は教会から、それが息子を治す唯一の方法だと言われた」。母親は起訴されず、悪魔払いを指示した牧師が二年半の禁錮刑と一二〇〇ドル（約一二万六〇〇〇円）の罰金を科せられた。

二〇〇三年、ダニエラ・ドーズが一〇歳の息子ジェイソンを絞殺し、五年の保護観察処分となった。悲しみに打ちひしがれた彼女の夫は、「その日まで、妻は誰もが望むような最高の母親でした」と証言した。二〇〇五年、三六歳のパトリック・マークロウが母親に窒息死させられ、母親は二年の執行猶予つきの刑を宣告された。同じ年、ジャン・ネイラーが二七歳の自閉症の娘サラを銃で撃ち、家に火をつけて自殺した。シンシナティ・エンクワイヤラー紙は、彼らはともに「絶望のあまり死んだ」と書いた。二〇〇六年には、クリストファー・デグロートが、両親に家に閉じこめられ、火をつけられて焼死した。両親はどちらも六カ月の禁錮刑に処された。二〇〇六年、ホセ・ステイブルが息子のユリシーズの喉を切り裂き、警察に電話して、「もう私にはこれ以上は無理です」と言った。ホセ・ステイブルは三年半の刑になった。

二〇〇七年、ダイアン・マーシュが五歳の息子ブランドン・ウイリアムズを殺害した。検死の結果、死因は複数の頭蓋骨骨折とタイレノール（鎮痛解熱剤）の過剰摂取と判明した。ダイアンがしつけと称して息子を熱湯に浸からせていたため、彼の脚はやけどの痕でおおわれていた。母親は一〇年の刑に処された。二〇〇八年、ジェイコブ・グラーベが父親に銃で撃たれた。父親は心神耗弱による無罪を訴えた。

これらの判決の多くが示しているように、法廷は自閉症の実子の殺害を、養育で神経が張りつめた親が引き起こした、不運ではあるが同情の余地ある行為として扱うのが慣例だ。量刑は軽く、法廷もマスコミも、殺人者の主張する利他的な動機をたびたび受け入れている。ズビア・レブが自閉症の一六歳の息子を毒殺したとき、彼女は「自分の息子がゆっくりと成長してばかな大人になるのを見ていることができなかっただけです」と言った。情け深い判決をくだした判事は言った。「彼女が受ける本当の罰は、己の犯した罪を抱えて生きていかなければならないことです。その記憶は生きているかぎり、彼女につきまとうでしょう」

また、モントリオール自閉症協会会長も、チャールズ・ブレー殺害について「殺人は許されるものではないが、理解できないわけではない」と言っている。ローラ・スラトキンは、「たくさんの家族と話をしてきましたが、その多くが、『あの暗くおぞましい考えを心に秘めているのは、みんな同じだ』と言います」と語った。ニューヨーク・タイムズ紙の論説欄では、自身も自閉症児の母である作家のキャミー・マクガバンがこう記している。「自閉症児が奇跡的な回復を見せた話が出るにつけ、親たちが極端に高いハードルを設定しないか心配になる。それは結局、五〇万人の自閉症児の親たちを自己嫌悪に陥らせるからだ」。自閉症児は大きな進歩をとげる可能性がある、とマクガバンは続けつつ、それでも完全な回復を期待すること――「自分の子どもが自閉症のない子どもになるかもしれないと期待すること」は「感情面で危険な領域」、つまり殺人にもつながりかねない領域に足を踏み入れることだとしている。

それにしても、実子の殺害を〝利他的〟ということばで言い表すのは、いささか問題がある。データ上では、障がい児を殺した親のほぼ半数が、刑務所に服役しないですんでいる。自閉症者のジョエル・スミスは自身のブログで「風邪を引いた人を殺すことで、風邪による苦しみを終わらせることはできるが、もっと適切な方法は、医者に連れていき、休ませ、水を飲ませ、やさしく世話をしてやることだ」と書いた。「あとさきを考えない酒気帯び運転者が、罪のない子どもを轢き殺して終身刑で刑務所に入れられるのなら、わが子を殺そうとする親も同じ刑を受けるべきである」

　障がいを、個性ではなく完全に病気だととらえることがいかに危険かは、二〇〇八年に三歳の娘ケイティを窒息死させたドクター・カレン・マッキャロンの説明からも明らかだ。彼女はこう述べた。「自閉症は、私をむなしい気持ちにさせました。たぶんこの方法でしか、あの子を治すことはできなかった。天国であの子は完璧な子どもになっているでしょう」。マッキャロンの友人のひとりはこう言った。「カレンは、夜もほとんど眠っていませんでした。ありとあらゆる本を読んでいました。本当にがんばっていたんです」。だが、ケイティ・マッキャロンの父方の祖父は、母親を正当化するそうした声に憤りを示してこう書き記した。「これでケイティの苦しみが終わった、などと書き立てている新聞もある。でも、ひとつ言わせてほしい。ケイティは何も苦しんではいなかった。あの子はかわいい、かけがえのない、幸せな少女だった。愛情をこめて接してやると、抱きしめたりキスしたり笑ったりして、愛情を返してくれた。孫娘の命を奪ったことを許すような記事を読むたびに、嫌悪感でいっぱいになる」。また別の機会にはこう言った。「もしこうした人々が自閉症者の〝擁護者〟だというのなら、いったい〝敵〟はどういう相手なのか、私には想像がつかない」

　さらに、この事件について、障がい者の権利擁護団体〈ノット・デッド・イェット（まだ死んでいない）〉の調査分析専門家、スティーブン・ドレイクはこう記している。「六月九日、シカゴ・トリビューン紙が、マッキャロン事件についてある記事を掲載した。見出しは〝娘殺害、自閉症の犠牲に焦点〟、記事の論旨をあまりにも明確に表している。被害者や、深い悲しみに沈む家族のコメントよりも、カレン・マッキャロンについての同情的なコメントと自閉症に対する否定的なコメントに多くの紙面が割かれている」

また、〈インクルージョン・デイリー・エクスプレス〉［訳注：障がい者の権利に関するニュース配信サイト］の編集者デイブ・レイノルズは次のような見解を記した。「いずれの事件でも、隣人や家族は殺人者を、献身的なすばらしい母親だと証言する。どんな事件でも、殺人者は子どもの障がいの悲惨な犠牲者であり、適切で充分なサービスを提供できなかった社会福祉システムの犠牲者として描かれる」。レイノルズは、こうした殺人事件が治療プログラムの助成金を獲得するために利用されるのを不満に思い、このような事件が「自閉症児は両親や社会にとってどうしようもない重荷である、という考えを強める」のではないかと心配している。「何があろうと、子どもを殺すことを正当化してはいけないし、殺人者に同情してもいけない。こうした母親には、殺人者にならないための選択肢も無限にあったはずなのだ」

その一方、自閉症児を育てる親には選択肢が無限にある、という考えに強く反対する人々もいる。実際、子どもをついに殺めてしまった親の多くが、はじめは施設を探して奮闘し、断られているのだ。五歳の息子と無理心中をはかろうとして未遂に終わったハイディ・シェルトンはこう言っている。「家族や教育機関も含めて、いつでも誰からも拒絶されるこの世界に、息子のザックを生かしつづけるなんて、私にはできません」。二六歳の息子と妻を道連れに無理心中をしようとして失敗したジョン・ビクター・クローニンは、公判後、息子をようやく施設に入れることができた。彼の妻はこう言った。「人が死ぬ一歩手前になるまで、どこにも行き場がない。そうなって初めて、リチャードのような子たちが行ける場所を与えられるんです」

こうした親たちに対して少しでも責任を感じるなら、そしてこれらの殺人者に大いに同情するなら、こうした親子にもっとよい最終手段を提供すべきだ。一時的なレスパイトケア［訳注：介護をする家族が一時休養するための介護サービス］や、設備の整った無料の施設も必要だ。子ども殺しという犠牲をはらってもこの障がいをなくさなければならないという強迫観念から親を解放してくれる、自閉症にまつわるポジティブな物語も必要だろう。

自閉症児の親は睡眠不足になりがちだ。つねに監視が必要な子どもからの容赦ない要求に疲労困憊（ひろうこんぱい）している。離婚したり、社会から孤立している場合もある。療育費のせいで困窮していることも多い。子どもが受けられるサービスを決める保険会社や医療機関や地元教育機関と、押し問答を延々とくり返していることもある。危機に対処するために何日も仕事を休んだせいで職を失った人もいる。また、子どもが物を壊したり暴力をふるったりするせいで、近所づきあいがうまくいかないことも多い。

ストレスは人を過激な行動に向かわせ、過度のストレスは、もっとも深刻な社会的タブー、すなわちわが子を手にかけることに人を向かわせる。自閉症のわが子を殺すのは愛情ゆえだと主張する者もいれば、憎しみや怒りもあると言う者もいる。息子を殺そうとしたデブラ・L・ウィットソンは、警察にこう説明した。「私は息子が『愛してるよ、ママ』と言ってくれるのを一一年待ったんです」。こうした親の多くは感情が乱れて思いがあふれ、混乱し、抑えなくてはならないのが愛なのか憎しみなのかわからなくなり、行為におよんでしまう。彼ら自身も自分が何を感じているのかわからなくなり、ただ感情の大きさに圧倒されてしまうのだ。

アメリカで殺された子どもの半数以上は、実の親に殺されている。そして、わが子を殺した親の約半数は、それがその子のためだったと主張している。しかし、そうした主張を容認するのは、社会にとっても有害であることがわかっている。犯罪学者は一貫して「殺人の動機に利他主義ということばを使うことは、実子殺害ばかりか虐待の頻度まで増加させ、すでに暴力に気持ちが傾いている親の抑制を失わせてしまう」と報告している。

法廷での寛大な裁きは、一般社会や親や自閉症者に、自閉症者の人生がほかの人の人生よりも価値が低いというメッセージを発信していることになる。そして、こうした論理は優生思想につながる危険をはらんでいる。

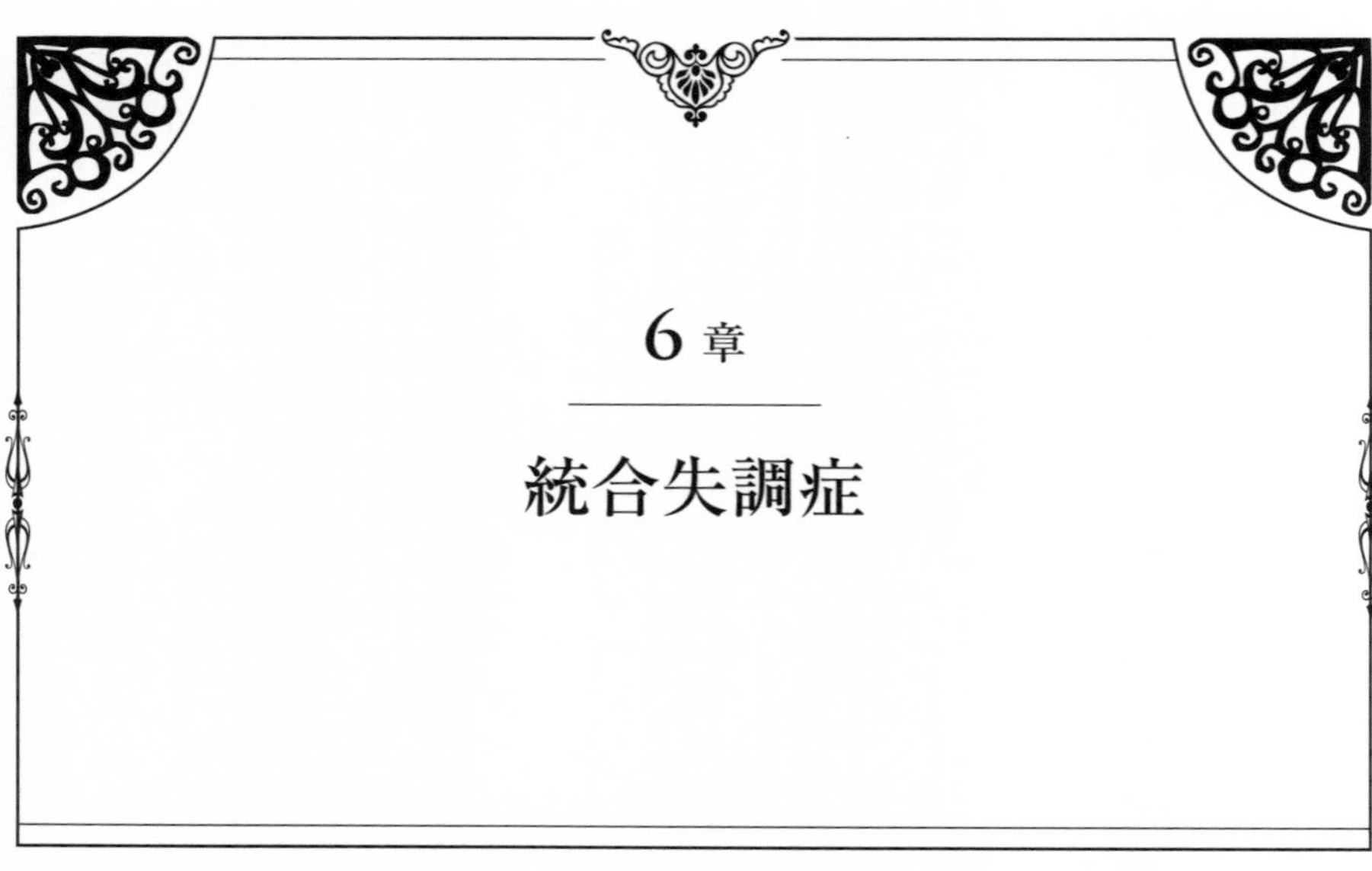

6章

統合失調症

ダウン症のつらさは、出産前にそれがわかっているせいで、最初から親子関係がうまく築けない可能性があることだ。自閉症のつらさは、幼児期に発症したり発見されたりするため、それまで結びつきを感じていた子どもが姿を変えたように思えてしまう点にある。そして統合失調症の衝撃は、青少年期に発症するせいで、すでに一〇年以上も知っていて慈しんできた子どもが、完全に失われてしまうかもしれないという事実を受け入れねばならないところにある。

親たちはほぼ例外なく、統合失調症とはどこからか侵入してきて、愛する子どもを隠してしまう覆い のようなものだと考える。子どもはそれに一時的に屈してはいるものの、いつかはきっと解放されるはずだ、と。だが実際には、統合失調症はアルツハイマーと同様、かつてあったものが変化したり、失われたりする病気である。つまり、これまでのその人を覆い隠すというよりは、ある程度、抹消してしまう。もちろん、そのまま記憶に残る過去の出来事もある。たとえば、まだ発症していなかった子どものころの出来事については憶えていることが多い。両親に対しても、正しいことをしてくれたとか、しようとしてくれたと伝えようとする。いとこの名前を空で言えたり、ある種の技術を忘れなかったりもする。テニスでの巧妙なバックハンドや、驚いたり軽蔑したりするときに片方の眉だけ上げるクセも忘れない。ユーモアのセンス、ブロッコリーが嫌いなこと、秋の陽射しが大好きなこと、極細ボールペンのほうが好きなことなども。やさしい一面など、基本的な性格も消えることはない。

困ったことに、統合失調症は失う能力と失わない能力が変則的だ。失うものの例としては、他人との結びつきや愛情や信頼を感じる能力、理性を最大限活かす能力、専門分野で力を発揮する能力、自分の健康を気づかう基本的な能力、さらに自意識と分析能力の大部分などがある。もっともよく知られているのは、外から音が聞こえてくると思いこみ、その音に満ちた別世界へと埋没してしまう症状だ。そうして内から生じる世界のほうが、本当の外の世界との関係以上にリアルで重要になる。

彼らに聞こえる声はたいてい残酷で、その人を奇妙で不適切な行動へとかりたてることが多い。声が聞こえると、患者はみな恐怖にかられ、ほぼかならず被害妄想に陥る。幻覚は視覚だけでなく、嗅覚にも作用することがあり、それらが実際の世界を、身もだえするほどに怖ろしい、逃れられない地獄へと変えてしまう。統合失調症者の多くが不思議なくらい妄想にこだわるのは、妄想ではない世界が薄れていき、想像を絶する孤独へと陥ってしまうからだ。それはまるで、決して離れられず、誰も訪れてくれないひとりきりの惑星で暮らすことを余儀なくされるようなものだ。統合失調症者の五〜一三パーセントが自殺をはかるが、ある意味それは氷山の一角である。統合失調症の兄を自殺で亡くした女性はこう言った。「結局、母は息子の死は乗り越えられたけど、彼の生は乗り越えられなかった」

誰でも覚えがあるように、恐怖の影に怯(おび)えていたのがすべて夢とわかり、のびのびと新しい一日を迎えられる瞬間は、なんとも言えない解放感に満ちている。反対に、夢だと思っていたことが現実だとわかる以上に最悪な事態は滅多にない。精神病では、自己と現実を区別する能力が著しく低下する。統合失調症者にとって、想像と現実を隔てる膜は薄く、穴だらけで、頭で考えたことと実際に体験したことにさほどちがいはない。病気の初期段階では、うつの徴候を見せることも多い。統合失調症の思考が絶望をもたらすからだ。だから、自殺のリスクは初期に最大となる。後期になると、感情が平坦になり、見た目もうつろで感情を表さなくなる。

そんな統合失調症者に話を聞いて驚くのは、症状の重い人でさえ自己憐憫を感じていないことだ。うつ病などの患者（私自身がその一員である泣き言の多い人々）とは対照的である。初期には恐怖にかられたり、悲しみに暮れたりするが、長年この病とつき合ってきた人はちがう。特定の妄想について文句を言ったり、うまく社会生活をおくれないことに罪悪感をいだいたりはするものの、病気そのものをののしることは驚くほど少ない。かつて美貌を誇ったある女性は、両親の悲嘆をよそに、経験できたかもしれない恋の冒険について思いめぐらすこともないようだった。高校で大人気だった好青年も、生涯の友をもつのがどれほどの喜びをもたらすかについて、両親ほど熱く語ることはない。症状が現れだしたころにハーバード大学で優秀な成績を収めていた男性も、もう少しで手に入れられた経歴について、両親ほどには嘆かない。どうやら、病気のせいでかつての人生から完全に切り離されるために、それを意識することもほとんどないようなのだ。みな病気に関して落ち着いて品位を保っており、私はそのことに絶えず感動せずにはいられなかった。

ハリー

ハリー・ワトソンに初めて会ったとき、私は統合失調症についての認識をくつがえされた。彼は三八歳で、ありえないほどハンサムだった。とても愛想がよく、おおらかで、話し方も感じがよくておもしろく、まえもって知らされていなければ、どこもおかしいと思わなかっただろう。そのとき彼は、社交的な異父姉パメラが開いたパーティに、エレガントできさくで知的な母のキティといっしょに参加していて、三人そろうと、まるで『フィラデルフィア物語』〔訳注：フィラデルフィアの社交界を舞台とする、一九四〇年のロマンティック・コメディ映画〕のエキストラのようだった。「ハリーはいつも、本当はこんなじゃなくて、もっと楽しいはずだったのにって思っているんじゃないかしら」。あとになってキティが言った。「あの子は最初、ひどく汗をかきはじめたの。翌日にはベッドからほとんど出られなくなったわ」

ハリーには、パメラとは別に、父ビルを同じくする異母姉がふたりいる。彼は一九六九年にカリフォルニアで生まれたが、四人きょうだいの末っ子でたったひとりの男の子だったため、ひどく甘やかされ、溺愛された。「あの子はすばらしい野球選手だった」とキティ。「でも、一〇歳くらいのころ監督に、ピッチャーをやってくれって頼まれたとき、ハリーは『そんなプレッシャーには耐えられないと思う』と答えた。一〇歳の子にしては奇妙な発言じゃない？　その年ですでに何かがおかしい気がすると言っていたの」

小説家でジャーナリストでもあるパメラは言う。「こういう話はよく耳にするでしょうけど、あの子も人気者だった。運動も得意だったし、カリスマ性もあった。みんながまねをしてたわ。ハリーが一二のときに、母が、彼の父と離婚したの。同じ年に私は大学に行くために家を出た。弟が昔から父親に言い聞かされていたのは、弱みを見せてはいけないということだった。だから、ハリーは変な気分がするときには、それをただ隠していたの」。高校卒業までは、まだ友人もいて、ごくふつうのティーンエイジャーにしか見えなかった。

「あの子は実際よりもできるだけ自分をよく見せようとしていたから、診断を受けてからも、セラピストが気づいた症状は本来よりずっと少なかった」とキティは言う。「ふつうにふるまえば、世間からもなのに」

もっとふつうに扱ってもらえると思っていたのね。それはつまり、必要な支援を受けられないってこと

「長いこと本当の症状がわからなかったから、ちゃんとした治療を受けさせられなかったの」とパメラが続けた。「その結果、たいへんなことになった。ハリーは実父が見つけてきた、能力がないくせに金目当ての、道義のかけらもないような精神科医にかかった。おかげで、状況がどれほどひどいことになっているか、誰も気づかなかった。ようやくその医者が山師であることがわかって――長い闘病生活と入院の未来しかないとわかって――ハリーの心は壊れてしまったの。それからは、二度とセラピストを信用しなくなった」

精神病の認識には、長い時間がかかることがある。「私は長年、ハリーが言ったことをすぐに忘れて、やってはいけないことばかりしていた」とパメラは言った。「私が二四で、ハリーが一八の年に母から、ハリーがすごく意気消沈して引きこもるようになったから、クリスマスに家に戻って彼と話をしてほしいって頼まれたの。それで私たち、彼の部屋で扉を閉めて六時間ぶっ続けで話した。ハリーはみんなからゲイだと思われていると言った。恋人が彼のことをゲイだと思っていて、友だちみんなも、私の母も彼の父もそう考えてるって思いこんでた。だから私は『ばかばかしい！　誰もあなたをゲイだなんて思ってないわよ』って言ってやったの。それは彼にとって意外な事実で、ほっとしているように見えた。力になれたのはうれしかったわ。よく考えてみれば、あの子は長いあいだ、複雑にからみ合う妄想に悩まされていたのね。ちゃんとした治療が必要だった」

ロリンズ・カレッジに入学したハリーは、哲学を専攻し、心理学を学んだ。「自分に何が起きているのか理解しようとしたのは明らかよ」とキティは言った。次のクリスマス、パメラとハリーはパーム・スプリングスでハリーの父と彼のほかの子どもたちといっしょにすごした。「あのときのハリーは、信

じられないくらい反抗的だった」とパメラは言う。「ある晩いきなり、異母姉のひとりとＬＳＤをやったと言いだしたの。それでラリったときに、自分の脳はいつもその状態だって気づいたんだって。自分は統合失調症だと宣言しているようなものだった」。それでも一九九二年の大学卒業までは、多少おかしなことはあったにしろ、どうにか持ちこたえているように見えた。

ハリーが初めて精神に大きな異常をきたしたのは、大学卒業の四年後だった。自分の思考が怖くなって、一九九六年の春にサンフランシスコのラングリー・ポーター精神科病院に一〇日間入院した。「ハリーとスクラブル・ゲーム［訳注：文字を並べて単語をつくるボードゲーム］をするようになった。あそこまでおかしくなってしまった人間と何を話せばいいかわからなかったから」とキティは言う。「通りでワゴン車を指さして、あそこにＦＢＩが装置を隠しているなんて言うの。看護師が自分に毒を盛ろうとしていると思って薬ものもうとしなかったし。息子が入院してから、彼のアパートメントに行ってみたんだけど、頭のなかそのままにぐちゃぐちゃだったわ」

退院したあとは、コンピュータ・プログラミングの仕事を見つけた。「しばらくはうまくいっていたんだけど、今度はアパートメントが盗聴されていると言うようになって」とキティは言う。「一種類、薬の服用をやめてしまっていたせいだと思う。『ひと晩うちに泊まりにくれば？』と言ってやったら、『そっちも盗聴されてる。盗聴器がどこにしかけられてるか教えてあげるよ』って。それで、洗濯室へ行って盗聴器がしかけられている場所を指さすの。私はハリーをまたラングリー・ポーターへ連れていった。そんなことが何年か続いた。毎回、彼が退院して三日もしないうちにそうなるものだから、どんどん自分をあざむいているような気持ちになったわ」

闘いに勝つ見込みはなかった。「残念ながら、そのころには、弟はすっかり幻聴に囚われていた」とパメラは言う。「一日二四時間ずっと声が聞こえるのに、どうやって太刀打ちできます？　子どもが精神を病んだら、親は早期にそれに気づくのがとても重要ね。彼が一五歳のときにおかしいと気づいていたら、なんらかの手立てを講じられたかもしれないでしょ？　ハリーは三〇歳になって、すっかり怯え、自分ではどうすることもできなくなって、ようやく私たちの説得に応じて治療する気になったの」

キティにとって、その年は底なしの地獄へ落ちていくような一年になった。「ハリーの父親がナパに家を持っていたんだけど、一九九七年に、ハリーは週末をすごしにそこへ行ったまま、離れようとしなくなった。ほぼ一年もすぎてから、ある日私が訪ねていくと、私の姿を見たハリーは、『いったいここで何をしてる！』と叫んだのよ。まるで悪魔に取りつかれているかのようだった。私が『あなたのお父さんとも話したんだけど、あなたは町に戻って私といっしょに暮らしたほうがいい。定期的にお医者さんに診てもらって、薬をのまなくちゃ』って言っても、『ぼくはどこにも行かない』と言うばかり。だから私は『行かないなら、あなたのこと放り出すわ。外で暮らすことになるわよ』と言ってやった。ハリーが本当にそうなるんじゃないかと怖かったから、困ったことにならないように尾行させる探偵まで雇って。そう、ＦＢＩに監視されているという被害妄想に囚われている人間を、探偵に尾行させたわけ。ハリーには大嫌いだと怒鳴られたわ。それでも、四八時間後にはうちに戻ってきた」

パメラが当時を思い返して言った。「ハリーはお酒の問題も抱えていて、ナパではひたすら飲んでいた。意識を失うまでテキーラを何本も空けていたの。あれで生きていたのが驚きよ。でも、やがて飲酒のせいで、ひどく落ちこむようになった。ゴールデン・ゲート・ブリッジに行って、そこから飛びこもうと考えたこともあったみたい。一度は本当に飛びこみそうになって……。だけど、弟は危険をおかすタイプじゃないから、まわりが心配するほどには自殺の危険はないの」

ハリーがナパから家に戻ってキティは大いに安堵したものの、続く何カ月かのあいだ、息子が正気を失っていくのを目の当たりにして、つねにストレスにさらされることになった。「家に人を呼ぶこともあったけれど、息子の症状がいつ現れるかわからなかったから」とキティは言う。「薬をのむのをやめてしまって、入院しなきゃならなくなることもたびたびだった。そのころ、よく息子の部屋を見たものだけど、依存症の場合と逆で、部屋に空瓶がないと本気で心配になったわ」

ハリーはまもなく自分のアパートメントに戻った。「訪ねていったときに、ベルを鳴らしてハリーが応えないと、そのままなかに入った」とキティは言った。「とても急な階段をのぼらなくちゃならなかったんだけど、そのてっぺんにハリーが立っているの。彼が私を押して階段の下へ落とすようなことはしないとわかってはいても、叫び声をあげられて怖かった」。パメラは言う。「ハリーはうんと太って、信じられないくらい敵意むきだしで怒っていたものね。誰が何を言ってもひとことも信じようとしなかったし。こっちを侮っているのがありありとわかるから、話をするのもつらかった。亡くなるまえのジム・モリソン［訳注：アメリカのロックバンド、ドアーズのボーカル］みたいになって、家に閉じこもって、サラダボウルいっぱいのパスタをつくってテレビのまえで食べていた。どんなかたちであれ、彼が人間らしい姿で社会生活をおくるところを想像するのはむずかしかった」

ナパから戻って三年後、ハリーが三二歳のときに、キティは彼に心機一転の機会を与えようと考えた。そのための場所として選んだのが、ハーバード大学付属の精神科病院〈マクリーン〉だ。「彼をサンフランシスコから離してマクリーンへ移したのは、本当にすばらしいことだった」とパメラは言った。「母にどうしてそれができたのか、いまでもわからないくらい。ハリーはサンフランシスコの小さな穴倉にひたすら隠れていたんだから。母は自分の提案を受け入れるよう、ハリーを説得しなきゃならなかったはず。強制的にしたがわせる法的な力はなかったので」

ハリーは長期の入院患者として受け入れられた。新たな薬物療法とセラピストによるカウンセリングも始まった（それ以降、ハリーは同じセラピストのカウンセリングを続けている）。あまり背は高くなかったが、体重が一〇〇キロもあったハリーは、このままだと見た目にも健康にもよくないと医師に説得され、半年ほどすぎたころに、ダイエットのためにランニングを始めた。ハリーがマクリーンの敷地内の芝生を横切って走っていくと、ほかの患者たちが『ロッキー』のテーマ曲をハミングした。

「あれだけ贅肉(ぜいにく)がついた体で走るのはたいへんだったはず」とキティが言った。「それでふと思ったの。どうしてあそこにはフィットネス・センターがないのって」。彼女はさっそくフィットネス・センターをつくる資金を募った。そうしようと思ったのは、フィットネスの効用を信じていたこともあるが、ハリーに気づかれずに病院に出入りする口実が欲しかったからでもあった。機器の選定にはハリーが力を貸した。フィットネス・センターには現在、月に約七〇〇人の利用者がいる。ハリーは二七キロの減量に成功した。「弟は毎日走ってる」とパメラ。「自分が病気だってことも話すし。正直、彼がサンフランシスコを離れるまえにこうなると説明されたとしても、そんな楽天的な結果はありえないと思ったでしょうね」

とはいえ、精神病の最初の徴候が現れてからマクリーンに来るまでに何年もかかった代償は大きかった。「時間が無駄になっただけじゃなく、病に一五年も侵されていたせいで、脳もまえとはちがってしまったの」とパメラは説明する。「ハリーは精神を大きく損ねてしまったけれど、見ておわかりのとおり、とても賢くて、はきはきしていて、愉快な人間だから、うんとおもしろくて精力的な人生をおくっていたかもしれない。いまは病気のせいで、ほとんど何もできないけど、自分がどれだけのものを失っているかわかるくらいには正常なの。それに、自分に聞こえる声が現実のものだとほかの人に言ってはいけない、とわかるくらいには正常。だけど、現実ではないと本当に思えるほどには正常じゃない。〝理事会〟が自分に最悪の決断をくだすんじゃないかと不安だと言ったこともある。そのとき私は、『ねえ、その声って本当に感心しない。陳腐でつまらないのが問題ね。理事会？　安っぽいテレビ番組だってもっとましなものをつくるわよ』と言ってやった。ふたりで笑ったわ。ハリーとは、乗り越えられない現実のハードルについても話し合った。つまり、そういう声に耳を傾けるのをやめたいと彼が本気で思っていないことについて。声が聞こえるのは怖いけど、ハリーにとっては親しみを感じる相手でもあるのね」。キティははっきり言った。「現実の世界で生きるか、それとも、あっちの世界で生きるか決めかねて、ハリーはつらい時期をすごしているのよ」

ハリーはいま、ケンブリッジのアパートメントにひとりで暮らしている。毎日一時間ランニングをし、テレビを見てすごす。映画やコーヒーショップに出かけることも多い。セラピストにも会っている。魚に興味があり、ふたつの水槽で海水魚と淡水魚を飼っている。マクリーンの職業訓練プログラムの一環として、温室での仕事にもついている。しかしそれでも、ハリーの世界では長く安定しているものは何もない。のちに会いにいったときキティは、ハリーが温室へ行くのをやめてしまったと明かしてくれた。「あの子の世界は小さいままで、それ以上広がらなかったの」と。

キティは、絶えずハリーの力になろうとするのに疲れ果てている。その努力は誰も望みえないほど報われているとはいえ、しじゅう失望に襲われることで神経がまいっているのだ。一方、パメラは「自分の子どもができて、とても気持ちが軽くなったわ」と言う。「だって、毎日ハリーのことばかりでは暮らしていけないもの」。そう話しながらも、パメラは目のまえのテーブルに携帯電話を置いていた。「これは弟のためでもあるけど、子どもたちのためでもあるの。ハリーは自分が妄想に囚われると、それを話すために電話をしてくる。つまり、彼から電話がなければ、問題ないとわかるから」

キティはその状況に利点はあると認めつつも、失望せずにいられない。「パメラがもっとかかわってくれるものと思っていたわ」。同時に、ハリーの世話はできるかぎり自分が背負わなければならないとも感じている。「息子はとてもさみしがり屋なんだけど、誰かが親しくなろうとするやいなや、その人について妄想をいだきはじめてしまうの。たとえばランニングに行ったときに、『ハリー、ハリー』って呼びかけてくる人がいたとかね。ハリーが通っているダイナーでパンケーキをつくっている人だったそうよ。ふたりでしばらく会話をしたら、『コミュニティの一員だって気がしたよ』だって」。ハリーは母親と冗談も言い合う。ある日、マクリーンから入院患者の部屋の改装を請け負っていたキティに、ハリーが言った。「まったく、母さんはぼくのおかげで新しい仕事がもらえたみたいだね」

ハリーにとって、励ましとプレッシャーのバランスをうまく保つのはほぼ不可能だ。「弟はいまできることを精いっぱいやっているわ」とパメラは言う。「なんだか、ハリーとは双子みたいな気がするの。彼からどんな話を聞いても、自分の経験からわかっていたことだって気がして。私はフィクションの作家だけど、彼も彼なりにフィクションを生みだしている。ほかの世界をつくりだし、ときにその世界で暮らすことでね。そこには人もいれば惑星もある。弟は美的感覚もすばらしいの。それが妄想をさらにふくらませるんだけど。だいたいはとても危険で、怖くて、さみしい世界。だけど、美しい瞬間もある。母はあきらめなかったというだけでも、大いに褒められていいはずよ。継父は、踏んばって闘えなかった。つらすぎることだったから。でも、だからこそ、母は闘志を燃やしたの。母と、お医者さんと、何よりもハリーがすばらしかった。ものすごくガッツがあるってわかった。私には英雄に思えるわ。ベトナム戦争で一五年従軍した人みたいに。それでも起き上がり、楽しいことを見つけようとしている。私に彼のような人生をおくる気力があるか？　たぶん、ないわ」

キティはハリーが発症するまえは、大いに人生を楽しんでいた。「息子の精神的な病の世界に引きずりこまれて、あがいたり叫んだりするようになるまえは、ずいぶん軽薄な人間だった。でも、いまはいつも誰かの力になろうとしていて、助言をしたり、お医者さんを見つけてあげたりしている。おかげで人格形成ができた。けど、正直に言えば、幸せで軽薄なままでいるほうがよかったわ」。ハリーは母の人生におよぼしてしまった影響について罪悪感をいだいている。それがわかっているので、キティはいつもたいしたことではないように見せようと努めている。どのくらいの時間と感情のエネルギーをハリーに費やしているのかと尋ねたとき、彼女の目には涙があふれた。それから肩をすくめ、どうにか笑みを浮かべて言った。「全部よ、全部。どうしようもないもの」

統合失調症には、異常な幻覚を見るといった陽性の症状と、精神の混乱、気力の喪失、情動鈍麻、言語の喪失（失語症）、引きこもり、記憶のゆがみ、総合的な機能不全といった、陰性および認知機能障がい的な症状のあることが広く知られている。なかには〝自閉症プラス妄想〟と説明する専門家もいる。不適切ではあるが、美化することなくこの病気を表現しているとも言える。

ある患者は、陽性症状についてこんなふうに説明している。「怖ろしい幻覚に襲われて、心が休む暇がない。あまりに生々しいので、肉体的な感覚に思えるほどよ。幻覚を実際に見たとは言えない。何かの像が見えるわけじゃないから。見るというより感じるの。口のなかが鳥でいっぱいになったような感じがして、それを歯で嚙んでるわけ。鳥の羽や血や折れた骨で喉が詰まる。牛乳瓶のなかに、過去に見送って埋葬した人たちが腐っていく様子が見えることもある。私はその腐った死体をのむ。猫の頭をのみこんでいて、それが私の体内で嚙みついてくることもある。ぞっとするような耐えられない感覚よ」

それとは対照的に、陰性および認知機能障がい的な症状について、別の患者はこう説明する。「つねに自分自身を含むすべてのものへの感情的なつながりを失っている感じです。まわりの出来事と自分の内面で起こっていることを抽象的に認知できるだけなんです。私の人生の中心を貫いているこの病気のことも、ただ客観的に眺めるしかない。教養があり、能力に恵まれた人間にとって、自分が少しずつだめになっていくのを逐一認識しながら生きるほど怖ろしいことはありません。でも、それが私の身に起きているこことなんです」

ノーベル医学生理学賞を受賞した神経学者のエリック・カンデルは、統合失調症は楽しみを求める気持ちを奪ってしまうと説明している。「多くの人は外食するたびに楽しい時間をすごせるのに、そうすることにまったくなんの興味もない人がいる。それを想像してみてください」。快楽原則［訳注：グスタフ・フェヒナーがつくり、ジークムント・フロイトが取り入れた精神分析学の概念］によれば、人間は快楽を求め、苦痛を避けようとするものらしいが、統合失調症者にとっては、少なくともその半分は正しくない。

詩人のエミリー・ディキンソンが、精神の病へ落ちていくさまを怖ろしいほどありありと描いている。

心に裂け目を感じる——
脳が裂けるかのよう——
私はそれを合わせようとする——ひとつずつ継ぎ目をつくって
でも、合わせることはできない

そんな考えをうしろに置いて、私はつかまえようとする
まえにある考えを——
でも順番は音もなくもつれ
玉になって——床に落ちる

この詩のように、突然脳が裂けたと感じて統合失調症を発症する人がほとんどだが、実際それは、生まれるまえから脳に刻みこまれた発達障がいのひとつらしい。思春期前や幼児期に統合失調症の症状が

現れることはまれだ。症状はふつう、五つの予測可能な段階を経て表れる。自閉症の場合は通常、時間とともに悪くなることはないのに対して、統合失調症は徐々に悪化していく。第一段階である、思春期までの〝未病期〟に自覚症状はないが、最近の研究では、歩行やことばの遅れ、ひとり遊びを好む傾向、学校の成績の低さ、社会的不安、言語に関する短期の記憶の欠如などの症状が指摘されている。次に、平均四年ほど続く〝前駆期〟があり、陽性症状が徐々に現れはじめる。この段階の青少年は、認知、知覚、意欲、運動機能に変化をきたし、奇妙な考えが心をよぎったり、非論理的な考えが本当かどうか理解に苦しんだり、懐疑的になったり、警戒心を強めたりする。

なかには、幼児期にすでに現実世界から妙に乖離していて、徐々に病状へと移行していくように思える人もいるが、たいていは、いきなり過激なかたちで発症する。トラウマをきっかけに発症することもあれば、はっきりと引き金になるものがない場合もあるが、突如として以前とはまったくの別人に変容してしまうのだ。これが〝急性期〟と呼ばれるもので、幻覚や、コントロール妄想、外から思考が吹きこまれる、考えただけでそれが周囲に伝わってしまう、考えが抜き取られてしまうなどの奇妙な妄想が始まる。この段階はたいてい一五～三〇歳で始まり、二年ほど続く。

何がきっかけで発症するのかはまだ解明されていないが、おもに三つの可能性がある。ひとつめは、ティーンエイジのホルモンの分泌が脳の遺伝子の発現を変化させること。ふたつめは、思春期に脳が神経細胞の機能を最適化する過程で、異常が生じること。そして三つめは、シナプス除去、もしくは刈りこみがうまくいかないことだ。幼児期に脳が正常に発達すれば、新しい細胞が脳内で移動して細胞同士が接合し、接合部位（シナプス）が形成される。この接合はいったん過剰におこなわれるが、成長期の反復で強化されたものだけが――つまり、その人にとって有用と考えられるものだけが神経構造となって残る。ところが不健康な脳の場合は、シナプスの刈りこみが過剰か、不足か、場所がまちがっている可能性があるのだ。

病気を発症したあとでも、さらなる変化が起こる。それが〝進行期〟だ。投薬によってうまくコントロールできないと症状は悪化し、五年ほど続くと〝慢性・残遺期〟へと進む。こうなると、脳の灰白質が回復不可能なほどに失われてしまい、患者は無気力になり、絶えず症状を見せるようになる。最初に症状が出たときに抗精神病薬を用いれば、八〇パーセント以上の人が良好な反応を見せるが、この段階まで来ると、同等の反応を見せる患者はわずか半数となる。

ジャニス

一九五三年、臨月のコニー・リーバーは子癇前症（しかんぜんしょう）［訳注：高血圧やタンパク尿などを起こす妊娠合併症］を発症し、危険なほど血圧が上がった。難産の末に生まれたジャニスは、そのときからもう心が遊離しているように見えた。コニーは、娘は自閉症かもしれないと思ったが、小児科医は知的障がいがあると言った。やがて、ジャニスに数学の才能があることがわかり、自閉症という診断が確定した。

ジャニスが精神に異常をきたしたのは二二歳、大学の最終学年のときだった。父親のスティーブが彼女を実家に連れ戻したが、家に着くと、ジャニスは好きだったものをすべて窓から投げ捨てた。そうするように命じる声がしたからだ。コニーは主治医に連絡し、医者は週末用に初期の抗精神病薬メレリルを処方した。月曜日、ジャニスは精神科医の診察を受け、統合失調症と診断された。

コニーは統合失調症についてありとあらゆることを学ぼうと決心したが、情報は少なかった。そこでスティーブといっしょにコロンビア大学で開かれた統合失調症についての会議に出席し、NARSAD（統合失調症およびうつ病研究のための全国連盟）の存在を知った。NARSADはそのころ、五万ドル（約五二五万円）の資金を集め、科学研究を支援していた。コニーはほどなくその会長となり、ほぼ二〇年にわたって職務をまっとうした。彼女が辞任すると、投資ファンドの経営者だったスティーブが会長職を引き継いだ。

リーバー夫妻はNARSADを世界最大の民間の精神病および脳の研究機関にした。二〇一一年までに、NARSADは三一カ国の科学者に対し、三〇〇〇件以上、総額三億ドル（約三二五億円）に達する助成をおこなった。夫妻はほかにも個人的に毎年一〇〇〇以上もの研究テーマを審査している。その対象は、ほかに資金の見通しの立たない若い研究者による独自の研究だ。ニューヨーク長老派教会病院の院長ハーバート・パルデスは言う。「ほとんどのノーベル賞受賞者は、リーバー夫妻から科学を学ばせてもらったと言ってもいい」

コニーとスティーブはNARSADの仕事に没頭していた。あるとき、ジャニスの精神科医のひとりが、両親がこれほどに忙しくしていて嫌ではないのか？　と訊いた。彼女はこう答えた。「会いたいだけ母に会えるわけじゃないけど、母が何をしているかわかっているから。私やほかの人たちのために身を粉にして働いているのよ。人類全体のために」

スティーブは、献身的に活動することによって、自分たちの人生がジャニスを中心にまわっているのを娘に示せると感じている。また、病気であることによってジャニスが親に引け目を感じているとしたら、それをいくばくか減らしてもいるはずだった。「娘は私たちの挑戦の象徴だった。彼女だけが挑戦の対象であるより健全だ」とスティーブは言った。

リーバー夫妻が活動を始めたときには、娘の人生を変えるような科学的発見に達するまで一〇年ほどかかるだろうと踏んでいた。だが、一〇年たってもそうした発見はなかった。そこで、ふたりはジャニスに直接手を差しのべることにした。二〇〇七年、コロンビア大学内にリハビリ施設〈リーバー・クリニック〉を開いたのだ。ジャニスはそこの通所プログラムに参加した。ここでは、統合失調症者に人間関係の機微など実践的な技術を教えていた。ジャニスの病は進行していたにもかかわらず、大きな効果が現れ、現在は自立して暮らしている。

これまでコニーは、何千人もの親たちに助言してきた。「私の名前はたくさんの資料に載っている。電話番号もかならず電話帳に載せている。誰でも私たちを見つけることができるし、力を貸せるなら貸そうと思ってるの」。そしてにっこりしてこう言った。「私たちを利用しようとする人もいるけれど、そういう人の話にだって耳を傾けるわよ」

原因の解明はどこまで進んでいるか

一九〇八年に精神分裂病（統合失調症の旧称）ということばを生み出したオイゲン・ブロイラーは、実際に患者の治療にあたっていた。著名な神経学者フレデリック・プラムが一九七二年に発した「精神分裂病は神経病理学者の墓場である」ということばは有名だ。それは、これまでもこれからも、誰もその病因を解明できないことを意味していた。しかし現在では、自閉症より統合失調症のほうが解明が進んでいる。

統合失調症が生物学（遺伝子）と行動学（表現）のどちらで亜型（サブタイプ）分類されるべきかは、はっきりしない。統合失調症の遺伝子の型も表現の型も多種多様で、特定の発現や進行が特定の遺伝子マーカーと結びついているわけではないからだ。遺伝子異常がなくても発症する人もいれば、遺伝子異常がありながら発症しない人もいる。遺伝子マーカーは確実な発症を示すというよりは、発症しやすさを示すものだ。

統合失調症が多発する家系があるのは確かで、発症をもっとも確実に予測できるのは、すでに発症している一親等の家族がいる場合だと言われるが、実際には、統合失調症者のほとんどにそういう家族はいない。「事実その一――ほとんどの統合失調症者には統合失調症の親はいない」と、臨床心理士でハーバード大学教授でもあるデボラ・レビーは述べる。「事実その二――統合失調症の発症率は減っていない。地域によっては増えているところもある。事実その三――統合失調症者の生殖率は非常に低い。だとすれば、病気を引き起こす遺伝子がなくならないことをどう説明するのか？　ひとつの可能性として、統合失調症の遺伝子の保有者や伝達者のほとんどが発症しないということが考えられる」

そうした遺伝子の保有者が発症せずにすむにはどうしたらいいかは誰にもわからないが、発症には神経伝達物質、とくにドーパミンの不具合が関係しているとされる。統合失調症者の脳には、前頭皮質と海馬の量の減少、それに線条体［訳注：大脳基底核にあり、意思決定や運動機能に関与する］の調節異常が見られる。遺伝物質はまわりの物質と混じり合い、化学変化をもたらすと考えられ、それが脳の構造に退行性の影響をおよぼすという。ほかに、遺伝子の脆弱性は寄生生物によってさらに悪化すると示唆する新しい研究もある。

人はみな、三万個ほどの遺伝子による設計図をもっている。だが、その現れ方は、染色体の構成や、遺伝子の発現を抑えたりうながしたりする外的要因によって変わる。多くの生化学的要因によって、遺伝子がいつ、どんなふうに、どのくらい活性化するかが決まるのだ。統合失調症の遺伝子は、保護遺伝子が過剰発現しているあいだは発現しない可能性がある。自閉症の場合と同様に、単一の遺伝子の異常が大きな原因なのではなく、いわゆる〝個々の遺伝子のコピー数の異常〟（コピー数多型）が疾患を引き起こす原因とも考えられる。これは、両親が歳をとってから生まれた子どもに多い。とくに父親が高齢の場合だ。もうひとつの発症メカニズムは、特発性の遺伝子異常で、こちらはダウン症の発症メカニズムとほぼ同じである。

最近では、コピー数多型の異常であれ、単一遺伝子の異常であれ、統合失調症、自閉症、双極性障害がいには特発性の遺伝子欠陥が見られるということがわかってきた。ということは、精神病は個別の病気の集合体というより、ある一方向に生じるものなのか。「どちらかといえば、それは格子状に近い」と言うのは、イェール大学の精神医学科長でバイオロジカル・サイキアトリー（生物学的精神医学）誌の編集長でもあるジョン・クリスタルだ。

遺伝子の欠陥が実際にどう作用するかを見きわめる最良の方法は、研究用マウスのゲノムへの人工的な移植だ。そのマウスたちに人間の病気と似た症状が現れるかどうか観察し、遺伝子が脳の発達におよぼす影響を解釈するのだ。もちろん、ネズミが幻覚を見ているかどうかを知る由はないが、遺伝子を移植したネズミは、隅で動かなくなったり、非常に攻撃的になったり、仲間と交わらなくなったりする。異性のネズミと関係をもつのを拒んだり、見慣れない相手に会うとひるんだりもする。食べ物で釣っても動かなくなり、ふつうのネズミなら楽しんでするようなこともしなくなる。統合失調症者が活動意欲を失うのに驚くほどよく似ている。

この研究を思いつき、膨大な実験を実践してきたエリック・カンデルは、〝統合失調症の理論的枠組(パラダイム)みの変化(シフト)〟と名づけた結果に行きついた。多くの病気は遺伝子が発現するかどうかで決まる。つまり、遺伝子をオフにすれば症状も消える。ところが統合失調症の場合、発症そのものは遺伝子が原因かもしれないが、その遺伝子をオフにしても、症状は緩和されない。だから、一度発症すると途中でそれを止めることができないのだ。

二〇一一年に私は、あるバイオテクノロジー企業の幹部とジェイムズ・ワトソンが話しているところに居合わせた。フランシス・クリックと共同でＤＮＡの構造を発見してノーベル賞を受賞したワトソンには、統合失調症の息子がいる。その席で企業幹部は、統合失調症の研究はまとまりがなくて混沌としていると言った。彼は、関係者が協力して互いの知識から利益を得られるようにするという大きな構想をいだいていて、四億ドル（約四二〇億円）の資金を集められれば、この分野の研究に大きな躍進が見られるのではないかと考えていた。だがワトソンは言った。「協力が役に立つような状況にはないよ。わかっていることがあまりに少ないからね。何ひとつ解明されていないから、ほかの誰かがそれをもとに何かを積み重ねることなどできない。われわれに必要なのは本質を見きわめることであって、改良することじゃない。私なら、四億ドルもっていたら一〇〇人の明晰な若い科学者を見つけて、それぞれに四〇〇万ドル（約四億二〇〇〇万円）ずつ分け与えるね。人選がまちがっていなければ、そのうちのひとりくらいは何かを見つけるだろう」

私が会った統合失調症者の家族はみな、この遺伝子の気まぐれを怖れていた。ある男性は「統合失調症の弟がいるから、将来、子どもに発症する危険がある」と恋人に結婚を断られた。マリエレン・ウォルシュは、統合失調症者の家族や友人に向けた手引書に「統合失調症の歴史は非難の歴史である」と書いている。そうした非難の矢面に立たされたのは、母親たちだった。

フロイトは幼児期のトラウマが統合失調症を引き起こすと示唆したこともなかったし、精神病患者のための精神分析を推奨したこともなかったが、フロイト派の精神分析医であるフリーダ・フロム＝ライヒマンは、一九四八年に〝分裂病をつくる母〟という不快な呼び名を提起した。そこから、家族全員が責められるべきだという考えが広まり、ある著者は「患者の機能は、両親のあいだの感情の行きちがいをうまく仲裁できなかった人のそれに似ている」と書いた。グレゴリー・ベイトソンという別の著者も、統合失調症は「愛情のない母親だと子どもに思われているのではないかと不安になり、距離を置いてしまった母親」の子どもに起こりやすいと言っている。こうした考え方は、家族全体の精神の病理的偏りが精神病としてひとりに現れるという考えにもとづいていた。

国立精神衛生研究所の所長であるトマス・インセルは、一九五〇年代以降のもっともめざましい進歩は、〝非難と恥〟合戦が終わったことだと言うが、統合失調症の改善に取り組んでいる人々に話を聞いた私の経験からいって、非難も恥も依然として幅をきかせている。一九九六年におこなわれた全国的な調査でも、回答者の五七パーセントがいまだに統合失調症が両親の行動によって引き起こされると信じていることがわかった。

だが、そうした考えから母親たちが自分を責めると、統合失調症者が何よりも必要とする支援に支障が出る。「ときどき胸に〝S〟の緋文字をつけているような気分になる」と、統合失調症の息子がいる生命倫理学者パトリシア・バックラーは書いている。「その〝S〟は統合失調症遺伝子（スキゾフレニア）を示すと同時に、私自身の恥（シェイム）という意味でもある」。別の母親はこう書いた。「ある世代の精神衛生学の専門家は、統合失調症の原因は家族にあると教育されている。そういう専門家のなかには、私たちの息子や娘を治療するにあたって、親の私たちを責める人がいまだにいる」。これに対して〈治療の権利擁護センター〉の創設者で精神科医のE・フラー・トーリーは、家族に責めを負わせることは不合理だと考えている。「子どもを育てたことのある親ならみな知っていることだが、ひとりの子をひいきしたり、矛盾することばをかけたりする程度で子どもが統合失調症を引き起こすほど、親の影響力は強くない」

一方、ベストセラーになった『ザ・シークレット』（角川書店）のような自己啓発本では、精神衛生はたんにポジティブ・シンキングの問題だとされる。そうした考えの前身にあたる原理は一九世紀に芽生え、クリスチャン・サイエンスなどアメリカのスピリチュアルな運動の旗印となった。ウィリアム・ジエイムズはそれを〝心の健全さの宗教〟と呼んだ。「勇気や希望や信頼の絶対的な効能を褒めたたえ、それと反比例して、疑念や不安や心配をさげすむ原理である」と。こうした考え方が人気となった一因には、健康な人が健康を手に入れたのは、その人が勇敢だったからだと示唆していることにある。しかし不健康な人にとって、自制心に欠け、性格的にも弱いから精神を病んだのだとほのめかされることは、責め苦でしかない。

治療の限界

一九九〇年代にロングアイランド・ユダヤ病院の医者たちが、統合失調症の遺伝子研究のためにフィリップとボビーのスミザー兄弟の協力を得ようとしたとき、兄弟の母親はそれに反対した。「私たちになんの得があるんです？」と彼女は訊いた。

二〇〇一年から二〇一〇年にかけて、フィリップとボビー、それに彼らの兄で発症していないポールはみな三〇代で、ポールの妻のフリーダは自分の子どもたちが発症する可能性がどのくらいあるのか知りたがっていた。

フリーダがポールの家系を調べてみると、あちこちに精神を病んだ人が見つかった。たとえば、ポールのおばは〝産後うつ〟のため、大人になってからずっと入院生活だった。〝頭の病気〟のおじもいた。数多くの〝変人〟のいとこたちも、ふつうの生活をほとんどおくれていなかった。ポールとはハイスクール時代から恋人同士だったが、ポールの父親には結婚前に一度しか会ったことがなかった。ポールが家族とは疎遠になっていたからだ。「ポールの弟たちが妙な行動をとりはじめたら、ふつうは母親から医者に、統合失調症の家系だと話しますよね」とフリーダは言った。「でも、彼の家族はそうしなかった。だから、病気の診断に何年もかかったんです」

秘密主義は、破るのがむずかしい習慣だ。「毎年、感謝祭はまずフリーダの家族と祝い、それから、うちの家族と祝うんです」とポールは言う。「ふたつの家族をいっしょにすると、ぼくも母も弟たちを守るほうにまわるし、フリーダの家族にあいう病気の人間を見せれば動揺するだけだから。このことは親友とも話しません。ほかの親戚みたいに病気を否定しているわけじゃなくて、ただ、話したくないんです。弟たちとは心がつながっていて、毎日彼らのことは考えるけど、かかわりをもとうとはあんまり思わない。なにしろ、ふたりとも薬づけですから」

いまはふたりの息子をもつポールとフリーダは、息子たちがいつか統合失調症になるのではないかという恐怖に襲われながら暮らしている。精子提供者を使うことも考えたが、実行には移せなかった。「遺伝子のサイコロを転がしているわけです」とポールは言う。フリーダはその恐怖に心がすり減らされていると語る。「いろいろな意味で息子たちを苦しめています。統合失調症になる人の体には特徴があるという記事を読むと、息子たちを裸にして、足に水かきでもついていないかと全身くまなく確かめる。統合失調症者は冬生まれが多いと聞いたので、子どもたちは夏に生まれるようにタイミングをはかりました。おかしいですよね。みんな自分の子どもが誰よりも賢くて、誰よりも運動ができることを望みますけど、私たちはそんなの気にしません。健康ならいいんです」。そして二〇〇八年、ポールとフリーダは統合失調症の遺伝子研究に協力することに同意した。

何世紀ものあいだ、統合失調症の治療は効果がないか、野蛮か、その両方だった。一九世紀には歯を抜く治療まであった。二〇世紀なかばには、ロボトミー手術もおこなわれた。

その後、一九五〇年に開発されたクロルプロマジン（ソラジン）をはじめとする抗精神病薬の開発が、統合失調症の陽性症状の治療をめざましく進歩させはした。しかし残念ながら、こうした薬は陰性症状にはほとんど効果がなかった。エモリー大学の神経画像研究の教授ヘレン・メイバーグは言った。「家が焼け落ちるのに似ています。消防車が駆けつけ、あたり一面をびしょ濡れにする。それで火事は消えるけれど、家は黒焦げになり、煙のせいですすけ、水びたしで、土台にがたがきて、ほとんど住めない状態になる。たとえもう炎が壁を這っていなくても」

いくら治療をしても、病気によるダメージは残る。そのダメージを和らげようとする方法自体が患者にとって試練となる。たとえば、クロルプロマジンはロボトミー手術同様、個性を失わせる。新しい薬は多少はましだが、薬物療法をやめた統合失調症者の多さからも、患者がいかに薬を嫌っていたかがわかる。一九七〇年代には、ソビエト連邦が拷問や服従の目的で抗精神病薬を投与し、投与を受けた人間に精神障がいの症状を引き起こした。「薬物療法の結果、個性を失い、心がうつろになり、感情が破壊され、記憶が失われるのです。他者と自分を分ける微妙な特性がすべてかき消されてしまう」。そういう治療を受けて生き延びたひとりが、ソビエト連邦による精神病薬の濫用(らんよう)について、上院の公聴会で証言した。「私は死ぬのは怖いが、この治療よりは銃で撃たれたほうがいい」

ジャネット・ゴトキンという患者は、アメリカの精神科病院でも同時代に同じような治療をしていたと語っている。「自分自身や自分の考えや人生から切り離され、薬と精神的混乱のなかに囚われたようになる。体がクマみたいに重くなって、曲がり道ばかりの外の世界をうまく進んでいこうとしても、足どりが重く、ふらついてしまう。こういう薬は、治療や救済のためのものではなく、苦しめて支配するためのものです」。別の患者もこう言った。「顎(あご)の筋肉がおかしくなって、歯を嚙みしめたまま顎が動かせなくなり、ずきずきと痛むんです。背骨がこわばって、頭と首もほとんど動かせなくなる。弓のように背中が曲がって立てなくなることもある。神経線維をすりつぶすような痛みが絶えず襲ってくるから、歩かなきゃ、歩きまわらなきゃって気になるんです。それで歩きだすと、今度は反対のことが起こる。座って休まなきゃって」。これらは古い抗精神病薬について語られた話だが、現代の薬の副作用も程度のちがいこそあれ、本質的には昔のものと変わらない。

マルコム

私がマルコム・ピースの家族に会うようになったとき、彼自身は五二歳ですでに亡くなっていたが、死因はまだはっきりしていなかった。亡くなるまえの一二年は、成人して以降でもっともいい状態が続いていた。ところがある日、グループホームの看護師が、心地よさそうに体を丸めたまま息絶えた彼を見つけた。「弟はとても太っていた」と兄のダグは言った。「ほぼ薬の副作用のせいです。ずっとヘビースモーカーでもあったし。まだ若かったので警察の捜査が入ったけど、その場で自殺の可能性は排除された」

マルコムと同世代のきょうだいや親戚一七人のうち、四人が深刻な精神病を患っている。たいていの人は病気について話したがらないが、マルコムが亡くなったときに八五歳だった母親のペニー・ピースはそのことを潔しとせず、「私はたくさんの人といつも話しているわ」と言う。

ハイスクール時代のマルコムには、それとわかる病気の徴候はなかった。「抜きん出て優秀なスポーツマンだったの」とペニーは回想する。「カードゲームも得意で、ブリッジがとても上手。クリベッジなんて、もう、誰にも負けなかった。スキーも大好きで、何をするのも好きだった。まるで病気の兆候なんてなかったのよ」。ところが一九七五年の冬、フランクリン・ピアース大学の一年生のときに声が聞こえると言いはじめ、被害妄想に襲われるようになった。三月にルームメイトがピース家に異変を連絡してきて、両親がマルコムを家に連れ帰った。「問題があるのはわかった。言っていることの辻褄(つじつま)があまり合っていなかったから」とペニーは言った。兄のダグも、「まったく自制がきかなくて、家族も本人も、どうしてなのかわからなかった」と言った。

翌年の一一月、マルコムは父親に襲いかかった。「両親は、弟をコネチカット州ハートフォードにある〈インスティテュート・オブ・リビング〉に送った。民間の精神科病院ではいいとされているところだったから」とダグ。「でも実際には監禁だった。鎮静剤を打たれて。体はもとのままなのに、中身は幽霊みたいになってて、感覚も鈍って何を言っても届かない。まわりの患者も『ナイト・オブ・ザ・リビングデッド』［訳注：一九六八年公開のゾンビ映画］みたいだったよ」。マルコムがアドバイスに逆らってすぐに退院すると、両親はまた入院の手続きをした。長年のあいだに彼は何度となく入院しなければならなかった。

入院していないときは、両親といっしょに暮らした。「両親とも弟に愛情を注いで、なんとか健康を取り戻させようとしていた」とマルコムの別の兄ピーターは言う。しかし、マルコムは薬をのみつづけなかった。姉のポリーは言う。「自分が正常だと感じているときには、『こんなの必要ない』と考える。それから、またおかしくなってしまう。そういうことが何度もあった」。薬をのまないと、マルコムは被害妄想に陥った。「近くに誰か来るたびに『ああ、おれを病院に入れて無理やり薬をのませるつもりだ』と思うわけ」とピーターは言う。「たしかに、そのとおりだったんだけど」

誰もができるだけ彼を正常に保とうとした。「何が現実なのか、愛情をこめて話して聞かせることしかできなかった」とダグは言った。ポリーも回想した。「おかしかったこともあるわ。マルコムが母に、マーティン・ルーサー・キングが撃たれたときにはどこにいたのか、自分のしわざじゃないって証明できるのかって訊いたりして」。ときには詩的なことばも発し、入院中に何を考えているのか訊かれたときなど、こう答えた。「セックスもフレンチキスも好きじゃない。インド洋の外には海霧(ガス)が立ちこめ、北極にはダイヤモンドがある」

狂気のなかでも、芯の部分は一貫性を保っていた。「姿を消したりはしなかった」とペニーは言う。「動物好きは変わらなかったし、カード遊びもしたわ。病気になるまえの友だちを恋しがってもいた。彼を彼らしくするものは失っていなかった。それをいつも見つけられるわけじゃないってだけで」とポリーも言った。

だが、入院はだんだん頻繁になった。「毎年毎年『薬をのまなきゃだめだよ』と言っては、マルコムに拒絶されてばかりだった」とダグは言う。「薬から離れているときは、より自由で生きている実感があったからだよ。いわばハイな状態で。ただ、ほぼずっと錯乱状態だった。意識がはっきりしていて活き活きしているのと、歩くゾンビでいるのと、どっちがいい？　マルコムはその中間点を見つけようとしていたんだと思う」。マルコムの父ががんになると、ピーターは自分が弟に手を貸そうと決心した。「ぼくの心にはずっともとのマルコムがいて、変わってしまった彼にそれを壊されないようにしていた」とピーターは言った。

初期の抗精神病薬のひとつであるクロザピンは、白血球が減少し、無顆粒球症［訳注：白血球の成分のなかの顆粒球が減って、発熱したり、だるくなったりする。細菌にも感染しやすくなる］を引き起こす可能性があるため、一九七五年に市場から排除された。しかしその後、研究者たちは、クロザピンが統合失調症の薬としてもっとも効果的であり、多くの患者にとってその効果が副作用の危険に勝ることに気づいた。マルコムも、クロザピンが一九九〇年に市場に戻ってきたときに使いはじめた。ピーターが言う。「以前も本来のマルコムは残っていたから、愛情を失うことはなかったけれど、うんとたいへんなこともあった。それが、クロザピンを服用するようになってから、戻ってきたんだ。微笑みとか、笑い声とか、ユーモアのセンスとか。もとの人間をよく知っていれば、それを取り戻してやれるんだ」

人とのかかわりにおいては、マルコムは思いやり深い人間でいつづけた。「彼はいつもほかの誰かのことを心配していた」とポリーが言う。ダグもマルコムが直面していた現実に深く同情していた。「病気のせいで、人に悪いことをしたんじゃないかといつも気に病んでいたよ。このあいだ、二〇〇二年の日付がある、最初の主治医からの手紙を見つけたんだ。三〇年もまえの主治医がこう書いていた。〝親愛なるマルコム、私の知るかぎり、きみは誰のことも傷つけていない。お元気で。敬具。ドクター・コフ〟」。ペニーが続けた。「ずっとそんなふうだった。病気だからって彼への愛情が薄れることはなかったわ。これ以上ないほど愛していた」

三九歳のとき、マルコムはフラミンガムの支援つきグループホームに移り、〈ストップ&ショップ〉［訳注：アメリカ北東部のスーパーマーケット・チェーン］で商品を袋詰めする仕事についた。「それなら彼にもどうにかこなせたんだ。すばらしいことだった」とダグは言った。「ぼくたちが町なかで思わず踊りだすほどに」。その後も五年ほどはクロザピンが効いた。だが、やがてまたすべてがだめになりはじめた。「マルコムはいつも勝手に薬の量を変えたりしていたから」とダグは言う。「また入院が必要になった。見舞いに行くと、医者に『あれ、マルコムはもう退院しましたよ。彼はだいじょうぶです』と言われたから、フラミンガムに連れていったんだ。そしたらその晩、洗濯用洗剤を飲んで自殺をはかった」。マルコムは病院に救急搬送された。「洗剤を飲んで自殺をはかるなんてばかばかしいことだよ」とピーターは言う。「ただ、考えるとちょっとおもしろい。この病気を体から洗い流してやるってわけだから」

ポリーの最初の夫とピーターの最初の妻はマルコムを怖れ、受け入れられなかった。そのせいでどちらの夫婦生活にも摩擦が生じ、結局は解消されることになった。しかし、マルコムの姪や甥はみな彼のことが大好きだった。「マルコムには、もともと特別な存在感があったんだ」とピーターが言った。「統合失調症の症状以外に、おかしなところはどこもなかった。具合のいいときには、いっしょにいて楽しい人間だった」。マルコムがフラミンガムですごした年月は、比較的幸せなものだった。何十年も車の運転を拒んでいた彼だが、クロザピンの薬物療法を受けるようになってからは変化が生じたので、ピーターはフォード・レンジャーを買ってやった。「彼が満面の笑みでディーラーから車に乗って出ていくのを目にした日は、人生最良の日のひとつになった」とピーターは言った。

マルコムはフラミンガムのグループホームでも好かれていた。居住者のひとりがピーターにこう言ったそうだ。「毎朝、マルコムが共用室におりてきて『モーリス、今日はどこへ連れていこうか？』と訊いてくれたものです」。ピーターは、「タクシーさながらにあの赤いピックアップトラックに人を乗せてドライブするのが、彼の職務のひとつだったわけさ」と言った。

マルコムが亡くなるとは、まだ誰も思っていなかった。ピーターは言った。「もちろん、病気のせいで寿命が縮むこともあるし、薬物療法ですら、助けになるとはいっても、やはり寿命を縮ませる。でも、少なくとも、マルコムは自力でできるかぎりの場所まで達した。ぼくたちは、彼が亡くなったのは人間らしく生きることを選択したからだと考えているんだ」

マルコムは、統合失調症者の遺伝子を研究しているハーバード大学付属のマクリーン病院に協力していた。彼が亡くなったとき、そこの研究者が彼の脳を調べたいと言い、ピーターは同意した。ダグは葬儀でピーターが述べたことばを教えてくれた。「マルコムは病気のせいで大学を終えられませんでしたが、ついにハーバードに行って神経科学者に教えを垂れることになりました」

検視官事務所は、事件性の有無を確認するために血液サンプルを採った。数カ月後、家族は病から救ってくれたクロザピンによってマルコムの命が絶たれたことを知った。「クロザピンによって死ぬなんてことがありえるとは思ってもみなかった。いま、少しずつそのことについて学んでいるところだよ」。その後、ピーターが手紙で書いてきた。「長年の服用でクロザピンの毒素成分がたまり、肝臓がそれを処理できなくなっていたようです。毒性が高いレベルに達すると、不整脈を引き起こす可能性があり、意識不明に陥るか、呼吸停止となるそうです。だからその成分がたまらないように、定期的に肝機能を調べるという人もいました。それもふつうは治療の一環だと。ですから、おそらくは医療ミスですが、追及するつもりはありません。いま、残された私たちは最後の悲しみに浸っています。マルコムに強いた薬物療法――本人が忌み嫌い、生きているあいだほぼずっと全身全霊で抗っていた薬物療法――が彼の命を奪ったのですから。彼の人生を称え、葬儀をおこなったあとで死因がわかってよかった。そのまえにわかっていたら、家族は打ちのめされ、葬儀で立ち上がって讃美歌を歌うのもむずかしかったでしょう」

一九六〇年代の権利拡張運動は、精神病の概念そのものに疑念を呈した。たとえばミシェル・フーコーは、精神異常とは正気を自認する人々による威嚇行為にすぎないという考えを、体系的な論文で示した。また、社会学者アービング・ゴッフマンは、精神科病院が人々を異常にすると主張した。さらに、イギリスの精神科医R・D・レインは「統合失調症という〝病状〟はない。そうして名前をつけることで社会的事実となり、政治的問題となるのだ」と言った。彼は「統合失調症とは、生きるのに適さない状況でも生きるために人が生み出す特殊な方策」であり、「狂気はかならずしも精神の崩壊ではない。現状を打開するものでもある。隷属や実質的な死であると同時に、解放や再生にもなりうる」とも述べている。精神医学者トマス・サズのように、統合失調症はすべて虚構であるという考えを絶対的に支持する人も現れた。

われわれのまえの世代は、〝脱施設化〟という偉大なる社会的実験を目の当たりにした。〝脱施設〟という考え方は、正当な楽観主義、経済的な都合、固定観念などが奇妙なかたちで結びついて出てきたものだ。重度の精神病患者を国の大きな施設から退所させたことで、アメリカで長期にわたって施設保護される統合失調症者は、一九五〇年の五〇万人以上から現在の四万人ほどに減少した。国の施設が閉鎖されたあとに同様のサービスを提供するはずだった地域の施設には、資金も人材も注ぎこまれなかった。国のガイドラインは信じられないほどあいまいで、それを監督する機関は実質上存在していない。

包括的な治療政策を進めようとしていた人々は、こうした状況を、治療が社会統制の一手段と見なされているとして激怒している。統合失調症をめぐる社会の現実に対する批評家として有名なE・フラー・トーリーは、次のように言う。「異常でいる自由とは、まやかしの自由である。明確な思考ができない人に対し、明確な思考をしない人々が犯す残酷な悪ふざけだ」。ベレル・シーザー判事も、一九九〇年に激しい口調でこう書いた。「治療を受ける権利が治療を受けない権利になってしまった」。その結果、「多くの人々に静かに絶望して暮らすことを強い、彼らを愛して気づかう人々の心の健康を害し、家族を最大限まで破壊して、障がいのある人を破滅させることにすらなった」

また、*Out of Bedlam: The Truth About Deinstitutionalization*（精神科病院を出て――脱施設化の真実）の著者で心理療法士のアン・ブレイデン・ジョンソンは、〝精神病がつくりごとだという嘘〟について批判し、脱施設化は精神異常者についての見解が変わったことで登場した政策の結果だったと述べている。見解が変わったのは、生物学的精神医学が登場した結果でもある。それが施設以外のことに精神衛生の予算を費やそうと考える論拠になった。

ほぼ全世界的におこなわれていた患者の施設収容は破滅的な状況をもたらしたが、やはり全世界的におこなわれた脱施設化も同様に悪い影響をもたらした。統合失調症研究者のナンシー・アンドレアセンはこう指摘する。「国立病院は、患者同士が家族として共生する小さなコミュニティだった。患者たちはそこで、病院の農場や厨房や洗濯場で生産的な労働にたずさわる機会を与えられていた」

新しい方針の考えちがいのひとつは、すべてを管理しようとしたことだ。「既存のプログラムのほとんどは、私が診ている患者には合わない。彼らに合うプログラムなどまったく存在しない」とジョンソンは書いている。「プログラムをつくった官僚の多くが、患者を治療したことはもちろん、目にしたこともないからだ」。コミュニティ内にどう存在していいかわからない人々を、彼らの扱い方がわからないコミュニティに戻すシステムには、人の立場に立って考える力が欠如している。支援が不足し、薬を定期的に摂取しなくなったりするせいで症状が急速に悪化することも多い。そして、それをどうにか食い止めようとする家族は、司法機関に失望させられる。ある統合失調症者の老父はこう言った。「野良犬のように生きるのは息子たちの選択であり、権利だと当局に言われます。どうしてすばやい自殺は違法なのに、ゆるやかな自殺は権利なんですか？」

発症要因としての遺伝子と環境

マデリン・グラモントの兄ウィリアムが奇抜な行動をとりはじめたとき、父親は何が起こっているのか認めるのを拒んだ。ウィリアムは数学の大学進学適性試験（ＳＡＴ）で満点をとり、ハーバード大学に二年次から入学を許可されていた。なのに、二年次が終わるころには退学せざるをえなくなった。「父はそれを屈辱に感じたのです」とマデリンは言った。

ウィリアムはニューハンプシャー州の田舎にある家族の別荘で暮らすようになった。「兄は生のニンニクだけで生きていて、あちこちにナイフを置いていました」とマデリン。「そして、床で眠っていたんです。兄のために、父は夏用の別荘が集まっているところから離れた森のなかに小さな家を見つけて、誰の目にもふれないようにしました。それどころか、父自身、三〇年のあいだに三度しか兄に会わなかったんです」

週に一度、ウィリアムはたいていタオルだけを体に巻きつけ、ぶつぶつと何かつぶやきながら町の雑貨屋に通い、子どもたちにからかわれた。息子は少々変わり者なのだと父親は言い張ったが、妹は兄を心配していた。暴君の父親が年老いて弱ってきたころ、妹はウィリアムに会いにいった。「ネズミの糞がいたるところに落ちていて、マヨネーズの瓶が開けたまま置かれて中身が腐ってました。割れた皿もあちこちにあって……。寝室は本当に胸がむかつく状態でした。兄は私を珍しそうに見ていましたが、ことばを忘れてしまっていて、短い金切り声を発しただけでした」

マデリンはこの問題を引き受けることにした。合法的な後見人になり、統合失調症の診断を得て、兄を入所型のケアセンターに連れていったのだ。するとウィリアムは最低限ながら、またことばを使いはじめた。「一度、花を持っていったことがあるんです――ユリの花を。兄は顔を寄せて香りを嗅いでいました。それからは一回おきにユリの花を持っていってます。いまでも。二、三週間に一度は外にも連れ出しています。自分から会話を始めることができないし、ことばをほとんど発しませんが、少しずつ理解はできるようになったみたい。最初に治療らしい治療を受けたのは五二歳のときです。兄はうちの父が病気を認めなかったせいで、生きたまま病にむしばまれ、うつろな抜け殻になってしまいました。命が抜けていってしまったんです。そうならずにすんだはずなのに……」

脳は、細胞体でできた灰白質と、細胞体同士をつなぎシナプスをつくりだす軸索である白質と、脳脊髄液の循環を可能にする液体で満ちた脳室からなる。脳の組織を失うと脳室が大きくなるが、統合失調症は基本的に側脳室が拡張するのが特徴だ。つまり、自閉症が過剰なシナプス接続によるものであるのに対して、統合失調症はそれが不足している。統合失調症者はシナプスを形成する樹状突起スパインも少なく、精神活動を制御する脳細胞である介在ニューロンも少ない。彼らの陽性症状は聴知覚と感情知覚を司る側頭葉の異常と関係し、陰性症状は認知と注意を司る前頭葉や前部前頭葉の損傷と関係しているという。そして、そうした損傷は、遺伝的要因が引き起こすとされている。

場合によっては、子宮内環境の異常が原因にもなる。妊娠、分娩に問題があると、胎児の脳の発達に悪い影響をおよぼすが、統合失調症もそうした問題から生じることがある。母親が妊娠中に風疹やインフルエンザにかかることも危険を大きくする。統合失調症者に冬生まれが多いのは、おそらく、妊娠中期に母体がウイルスに感染する可能性が増加するのと関係があるのだろう。さらに、妊娠中の母体へのストレスも、統合失調症の発症に関係する。たとえば、妊娠中に軍の侵攻を受けた地域で暮らす女性の子どもや、妊娠中に夫が亡くなった女性の子どもは統合失調症の割合が高い。オランダでは、第二次世界大戦中に飢饉にみまわれたことで、二〇年後、統合失調症の発症が劇的に増加した。科学者はこれを、妊娠中のストレスが胎児の神経の発達をさまたげるホルモンの分泌につながるせいだと説明する。

幼児期の頭部外傷のような出来事も、統合失調症の危険を増加させる。長く続くストレスも同様だ。未開発の地域から都市へ移り住む人々のあいだでその危険はとくに高い。急に慣れない環境にさらされるからだ。

しかし、出生後に精神病を悪化させる最大の環境要因といえば、アルコール、メタンフェタミン、幻覚剤、コカイン、マリファナといった中毒性のある嗜好ドラッグの濫用だろう。とくに青少年期に濫用すると影響が大きい。日本では、戦後の復興期に生産性を上げる目的で労働者にメタンフェタミンを服用させた結果、歴史的なレベルまで精神病患者が増えた。その多くはドラッグの服用をやめると回復したが、一時的に再発する人や、症状が長引き、生涯回復しない人もいた。

一九八〇年代にスウェーデンの徴集兵五万人に対しておこなわれた調査では、マリファナを五〇回以上使用した人はそうでない人に比べ、統合失調症になる可能性が六倍も高いことがわかった。「ドラッグの濫用と精神病の関係は、喫煙と肺がんの関係に近いでしょう」とイェール大学の精神医学者、シリル・ドスーザは言う。「かならずそうなるわけではないが、かなり大きな原因ではある。マリファナを根絶できれば、世界の統合失調症の割合を少なくとも一〇パーセント減らせるとする研究結果もあります」

遺伝子と環境の要因が組み合わさると、神経伝達物質のドーパミン、グルタミン酸、ノルエピネフリン、セロトニン、γ-アミノ酸の調節がうまくいかなくなり、ひとつのドーパミン経路が過剰に活動すれば、健康な被験者に統合失調症の症状を起こさせることができる。逆に分泌を抑えて、そうした症状を和らげることもできる。別のドーパミン経路が活動を低下させると、認知障がいなどの陰性症状を引き起こす。抗精神病薬は、脳のある領域での高レベルの神経伝達物質処理能力をブロックし、ほかの領域でも、制御された神経伝達物質のレベルを保つ。効き目があるとされる抗精神病薬は、ドーパミンのレベルを低く抑えるが、ドーパミンの分泌を抑えたからといって、統合失調症のすべての症状を軽くできるとはかぎらない。新たな研究では、グルタミン酸やその他の伝達物質の受容体に効果を発揮する薬を開発している。コロンビア大学のアニッサ・アビ＝ダーガムは、薬の効能をさらに明確にするために、どのドーパミン受容体が過剰に刺激され、どれが刺激されないかを概説している。

ときには、化学的ではないものの介在が、重要な補助的役割を演じることもある。たとえば、トーク・セラピー〔訳注：心の重荷を人に話す治療法〕が、薬では効果がなかった症状の抑制に役立つことがある。なかでも、人々の思考や行動を検証し、現実とのずれの修正方法を教える認知行動療法（ＣＢＴ）はすばらしい実績をあげているが、ほかにも熱心なトーク・セラピーの提唱者はたくさんいる。法学教授のエリン・サックスも、統合失調症の治療で補足的に受けた精神分析療法について、感動的な文章を書いている。何らかのかたちで脳にはたらきかけて変化が起これば、統合失調症者をしばし正常な状態に置くことができ、一定の効果が期待できる。脳卒中で会話能力を失った人が言語訓練によって再度話せるようになるように、精神病を患っている人も、少なくとも理論上は訓練によって部分的に回復が可能ということだ。

また、どんな病気でもそうだが、この病気は脳の灰白質が徐々に失われるので、病状を抑え、回復不可能な病気の進行を防ぐためには、できるだけ早く病気を発見し、治療し、良好な状態を維持することがとても重要になる。「二〇世紀を通して、この分野では治療無用論が一般的だったが、もはやそうは断言できない」と言うのは、コロンビア大学精神医学科の学科長で、ニューヨーク州立精神科病院の院長でもあるジェフリー・リーバーマンだ。「人類の歴史において、いまほど精神病にかかっても心配のない時代はない。正しい治療をどこでどうすみやかに受けられるかがわかっているかぎりではあるが」

自閉症では、早期の発見と介入が鍵となるという考えのもとに、国際早期精神病協会が創設された。早期の介入が症状を軽くする可能性があるのは、そうした訓練が脳の発達に影響をおよぼすかららしい。そうであれば、統合失調症においても、早期の介入によって同様の効果が期待できるかもしれない。たとえ、早期というのが一八カ月ではなく一八歳という意味であっても。イェール大学精神医学科の教授トマス・マグラシャンも、患者が初めて精神病の症状を見せたときに、より早く診断し薬物療法をおこなうことで、進行した統合失調症の特徴である脳の機能の衰えを食い止められるかもしれない、と指摘している。

昨今では、現状の治療方法では不充分ということで、さらに早い段階――前駆期（前精神病期）での予防にもいっそう注意が向けられるようになっている。統合失調症は、発症を防ぐほうが、発症したあとで患者を回復させるよりも簡単だというわけだ。コーネル大学精神医学科長のジャック・バーチャスが指摘するように、正常に機能する期間を長引かせられればそれだけ健全な精神状態を長く維持できる。つまり統合失調症の発症は、遅らせるだけでも価値があるということだ。

専門家によってつくられた、前駆期であることを示す症状のリストがある――疑い深くなる、考え方が異常だったり不可思議だったり奇抜だったりする、行動様式に極端な変化が起こる、正常な活動ができなくなる、学校に行けなかったり職場でうまく仕事がこなせなかったりする、などだ。これらの多くがふつうの第二次成長期の徴候でもあるからまぎらわしいが、前駆期の症状が現れた対象者を追跡調査したところ、実際に統合失調症になったのは三分の一にすぎなかったものの、それ以外の深刻な精神的混乱を示すようになった人は多かった。

マグラシャンは二〇〇三年から、前駆期の症状をはっきり示している人に抗精神病薬のオランザピン(商品名ジプレキサ)を投与しはじめ、それによって統合失調症を発症する人の割合をいくらか減らせることを証明した。だが、発症しなかった人々の多くは投薬によって肥満や怠惰に陥ったり、うつろな目になったりすることもわかった。「ポジティブな側面はかろうじて意味がある程度だが、ネガティブな側面は明らかだった」と彼は言う。

この結果をもとにどうすべきかを見きわめるのはむずかしい。効き目の強い薬は、精神病の発症を阻止する可能性がある一方、一時的に機嫌を悪くしているだけの人に用いると、副作用があまりに多い。いまはまだそのちがいを見分けることができない。

イギリスとオーストラリアにおける研究でも、認知行動療法などの非化学療法によって発症が減少したり、遅くなったりすることはわかっている。また、オメガ3脂肪酸のような抗酸化剤や神経保護剤を用いれば、副作用なく精神病の発症を遅らせられる可能性があるらしい。「介入の種類は関係ないようだ」とマグラシャンは言う。「精神認知行動介入にも薬物療法と同等の効果がある。それらを組み合わせ、関連づけ、症状に対抗させれば、深刻な精神病の進行を遅らせることができる」

いずれにしても、統合失調症を発症する可能性が高い人の家族は、何に気をつければいいかを知るべきであり、医者は頻繁に患者を診察すべきである。ときには、ほんの数日のうちに精神病へと症状が進むこともあるのだから。抗精神病薬の使用は発症するまでは勧められないが、不安やうつに積極的に対応するのは妥当だろう。

DSM-5(精神科医のバイブルと呼ばれる〝精神障がいの診断と統計マニュアル〟)では、前駆症状を「精神病リスク症候群」とか「減弱精神病症候群」といった独自の病気として分類しようとする大きな動きがあった。だがそれは、二〇一二年の春に排除された。そうした診断名は、医師たちに積極的な治療の保護と補償を与えるものの、個々の患者の精神病リスクを見きわめるのはむずかしいからだ。新しいＤＳＭの起草者は、不必要で問題の多い治療がなされる可能性が大きすぎると判断した。

統合失調症のリスクのある人にそれとなく介入し、密に目を配ることは理にかなっているが、それが自己イメージを低下させて、病気の烙印を押してしまうという問題点も無視できない。マグラシャンは「精神病リスクを抱えている人は正規の精神疾患として扱うべきである。現実に症状は出ており、無視すれば非常に危険だからだ」と書いているが、ジョン・クリスタルはこう指摘する。「精神病治療に早く取り組めばそれだけ、何に取り組んでいるのかわからなくなる。なるべく早い介入が求められるのは確かだが、それはとてもむずかしく、ときには望ましくない場合もある。それほどに困難だ。ＤＳＭでの分類は、スカートの長さのような流行の問題にすぎない。実際の医療システムはふたつに分かれている。患者の病気が疑われる場合、良医は保険で治療ができるように疾患として扱うが、ひどい医者はマニュアルの診断名にもとづいて患者を罰する」

なかには、早期に発見されたとしても、生涯治療を続けるのが困難なケースもある。リーバーマンは医師になりたてのころに治療した患者について語った。「その患者は二一歳で、アイビーリーグの大学に通い、クラスでトップの成績を収め、人気者で、スポーツマンで、偉大な人間になるのが約束されているように見えた。彼が精神病の徴候を見せた段階で、統合失調症と診断をくだして薬を処方した。だが、ほぼ寛解したところで、彼は学校へ戻りたいからと、嫌いだった薬をのむのをやめてしまった。するとまた病気がぶり返し、戻って治療を受けることになった。少しよくなると大学に戻り、また病気になる。それで治療を受け、また少しよくなる。同じことのくり返しだった。ついには症状が緩和しなくなり、回復しなくなった」

エレクタとジャッキー

宇宙物理学を研究するマサチューセッツ工科大学（ＭＩＴ）の物理学者ジョージ・クラークは、やさしい人柄で、知性のかたまりのような人物だ。その妻のシャーロットは、つらい経験を乗り越えた強靭(きょうじん)な精神の持ち主で、判断力にすぐれ、共感力ももち合わせている。メタルフレームの眼鏡の奥の目は明るい青、真っ白な髪をきっちりとまとめ、話を強調する際には器用に手を使う。私と会ったときはふたりとも八〇代で、ジョージがどれほどシャーロットに感謝しているかがはっきりと見てとれた。

一九八〇年にジョージとシャーロットが結婚したとき、ふたりにはそれぞれ問題を抱える娘がいた。ジョージには、当時一九歳で四年まえに統合失調症と診断されたジャッキーがいた。シャーロットにはジャッキーと同い年の娘エレクタがいた。こちらも支離滅裂で混乱しているところがあったが、その後一八年、病気の診断を受けることはなかった。

シャーロットによれば、ジョージのほうが自分よりつらい思いをした。ジャッキーは将来有望だったが、エレクタは昔からずっとふつうとちがったからだ。「産んだその日から、人とちがうのがわかった」とシャーロットは言った。「砂糖袋みたいにぐったりしていたし」。シャーロットは母親として上の子たちと同じように接しようとしたが、それには努力を要した。「ぼうっとした子だった。ほかの子どもたちが怖がるほどに。それで、どこかおかしいとわかったの」。当時、家族はエレクタの父が米国国際開発庁（ＵＳＡＩＤ）に勤めていたため、パキスタンで暮らしていた。年上の子どもたちはインターナショナル・スクールで活き活きとすごしたが、五歳のエレクタはまわりの状況についていけなかった。一年後、父親がヨルダンに転勤になった。エレクタはアンマンのアメリカン・スクールに通ったが、特別支援教員をつけてもらい、シャーロットも家で娘を教育した。「八歳になるころには字は読めたけど、興味はないようだった。実際、何にも興味を示さなかったわ」

エレクタが九歳のときに、父親が心臓発作で急逝した。シャーロットは一家でワシントンDCに移った。エレクタは地元の小学校の四年に編入したが、いじめられたため、特別支援学校に転校させた。しばらくはそれが功を奏した。だが一四歳になると、手がつけられなくなった。「言い方は悪いけど、誰彼かまわずやりまくっていたの。学校からは追いだされそうになっていた」とシャーロットは当時のことを語った。「だから寄宿学校に送った。けど、娘はそこでの暮らしは悲惨だと言ってきた。私は『あなたがここにいると私が悲惨なの。高校はかならず卒業して』と言ってやった。結局、娘は高卒認定試験を受けて合格した。それから、美容師になると言いはじめた。『美容師？』と内心思ったけど、娘はその仕事が大好きでうまくやっていたわ。娘にとって最良の日々だったの。でも、そこから少しずつ正気を失っていった」

ある晴れた一〇月の朝、シャーロットは当時三七歳になっていたエレクタに電話をかけた。エレクタが「電話では話せない」と言うので、「うちにコーヒーを飲みにいらっしゃい」と誘った。訪ねてきたエレクタが「家のなかじゃ話せない」と言うので、「散歩に行きましょう」と提案した。すると、エレクタは歩道でも話せないと言った。道のまんなかを歩いているときでないと話せない、と。しかたなく、ふたりで車をよけながら歩いた。エレクタは、MITにマフィアがいてジョージを追っている、彼もマフィアの一員かもしれないと説明した。数カ月後、シャーロットは電話を受けた。エレクタの友人が、スポーツジムで身を丸めて泣いているエレクタを見つけたという。その友人がエレクタを救命救急室へ連れていき、医者が心電図をとろうとすると手足をばたつかせて叫びはじめたので、精神科病棟に入れられた。そして、そこでようやく統合失調症との診断がくだされた。エレクタはアルコール依存症でもあった。

続く何年か、病状は薬によって抑えられていたが、エレクタはつねに副作用に悩まされた。体重は一三五キロを超えた。「歩くのもむずかしいほどだった。家族でいちばんの美人だったのに」とシャーロットは言った。ことばを発するのもゆっくりになり、睡眠時間も長くなった。別の統合失調症者のタミーと出会い、恋人同士になったが、クロザピンをのみだして一〇年後の二〇〇六年初め、症状がさらに悪化しはじめた。『薬をのむのをやめてるんじゃないの?』と娘に訊いたのを憶えているわ」とシャーロットは回想する。「そうしたら、娘はひどく攻撃的な口調で『薬は必要ない』と答えた」

一〇月になると、訪ねてもドアを開けなくなり、電話もつながらなくなった。タミーもシャーロットも、何が起きているのかわからなかった。「娘は私の口座から引き落とされるクレジットカードを持っていたの。明細が来るのが待ちきれなかった。それを見れば、娘がまだ生きていることも、どこにいたかもわかるから。でも、請求金額が一万ドル(約一〇五万円)に達したときに、カードを解約しなければならなかった」

とうとうシャーロットは、判事を説得して警察に家宅捜索令状を出してもらった。「シンクは詰まっているし、いたるところに食べ物が落ちてウジが湧いていた。でも、娘を入院させるためにはさらに二度裁判所に行かなくちゃならなかった。入院してからも、あの子はシャワーを浴びなかった。体を洗うのに看護師がふたりがかりで押さえつけなきゃならなかったほど。ただ、徐々に薬が効きはじめたの。自分で体を洗うようになり、やがて喜んで私たちに会うようになったわ」。エレクタは現在五〇歳になるが、症状が悪化したそのとき以来、仕事はしていない。「まだ髪をカットすることはできるけど、以前のようにはいかない」とシャーロットは言う。「ときどき私がカットしてちょうだいって頼むことはあるし、タミーの髪はカットしている。そうすることで、多少生きている実感を得られるみたい」

シャーロットとジョージは幼なじみだったが、長いあいだ連絡し合うことはなかった。シャーロットが未亡人となり、ジョージが離婚したときに、再度引き合わされたのだ。夫婦になったふたりは、あえて、ジャッキーとエレクタとはいっしょに住めない狭い家を購入した。

「ジャッキーはきれいで、とても精力的で、人気者だった」とシャーロットは言う。「子どものころから父親ゆずりの知性を見せていたの。フルート奏者としてもすばらしいし、チェスも大会で優勝するほど上手だったわ」。ところが一五歳のときに、一年前には簡単すぎるほどだった数学が突然理解不能になってしまい、以前は父に説明できていた単純な方程式を理解できないことがわかった。ジョージはMITの主任セラピストに会いにいき、ジャッキーが統合失調症であることを知らされた。ジャッキーの母親はすでにめちゃくちゃになっていた結婚生活に終止符を打って、家を出ていた。

シャーロットとジョージが結婚したとき、ジャッキーは一九歳で、グループホームから退去させられたところだった。「ちょうど、私自身がジョージといっしょに住むかどうかの決断を迫られているときだった」とシャーロットは言う。「それで、同居することにしたの。ジャッキーはソラジンを処方されていた。じつはトイレに流していたんだけどね。私が移り住んだ最初の晩、夕食の席で、ジャッキーは皿をつかんで部屋の向こうに投げた。私が食事の用意をしたテーブルでそんなことをした人間は、あとにも先にも彼女だけよ」。シャーロットは基本ルールをつくりはじめた。

二〇歳になってまもなく、シャーロットが自分のベッドは自分で整えなさいと言ったところ、ジャッキーは癇癪を起こした。娘の叫び声を聞いて、ジョージが階下におりてきた。「ジャッキーもそうだけど、夫はとても力が強いの。娘の両手首をつかんだら、ジャッキーは彼の顔に唾を吐きかけた。それでもジョージは手首を離さなかった。しまいにジャッキーは『パパ、どこがおかしいのか自分でもわからないの』って言ったの」

数カ月後、ジャッキーはヒッチハイクでマサチューセッツ州からニューヨークへ行き、疎遠になっていた実母を驚かせた。母に道中の様子を訊かれると「レイプされたのはたった五回だった」と答えた。

シャーロットは言う。「もちろん、本当かどうかはわからない。何があったのか本当のところはわからないし、彼女自身にもわからないのよ」。それからのジャッキーは、精神科病院やグループホーム、症状の変動に合わせたさまざまな保護施設に入出所をくり返した。ところが、やがてクロザピンが効果を発揮した。「いまは薬のおかげでとてもいい感じ」とシャーロットは言う。

私が会ったときジャッキーは四九歳で、クロザピンの服用を始めて一五年がすぎていた。女性七人といっしょにグループホームで暮らし、彼女が〝クラブ〟と呼ぶデイプログラムに参加する日々をおくっていた。ケースワーカーが必要だと判断すれば、数日から数週間、入院することもあった。彼女はたいていの統合失調症者とちがって、抗精神病薬のせいで太ることもなかった。テニスをし、一日二キロ弱泳ぎ、ヨガをしている。エレクタがうつに陥り、無気力になったのとは対照的だ。

シャーロットとジョージは、土曜日ごとにジャッキーとエレクタを家に呼んでいる。エレクタがタミーを連れてくることもあれば、ジャッキーが〝クラブ〟やグループホームでいっしょにすごす女性を誰か連れてくることもある。「ありがたいことに、ジャッキーとエレクタは、統合失調症者に可能な範囲でお互い気に入っているの」とシャーロットは言う。「あの子たちの母親でいるのはもう嫌、とは言いたくないけど、八一歳にもなれば、おもちゃで遊ぶ五歳児みたいに子どもたちの面倒をみるのは無理でしょ。面倒をみても、あの子たちが幸せなのか確信がもてないしね。エレクタは、いい状態だったときのことを憶えているせいで幸せになれない。ジャッキーは幸せを感じるには病気が進みすぎている」

一度、シャーロットの昼食会に私も参加した。ジャッキーは即座に私に注意を向け、熱心に次から次へと質問を浴びせてきた。一方、エレクタは大きくて動きのゆっくりした温和なマナティのようだった。ジャッキーはとくに理由もなくことばを置き換えた。たとえば、車のことを〝私のビザ〟と呼んだ。そして昼食が始まると、怖ろしいほどの速さで無表情のままリルケの詩を引用しだした。シャーロットがもう一度もっと明瞭に暗唱してと頼むと、「無理よ。つらすぎるから」と答え、詩はバスタブのなかで憶えたのだと自慢げに私に語った。「冷たい水につかりながら、暗唱したの」。それから、精神病の治療における運動の重要性について執拗に語り、こうつけ加えた。「姉とテニスをするときは、姉がずるをしていればすぐにわかるわ。そうやって将来の計画を立てているわけ。それがずるなのよ」

やがて、昼食の場は真の混乱をきたした。ジャッキーに薬について訊くと、血管を拡張させたくないから避妊用のピルはのめないと答えた。そして「でも、うちのパパの魂以外は私を妊娠させることはできないの」と続けた。「彼が書いた聖書にもそう書いてあるもの。イエス・キリストが二〇〇〇本の煙草を配ったことで責任を感じているように、私も責任を感じてる。配ったのは容器に入ったパンじゃなかったのよ。私が思うに、煙草だったの。だから、彼女はパパの魂と私のあいだにできた娘たちを殺しつづけている。なぜかそのうちのひとりは私より一〇歳年上なの。もうひとりにはソーダを買うための一ドル二五セントをあげたわ。赤ちゃんは女じゃないほうがいいわね。ほとんどの人は自分がゲイだとは認めないけど、ゲイなのよ。私が思うにみんなゲイなの」

それから、彼女は私をまじまじと見つめ、ふいに「もっとキュウリはいかが?」と言って皿を差しだした。私がキュウリを取ると「デイプログラムはとても気に入ってる」と彼女は言った。「詩にもうんと心のつながりを感じるわ。アートをつくるのも大好きだし。最近はこれまで生きてきたなかでも本当にたのしい毎日よ」。会話はごく自然な流れで精神病の世界に入りこんだかと思うと、また現実に戻った。ジャッキーがその移行に気づいていないのは明らかだった。シャーロットはあとでこう言った。「ときどきそうなるの。彼女を含め、誰にとってもさほど害があるわけではないけど、慣れるのに多少苦労するわ」

一方、エレクタは侵入者の幻覚を見ることがほとんどなくなった。「ジャッキーの病気が統合失調症なら、エレクタは病気じゃないのに治療を受けたように思えてならない」とシャーロットは言った。「もちろん実際には病気なんだけど。ただ、あまりにちがいすぎて」。エレクタの場合、陰性症状のほうがずっと顕著だった。「ただただ、だるいの」とエレクタは言う。「食料品を買いにいくにも気合を入れなくちゃならないくらい。月に一度しかできないわ。だから、腐りかけのものを食べることも多いの」。薬をのまなくなって病状が悪化したときのことについて訊くと、目に涙があふれた。「また気持ちを浮き立たせたくて」

するとそのとき「私が手伝ってあげる！」とジャッキーが口をはさんだ。そして「ちょっと待ってて」と言うなり、最近つくった詩のコピーを取りにいった。そのひとつはほぼ意味不明だったが、もうひとつは次のようなものだった。

そして私は恋人を見つけ、
どれほど愛しているか伝えようとする
見つけたのは空虚と熱狂だけ
背後のうるさい音が
私の声を四秒ごとに消してしまう……

その〝うるさい音〟とは、頭のなかに侵入してくる声で、執拗に大きくなり、理性的な思考を絶えず圧倒する。理性的な心がこの詩を書かせたのだろう。父とのあいだに四〇〇人の赤ん坊を身ごもったと信じている人間の作品にしては、驚くほど自己認識がはっきりしている。ふと、オレステースを追う復讐の女神エリニュエス〔訳注：ギリシャ神話。母を殺したオレステースは復讐の女神エリニュエス（血走った目、蛇の髪、犬の顔、真っ黒な体にコウモリの翼という恐ろしい姿）に追われ気が狂う」と、具体化された絶え間ない責め苦という不合理な苦しみを思い出した。私がシャーロットに「たしかに手いっぱいでしょうね」と言うと、彼女は「人生にはときに選択の余地がないことがあるのよ」と答えた。

嫌でたまらない薬をのみつづけようという患者の決意が揺らいだとき、最初にそれに気づいて干渉するのは家族であることが多い。子どもは干渉されまいと抵抗するだろうが、愛情あふれる親は、わが子の心にも同等の感情を目覚めさせたいと願うものだ。

自閉症者と同様に、統合失調症者も感情的な愛着をもてないと見なされることが多いが、実際はほとんどがそうではない。「感情の鈍麻や欠如が統合失調症の典型的な症状とされていますが、感情はつねに鈍麻するとはかぎらず、むしろ鈍麻していないときのほうが多いくらいです」とデボラ・レビーは言う。統合失調症の専門家であるラリー・デイビッドソンとデイビッド・ステイナーも、こう書いている。「はたから見れば無表情でうつろに見えるかもしれず、自分自身の心からも極度に離れている気がするかもしれないが、統合失調症者は愛情と人間関係への熱い思いを述べつづけている。それは空っぽの殻のイメージとは正反対である」。ほとんどの統合失調症者にとって愛情が心強いものであることを、親は知っておいたほうがいい。たとえ、それが遠く離れて感じられる彼らの心に届いていないように見えたとしても。

親であれ、友人であれ、医師であれ、誰かと信頼関係を結んでいる患者は、薬物療法を受けようとする。「私の患者の四〇～五〇パーセントは指示を守らないわ」と言うのは、マクリーン病院でおもに若い患者の治療にあたっているジャンヌ・フラジエールだ。「『先生、気分がよくなったので薬はやめたいんです』と言いに来る患者もいます。そのなかには、私が許可しなくても、やめてしまうにちがいないと思われる人もいる。だから、私はこう言うんです。『それはあまり賢い選択じゃないわね。だって、再発の危険をおかしているわけだから。でも、どうなるか確かめてみるのもいいかもしれないわね』。それで、毎週三〇パーセントずつ薬を減らしていく計画を立てるわけです。それから、こう言う。『あなたが何かしなきゃと思ったときには力になりたいの。でも、幻覚を見るようになったら、すぐにあなたかご両親が私に知らせて。そういうことになったら、即座に薬物療法に戻ると約束してもらわなくちゃ』。家族には、自殺願望の可能性があることを知らせておきます。そうやって学んでいくんですね。機能不全の状態になったら、自己認識がまるでできなくなるけど、その状態になりかけたときには何かがおかしいと自分で気がつく。それで怖くなる。そうすると、やっと私に知らせてくれるというわけです」

ある統合失調症者の母親は、セラピストの指示で息子が「私はよい人間であり、ほかの人も私がよい人間だと思っている」というモットーを書いてそれを冷蔵庫に貼っていたと語ってくれた。「そのモットーが、息子に大きな効果をもたらしてくれたんです」

ジョージ

ジョージ・マーコロは、ニュージャージーの高校で多くの友人に恵まれていた。一〇代のころからマリファナ常習者で、高校卒業前にはＬＳＤにも手を出した。その数週間後、もう一度やってみようと思い、一錠ではなく四錠服用した。「そうしたら、何もかもがなんだか妙に思えたんだ」と回想する。「たぶん、ＬＳＤのせいで、すでに抱えていた病気が進行したんだと思う」

大学に入ると、物理学で優秀な成績を収めるようになった。「家族でいちばん頭のいい子だったよ」と父のジュゼッペは言った。ジョージはこう回想する。「ボストン大学にいた一九九一年の一一月一日、目が覚めたらLSDをやっているような感じだった。何ものんでないし、何もしてなかったのに。そんな感じが八年も消えなかったんだ」。学内の医師に診てもらったが、すぐに治まると言われただけだった。当時はそれを受け入れたが、いまは怒りにかられている。「『ドラッグをやってる感じなんですが、ドラッグはやってません』と誰かに言われたら、ぼくだったら『検査したほうがいい』と言うよ」

自分の状況を親や友人に話すのは気が進まなかった。「おかしくなってると思われるのが怖くて。薬の代わりにアルコールやマリファナをやってた。何もかもが増幅する感じだった。食べ物はひどくまずくなったし。あのとき薬をのんでいたら、それからの八年を避けられたかもしれないね」。症状が出ていたにもかかわらず、物理学の成績は平均三・七をとりつづけていた。「でも病気は進行していて、声がどんどんはっきり聞こえるようになった」

卒業後は、ウォール街にあるインターネットの新規事業会社に入った。しかし数カ月後には仕事に行かなくなり、両親が何を言ってもしても、仕事に戻ることはなかった。両親は彼が高校のころに離婚しており、ジョージは母親のブリジットと暮らしていた。彼女は私にこう語った。「大学を出たのに自分で生計を立てる気がない若者には、誰かが発破をかけなきゃならないものでしょ。息子の場合はそれが極端に現れたんだと思ったの。心配だったし、腹を立てることもあった。私には本当の問題がわかっていなかったの」。状況はどんどんおかしくなっていった。「息子は、同じ通りに住む人たちが何を考えているかわかると言った」とジュゼッペは振り返った。ブリジットは物思いにふけるように「でも、精神病だとは思っていなかった」と言った。

両親はジョージにセラピストに会うように言い、約四カ月後、ジョージはついに声が聞こえることを打ち明けた。「あまりに怖くて、統合失調症ということばを思い浮かべることもしなかったわ」とブリジットは言った。それから何カ月かかかったが、両親は息子を、プリンストン大学の精神科医で思考障がいの問題に取り組んでいるデイビッド・ネイサンに診てもらうことができた。ネイサンはジョージの病気の深刻さを即座に見てとり、薬物療法を開始した（ジョージはウォール街を去って以降、仕事にはついていない）。

だが、ジョージは口の端に薬を隠しておいて、両親が見ていないところで吐き出していた。病気は悪化しつづけ、ひどいときには三度も車をぶつけた。ようやく処方どおりに薬をのむようになったのは、一〇年たってからだ。声はまだ聞こえるが、どこかありふれたものに思えるようになっている。「ときどき危険なことを言う声もあるけど、無視できるようになった。そう、なかにはくだらないことを言う声もある。ときどきその声と同じ会話をくり返すこともある。まえから聞こえる声に対して、新しい声が聞こえたりもした。最初はまわりにいる人の声だと思ってたけど、やがてそいつらが脅しを実行に移すことはないんだと気がついた。だから、いまも声は聞こえるし会話もするけど、何かされるとは思わない。こうして話しているあいだは無視できるしね。薬で声を追いはらうことはできなかったけど、対処するのは楽になった。会話したいと思う声もあれば、聞いていて耐えられない声もある。声が聞こえること自体イヤでたまらないけど、聞こえなくなったら、きっとさみしいだろうと思う声もあるんだ」

ジョージは数年前、ほぼ一生を息子のために費やしたジュゼッペの家に移った。「ほかに気をとられるわけにはいかないので、デートしようとも思わなかった。とにかく、ジョージのためにできるだけのことをしてやらなければならないから」とジュゼッペは言った。ジョージの兄は、ジュゼッペが亡くなったら自分がジョージの世話を引き継ぐと言っている。

私と会ったときに三五歳だったジョージは、クロザピンを服用し、定期的に血液検査も受けていた。「昔よりはましになった。人前ではまだ被害妄想にかられたりもするけど、人並みに暮らすことはできている。両親はぼくがきちんと薬をのんでいるかどうか油断なく見張っているし、ぼくのふるまいにも注意をはらってくれている。いまもぼくにできることは多くないよ。基本的に日がな聞こえる声たちと会話してるだけ。父が家にいるときに会話をしようと思ったら、別の部屋に行く。自分と会話しているのを人には見られたくないからね、父であっても」。ジュゼッペは〝声〟に対応する方法を見つけていた。「ジョージが声に合わせて笑っているときには、『ジョージ、私も仲間に入れて、みんながなんて言ってるか教えてくれ』なんて言って、それについて少しばかり冗談を言い合うんだよ」。ブリジットも言う。「あまり高尚な会話じゃないみたい。道端で男の人同士が立ち話するような感じ。それを聞くと動揺してしまうけど、深呼吸して、やめてとはぜったいに言わないようにしているわ」

ジョージは毎週ネイサン医師に会い、たいていはジュゼッペもいっしょに出向いて診察に同席する。ジョージはその段取りが気に入っている。すべてを最初からくり返さなくてすむからだ。「薬をのみ、医者に会う以外にできることはあまりない。あとは悪いことが最小限であってほしいと願うだけ。ぼくの状況が両親にとってストレスになっているのは明らかで、ぼくのせいじゃないとわかってはいても、申し訳ない気がするよ」

ジュゼッペは言う。「私にどんな影響をおよぼしたかはどうでもいいんだ。ただ、息子が失ったものを思って部屋でひとり泣くことはある。どんな人生になるはずだったか、どんな人生になる可能性があったか。そして、息子にはそれが叶わないのだと思ってね」

ブリジットはこう言った。「息子はとてもすばらしい人間よ――慎み深くて、親切で、やさしくて。もっとずっと多くを与えられてしかるべきだわ。最初は『息子にはふつうの人生はおくれない』って思っていたけど、考えてみて。ふつうの人生って何？　誰がふつうの人生をおくってるの？　ここにいる私たちは何をしてる？　三人の息子はみんな優秀で、とても自慢なの。長男はすごく才能があって決断力にすぐれているわ。末っ子は何をするのも上手。そして、ジョージはとても慎み深い。頭のなかがこんなことになっているのに、あの子がどうしているか見てくださいな。ジョージのことがいちばん自慢かもしれないわ」

初期介入を推奨する動きとともに、陽性症状に対処する化学療法と陰性および認知機能の症状を改善する心理療法を提案する回復運動も登場した。この運動では、病態のよくない人の生活の質を改善することに注目し、病気を抱えた人も最大限活用すべき能力をもっていることを強調する。また、ケースごとに管理することで、長期にわたる精神病の症状や、認知能力の衰えや、社会的機能の低下などを見せている患者に、医療保険の手続きをしたり、通院に付き添ったり、生活の場を確保してくれたりする人がつくようにする。患者はその症状を容認し、支援してくれる職場を見つけるのに力を貸してもらうことができ、仕事の技術を身につけるためにリハビリ訓練を受けることもできるようになる。人づき合いの訓練では、受け入れやすいかたちで他者と交流するやり方を教えられる。コンピュータを使って記憶力や決断力や注意力を高める脳の運動をすることもある。

どんな方法であれ、こうした人々を社会へと組みこめるとすればすばらしい。最近息子が統合失調症の診断を受けたある母親は、ガソリンスタンドに車を乗り入れて、ガソリンを入れてくれたティーンエイジャーに目を留めたときのことを語った。「二年前なら、かわいそうにこの子は苦労しているのねと思ったでしょうね。でも、そのときは『ああ、息子がこんなふうであってくれたなら』って思ったわ」

家族の悩み、限界、理想

マーニー・キャラハンの妹ノラは、エリック・クラプトンと絶えず会話する状態が長く続いていた。姉妹はいっしょに暮らしていた。

ある日の早朝、妊娠八カ月だったマーニーが部屋から出ていくと、当時二四歳のノラが両手にハサミを持ってドアのところに立っていた。「『ここで何をしているの？』って訊いたわ」とマーニーは回想した。「そしたら妹は『どうしてここにいるのかわからない。あなたは誰？』って。私はすぐ家に電話をかけて、『ママ、パパ、いまからこの子を連れてそっちに行くわ』って言ったの」

その後何年かノラは母といっしょに暮らし、薬をのんだりのまなかったりしていたが、やがてその薬があまり効かなくなった。「そしてついに母が脳卒中を起こした」とマーニーは言った。「ノラのせいだとは言えない。母は高血圧とされるぎりぎりのところにいたから。でも、だからといって救いにはならなかったわ。ノラが母を押し倒して母が肩の骨を折ったこともあったし。私はメイン州の役所へ行って保護者の申請をした。それから、日に四度も五度もノラと話をしたり、何かをしてあげたりするようになった」

五三歳になったノラはいま、介護つき住宅で暮らしているが、エリック・クラプトンとのやりとりと同じくらい、姉とも連絡をとっている。問題を抱えて苦しむいまのノラのなかにも、かつての彼女が生き残っている。「人のことをはっきり見透かすのよ」とマーニーは言う。「私たちは、この社会のなかで仮面をかぶって自分を隠すことを学んできたようなものだけど、統合失調症者はその仮面をすっぱり切り落とす。あの子のふるまいは攻撃的で調和を欠いているけれど、私たちみんなと同じように、彼女なりにどうにか生きていこうとしているだけなの。妹を見捨てることはできないわ。これからも、あの簡素で狭いアパートメントを訪ねるつもり。これだけの苦痛を感じながらも、妹はまだ闘う気力を失っていないいんだから。日々尊厳を保とうと努力しているの。こぶりの花かごをここに置いて、あっちには何かきれいなものを置いてというようにね。そんなちょっとした独創性はなくなっていないのよ」

コロンビア大学のジェフリー・リーバーマンは、さまざまな治療が活用されていないことについて、かなりいらだっている。「問題は、精神病患者になった人が自室に閉じこめられ、煙草を吸うだけで何もせず、月に一度処方箋をもらいに医者に会いにいくだけだというような不毛な生活を長く続けていることです。いまは医療的にも社会的にも患者を助ける方法があるにもかかわらず、資金不足や、意識の欠如や、烙印を押されるのを嫌がるために、ほとんどの人が助けを得ていないのです」

統合失調症者のうち、治療がむずかしく恒久的な入院を必要とする人はほんの数パーセントにすぎないと彼は言う。残りは急性期治療病院の利用や適切な公共サービスの利用によって管理できる、と。「病院には、家族が引き取りを望まなかったり、引き取ることができなかったりする患者がいます。彼らは自立して生活することもできず、病院側で介護つきの住まいを見つけることもできない。退院させるとすれば、ホームレスのシェルターに送るしかないのです」。実際、アメリカでは一五万人もの統合失調症者がホームレスとなっている。統合失調症者の五人にひとりはホームレスという計算だ。そういう人々はすぐに薬をのまなくなり、急性期の治療のために病院に逆戻りすることになる。これは、患者の症状にとっても州の財政にとっても好ましくない状況だ。

薬物使用と健康に関する二〇〇八年の全米調査によると、深刻な精神病の治療におけるいちばんの障がいは、治療費だという。アメリカの統合失調症者のうち、通院治療を受けている人は全体の半分以下にとどまっていて、処方薬を受け取っているのは半分よりわずかに多いだけだ。治療を受けていない患者の半分は、その理由を治療費と保険の問題だとしている。ジャンヌ・フラジエールに、統合失調症者の治療にあたっていると精神的に消耗するのでは？　と訊いてみると、彼女はこう答えた。「精神的に消耗するのは管理型医療のせいです。すでに許可されている抗精神病薬の分量を増やすたびに、いちいち申請書に記入しなきゃならないんですから。私の提供する医療の質に影響が出るのは確かよ」

アメリカでは、統合失調症者の治療に年間八〇〇億ドル（約八兆四〇〇〇万円）以上の経費がかかっているが、もしも患者に積極的に手を差しのべる対策があれば、その額は抑えられるはずだ。患者のほとんどは、適切な治療が受けられるように支援されれば、狂乱の地獄に陥ることも、そのせいで入院や施設収容といった金のかかる事態となることもないだろうから。いまのままでは、支援グループを組織するのも、コミュニティ・センターを建設するのも、ウェブサイトをつくるのも、アドバイスに満ちた回想録を書くのも、家族にまかされることになる。

家族が統合失調症者を施設に預けられるのは、その患者が自分自身かほかの誰かに〝重大な〟危険をおよぼす可能性がある場合のみだ。統合失調症者の五人にひとりが自殺をはかる事実があるとはいえ、その危険を証明するのはむずかしい。薬の服用をやめたあとに軽犯罪で収監されたある統合失調症の男性は、独房のトイレから自分の便を拾って食べている姿が目撃された。だが、人は人糞を食べても死なず、ゆえにその男性は自分に危険をもたらしているわけではないとして、判事は彼を病院に送ることを拒否した。マサチューセッツ州精神衛生局の元医局長ケネス・ダックワースは、「州立病院に入院するのは、ハーバード・メディカル・スクールに入学するよりもむずかしい」と言った。身内を入院させるために、家族が症状について嘘をつかざるをえないことも日常茶飯事だ。

統合失調症者の半分から三分の二が、（介護の担い手である）家族と暮らしているが、最近の調査によると、現状を適切だと思っているのはそうした家族のたった三パーセントほどだという。「問題は家族が介護で燃えつきてしまうことです。とくに統合失調症を患っている人間は、家族にどれほどのことをしてもらっても、それをありがたがる様子を見せませんから」とリーバーマンは説明する。家族は治療を支え、通院に付き添い、監視の目を光らせ、料理をしたり、掃除をしたり、患者をなだめたり押さえたりと、いくつもの手を持っていなくてはならない。

そのために家族がキャリアをあきらめたり、キャリアがだめになったりして、それが経済的困窮につながることも多い。もちろん、病んでいる身内との〝容赦ない接触〟のストレスも大きい。コロンビア大学の公衆衛生学科の疫学者で、困窮している統合失調症者の治療に当たってきたエズラ・サッサーは「実際にできる以上のことを義務として無理強いさせられている、と家族に感じさせてはいけません」と言う。家族が深くかかわることで統合失調症者の生活が改善されるのは確かだが、彼らを健康体に戻すことはできない。世話をすることがもたらす利益に比べ、家族が払う代償はずっと大きいのだ。

世界保健機関（ＷＨＯ）は近年、統合失調症者の治療でもっとも成果をあげている国はどこか、大規模な調査を実施した。短期では、ナイジェリアとインドがもっともよかった――治療がきわめて基本的であることが多い国だ。また、これらの国では、家族による支援が社会構造に組みこまれている。「アメリカで初めて訓練を受けたとき、家族が息子や娘を置いて帰ってしまうのを見て理解に苦しみました」とインド人のシリル・ドスーザは言う。「薬の種類や量、介護を受ける方法、社会経済的な立場といった、ほかのすべてを同じ条件にすれば、うまく症状を抑えているのは、家族と有意義な関係を保っている人が多いのです」。発展途上の社会における緊密な血族関係のほうが西洋のそれよりも好ましいかどうかは議論の余地があるが、少なくとも精神の病を抱えた人に対しては、家族だけでなく親族で労働を分担できるぶん、質の高い世話ができるのは明らかだ。セネガルでは、精神科病院に入院することになったら、家族の誰かが付き添い、患者と同じ日数、病院で寝泊まりする。そうした習慣が、精神の病を患う人々に、いつまでも社会の一員であるという安心感を与えてくれるのだろう。対照的に西洋では、家族が統合失調症者から権利を奪うことも多い。

統合失調症者のなかには、自分の症状を理解できず、強制的な介入を受けなければならない人もいる一方、自分の症状について誰よりもよくわかっていて、家族に自分との接し方を提案する人もいる。統合失調症者の家族を支援するグループは、この二〇年で急増した。精神病の子どもをもったことを恥ずかしく思う風潮が少なくなってきたからだろう。そのひとつ、デンバー社会支援グループの創設者であるエッソ・リートは、自身も統合失調症者だが、こう懇願する。「批判するなら建設的にお願いします。衝突したとしても、すべてを病気の症状と片づけないでください。家族のなかで〝病人〟以外の役割も与えてください」。また、ある支援グループのウェブサイトではこう提案している。「妄想には、ともに探求するという精神で接してください。患者が動揺しはじめたら、それ以上追及しないでください」

統合失調症の陽性症状は、家族以外の人にとってぎょっとするものだが、敵意や不潔な状態や無関心に対処しなければならない家族にとっては、陰性症状のほうが大きな重荷となることが多い。ある統合失調症者の父親は言った。「愛情にあふれ、明るくておもしろかった息子が、いまはただ重い病気というだけでなく、心ここにあらずの、冷たくて、無情で、無礼にもほどがあるような人間になってしまっている。息子を大嫌いになるほうがずっと簡単ですよ」。二五年たっても、その父親はまだ同じ問題と闘っていた。「不愉快な見知らぬ人間になってしまった息子を、どうしたら愛しつづけられます？」。ある母親は、「この子は死んでしまったのに、葬られないでいるだけなの」と言った。一九八〇年代はじめにマサチューセッツ州で統合失調症者の家族が結成したグループ〈精神病患者の家族共同体〉も、こう述べている。「病気の子どもはちがう世界で暮らしていて、その世界は、意識的にしろ無意識にしろ、親たちを恐怖に陥れる」。統合失調症は愛と励ましだけでは治らない。だが、放置によって悪化する可能性はある。

深刻な被害妄想をともなう統合失調症を患っていたマルコム・テイトは、入退院を頻繁にくり返し、自分からは薬をのもうとしなかった。そればかりか、しつこく治療を勧める家族を一六年にわたって殺すぞと脅しつづけてきた。一九九八年一二月、彼の母と姉はサウスカロライナの自宅から車で彼を連れだし、姉が道端で彼を撃ち殺して泣いた。「いつかマルコムが正気を失って、私と娘に害をおよぼすんじゃないかと怖かった。ほかにどうしていいかわからなかったんです」と彼女は公判で言った。姉には終身刑が言い渡された。

ジョニーとジョー

ローズマリー・バーリョの家族は、統合失調症に苦しめられている。彼女のおじは第二次世界大戦から少々〝いかれて〟戻ってきて、ローズマリーの家族とともにモールデンに住んでいた。そこは、ボストン郊外のアイルランド系の労働者階級が暮らす町だった。幼いころ、ローズマリーはおじの部屋に行くのが好きだった。おじは状態のいい日には自動ピアノに巻紙を入れ、子どもたちにアイリッシュダンスを見せてくれた。だが状態の悪い日には、幻覚と言い争いをしていた。

ローズマリーが二〇代後半のとき、一七歳の弟ジョニーが精神に変調をきたした。ローズマリーは何かおかしいと母に訴えたが、母は耳を貸そうとしなかった。ジョニーはそのうち物を壊しだしたので、ローズマリーは彼をマサチューセッツ総合病院へ連れていった。「母は家族以外のお見舞いを受けつけなかった」とローズマリーは回想する。「弟が精神病だというのは誰にも言ってはいけないことになっていた。だから、ジョニーは人との接触を完全に絶たれたの」

その後、ローズマリーは九人の子の母となった。三番目のジョーが家族で初めての男の子だった。「きれいな金褐色の髪とやさしい茶色の目、それにえくぼの持ち主だった。本当にかわいい子で、みんなジョーが大好きだった」。ところが、ジョーは問題を起こしはじめた。両親は彼がドラッグに手を染めたと思った。そのうち成績も落ち、ひと晩じゅう起きているようになった。「ジョーが一七歳になったとき、ついに私は言ったの。『パパといっしょにあなたを検査に連れていくわ。何がどうなっているのか調べないと』って。息子は怯えていた」。まさにその日、ジョーは最初の症状を見せた。「キッチンには端に窓のついた細長い食料品庫があって、棚は全部ガラスだったんだけど」とローズマリーは言った。「私が帰宅すると、それがみな割られていて、キッチンの天井じゅうに血が飛び散っていたの」腕の動脈を傷つけた息子を、ローズマリーは病院に連れていった。病院に着くとジョーは「ごめんね、母さん、ごめん」と言った。ローズマリーが泣くと、ジョーは諭すように「姉さんや妹の誰かじゃなくて、こうなったのがぼくでよかったよ」と言い、そこから一カ月入院した。

ローズマリーは、母親がジョニーを無理やり隔離したやり方をまねようとは思わなかった。「とても悲しいことだったけど、息子が病気だという、それだけのこと。私はその状況についてまったく隠そうとはしなかった」。ジョーは高校を卒業すると写真店で仕事を見つけたが、ある日ローズマリーは、息子さんが車の往来のなかを意味不明のことを叫びながら走っている、という連絡を受けた。その後、ジョーが入院生活を終えると、ローズマリーは彼のために社会復帰施設を見つけた。だが、一年もしないうちに彼はまた精神病の症状を見せだした。

モールデンの精神保健行政当局は、名前と住所を言えるなら入院させるほど症状は重くないと判断したので、ジョーはモールデンの近くにある、ごつごつした岩がむき出しの丘で暮らすようになった。彼を自宅に戻すわけにはいかなかった。きょうだいに害をおよぼすかもしれなかったから。「病気のひとりのためにほかの八人を犠牲にできますか？　病気の陰にいるジョーはとてもやさしい子なの。誰かを傷つけたとなったら、彼自身、その後どうやって生きていけばいいの？　私は彼のことも守らなければならなかった」

連絡を絶やさないために、ジョーには家にくれば煙草代を払うと約束した。一度に一パックの煙草が買えるだけの金額を渡すので、彼は毎日母の家に寄らなければならなかった。「食べるものがあるかどうか確かめてからお金を渡すと、息子は帰っていった」とローズマリーは言った。夫のサルは息子の病気に対処できなかった。

それから三〇年後、私がインタビューを申し込むと、ローズマリーは娘の家を指定してきた。自分が話しているのを聞いたら夫が動揺するから、と。「感謝祭のころ、とても寒くなったから、私は裁判所へ行って事務員に告げた。『今日、どうしても判事と話をさせてもらわなくてはならない』って」。一方、ジョーには、煙草代は裁判所に取りにくるよう伝えて、彼を判事のまえに引っ張っていった。「はいていたスニーカーは底が抜けていた。それに、ひと晩じゅう地面に寝そべっていたせいで泥だらけだった。私は判事に言ってやった。『息子がこんな生活をしているとわかっていて、感謝祭のお祝いなんてできますか?』。判事は彼を入院させたわ」

状態が安定すると、ジョーは退院させられ、八キロ離れたサマービルに住む八〇代の父方の祖父母のところへ送られた。良好な精神状態を保つため、ジョーは毎日モールデンに来てプロリキシン［訳注：定型抗精神病薬フルフェナジンの商標名］の注射を打たなければならなかった。「最初の日、あの子はサマービルからモールデンまでバスででかけたの」とローズマリーは言う。「息子はひたすら待ったけど、誰も現れなかった。それでバスに乗ってサマービルに帰った。三日通ったけど、担当者は病気で休んでいて、そのことを誰も私たちに教えてくれなかったの。ジョーは一度も注射をしなかった。そして四日目に幻覚を見はじめた。裏庭に出て、動物みたいに地面を這いはじめたそうよ。義理の父は裏のポーチに出て、『ジョー、なかへお入り。じいちゃんが助けてやる』と声をかけた」。だが、ジョーは祖父に激しく襲いかかり、祖父は脳の手術を受けなければならなくなった。祖父が死んでいたら、ジョーは殺人罪で起訴されたことだろう。彼は精神病患者として、ブリッジウォーター州立病院に一年間収容された。

「ええ、あの子は病気だった。なのに……」とローズマリーは言った。「やがて、病院は彼の保険が切れていることに気づいたの。その翌日、ジョーはなぜか奇跡的に病気が治ったと言われ、退院させられることになった。私は病院に言ってやった。『今日こうやって息子を退院させることで誰かに害がおよんだら、あんたたちを裁判所に引っ張っていって、病院を売り飛ばさないと払えない額の賠償金をふっかけるからね』って」

結局、ジョーは別の病院に移り、ようやく退院できるほど状態がよくなった。そのころには二〇代なかばになっていた。ローズマリーは息子を迎えてもかまわないと思っていた。ただし、迎えれば、行くところがない人だけに提供されるサービスを受けられなくなってしまう。悩んだ挙げ句、彼のおじのジョニーと同じ社会復帰施設に入れた。

その後、ジョーは施設で暮らすほかの人々の写真を撮ることに没頭するようになった。どの写真も、やさしさのこもった撮り方だったが、そこに現れた孤独が印象的だった。ジョーは絵も描いた。子どものころから上手だった。彼が最初にかかった精神科医は、ジョーが描いた絵をいまもオフィスに飾っている。黒インクだけで描いた自画像だ。私がその絵を見ていると、精神科医が言った。「うんと目を凝らさなきゃならないけど、ジョーの耳のところに別の人間がいるんです。それが彼にささやきかけている声です」

二〇〇七年四月五日、ジョニーは肉のかたまりを喉に詰まらせて亡くなった。そしてその二日後、ジョーが肺がんと診断された。「診断されてすぐに、彼を家に連れ帰ったわ。最悪のなりゆきになったけど」とローズマリーは泣きながら言った。「彼は毎日、抗がん剤治療を受けた。脳に転移が見つかってからは、別の種類の抗がん剤治療も始まった。でも、また肺に再発して。それなのにジョーは文句ひとつ言わなかったわ。『母さん、ぼくはだめみたいだ』と言うだけで。『母さん、ぼくが闘うつもりでいたら闘わせて。でも、逝きそうになったら、そのまま逝かせて』とも言っていた。結局、そうなってしまったわ。私といっしょにいるときに逝ってしまったの」。ジョーはジョニーと並んで葬られた。

ジョーが亡くなって半年がすぎたころ、私はサルに会った。彼は体重が五〇キロまで落ち、骨と皮で薄っぺらな影のようになっていて、悲しげだった。ローズマリーは話したいことが次から次へとあふれ出るようだったが、サルは悲しみのせいですっかり内向的になっていた。「私がサルを元気にできるかって？　いいえ」とローズマリーは言った。「彼を生きたいと思わせられるか？　いいえ。私はジョーのために三二年ものあいだ闘ってきた。彼を守り、彼のために懸命に闘った。でも、救うことはできなかったわ。救えなかった」

ジョニーが喉を詰まらせる半年まえ、ローズマリーは生まれ育った両親の家を取消不可能信託に入れた。「あの社会復帰施設が経営に行きづまった場合に備えてそうしたの。あのふたりが生きていて、私たちが先に死んだ場合にも路頭に迷わずにすむように。いまは孫たちの誰かが発病した場合に――ありえないことじゃないから――ホームレスにならずにすむように準備しているわ。次は誰かというだけの問題よ」


統合失調症者の自己決定権運動（セルフ・アドボカシー）は、聴覚障がい者や低身長者や自閉症者の権利擁護運動とは異なる。後者の人々は、自分のしていることを正確に理解しているからだ。彼らが多数派の現実を正確に認識していないと非難されることは多い――たしかに低身長の人が背が高いという感覚を本当の意味で知ることはないし、自閉症の人が人間関係に基づいた社会的活動の喜びを得ることもないだろう。それでも、みずからが置かれた状況についてははっきり理解していることがふつうだ。これに対して統合失調症は、妄想を引き起こすのが決定的な特質で、それがアイデンティティの主張を複雑にしてしまう。また、統合失調症者の判断は、病態失認（自分が病気ではないと信じる病状）のせいでさらに複雑になる。ジェイムズ一世時代を舞台とした戯曲『貞淑な娼婦』（早稲田大学出版部）のなかで、トマス・デッカーはこう書いている。「それはあなたの頭がおかしくなっている証拠ですね。自分でそれがわからないのだから」

そういうわけで、統合失調症者の自己判断は、つねに疑問を引き起こす。いまの自分より本物の自分というものはあるのか。あるとしたら、それは精神分裂的な自己から引き離せるものなのか……。エリン・サックスは、自身の統合失調症についての回想録のなかで「私たちが自己を選ぶようなことになってはいけない」と書いている。ある父親は言った。「息子の病気がよくなるということは、いろいろな声が聞こえなくなることだと思っていました。しかし、そうじゃなかった。よくなるとは、それほどその声に耳を貸さなくなるということにすぎないんです」

精神病患者の病識（自分が病気であると認めること）について注目することは、犯罪者の悔恨の情に注意を向けるのに似ているかもしれない。特異に見える人々の自覚も後悔も、その人たちの行動と比べれば理解しやすく、われわれの心を慰めてくれるが、それでも行動自体が変わらないかぎり、病状が改善されたとは言えない。一般的に、知性は統合失調症を生き延びた患者によりよい生活をもたらすものの、ＩＱの高い統合失調症者は、ＩＱの低い患者よりも自殺する確率が高い。また、ある程度自分の世話ができるような人が病気を自覚すると、自尊心が低くなり、うつが強くなったりする。さらに、統合失調症者のなかには幻覚の命令にしたがって自殺する人もいる一方、妄想をいだく人はいだかなくなった人に比べて自殺する確率は低い。

世間は統合失調症者に病識をもっていてほしいと思うものだが、その解釈を誤ってはいけない。「統合失調症者のなかで、声を聞きながら、それに注意を向けないだけの自覚をもつ人がどれほどたくさんいるか、想像もつかないでしょう」とジョン・クリスタルは言う。「私が診ている患者のなかで、絶えず幻覚に苦しめられながらも、信じられないほどうまく社会生活をおくっている人は驚くほど多い。そういう患者は、自分の置かれた状況を理解することで救われる。でも、それによって幸せになることはないんのです」

最近のニューヨーカー誌の記事で、リンダ・ビショップという精神病の女性が取り上げられていた。彼女は、病院の記録によると〝きわめて明晰〟、〝非常に感じがよい〟、〝病気であることを完全に否定する〟と評価されていた。実際、精神病と記されている書類にはいっさい署名しなかった。記事には「病気の症状が出ると、彼女はみずからをひどい不公平にさらされている悲劇のヒロインと見なし、その役割を演じることで自信と目的を得ていた」とある。神の意思にしたがっていると信じていたビショップは、結局、廃屋で飢え死にしたが、狂気のなかで心は平穏そうに見えた——多くの点で、クリスタルの賢い患者以上に幸せだったのだ。

〈マッド・プライド〉という運動団体は「自己判断は統合失調症者やその他の精神病患者にも認められるべき基本的人権である」としている。この団体は、精神病に悩まされている人々をひとつにし、ほかにコミュニティをもたないそうした人たちのあいだでホリゾンタル・アイデンティティ〔訳注：横の同一性。親の特性や価値観を受けつぐバーティカル・アイデンティティ（縦の同一性）に対して、家族を越えた外の社会の、自分と共通する特徴をもつ集団に加わることで、みずからを見いだすこと。その意義については本書第一巻の1章にくわしい〕の感覚を築こうとしている。また、会員には向精神薬への依存を最小限にし、治療を自分でコントロールできるようにすることを求めている。初期の活動家のひとりであるジュディ・チェンバレンは、「みずから望んだものでなければ、治療とは言わない」と言い、ガブリエル・グレイサーはニューヨーク・タイムズ紙にこう書いた。「同性愛者の人権活動家が〝クィア〟という呼び名は中傷というより敬称だと主張するように、この活動の支援者は堂々とみずからを狂（マッド）っていると言い、病状が生活の妨げにはなっていないと主張する」

マッド・プライドは世界じゅうで啓蒙活動をおこなっているが、そのなかには、最近実施されて一般市民の関心も惹いた、オーストラリア、南アフリカ、アメリカでのデモも含まれている。ノース・カロライナにあるマッド・プライド・グループのひとつ〈アッシュビル・ラディカル・メンタル・ヘルス・コレクティブ〉を組織した人物は言った。「かつては病気のレッテルを貼られ、それが人に知られたら、職場でも社会でも死刑宣告されたも同然でした。でも、私たちはみずから話すことで、それを変えていきたいと思っているんです」

マッド・プライドの提唱者は、健康促進活動も幅広く支援している。〈マインドフリーダム・インターナショナル〉会長で、統合失調症の診断を受けているデイビッド・W・オークスは、自分の病気を運動や患者間でのカウンセリング、ダイエット、トレッキングなどで治療しようとしている。薬物療法は拒み、ほかの患者たちにも精神科病院や施設に反発するよう勧めている。オークスは、若いころに無理やり治療されたときのことを「彼らは私の心の大聖堂に鉄球を当てて壊したんです」と言った。また、その後の著書のなかではこう述べている。「人間の精神は風変わりで、ユニークで、征服不可能で、奇妙で、制御不能で、すばらしいものだ。だからこれは、いわゆる正常性というものに直面したときに、人間らしさとは何であるかを思い出そうとする試みなのだ」。〈精神病患者のカリフォルニア・ネットワーク〉に属するサリー・ジンマンは、彼をこう評した。「デイビッドは精神病サバイバル運動におけるマルコムXよ。ひりひりするような濁りのない真実を堂々と語ってくれているもの」

オークスは、体制の目をみずからの信念へと向けさせた。精神病の生体モデルに反対してハンガーストライキを組織したときには、アメリカ精神医学会がストライキの参加者と面会した。だが、妥協点を見つけられず、学会は次のような声明を発表することになった。「めざましい科学的・臨床的進歩をまえに、少数の個人やグループが、心や脳や行動に影響をおよぼす障がいの現実や臨床の正当性に疑問を呈しつづけているのは残念なことである」。最近では、薬物療法に反対するピーター・ブレギンが抗精神病薬の使用に反対する運動を起こし、「（薬で）患者の症状が改善したように見えるものは、実際には精神的能力を失った障がい状態である」と述べている。

問題は、彼らが自分の精神病の本質についてまちがった判断をすることなく、そうした抑圧に対処できるのかということだ。マッド・プライドの支援者のほとんどは、医療の専門家が精神病のもっとも有効な治療法として薬物療法を勧めることを批判しているが、その多くが実際には薬に頼っており、ほかの人についても、自分の意思で薬物療法を選ぶ権利は支持している。彼らは薬を服用しなければならない人のために、副作用を和らげる対策をもっと講じるべきだとも主張する。

薬については〝プロチョイス〟［訳注：産む産まないは女性の選択にまかされるべきという意味で使われることば。ここでは本人の意思を尊重せよということ］であるべきだと主張する人もいる。統合失調症の薬物療法には、神経系損傷や、代謝機能不全、長期使用による毒性の影響、糖尿病、血液疾患、急激な体重増加といったリスクがある。精神病の初期にそれを破滅的な喪失と感じた人の多くは、薬物療法の効果と副作用の度合いを自分ではかりにかけようとする。活動家のウィル・ホールは *Harm Reduction Guide to Coming off Psychiatric Drugs & Withdrawal*（精神薬から離脱するための薬物被害軽減（ハームリダクション）の手引き）のなかでこう書いている。「製薬会社の盛んな販売促進活動と薬物反対派の活動が二極化し、対立するなかで、実害の緩和を試みる提案をし、患者本人が自主的に判断できるように手助けしていきます」

イギリスの小説家クレア・アランもこう書いている。「最初に症状が出たときにサインをする、ある種の契約書があるようだ。狂気を脱し〝正常〟に戻ったら、何があったか他言しないと約束する契約書が。精神病というだけで経験を奪われ、事実上、何カ月も何年ものあいだ、（よくあることだが）何度も、存在自体を否定される。マッド・プライドのようなグループが自尊心の問題に目を向ける必要があると考えるのは、なんら不思議ではない」。マッド・プライドの活動家たちは、精神病以前の状態を取り戻すことよりも、現在の生活を機能的で嘘のないものにすることのほうに重点を置いている。アランのことばに対して、オンラインでこうコメントしている人がいた。「医者によれば、私は狂っているそうです。でも、私はありのままの自分でいることに誇りを感じてもいます。狂っていることもありのままの私の一部なのに、そうでないふりをするなんてばかばかしいことです」

どんな症状があるにせよ、ありのままの自分を受け入れることは自由に語れる。ただし、統合失調症者はその際、とりわけたいへんな障がいに直面する。私が会った人のなかには、この症状に意味を見いだしている人もいたが、喜んでいる人はひとりもいなかった。支援者が心動かす発言をしているにもかかわらず、マッド・プライドには自閉症者の権利運動のような広がりは見られない。それは統合失調症の苦痛があまりに激しいせいだろうし、病気の発症が遅いせいでもあるだろう。

自閉症者は自閉症ではない自分を想像することも、人から想像されることもない。それはもともとその人に備わっていた症状だ。一方、統合失調症者は生まれてから約二〇年は発症しない人がほとんどなので、統合失調症ではない自分を想像できる。彼らが〝健康〟と言うとき、念頭にあるのは到達しがたい想像の産物ではなく、なじみのある過去の自分なのだ。マッド・プライドは賛同する人にとっては建設的な運動であり、啓発的な助言も数多くしているが、精神病に陥る人のほとんどは症状を苦痛として経験し、やがて陰性症状と抗精神病薬のせいで感覚が麻痺したようになってしまう。だから、この運動にはそれほど広がりが見られない。

クレア・アランは、マッド・プライドの必要性を認識しながらもこう言っている。「誰しも配られたカードで勝負しなければならず、そうすることでありのままの自分になります。でも、自分の子どもが精神的な問題を抱えるようになってほしいと本気で願う親がいるでしょうか。それが自分のパートナーなら？　友だちなら？　自分や友人が経験したり、病院で見たりしたことから考えると、現実は希望がなく、絶望に満ちています」。また、イェール大学の生命倫理学共同研究センターにいるアリソン・ジョストも、マッド・プライドと障がい者の権利運動を比べるのは容易だが「実際には、社会がどれほど汚名をそそごうとも、精神病がかならず苦痛をもたらすものであることに変わりはない」と書いている。

狂気と犯罪

ウォルター・フォレストの息子ピーターは、高校一年生のとき急に、きょうだいとの口論が度を超すほど激しくなり、ついには体を拘束しなければならなくなった。それが統合失調症の発症だった。「まるで息子の頭のてっぺんが吹き飛んだかのようだったよ」とウォルターは言った。「昔は人気者だったのに、少しずつまわりに順応できなくなり、しまいには力づくで押さえつけなければならなくなった」。数週間後、車のなかでピーターは言った。「父さん、そんなふうにハンドルを握らないで。そうじゃないとぼくは車からおりる」。ウォルターは当惑した。「ピーターは変わったユーモアのセンスの持ち主だったから、私には何がなんだかわからなかった。その数日後、ピーターは自分で学校の精神科医の部屋に行って、そこで完全に手に負えなくなってしまったんだ」

ピーターの病状はどんどん深刻になった。ウォルターは日々大きな喪失感を覚えた。ある晩、ピーターは父親に襲いかかり、窓から押し出そうとした。あげくに包丁で刺そうとまでした。ウォルターは警察に通報せざるをえなくなり、ピーターは六カ月間保護病棟に収容された。たいていの親がそうであるように、ウォルターも徐々に息子の問題が短期間で解決するものではないと認識するようになった。「いちばん力になってくれたセラピストに言われたんだ。『人気者のクォーターバックがトラックに轢かれ、全身の骨を折ったとします。そこで望めるのは、人気者のクォーターバックに戻ってほしいということじゃなく、もう一度歩けるようになってほしいということです』とね」

ピーターはいま施設で暮らしていて、年に四度、父親に会いにくる。「いっしょに外食をして、ひと晩うちに泊まり、翌日、施設に帰っていくんだ」とウォルターは言った。「そういう関係に肯定的な要素はあるか？　楽しい瞬間があるか？　ないね。彼にはスーパーマーケットのレジとか、なんでもいいから給料をもらえる仕事をしてもらいたい。自分が価値ある存在だと感じられる何かを。でも、よくなっても、悪くなったのとあまり変わらない。よけい悲しくなるだけだ――〝こうだったかもしれない〟と思って心が痛むから。正直、息子は死んだほうがましだったかもしれない。本人にとっては。みんなにとっても。とんでもなくひどい言いぐさに聞こえるだろうけど、本人にとって生きているのは本当につらいし、ほかのみんなにとってもそうなんだ。トラックに轢かれて全身の骨を折るのがこんなにひどいことなら、いっそその場で死んだほうがましなんじゃないかね？」

ウォルターはしばらく窓の外を見つめていた。「もう泣きそうだよ。そう、死んでいるも同然さ。喜びというのは、まわりの人間、とくにわが子に与えてやれる数少ない贈り物のひとつなのに、私はいまだにピーターにそれを与えてやれてない」

統合失調症者は避けられ、あざけられ、誤解されている。狂気とか、精神異常とか、気がふれたといったことばで烙印を押すのをやめる努力は、これまでほとんどなされなかった。一時代の統合失調症のイメージを形づくった映画『カッコウの巣の上で』が、一九七五年にオレゴン州立病院で撮影されたとき、プロデューサーは実際の精神病患者をエキストラとして使えることになったにもかかわらず、彼らが〝精神病患者に対する一般のイメージに合致するほど奇妙に見えない〟という理由でそれをやめた。「障がいを持つアメリカ人法」（ＡＤＡ）は精神病患者も守るとされているが、じつのところ、社会において彼らを保護するものはほとんどない。通院プログラムも入院設備も悲惨なほどに不充分で、統合失調症者が自立して暮らせる環境も少ない。一九九〇年のアメリカの研究によると、部屋を借りたいという人が精神異常だとわかると、四〇パーセントの大家が即座に断るという。

また、統合失調症を公表している人々は、何年も症状が出ていなくても基本的に雇用に適さないとされ、フルタイムの仕事についているのはたった一〇〜一五パーセントだ。だが患者にとっては、仕事につくこと自体が非常に有効であることがわかっている。この分野の第一人者とされる研究者のひとりも、「仕事ほど効果的な治療はない」と述べている。

世の自宅所有者たちは、自分の近所から通院施設や入院施設を排除しようと懸命だ。国立精神衛生研究所のジェイムズ・ベックはにべもなく言った。「長く統合失調症を患っている人といっしょに働くことに耐えられない人は多い。医者も、看護師も、治らない患者の治療などしたくないはずだ」

行動は突飛でも、統合失調症者の多くは他人に危害を加えたりはしない。ふつうの人に比べて五〜一八倍、殺人を犯す確率が高いとされるが、それはたいていドラッグなどの濫用と結びついている。それに、そうした濫用者を含めても、殺人に手を染めるのはたった〇・三パーセントである。一九九八年の研究では、ドラッグなどと関係ない精神病患者が暴力をふるう確率はふつうの人と変わらず、そうした暴力も家族に向けられるほうが五倍多いという。統合失調症の身内といっしょに暮らす家族のうち、ほぼ四分の一は身体的な暴力や脅しを経験している。それでも、統合失調症者の暴力は幻覚に由来するせいで、自動車事故よりずっと頻度は少ないにもかかわらずはるかに怖ろしく感じられる飛行機墜落事故と同じように、ひときわ恐怖を呼ぶのだ。

二〇一一年、統合失調症者による二件の殺人事件が新聞をにぎわせた。デショーン・ジェイムズ・チャッペルによる、担当ソーシャルワーカーのステファニー・ムールトン殺害と、ジャレッド・L・ロフナーによるアリゾナ州での大量殺人だ。後者では六人が殺され、重傷を負った連邦下院議員のガブリエル・ギフォーズを含む一三人がけがをした。どちらの犯人もこれらの事件が起こるまえから潜在的な暴力性があると考えられていたことから、ともに社会制度がうまく機能していない事例となった。

チャッペルが小さかったころ、母のイベットは、息子は牧師になるだろうと思っていた。ところが、一九歳のときに彼は変わった。「悪魔に指図されているって言ったんです」とイベットは回想する。「呪いや魔法のことばかり話していました」。二一歳になると、肌に何かが這っている気がすると言って何度もシャワーを浴びるようになった。頭のなかの声に起こされるため、眠ることもできなかった。それでも、副作用を怖れて薬をのむのは拒み、暴力行為で五回逮捕されて初めて、精神衛生局に通知された。五度目の逮捕は二〇〇六年の一一月のことで、それはチャッペルを育てた継父が、言いつけた仕事から彼を解放したあとに起こった。チャッペルは継父の左目の眼窩（がんか）の骨を三本折った。警察の報告書によると、警察官が到着したとき継父は「布で頭を押さえ、口から血を流していた」

こうした傷害罪の前科があるにもかかわらず、チャッペルは施設から施設へ国じゅうをたらいまわしにされ、結局、あるグループホームに入れられることになった。だがそのとき、スタッフの誰も彼の犯罪歴を全部は知らされていなかった。予算の関係で追加支援が得られなかったため、そのグループホームでは、若く小柄なステファニー・ムールトンが七人の統合失調症者の世話を一手に引き受けていた。そうした制度の不備のせいで、彼女も彼女を襲った人間も身を滅ぼすことになったのだ。二〇一一年一月二〇日、チャッペルはステファニーを殴り、ナイフで刺して命を奪い、彼女の半裸死体を教会の駐車場に遺棄した。「娘は人の力になろうとして働いていたのに、その仕事中に殺されるなんて。あってはならないことです」と彼女の母は言った。チャッペルの母はステファニーの家族に深いお悔やみの気持ちを述べ、息子には長年、治療を受けさせようとしてきたと説明した。

一方のジャレッド・ロフナーは、チャッペルとちがって入院したことはなかった。それでも、ギフォーズ下院議員が有権者との交流会を催していたスーパーマーケットで凶行におよぶまえから、彼が不安定な精神状態でいることを多くの人が知っていた。その前年のピマ・カレッジでの行動が徐々に奇妙で危険なものになっていたからだ。警察にも五回、通報されていた。銃撃の数カ月まえに送られたメールで、同じ大学の学生がこう言っている。「クラスに精神的に不安定な学生がいて、死ぬほど怖い思いをしている。ニュースで写真が流されるようなタイプ。教室に自動拳銃を持ってきたこともある」

二〇一〇年九月、ロフナーは大学を停学になり、精神衛生面の不安がなくなるまで復学できないと告げられた。「彼が精神面で問題を抱えているのは明らかでしたから」と教授のひとりがウォールストリート・ジャーナル紙に語った。「話すことば自体が、ほかのみんなとはちがう感じでした」。停学になって二カ月後、ロフナーは銃を一挺購入し、その二カ月後に銃撃事件を起こした。いっしょに暮らしていた両親は、「どうしてこんなことになったのかわからない」と言うばかりだった。

銃撃事件から四カ月後の二〇一一年五月、連邦地方裁判所のラリー・A・バーンズ判事は、ロフナーが裁判を受けるに適さない精神状態であると判断した。ニューヨーク・タイムズ紙はこう報じている。「二二歳のミスター・ロフナーは公判手続きの際、途中まで両手に顔をうずめたまま、椅子のなかで前後に体を揺らし、ときおり『あの女はぼくの目のまえで死んだんだ。裏切り者め』と大声を出して判事をさえぎった」。裁判所に精神鑑定を依頼された精神科医によると、ロフナーは妄想や奇妙な思考や幻覚を経験していた。バーンズは彼に強制薬物療法を命じたが、彼の弁護士は、「ミスター・ロフナーには、望まない強制的な精神病薬物療法の忌避など、身体的インテグリティ〔訳注：自分の身体のことは自分自身に決める権利があるという考え〕に関して適性手続きを受ける権利があります」と抗議した。控訴裁判所は薬物療法の中止を命じた。そのため、ロフナーは五〇時間眠らず、足が傷つくほど歩きまわり、食事もとらなくなった。刑務所は本人にとって危険だとの理由で薬物療法を再開し、バーンズもそれを許可した。

こうしてロフナーは薬物療法に戻ったが、公判を続ける能力があるとされれば、死刑の判決を受ける可能性もあった。全米刑事弁護士協会の会長も務めたシンシア・ヒュージャー・オールは、「死刑に相当する罪や殺人罪を追及できるだけの責任能力を取り戻させるために助けるのは、倫理にかなったことでしょうか」と問うた。刑務所の臨床心理士は、ロフナーは会うたびに顔をおおって泣きじゃくると言った。結局、彼は死刑を避けるために罪を認めたが、すでに彼の病気が、いかなる刑事司法制度もくだしえないほど大きな罰となっている。ロフナーもチャッペル同様、長く苦しみつづけているのはまちがいない。

アメリカでもっとも多くの統合失調症者を収容している施設は、ロサンゼルス郡刑務所で、病院に入院している精神病患者の少なくとも三倍は収監している。この国では、精神病を抱える三〇万人近くが刑務所にいる。ほとんどが治療を受けていれば犯さなかった罪で起訴された人々だ。それ以外に、五五万人の精神病者が保護観察を受けている。重罪で収監されている人はあまりおらず、多くは社会の現実がわからないために犯してしまった多種多様な軽罪でそこにいる。彼らに対処するのは医師ではなく警察官、収監されてからは刑務官とほかの犯罪者たちとなる。更生局によると、マサチューセッツ州の囚人で精神衛生上の処置を必要としたのは、一九九八年には一五パーセントだったが、二〇一一年には二五パーセントに増えた。

精神衛生制度への予算を削れば、刑事司法制度の負担が増す。それを考えれば、少額の予算配分を惜しんで大金を失うことがいかにばかばかしいかわかる。チャッペルやロフナーの事件は、納税者に何十万ドルもの負担を強いた。その費用のほんの一部でもふたりの精神医療にかけていれば、被害者たちもまだ生きていたかもしれない、と思わずにいられない。身体障がいを抱える人に配慮するのは道徳的信条からにちがいないが、深刻な精神病を抱える人々を適切に扱うことは、双方の利益となる。たとえ道徳的信条がはたらかなくても、経済的利益からそうすべきだろう。

スーザン

「ほかの小さな女の子がお母さんのハイヒールをはこうとしているときに、私は包帯を体に巻きつけていた。それがかっこいいと思って」とスーザン・ワインライヒは回想する。スーザンには唇を噛まずにいられない衝動強迫があり、唇にはいつもかさぶたができているか、血がにじんでいた。それが恥ずかしくて、母親のボビー・エバンズに「どうして私、やめられないの?」と訊いたものだ。ボビーは、「大きくなればやめられるわよ」と答えるだけだった。

統合失調症の症状がはっきり現れたのは、スーザンが一九七三年にロード・アイランド・スクール・オブ・デザイン(RISD)に入学してからだった。「昔から何かおかしいのはわかっていた」とスーザンは言う。「でも、それがほかの人にもはっきりわかるようになったのは、入学した年だった」。その年、父親が母親のもとを去った。「それで何もかもがぐらついた気がして、症状が表に出だしたの」。勉強ができなくなり、フロイト派の精神分析医に診てもらうようになった。治療の一環として幼児期退行療法が施されたが、残念ながら、退行はスーザンの症状のひとつであり、それにどっぷりと浸るのではなく、逆に離れる必要があった。それなのに「私は怖ろしいほどその医者に依存していた」と彼女は言った。「日中はずっと彼のところにいて、夜になってから帰るの。歩きながら月を眺めたものよ。ゆがんだ体や、血だらけの顔や、悪魔や、木からぶら下がった死体が見えた。実際に目にする人々もゆがんで見えた。腕や足を失って見えたりもした。アスファルトの染みがとても怖かったのを憶えている。それとか、一月に茂みにからまっているビニール袋とか」

二年生になると、ＲＩＳＤのガラス工芸学科に入った。「火のまわりにいたいという強い思いにかられたの」。学校からは一年の一学期に退学を勧められていた。「内側が壊れていたから。煙草で自分にやけどを負わせたり、窓を拳で破ったりした。具合がいいときには、ブラウン大学の医学部の図書館に行って、自分のどこがおかしいのか懸命に調べたけど」

結局、スーザンはその年、三度も隔離入院することになった。医者たちは一生薬をのんですごさなければならないと説明したが、どこがおかしいのかは教えてくれなかった。スーザンのほうも、病院に両親の連絡先を教えなかった。「自分がどうしてしまったのかわからなかったけど、家族を守らなきゃって強く、強く思ったの。自分には赤ちゃんの胸と大人の胸があって、赤ちゃんの胸がそのうちとれて、そこに大人の胸が入ると信じてた。でも、母が私のアパートメントに来てひと晩泊まったら、胸からあの小さな男女が出てくるだろうって思った。男たちは大鎌を持っていて、女たちは麻の袋を運んでいる。そいつらに母が傷つけられてしまう。そいつらを母に見られるのも怖かった。私のなかに悪魔がいるのを知られてしまうから。そんなのは耐えられなかった」

学校での二年目を終えた夏、スーザンは旅行に出かける兄の猫をあずかった。猫は古い緑のビニール製の寝椅子の下に隠れた。「椅子にノミが群がっている気がしてたんだけど、ノミが精液に変わったの。私はペンキの入ったバケツを取り出して、椅子全体を白く塗った。それからキッチンのナイフを持ってきて椅子を突き刺した」。スーザンは何カ月も風呂に入っておらず、歯は一〇年も磨いていなかった。「動物みたいだった。髪はもつれてべたべたで、自分に切り傷をつくっては血を壁に塗りつけていたわ」

一九七九年に精神分析医が電話をかけてきて、スーザンがどんな保険に入っているか確かめるまで、ボビーは統合失調症ということばを耳にしたことすらなかった。その精神分析医は、スーザンを入院させる必要があると考えていた。おそらくは生涯ずっと。「それを知った母は、どこかぽきんと折れてしまったの」とスーザンは言った。「それで、ロード・アイランドにやってきて、私を車に乗せてその精神分析医から遠ざけた」。ボビーはスーザンを別の医者に診せたが、その医者もただちに入院が必要だと言った。薬の副作用か、スーザンの顔にはひげが生えてきており、彼女はそれを伸ばしていた。「娘を見たら、かわいらしいちっちゃな女の子であってほしいと思うのに、顔にひげを生やしているんだから。ただもう最悪だったわ」とボビーは言った。スーザンは「その意味については、ありとあらゆる種類の妄想にかられたわ。下顎に生えていて、とても濃くて硬くてセクシーな毛だった」と続けた。

ボビーはスーザンを、カトナのフォー・ウィンズ病院へ連れていくことにした。そこは、車で通える距離にあるなかで最良の精神科病院だった。スーザンはその経営者でもあるサム・クラーグズブランの診察を受けた。「あの日、彼のオフィスでのことはいまでも憶えているわ。私がブーツに彫りつけ、緑のシャツに描いたダビデの星［訳注：ユダヤ教を象徴する六芒星］のことも」とスーザンは言った。「そこには煙草の痕もあった。彼は私のどこがおかしいのか話してくれた。診断をくだしてくれたの」。そして、フォー・ウィンズに入院することになった。

そのころには、スーザンは父と完全に没交渉になっていて、ボビーはやがて再婚した。「自分の人生をあきらめたくなかった」とボビーは言った。「友人には『スーザンは問題を抱えていて、離婚がその引き金になったみたい』とだけ話した。娘を自分の人生から追い出したいと本気で思っていたから、誰かが代わりに引き受けてくれてほっとしていた。こんなことを言うなんて自慢できることじゃないけど、あのときはたしかにそう感じていたの。スーザンの症状がうんとひどいときに、いまのスーザンみたいな人を知っていたならと思うわ。そうしたら希望がもてただろうから。でも、誰もいなかった」

スーザンはフォー・ウィンズ病院に四カ月間いて退院したが、また半年入院した。そのあと、一九八

○年に社会復帰施設で九カ月暮らし、二四歳で実家に戻った。「私が仕事から家に帰ると、娘はどこかに隠れていて、呼んでも答えないの」とボビーは言った。「主治医のサムからは『家には置いておけない、と娘さんに伝えなければなりません』と言われた。『でも、どうやって？』と訊いたわ。そうしたら、『進歩が見られるなら、あなたのためになんでもやるつもりだけど、このままでは力になれない、と伝えるんです』って。だから娘にそう言った。人生であんなつらいことはなかったわ」。ボビーは泣いた。「娘は自殺するつもりだと書き置いて出ていった。でもサムに連絡してきて、フォー・ウィンズに戻ったの」

フォー・ウィンズについて、スーザンは熱をこめて話した。「あそこは精神病患者の楽園だったわ。あたりをアヒルが走りまわっていて、鶏小屋もあった。松の林で日がなすごしたものよ。サムの治療はすばらしかった。私はちっちゃな子どもで、彼は私をかわいがってくれた。抱きしめてくれた。土砂降りの雨のなか、深い穴から引っ張り出してくれたの」

そのころ、クラーグズブランはホスピスのプログラムを始めていた。体の病気で余命宣告を受けている非精神病患者を、精神病患者が暮らす建物に同居させたのだ。「私のようにはっきりと精神病の症状を見せていて、現実には生きていない人間を、何よりも大きな現実、死という現実に向き合わせるわけ」とスーザンは言った。「混乱してはいたけど、ある程度まではそれを理解できた。ショックを受けて多少の現実を取り戻したわ。私のほうは進んで自分をだめにしようとしているのに、あの人たちは必死で生きたいと願っている。自分に訊かずにいられなかった。どっちなの？　生きたいの、死にたいの？　そうしたら、生きるほうに進みたいと自分が思っているのがわかったの」

情緒面も復活しはじめた。「いろいろあったあとで、初めて愛情を感じたときのことを憶えているわ。相手が誰だったかは憶えてないけど……、サムだったかも。とにかく、誰かを愛するのがどういう感じなのか、わかりだした。それで夢中になったかどうかは憶えてない。憶えているのは、幼いころに釣りに出かけてマンボウが針にかかったときの感じに似てるってこと。釣り糸の反対側で引っ張るものがあるの。何年も自分のなかに閉じこもり、あれほど孤立して外とのつながりを絶ってすごしたのに、薬で多少症状を抑えて、精神病が和らいだら、心には成長の余地があったのよ。そのあとまた症状が出たから、そのあいだはあまり愛情を感じることもなかったけど、症状が治まっているあいだは、共感とか人とのつながりを感じる気持ちがふくらんだわ」。スーザンはアート制作を続けていて、クラーグズブランはアトリエとして使うために小さな離れを改造してくれた。「私の作品には、暗黒の部分がある」と彼女は言う。「でも、それはクリエイティブってことで、クリエイティブは命を吹きこむってことよ」

その後、集中的な治療の段階を終えたスーザンは、多くの点で都合のいい病院での仕事につき、保険を使って電気分解法でひげを取り除いた。そのころには二六歳になっていた。「より広い世界に向けて心の準備をするには、まだハードルが高かった。大統領が誰かも知らなかった。私の自我は問題だらけだった。まだ悲惨な幻覚をたくさん見ていたし。実際に自分の面倒をどうやってみたらいいのか、見当もつかなかった」

スーザンはセラピストのジーニア・ローズにも会うようになった。以来、彼女にかかって二〇年になる。「予定表を書かされたものよ。ふつうは一日をどんなふうにすごすものなのかがまったくわからなかったから、その予定表には〝起きる〟とか、〝歯を磨く〟とか書いてた」。ローズはボビーも診察した。「大きな助けになったわ」とボビーは言う。「ただ泣いて、思ったことを言えばよかったから。でも、スーザンの病気は私じゃなく、彼女のもの。それがわかって私が手を離しはじめたら、彼女自身が浮かび上がりだしたの」

三〇代後半になるころには、スーザンの症状はかなり落ち着いていた。処方されたジプレキサが人生に「革命を起こしてくれた」のだ。夜は途中目覚めることなく一三時間眠った。やがて、薬は鎮静作用が少ないアリピプラゾールに替わった。「私は目ざましく成長した」とスーザンは言う。「いまこうして目にしている私は、五年前とはまったくちがう人間よ。発達のうえでも、肉体的にも、見た目にも、ことばのうえでも。病気の痕跡を消し去ろうと、ありとあらゆる努力を重ねてきた。ときどき些細なことが引き金になって症状が出たけど。感覚が過敏になったり、ちょっと被害妄想があったり、誤認があったり、思考や視界がゆがんだり……。でも、それも一日か二日ですんだ。なかには、それがストレスになって正気をなくしてしまう人もいる。私もそうなることはあるけど、すぐに取り戻すわ」

彼女が取り戻す必要のあるもののなかで、もっともむずかしいのは恋愛だろう。私が会ったときに、スーザンは五〇歳に近かったが、まだ最後までいく性的な経験はなかった。「愛を知りたいわ。でも、愛がなんだか私にわかる？　いまのところは母がそれよ」。スーザンは笑った。「かわいそうなお母さん。私のために同時に三つのお見合いサービスに申しこんだのよ。うんざりしちゃうけど、それも成長のひとつの方法と見なすことにしたの。統合失調症は私に、自分の内側に大事なものを見つける能力を与えてくれた。病気をしなければ見つけることもなかった私の一部を」

スーザンは、ずっと会わなかった父親とも連絡をとろうとした。ある日、何十年かぶりで電話をかけたという。「愛してるって言ったの。父には捨てられたんだけど、そう言うのが正しい気がしたから。父が八〇になるというので、手紙を書いた。罪悪感から多少解放してあげようと思って。私が這いあがるための手段をくれたことを知ってもらいたくて。父が育ててくれたクリエイティブなところ、アートの才能よ。一週間後に父が電話してきた。潮干狩りとかなんとか、父が向こうでしていることについて当たりさわりのない話をした。それから、父がちょっと涙声になって、急に『おまえたちを見捨てた自分をぜったいに赦せない』と言ったの。車に飛び乗って父のところへ向かわないでいるのが精いっぱいだったわ。でも、二度と電話はしないと決めたの。お互い共通点が多すぎるから」

ボビーもやがて娘を受け入れ、理解し、ついには誇りに思うようになった。いまは旅行産業で働き、収入をすべてスーザンに渡している。スーザンのほうは、豊かで奇妙で美しいアート作品の売上のほとんどをフォー・ウィンズに寄付してきた。公の場でスピーチをおこなうこともあった。ボビーは、スーザンがグランド・セントラル駅で開かれたメンタルヘルス・ディナーでスピーチするのを聞いた。「信じられなかったわ。そこには三〇〇人もの人がいて――私がスーザンですってわけ。どうしてそんなことになりえたの？」とボビーは言った。

スーザンとボビーの関係は、ほぼ完全に修復した。「娘が私より強い人間であるのはまちがいない」とボビーは言う。「誰が彼女を救ったか？　アートよ。それとクラーグズブラン先生。兄弟や私の支えもあった。でも、何よりもスーザン自身だわ。スーザンのなかには、昔から表に出たがっている何かがあった。私もメダルをもらう資格はあるわね。でも、スーザンはたくさんのメダルをもらう資格がある。あんな経験をしなきゃならなかったのは、本当にかわいそうだと思う。けれど、あの経験をしなかったら、いまの彼女はいなかったはずよ。いまの彼女は誰よりもすばらしくて、魅力的で、きれいだわ。昔あの子に、『それは自分で配ったカードなのよ、ママ』って言われたことがあったけど、愉快じゃないことを我慢して生きるすべを学べば、いつかふいにそれが愉快になることもあるって、ようやく受け入れられた気がする」

統合失調症者の妄想は、かならずしも残酷なものではない。「息子はクロスワードをやっていました」とある母親が私に言った。「声がいちいち答えを言ってくるので、本当に腹を立てていたわ」。ある若いインド人男性は、並はずれて前向きな妄想について語った。「木の葉がぼくに愛の詩をささやくんです」。

そして別の男性は「怖ろしい声を追いはらってくれて、気に入っている声を残してくれる薬を見つけられたらと思いますよ」と言った。声との関係は、愛情によって、もしくはたんにその必要があって緩和される。サンフランシスコに住むある母親は言う。「気分のいいものじゃなくても、息子にとっては友だちなんです。彼だけのもので、自分でもそれを理解しています。息子は精神科医に『そういう声には友好的な態度をとって、子どもに対するみたいに話しかけなさい』と言われていました」

統合失調症の記録は古代からある。この名称がついたのは一世紀前だが［訳注：日本では二〇〇二年まで精神分裂症と呼称していた］、謎が多いせいで、いまでも誤解を招きつづけている。UCLA精神医学科の教授であるマイケル・フォスター・グリーンは、こう書いている。「ある病気が説明のつかない理解不能なものの場合、人々はふたつの極端な反応のどちらかを見せがちである。それをおとしめるか、理想化するかだ。どちらが最悪かはわからない」

Ⅲ度のやけどを負ったことがない人は、それがどういう感じかわからないかもしれないが、Ⅰ度のやけどを負ったことがあれば、その痛みを想像することはできるだろう。うつ病も、すでに知っている感情が極端になったものと言える。だが、統合失調症はそれとは根本的にちがう。ドイツの実存主義哲学者で精神科医のカール・ヤスパースは、精神病と通常の思考とのあいだには〝深淵な相違〟があると指摘した。統合失調症者は知っていることばを思い出せないことが多いが、思い出せたとしても、その患者にとってしっくりくることばなどないのである。経験したことのない人は、その恐怖を比喩のレベルでしか理解できない。

ただし、統合失調症の兄弟や息子や娘や友人がいて、その人を愛しているなら、その人が異常な遺伝子に影響されてはいても、それまでのすべての経験を集約した存在であることがわかるはずだ。兄弟の病気についての著書のなかで、ジェイ・ニューグボーレンはこう書いている。「医者たちは、あたかもロバートが肉でできた容器にすぎず、そのなかで昔（悪い）化学物質が合成されたせいで病気になったのだから、別の（良い）化学物質を注ぎこまなければならないとでもいうように治療を施し、ロバートがまだふんだんに持っていたものを奪ってしまった――人間性を。ロバートのような人生をおくる人が、たんなる生物としての存在にまでおとしめられるとしたら、そうしたあらゆる試みに対して声をあげずにいられるだろうか」

また、双極性障がいについての著書があるアンディ・バーマンはこう説明する。「精神病は、患者自身と切り離して治療することはできない。両者は複雑にからみ合っているからだ。これまで『精神病はどこで終わり、どこからあなたが始まるのか？』といった質問に答えてきたが、私の場合、私と病気はひとつである。だからこそ、この敵と友好関係を結んできた。治療がうまくいったのは、私と双極性障がいの両方を考慮に入れ、両者のあいだに線引きをしなかったからだ」

ときには、薬に対する反応から、逆に病気がなんであるかを知ることもある。デパコートで症状が改善したとなると、その病気は双極性障がいにちがいない。ジプレキサでだいぶ具合がよくなれば、おそらくは統合失調症である。しかし薬の研究はまだ、病気のなかでどんな役割を果たしているかがはっきりしない神経伝達物質に囚われすぎていて、証明されていない理論にもとづいて試行錯誤をくり返しているばかりだ。精神病の本質を化学で完全に解明できるという単純思考は、研究に資金を提供している人を満足させる。たしかにそういう研究が病気に苦しむ人の力になることもあるだろうが、誠実さには欠ける。統合失調症には限界というものがない。侵された分だけ病気は進んでしまう。怖ろしい病だ。だが、症状が分類されることで、不思議と心が慰められることはある――分類がアイデンティティを築くのだ。ただし、その症状は細かく、ときに途方に暮れるほど小刻みな段階で進行する。ＤＳＭ－Ⅲの草稿づくりに加わった精神分析学者のリチャード・Ｃ・フリードマンは言う。「精神病の診断の問題は、アナログからデジタルへと移行したことで、病気の度合いが細かい段階で示されず、〝0〟か〝1〟かというような〝はい〟か〝いいえ〟で示されることが多くなったことだ。患者を分類することには有用な点が多くあるが、臨床経験からすれば、人の心はそういうふうにははたらかない。連続的な現象が多数の層をなす状態に対処しなければならないのだ」

サム

サム・フィッシャーのどこが悪いのか、誰もはっきりとはわからない。私は三三歳の彼に統合失調症の治療をおこなっていた精神科医を通して出会ったが、別の臨床医はアスペルガーの診断をくだしていた。サムが気分障がいであるのは明らかで、強度のうつに陥る時期もあれば、ときおり軽躁病の発作（精神病とは言えないものの、自分の価値と力を極度に感じる）が起こる時期もある。また、人を巧みに操るところからは、境界性パーソナリティ障がいも疑われる。そのうえ、強迫性自己愛パーソナリティ障がいの徴候でもある不安症と恐怖症もあり、ＰＴＳＤ［訳注：外傷後ストレス障がい。強いストレスを受ける体験をしたことで、精神が不安定になる］にも長く苦しめられている。要するに、ひとつの脳に同窓会さながらありとあらゆる精神病の徴候が詰まっているのだ。「誰にも本当の意味で理解してもらえない」と彼は言う。「ぼくがおかしすぎるから」

サムは、黄疸のある二〇〇〇グラムちょっとの未熟児で生まれ、出生後はミルクを飲もうとしなかった。フィラデルフィアの小児病院の医師たちは、彼が衰弱死するのを心配し、両親のパトリシアとウィンストンは、医師が脳腫瘍や腎臓病の徴候を探しているかたわら、赤ん坊につきっきりだった。サムは脊柱側弯で、手術で取り除く必要のある停留睾丸［訳注：陰嚢にあるべき精巣がお腹の中などにある状態］でもあった。ハイハイをせず、歩くのも遅かった。母親の回想によると、初期の標準検査では「言語においては天才的だけど、パズルを解くとなると、発育に遅れが見られた」

幼稚園で初めて、サムは精神科医の診察を受けた。その診断では、「深淵の縁を歩いている」と言われた。小学校では算数ができず、字も絵もかけなかった。〝調整する〟という感覚がなかったからだ。パトリシアは振り返る。「ウィンストンと言い合ったものよ。『いまは計算機がある。それに、スポーツやお絵描きができないからってどうだというの？』って。サムは完璧な文章ですらすら話せたし、お花屋さんでは珍しい植物の名前を全部言えた。私たちにとって、それはすばらしいことだった。本当は何かすばらしくないことがある予兆だったにちがいないのに、強みが弱みを補って余りあると確信していたの。専門家にはくり返し、ほとんどの人にとって強みは弱みにかなわないと言われていたのに」

五年生のとき、年上の男の子たちがサムをフェンスにくりつけ、泣き叫ぶ彼を教師が見つけるまで二五分間も放置した。一度ならず階段から蹴落とされたこともあった。両親は公立の特別支援学校に彼を転校させたが、そこでもサムはうまくなじめなかった。「息子は失読症の反対みたいだった。読んだり解読したりは問題なくできるのに、それ以外が何もできない」とパトリシアは言った。

サムは自分がゲイであることに気づいていたが、高校ではきつく殻に閉じこもっていた。やがて、学校のトイレで事件が起こる。サムはそれを〝レイプ未遂〟と呼び、苦々しくこう言った。「スクール・カウンセラーが最悪で、『彼は上級生であなたは下級生なんだから、我慢するしかないわね』と言ったんだ。それがぼくの人生をめちゃくちゃにした」。サムは、その一件が軽く受け止められていると思っていた。だが、彼の父は息子の過剰反応だと感じていた。誰かが局部を露出してサムに近づいてきたにすぎない、とウィンストンは言った。何が起こったにしろ、その一件はトラウマとなり、サムは声を聞くようになった。「高校時代に敵だと思っていた連中の声。ぼくはとても平和的な人間だったのに、そのせいで、ひどく戦闘的になってしまったんだ」

家族は彼を精神科医のところへ連れていったが、薬物療法は効果がなかった。「モーバン〔訳注：脳内のドーパミンの効果を阻害することで症状を抑える抗精神病薬〕はまったく効かなかった」とウィンストン。「アティバンは助けにはなった。リスペルダル（非定型抗精神病薬）は最悪で、サムの心の調和をめちゃくちゃにしてくれた。プロリキシン（定型抗精神病薬）も大失敗で、息子はしじゅう吐き気があるのに吐けないでいた。それからメレリル（向精神病薬）。長い道のりになるだろうってことは、身に染みてわかったよ」

そして、高校を卒業しようというときに、サムは最初の自殺未遂を起こした。「溺れようとしている息子を私がバスタブから引っ張り出したんだ。息子は鼻をつまんでいたようだ」とウィンストンは言った。しばらくのあいだ、サムは多少よくなったように見えたが、三年後に、今度は警察と問題を起こして入院することになった。「あるとき、息子がひとり言を言っているところを警察が捕まえた。『誰かを殺したい』とか、『自殺したい』とか言っていたらしい」とウィンストン。「それで保護勾留され、大暴れした。八人もの人間が息子を押さえつけ、拘束具をつけ、ハロペリドール（ブチロフェノン系の抗精神病薬）を与えた。私にはどうすることもできなかった。息子は『死ねるものをくれ』と言いつづけていた。最悪だった」

やがて、サムはみずから〝デブ豚サム期〟と呼ぶ時期に突入した。彼は言う。「あのころはひどい人種差別主義者で、ありとあらゆる人を憎んでいた。二一歳から二四歳まではジャンクフードばかり、一日に八度も食べていたし、アイスホッケーに取りつかれたようにもなっていた。どうしてあんな胸のむかつくようないやらしい豚になったのかは自分でもわからないけど、それがそのときのぼくだった」

ウィンストンとパトリシアは、サムをマサチューセッツ州にあるリハビリ施設〈グールド・ファーム〉に連れていった。だが、サムはそこでひと晩すごすと、家に帰ると言い張った。入所している人たちが〝自分以上に太っていて病気〟だからと言って。フィッシャー夫妻は途方に暮れた。サムは「人は自分の行動を理解することでそれを変えられる」というフロイトの教義への反証だった。彼は自分の何がおかしいのか理解していたからこそ、グールド・ファームのほかの患者よりも自分のほうがましだと思ったわけだが、だからと言って、その部分を改善することはできなかった。

幼いころは植物に、みずからを豚と呼んでいた時期にはホッケーに夢中だったサムは、次にウィンストンも情熱を傾けていた全盛期のロックンロールに取りつかれた。誰もが大昔に忘れてしまった音楽のレコード盤を探しだして取り寄せ、レコードを受け取る瞬間が、真に幸せを感じる唯一のときだという。しかし、店員のひとりを殴って以降、レコード店のプリンストン・レコード・エクスチェンジには出入り禁止になっている。こうしたことは、たいていウィンストンが後始末をまかされる。「いっしょにすごすのは悪くないんだが、その時間が多すぎる。なにしろ、息子にとって私が唯一の友人だから。これ以上いまの状態をどこまで続けられるかわからないところまで来てしまっている。サムをあのままグールド・ファームに置いておけたら、自分で人生を築かないかぎり一生病院ですごさなければならないことを学べたかもしれないが、無理強いすることは考えられなかった」

ウィンストンもパトリシアも、サムが他人に興味を示せば、それを支援しようとしている。しかし悲しいかな、そのやり方はサムのもっとも困った欠点を助長してしまうようだった。「レコード店にいたときのことだが」とウィンストンは言った。「ザ・ナイフというデュオのアルバム・ジャケットを、サムが怖がったんだ。それがきっかけで、私はどうにかボーカルの電話番号を調べ、サムは彼と電話で話す仲になった。ただ、いつものように何度も電話をかけすぎてしまって……。彼の奥さんか恋人が、『おたくのお子さんに電話をかけるのをやめさせてください。頭がおかしくなりそう』と言ってきた。つまり、怖いと思ったレコードについて調べ、ボーカルを見つけ、親しくなるという、サムにとってはある意味で理想的な瞬間が、自分を最悪だと感じる悪夢へと変わってしまったんだ」

サムは架空のロックバンドをつくり、そのアルバムのジャケットをプロデュースして——絵を描き、歌のリストをつくり、解説や歌詞を書いたりして——時間をすごしている。「ぼくの歌は、愛や憎しみや復讐を扱っている。全部、同性愛志向のものだけど」。私もサムといっしょに、彼がつくったアルバムのジャケットを見て何時間もすごした。そのなかのひとつには「軌道における忘却。英国陸軍生活、大気圏、奇妙な現象、セックスにおける冷たい現実とときたまの喜び」とある。彼はエレキギターも演奏する。ギターは三本持っている。

サムがもうひとつ夢中なのは、軍人だ。「ぼくを理解してくれるたったひとつの集団さ。まっすぐ目を見て、ぼくが自分を弱く感じないようにしてくれる。ぼくという人間を信じてるみたいに。そういう努力をまったくしてくれない両親とは大ちがいだ」。ウィンストンには、その妄想が理にかなったものに思える。「息子は守ってもらうのが夢で、軍人と出会う機会をつくってほしいと私に言ってきたんだ」。会えば怒りを買うかもしれない人々に会いたいという望みを叶えてやることが、はたして賢明なのかと疑問に思う人もいるだろう。しかし、感応精神病（フォリア・ドゥ）とも言われるように、ウィンストンはサムの厄介な現実の一部となってしまっているのだ。

「新聞社での仕事を見つけたとき、そこでフォート・ディックス［訳注：ニュージャージー州にある軍用地・陸軍訓練センター］についての記事を書けばいいと気づいたんだよ」とウィンストンは言う。「息子はセンター内を案内してもらって、軍人の写真を撮り、何人かと会って話をすることができた」。サムは外国の軍隊にも興味をもっている。「イギリスを旅行したときには、そう、ブリストルまで電車で行き、そこで息子に自由行動を許したら……」とウィンストンは言った。「結局、軍隊に属する誰かとすごい会話をしたそうだ」

パトリシアは、こうしたすべてにひどく複雑な思いをいだいているが、日々サムといっしょにいるのはウィンストンで、自分は仕事をしているため、なりゆきにまかせていた。「サムの精神科医には、断固とした態度をとりなさいと言われるの。でも、ウィンストンの思いやりに対して、どうやって断固とした態度をとればいいの？」

サムはしょっちゅう軍人たちに電話をかけている。ウィンストンがイギリス陸軍の名簿を手に入れたからだ。「電話をもらった人がぎょっとしているのはわかるんだ。でも、彼らがこれを重要なこととみなしているのも確かさ」とサムは言う。「イギリス人は少年も大人もきれいなんだ。とてもきれいなバラ色の肌をしている。ぼくが初めて恋に落ちたのは、イギリスの軍人だった。ひと目ぼれだったから、とてもつらい経験だったけどね。一時間ほど話をしただけで、一生を彼とすごしたくなったよ。二度と会うことはなかったけど。名前はギブズ軍曹。ぼくが二七歳で、彼は三三歳だった。キスしたかったけど、彼がマシンガンを持っていたから。それ以降、心が壊れてしまったんだ。そんなことがあってすぐに、初めて飼った猫も死んでしまって。まったくつらい時期だった」

ウィンストンが事情を説明した。「ハイドパークのすぐそばにある大きな政府関係の建物で、門の警備についている兵士がいたんだ。サムは彼と二〇分ほど話をして、姓がギブズだということだけ知った。でも、その男性が理想の相手になった。まるで深い関係を結んだかのようにね」

「サムの軍人への執着がどこから来たものかはわかっているの」とパトリシアが言う。「性的な執着で、よくある類いのものよ。でも、サムは自分が紛争地帯で暮らしていると想像していて、軍人なら戦時に生き延びるすべをわかっていると思っている。まさかサムの相手をしてくれるとは思わなかったのに、相手をしてくれて……。困るのは、サムが何度も電話をかけること。『電話をかけたら、それを記録しておいて、次にいつかけていいか予定を立てなさい』って言ってやるんだけど。通話明細が四枚にもなるので、『ちょっと頻繁にかけすぎだとは思わない？』って言うと、サムは『そんなことない。向こうだって気にしてない』って癇癪を起こしてしまって」。しまいにパトリシアが強硬な態度をとり、「これ以上電話をかけるのはだめよ」と言うと、サムは彼女を殴った。ウィンストンが警察に通報したが、より厳しく制限すれば事態を悪化させるだけだといまも不安を感じている。

「サムと私は、毎年モントリオールへ行っていた」とウィンストンは言う。「ブラックウォッチ［訳注：英国陸軍スコットランド高地連隊］の人たちがバグパイプを演奏するのを見にいっていたのさ。六年前には、サムがブラックウォッチの誰かと話ができないかと問い合わせた。向こうが紹介してきた人間はゲイだった。サムはその人と連絡をとり合い、翌年また訪ねたときには、初の性体験をする気でいた。だから私は息子にコンドームを与えた。その男はサムを公衆浴場に連れていくことになっていたから、私は電話のそばで待った。最悪のことになるか、すばらしい結果に終わるか……。どちらでもなかった。その男は責任を負いたくないと思ったんだろうね。それで、サムがこれまで会った人たちと同様、いまは敵になったというわけだ」

私がサムと初めて会ったのは、プリンストンで昼食に招かれたときだった。サムとパトリシアがいっしょに用意してくれた昼食だった。料理は彼らにとってもっとも平和的な共同作業で、力を合わせておいしい食事を用意してくれていた。

サムは「この冬は人生最悪の冬だった。六回も自殺をはかったくらい」と言った。テーブルについていたパトリシアが、「考えただけで、実際にはかったりはしなかったわ」と言うと、サムは「手首にナイフを当てたんだ。二度もノイローゼになって。ぼくは薬にとても敏感だから」と言った。「それとアルコールにもね」とパトリシアがつけ加えた。「ドラッグにも」とウィンストンが言い、「人にも、人生にも」とパトリシアが続けた。

サムは障がい者手当を受け取っていて、両親からも小遣いをもらっているので、イギリスへの移住を考えている。「でも、パトリシアが意地悪なんだ！　不吉なことしか言わない。『あなたはイギリスへは行かないのよ！　忘れなさい！』、それしか言わないんだ。今年行かないと人生終わりだって言ってるのに。何度それを言ってもおかまいなしなんだよ」

親は、当惑してはいても深い愛情と洞察力を見せるものだ。「私は、ふつうなんてものはないと思っているよ」とウィンストンは言う。「極端なものの平均をとっているだけだろう?」。パトリシアはこう言う。「欲しいと思ったとおりのレコードが郵送されてくればすべて解決する、と息子は考えているの。もしくは、ここに縛られず、イギリスへ移住することで。問題は、その想像は都合のいいことばかりで、生活を維持する能力が欠如しているってことよ。そのほかは全部現実。息子には友人がいないし、仕事もない。私たちは彼が依存していることの証でしかない。息子が望むことにノーと言えば『自由に生きさせてもらえない』と言われる。『あなたが自由に生きられるようになるのが、私たちのいちばんの望みよ』と言えば『ぼくを放り出したいんだ』と言う。息子には私と同じだけ状況を分析する能力はあるの。ただ、それを矯正できないだけで。幻覚なんて、問題のなかでは本当に小さなほうよ」

私はその日、プリンストンを発つまえに、サムに別れの挨拶をしにいった。「本当にありがとう」と私は言った。「見ず知らずの他人がずかずかと家に入ってきて、あれだけの質問を浴びせるなんてたいへんなことだったと思います」。すると、驚いたことにサムはあたたかく抱擁してくれ、私の目を見てこう言った。「あなたは見ず知らずの他人には思えなかったよ」。それは、人と心のつながりをもてる彼の能力が垣間見える、深く心に響く瞬間だった。外に見せている病気の陰にひそんでいる彼の本質が、私の心にふれた気がした。だが、やがてそれはまた消え去り、私が聞いたこともなく、もしかしたら存在もしないレコードについてのひとり語りが始まった。

サムの医者のひとりによれば、彼は胎児期の成長に一部起因する神経症候群かもしれないということだった。それがはっきり分類できないかたちで現れているのではないか、と。その診断の話題が出たとき、パトリシアが笑いとも押し殺したすすり泣きともとれる声を発した。「最近はとてもたいへんなの。息子が叫んだり、ドアを叩きつけたりすることが多いから。おかげで私の血圧も上がってしまった。〝戦うか、逃げるか〟〔訳注：強いストレスに対する反応のこと〕の状態よ。戦っても逃げてもいけないのに。ひどく疲れているときでなければ、自分を抑えていられるけど……。最近かかっている精神科医が、息子の症状を学会で発表したんだけど、戻ってきて『彼には思考の枠組みが必要だ、ということでみなの意見が一致しました』なんて言うの。だから『私をなんだと思っているの？　ばか扱いしてるの？』という目で見てやったわ。サムと思考の枠組み！　それがつくれるっていうなら、いつでも訪ねてきてちょうだい！　そういうものを生じさせようと、私はできることはすべてしてきたんだから」

パトリシアやウィンストンにとっての進歩とは、進歩を期待するのをやめることだった。そうすることで、それなりの心の平穏を得ることだった。「問題は、私たちが歳をとりつつあることね」とパトリシアは言った。「遺言状すら書いていない。なんて書いていいかもわからないから。サムの面倒をみてくれる人なんて誰もいない。夢は、彼が五五歳になって介護施設に行けるようになるまで私たちが長生きすることよ。つまり、八〇代までこれを続けなきゃならない。ウィンストンにとってはとくにつらいことだけど、私だってとてもつらいわ。でも、サムにとってはもっとそうね。私たちがあきらめたら、きっとそれに気づくから。息子はとても繊細なの。私たちの絶望から彼を守れたらいいんだけど」

家族はさまざまな困難に立ち向かい、大きな溝を越えて愛情を注ごうとする。どんな困難な状況にもかすかな希望を見つけ、それを成長か啓蒙の機会ととらえる。ときには、統合失調症とそれに関連する精神障がいが、そうした機会になる場合もある。

だが、統合失調症はそれ自体が報いのないトラウマと見なされることもある。聴覚障がい者の豊かな文化や、低身長者の連帯力、多くのダウン症児がもつ究極のかわいらしさ、自閉症者の権利団体の自己実現――そういったものは、マッド・プライドはあるにせよ、統合失調症の世界には存在しない。他の症状の場合、それが豊かなアイデンティティでもあるならば、治療をしないこともあるが、統合失調症者にはほぼ無条件に治療が必要だ。私が出会ったすばらしい親たちにしても、子どもたち同様、統合失調症が存在しなければ、よりよい人生をおくれたことだろう。私が見るに、彼らの苦しみには終わりがなく、実りもない。

7章

重度障がい

「列車に乗って」

きっとこの子もよくなるから
山へ行けばいいと言われて
私たちは朝の列車で向かう、
午後の燃え立つ太陽の下
家々の漆喰(しっくい)が白く輝く町へ。
息子に必要なものはすべてある——
かわいい絵入りの雑誌、
年じゅう欲しがるクリスマスキャンディ、
水筒、特別な形のスプーン。
穏やかに、幸せそうに息子はまどろむ。
喜びにあふれ、小さい胸を上下させ、
呼吸のたびに、口もとにあぶくを浮かべる、
お乳を飲んだ生まれたての仔牛のように。
列車が岩山を突き抜け、ナラの木々をこすり
何時間も進んでいくと、いきなり右側に
景色が開け、海がギラギラ目を光らせる。
列車は山に向かっていないし
どうしてみんなスペイン語を話してるの？

昔スペイン語を習ったことがある
制服姿の乗務員が身ぶりで伝える
切符にハサミを入れたいのだ。でも
私の手さげには地図がふたつあるだけ。
テキサス沿岸の地図だ。
乗務員は列車を止める。私たちを見すごしてはくれない。
つやのあるマホガニーの駅舎が
緑のヤシの木陰から高々と姿を現す。
私たちの客車で座席が三列消えてしまった。
座席があった床は砂で汚れている。
スーツケースを探さなければ。
ナイフはそこに入れたし、カメラも
それは私たちに起きることを記録するため。
目のまえの座席が
次々と消えていく。
うしろの座席も、乗客もろともなくなった。
砂はさらさらと足首までやってくる。
スーツケースは隣の客車にあったが、
留め金は開けられ、ナイフの刃は錆びて崩れ、
カメラのなかには砂が詰まっている。

客席は五つ残っているだけ。
私たちのふたつの座席には、もうひとり黒髪の女性がいて、
もうひとりの発達が遅れた子の
膝のあたりに毛布をかけてやっている。
私はスペイン語をひとつ思い出す。
私の息子はどこ？
若い女性が教えてくれる、
あなたの子どもは車外に連れ出されたと。
また列車は動きだし、速く走る。
客車の砂は私の膝まで上がってきた。
窓の外には、砂漠が地平線まで広がっている。
終わりのない砂丘のどこかで
歩行器すらないのに、
息子はひとりでハイハイをする。
毎朝私たちは
この列車の乗客となって
離ればなれになるまで乗っていく。

——エレーヌ・ファウラー・パレンシア

〝障がい〟ということばは、足首が悪くて長く歩けない高齢者や、手足を失った退役軍人に用いられる。

また、昔なら知的障がいがあると見なされた人たちにも、知覚器官が著しく損なわれたすべての人々にも用いられる。一方、〝重複障がい者〟は、障がいか疾病をふたつ以上もっている人、〝重度障がい者〟は、かなり重い障がいを抱える人を指す。〝重度重複障がい者〟（ＭＳＤ）とは、数えきれないほど重い障がいをもつ人のことである。ＭＳＤのなかには、体を意のままに動かすこと、歩行、ことばによる思考はもちろん、自己認識すらできない人がいる。姿形はほかの人とさほど変わらないのに、自分の名前を憶えられず、愛情表現もせず、不安や喜びといった基本的な感情を表さない人もいる。口から栄養をとることとさえできないこともある。

しかし、彼らも人間であることは動かしがたい事実だ。そして多くの場合、彼らを愛する人がいる。こうした子どもたちに対する愛情には、見返りを求める気持ちは微塵（みじん）もない。親たちは、詩人リチャード・ウィルバーの詩句に言う〝理由があって愛すること〟をあえて拒んでいる。その子が何かをなしとげたからでなく、ただその子がいるだけで美しい感情や希望が生まれてくるのだ。たいていの場合、親であることとは、わが子を変え、教育し、向上させるという難事業だが、幾多の重い障がいをもつ者は、自分以外の何者にもなれないかもしれない。それでも親として、わが子の将来のことばかり思いわずらうのではなく、ただそこに存在するわが子を受け入れることには、否定しがたい純粋さがある。

定義が明確な単一の障がいと比べて、基準があいまいなＭＳＤの統計はとりにくいが、アメリカでは毎年約二万人がＭＳＤとして生まれている。以前は多くが幼児期を越えて生きることはできなかったが、いまでは医療の進歩によってはるかに長く生きられるようになった。三〇年前なら、親たちは重い障がいのある赤ん坊を断念するよう助言され、たいていは死なせることを勧められたが、ここ二〇年ほどは、子どもを育てて愛すべきだと言われる。それに伴って、子どもが感じているであろう苦痛や、保護者が受ける影響といった視点が抜け落ちたまま、ただ子どもの寿命を延ばすことをつねに優先していいのかという議論も活発になっている。

現在、アメリカのほとんどの州は、ＭＳＤの子どもを介護するために退職した家族に手当を支給し、レスパイトケア、専門職による健康管理、在宅介護などの支援をおこなっている。授業が理解できるＭＳＤの児童は、通常学級に近いかたちでの教育も受けられるようになった。もちろんこれらの行政サービスは、たんなる親切心から提供されているわけではない。人々がより高い機能をもつようになれば、生涯を通じて国の負担も安くすむ。障がい者の就職のために一ドルのリハビリ費用をかければ、社会保障局は予算を七ドル節約できるのだ。

ジェイミーとサム

二〇代初めに結婚したデイビッドとサラ・ハッデンは、ニューヨークで活動的に生活する準備を進めていた。デイビッドは市内でも指折りの法律事務所〈デイビス・ポーク〉で働き、サラはまもなく長男のジェイミーを妊娠した。

だが、一九八〇年の八月、彼が生まれて三日後、インターンがサラの病室に入ってきて言った。「息子さんが真っ青になってしまいました。どうしてかわかりません」。医師たちは悪いところは何も見つけられぬまま、ジェイミーの呼吸停止を感知できるアラーム装置を家族に渡し、家に帰らせた。警報器は鳴ることなく、デイビッドとサラは、赤ん坊はだいじょうぶだと思った。

担当の小児科医が、ジェイミーの頭が正常な成長曲線で大きくなっていないと言い、幼児期には伸縮性のある頭蓋の縫合線が早めに閉じていないか確かめるためにレントゲンを撮るよう提案したのは、生後三カ月ごろのことだ。縫合線は問題なかった。「ふたりで『よかった！』って声をあげたわ」とサラは振り返った。「ジェイミーの頭部が成長していないという事実は無視して」

数週間後、夫婦は担当医から神経科の受診を勧められ、言われたとおり〈コロンビア長老派教会医療センター〉を訪ねた。すると神経科医は、ジェイミーの網膜にごま塩状の色素沈着があると告げた。「お子さんには特大の問題があります。もしこれから子どもをつくる計画があるなら延期すべきです。この子は目が見えず、おそらく知能障がいもひどく、長くは生きられないかもしれません」。デイビットとサラは、無言のまま診察室をあとにした。

翌朝、サラはデイビッドに言った。「どうしてこんなことを言うのか自分でもわからない。でも、ジェイミーに洗礼を受けさせなければと強く思うの」。ふたりはもう何年も教会に行っていなかったが、電話帳で近くの教会を見つけた。「あのときには理由がわからなかったけど」とサラは言った。「でも、ジェイミーにも魂があることを認めたかったんだと思う。誰かに頭をなでられて、『神様のなさることはわからないから』なんて言われると無性に腹が立つ。たしかに人生は不可解だけど、どこかの神様が何かの理由でこの状況をもたらしたなんて思わないから。それでも、私たちは教会に心の安らぎを見いだしたの」。デイビッドが続けた。「サラがジェイミーの洗礼を願ったあの日が、ぼくたちの新しい始まりだった」

とはいえ、サラがその時点で了解していたのは、ジェイミーの目が見えないことだけだった。精神遅滞は視力を失っているからであって、脳そのものが成長していないとは思っていなかった。神経科医の診察から一カ月後、夫妻はジェイミーを脳波検査に連れていった。検査技師は頭蓋に穴を開けて電極を差しこもうとした。「ぼくらは、そのとき人権派になった」とデイビッドは言った。「『くそっ、やめろ！　うちの子にそんなことするな』と叫んだんだ。初めての経験だった。ぼくはいつもルールにしたがうおとなしい人間だったからね。ジェイミーのおかげで、まえよりずっとましな弁護士になれたよ。弁論術の対極にある、情熱がほとばしる人権派としての技量を磨くことができた。目立つのは苦手だったのに、取材も受けた。それも人権擁護の一環だったから。そうしてジェイミーは、初めて病院を訪れたあのときから、この世界のパイオニアになった。とても誇りに思っているよ」

ジェイミーは、二歳のころにはどうにか体を起こして座ることができたが、三歳になるとそれもできなくなった。一一歳までは寝返りを打てたが、いまはもうできない。話すことも、自分の口で食べることもできない。排尿も最初はできたが、すぐに関連する神経がはたらかなくなり、尿道カテーテルがずっと挿入されたままだ。

「ジェイミーの知的障がいがわかったときは怖くなったわ」とサラは言った。「ヘレン・ケラーのようになれるだろうかとも思った。もし解決の鍵が見つかれば、もし彼の掌に文字を書きつづければ、話せるようになるのだろうかと。学校の先生たちは私を励まして、口々に『そう、そうだよ。やるべきことはそれだ。やればやるほどいい。彼の可能性を最大限に引き出そう！』なんて言った。それはある意味ですばらしい応援だったけど、別の意味では私にひどい罪悪感をもたらしたの」

ジェイミーの医師たちは、彼のような病気はかなり特異なケースだと確信していた。そこでハッデン夫妻は、ジェイミーが四歳のころ、また子どもをつくることにした。娘のライザは完全な健康体で生まれてきた。さらに四年後、夫妻はいつか兄の世話をするライザの手助けとなるきょうだいがいたほうがいいと考え、サムが生まれた。

だがある日、サラが生後六週間のサムをベッドに寝かしつけていると、いきなり息子の体がピクピク動きだした。サラは発作だとすぐ気づいた。

「診断が確定すれば、病の見通しもつく。見通しがつけば、より大きな安心が得られる」。そう思ったが、ふたりの男の子の症状が同じだとすぐに判明しても、診断はつかないままだった。ハッデン家は、病院の機関誌やエクセプショナル・ペアレント誌などに告知を出し、似た症状の子どもを探した。また、ニューヨーク大学病院やボストン小児病院、〈マサチューセッツ・アイ・アンド・イヤー〉診療所などで、兄弟を検査してもらった。世界的に有名なジョンズ・ホプキンス病院の医師たちとも連絡をとり合った。それでも、ジェイミーとサムに見られる一連の症状は特有らしく、何が最良の治療法なのか、病状はどこまで悪化しているか、そしてふたりがどれほど生きられるか、誰にも予見できなかった。

サムは、ジェイミーよりさらに脆弱だった。骨がもろく、両脚は何度も骨折をくり返し、最終的には背骨すべての脊椎固定術を受けた。ジェイミーよりもかなり早くから胃ろう［訳注：チューブで胃腸に栄養を送る］をしていたが、いつも吐いてばかりいた。二歳のときには発作が止まらなくなって病院で六週間すごした。入院したとき、サムの認知能力はジェイミーを上まわっていたが、その六週間で失われてしまった。サラもデイビッドも途方に暮れた。

「支援を求めなさいとよく言われた。でも、あまりにも大きな助けが必要だったので、圧倒されて、支援を頼むことさえ思いつかなかったの」とサラは言う。ライザに、サムもジェイミーと同じようになるだろうと話すと、「サムなんかいらない、別の赤ちゃんをつくって」と言われた。聞くのがつらいことばだった。サラもちょうど同じことを考えていたからだ。「うつ状態だったから。サムを愛していないからじゃない。あのころの一日の目標は、洗濯物の山を片づけることだった。それさえ、毎日できたわけじゃなかった」。サムの診断から数カ月して、サラはどん底に落ちた。「キッチンの床に座りこんで自分に言い聞かせた。息子たちとガレージにいって、エンジンをかけて一酸化炭素中毒でいっしょに死のうって」

しかし、喜びもあった。「もし同じ病気がくり返される可能性を知っていたら、リスクはおかさなかった。それでもやっぱり『つらいことは忘れてしまえばいい』と言われたら、忘れたくないと返したいわ。サムのときには、ジェイミーでやり方がわかっていたから、子育ての不安はずっと少なかった。サムのほうが人から愛されやすくて。ジェイミーはファイター、自分の権利のために立ち上がる闘士ね。サムはとにかく丸くなって甘えてくるの。私がいつも思い浮かべる彼のイメージは、ウッディ・アレンが映画『スリーパー』のなかで抱いていた、あの愛の球体よ」

デイビッドも同意する。「サムがまだ小さいころ、どこかでサラと踊っているすてきな写真があるんだ。本当に立っていて、サラといっしょにロックンロールを踊っている。いつよろけて倒れてもおかしくなかったけど、まるでフレッド・アステアとジンジャー・ロジャーズだった。ふたりに魔法がかかっていた。目が見えず、知能の発達が遅れていて、言語を用いない、歩行不能のひとりの人間がまわりに与える衝撃には、まったく驚くよ。あの子は、近寄りがたい人たちの心さえ開いて、その琴線にふれる。ぼくたちの人生の大切な一部なんだ――サムが多くの人の心を動かす様子にいつも驚かされたことが」

ジェイミーが九歳になるころ、サラは浴槽から彼を引き上げようとして椎間板ヘルニアになった。子どもが三人とも水疱瘡にかかった。息子たちはオムツをしているから、取り替えるのがひと苦労だった。「専業主婦には全員、メダルを進呈したい」とデイビッドは言った。「でもサラの働きは、パープルハート勲章（名誉戦傷章）一六個分に値したよ。サムは発作が起きたら病院に直行だったし、四歳の姉もいる。そしてまったく先が見えないジェイミーも。状況はぼくらの能力を超えていた」

一九八九年六月、ふたりはジェイミーが施設に短期入所する許可をとりつけたが、そこは大人のための養護施設で、コネチカット州北部にある家からほぼ四〇分かかった。デイビッドとサラは、州に対して、大型施設から地域ケアへの切り替えを求める集団訴訟に加わった。「ジェイミーは精神保健局の面目を失わせた。八歳の子に、病床数六〇の大人の施設しか提供できなかったんだから」とデイビッドは誇らしげに言った。

州との攻防がハートフォード・クーラント紙の日曜版の付録雑誌に掲載されたとき、表紙を飾ったのはジェイミーの写真だった。そして一九九一年、ハートフォード知的障がい児童協会（ＨＡＲＣ）がグループホームを開設した。ハッデン家は、サムもそこへ入居させることを決めた。夫妻は毎日ホームを訪れた。ライザは小学一年生になり、男の子ふたりが家にいなくなったサラは、息子たちには体にふれることが最高のコミュニケーションになると考え、マッサージスクールに通うことにした。そして一五年間、マッサージ療法士として働いた。

事故が起こったのは、サムがグループホームに入居して二年後のことだった。定時の入浴で、担当スタッフはサムから離れてはいけないことになっていたのに、彼の薬を取りにいった。しかも通常、バスタブに備えつけのイスにサムを座らせ、腰に安全ベルトをかけて入浴させるところ、そのベルトを締め忘れたか、ベルトのマジックテープがはがれてしまった。彼女が持ち場を離れたのは三分にも満たなかったが、戻ったとき、サムは浴槽に沈んでいた。オフィスで連絡を受けたデイビッドは、すぐサラに電話をかけた。サラはライザを車で寄宿学校へ送る途中だった。三人は救命救急室で落ち合った。「医師が入ってきたときの表情でわかった」とデイビッドは言った。「サラとぼくはショックで呆然とした。ライザは誰かのミスだったとわかって、いきり立った」。サラも言った。「私たちは子どもの死を願うようなことを話していたくせに、いざそれが現実になりかけるとパニックを起こした。でも、サムには最善の結果だったと思う。あの子がいない寂しさはひとしおで、破滅的な喪失感を味わっているけれど、あの子は長くつらい闘いをしてきたから、かならずもっといいところに行ったはずよ」

その夜、一家はジェイミーに会いにホームに行った。そこには、サムを浴槽に置き去りにした介護人がいた。「彼女はショックを受けてソファで泣きじゃくっていた」とサラは言った。「だから私は彼女を抱きしめて、『マービカ、私たちの誰がやってもおかしくなかったのよ』と言ったの。彼女はサムをひとりにすべきではなかった。でも、つねに注意を怠らないのはむずかしい。人はみな失敗ばかりしている、いつだって。もしサムがうちにいたとして、彼を浴槽に入れたまま私がタオルを取りにいかなかったとは言いきれない。資格のある人を雇ってこういう仕事をしてもらうのは、とてもむずかしくて、お金もすごくかかるから。ミスを犯したことで人を訴えて、どんな役に立つ？　割の合わないこの分野の仕事に、ほかの人が志願するのをやめさせるようなことはしたくない。それに、ジェイミーがいるから、ホームには通いつづけなければならないし。彼らは私たちの人生を救ってくれた──昼も夜も息子たちの面倒をみてくれたんだから」

その介護人は過失致死罪で起訴された。「ぼくたちは検察官に、『私たちの願いは、この件をこれ以上追及しないことです』と言った」とデイビッドは振り返る。「『この女性は仕事を失おうとしている。こうした職業につくことはもうないでしょう。この問題は本質的に解決しています』と。ぼくたちはふたりとも、思いやりと心の癒やしができるだけ早く始まってほしかった」。マービカは最終的に執行猶予つき五年の判決を受けた。執行猶予の条件のひとつは、今後直接的な介護業務にたずさわらないことだった。デイビッドは判決のあと、サムの涎(よだれ)かけに使っていたバンダナを彼女に渡した。「そうしたらマービカは泣きだして、苦しそうに叫ぶ声が裁判所の大理石の廊下に響いた」

サムの葬儀のビデオテープに保存されているのは、まれに見る愛情のやりとりだ──それはサムのみならず、デイビッド、サラ、ライザ、そしてジェイミーに向けられていた。「サムの死を想像したことがある」とデイビッドは語った。「そのときはほっとするだろうと思っていた。そのとおりだったよ。でも、鋭く激しい喪失感もあった。時計の針を巻き戻してサムを救ってやれるなら、この右腕を失ってもいい。そんなふうに感じるとは思ってもみなかった」。四年後、ふたりはようやくサムの遺骨を埋葬した。サラが別れのことばを告げた。「私はふたつの怒りをここに埋める。望んだ子どもを奪われた一度目の怒りと、愛した息子を奪われた二度目の怒りを」

私が初めてジェイミーを訪ねたとき、彼は二〇代前半で、一見して生気に欠けている印象だった。部屋はとてもきれいだった。額縁入りの写真やポスターが壁を飾り、ベッドにはしゃれた柄の掛け布団、クローゼットのなかには目を引くような服がかかっていた。目が見えないのに視覚的に美しいものをそろえていることに私は違和感を覚えたが、サラは言った。「これは敬意の印。それにジェイミーの世話をしてくれる人たちに、私たちが息子を愛していること、彼らにもそうしてほしいことを伝えているの」。背が高く骨格も大きいジェイミーは、滑車装置で体を持ちあげて、ベッドから出たり入ったりしなければならない。彼が快適でいられるようにするのは大仕事だが、私は最初、本人としては、不快さは感じても心地よさは感じられないのではないかと思った。しかし、サラ、デイビッド、ジェイミーといっしょにその部屋にいると、揺らめく慈愛の光が見える気がしてきた。「サムが死んで、ジェイミーは穏やかになった」とサラが私に言った。「でも、変わったのは私たちのほうかもしれないわね」

のちに何度か訪ねるうちに、ジェイミーが目を開けてこちらを眺めているように見えることがあった。彼は泣いたり、微笑んだり、ときには笑っているような声を急に発したりする。主たるコミュニケーションはボディタッチなので、私は自分の手を彼の肩に置くようになった。ライザは二週間の休暇をとり、もしかしたらジェイミーが理解するかもしれないと、『ナルニア国物語』を読んで聞かせた。彼の現実にはあまりそぐわない行為だが、それでも妹がそばにいてその声が聞こえれば、ジェイミーは落ち着けるのかもしれない。ライザにとっても、ジェイミーという人間の本質を知るのはいいことだろう。「よく見られようとか、何かをなしとげようとか、成功しようとかせずに、ありのままのひとりの人間でいるということなんだ」とデイビッドは言った。「純粋な存在で、完全に無意識のうちに、人間とは何かということを示している。そう考えると、こっちにも対処できる力がみなぎってくるんだ」

サラは、グループホームの職員が組合をつくってストを決行したとき、心境をこう語った。「あの人たちの希望や要求は強く支持するけれど、たやすく持ち場を離れてしまうのは悲しかった。彼らにはジェイミーを愛してほしかったし、私と同じくらい、彼を見捨てるのがむずかしいと感じてもらいたかった。みんな仕事をしっかりしているし、ジェイミーにも好意をもってくれている。でも、彼を愛してはいない。だから信頼はできない、とくにサムの怖ろしい事故を考えると」

数年後、ジェイミーはまえより少し遠くのホームに移っていて、サラが手紙を書いてきた。「ミドルタウンまで行くのは、ホエールウォッチングに出かけるような気分です。ホームに着くと、ジェイミーはよく昼寝をしていて、『一時間前に来てもらえばよかったのに。彼はとても楽しくすごしてましたよ！』といった報告で我慢するしかありません。もっと悪いときには、ジェイミーが不快を訴えてその原因を探ろうとしているところを、不安の波に揺られながら見守ります。二週間前にはすばらしい体験をしました。ジェイミーが眠りの底から〝浮かび上がる〟のを待っていたとき、彼が生きる喜びを感じているのがわかったのです。そういう瞬間がまたあるといいのですが」

サラとデイビッドは、ふたりの結婚生活についても語った。一方が暗い場所に落ちこんだかと思うと、次にまた一方が落ちこんだりするが、ふたりは交互に支え合っている。「相手を引き上げるのはたいへんだけど、それはパートナーだから当たりまえだ」とデイビッドは言った。ちょうど彼らはゲシュタルト療法を始めたばかりで、クレヨンで自分の年表を書くという最初の課題をしていた。「いろいろ書きこんで、三人の子どもが誕生した年まで来たら、涙があふれて、それ以上書けなくなったの」とサラは言った。「悲しみがたくさんありすぎて、何も感じる余裕がなかった。毎日をどう乗りきるかで精いっぱいで。とにかく生きていくために、多くのことをのみこんでこらえていたわ」

アラン・O・ロスは、著書 *The Exceptional Child in the Family*（家族のなかの特殊児童）のなかで、親は「いつか子どもが自分の社会文化的な業績を超えるか、せめて同程度になってほしいと、心のどこかでかならず期待している」と書いた。「わが子が自分のイメージに合わないとき、親が現実に合わせた態度をとるには助けが必要になることが多い。親は理想の〝子ども像〟と現実の〝わが子〟との不調和にうまく対処しなければならない」

親のストレスの度合いは、子どもの障がいの重さよりも、自分の感情を処理する能力や、その子を除いた家族間の人間関係、周囲の目をどれほど重視するかなどに関連している。家族の収入、子どもに向き合える時間、家族以外の支援も大きく影響する。知らないあいだに蓄積するストレスの最たるものは、友人から避けられたり、逆に彼らの憐れみや無理解から逃げたりして、社会から孤立してしまうことだろう。健康な子どもが生まれると、両親の社会的なネットワークは広がるものだが、障がいをもつ子の誕生はそのネットワークを狭める場合が多い。

母性的愛着について、第一人者のスーザン・オールポートはこう述べている。非障がい者の場合、「親は無力な子どもを養育するのではなく、子とともに注意深く歩調を合わせ、過酷な淘汰（とうた）を生き延びる繁殖と生存のダンスを踊る。赤ん坊は生まれつきそのステップを知っているが、すべての社交ダンスの踊り手と同様に、パートナーなしでは踊れない。親も、ホルモンの作用や出産行為によって親らしい行動の準備は整っているが、それを継続するには適切に反応してくれるパートナーが必要だ」

この考え方は、愛着に関する論文にくり返し登場する。「いかなる哺乳動物においても、母性的愛着は断片的に現れ、慢性的に外部からの影響を受けやすい」と進化生物学者のサラ・ハーディは述べている。「養育という行動は、少しずつ引き出され、補強され、継続されなければならない。また、養育それ自体を養い育てなければならないのだ」。この分野のすぐれた論文選集 *Handbook of Attachment*（愛着への手引き）のなかでも、キャロル・ジョージとジュディス・ソロモンが、母性的愛着は「直線的な一方向だけの作用というより、相互のやりとり」だと指摘している。であるなら、頻繁に訴えるのは食欲や苦痛くらいで、空腹や不快感が和らげば満足を示すＭＳＤの子どもとは、どんなやりとりをすればいいのだろう。

とはいえ、実際にはＭＳＤの子どもに親の多くが愛着をいだいている。一般に、親は子どもがかわいいから愛しているのだと考え、子どもは親が自分を育ててくれたから愛していると考えるが、多くの子どもが、面倒をみてくれなかった親を愛し、多くの父親や母親が、手の焼けるわが子に魅せられている。小児科医のキャリー・ノールは、全前脳胞症と診断された娘をもつ夫婦について語っている。この病気の患者は、脳の成長が止まり、人間のもっとも原初的で自律的な機能をかろうじて維持しているだけだ。「娘はふつうの赤ん坊だという両親の態度は揺るがなかった」とノールは書いた。その子は生後わずか数週間で亡くなった。「お悔やみを伝えるために夫婦に電話をすると、ふつうの親とまったく同じように、娘の死を心から悼んでいた。ふたりにとって、彼女はたんに自分たちの娘だった」

メイジー

娘のメイジーが生まれた日、ルイス・ウィンスロップと妻のグレタは喜びに包まれた。次の夜、メイジーは授乳のあと、母親の胸で眠っているように見えた。看護師が赤ん坊をそっとしたまま部屋から出ようとすると、難産のせいで体調がすぐれなかったグレタは呼びとめて、「この子を連れていって」と言った。そのとき、明るい廊下に出た看護師は、赤ん坊が真っ青になっていることに気づいた。メイジーの発作は、それから二四時間続いた。酸欠のために発作が起きたのか、それとも発作が原因で呼吸が止まったのか、はっきりわからなかった。とにかく発作が治まるまでに、メイジーの脳幹は大量に出血していた。出血は病気の症状のひとつかもしれないし、病気の原因かもしれなかった。「どっちつかずの状態が果てしなく続いたんだ」とルイスは私に言った。「完璧な健康と瀕死とのあいだで。たんに眠っているのではないと、もっと早く気づいていたら……まあでも、無理だったと思う」

ルイスが医師に、メイジーはよくなるかと尋ねると、医師は「私なら無理してハーバードには行かせませんね」と答えた。ルイスとグレタは憤慨した。「娘が将来、重い知的障がいを抱えることを、そんな言い方で伝えられるとは思わなかった」とルイスは言った。ふたりは続いて聴覚学者と会い、メイジーは耳が少し不自由になるだろうと言われた。「私は感情をあらわにするほうではないが、話を聞きながら涙が流れた」とルイスは言う。「その先生は、『タフにならなければとても乗り越えられないでしょう。娘さんもそうです。自力で強くなれないなら、彼女のために強くなってください』と言った。私は気を引き締め、泣くのをやめて、『そう、強い人間にならなければ』と誓った」。それでも、ほかの親たちに避けられて、彼は傷ついた。「障がいを抱えた子どもとセントラルパークに行ってごらん。ほかの親は完全に無視するよ。こちらにやってきて、子ども同士を遊ばせるなんて思いもよらない。気持ちはわかる。私もメイジーが生まれるまでは、公園にいるそんな人たちのひとりだったから」

ルイスとグレタはもうひとり子どもをつくり、その娘ジニーンは健康に育った。「メイジーのことがあったから、ジニーンに対する接し方は独特だった」とルイスは言った。「メイジーのことで精も根も尽き果てて、ジニーンに充分手をかけていないのではないかと心配で。でも一方で、いっそうジニーンが奇跡だということがわかるし、彼女のするどんな些細なことにもワクワクする。健全な発育が当たりまえではないとわかっているからだね」

悪戦苦闘していても、ウィンスロップ家にはひとつの強みがある。「メイジーのなかに誰かいるのがわかるんだ」とルイスは続ける。「メイジーと少し会っただけの人たちは、変な家族だと思うだろうが、みんなでその生のきらめきを感じとっている。私たちは彼女を愛している。自分がこれほど何かを愛せるとは想像もつかなかった。ただ、私の心にはまだ、幻のメイジー、呼吸を止めなかった彼女がつきまとっている。ほんの一日だけ知り合った、私たちの娘。一、二度だけ、家族みんなにとってメイジーは死んだほうがいいのかもしれないと思ったこともある。それがどこまであの子のいらだちと苦痛を思いやってのことか、どこまで利己的な考えだったのかはわからないけど、白日夢のなかでそんなふうに考えるんだ。ただ、本物の夢のなかでは、メイジーはたいてい元気で、私に話しかけてくるんだよ」

ダウン症の弟がいる哲学者ソフィア・イサコ・ウォンは、「親の人生は、何によって生きる価値のあるものになるか――換言すれば、子育てに捧げた犠牲への見返りとして、親はどんな褒美を期待できるか」と問いかけた。だが、二〇世紀のほぼ全体を通じた一般的な見解は、障がい児のいる家族の努力は報われないというものだった。彼らの偽りのない感情は、リハビリテーション・カウンセラーのサイモン・オルシャンスキーの〝慢性的な悲しみ〟という有名なことばに要約されている。

精神医学界では、フロイトの著作『喪とメランコリー』(岩波書店)の感情的なことばを用いて、そのような子の誕生に、死にまつわる印象を与えてきた。そのため、前向きな感情を示す親たちは、怒りや罪悪感、そして子どもを傷つけたいという強い願望を隠すために過剰反応しているのだと見なされた。一九八八年に発表された臨床報告書は、次のように結んでいる。「発育障がいにかかわる研究者およびサービス提供者の意見によれば、家族は全員、ときに慢性的な悲しみを感じながら、途切れなく深刻な危機的状況に巻きこまれている。よって、家族支援の課題は、彼らを包みこむ致命的な悲劇の雰囲気を改善することにある」

ウォンの問いに対する答えは、それぞれの家族で異なるだけでなく、時代とともに変化する。本書(全三巻)が扱うほかの集団と同じように、重度障がいの子どもがいる家族たちも急激な社会的進化をとげていて、〝致命的な悲劇の雰囲気〟もいくぶん減ったようだ。複数の研究によると、障がい者の親のまわりにいる人々は、親が自己申告以上に大きなストレスを感じているはずだと考える。障がいは、その実態を想像するしかない人々にとっては途方もないものに思えるからだろう。だが、すでに生活の現実となった多くの人にとっては、そこまで怖ろしくはない。同様に、重い障がいのある子どもの養育は、多大な労力を要する仕事であっても、最終的には毎日のルーティンになりうる。もっとも、ダウン症や自閉症、統合失調症と同じように、子どもをどこに住まわせるかという問題は相変わらず大きいが。

重度の障がい者は、急に危篤になったり、怖ろしい発作を起こしたりする可能性はあるものの、介護の大半には一定のリズムがある。人は、なんであれリズムを有するものには順応できるので、満足のいく看護は可能だ。激しいストレスでも強さが一定であれば、さほど強くなくても不安定なストレスより対処しやすい。ダウン症の子をもつ親のほうが、統合失調症や自閉症を患う子の親よりくつろいだ時間をすごしやすいのは、こうした理由があるからだ。ダウン症の場合、日々の状態はほぼ一定だから、介護の負担も日によって大きく変わることはない。だが統合失調症では、どんな奇矯な行動が飛びだすかわからないし、自閉症はいつメルトダウン［訳注：泣き叫ぶなどのパニック発作］を起こすか予測できない。

リアム

ポールとクリス・ドノバンは一九九〇年代なかばに結婚し、ポールがハイテク部門で働けるようにとサンフランシスコのベイエリアに移り住んだ。まもなく、クリスはリアムを懐妊した。出産は無事に終わった。体重は三六三〇グラム。だが、目を開けないことを不安に思った医師たちが調べてみると、赤ん坊の眼球はエンドウ豆ほどの大きさしかなかった。「そこから私たちの人生の下り坂が始まったの」とクリスは振り返った。リアムの腸管はふさがっていて緊急手術がおこなわれ、一週間とたたないうちに心臓も手術が必要になった。その後は血栓症を起こして危うく死にかけた。結局、生後六週間を迎えるまでに大手術を六回受けた。治療代は一〇〇万ドル（約一億五〇〇〇万円）を超えたが、ポールの入っていた手厚い保険で支払うことができた。

「目が見えなくなること以外には、よくなるのか、だいじょうぶなのか、どうなってしまうのか、何もわからなかった」とポールは言った。「特別な支援を必要とする子どもの場合、子育てのひとつの目標は、その子が自分の潜在能力を発揮するのを手伝うこと。だから、秘めた可能性が実際にわかればとても助かる。なのに、何もわからなかった。ある意味では最低だったよ。目標をめざそうにも足の踏み出しようがなかったんだから。それでも、ある意味ではすばらしい。努力を続けていけるから」

どのような障がいであっても、親の身勝手で根拠のない期待は有害であり、明確な診断のほうが役に立つ。ジェローム・グループマンは、ニューヨーカー誌にこう書いた。「ことばは、医師が聴診器やメスを使う技術と同じようにきわめて重要である。医師が発するあらゆることばのなかで、病名は最大の影響力をもつ。それが患者のアイデンティティの一部になるからだ」。暗い将来展望に対する悲しみも、診断不能がもたらす混沌にくらべれば、はるかに耐えやすい。道筋がはっきりすれば、人はたいてい受け入れることができる。知は力なりというように、情報がないに等しい病気に比べれば、暗澹たる見通しの症候群であっても、まだ潔く立ち向かえる。アイデンティティは、確実性から生まれるのだ。

リアムは最終的にＣＨＡＲＧＥ症候群と診断された。多くのＭＳＤの子どもに与えられる包括的な診断名で、Ｃが〝目の欠損症（coloboma）〟、Ｈが〝心臓の欠陥（heart defects）〟、Ａが〝後鼻孔［訳注：鼻と喉をつなぐ気管］の閉塞（atresia of the choanae）〟、Ｒが〝成長や発達の遅滞（retardation of growth and/or development）〟、Ｇが〝生殖器や泌尿器の異常（genital and/or urinary abnormalities）〟、Ｅが〝耳の器官異常と難聴（ear abnormalities and deafness）〟を表す略語である。しかしリアムの場合、目が見えないものの欠損症が原因ではないし、耳の機能は完璧だ。逆に、そこに含まれない症状も有しているが、「どこが悪いのかという疑問に対して、単純な答えがあったほうが便利だよ」とポールは言う。

リアムは食べることを嫌がり、食べさせても吐いてしまった。肺のなかに水分がたまって肺炎になった。鼻からチューブを通して栄養をとっていたが、生後一年間は体重が増えなかった。そのうえ、具合が悪くなると呼吸を止めて意識を失う。それが痛みを教える彼なりの方法で、頻繁に起きた。ポールとクリスは、リアムに緊急心肺蘇生を五〇回もおこなった。ポールが言った。「あるとき親友のひとりから、『いつ子どもを施設に移すの?』と訊かれた。質問した彼には敬意をはらう。心は傷ついたけど、重要な問いだったから。そのとき、施設には入れないぞと決めたんだ。自分でくだした決断だよ。人生にはしかるべき段階がある。リアムだって一八歳とか二二歳になれば、グループホームのようなところに移るだろう。われわれの仕事は、それまで彼にもっとも質の高い生活を与え、なんらかの可能性を開花させることなんだ」

一歳になる直前、リアムの体重はわずか六・四キロだったが、胃ろうをつくってからは、三カ月で三・六キロ増えた。水頭症を緩和するために、体内にはシャント(チューブ)が恒久的に入ったままだった。脳幹が脊髄から圧迫されていたので、外科医は脊髄を削り取って脳幹が動けるようにした。心臓の僧帽弁のひとつが閉じそうになったときには、手術のためにシャントを取りはずさなければならなかった。こうして、リアムは生後一歳半で一五回の手術を受けた。ポールは病院から仕事に出かけ、病院に帰った。クリスは文字どおり病院に住んでいた。彼女は話しながら泣きだした。そして「あのころ、たくさん泣いた記憶がないの」と弁解するように言った。「危険な状態が休みなく続いたから」

はじめのうちポールもクリスも、いつかリアムが歩いて話すことを願っていた。息子が二歳になるころには、彼は永久に問題を抱えていくだろうと承知していたが、ある程度の改善はまだ期待していた。

だが年月を経るうちに、リアムとの生活は厳しくなることはあっても楽になることはないと悟った。「怖くなって泣き崩れたのは一度だけだった。最初の夜にね」とポールは言った。「でも、よその六カ月の子どもが飛び跳ねるのを見たら、ときには涙が流れたりするよ」。クリスも言った。「早期介入を勧める人たちはいろいろ助けてくれるの。私たちの用意ができたら、ぜひ親子のプレイグループに入りなさいとも言われる。けど、私はまだそこでやっていける気がしなくて」。ふたりで最初にリアムの目標を定めたときには三〇ページの文書になった、とポールは振り返る。「でも、二年目には三つに絞った。歩くこと、話すこと、食べることにね」

私が初めてリアムと会ったとき、彼の美しい目はどこか遠くを見ているようだった。クリスはその片方の目を、落ち着かない様子ですばやく眼窩からえぐり出した。そして「これをつくった人は芸術家ね」と言いながら、リアムの眼球をもとに戻した。「ポールと私の目を観察して、私たちの子どもがなりそうな目にしてくれたの。見た感じが美しいだけでなく、あったほうが眼窩のまわりの骨の発育にもいいのよ」

七歳のリアムは車椅子に乗っていたが、周囲の刺激にどのくらい反応しているのかわからなかった。ポールが、リアムの耳元に口を寄せて静かに歌いはじめた。「リアム。すごいリアム。大好きさ、リアム、リアム、リアム、リアム――」。するとリアムが微笑んだ。歌の内容を理解したからか、自分に向けられた親しみに応えたのか、あるいは少し変形した耳をかすめる空気に反応しただけなのか。理由はわからないものの、ポールが自分の子どもを笑顔にでき、そのことがふたりの喜びになっているのはまちがいなかった。

ふつう、わが子に四年間で二〇回もの手術が必要になるとは誰も思わない。数多くの問題に対して何をすべきかは、個々の治療を進めながら段階的に決まっていくが、こんな道を歩んだことのない親には理解しがたいだろう。度重なる手術によって、体には過酷な負担が蓄積されているかもしれない。しかし、ひとつでも手術を拒否するのは残酷な行為に思える。ポールは、ときどき手術に不信感をいだくこともあると認めたが、リアムが心地よさを感じることができるのはいつも実感していたし、ポジティブな反応を示す人間に医学的支援をするのは正しいとも思っていた。「つらい夜を何度も乗りきれたのは、リアムの笑顔のおかげだよ」とポールは言い、生後一歳五カ月のリアムの写真を見せてくれた。栄養を送るチューブを鼻から出して、生死の境をさまよっていたころの写真だ。リアムは本当に微笑んでいた。至福に包まれているようにさえ見えた。

リアムが生まれて数年後、ポールとクリスはもうひとり子どもをつくる決心をした。そのとき、ふたりは出産前の胎児の心臓を画像診断で調べた。もし欠陥が見つかれば、リアムと同じ症候群の可能性があるからだ。とはいえ、いかなる場合でも子どもは育てようと決めていて、検査はたんに心の準備をするためだった。長女のクララは健康体で生まれた。数年後には、末っ子のエラも生まれる。

リアムが成長して体重が増えるにつれ、ポールはますます自宅介護を手伝わなければならなくなり、リアムと数時間の機能訓練をするために、毎日午後五時には帰宅できるよう、負担の少ない仕事に移った。ドノバン夫妻は、制度から、祖父母や親戚から、リアムから、そして彼ら自身から期待できることを学ばなければならなかった。

じっくり考えた末、生活の中心にリアムの障がいを置くのはやめた。「仕事を辞めて、特殊教育を始める親もいる」とポールは言う。「でも、古い世界は終わった。親には親の人生があり、リアムもその大切な一部。ぼくたちの結婚哲学は、まず自分たちが第一ということ。親が健全な結婚生活をおくらなければ、子どもたちだって無理だと思う」。クリスが言い足した。「こういう考えは、親としてけしからんと言う人もいるだろうけど、私もすべてを調べたわけではないし、すべての情報があるわけでもない。

とにかく、もう診断はいらない。これが現実だから」

ドノバン家の自宅でリアムがよくいる場所は、コーヒーテーブルの下だ。テーブルからはおもちゃが、ちょうどもぐりこんだ彼の手に届くように吊してある。ホームパーティに招かれた新しい知り合いが言った。「ねえ、子どもがコーヒーテーブルの下にいるけど、だいじょうぶ?」。そんなとき、ポールやクリスはうれしそうに説明する。質問してくる子どもにも、いつもきちんと話す。『リアムは目が見えないんだよ』と教えるんだ」とポールは言った。「すると子どもたちは、『どういうこと?』と訊く。『いいかい、きみの鼻で何が見える?』。『どういう意味?』。『まさにそれだよ。リアムには感覚さえないんだ。見えるというのがどういうことか、見当もつかない。宇宙のなかで完全な迷子になっているんだ』。すると彼らは親のところに走っていって、『ママ、鼻で何が見える?』って訊くんだ」

七歳のリアムは「美しい精神、充分な知能、もどかしいくらい不充分な肉体」を持っているとポールは語る。ハイハイはできないが、支えがあれば上体を起こして座ることができるし、そのままぴかぴかの木の床の上を進むことさえできる。だからこの家には敷物がない。リアムは筋肉の大半が弱くて役に立たないが、いくつかの腱はしっかりしているので、拳が開かなかったり、脚が伸びきらなかったりする。それでも、大きなボールをそっと投げればキャッチできる。噛むことはできないので、流動食にしなければならない。

彼らと数日すごすあいだに、リアムが泣きだしたことがある。「あんなふうに泣くのは、みんなの関心の中心にいないからさ」とポールが言った。名前を呼ぶだけでも、仲間のひとりだという安心感を与えられるとポールは考えている。リアムは何が起きているか、ちゃんとわかっているとクリスも主張する。「彼の知性の片鱗(へんりん)は、長い時間いっしょにいないと気づかないけれど、先生たちや補助員は、ああしてすねることを好ましく思っている。考えているということだから」。ジョークを言ってやると、リアムは笑う。お気に入りのテレビ番組があるらしく、おとなしく横になって、満足そうに『セサミストリート』や『アメリカン・アイドル』［訳注：アイドルオーディション番組］を見る。ポールは息子をアイスホッケー好きにさせようとしている。「あとから身につく習性もある」と彼は言った。リアムはひとりで服を着られないが、両親が服を着せているときには腕を伸ばすことを憶えた。「アウトプットよりインプットが多いけど、とにかく彼は生きている」

私が会ったとき、リアムは特殊学校に通っていたが、ポールとクリスは、もう少し高いレベルの学習環境を望んでいた。「あの子に障がいがなかったら、どんなことができたかしら」とクリスは言う。しかし、ほかの多くの障がい児の親ほど、ドノバン家は制度と争わなかった。たとえば、リアムに車椅子を無償提供させようと一年間はたらきかけたが、結局は自費で購入した。気に入った家が見つかって買うつもりだったが、その地域にはいい介護人がいないとわかると、充実した福祉サービスが受けられる現在の地区に変更した。

「今週の火曜にリアムがボストンマラソンに出ることはない」とポールは言う。「次の木曜にハーバード・ロースクールに行くわけでもない。もちろん彼の権利のために闘う気はあるし、必要なものは手に入れてやりたい。でも、これまでは協調してやってきた。張り合ったり、ぶつかったりせずにね。ひとりの子の依存状態のおかげで、ほかの子たちの独立心をどう育てたらいいか、多くのことを学んだんだ。娘たちは、やろうと思ったことはなんでもできて、誇らしく思う。のびのびした気持ちになるよ」

ドノバン家には、カトリック信仰が深く浸透している。ポールは毎週日曜に娘たちと教会へ行き、リアムをともなうときもある。リアムのことで最悪だった最初の数年間、ポールとクリスは毎日ミサに通った。「リアムが入院していたころには、それで何かにすがりつくことができた。信仰というよりは儀式に近かったけれど」とポール。クリスも言った。「ひとつの生活パターンだったの。ひどい毎日と穏やかに向き合う手段としての」

ポールは自分を支えつづけるために、一〇項目をリストにした。その一番目は「信仰を守る」。これは、ことばのもっとも広い意味での信仰だという。「宗教心でなくてもいいが、ぼくにはまさにそれだった。神の計画のようなものがあると思う。十字架は何度か倒れ、また立てなければならなかった。それによってぼくの信仰は、現実に即した本物になった」。リアムを礼拝に連れていくことには、社会的な目的もある。「教会に来るのはみんないい子たちだよ。でも、世の中の基準に合わないものがあることを知っておくほうがいい。そのひとつがリアムだ」

ドノバン家とすごした週末も終わるころ、クリスが新年の抱負を達成できてよかったと言った。私がどんな抱負だったのかと尋ねると「じつはあなたが関係しているの」と彼女は言った。「怖くてできなかったことをやろうと決めたの。こうして自分のこと、私たちの人生でいちばんつらかったことを、すべてあなたに話せたわ。これは私なりの社会への恩返しで、いつかぜったいやろうと決めていた。それができたからうれしいの。おかげですべてしっかりと話せた。これまでどれほどつらかったか、どれほどとてつもなく息子を愛しているかがわかったわ」

障がいのある子どもをもつと、孤立しやすい一方で、新しいネットワークとも出会える。ここ数十年で支援も進んでいる。障がいのある子を育てると、夫婦の関係は否応なしに明白になるから、互いが本物の親密さで結ばれていない場合、子育てはかなりつらくなる。「社会的孤立が深まるにつれて、ポジティブな気分は消え、憂鬱さが増し、愛着心を失っていく」といった研究結果もある。そういうときに救いになるのが、支援団体、人権活動、医療研究会などへの参加で、それによって親はみずからの経験をとらえ直すことができる。子どもの介護者たちと親睦を深めることもできる。厳然たる現実を受け入れなければならない人にとって、前進するただひとつの道は、心のなかの「現実」を修正することである。そのためのポイントは「混沌を解決するのではなく、混沌のなかに美と幸福を見いだす」ことだ。私は、夫が要求を満たしてくれないことに気づいて自分の要求を変えたという友人を思い出す。その夫婦はともに長く幸せな人生をおくった。

まわりからの共感や思いやりがもっとも効果を発揮するのは、「自分と家族のために意義のある人生をいまなお実現できる」という信念がある人だ。そういう人はみな、自分の行動とその結果をコントロールするために、ライフスタイルと自分の優先事項を一致させようと努力する。ただし、そこにはしばしば齟齬が生じる。たとえば、夫や父親としての役割に自分の最大の価値を置きながら、週に一〇〇時間働く人のように。ところが、逆説的だが、障がい者の親は自分で自分をよくコントロールできている。外的状況をコントロールできないことを、きっぱりと、ポジティブに容認しているからだ。たいてい実現にいちばん重要なのは、己の経験を超えた大きな存在を信じることである。その最たるものは宗教だが、神以外にも信じる対象は数多くある。人間の善性、正義、あるいはたんに愛でもいい。

ただ、ここには卵が先か鶏が先かという問題がある。つまり、ポジティブな経験がポジティブな考えを生んでいるのか、それとも逆に、ポジティブな考えがポジティブな経験を生んでいるかがわからないのだ。ポジティブな考えが強い親や障がいの研究者のなかには、すばらしい行動の数々を称えるあまり、障がい者を育てることは意義深いだけでなく、ふつうの子どもの養育より望ましいという印象すら与えてしまう人がいる。障がいをもつ子があたたかい団欒の中心となって、家族の歌の輪に囲まれてでもいるかのように。苦悩を崇高なものととらえるのもひとつの有効な対処法ではあるが、このような感傷的な思考は有害だ。子育てに苦労している親たちの数多の苦しい経験の上に、挫折と罪悪感を積みあげてしまう。もちろん、そうした極端な美化も、障がいに対するひどい偏見の歴史を振り返れば無理からぬことではあるが。

マックス

マックス・シンガーが生まれたとき、片方の目は左側に寄ったままで、もう一方の目は瞳孔が開いていた。両親のスザンナとピーターが最初に息子を連れていった神経科医は、ニューヨークの小児神経科の第一人者を紹介した。そしてその医師は、マックスを診察すると、ピーターのほうを向いて言った。「きれいな奥さんとうちに帰って、また赤ちゃんをつくったほうがいいでしょう。この子からは何も期待できません。これから彼が歩いたり話したりするのか、私にはわからない。あなたのことが認識できるのか、体が機能するのか、考えることができるのかも」。医師は、マックスの病気はダンディ・ウォーカー症候群だと言った。脳の先天性異常で、小脳とそのまわりの液体部分にも異常があるという。その後、ほかの医師たちがさらにくわしく診断し、ダンディ・ウォーカー症候群の特殊型であるジュベール症候群だと言ったが、新しい検査の結果、ジュベール症候群ではないことが判明し、現在の担当医は診断をより広義のダンディ・ウォーカー症候群に戻している。「でも、ここまで来ると、たいしたちがいはないわ」とスザンナは言う。

彼女にとって人生最悪の日は、最初に病名を知った日だった。「すぐに異常が見つかったことが、私たちにとってよかったのかどうか。だって、それであの子に愛情をいだくのに時間がかかったから」。次にシンガー夫妻はマックスを神経眼科医に連れていき、目の異常を調べてもらった。その医師はマックスの目が見えていることは確認したが、ほかの問題はすべて未解決だった。「最初の先生は、彼が植物状態になるだろうと診断した」とスザンナは言った。「なのに次の先生は、軽い知的障がいが出る可能性があると。そんな診断ばかりで、結局どうなるのか私たちには予測がつかなかった。何が起きているのかは死後解剖をするまでわからないでしょうとまで言われたのよ。明確な予想ができずに生きていくのは、とてもむずかしいわ」

マックスが小さいうち、スザンナは人前で彼の障がいを話題にしなかった。「病気がどうなるのか、はっきりしていなかったから。もしあまり目立たない障がいですむのだったら、みんなに知られているってマックスが気にするようなことは避けたかった」。スザンナはアーティストのエージェントをしていて、ソル・ルウィットやロバート・マンゴールドなど、多くの名だたる芸術家と契約していた。「美術業界のイベントに、あの子は連れていかなかった。隠しつづけたの。いまは秘密にしたことを後悔している。ふたりにとって寂しいことだったわ」

マックスが生後三カ月のときに、シンガー家はベロニカというトリニダード人の乳母を雇った。彼女は以後二〇年間、一家と生活をともにした。「ベロニカは三人目の親みたいな存在、いや、それ以上だった。いつでもマックスのそばにいて、決して忍耐を失わなかった。もしマックスが私たちかベロニカのどちらかを選ばなければならなかったら、彼女をとっていたと思う」

シンガー夫妻は忠告にしたがって、もうひとり赤ん坊をつくろうとしたが、流産が続いた。それで養子をとることにした。ある日、養子の斡旋業者と打ち合わせをしているところへ、ベロニカから、マックスが熱を出して学校を早退したという連絡が入った。スザンナは彼を医者に連れていくために、打ち合わせを中座した。「マックスは、障がいを別にすれば体調が悪くなることはあまりないの。実際、とても健康よ。でも、マックスにかなり労力がかかるから、もうひとりは育てられないだろうと斡旋人が言って、養子は認められなかった。その子にしても、マックスみたいな兄をもつのはむずかしかったかもしれないけれど、ふたりにとって有益だったはずよ」

誰かが腕をまわして上体を支えてやれば、マックスは歩くことができる。「自分でもう歩かないと決めなければね」とスザンナは言う。「その場合、あの子は立ち止まって脚を交差させるの。そうなると動かすのは不可能に近い。映画館やテレビのまえに行きたくなると、ほとんど走ってるわ」。マックスはトイレの用は足せるし、左腕と右脚もふつうに動かせる。「本当はもっとできるの。人がやってくれるまで待っているだけで」

ただ、ことばを理解しているものの発話ができない。口が利けずことばもわからないのよりはずっとましに思えるかもしれないが、この組み合わせはストレスになる。理解できるのに反応できないのだから。うなずいたり、首を振ったりはできる。彼が手話を学べないかと、ピーターとスザンナはアメリカ手話協会に二年間通ったが、やがてマックスには手話に必要な動作ができないことがわかった。それでも、身ぶりで〝もっと〟、〝終わり〟、〝音楽〟、〝ごめんなさい〟は表せる。自分の代わりにしゃべってくれる機械は好きではないが、文字やシンボルマークを入力すると音に変換できる会話補助装置を使わせれば、かなり複雑な文章もつくれる。それに、短い単語なら読めるし、名前もフルネームで書ける。

「マックスはほとんどなんにでも興味をいだく」とスザンナは言う。「好奇心のかたまりね。超大型犬を除けば、どんなものも怖れない。適応力があって、まわりから愛されていると感じている。特殊学校ということもあるけれど、仲間はずれにされたり、いじめにあったりしたことは一度もないの。敬遠されるような外見でないことも、大きなプラスだったと思う。正直言って、私はまったく容姿に恵まれていない。でも、マックスは本当にハンサム。とても愛情豊か。口の筋肉をうまく動かせないからキスはできないけど、たいてい強く抱きしめてくれる。ベロニカを囲んでいっしょにいるときには、腕を彼女の肩にまわすのよ。みんなで笑っていても、ベロニカを見て彼女も楽しんでいるか確かめる。そんなやさしい子なの」

マックスは九歳のときに、初めて障がい児のためのサマーキャンプに参加した。スザンナは毎日様子を確認するために電話を入れ、ついには電話を取った参加者のひとりからあたたかい忠告を受けた。「ミセス・シンガー、マックスはとても楽しくやってますよ。ぼくがキャンプに参加するときには、両親はいつもどこかに出かけます。今度検討してみたらいかがですか?」。のちにマックスは、ヘブライ語アカデミーが経営する要支援児のためのキャンプに参加するようになった。シンガー家は信仰厚いユダヤ教徒ではなかったが、支援を必要とする子どものサマーキャンプはたいてい宗教団体が運営していた。「宗教は好きではないけれど、私のためではないし」とスザンナは言った。「毎年そのキャンプに行くと、あの子は信じられないくらい多くを学んで、少し大人になって帰ってくるの」

マックスはかなり社交的で、精神的にも自立している。初めてスペシャルオリンピック［訳注：知的障がい者のためのオリンピック］に行くためにバスに乗る際には、助けようとしたスザンナを押しやった。「誇らしかったわ」と彼女は言った。「自分を世界で最高と思うような人間になってほしかったんだけど、うまくいったわ。ひどく傲慢(ごうまん)なときは、うまくいかないほうがよかったのかと思うこともあるけれどね」と笑った。「支援が必要な子どもを育てるのは、決して楽しいわけじゃない。でも、マックスは私たちに多くの喜びをもたらしてくれた。あの子が生まれて、マックスにとっても私にとっても、成功ということばの意味を変えなければならなくなった。彼の成功は幸せになること、私の成功も幸せになることよ。ただあの子には、もう少し学校の勉強をがんばってほしい。ぼうっとのんびりするより、もっと進んで何かをやりとげてもらいたいの。でも、いずれにせよ、そういう子どもだったのかもしれないわね。基本的な部分で私たちはよく似ているから。楽天家で穏やかなところとか、本質的には幸せで、順応性があるところとかね」

マックスはジム・キャリーの映画が大好きで、ユーモア感覚がある。それに大のクラシックファンだ。「父がたいへんなオペラ好きだったの。私の名前の由来も『フィガロの結婚』のスザンナ。人からもらったチェチーリア・バルトリのCDをかけたら、マックスはすっかり魅了されたわ」。スザンナはマックスをメトロポリタン歌劇場やカーネギーホールに連れていき、バルトリを見せてやった。ハンター・カレッジでおこなわれた彼女のインタビューにも、ふたりで出かけた。サイン会にも行った。「もうグルーピー。バルトリは、フィガロという名の犬を飼っていて、じつは何年もマックスにも親切にしてくれてるの」。バルトリはマックスのために、自分のCDだけでなく、スナップ写真にサインまでしてくれた。

スザンナ自身もよぼよぼの老犬を飼っていたが、マックスが一二歳のときに死んだ。「私とマックス以外は、誰もその犬をかわいがっていなかった。でも、マックスは兄弟みたいに愛していた。あの子がキャンプに出かけようとしていたときに、私が『マックス、ママは新しい犬が欲しい。飼ってもいい?』と言ったら、『イヤだよ、だめ、だめ、だめ』って。そこで私は最後にこう言った。『ねえ、もしチェチーリア・バルトリの名前をもらって、その犬につけるなら?』。返事は『うん、わかった』。それで犬を飼うことになった。オスで名前はバルトリ。いまはバートって呼んでるわ」

私が初めてシンガー一家と会ったとき、マックスは二〇歳だった。「こういった子どもには、思春期はむずかしい時期ね」とスザンナは言った。「かつてそばにいたあの小さな天使はもういない、というか、もうあまり顔を見せてくれない。マックスは女の子たち、とくにきれいな子が大好きだけど、彼女たちにお似合いだとは言えない。友人と呼べるような人たちがいても、友情の絆で結ばれているとは思えない。あの子も自覚していると思う、私たちのような人間と自分とのちがいを。自分がまわりのみんなに頼りきっていることも」

そしてその年の初めごろ、事態は急に悪化した。ピーターもスザンナも理由がわからなかったが、マックスがひどく粗暴にふるまうようになったのだ。ふたりは彼を神経科医に診てもらい、勧めにしたがって薬物治療を始めたが、状態はかえって悪くなった。ようやく、ベロニカが夏の終わりに仕事を辞めたいとマックスに告げていたことがわかった。ベロニカはまだ夫妻にその話をしていなかった。マックス自身には、暴れるわけを説明するすべがなかった。「そこが、マックスのような子どものいちばんむずかしいところ。あの子はものを考えられ、反応でき、愛することができる。でも、私たちと同じ感情をもちながら、思いを口にできない。そこまでひどい不安と悲しみがあるのに伝えられないなんて、私には想像もつかないわ。ただ、ふたりできちんと説明したら、彼も納得してくれた。サマーキャンプから戻ってくるころには、代わりの新しい人も決まり、マックスも彼女がとても気に入って。思ったよりうまく順応してくれて、私たちよりしっかりしているくらいだった。私なんて大泣きしたのに」

ベロニカが仕事を辞めた原因は、二〇年にわたる介護疲れと、マックスが大きくなって彼を物理的に動かせなくなったこと、トリニダードへの郷愁、そしてマックスがいつかグループホームに移されると思うと怖かったからだった。「その話になると、彼女はかならず泣いた」とスザンナは言う。「私は『それがあの子にとって最良の選択だって、あなたもわかっているでしょう』と何度もくり返した。彼女もい、い、い、わかってたの。私は、大学に行く年頃になったらマックスは家を離れたほうがいいと考えていた。四〇代の子どもが年老いた両親と暮らすのを見るにつけ、悲しくなる。私は、そばにいて支えられるうちに、あの子を新たな環境に移しておきたい。ピーターと私に何か起きても、彼が混乱しないように」

マックスのような障がい者を介護できる施設を見つけるのはたいへんだ。たとえ彼が話さなくてもこちらから話しかけたり、彼の理解度を推しはかれるだけの職員がいなければならないのだから。両親はようやくマックスに最適と思われる施設を見つけたが、私が一家と会ったときにはまだ建設中だった。スザンナは、息子のグループホームへの入居について淡々と語った。「あの子が施設に移っても、私の胸に大きな穴があくことはないと思う。彼がキャンプに行っているときもそう。ピーターと私は、マックスがいないときのほうがうまくいくの。週末は介護の人がいないから、もしピーターがゴルフを一日じゅうやれば、マックスと一日じゅういっしょにいるのは私になる。私に用事があるときには、ピーターがそうなる。私たちが空の巣症候群〔訳注：子どもが独立したあとで親が陥る憂鬱症〕になることはないわ。マックスがふつうの子どもだったらかなりちがっていただろうけど。私は、寂しくないことが寂しいの」

健康な子どもの母親がわが子にいだく幻想を耳にしたことがある。いつまでもやさしくて、傷つきやすく、甘えん坊で、思春期には反抗せず、大人になっても離れていかない子でいてほしい、という。だが、願いごとは慎重にすべきだ。子どもが障がいをもって生まれたら、親としての責任は永久に続く。知的障がい者の八五パーセントは、親と同居するか、その監督のもとに暮らしていて、親が動けなくなるか死亡しないかぎり、その状態でいるのがふつうだ。この事実は老いていく親たちに、ひどい不安をもたらす。とはいえ、逆に永続的な目的意識を与えることもある。熱意をもって子育てを始めても、特別な子どもの介護に忙殺されて、中年期以降に絶望に追いこまれる人もいる一方、最初はわが子を養子に出したいと思っていても、次第に親の愛に目覚める人もいるのだ。

障がい者の寿命は伸びつつある。一九三〇年代、施設で亡くなる知的障がい者の平均死亡年齢は、男性がおよそ一八歳、女性は二二歳だったが、一九八〇年には男性が五八歳、女性は六〇歳に達した。ただし、寝たきりの人については、それよりも若い。両親としては、介護の日課に慣れ、子どもと心の絆を結び、誕生前にいだいた健康な子の幻想を忘れるまで、育児初期のストレスは耐えがたいことが多い。しかし、発達障がいの成人と暮らす老いた親たちもさまざまで、ある研究団体の報告では、介護者としての継続的な役割が人生に目的を与えていると感じる親が三分の二近くいて、子どもと暮らすことでかえって寂しくないという親も半分以上いるという。

サムとジュリアナ

一九九四年、ミシガン州アナーバーで書店〈クレイジー・ウィズダム〉を経営するビル・ジリンスキーとルース・シェクターは、うれしい第一子を授かると、その赤毛の男の子をサムと名づけた。サムは元気に生まれたが、その後数カ月のあいだに健康は衰えていった。食欲がなく、筋緊張［訳注：姿勢保持や体温調節の機構にかかわる筋の張力］が足りず、乳児期の正常な発達段階をたどっていなかった。そのため、体を起こして座ることも、寝返りもできなかった。

当初、担当の小児科医はウイルスの影響と考えたが、生後六カ月で神経系と内分泌腺の検査をおこなうと、深刻な疾患が見つかった。その小児科医は、サムは長く生きられない〝予感〟がすると言った。さらに、病気は進行性かもしれず、神経細胞の脱髄［訳注：神経繊維を包んでいる髄鞘という脂質の層がなんらかの原因で変性脱落する疾患］の可能性もあり、それによって感覚、認知、動作などの機能障がいが起きて、おそらくは〝植物状態〟になる、と。くだされた診断は、ルースの手のなかで〝鉛の風船のように〟ずっしりと重くなった。

その後も、ビルとルースは赤ん坊のどこがおかしいのか、全力で突き止めようとした。「半年のあいだ、息子はたんに成長が遅いだけだと思っていた」とビルは言った。「でも週末のある日、彼がまったくちがう人生を歩んでいることを認め、納得しなければならなかった」。ふたりは次から次へと小児科医に連絡をとったが、〝元気な赤ちゃん専門の医師〟から、ほかを当たってくれと言われるだけだった。

だが夫妻はようやく、長いあいだ彼らの味方となる人を見つけた。ルースが病院のリストからある小児科に電話をかけて、看護師に息子の症状を説明すると、「ワインブラット先生はそういう患者さんを愛しています」と言われ、そこからコロンビア長老派教会医療センターの神経科医、ダリル・デ・ビーボにたどりついた。ビルはこう回想した。「『サムはふつうの生活をおくれるようになるんでしょうか。それはまだ可能ですか』と訊くと、デ・ビーボ先生はやさしく、『そうはならないでしょう』と答えた。そのとき、治る見込みのない病気に対処しなければならないと悟ったんだ」

ビルは、姉が脳性麻痺を患っていたので、障がいのある子どもの介護にそれほど不安はなかった。一方、ルースはこう言った。「もしサムが生まれてすぐ診断されていたら、状況はちがっていたと思うわ。あの最初の半年で結ばれた絆は決定的だった。私はすでにサムと深くかかわっていた。はっきり憶えているの、診断のすぐあとで、もう二度と喜びを感じることはないのだろうかと思ったことを。同時に、サムのために自分の人生を捧げたいとも思った。あの子が元気になるなら、自分は喜んですべてを投げ出すだろうと。そのふたつは、本当に心の底から出てきたまったく新しい感情だった」

サムは歩けず、話もできず、食べられず、耳も聞こえなかった。胃ろうから栄養をとり、車椅子を使い、発作も起こした。十歳近くになっても体重は一五キロに満たず、つねに胃からの逆流と痛みに悩まされた。最終的に、彼の病気は診断不能な進行性の神経代謝障がいとされた。「長年のあいだに、サムに会いにきたり、サムの話を聞いたりした親戚のなかには、〝植物人間〟のイメージをいだいている人もいた」とビルは言う。「一九五〇年代的な考えだね。ほかの親戚や友人の多くは、サムのことをちゃんと理解しているわけではないけれど、彼がたんに目を合わせるだけじゃないってことに気づいている。友だちの二割くらいは、サムとじっくり時間をすごして、理解しているよ。まずサムの目をじっと見て、それからゲームをしたり、いっしょに本を読んだりする。サムは、人が意識というものをどうとらえているかを映しだす鏡なんだ」

「サムはあなたが誰かわかっているの？」と訊かれると、ルースは、私だけではなく大勢の人のことがわかっていると答える。それだけではない。サムは色彩豊かなものも好きだ。水に浸かることや、乗馬療法も。「あの子は、馬に乗っているときには笑みを浮かべているよ」とビルは言った。「気分がいいときの彼は、本当に喜びに満ちあふれている」。サムの家族写真のなかに、看護人のひとりが結婚式をあげたときのものがある。サムは彼女から結婚式で指輪を運ぶ役目を頼まれ、車椅子に体を固定して、ふたつの指輪をのせたベルベットの台座を両手で持ちながら式に登場した。「サムはひどい週末をすごしていたの」とルースは言った。「何度も発作があって、大量に薬をのませないといけなかった。でも、通路を進んでいく段になると、すっかりしゃきっとして、晴れやかな顔つきになった。その式が特別なものだとわかっていたのね」

サムの病気は正体不明で、同じことが起きるかどうか予測はつかなかったが、彼が四歳になったころ、ビルとルースはもうひとり子どもをつくることにした。ジュリアナははじめ健康そうだったが、生後四カ月ごろから拒食がちになってきた。五カ月目に夫妻は、ワインブラット先生の診断をあおいだ。

私が初めて一家と会ったとき、ジュリアナはもうすぐ七歳になるところで、症状はサムよりいくぶん軽かった。聴覚障がいは重いものの、まったく聞こえないわけではなく、ひどく苦労はするが短い距離なら歩くこともできた。胃ろうをつくる代わりに、体に負担の少ない経鼻チューブから栄養をとっていた。ルースは、ジュリアナがいつチューブを引き抜いても鼻に戻せるようになっていた。

ジュリアナには発作性疾患がなく、サムのようになんとか健康を保っているというふうではなかった。ただ、七歳でもサムと同じように小さくて、見た目は二歳児くらいだった。「おとぎの国の妖精だよ」とビルは言った。「どこかの惑星からやってきた、明るく愉快な女の子。サムのようにとても繊細で認知的発達はかぎられているけど、感情面は成長しつづけている。いろいろなことに、ふたりとも年齢にふさわしい情緒反応をする——愛や嫉妬、興奮、愛着、悲しみ、同情、欲望や希望もある」

子どもたちが長くは生きないだろうという思いは、ビルよりルースのほうが強かった。ジュリアナは安定していたが、サムの病気は明らかに進行していて、状態は徐々にむずかしくなっていた。平均すると一週間のうちで調子がいいのは二日くらいで、あとは腹痛が数時間続いたり、軽い発作を起こしたり、食べたものを吐き出したりする日が三日、絶望的な状態で付き添わなければならない日が二日だった。「私たちの生活が悲惨そのものでなかったことを、みんなにわかってもらいたかった」とルースは言った。「サムは私にとってすばらしい存在でありつづけた。サムやジュリアナのような子どもを見捨ててしまう人がいても、責めることはできない。きちんと育てるのはとても無理な注文だから。でも、私はぜったい見捨てたくなかった」

毎年夏になると、一家はビルの両親といっしょにロングアイランドの海辺の家ですごしていた。ある年、そこでサムの状態が悪化し、地元の小児科医のところに連れていくと、ニューヨークでは延命治療をせずに子どもを死なせるのは容易だが、生命維持装置をつけてしまうと、取りはずすのはきわめてむずかしくなると言われた。医師のことばに夫妻は憤慨した。「心を踏みにじられたようだった」とビルは言う。「その医者は、ぼくたちがサムにこの世にいてほしいと願っていることを理解していなかったんだ」。そのあと、ビルとルースは長い散歩をした。ルースは、サム本人がどうすべきか伝えてくれるだろうと言った。「たしかにあの子は、どんな基準で見てもひどい障がいを抱えていた」とルースは言う。「けれど、私たちは九年間をともにすごして、彼が心地よさや愛を感じ、自分のまわりに喜びを見いだし、学校生活を楽しんだことを知っていた。だとしたら、そのままサムを送りだすのはフェアではないと思ったの」

数年前に、ビルとルースは養子をもらうことをすでに決めていたが、サムの病状の悪化は、養女が見つかったという通知と重なった。養子の手続きを完了するには、夫妻のどちらかがグアテマラに行かなければならない。ふたりはそれを先延ばしにしていたが、サムが入院して三五日がたち、新しい娘も現地で待っていた。ついに、ビルは病院で待機して、ルースがグアテマラに飛ぶことになった。「行くのは本当につらかった。でもサムは、私が帰るまで待っていてくれた。そして次の日に亡くなったの」

サムが亡くなって二年後、私がビルとルースを訪ねたとき、ふたりはまたロングアイランドにいた。二歳になった養女のリーラは、七歳で一〇キロ足らずのジュリアナよりすでに大きかった。養子をもらう準備を進めているころ、ソーシャルワーカーは、彼らが健常児を養子に迎えるのはたいへんではないかと懸念していたが、この夫婦には当てはまらなかったようだ。

それでも「子育ては決して楽ではなかったわ」とルースは言う。「ふたりのことを絶えず交互にやっているつもりでも、ジュリアナを軽く扱っているような気がしていた。リーラは磁石のようにみんなの注意を集める――ことばが話せて、いろいろやりとりができて、すごく楽しませてくれるから。でも別のときは、ジュリアナに注意をはらいすぎている気もした」。ビルも言った。「たくさんの人たちがリーラに関心を寄せて、ジュリアナはそれを眺めている。休みなく、すべてを値踏みするように、じっとね。注目を集めているリーラをジュリアナが見つめる様子には、こちらもつらくなることがあったよ」

ジュリアナは、サムのように車椅子の生活ではないが、その小さな体は、認知能力の不足と調和がとれていた。ふつうの七歳児なら奇異に思われるようなことでも、二歳足らずの女の子にしか見えないので、とくに変わった印象は受けないのだ。経鼻チューブを別にすれば、ふつうとちがうところはなかった。

ビルとルースは、ジュリアナが話の聞こえないところに行くのを待ってから、あの子はどのくらい生きられるかわからないと言った。ジュリアナは人の話がわかるのですかと私が訊くと、ビルは、一家で神経科医を訪ねてサムの死に関するメモを読みあげたときのことを語った。ジュリアナが突然、泣きだしたという。「かならずしもことばを理解した反応ではなかったけれど、何かを感じ取ったんだね。両親の感情か、場の雰囲気みたいなものを。だからぼくたちは、あの子のまえでは神経質なくらい、気持ちを動揺させることを口にしない。ふつうの認識力のある子どもがいるときと同じようにね。万が一ということもあるので」

ジュリアナは、それから二年後に、サムとほぼ同じ年齢で亡くなった。まず歩けなくなり、次に体のほかの大半が動かせなくなって、最後は座ることもできなかった。「それでも、ジュリアナが人生すべてに不満をいだいているわけではないと思います」と、彼女が亡くなるまえにビルはメールに書いてきた。「もちろん不機嫌なときもあるし、ときには自分を憐れんで泣いていますが、ジュリアナに訪れたある種の英知と瞑想のような諦念(ていねん)は、あの子によく似合っている。ただ、そのあいだも肉体的な苦痛は続き、彼女にもぼくたちにも苦しみをもたらします」。ビルが変わることなく娘を介護していることを私が称えると、彼の返事はこうだった。「ぼくの知るたいていの人は、ひどい障がいの子どもを授かっても、きっと難局に立ち向かったと思います。そう信じることで、いい世界を築いていきたいのです」

ジュリアナが亡くなったあと、ビルはこうも言った。「もう少し楽な道を選びたかった。でも、これまでのことを知っていても、もう一度サムが欲しい。またジュリアナが欲しい。あのふたりと経験した愛を手離せるわけがない。ぼくは人生で出会ったどんな人よりも、サムと強い絆で結ばれていた。彼の目を見つめ、いっしょにベッドに横たわり、誰よりも長い時間を分かち合った。ジュリアナとも膨大な時間をすごした。ただいっしょにくつろいで、ただ彼女を愛して。どんな親にも、それまで愛してきたわが子を、抽象的な〝もっといい〟子どもと交換したいかなんて訊かないでしょう？　ぼくはもう一度初めから全部やり直したってかまわない」

すると、ルースが思いやるように手を伸ばして、夫の手を取った。「私たちがそう考えるようになったのは、神を信じているからじゃないと思う。みんな私たちを元気づけようと、『神は乗り越えられない試練は与えない』みたいなことを言うけれど、サムやジュリアナのような子どもは、あらかじめ贈り物として定められているわけじゃない。私たちが望んだからこそ、あの子たちを授かったの」

重度障がい者のきょうだいについては広く研究されてきたが、確定的な結論は出ていない。ある研究によると、障がい者をきょうだいにもつ者は、「障がいのある姉や兄と暮らすことで、責任感や寛容さが増し、他人のよい点」がわかるようになり、「ユーモアのセンスが豊かになって、適応力が身につく」。しかし同時に、彼らには「気まずさ、罪悪感、孤立感、そして障がいをもつきょうだいの将来に対する不安もある」。別の研究では、臨床的に証明されたうつ病と〝たんなる悪い気分〟を区別し、障がい者のきょうだいは全般的に不幸を感じているものの、精神疾患と診断される例は同年代より少ないと報告している。

また、非障がい者のきょうだいの心理的な負担は、障がい者の見た目や症状が深刻になればなるほど軽くなることが多い。人々がその障がい者にふつうの動作を期待することが少なくなるからだ。最初はふつうに見えた人間が、じつはそうでないとなると、説明が必要になる。障がいがもっとも重い場合、きょうだいの適応もいちばんうまくいくようだ。「この結果は、子どもの障がいが容易に見てとれるほうが、家族全員が障がいについて明快に理解し、余裕をもって接することができることに深く関連していると思われる」と、ある調査は述べている。さらに別の調査では、診断そのものが年少のきょうだいに大きな影響を与えると指摘している。診断がはっきりしていれば、友だちに簡単に説明できるが、病態が複雑であれば、それだけ説明に苦心するからだ。

施設収容の全盛期、障がい児を入所させるもっとも一般的な理由は、健康なきょうだいに対して不公平だからというものだった。両親が障がい児にあまりにも多くのエネルギーと注意を向けるので、障がいのない子どもが困惑してしまうというわけだ。しかし最近の研究では、健康な子どもは、両親がきょうだいを施設に入れると不安を感じることが多いという結果が出ている。作曲家アレン・ショーンの著書*Twin*（ふたご）には、妹が遠くへ送りだされたときに感じた心の痛みが描かれている。現在では、障がいのないきょうだいのために、障がい児を家庭で育てるべきだということが、以前より頻繁に言われるようになった。たしかにそれは障がい児のためにもなるかもしれないが、障がい児より非障がい児の利益のほうを優先させる、相も変わらぬ議論には驚かされる。

アリックス

ジョンとイブ・モリスは、ともに学部生だったコーネル大学のパーティで出会った瞬間、恋に落ちた。そして若くして結婚し、サンディエゴに移った。「私たち以外の人間は、誰もそばにいてほしくなかった。子どもさえ。彼をそれほど愛していたのよ」とイブは言った。だから三〇歳になるまで妊娠に踏みきらなかった。「それに、自由も捨てたくなかった。でも蓋を開けてみたら、自由でいるより母親であることのほうがずっと好きだったの」

イブとジョンが選んだ産科医は敬虔（けいけん）なモルモン教徒で、地元の病院が五人にひとりという高い確率で帝王切開をしていることに不快感をいだいていた。娘のアリックスの分娩に先立っても、ジョンとイブに「自然がしくじることなんて、めったにありません」と言った。彼の励ましのことばに、ふたりはあたたかい気持ちになった。陣痛が始まると、胎児心拍数モニターの電極が、彼女の腹部に貼りつけられた。あとになって胎動心拍数図を調べた医師たちは、イブは早急に帝王切開すべきだったと言った。イブが分娩を終えるまでに、アリックスは「実質的に死んでいた」。しかし、担当医は異常に気づかなかったようだ。生まれた子の状態はアプガール採点法［訳注：新生児の生命徴候を一〇段階で評価したもの］ではゼロ、体は黒ずんだ紫色になり、ただちに新生児集中治療室（ＮＩＣＵ）へ運ばれた。「人並みに親になるという夢は、目のまえで砕け散ったよ」とジョンは言った。

医師たちは、生まれてまもないアリックスの状態について、結論めいたことを言うのを避けた。暗鬱な知らせが親子の絆の妨げになると考えたのか、法的責任への懸念からか、それとも病気の範囲や重さが予測できなかったからか……。脳性麻痺はその場でわかっていた可能性もあるが、イブとジョンに伝えられたのは何カ月もあとのことだった。

脳性麻痺は、出産前後ないし三年以内に大脳が損傷することで発症する。広範な運動障がいをともない、症状は多様だ。アリックスは乳児のころ、イブが母乳を与えようとするといつも泣き叫んだ。胃液が逆流し、食道が痛くなってむせていたのだ。しかしモリス夫妻は、アリックスの障がいがどの程度のものかまだわかっていなかった。

「何もかもまったくうまくいっていないということに向き合うまでに、長い時間がかかった」とジョンが言うと、イブはこう言った。「私はチアリーダーだった。勉強もできて、コーネル大学にもいった。両親に愛され、ひどいことなんて一度も言われなかった。順風満帆だったから、すべてうまくいくわけではないなんて、どうしても思えなかった。そんな考え方が習性になって、長い長いあいだ、現実から逃げていたの。でも、アリックスの問題と向き合ってからは、世界の何よりもあの子を愛するようになったわ」

弁護士で、医療過誤訴訟を扱ったこともあるジョンは、アリックスが生後一歳半のときに、夫婦で担当医と病院を相手どって訴訟を起こした。二年後に和解が成立。その内容には、賠償金の支払いと裁判所監督の年賦金［訳注：毎年一定の額で支払われるお金］が含まれていた。年賦金の用途は厳密に調べられる。ジョンとイブも毎年、年間の支出報告書を提出しなければならなかった。さっそく購入したのは、特注のランニング用ベビーカーと車椅子仕様のワゴン車だった。パートタイムでアリックスの世話をしてくれるエリカ・ランディーンという若い女性も雇った。「われわれにとって、エリカはたんにうちのために働いてくれる人ではない。娘のような存在でも、ただの友だちでもない」とジョンは言った。「その全部なんだ」

私が会ったとき、エリカは結婚したばかりだった。アリックスは花嫁の付添人を務め、式のために盛装して車椅子でいっしょに通路を進んだ。「彼女を自分たちの人生にとどめておくためなら、なんでもする」とイブは言った。「エリカには子どもをつくってほしい。私がその子たちの面倒をみる。そうやって続いていくの」。エリカは、二キロほど離れた場所にジョンとイブが所有する家に住んでいる。「ヒラリー・クリントンの『村中みんなで』（徳間書店）という本があるだろ？」とジョンは言う。「村をつくろうと思うんだ。アリックスを知っている人たちの層が二層にも三層にもなって、いつも周囲にあるようなコミュニティをね」

アリックスが二歳のころ、ジョンとイブには息子ができた。父親の大好きなフォークシンガーにあやかってディランと命名された子は、その朗らかで健全で情熱的な個性によって、両親の心痛をいくらか和らげてくれた。「子どもはもうひとりもつべきね」とイブは言った。「ふつうはこういう感じなんだとわかるから」

みずからの蓄えと賠償金とでなしとげた夫妻の一大事業は、サンディエゴのポイント・ロマ地区に自宅をかまえることだった。イブの設計によるその家は、海を望む丘の上にあり、廊下や曲がり角は、車椅子でもゆったり通れるように幅が広く、リビングの隅に大きなブランコがある。動いている感覚を、アリックスは大喜びする。屋上のバスタブは、彼女を抱えあげて入れたり出したりするのがむずかしくなって、いまはあまり使っていないが、小さいころのアリックスは入浴が大好きだった。

ほかにも、アリックスのために、完全装備の専用バスルーム、落下を防ぐつくりつけのベッド、人間工学にもとづいた寝室があり、スイッチひとつで（彼女はまったく偶然に押す程度だが）噴水、光、音、振動が空間を満たす〝知覚エリア〟もある。美しい家だが、ひけらかすようなところはなく、広々として居心地がよく、実用的だ。素朴な手づくり感もあって、天井の梁（はり）は木の幹がそのまま使われているし、食器棚の扉はイブが実家のまわりで集めた柳の枝でできている。

その家はまた、厳しい現実を受け入れた象徴でもあった。「アリックスが六歳になるころには、これがこの子であり、この子の病気であり、これからも変わることはないと認めていた」とイブは言う。「理学療法をいくつか中止したし、新しいことを教えるのもやめたわ」

イブは早くから、脳性麻痺の子をもつ母親の会に加わったが、心理療法は受けなかった。「訴訟を起こしたころ、あの子が死んでいてくれたらと思ってしまったことが何度かあって、セラピストにかかることも考えた。でも、この地域の訴訟では、セラピストとの面談記録も提出を求められることがある。自分のそんな気持ちは誰にも知られたくなかった。私はＷＡＳＰ（アングロサクソン系白人プロテスタント）的な地域で育ち、そこでは誰もが似たような人間で、型どおりにふるまうことが当たりまえだった。家ではあの子と本当にくつろいですごせるけれど、家族そろって食事に行くことはいまもないの。アリックスの行動が読めないから。ジョンが友人を家に招くときや、誕生パーティを開いたり、両親と会ったりするときも、彼女にはいい子でいてほしい。あなたと会うときだって、そう願っていたわ」

イブの表情は憂いに沈んだ。「悲しくてやりきれないときがある。たとえば、娘が手に負えないと言う友人がいると、うちは女の子でなくてよかったなんて思ってしまう。女の子がちゃんといるのに。でも、アリックスはほとんど別の存在なの。それがどういうことなのか、誰にもわからない。私でさえ、やっと最近わかったくらい。つまりそういうこと。あなたがインタビューに来るというときにも思ったわ。『過去と未来について訊かないと約束できるなら、喜んで応じよう。私にわかるのは現在のことだけだから』と」

私がモリス一家と会ったとき、夫妻は遺言の草案を作成したばかりだった。エリカは子どもたちの後見人に指名されていた。ディランは二五歳になったら、姉に対して主たる責任を負うことになるが、年賦金の収入があるので、介護人はつねに雇えそうだった。それでも、イブはディランの将来の役割をひどく心配して、「いまジョンが果たしている役割を、あの子に背負わせたくはない」と言った。一方、ディランは一六歳ながら、姉を愛していて、いつでも喜んで面倒をみると断言した。「姉さんは、ぼくの野球の試合をいつも見にきてくれるんだ」と私に言った。「生まれたときからこういう状況だから。ぼくは一生変わらない」。野球コーチは、ディランは障がい児とかかわっているにちがいないと思ったそうだ。つらい介護を経験していなければ、あれほど成熟した若者にはなれないから、と。

イブは一貫して、アリックスの体に胃ろうを埋めこむ手術に反対してきた。私が会ったアリックスは一八歳だったが、胃ろうをしなくてもなんとかやっていた。ただ胃酸の逆流が起きないように、四時間おきに食事をとる必要があった。彼女の障がいは、脳性麻痺のなかでもきわめて深刻だった。イブの参加する母親の会では、ほかの子どもはみな歩くことができ、少なくとも基本的なことは言い表せる。大学に通う子もいれば、地元のスーパーマーケットで袋詰めの仕事をしている子もいる。

だがジョンは「恵まれていることが問題を複雑にする場合も多々ある」と言った。「そういう子は、自分が周囲に適合していないことがわかるからね。ボーイフレンドやガールフレンドがいないことも、小さな子どもにばかにされることも。その点、アリックスはからかわれない。障がいがとても重くて手の施しようがないから、生意気な四歳の悪ガキだってくすくす笑ったりしないんだ。われわれが心配するのは発作のことであって、校舎の陰でマリファナを吸うことじゃない。でも、親の基本的な役割は同じ――いつでもわが子を養い、愛し、可能なかぎり最高の機会を与えること。ディランにも、アリックスにも、そうしていると思っているよ」

ジョンとイブは娘の介護に慣れ、以前は頭で考えていたことも無意識のうちにできるようになった。アリックスの健康もかつてなく安定している。ただ、体の成長にともなって、海水浴や家の近所に連れていったりという、家族が楽しみにしていたことはできなくなった。それに歳をとったジョンとイブにとって、娘をベッドから起こしたり寝かせたりすることや、トイレの世話などは重労働になった。

「精神的には楽になったけれど、肉体的につらくなってきたわね」とイブは言う。コントロールできない舌、激しく動く手足、急に伸びたり曲がったりする体、こぶ状の筋肉など、幼児であればあどけなく見えるアリックスの障がいも、大人の体つきでは不調和だ。それでも、彼女の身なりはつねに一分の隙もない。「マニキュアをしたり、髪を長く伸ばしたりして、人が何か言いたくなるようなすてきな服を着せているの」とイブは説明する。「みんな近づいてきて『まあ、なんてきれいな爪!』と言う。悪いところは話題にしなくていいでしょ」。イブがもっとも煩わしく思うのは、人とのつながりができると、たいてい同情心がのさばってくることだ。「あの憐れみの表情がイヤ。『あなたは本当にいい母親』なんて言う人にはうんざりする」

私はモリス家と一週間すごして、彼らのやるべきことの多さと、にもかかわらず生活を乱されることの少なさに驚かずにはいられなかった。ジョンはランニングを日課にしているが、アリックスも頬に風を受けるのが好きなので、軽量のベビーカーに娘を乗せて毎日八キロを走る。イブも娘を車椅子に乗せて埠頭(ふとう)までピクニックにいく。イブは毎年アリックスのために、車椅子と一体化したハロウィンの衣装もつくっている。ある年、アリックスは宇宙船で異星からやってきたエイリアンになった。アイスクリームの移動販売車になった年もある。最近の衣装のテーマは〈クリスピー・クリーム〉ドーナツの配送センターだった。美術専攻のイブがつくるコスチュームはどれもすばらしい。

ジョンとイブは、子育ての仕事をかなり公平に分担している。ジョンは立ち直りが早く、イブは娘に合わせることができる。「あの子が泣いても、彼はだいじょうぶよ」とイブはある午後に言った。「一五分泣きつづけても、彼はその隣で横になっていられる。彼女のそばにただいるの。私はついあの子の機嫌をとろうとするんだけど」。そういうイブの心配症が役に立つことはあまりなく、たいていはジョンの冷静さのほうが重要なはたらきをしている。

イブはアリックスの体をいつも清潔に保ち、一日おきに入浴させる。一方、ジョンは家にいるときにはほぼ毎回、娘の食事の世話をする。アリックスは固形食を咀嚼できないから、むせる危険を覚悟して液体を飲ませなければならない。ジョンは一日五回、高タンパクの栄養補給剤に米のシリアルを混ぜ、ときには少量のベビーフードで味つけをして食べさせる。

ふたりとも毎朝五時半に起きて、アリックスが学校へいく準備をする。彼女を起こして服を着せるまでに約四〇分かかる。それから食事だ。スクールバスは六時半にやってくる。夫妻にとっては車で送るほうが簡単だが、アリックスにはバスのなかで社会的な雰囲気を経験させたい。

一八歳になったアリックスは、加入していたＨＭＯ（健康医療団体）の小児科の区分からはずれた。私が一家を訪ねたのは、ちょうどイブが彼女を新しいかかりつけ医や、新しい神経科医のもとに連れていっているころだった。車椅子の業者が家に来ると、家族みなで点検し、もっと使いやすくするにはどこを改造すべきかを話し合って決めた。新しい車椅子を注文するのに、じつに三時間以上もかけていた。

イブは、アリックスが幼かったころ日記をつけていたが、読み返したことは一度もない。ジョンは言った。「憶えているよ、いつかできるようになってほしいと願ったことは全部。自分の意思で寝返りを打ったり、頭を起こしたりすることを教えながら、延々と続けた理学療法のこともすべて」。最近、イブは整形外科医から、今後はアリックスの飲みこむ力がさらに衰えるから、最終的には胃ろうが必要になると言われた。「これ以上良くも悪くもならないと思っていたのに……。心が安まるときはないのね」

ジョンはそれに同意しながらもこう言った。「親が子どもに願うたったひとつのことが何か、わかるかい？　ハーバードに行くことではない。幸せになることだよ。アリックスはたいてい幸せ。だから私のたったひとつ願いは、もう叶っているんだ」

大論争になった「アシュリー療法」

重い障がいを扱う医療の場では、物議をかもすスキャンダルはめったに起きない。だが、アシュリー療法は医学界を震撼（しんかん）させた。姓は伏せられているアシュリー・Xは、一九九七年に生まれ、見たところ健康そうだった。だが、生後三カ月ごろに癇が強くなった。両親は疝痛（せんつう）［訳注：原因不明のまま乳児が長時間かつ頻繁に泣きつづける］だろうと思ったが、診断は非進行性脳症だった。脳性麻痺と同じく原因不明で、それ以上は悪化しない脳損傷である。障がいによって、アシュリーに残された運動機能はわずかだった。話すことも歩くことも、口から栄養をとることもできず、寝返りも打てない。しかし、眠ることや目覚めること、呼吸はできた――微笑むことも。

自分と家族のプライバシーを守るために、メディアの人間と直接会うことはせず、みずからをＡＤ（アシュリー・ダッド）と称しているアシュリーの父親は、電話で私に話してくれた。自分と妻はアシュリーの胃ろうに最初は反対していて、それは手術に対して理屈抜きに嫌悪感があったからだ、と。「娘はものを噛めないので、ボトルから栄養剤を飲むのはひと苦労だった。必要な栄養をとらせるだけでも、一日で六時間から八時間かかった」。最終的には、ふたりも胃ろうを埋めこむことを認めた。

アシュリーは脳の機能障がいにもかかわらず、まったく無反応というわけではない。「娘は、私たちがそばにいたり、私たちの声が聞こえたりすると喜ぶ」と両親は文書で述べている。「やさしく語りかけると、満面の笑みが顔いっぱいに広がる。情緒豊かな音楽を聞いたり、戸外を散歩したり、暖かな日には泳いだり、ブランコに乗るなどして楽しんでいる」。アシュリーの両親が、彼女のことを〝枕の天使(ピロー・エンジェル)〟と呼ぶようになったのは、娘がたいてい枕に頭をあずけて横になっていたからだった。ほかのMSDたちにもこのことばを使ってはどうか、と彼らは提案した。

アシュリーが乳児から子どもへと成長するにつれ、介護はどんどんたいへんになった。両親は一時間おきに、彼女の姿勢を変えて枕を背中にあてがってやる。「着ているものが体をちゃんと覆うように注意して、おなかまでシャツをおろしたり、涎をふいたり、いろいろだ」とADは説明した。「ほかにもオムツ交換、チューブからの栄養摂取、着替え、入浴、歯みがき、体のストレッチ、娯楽も」。これらすべてが、アシュリーの体の成長とともに困難になった。「何かをさせることがむずかしくなる。抱えて運んでやりたいが、こっちの体が悲鳴をあげる。そのうち、あの子にとって最大の敵は、体の大きさや体重の増加ではないかと考えるようになって、何か手を打つべきだとひらめいた」。アシュリーが六歳のころ、AM（アシュリー・マム）は自分の母親と話していて、背が高くなりすぎないように近所の女性がホルモン療法を受けていたことを思い出した。そうした処置は、五フィート一〇インチ（約一七八センチ）より背の高い女性は魅力的ではないと言われた一九五〇年代には珍しくなかった。

アシュリーの小児科医は、ADとAMにシアトル小児病院の内分泌医ダニエル・ガンサー博士を訪ねてはどうかと勧めた。ふたりが予約を入れた数週間後、ガンサーは、女性ホルモンを投与することでアシュリーの成長板を閉鎖し、成長を抑えることは可能だと認めた。アシュリーはわずかな不快でも動揺し、くしゃみをしただけで一時間泣きつづける。ADは、生理やそれにともなう生理痛になったらひどいことになると考え、子宮も摘出してはどうかと提案した。また、胸が大きくなると寝返りや車椅子に体を固定する際に邪魔なので、娘の乳房芽（思春期に乳房になる小さいアーモンド型の乳腺）も取り除いてほしいと頼んだ。これらすべてによって、動かしやすい人間ができるうえ、血液循環、消化、筋肉の状態がよくなって、痛みや感染も少なくなる、とＡＤは主張した。アシュリーが永久に子どもの姿でいることは、彼の言う〝知的発達の段階にぴったり一致した体〟を娘に与えることだった。

だが、そのためにＡＭとＡＤは、病院の倫理委員会を説得して認めさせなければならなかった。ＡＤはパワーポイントのプレゼンまで用意した。倫理委員会は長大な時間をかけて審議した。

「両親の要請には、ふたつの重要な論点があった」と委員会を束ねるダグラス・ディークマ博士は言った。「成長抑制を認めるべきか、また子宮摘出を認めるべきかを検討したのだが、最初の論点は、こうした処置にこの少女の生活の質を向上させる可能性があるか、だった。ふたつめは、有害となる可能性がどのくらいあって、なんらかの恩恵があっても処置を禁ずるほど、その害は大きいのかだ。倫理委員会は、この種の処置によって少女がこうむる不利益も承知しておくべきだと考えた。たとえば、アシュリーのような状態の人は、三〇センチ身長が低くなることを気にかけるだろうか。われわれの結論は、彼女のような状況において、身長はほとんど価値をもたないということだった。アシュリーと両親が愛情の絆で結ばれていることは明白だったので、結局、委員たちもこの治療の正しさを確信できたのだ」

二〇〇四年、シアトル小児病院の医師たちは、当時六歳半だったアシュリーの子宮と左右の乳腺を摘出した。そして開腹手術の際に、盲腸も取り除いた。万が一アシュリーが盲腸になっても症状を伝えられないことを考えての措置だった。彼女の成人身長は一三五センチ、体重は二九キロで、今後は生理や胸の発達もなく、家系病の乳がんにかかることも一生ない。「手術は、考えうるあらゆる点において成功した」と両親は述べた。

ＡＤは、ガンサーとディークマ両博士に臨床試験計画書（プロトコル）の公表を勧めた。だが、その年の一〇月、医学専門誌Archives of Pediatrics and Adolescent Medicine（小児期と思春期の医療アーカイブ）にプロトコルが掲載されると、抗議の嵐が巻き起こった。ペンシルベニア大学生命倫理センターのアーサー・キャプランは、この手術が意味するものは、「社会的な失策に対する薬理学的な解決、つまりアメリカ社会が、重度障がい児とその家族を助けるためにすべきことをしていないという現実」であると述べ、よりよい行政の支援があれば、アシュリーの両親は過激な行動におよぶことはなかったとも示唆した。フェミニズムや障がい者運動の活動家たちは、米国医師会の本部に抗議を申し入れ、公式な非難声明を出すことを要請した。

あるブロガーは、「もし〝アシュリー〟が〝正常な〟子で、両親が彼女の体を手術で不自由にすると決めたなら、ふたりは投獄されて当然だろう。この件にかかわった〝医師たち〟の免許も取り消すべきだ」と書いた。こんな投稿もあった。「一度に何カ所も切り取るくらいなら、殺すほうがましだ。そのほうが好都合でしょう」。女性運動団体ＦＲＩＤＡ（障がい者運動におけるフェミニストの行動）は、「少女、とくに障がいのある少女が、切除や生殖腺除去の手軽な実験台として認知されているのなら、〝アシュリー療法〟の最初の被験者が幼い女の子であったことは驚くにあたらない」と述べた。さらにトロント・スター紙は、これは〝デザイナー障がい者〟［訳注：特定の性質をもつように設計、操作されているという意味］ではないかと問題視した。

ほかの障がい児の親たちも論争に加わった。ジュリア・エプスタインは〈障がい者の権利教育と擁護基金〉の広報責任者で、障がい児の母親でもあるが、〝枕の天使〟という呼び方は、人間の「致命的な幼児化」だと非難した。ある親は、「息子は一一歳で、歩くことも話すこともできない。ほかにもいろいろあるし、彼を動かすのは困難になっていくでしょう。それでも、健康な組織やちゃんとはたらく器官を切除することは納得いかない」と述べた。

こんなふうに述べる親もいた。「一五〇数センチの五〇キロ以上ある大人の障がい者の世話は簡単ではない。その証拠に私の椎間板はぼろぼろです。ただ、手術で子どもの成長を止めるのが好ましい医療行為だなんて思うだけでも、胃がむかむかする。あの人たちの理屈でいけば、四肢切断すればいいんです。実際、そうなれば彼女は手も足も動かせなくなるから」。成長抑制療法に関するこうした意見は、どこか低身長者の骨延長手術に対する態度［訳注：本書第一巻3章参照］を思わせる。

世間の反発は、病院の理事たちと両親に衝撃を与えた。「極端で、暴力的だった」とADは言った。「メールで脅迫状がきた」。連邦政府の委託を受けた監視機関WPASは、当事者の意思によらない不妊手術には裁判所命令が必要であり、よって病院の医療行為は違法であると裁定した。それにしたがって、シアトル小児病院は、成長抑制治療が提案されるすべての障がい児に対して、その利益を守る第三者を任命することに同意した。以後も論議は続いており、問題全体が医療倫理の領域を越えてしまったと指摘する評論家も多い。

二〇一〇年の終わりには〈成長抑制の倫理に関するシアトル作業部会〉が新しいガイドラインを発表したが、それはぎこちない折衷案だった——「良識ある人々の意見が割れるような治療法であっても、ほかの重度障がい児の親たちが恩恵とリスクを判断したうえで治療を決意するように、成長抑制療法も、恩恵とリスクを考慮するなら倫理的に容認できる決定である。しかし臨床医および関連機関は、両親からの要請だけで成長抑制をおこなってはならない。治療の適性基準の設定、意思決定プロセスの明確化、医療倫理の専門家ないし倫理委員会への諮問など、しかるべき安全対策を講じることが重要である」

倫理作業部会のメンバーのひとりは、ヘイスティングス・センター・リポート誌上で、アシュリー療法への非難について不満を述べた。「個人の医療的な決定に対するあの異常な介入には、第三者に精神的苦痛を与えたと主張するほどの妥当性はまったくない。彼らは自分たちと同じ道徳や政治観が万人に共有されていないことを知って、感情的に傷ついたにすぎない。その考えでいくと、耳の聞こえない子どもへの人工内耳移植、手術による内反足や脊柱側湾の矯正、あるいは末期症状にいる子どもへの蘇生処置拒否指示を求める親たちは、そうした行為が人の感情を傷つけることに留意しなければならなくなる」。しかし、同じ号で別のメンバーは次のように述べた。「障がいをもたない子どもに成長抑制をおこなうべきでないのなら、あらゆる子どもに対しておこなうべきではない。障がい児だからこの治療をするというのは、差別につながる」

アシュリーの例に見られる倫理的な問題は、この五〇年で確実に複雑になっている。本人のアイデンティティを尊重するだけでなく、医学的に必要な措置や社会的要請も無視するわけにはいかない。ADはホームページを開設し、みずからの正当性を主張している。これまで三〇〇万件近い閲覧数があり、私と話した際にも、ブログの更新に週一〇時間かけていると語った。彼は抗議者を、声の大きな少数派と評し、自分たちに寄せられるメールの九五パーセントは支持表明だと言った。MSNBC［訳注：アメリカのニュース専門放送局］による調査では、七〇〇〇を超える回答のうち五九パーセントが治療を支持していた。「〝枕の天使〟たちと直接かかわっている一一〇〇人以上の介護人や家族の皆さんが、時間を割いて激励のメールを送ってくれた」とアシュリーの両親は書いた。「アシュリーのような子どもの親たちが、この治療によって子どもの生活の質が向上すると考えるなら、勤勉に、粘り強く治療を続けなければならない」。しかし、論争の結果、現在この治療は受けられなくなっている。

ガンサーは言う。「治療が有益であっても、悪用される可能性があるのでおこなうべきではないという主張は、〝すべりやすい坂〟論［訳注：積極的安楽死や自殺幇助などを認めてしまうと、坂道をすべり落ちるように歯止めが効かなくなるという論］である。誤用されるかもしれないという理由で、有効な治療法が使えないなら、医学にできることはほんのわずかになってしまう」。また、プリンストン大学の倫理学者ピーター・シンガーは、ニューヨーク・タイムズ紙に論考を寄せた。「アシュリーの人生で大切なことは、まず彼女が苦しまないこと、そして楽しめるものをなんでも楽しむことだ。さらに、彼女のかけがえのなさは、いまの状態だからというよりも、両親やきょうだいから愛され、気づかわれていればこそである。彼女のような子どもが本人や家族にとって最良の治療を受けることを、人の尊厳に関する高尚なことばで阻(はば)んではならない」

ADとの会話ではっきりとわかったのは、彼がアシュリーを愛していること、そしてアシュリー療法の熱烈な信奉者であることだった。私が本書の執筆中に面会したどの家族も、子どもが成長し、扱えきれないほど体が大きくなることに頭を悩ませていた。障がい運動の活動家はたびたびアシュリーの尊厳が失われたと指摘するが、同じように重い障がいを抱えた人たちが、チェーン滑車でベッドから吊り上げられ、姿勢を保つために金属製の装具をはめて、ワイヤーロープでシャワー室に運ばれる姿を何度も見ていると、あまり尊厳は感じられなくなる。

アーサー・キャプランをはじめとする人々は、障がい者の家族に向けたよりよい社会支援の必要性を説いたが、ADとAMが問題の治療を始めたのは、ロープや滑車を用意したり看護師を雇ったりする財力がないからではなく、自分たちの手で子どもを抱えて運ぶことに独特な親しみを覚えたからだった。子どもも大人も、体に障がいがあっても健康体でも、人はたいてい機械を使った介護より人肌の温もりを好む。そうした親密さは、外科的治療を正当化する理由にはならないかもしれないが、人間的なふれ合いを軽く見て、支援環境の整備だけ進めればいいというのは的はずれだろう。

アシュリーの治療は本人のためではなく、親の生活の負担を軽くするためだったと批判する活動家もいる。だが、このふたつは切り離せない。もしアシュリーの両親の人生から多少でも苦労がなくなれば、それだけ穏やかな心で積極的に娘の介護ができ、彼女の人生はよりよいものになるはずだ。アシュリーの体から少しでも苦痛が取り除かれるなら、両親の人生も好転する。ふたつの人生は陰と陽の関係にある。そして、治療の選択よりはるかに重要なのは、両親がアシュリーから離れずにいて、離れたいとも思っていないことだ。アシュリーは車に乗ることや、人の声が大好きで、抱えあげて抱きしめてもらいたい。彼女にとってのこの治療の意義は、グループホームに行く代わりに、何年もそうした体験ができることかもしれない。親による介護は、ほかのどんな介護にも勝ることが多く、アシュリーの寿命もおそらく延びるだろう。

「事情が変われば変わるような愛は、愛ではない」［訳注：シェイクスピア『ソネット集』一一六番］は、真実とは言えない。愛とはつねに変化し、移ろいやすく、永久に流動的で、生涯を通して進化する営みだから。私たちはわが子のことを何も知らずに彼らを愛すると誓い、やがて彼らのことがわかると愛し方を変えるが、愛していること自体は変わらない。活動家たちは、アシュリーが失った大人の身長と性的な成熟について憤慨する。たしかにこのふたつは人間の生命のサイクルの大切な通過点だが、ほとんどの人が経験するからといって、なぜそこまで高い価値があるのだろうか。成長と性的な成熟で失うものと得るものを比較しつつ考えるには、繊細で倫理的な計算が必要になる。それは、成長抑制と子宮摘出で失うものと得るものを計算するということだ。相応の認知能力をもった人にアシュリー療法が適しているとは、誰も言っていない。

とはいえ、その計算は、アン・マクドナルドのような場合にはかなりややこしくなる。彼女もまた、歩くこと、話すこと、食事、身のまわりのことが永久にできない〝枕の天使〟だった。一九六〇年代に入れられたオーストラリアの病院で栄養失調になり、体は小さいままだった。「私はアシュリーと同じように成長抑制を経験した。『あれは経験したし、嫌だった。大きくなるほうがよかった』と言えるこの世でただひとりの人間かもしれない」とシアトル・ポスト・インテリジェンサー紙のコラムに書いた。「コミュニケーションの手段を与えられてから、私の人生は変わった。一六歳のときに、アルファベットの文字盤を指さす綴り方を教えられた。二年後には弁護士に指示を出して人身保護条例の訴訟に勝ち、一四年間住んだ施設を去ることができた」

結局、アン・マクドナルドは、科学哲学と美術の学位を取得して大学を卒業した。「アシュリーは、ピーターパンとなって成長できないように運命づけられている。しかし、彼女はいまからでもコミュニケーションを学ぶことができる。アシュリーに自分の〝声〟を与えるあらゆる努力を放棄し、枕に寝かせたままにしておくことは、完全に倫理にもとる」

マクドナルドの著作は、自己表現できない人々の内奥にある測り知れない世界を教えてくれる。ただ、彼女の成長抑制は、両親から見放されて入所した施設内でのネグレクトによるもので、アシュリーの場合には、彼女をそばに置きたいという両親の愛情にもとづいていた。マクドナルドの知性は発現する機会を奪われていたが、アシュリーの知能の発育にはあらゆる手段が講じられた。それでもマクドナルドは、「自分の身に何が起きたか、彼女が理解していないことを願う。しかし、おそらく彼女はわかっているだろう」と書いた。

たしかに、アシュリーの知的発達はぜったいにないというADの考えはまちがっている。人の脳は、もっとも基礎的な部位でさえ、環境に応じて神経系が最適なシステムをつくり、時の経過とともにほぼ例外なく発育が見られるからだ。ペディアトリクス誌（小児科の専門誌）にも、抗議の手紙が寄せられた。「三歳で〝微妙な〟コミュニケーション能力について診断できると考えるのは大まちがいだ。その後どのように育てられ、愛されるかによって大きく変わるからだ。三歳児の親の多くは混乱し、悲しんでいて、まだ未来に取り組むことができない」。生命倫理学者のアリス・ドムラット・ドレジャーは、アシュリーの物語にふれた際に、自分の母親の感動的な話を引き合いに出した。彼女の母親は、人生の終わりが近づいた祖父の眼鏡をふきながら、「もしかしたら、まだ目が見えるかもしれないからね」と言ったという。

心身の機能が高い障がい者が、機能の低い障がい者を代弁することになるのは当然で、彼らの見識は貴重である。一般人よりも、彼らのほうが機能の低い障がい者の状況に近いからだ。とくに、かつて機能は低かったが、その後高い機能をもったアン・マクドナルドのような人物は、際立った権威になる。とはいえ、共通の大義を掲げても、そこには往々にして個人の考えや感情がまぎれこむ。マクドナルドは、アシュリーに関してというより、自分の過去を別のかたちで語っているようにも見える。

アシュリーの両親にとって、また彼女の代弁をしているつもりの声高な支持者にとっても、アシュリーは本質的に理解しえない存在だ。障がい者の権利を主張する人々は、世間が障がい者の現実を受け入れようとしないことを嘆くが、ADにも同様の嘆きがある——高圧的に権利を主張する人々の集団も、アシュリー個人の具体的な要求が受け入れられることを妨げているのではないか、と。

「障がい者個人にとって有用だろうがそうでなかろうが、集団的な目標やイデオロギーが問答無用にすべての障がい者に押しつけられている」とADは書いた。「子どもたちの幸福と個人の権利を信奉する社会において、それは不安の種だ。私たちはアシュリーの幸せのために毎日手探りで進み、この経験を彼女と同じ状況にいる子どもたちに役立ててもらいたいと考えている。障がいのある人たちからも数多く批判を受けたが、それらの根底にあるのは、自分にあんな治療をされたらたまらないという感情だ。だが、アシュリーの障がいは、ブログやメールを書いたり、自分で判断ができたりする人たちとはまったく範疇（はんちゅう）が異なる。両者を隔てているのは、人々が危惧し主張する〝すべりやすい坂〟などではなく、断崖絶壁だ。ニュートン力学はたいていの状況に当てはまるが、極端な状況下ではちがう。アインシュタインが指摘したように、非常な高速ではニュートン力学は通用しない。そこで通用するのは相対性理論だ。それと同じように、障がい者コミュニティのイデオロギーはたいていの状況に当てはまり、私たちもそれを支持するけれども、この極限状況ではみじめな失敗に終わるのだ」

脳科学はかなり進歩したものの、いまだに幼稚な段階にとどまっている。知るべきことはまだたくさんあり、現段階では多くのことが推測の域を出ない。そのせいで私たちは、やることが多すぎたり、少なすぎたりという誤りをくり返している。

脳性麻痺を背負って生まれ、現在は障がい者の問題について助言や講演活動をおこなっているノーマン・クンツは、「障がい者治療の現場において、介護者の善意がよくない結果をもたらしうることがまったく理解されていない」と語り、子どものころの理学療法はレイプ同然だったと述べた。「私は三歳から一二歳まで週に三回、自分より年上で力があり、権限をもつ女性たちに、彼女たちの部屋、スペース、縄張りへ連れていかれ、服を脱がされ、個人的な領域に侵入された。彼女たちは私をしっかりとつかんでさわり、私の体を痛くなるまで動かした。私はしたがうしかなかった。性とはまったく無関係でも、私には一種の性的攻撃に思えた。それは虐待の特質のひとつである権力と支配だった。セラピストにレイプの意図がないのは明らかでも。福祉業務にたずさわる多くの者は、人の世話をしているのだから、その行為が必然的に正当化されると思っている。彼らの権限に異議を申し立てようものなら、介護行為そのものを疑っていると見なされてしまうのだ」

クンツはまた、愛情をともなった行為がかならずしも正しいとはかぎらないと主張する。障がい者の世界から離れた人々の家庭においてさえ、誰もがあやまちを犯し、愛しながらも相手を傷つけてしまうが、相手が「ちがい」の持ち主である場合は、よかれと思う気持ちが伝わりにくいぶん、ダメージはより深く、頻繁になりがちだ。たとえば私はゲイだが、別の性的指向だったらこうはならなかっただろうという方法で、両親に傷つけられた。それは、両親があえて私を傷つけたかったからではない。ゲイであるということが充分理解できなかったからだ。彼らの行為は本質的に善意にもとづいていたが、すでに自我を確立していた私にはひどくこたえた。

ＡＤが自分の娘を傷つけているのか、それとも助けているのか、私にはなんとも答えられない。ただ、彼の誠実さに疑問の余地はない。もとより親というのは、不完全でまちがいだらけなのだ。善意だからという理由で、あやまちを帳消しにはできないが、善意とわかれば苦痛も少しは和らぐだろう。その点、私はクンツと意見を異にする。愛する者から傷つけられることは耐えようもなくつらいが、自分を思ってのことだとわかれば、少しは耐えやすくなる。

命を救うべきか否か

アイデンティティをめぐる活動では、よく大量殺戮（ジェノサイド）ということばが振りかざされる。聴覚障がい者は、あまりにも多くの聴覚障がい児が人工内耳の移植を受けさせられることを、大量殺戮と称する。ダウン症者やその家族も、選択的な妊娠中絶で大量殺戮がおこなわれると言う。

しかし、聴覚障がい者やダウン症の人たちを殺したり死なせるべきだなどと言う人はふつういない。自閉症の子どもを親が殺した事例はあっても、そんなぞっとする行為はまちがっていると一般には信じられている。にもかかわらず、重度重複障がい者に関しては、より多くの人たちがそうした解決に安らぎを見いだす。ひとつには、これらの子どもたちが極端な医療的介入によって生きている場合が多いからだろう。彼らは現代医療の創造物であり、延命治療をしないという考えは〝自然のなりゆきにまかせる〟こととして支持されうるのだ。

ピーター・シンガーは、『生と死の倫理』（昭和堂）のなかで、ふたりの子どもを治療したオーストラリアの小児科医フランク・シャンのことばを引用している。子どものひとりは、脳内の大量出血のために大脳皮質がまったく機能せず、体の自律的な器官のみが活動していた。一方、隣のベッドには、体は健康だが心臓に重い病気を抱え、臓器移植をしなければ死んでしまうもうひとりの子どもがいた。植物状態の男の子は、その子どもと血液型が同じだったから、彼の心臓によってもうひとりの子を救うことができたが、その手術をするには男の子が法律的に死ぬまえに心臓を摘出する必要があった。それは不可能だったので、結局、赤ん坊はふたりとも数週間で死んだ。シャンは言った。「大脳皮質が死んでいるなら、その人間は死んでいるのです。その死んだ人間の臓器を移植のために使うことは、合法とすべきではないでしょうか」

シンガーは、大脳皮質の活動停止が死に等しいという意見には賛成しないが、それでもふたりの子どもの死は痛ましい浪費だと考える。一方、障がい者運動の活動家なら、非障がい児を救うために重い障がい児を殺すことは、障がい児を救うために非障がい児を殺すのと同様、考えられないことだと言うだろう。シャンはその構想のなかで、最初の男の子に生存権はないと考えていた。科学的には正しいのかもしれないが、呼吸し、寝息を立て、あくびをして、反射的とはいえ笑うような人間までも〝死んでいる〟と見なすのは不気味だ。

ピーター・シンガーは、問題は〝人格性（パーソンフッド）〟だと主張する。彼によれば、〝パーソン〟は人類だけではない。高次の感覚と意識をもった動物もまた〝パーソン〟である。同様に、人類がみな〝パーソン〟でもない。『実践の倫理』（昭和堂）のなかでは、「障がいをもつ新生児を殺すことは、〝パーソン〟を殺すことと倫理的に同じではない。多くの場合、それはまったく不適切ではない」と述べている。ほかの著作でも「重度の障がいをもつ人間の幼児と、人間以外の動物、たとえば犬や豚とを比べた場合、動物のほうが、理性、自意識、コミュニケーション能力、その他道徳的に重要と見なされることに対して、現実的にも潜在的にも高度な能力を有していることにたびたび気づくだろう」と書いた。事実シンガーは〝われ思う、故にわれ在り〟をひっくり返して、〝思わない人は、存在していない〟と言っている。

両親の意に反して障がい児を殺すべきではないということには、ほとんどの人が賛同するだろう。しかし、両親の意に反して障がい児を生かすべきか、というのは手強い質問だ。

一九九一年、妊娠五カ月のカーラ・ミラーは、陣痛が始まってヒューストンの地元の病院に急ぎ運ばれた。医師たちは彼女に〝悲しい流産〟となりそうな見通しを告げたうえで、自然にまかせるか、それとも、命は助かるが重い脳障がいが残るかもしれない実験段階の治療法を試すかだと続け、彼女と夫の選択を尋ねた。夫婦は祈り、延命のための治療はしないことにした。

すると病院側は、ふたりに院内の方針を説明した――五〇〇グラムを超える赤ん坊にはすべて蘇生処置を施すので、新生児の救命を望まないなら、すぐに病院から退去しなければならない。だが、多量に出血していたカーラは出血死の怖れがあったので、夫妻は病院に残らざるをえず、カーラには延命治療を拒む権利がなくなった。赤ん坊は六三〇グラムで生まれ、医療スタッフは、新生児の小さな両肺に酸素を送るために喉からチューブを挿入した。その子は目が見えず、歩くことも話すこともできなかった。

夫妻は彼女の世話をしたが、病院を相手どって訴訟を起こした。彼らの意に反する行動をとった病院側に対して、子どもの生涯にわたる治療費の支払いを要求したのだ。一審ではミラー家に四三〇〇万ドルの賠償金と経費が認められたが、上告されて判決はくつがえった。子どもの延命措置は正式な方針に沿ったものであり、子どもに必要な措置も親が生涯をかけて対処すべきだとされたのだ。

障がい者たちは、この訴訟自体に激しく抗議した。一七の障がい者グループが合同で法廷助言書（アミカスブリーフ）［訳

注：訴訟当事者でない第三者が裁判所に提出する意見陳述書」を提出した。その助言書には、「先天性の障がい者も含めて、成人障がい者の多くは、生きることを選択し、質の高い生活をおくっている。障がい児の親のほとんどは、子どもが質の高い生活をおくることに重きを置き、実際におくっていると信じている」とあった。また、障がい関連のニュースが中心のインクルージョン・デイリー・エクスプレス紙は、こう書いた。「障がい者の権利を擁護する人々の多くは、ミラー訴訟が乳児殺し——障がいのある新生児の間引き——を助長すると信じている」

その一方、障がい者の権利を訴えるコミュニティ以外では、見解がそれほど定まらなかった。バンダービルト大学で小児医療を専門とするエレン・ライト・クレイトンは、「親の願い、とくにあのような子どもの親の願いを踏みにじることは、じつに不適切です」と述べた。保健法と生命工学の専門家であるボストン大学のジョージ・アナスは、「じつのところ、こうした子どもにとって何が最善かは誰にもわからないのだから、絶対的なルールなどないほうがいい」と言った。

こうした裁判で法的な判断をする際によく引き合いに出されるのは、一九七八年のニューヨーク州の判決だ。裁判官は判決文にこう書いた。「ひどい障がいを背負って生まれるより、生まれてこないほうがよかったのかという問いは、むしろ哲学者や神学者の判断にゆだねるべきものだ。とりわけ法と人類が、生命の〝不在〟ではなく〝存在〟のほうにほとんど普遍的な価値を与えたことを考えると、法律にこの問題を解決する力はない。この種の問題提起に含まれる論点はあまりにも大きい」

イモジェン

オペラは、主として悲劇的な破局に美を見いだそうとする芸術だ。〈イングリッシュ・ナショナル・オペラ〉で舞台監督を務めるジュリア・ホランダーも、次女のイモジェンを妊娠するまえ、悲劇的な病について考えを深めたいと思い、カルカッタにあるマザー・テレサのホスピスのひとつでボランティア活動をしたことがある。

ジュリアの妊娠状態は良好に思えた。だが、二〇〇二年六月一九日、妊娠三八週目の未明に突然産気づいた。身を切られるような陣痛だった。「まえの出産は時間がかかったけれど、このときと比べればむしろ楽しい二四時間だった」とジュリアは振り返った。助産師に電話を入れると、オックスフォード市内の救命救急室に行きなさいと言われたが、その病院の責任者は、ジュリアが助産センターに登録していることを理由に受け入れを拒んだ。あれこれ言い合っているうちに破水し、責任者は助産センターに直行するよう勧めた。ジュリアのパートナーで赤ん坊の父親であるジェイ・アーデンの運転で、四〇分後にセンターに着き、助産師が呼び出された。胎児の心拍数は正常な数値の半分しかなく、助産師はふたりをすぐさま近くの病院に行かせた。すでにジュリアは苦痛の叫び声をあげていたが、赤ん坊の苦しみがわかるので、開口がわずか三センチでも分娩しようといきんだ。そして、病院に到着して数分足らずで出産した。じつは二週間前に、ジュリアの胎盤は大量出血していたのだが、イモジェンの頭が出口をふさぐ恰好で、血液がしみ出るのを止めていたのだ。

大量出血は一〇〇回の妊娠中一回起き、子宮内にたまった血液は胎児にとって有害とはいえ、生まれた乳児はたいてい無事に育つ。しかし、イモジェンにはてんかんのような発作が出た。ジュリアとジェイが、以前拒まれたオックスフォードの病院に連れていくと、イモジェンは集中治療室の一歩手前の段階である新生児治療室（ＳＣＢＵ）に入れられた。のちにジュリアはこう書いた。「一度死んだ嬰児（えいじ）が、この辺獄（リンボ）でいま現世と来世のあいだを浮遊している。この子らは生まれたものの、まだこの世に足を踏み入れていない」。一週間たったころ、イモジェンは目を開け、一〇日後には両親と家に帰った。

イモジェンは、ジュリアの胸にしがみつけず、金切り声で泣いてばかりいた。「あの子が泣きわめくのに理由なんてなかった。もうひとりの娘も泣きはするけど、そばに行ってやれば泣きやむ。たいていは私を求めて泣くの。でも、イモジェンは私に何も求めないし、何をやってもなだめられなかった。それが腹立たしかった」

イモジェンの世話はますます困難になった。眠る様子もめったになく、目が覚めているあいだはいつも大声で泣いている。ジェイは自分がへとへとになるくらい大げさに彼女を振りまわして、ようやく一時的におとなしくさせた。それなのに、数週間で仕事に戻らなければならなかった。イモジェンが六週めのころ「あの子をベッドの上に放り投げて、『あんたなんか嫌いよ！　大っ嫌い！』と言った」とジュリアは思い出した。「あとから思うと、本能がこんな赤ん坊は捨ててしまえと言っているようだった」

医師たちは多くを語らず、そっけなかったが、イモジェンが好転する可能性もまだ口にした。ジュリアとジェイは、マッサージ療法、母乳相談、疝痛治療、夜泣きや授乳を記録する育児日誌などを試した。だが、イモジェンはときおり静かになったり眠ったりすることはあっても、楽しさや喜びの表情をいっさい見せなかった。やがて、母乳を飲んでもあとから戻すようになってきた。ネットで見かけたふたつの統計が、ジュリアの頭についてまわった――重度障がい児を育てる一〇人の親のうち八人が〝臨界点〟に達していて、イギリスではそうした家族の一六パーセントが子どもを治療施設にあずけていた。

NHS［訳注：ナショナル・ヘルス・サービス。イギリス政府が運営する国民保健サービス］から来た調査員は、ジュリアを〝聖人〟と呼んだ。「もちろん彼女の仕事は、親子の絆をしっかり結ばせることだから」とジュリアは言った。「親がなんとかできそうなら、NHSはそういう赤ん坊の面倒をみなくてすむ。イモジェンがどうしても泣きやまないおかげで、私は聖人の称号をもらったの」

こうした立派な精神とつねに共存しているのが、怖ろしい怒りだった。「ある夜の暗がり、月もなく明かりもつけず、私はイモジェンの小さな怒れる体を揺すってあやしながら、いつもより大きく揺すっていることに気づく」とのちに彼女は書いた。「この子の頭を壁に叩きつけて割るとしたら、きっとこんな感じだろう。いとも簡単だ。もう少し勢いよく振って投げれば、この柔らかい頭蓋は、ゆで卵のようにつぶれる――そうした幻想を誰かに話すことはなかったが、私はひどく混乱した。わが子を殺すところを、あまりにもたやすく想像できたから」。イモジェンの笑顔は相変わらず見られず、それは脳障がいの確かな徴候だった。ジュリアとジェイがなんとか食い止めていた絶望の嵐が襲いかかってきた。

数週間後の週末に、国が負担するレスパイトケアを利用して、ジュリアは介護人にイモジェンをあずけた。そうした自由を心待ちにしていたのに、わが娘を「障がい者を愛することが私より上手な」誰かに託すのは、ひどくみじめな気持ちだった。

イモジェンには、確定した診断もないまま大量の薬が処方されていた。小児科医から〝大きな問題が待ちかまえていると言われても、将来を見すえた適切な対応はとてもできなかった。そして、ジェイが協力しなくなった。「彼が自分の赤ん坊を愛していないことが腹立たしかった」とジュリアは説明する。「どうしようもなくて報われない娘への愛から、私自身が逃れられないことを思い出させられたから」。この両面感情に満ちた親子の絆は、ジェイに向けていたであろう愛情もすべて吸収してしまった。ついに、ジェイは離婚すると言いだした。「悲しみがどれほど利己的な感情に変わりうるか、私たちはそのことに気づきはじめたの」

ある日、イモジェンを窒息死させようかとジェイがもちかけた――イモジェンと自分たちの苦しみを取り除くために。それならSIDS（乳児突然死症候群）や揺りかご死と見分けがつかないだろう、と。ジュリアはぞっとしたが、彼女もイモジェンの死を願っていた。「あの子といっしょに生きていけないし、あの子なしでも生きられなかったの。イモジェンにとっては何が最善だったかしら。彼女に生きる権利はあった？〝権利〟ということばは重いものよね。私たちは、子どもと人生を頭のなかですごくごちゃごちゃにしていたと思う」

だが、それもいいかもしれないとジュリアが決断すると、今度はジェイが思いとどまった。もしジュリアが刑を受けるようなことになれば、まだ二歳児なのにどこか悲しげで内向的になりかけている長女のエリナーがショックで打ちのめされてしまうというのだ。ジュリアは、だったらこれからどう生きていくべきなのかを考えた。「生きている者の死を悼むのは、頭を混乱させるだけだった」と彼女は書いた。「そんなことはぜったいにすべきではないと感じていた」

ＮＨＳを訴えるという話もあった。そうすれば、イモジェンが二〇歳になるまでの介護費用として三〇〇万ポンド（約四億二六〇〇万円）を受け取れたかもしれないが、そのためには、彼らを助産センターに向かわせたオックスフォードの病院の責任者に過失があったことを証明しなければならない（過失があったのは明白だが）。加えて、ただちに入院していればイモジェンはひどい脳損傷にならなかったという証明も必要だった。それらの査定に六年はかかっただろう。ジュリアが怖れたのは、係争が長引くことと、その間、脳障がいの子に対する全責任を負いながら収入の道が途絶えることだった。

イモジェンが生後五カ月を迎えようというころ、両目がぴくぴくと痙攣するようになった。両親が小児科で診断を仰ぐと、検査をした神経科医はためらいがちに言った。「イモジェンは歩くこと、そして話すことができなくなりそうです」。もしＳＣＢＵが辺獄なら、ここは地獄だとジュリアは思った。精密検査をするために三、四日の入院が必要だという。職員は、ジュリアもほかのほとんどの母親と同じように、病院に泊まるものと思っていた。だが、そこは彼女が陣痛時に入院を断られた病院だった。

「最初の夜、私はひどい暴言を吐いた」とジュリアは言った。「この大病院は私を裏切ったという思いがあって、ことばが口をついて出たの。『泊まるもんですか、くそったれ』って。ほかの親たちのまえを、目も合わさず通りすぎたわ。聖人なんかやめてやるという気分で。そのまま車に乗って、家に帰ったの」。そのあとも、イモジェンには死が許されているという考えが頭から離れず、カルテに蘇生処置拒否指示を記載してほしいと医師に頼んだ。その週末、ジュリアは娘を病院から連れ出し、洗礼を受けさせたが、洗礼は娘の死を願う気持ちを固めただけだった。ジュリアにしてみれば、延命に対する医師たちの執拗な熱意は、サディズムも同然だった。

次の火曜日、ジュリアとジェイは、神経科医からイモジェンの頭部のCT画像を見せられた。画像が頭蓋下部から上へ移っていくうちに、「きれいな卵形の頭蓋のなかで、灰色の形がだんだんと収縮して、代わりに黒い部分が増えていくのがわかった」とジュリアは書いている。「両目が出ている画像まで来ると、すっかり黒くなり、その縁はレース状で、黒い花瓶敷きのフリルのように見えた。神経科医によると、黒い部分は大脳皮質が本来あるべきところで、レースの縁のような部分は損傷した脳の残骸だと」。その医師は「厳密に言うと、彼女には知能がないのです」と告げた。

すべてを理解するまで時間が欲しいとジュリアが言うと、神経科医は、イモジェンを病院で一週間あずかることに同意した。ジュリアの頭を占めていたのは、娘には彼女のことを理解する意思や能力がなく、よくて空腹や固さや柔らかさくらいしか感じられないということだった。その後の判断は、すべてジュリアにゆだねられていた。ジェイとは結婚しておらず、たとえ出生証明書上は彼が父親であっても、旧弊なイギリス法（いまは改正されている）は彼になんの権限も与えていなかったからだ。

ジェイは医師たちに、イモジェンがクリスファー・ノーランのようになれるか何度も尋ねた。その少年は酸欠状態で生まれて、閉じこめ症候群［訳注：意識はあるものの眼球以外は体を動かすことができない状態］になったものの、母親が困難をものともせずに教育しつづけ、ある薬のおかげでひとつの筋肉が動くようになり、ついにはタイプを打って美しい詩を書いたのだ。「神経科医に『彼女はそのようにはなれません』と言われたときには、少し気持ちが楽になったわ」とジュリアは言った。「ジェイがそのあとで、あの子の世話をする気はないときっぱり宣言して、私の選択肢は、彼と暮らしてイモジェンを失うか、イモジェンと暮らして彼を失うかのどちらかになったから。それまでイモジェンには私が必要だと思っていたけど、必要ではないという確証がほしかった。あの子に私が必要だと思うのは自分のエゴだと確信したかったの」。のちにジュリアはこう書いた。「それは、かつて想像していたような一方通行の愛ではなかった。むしろ私の愛はどこにも行き場がなかった」

イモジェンが退院する予定の二日前、毎日病院を訪れていたジュリアは行くのをやめた。見舞われているのかどうかもわからない子に会いにいくのは、ばかげている気がしたからだ。ジュリアは暗い部屋で、体を丸めてベッドに横たわった。そこへNHSから、脳性麻痺の子を養子にしたという人物が派遣されてきた。「とても哲学的で賢い女性だった。彼女にした質問を憶えているわ。『子どもを手離すとしたら、いちばんいい時期はいつだと思いますか?』。彼女の答えは、『いつそれをするにしても、それまでがいちばん怖ろしい行為になるでしょうね』だった。ためになる回答だった。ちょうどいい時期なんてないってわかったから」

NHSの訪問者が帰るとすぐに、ジュリアは弁護士に電話をかけて、もしイモジェンを手離して児童保護制度にまかせた場合、エリナーの親権も失う怖れがあるかと訊いた。弁護士は、それはないと請け合った。ジュリアは病院に伝えるべきことを尋ねて、書き留めた。イモジェンが家に戻るはずの日、彼女は病院に迎えにいかず、ジェイとふたりで電話の近くに座って、呼び出し音が鳴るのを待った。電話をかけてきた看護師は、イモジェンが元気なことを伝え、病院にいつごろ着くかとジュリアに訊いた。「病院に行くつもりはありません」とジュリアは言った。驚いたような沈黙が続いたあと、看護師は、翌日の面談に夫婦で出席してもらいたいと頼んだ。

ジュリアは病院で、弁護士から教えられたとおりの文言を述べた。「私はこの子の母親にふさわしくありません」。医長は彼女の決定に異を唱えなかった。「話し合いはとても穏やかだった」とジュリアは言った。医師は、これまでイモジェンを傷つけたいと考えたことがあるかと尋ねたが、それはまるで必要とされる答えを引き出すような訊き方だった。「なかったとは言えません」とジェイが答えると、医師は言った。「それならば、あなたがたの重荷を下ろすことにしましょう」

夫妻は病院を立ち去るまえにイモジェンに会いにいった。ジュリアは娘を抱いて、ソーシャルワーカーに「本当にこの子を愛しているのよ」と言った。ジュリアは考えを変えたくなったが、ジェイは最後まで姿勢を崩さなかった。「ぼくか彼女か、ふたつにひとつだ」。黙って泣くジュリアを乗せて、車は走った。帰宅するとふたりは、衣類、ガラガラ、哺乳瓶と乳頭保護器、小児用ベッド、殺菌装置、幼児椅子を処分した。

数日後、里親の女性が病院にイモジェンを迎えにきた。タニヤ・ビールは熱心なクリスチャンで、すでにもうひとり障がい児を養育しているシングルマザーだった。「私が病室に入ると、イモジェンは小さなベッドで寝ている」とタニヤはのちにガーディアン紙に寄せたエッセイのなかで書いた。「私は当惑、喪失、混乱を覚える。彼女の両親と互いに値踏みし合う。この小さくて美しい子との別れに耐えられるとは、いったいどんな人たちなのだろう。イモジェンには何かがある。決然としていて、無視できない何かが。私が肩からかけた抱っこひもが、彼女の家になる。私の胸にへばりつき、私の指をしゃぶる。それから数カ月、私が目覚めているあいだはずっと、イミー［訳注：イモジェンのこと］は私の体の一部となった」

ジェイとジュリアは、初めてタニヤと面会した日に、乳母車と自動車のチャイルドシートを譲り渡した。ジュリアは、芯が強く威厳のあるタニヤに感銘を受けた。「彼女は私のことを、子育てに失敗した哀れな母親とは見ていなかった。それが何よりありがたかった」。イギリスの社会福祉政策は、児童保護下にある幼い子どもに対して養子縁組を進める方針をとっている。里親制度より養子縁組のほうが持続性があるというのが表向きの理由だが、養親は里親のように養育費を支給されないことを考えると、政府の真意もあまり明確とは言えない。とにかく、ジュリアにとって、彼女の娘を愛せる能力が自分以外の人間にあることは、救いであると同時に侮辱だった。養子縁組をしたら、自分の親権が完全かつあと戻りできない形で終了する。それは怖ろしかった。どこかで娘とつながっていたかったのだ。

数年後にジュリアは私に言った。「いまはタニヤも、タニヤがイモジェンの生活にかかわるのはあの子のためになると感じていると思う。そして私は、私たちがあの子の母親になることを願うようになった」。しかし、タニヤにはもうイモジェンを養子にする気はない。「タイミングが合わなかった」とジュリアは言った。タニヤと友人になるという望みも叶わなかった。

イモジェンがふたりの家に来ると、ジェイは彼女が笑いだすまでくすぐったり、ベンチ型のピアノ椅子の横に座らせて、彼女のためにピアノを弾いたりする。「するとイミーは反応して、わめくのをやめて重い頭をもたげ、まるで音楽に集中しているかのように目と口を大きく開き、畏敬とも言える表情を浮かべる」とジュリアは書いている。彼女は障がい児のための資金調達パーティを企画するようになり、イモジェンの症状が悪化してホスピスに入所したときにも、意欲的に活動した。自分の体験を綴った本も出版した。一家はイモジェンといっしょに暮らせないが、彼らの意識の中心にはいつもイモジェンがいる。

一方、タニヤは「私は、あの家族の知っているイミーとはちがうイミーを見ている。それは承知している」と書いた。「ある日、彼女が微笑む。束の間であっても、それはたしかだった。彼女は口笛に反応して笑っていた。初めての誕生日で、イミーは椅子に座って足元の鈴を蹴っては、その音に微笑み、すりつぶしたチョコレートケーキを食べようと大きく口を開けた。ゆっくりとだが、人生は生きるに値するかもしれないと学んでいる」。その笑顔は筋肉の反射運動だとジュリアは言い、医者たちもその見解を支持した。彼女が知っている子と、タニヤが描写する子は、互いの存在を消し去ってしまうほど異なっているようだ。

私が初めてジュリアに会ったとき、イモジェンは口から食べて咀嚼できたが、一年後には、ジュリアが「たったひとつの技術」と呼んでいたそれもできなくなり、胃ろうから栄養をとっていた。現在イモジェンが服用している薬は、発作を起こす子どもの筋肉の緊張を和らげるバクロフェン、三種類の鎮痙剤［訳注：痙攣をしずめる薬］、消化器系の薬が二種、そして抱水クロラールという催眠剤だ。眠るときには、彼女の腕や脚の形に合わせてつくられた寝台を使い、四肢が痙攣しても傷つかないようにストラップで固定する。理学療法は週に三回受けている。こうした養生法のおかげで、イモジェンは二〇年という生きる時間を得た。

「昔なら激しいてんかん性の発作を起こして、彼女は徐々に死んでいったはずなの」とジュリアは言った。「それがこういう人の自然な死に方だった。でも、いまはちがう。発作を止められる薬がある。自分の子どもの死を願うというのは、きわめてつらい状況よ。こうした子どもが生みだされることに、私はある意味で怒りを覚える。私が生まれたころは、こういう子は生き残れなかったから。治療法が高度化し、横暴な介入がエスカレートするにつれ、イモジェンたちは増えるばかりなの」。一方で、タニヤはこう書いている。「イモジェンの障がいは重いままだが、家族のことや、自分が生まれて里子に出されたことはわかっていて、祖父母の誰が来ても興奮する」

静かな確信に満ちたオーラを発するタニヤと、混乱したドラマに向かう傾向のあるジュリアは、好対照だ。エリナーが尋ねたことがある。「ママ、もし私も脳をけがしたら、向こうにいってタニヤと住んでいい？」。タニヤのたっての要望で、ジュリアはイモジェンのカルテから蘇生処置拒否指示を削除させた。タニヤがイモジェンを養子にしないかぎり、こうした判断は今後もジュリアにゆだねられている。「でも私は自分だけで決めたくない」とジュリアは言った。「そんなの残酷だわ」

ジュリアの体験談は、まず新聞に発表され、その後本になった。それは贖罪を求める叫びであり、さまざまな反響を呼んだ。彼女を勇敢だと言う読者もいれば、利己的だと批判する者もいた。

私たちのインタビューの最終日に彼女は言った。「昨日、イモジェンを車椅子で押して通りを歩いたの。車椅子で六ブロック行くのは悪夢だったわ。大きい車はすべて歩道に乗りあげて駐車している。通り抜けられる隙間があれば車二台分くらい進むけれど、なければ対向車が向かってくるなか車道を歩かなければならない。六ブロックも歩けば、深刻な顔つきの殉教者になる。歩行者たちは私に道を譲って微笑んでくれるけど、その笑顔は『かわいそうな人。あなたでなくてよかった!』と言っている。イモジェンがそばにいるときにはいつも、障がい児の母であることの意味を考えるわ。一日の終わりに、聖人の外見に磨きをかけている自分を想像できる。同時に、この世でもっとも怒っている自分も」

ピーター・シンガーの定義によれば、イモジェンやアシュリーのような人たちは〝パーソン〟ではない。しかし、私が会った親たちの多くは、そうした子どもと暮らし、世話をしながら、彼らのなかに〝人格性〟を豊富に見いだしている。どんな子であれ、どこまで〝人格性〟が見てとれ、どこまで親の想像や投影が含まれているのかを判断するのは不可能だ。

シンガーは、わが子の〝人格性〟を信じる親たちに、子どもを非パーソンとして扱うべきだと主張しているわけではないが、そうした子どもを不要と考える人々が利用できる倫理的枠組みを与えている。ただ私には、活動家たちが批判するように、この考え方が障がい者の大規模な抹殺というヒトラー的な政策にわれわれを導くのかどうかはわからない。もちろん、シンガーが主張するように理にかなっているようにも思えない。彼の誤謬は、自分自身や科学が全知であるという思いこみにあるのだと思う。

オーストラリアの障がい者運動家クリス・ボースウィックは、こうした問題を考える倫理学者たちにとって何より重要なのは、「人間でありながら人間的でない人々という区分が、かりにあるとして、それをきちんと定義すること」だと述べている。私たちがある人を植物状態とみなすのは、医師がその人に意識がないと考えたときだ、と彼は言う。つまり、問題となるのは意識の有無ではなく、意識が読み取れるかどうかということになる。意識をほとんど未知のものと考えているボースウィックは、アーカイブス・オブ・ニューロロジー誌に発表されたある研究に注意をうながしている。〝植物状態にある〟と判断された八四人のうち三分の二が、三年以内に〝意識を取り戻した〟という記事だ。ボースウィックはこう書く。「私たちは問うべきである。理性、道義心、職業倫理を有する書き手たちが、明らかに異なる解釈が可能なデータを恒久不変に確実な証拠であるかのように扱うのはなぜなのか」

ボースウィックはまた、たとえある人たちが非パーソンであるとしても、彼らを明確に定義することはできないと主張する。多くの専門家から非パーソンと見られていたが、最後には人間性の光のなかに現れたアン・マクドナルドやクリストファー・ノーランのことを思わずにいられない。証拠が完全に確定されないままの死刑判決が嘆かわしいのと同じ論理で、明白とされている症例においても立ち止まってみる必要があるだろう。

私は、シンガーの思想の背後にある思いあがった科学主義が嫌いだが、人の命はつねに、すべて平等に扱うべしと言う人たちの感傷も好きではない。もちろん現実的な答えは必要だが、その答えが推測を超えた真実だと考えるのは愚かだ。私たちは互いの人格性を認めているものの、こうした障がい児に対しては、それを認めたり認めなかったりする。人格性という概念は、発見されたというより、まだ紹介された段階なのだ。

かつて精神分析学者のマギー・ロビンズは、「意識とは名詞ではなく動詞である。意識を不動の物体であるかのように決めつけるのは、災いのもとになる」と言った。タニヤはイモジェンのなかに根源的な品性のようなものを見いだしているが、ジュリアはそうではない。どちらの女性も夢を見ているだけだと言えば、彼女たちを不当に扱うことになるだろう。

愛のかたち

女王アリの娘たちは、母親やきょうだいアリの面倒をみる。鳥類のいくつかの種では、年長のひな鳥が両親の子育てを手伝う。しかし全般的には、人間を除く生き物の子育てにほとんど互恵関係は見られない。

人間の子育ては、一方的で一時的な関係ではなく、結局は親子二者間の生涯にわたる関係だ。壮年期の子どもが、年老いて体の弱った親の世話をするという最終的な方向転換が起きる以前でさえ、相互作用が生じ、親の社会的地位や自尊心に影響を与える可能性がある。たとえば、親への憧れのまなざし、子どもの甘えにひそむ愛情、憶えたてのことばで舌足らずに言うお世辞といった、幼いころのふれ合いによって、たいていの親は愛情のお返しを期待することなど忘れてしまう。だが、ＭＳＤの子の親にとって、幼いころのふれ合いはまれにしか起きず、最終的な相互関係も不可能かもしれないのだ。

もちろん、子育ての喜びは相互作用だけではない。フランスの作家アニー・ルクレールは、「子どもに向ける深い理解と愛情」について語り、フェミニストの心理学者ダフネ・ド・マーネフは、母親の子どもへの反応のしかたによって「子どもを承認してやれるだけでなく、母親自身が喜びや自己効力感、自己表現の感覚を得ることができる」と述べた。精神分析も、母親による乳幼児期の養育が一種の自己治療になることを長いあいだ提言してきた。たとえばフロイトは、「親の愛はいじらしいが、根底において子どもじみており、過去のナルシズムが復活したにすぎない」と述べている。私がこの章のためにインタビューをした親の大半も、こうした考えに力づけられたようだった。

だが、すべての親がそう思えるわけではない。しかたなく障がい児を育てているような親に対して、障がい運動の活動家や妊娠中絶反対派、宗教的原理主義者らは、そんなことならはじめから妊娠すべきではないと主張するが、現実には、人はたいてい楽観して親になっている。最悪のシナリオを真剣に想定している者でさえ、その状況に立ち至るまで自分の反応がどうなるか、満足に予測することはできないのだ。

イギリスの精神分析学者ロジカ・パーカーは、著書 *Torn in Two*（ふたつに裂かれて）のなかで、この開かれた現代社会においても母親の相反する感情の大きさは暗い秘密だと問題視した。母親は、しっかりつかみたいという衝動と同時に、払いのけたいという衝動にもかられる、とパーカーは言う。それなのに、ほとんどの母親は、子どもから解放されたいという折々の欲求を、自分が殺人願望をいだいたかのように考えてしまう。

良母になるには、子を育み愛さなければならないが、子どもが息苦しくなるほどしがみついてもいけない。母親としての航海は、パーカー言うところの「スキュラ〔訳注：海の六頭の女怪物〕のごとき介入と、カリュブディス〔訳注：大渦巻きの女神〕のごとき放置（ネグレクト）」のあいだを進んでいくものだ。パーカーは、母子間の完璧な同調などといった甘い考えは「ある種の悲しみ――子どもとの喜ばしい一体感はつねに手の届かぬ先にあるという穏やかな失望――を母親に投げかける」と指摘する。完全性とは、いくら近づいても到達することができない美しい地平線なのだ。

母親がいだく両面感情の暗い部分は、ふつうの子どもが個性を形成していくうえでは重要なはたらきもすると言われる。しかし、自立する見込みのない重度の障がい児の場合、親のネガティブな感情から恩恵を受けることはない。彼らの状況が要求するのは、純粋にポジティブな感情という、ありえないものだ。言うまでもなく、重い障がい児の親たちに、健康な子どもの親よりポジティブな感情をもてと要求するのはばかげている。こうした親たちはみな、愛と絶望の両方を感じている。両面感情をもつ、もたないの選択などない。彼らは、自分の相反する感情にどう向き合うかを決めることしかできないのだ。

ジュリア・ホランダーは、たいていの親とは反対の感情にしたがうことを決めた。しかし、どの家族であっても、感情そのものは大きく変わらないだろう。このような時代にも自己犠牲をものともせずに子どもを養育する親たちに、私は最大級の賛辞を贈りたい。しかしまた、自己に誠実であろうとしたジュリア・ホランダーにも敬意をはらいたい。彼女は私に、ほかのすべての家族がひとつの選択肢として子どもを育てていることを気づかせてくれたのだから。

8章 神童

天才と障がい者は驚くほど似ている。共通するのは孤独、不可解、怖れだ。

私は本書（全三巻）の取材をしているあいだに、世間で望ましくないと思われている〝ちがい〟を、多くの人が価値あるものと見なすようになることに驚嘆してきた。その反面、望ましいとされる〝ちがい〟がしばしば人を怖じ気づかせることにも――。

多くの親は障がい児が生まれることを怖れ、完璧な子どもを望む。たしかに、そうした子どもは世界に美を生みだし、自分の成したことに大きな喜びを見いだし、両親の人生をも一段高いステージへと引き上げてくれるかもしれない。だが、並はずれた知性をもって生まれた子は、著しく特異であるという点で、この本で取り上げたそのほかの例と同じである。心理学と神経科学の飛躍的進歩にもかかわらず、神童や天才についてはは自閉症と同様あまりわかっていない。また、重度の障がい児の親と同様、並はずれた才能をもつ子どもの親も、理解を超えた子どもの世話にあけくれることになる。

神童とは、一二歳になるまえに、ある分野で成熟した大人レベルの才能を発揮する子どもをいう。〝神童(プロディジー)〟の語源は、ラテン語のprodigiumで、自然の秩序を乱す怪物という意味だ。彼ら彼女らには、先天異常にも似た明らかなちがいがある。神童として認知されることを強く望む人は、ほとんどいないだろう。とりわけ、神童であることが燃えつき症候群や奇矯な行動と関係があることを考えれば。本人たちに言わせると、神童は〝社会的あるいは仕事上の成功の機会などめったに得られない、哀れで異様な変人〟ということになり、その才能は、すぐれた能力というより隠し芸のようにとらえられがちだ。

天才とちがい、神童という称号は、与えられるのにタイミングがある。世の中には、小さいうちから才能が開花しなくてもなんらかの才能をもっている人や、光り輝くとまではいかなくとも、並はずれた技能をもっている人がたくさんいる。フランスの詩人レイモン・ラディゲは、こう述べている。「非凡な才能をもつ大人が存在するように、非凡な才能をもつ子どもも存在するが、両者は同じではない」

だが、私は本書の取材を通じて、双方の特質をもち、それをかなりの部分で重ね合わせている人々とかかわることになった。この章で取りあげるケースは、人生のいつの段階であろうと、人とはちがう能力の発現が、統合失調症や障がいの発現と同様に、いかに家族のありようを変えるかを示している。早すぎる偉業の達成と、それが最終的に価値あるものとなるかどうかは、まったく別の問題だ。

障がい児の親と同じく、神童の親も、子どもの特別な要求に対処するために、自分の人生をあきらめざるをえなくなる。何度も専門家に診てもらったり、何度も異常への対処方法について策を練り直さなければならなかったりすることで、しばしば気力もむしばまれる。また、どう教育するかのジレンマにも襲われる。知的レベルは同じだが友だちにするには年上すぎる集団に子どもを入れるのか、年齢は同じだが知的レベルがちがいすぎて当惑されたり仲間はずれにされそうな集団に入れるのか……。頭のよさが、人と親しくなる際の妨げになることもある。神童の家族の健康と幸せが、本書のほかの家族を上まわるというわけではないのだ。

非凡な才能は、とくに運動や数学、チェス、音楽といった分野でよく見られるが、この本では音楽の神童に注目した。スポーツや数学やチェスよりも音楽のほうが、私にとって理解しやすかったからだ。音楽の神童の場合、才能を伸ばせるかどうかは、親の協力にかかっている。協力がなければ、子どもは楽器にさわることもできなければ、必要不可欠な訓練を受けることもできない。この分野の権威である学者、デイビッド・ヘンリー・フェルドマンとリン・T・ゴールドスミスも述べているように「神童とは共同事業」なのだ。

世の中には、わが子を早く成長させようとする親も多くいるが、それはまちがっている。子どもを励ますことと子どもにプレッシャーをかけることはちがう。子どもを信じることと、親がよかれと思うやり方に子どもをしたがわせることも。人格の成長を犠牲にしてまで非凡な才能を育てようとするのも、反対に、本人に最高の満足をもたらすかもしれない特別な才能を犠牲にしてふつうの成長をうながすのもまちがっている。親の愛を得られるかどうかは自分の華々しい成功にかかっている、と子どもに思わせてしまうのか、それとも自分の才能など気にもかけないように子になるのか――すべては親次第だ。

キーシン

どんな社会にも、音楽はかならず存在する。考古学者のスティーヴン・ミズンは著書『歌うネアンデルタール――音楽と言語から見るヒトの進化』(早川書房)のなかで、音楽は人間の認知発達面できわめて重要な役割を果たしてきたと述べている。また、学者のジョン・ブラッキングは、音楽は「もともと体の内にあるものであり、表に引き出されて動きだすときを待っている」と言っている。人は、ちがう文化であっても、喜びの音楽と悲しみの音楽を識別できる。社会学者のロバート・ガーフィアスは、音楽と話しことばは乳児期初期に獲得するひとつのシステムであり、音楽は「私たち人間が社会化するうえで主要な手段である」と強く主張している。

とりわけ音楽の神童にとって、音楽はことばそのものだ。ろうの子どもが最初は身振りでコミュニケーションをとろうとするように、彼らもはじめは歌うような口調で情報を伝達しようとするのかもしれない。ヘンデルはしゃべりだすまえに歌いだしたと言われている。ピアニストのアルトゥール・ルービンシュタインは、ケーキが欲しいといつもマズルカを歌ったそうだ。人はなぜ音符やリズムのパターンに感情的に反応するのかを研究している音楽心理学者ジョン・スロボダは、次のように書いている。「音楽による表現は、言語のように明確に何かを示す意味をもっているわけではない。しかし音楽には、構文や文法にも似た複雑ないくつものレベルの構造的特徴がある」。言語学者のノーム・チョムスキー流に言えば、脳内で生みだされた複雑な構造をもつ音楽は、音として表出されることによって初めて命を与えられるということだ。指揮者でもあるバード大学学長で、かつては自身も神童だったレオン・ボツトスタインは、「偉大な音楽家を生み出すものは、人の感情に訴えて惹きつける音楽の力であり、それは言語によるコミュニケーションに代わる役割を果たす」と述べている。そうであれば、口語や手話と同様、音楽には表現手段のみならず、それを受け止め、反応し、励ましてくれる相手も必要だ。だからこそ、この能力を目覚めさせるには親の介入が必要不可欠なのだろう。

エフゲニー・キーシン（愛称ジェーニャ）にとって、音楽は疑問の余地なく最初の言語であり、両親もまた音楽をよく理解していた。一九七〇年代なかば、モスクワのピアノ教師だった母エミリアのもとにはよく友人が訪ねてきて、彼女の小さな息子がピアノを弾くのを聞いていた。そして一九七六年、ジェーニャが五歳のとき、息子を特別な学校に入学させることに気が進まない母親（「ああいう学校では、子ども時代を犠牲にしてひたすら勉強させられるのよ」とよく言っていた）に業を煮やしたある友人が、名高いグネーシン音楽大学のアンナ・パブロブナ・カントールと面会する予約をとりつけた。

カントールも、最初はあまり乗り気ではなかった。「九月のことでした。私は、試験はとっくに終わっていると言ったんです。『でも、会っていただければわかります』とそのご友人が言い張りました。『終わってなんかいないってわかるはずです』とね。一週間後、母親が息子を連れてやってきました。天使みたいな巻き毛に顔を縁どられたその子は、底知れぬほど深い目を見開いた。私はそこに輝きを見たんです。楽譜も読めず、音符の名前も知らなくても、彼は完璧に弾きこなしました。私は、物語を音楽にしてみてと言いました。暗い森にやってきた、野生動物がいっぱいの、とても怖い森に少しずつ太陽が昇ってきて、鳥がさえずりはじめる……。すると、彼は低い音でピアノを奏ではじめました。最初は暗く危険な場所にいる、それからだんだんと明るくなって、鳥たちが目を覚ましはじめ、日の光が現れ、ついには喜びに満ちたほとんど恍惚と言っていいほどのメロディが鳴り響き、両手が鍵盤を駆けめぐりました。私は彼に教えたくありませんでした。ああいう想像力はとても壊れやすいので。でも、彼の母親は言いました。『あなたは賢くて信頼のおける先生です。心配はいりません。この子は新しいものならなんにでも興味があるんです。やってみてください』と」

キーシン家はソビエト連邦（現在のロシアの前身国）のユダヤ人知識階級だった。統制の厳しい社会主義体制下にあって、精神的にも身体的にも解放されておらず、快適な生活とは言えなかった。家族は、いずれジェーニャの姉のアラが母親のようにピアノ教師になり、ジェーニャは父親のイゴールのようにエンジニアになるものと思いこんでいた。ところがジェーニャはわずか一一カ月で、姉が練習していたバッハのフーガを最初から最後まで歌った。それからは聞くものすべてを歌いだした。「あの子を外に連れていくのが恥ずかしかったものよ」とエミリアは言った。「始まったら最後まで止めようがなかったから。怖ろしくなったわ」

そんな親の心配をよそに、ジェーニャは二歳二カ月でピアノのまえに座り、それまで歌ってきた曲のいくつかを一本指で弾きはじめた。次の日も同じことをし、三日目には両手で、すべての指を使って弾きだした。レコードを聞けばその曲もすぐに弾いた。「ショパンのバラードを小さな手で弾くのよ。ベートーベンのソナタも。リストの狂詩曲も」と母は話した。三歳にして、ジェーニャは即興演奏を始めた。まわりの人を音楽で表現するのがとりわけ好きだった。「よく家族のみんなに、誰の曲か当てさせたよ」とジェーニャは振り返る。

カントールは〝演奏者の想像力と精神は、作曲家のそれと同等であるべきだ〟というロシアの伝統的な考え方にもとづいて、ジェーニャの指導にあたった。「アンナ・パブロブナのもっとも偉大な功績は、あの子の才能をつぶさずに守ってくれたことよ」とエミリアは説明した。「そこにあるかけがえのないものを、どうすれば保存できるかを心得ていたの」。私がジェーニャに、多くの神童がみまわれる燃えつき症候群をどうやって乗りこえたのかと尋ねたとき、彼は「たんに、うまく育てられただけだよ」と答えた。七歳になるころには、作曲まで始めていた。

ピアノを弾くときには、それが自分にには欠かせない解放の瞬間であるかのように弾いた。「学校から家に戻ると、コートも脱がずにピアノに向かって弾いていた」とジェーニャは言った。「母には、これが自分にとって必要なんだということをわかってもらった」。彼はよく、カントールに習いたいことのリストをつくった。「むずかしい曲を教えてもらっているときは、『レーニンによれば、むずかしいというのは不可能という意味ではない』ってことばを括弧でくくって、楽譜に書きこんだりしてたよ」

初めてのソロ・リサイタルを開いたのは一九八三年五月、一一歳のときだった。「すごく穏やかな気持ちだった」と彼は振り返った。「休憩のときも、ステージに早く戻りたくてたまらなかった」。コンサートのあと、国の作曲家組合の高い地位にいる誰かの妻が、演奏会への出演を約束してくれた。これが、ソビエト時代の貧困のなかで名声と安らぎを得る入口となった。しかし、カントールは不安だった。「彼はまだ若いんです」と彼女は訴えた。「あまり世間に出すぎるべきではありません」。すると近くに立っていた見知らぬ人物が口をはさんだ。「あの子がアンコールに応えて、興奮しきった様子でステージに戻ってくるのを見たとき、あの興奮を解放せずに内に秘めているほうが、彼にとってはよっぽど危険なんじゃないかと思いましたよ。彼には自分を表現する場所が必要だ」。一カ月後、ジェーニャは作曲家組合のコンサートで演奏した。

翌年の一月、モスクワにやってきた高名な指揮者ダニエル・バレンボイムが、ジェーニャの演奏を聞いて、カーネギー・ホールに招こうとした。しかし、政府は音楽分野の天才を自国にとどめておきたがった。だから、ジェーニャにも教師のカントールにも、カーネギー・ホールへの招待のことは知らされなかった。

数カ月後、ジェーニャはモスクワでショパンのピアノ協奏曲を二曲披露した。そのあと、両親は彼にプレゼントがあると告げた。ソビエトのある町への旅行だった。両親がその旅行を計画したのは、コンサートの大成功で一大センセーションが起きたため、息子にあまりにも過剰な称賛を浴びせたくないからだった。そんな事情をジェーニャが知ったのは数年後のことだった。

ジェーニャはコンサート・ツアーで各地をまわった。「歴史や文学、数学、弁証法的唯物論、レーニン主義、軍事科学などの一般科目」は家庭教師に教わった。同い年の子どもとのつながりはほとんどなかったが、通常の学校教育から逃れることができたのはむしろ安心材料だった。一九八五年には初めてソビエトを離れて東ドイツへ行き、同国の最高指導者エーリッヒ・ホーネッカーのためにガラ・コンサート（記念演奏会）で演奏した。「サーカスの出し物のあと、シューマン作曲、リスト編曲の『献呈』とショパンのワルツ・ホ短調を弾いて、そのあとマジシャンが手品を披露したんだ」

二年後、ゴルバチョフ政権の政策であるグラスノスチ［訳注：情報公開の意。改革（ペレストロイカ）の一環］のおかげで旅行制限がゆるんだため、ジェーニャは大指揮者ヘルベルト・フォン・カラヤンのまえで演奏する機会を得た。カラヤンはジェーニャを指さし、涙ながらに「天才だ」と言った。

多くの神童とはちがって、ジェーニャは自分の子ども時代を嘆くことはない。「ときどき、人生の道筋があまりにも簡単に設定されてしまったのを後悔することはあるけれど」と彼は私に言った。「それに抵抗する方法はなかった。でも、たとえぼくのキャリアがもっと遅く始まっていたとしても、音楽はいつだって、ぼくにとっていちばん大切なただひとつのものだったと思う」。一九九〇年、一七歳のとき、ジェーニャはカーネギー・ホール・デビューを果たして評論家をあっと言わせ、翌一九九一年にキーシン一家はニューヨークに移住した。アンナ・パブロブナ・カントールも彼らについていった。

一九九五年、ジェーニャと初めて顔を合わせるまで、私にとって彼は〝ムーンチャイルド〟、すなわち独特で、閉鎖的で、不可解という表現そのものだった。その最初の出会いのときも、彼は自分については事実以外に話すことは何もないとはっきり言った。ジェーニャは話をするのもジャーナリストも好きではなく、多くの有名人がふつうは喜ぶ、世間の注目を浴びることも好まない。演奏の機会が増える場合を除けば、自分の成功にも無関心だ。背が高く痩せていて、妙に頭が大きく、とても大きな茶色い目をしている。肌は白く、もじゃもじゃの奇妙な茶色い髪は、その上にまちがえて何かを置いてしまいそうだ。全体的な印象はややひょろっとした感じで、身のこなしには緊張感と幸福感が同居している。

ピアノのまえに座るジェーニャを見るのは、コンセントにつなげられるランプを見るようだ。一見、ただの装飾品のように見えるかもしれないが、電気につながったとたん、本来の用途が明らかになる。彼は楽器にエネルギーを吹きこむというよりも、楽器からエネルギーを得ているように見える。「もしも突然ピアノが弾けなくなってしまったら、生きていけるかどうかわからない」とジェーニャは言った。彼のピアノは、まるで世界を取り戻すための道徳行為でもあるかのようだ。

一九九〇年代を通じて、ジェーニャのツアーにはつねに母親とカントールが同行した。ふたりの女性のあいだには、親密さと尊敬の両方が満ちていて、互いに相談することなしにジェーニャの演奏を批評したりはしなかった。新しい会場に着くといつも、ジェーニャはプログラムをひととおり演奏した。カントールは静かに座って演奏を評価し、エミリアはホールを歩きまわって音響をチェックした。ジェーニャには傲慢になっている余裕などなかった。「ふたりともぼくに、自分は偉大な神童だなんて思ってほしくなかったんだ。でも称賛に値すると思えば、いつもぼくを褒めてくれたよ」。父親と姉はいないも同然で、ジェーニャはつねに母とピアノ教師といっしょだった。そんな彼らを「三つ頭の猛獣」と呼んだ批評家もいた。

だが、音楽の神童も、人との会話となると私のピアノと同じくらい不器用だ。彼の深遠な知性と複雑な思考は、ピアノには表れても、会話には表れてこない。ジェーニャにはわずかに発話障がいがあり、破裂音の子音がもたつき、風船が割れるときのような爆発音になってしまう。また、話には間が多く、ひとつの単語から次の単語へうまくつながらない。ジェーニャが小さいころ、カントールは何か説明して返事がないと、もう一度、もっと念入りに説明した。そして最後に「ちゃんとわかってる？」と言うと、「うん、ずっとまえからわかってた」と答えたという。自分でもそんなことを言うつもりはなかったらしいが。

また二〇代のころ、彼が客演したオーケストラのコンサートマスターが、休憩中も練習する彼に気づいて、いっさい休みを入れずに練習するなんて自分にはできないよと言うと、ジェーニャはこう答えたそうだ。「だからあなたはソリストじゃないんですよ」。ふだんは度が過ぎるくらい細かいことに気を配るが、こういう無邪気な率直さは彼のコミュニケーション全般に言える。批評家のアン・ミジェットは、ワシントン・ポスト紙にこう書いた。「技術的な熟練に不器用な辛辣さが加わったからこそ、彼の演奏には非常に説得力があった」

初めての出会いから一年ほどたったある日、私たちはマンハッタンのアッパー・ウェストサイドにある彼のアパートメントにいた。私がラフマニノフのカデンツァの構造について知りたいことがあり、予定外で急遽会ってもらったのだ。「ここかな？」とジェーニャは言って、六小節ほど弾いてくれた。

その日残されたテープの録音でもっとも印象深いのは、会話から唐突に演奏に入る場面よりも、感情を載せた音楽の調べそのものだった。音符にはことばで表せない感情のすべてが含まれている。私の頭に、船のデッキをぴしゃりと打って、透明で優雅な水の流れのなかに戻っていく魚の姿が浮かんだ。わかってもらいたいという思い――ジェーニャの演奏のもっとも美しい部分――が、彼の演奏を技術的な器用さだけではないものとして際立たせている。私がほのめかした部分をただ弾いてくれただけなのに、私は初めて、彼と心から会話ができたような気がした。それは、打ち明け話や抱擁と同じくらい親密さを感じさせた。

そこで、私はしばらくまえから考えていた〝第一言語としての音楽〟という理論をジェーニャにぶつけてみた。彼はこんなふうに語った。「音楽はぼくの感じていることを伝えてくれる。でも、会話ではどうやって伝えたらいいのかまったくわからない。音楽についてことばで話すのもあまり好きじゃない。音楽それ自体が語ってくれるからね」。彼にとって音楽は、世界のありようを解明してくれるものなのだ。だからそれを聴く人々も、世界のありようがわかる気にさせられるのだろう。

それから一〇年以上たったある日、今度は彼に、自分の考えをすべて音楽で表現できているか？　と訊いた。ジェーニャの答えはシンプルだった。「まだまだだね」。そのあとでこうつけ加えた。「子どものころにピアノを弾いていたときは、ただただ音楽が大好きで、自分の感じたように弾いているだけだった。その後、自分の考えが深まってはっきりすればするほど、そこに到達するのはむずかしいと自覚するようになった。過去には誰かを指導してみたいと思ったこともあったけど、いまその気持ちはないな。ピアノを弾くということがいかにむずかしいかわかったから。いまのぼくが、昔よりもコンサートのまえにすごく神経質になるのはそういうわけなんだ」。それはまさに、神童がどのように成長するかについて私が耳にしてきたことを裏づけることばだった。

キーシンにとって音楽は、親密さを伝える手段だったが、なかには、環境や性格のせいで言えないことを表す手段として音楽を使う人もいる。いわば爆発型の天才、フィーマことピアニストのイェフィム・ブロンフマンもそのひとりだ。彼は一九五八年にウズベキスタンのタシケントで生まれた。父親のナウム・ブロンフマンはソビエト軍に徴兵され、ドイツ軍の捕虜になったのち、脱走して一〇〇〇キロ近い道のりを歩き、どうにかモスクワに戻ったのにまた収監され、スターリンに拷問にかけられたという人物だ。

母親のポリーナは、ポーランドでナチスの収容所に入れられていた。ナウムはタシケントの音楽学校で教えるバイオリニストで、ポリーナは自宅で生徒に教えるピアニストだった。「私たちはいつも、誰かに会話を聞かれているんじゃないかとビクビクしていました」とフィーマは私に話した。「自分を表現できる唯一の方法が音楽だった。だから、私たちは一生懸命音楽に打ちこんだんです」

音楽は自由な世界であり、ブロンフマン一家にとって、盗聴器のしかけられたアパートメントでは言えないあらゆることを表現する手段だった。フィーマの成熟した演奏の美しさの一部は、そうした長きにわたって経験した緊迫感が生みだしているのだろう。

二〇世紀のロシア音楽は一貫して、あいまいに表現するということの利点を巧みに活用してきた。音楽で何を表現しようと、役人はそれを咎めて破壊分子のレッテルを貼ることができない。音楽は、どんな沈黙に閉じこめられている人でも解放することができるのだ。

天才の定義

天才の起源は、少なくとも二五〇〇年ほどまえから、哲学的な議論の的になっている。プラトンは、天才は神々から従順な人間に授けられたと信じていた。ロンギヌス［訳注：ローマ帝国の軍隊を率い、磔刑のキリストにとどめを刺した］は、天才は神から授けられたわけではないが、神性をつくりだしてはいる、と主張した。

一方、一七世紀の哲学者ジョン・ロックは、天才は親が生みだすことができると考え（彼には子どもはいなかったと言われているが）、「子どもの心は水のように、どんなふうにも簡単に形を変えられると思う」と述べた。これは、理性をよりどころとする哲学が生まれた一七世紀前半らしい考え方だが、やがて謎に包まれたロマンティックなイメージに道を譲るようになる。イマヌエル・カントは「もし著者が生みだすものが天才的なひらめきによるのであれば、彼自身はその考えをどう入手したのかわからないであろう」と述べ、アルトゥール・ショーペンハウアーは、「才能のある人とは、ほかの誰にも当てられない的に当てる人であり、天才とは、ほかの誰にも見えない的に当てる人である」と言った。

さらに一八六九年、フランシス・ゴールトン（英の遺伝学者、優生学者）は著書 *Hereditary Genius*（遺伝的天才）で、天才はそう生まれついた者にしかなりえないものだと述べた。そして、同じく優生学者でゴールトンの継承者であるルイス・M・ターマンが、第一次世界大戦中、新兵を分類するために知能指数（ＩＱ）を測る、スタンフォード・ビネー知能検査を確立した。それが停戦後には学問的成功の予測判断材料となり、就学前の子どもへの知能検査が広がった。しかし、このような知能の数値化にはそもそも偏向性がある。ＩＱの低い子は〝望ましくない〟劣等生と見なされることになった。

　この検査が広まって以降、ＩＱの高さと天才に相関があるかどうかという問題も議論されてきた。ターマンはとくに高いＩＱをもつ子ども約一五〇〇人について追跡調査をした。七〇年後に評論家が述べた見解は、被験者にその社会経済的地位から予測される以上の成功は認められなかった、というものだった。逆に、ターマンが除外した、そこまで賢くはなかったひとり、ウィリアム・ショックレーは、トランジスタを共同で発明し、ノーベル物理学賞をとった。

　にもかかわらず、こうした測定は優生学者に支持されている。〝劣った人々〟の強制不妊手術を推奨した優生学者ポール・ポペノーは、「アメリカにおいて、単純労働者の子どもが科学の分野ですぐれた才能を発揮したことは一度もない」と断言した。またヒトラーは、ゴールトンとポペノーの研究や理論について熟知していた。実際、ポペノーはナチスの学者と熱心に共同研究をおこない、そうすることが自分に有利でなくなるまで彼らを擁護した。

　しかし、ナチスによるユダヤ人大虐殺（ホロコースト）が起きたことで、天才は遺伝だという考え方に大打撃がもたらされた。一九四四年、人類学者のアルフレッド・クローバーは、天才とは状況により判断されるものだと論じた。そうでなければ、なぜ紀元前五世紀のアテネや、ルネッサンス期のイタリアや、宋朝で多くの天才が生まれたのか。本来なら発生率に一貫性があるべきではないのか？

　ファシズムの視点で言えば、生まれながらの天才はほかの人間とは異なる人種であるということになる。だが、もし天才が遺伝によって生まれるのであれば、能力主義は最初から勝負がついていることになる。生まれつきの優越性を崇めることにもなる。一方、もし天才が努力の結果だとしたら、すぐれた人々は称賛と富を得るに値する。共産主義の視点で言えば、熱心に取り組めば誰でも天才になりうることになる。だが、鍛錬が足りないために多くの人が潜在能力を生かせないのは本当だとしても、炭鉱を訪ねてみれば、重労働自体が天才を生みだしたり金持ちになったりするのを保証しないことは容易にわかる。つまるところ、高い知能の歴史は、知的障がいや精神疾患の歴史に劣らず、政治的な意味合いを帯びているのだ。

ほかの多くの特異な才能と同様、音楽的才能も生理学的に分析することは可能だ。絶対音感をもつ人は、脳の聴覚皮質のなかの側頭平面が大きくなっているし、バイオリニストは左手の動きをコントロールする脳の領域が大きい。多くの音楽家は、運動協調性と言語を司る脳の部位の容量が大きいか、代謝が活発である。これは、音楽が運動であると同時に言語でもあることを示唆している。ただし、これらの特徴が、もともと音楽の能力が高いせいなのか、反復練習の結果なのかはよくわかっていない。

レオン

レオン・フライシャーは、一九二八年にサンフランシスコで生まれた。移民の父親はその地で婦人帽子職人となり、女優のルシール・ボールにも帽子をつくっていた。レオンは、気の乗らない兄がレッスンするピアノをいつも聞いていた。「兄がボール投げをしにいってしまうと、ぼくはよくピアノのまえに行って、先生の望みどおりに弾いてみせた」とレオンは過去を振り返った。両親はすぐに、兄ではなくレオンにレッスンを受けさせることにし、ほどなく、レフ・ショアというロシア人のピアノ教師に師事することになった。「サンフランシスコの神童輩出者として知られていて、うまく弾けていると思わなければ泣くまで弾かせたんだ。でも、レッスンが終わると昼食を食べに連れだしてくれて、ラムチョップをご馳走してくれたよ」

一九三七年、レオンが初リサイタルを開くと、その演奏を聞いたサンフランシスコ交響楽団の指揮者が、ぜひともイタリアに行って、高名なピアニストであるアルトゥール・シュナーベルに師事すべきだと言った。だが、シュナーベルは丁重に断った。当時は九歳の弟子をとることに興味がなかったのだ。それでも数カ月後、くだんの指揮者はシュナーベルを夕食に誘い、そこに内緒でレオンを呼び、演奏を無理やり聴かせた。シュナーベルは即座に彼を弟子として受け入れた。ただし、これ以上コンサートは開かないという条件つきだった。レオンの母親がたんに名声欲しさにコンサートをさせていることも、レオンを音楽に専念させるべきであることも、よく理解していたのだ。

翌一九三八年、レオンと母親はイタリアのコモに移った。シュナーベルのレッスンは、レオンがそれまで知っていたどんなものともちがっていた。「神童を育てる人は、技術と音楽を切り離すんだ」とレオンは説明した。「シュナーベルは、技術は〝自分のやりたいことをするための能力〟だという意見だった。彼は、座り心地のいい椅子に座って、ピアノを弾きはじめるまえに楽譜を研究することを勧めていた。やたらと鍵盤を叩くんじゃなく、どんなふうにその音を響かせたいのかまずよく考えるべきだと」。また、シュナーベルは六人以上の弟子はとらず、弟子たちをお互いのレッスンに同席させた。「一回のレッスンが、たった一二小節のために費やされることもあって、終わるとまるで酔っ払いのようによろよろと歩いたものだよ。頭のなかは受け取った情報だけでなく、インスピレーションでもあふれかえっていた。シュナーベルは、音楽を超越したものを教えてくれたんだ」

しかし、第二次世界大戦が始まると、シュナーベルはレオンをアメリカに帰した。イタリアはユダヤ人ピアニストのもとでユダヤ人の弟子がピアノを習うには都合の悪い場所だったからだ。幸い、シュナーベル自身もその後すぐにニューヨークに移り住んだので、レオンの父は東海岸の工場で職を探すことにした。「子どもが背負うには重すぎる責任になってきていた」とレオンは言った。しかし、母親だけは決意が固かった。「母は私に、最初のユダヤ人大統領になるか、最初の偉大なユダヤ人ピアニストになるかの選択肢をくれたというわけだ」と彼は悲しげにつけ加えた。

そして一九四四年、レオンは一六歳でカーネギー・ホール・デビューを果たし、たちまちその地位を確立した。そこからは流星のように輝かしくキャリアを積みあげていった。三年後、シュナーベルはレオンに、もう教えることは何もないと告げた。「シュナーベルに見放されて、希望を失ったよ」とレオンは言った。「そのとき、ラジオから彼のベートーベンのソナタが流れてきたのを憶えている。それが本当に美しくて、一心に聞き入ったことも。自分があんなふうに弾けるかどうか自信がなかった」

その後も、三六歳で局所性ジストニアに冒されるまで、レオンはピアニストとして二〇年の輝かしいキャリアを重ねた。局所性ジストニアとは、不随意筋の収縮を引き起こす神経疾患で、彼の場合は右手の中指と薬指を使うことができなくなった。痛みがあるにもかかわらず、細かい運指を絶え間なくくり返したことも、発症の要因になった。レオンの息子でジャズ音楽家のジュリアン・フライシャーは「父は右手を絶えず動かしていました。母親にそう言われたからです。だめになるまで動かしつづけたんです」と言った。

レオンは抑うつ状態になり、結婚生活は破綻した。「二、三年ほど絶望に打ちひしがれた時期が続いた。そしてあるとき気づいたんだ。自分はまだ音楽とつながっているんだと。たとえ両手でピアノが弾けなくても」。そうして、レオンはふたたび歩きはじめた。指揮者、教師、そしていくつかの左手だけのピアノ曲を華やかに弾きこなすピアニストとして。

彼は自分がいかに成熟したかをよくわかっている。「起きていることのまんなかに身を置いているかのような演奏もあるけれど、物語の語り手のように演奏するやり方もある。『昔むかし、あるところに……』といった感じの演奏だね。そっちのほうが表現は豊かになりうる。聞き手の想像力を解放するかられ。それは『これが私の感じていることだ。だからあなたもこういうふうに感じるべきだ』と押しつけているのとはちがう。神童には語り手のような演奏はできないが、充分に成熟した演奏家なら可能だ」レオンはまた、才能あふれる若い弟子たちを、まるでさまざまな装飾品のまわりに家を建てようとしている人のようだと表現した。「だからぼくは彼らに『寝室はここ、キッチンはそこ、居間はそこと決めなくちゃいけない。それを決めてから、きれいなもので隙間を満たしていくんだよ。まずは構造だ』と教えているんだ」。ただしレオンの息子は、この非常に繊細な考え方は人間関係にはおよんでいないと、皮肉っぽく言った。「父の音楽には、やさしさも思いやりもすべてである。それと同じように、人にもやさしくしろとは言いません。でもせめて、自分を愛している人の気持ちに気づいてほしいんです」

レオンのジストニアは、彼になんらかの恩恵をもたらしたのだろうか。彼はこう言った。「この病気のせいで私は、横道にそれることを余儀なくされた。でも横道にそれることができて、自分の――視野(ビジョン)に呼応することばはなんだろうね――聴覚野(オーリジョン)?――を広げることができた。もし、もう一度生き直すことができて、ジストニアに冒されない生き方を選べるチャンスが与えられたとしても……別のやり方をするかどうかはわからない」。ジストニアは、レオンがシュナーベルから学んだことを実証したといえるのかもしれない。演奏家は謙虚であれということを。「シュナーベルは、演奏家を山岳ガイドにたとえていた。その目的は、人々が景色を楽しめるように山の頂に連れていくことだと。演奏家自身が目立つことが目的じゃない。目的はあくまで景色なんだ」

レオンが七〇代になったとき、凝り固まった手の筋肉をボトックスでゆるめる治療が始まり、さらにロルフィング技法［訳注：アイダ・ロルフが開発したボディワーク。筋肉や骨よりもそれを包んでいる筋膜をほぐすことで体の動きを改善させる］で軟組織がよりスムーズに動くようになった。レオンはふたたび両手で演奏できるようになり、それに続き演奏がCD化されたことで、またも名声が高まった。「それでも父の技術はかつてのようではない。残されているのは音楽的才能です」とジュリアンは言った。「父は音符を弾いているのではありません。そこにある意味を奏でているんです」

レオン自身は次のように言っている。「決して治ってはいない。演奏しているとき、集中力と意識のゆうに八〇パーセントから九〇パーセントは、手にどう対処しようかということに占められている。関節のあいだの軟骨もすり減っている。だから指のなかで骨と骨がこすれ合う。ちょっと『人魚姫』の話に似てるね。人魚姫は人間の男に恋に落ち、望みを叶えてもらって人間になる。その代償は、一歩歩くたびにナイフの上を歩いているような痛みに襲われることだった。このおとぎ話のことは、本当にはっきりと憶えているよ」

音楽の神童はときどき子役と比較されるが、そもそも子役は子どもを演じる。六歳の子どもが演じる大人のハムレットを見るのにお金を払う人はいない。つまり、形式というのは、神童の力をもってしても変えられるものではない。この点について、レオン・ボットスタインは「神童は伝統的な形式をきっちりと守る。決してそれを変えることはない」と言っている。

音楽の演奏は、誰がやっても同じようなものになりがちだ。なぜならそこには規則があり、決まった構造と形式があるからだ。奥深さはそのあとに来る。モーツァルトは典型的な神童だったが、もし二五歳よりもまえに死んでいたら、私たちは作曲家としての彼を知ることはなかっただろう。イギリスの法律家デインズ・バーリントンは、一七六四年に八歳のモーツァルトを審査したあとでこう書いている。「彼は作曲の基本原理について完全な知識をもち合わせていた。また転調の達人でもあり、ひとつの調から別の調への転調がきわめて自然で、かつよく考えられたものだった」。しかし、モーツァルトもまぎれもなく子どもだった。「私のまえでピアノを弾いている最中に、お気に入りの猫が部屋に入ってきた。すると彼はたちまちハープシコードをほったらかして、猫を追いかけていってしまった。ようやく連れ戻したときには、かなりの時間がたっていた。また、ときどき彼はステッキを馬に見立てて脚のあいだにはさみ、部屋を走りまわったりもした」

どんな神童も、熟練の技と幼児性が同居したキメラのようなものだ。ときには、音楽的な洗練と本人の子どもっぽさの対比がはなはだしいこともある。私が取材したある神童は、七歳のときにバイオリンからピアノに転向した。彼女は私に、母親に言わないという条件つきでその理由を教えてくれた。「座りたかったの」

幼少期から厳しい訓練を受けたとしても、ほとんどの人は音楽家にはならない。若い生徒たちからも高く評価されているピアノ指導者のひとり、ジュリアード音楽院のベダ・カプリンスキーはこう説明している。「一八歳か一九歳に達するまでは、その子が感情表現で充分な能力をもちうるのかどうかはわかりません」。もしかしたら、幼いころの成熟は、大人になったときの未熟につながるのかもしれない。マイケル・ジャクソンがそうだったように。日本には、「十で神童、一五で才子、二〇すぎればただの人」ということわざもある。

短距離走者がマラソン走者を見くだすという愚を犯すことがあるようだが、親が子どもの自己陶酔を助長することも同じように愚かで、少しも子どものためにならない。望ましいのは、有名になるまえに何かをなしとげることだろう。あまりにも早く名声を得てしまうと、しばしば何かを達成することが困難になるからだ。多くの輝かしい音楽家のキャリアを育てたクラシック音楽のマネジャー、チャールズ・ハムレンは、わが子を一二歳でカーネギー・ホール・デビューさせたい親のことを、うんざりした様子で語る。「カーネギー・ホールで演奏すればキャリアができるというわけじゃありません。キャリアを積みあげた先に、カーネギー・ホールから招待されるんです」

シュナーベルは、子どものころのレオン・フライシャーがすばらしい才能を備えた子どもであることを見抜いた。だが多くの親は、そのような洗練された目をもっていない。天才的な能力をもつ子どもの研究をしている精神科医のカレン・モンローは、「隠された能力をもつ子どもの場合、親がその能力に気づかず、子どもの現状を見失ってしまうのはままあることです」と言っている。

バン・クライバーンは二〇世紀の傑出した神童のひとりだが、東西冷戦のまっただなか、二三歳のときにチャイコフスキー・ピアノ・コンクールで優勝し、紙吹雪のパレードで故郷に迎えられるまで、名声とは無縁だった。彼のピアノの先生でもあった母親は、息子にピアノを教えているとき、「いい、いまはあなたのお母さんじゃないのよ」としょっちゅう言ったという。子どものころを思い出して、クライバーンは言った。「ピアノの練習よりほかにやりたいことはありました。でも私が何をすべきかについては、母の言うことが正しいと知っていましたから」。クライバーンは生涯母親といっしょに暮らしたが、マネジャーでもあった父親の死後は、プレッシャーに耐えきれず、すっかりキャリアをあきらめてしまった。また抑うつとアルコール依存にも悩まされるようになった。

一九四五年当時、世界的なピアノ・コンクールは五つだった。いまでは七五〇だ。ハーバード大学の音楽教授ロバート・レビンは次のように述べている。「人気のあるレパートリーは、ほんの三〇年前まで、全ピアニストの一パーセント以下しか弾けないような技術的難度の高い楽曲でした。しかし、いまでは約八〇パーセントのピアニストが弾けます。とくに何かが改良されたというわけではありません。剣闘士のするような、純粋に肉体的な鍛錬が反映されているだけです。若い生徒には、まず音符を学んでから表現を加えろなどと言うべきではありません。シェフに、『とりあえず料理をつくってから味を足せ』と言うようなもので、それではなんの鍛錬にもならないのです」

ドリュー

スーとジョーのピーターセン夫妻は、息子のドリューの才能よりも、彼の個人的な要求をつねに優先していた。ただ、そのふたつは一致することが多かった。

ドリューは三歳半になるまでしゃべらなかったが、スーは息子の知能に問題があるとは思っていなかった。一歳半のドリューに本を読んでやっているとき、単語をひとつ飛ばすと、ドリューは手を伸ばしてページの上の飛ばした単語を指さしたからだ。その段階ではまだ多くの音を口から発することはできなくても、心の奥深くではすでに音に関心があったのだ。「教会の鐘の音にはものすごく反応してたわ」とスーは語った。「鳥の鳴き声がすると、動きを止めて聞き入るの」

子どものころにピアノを習っていたスーが、古いアップライトピアノで基礎を教えはじめると、ドリューは楽譜にも興味をもつようになった。「息子には解読が必要だった。だから私も、ト音記号の意味とか、なけなしの知識を総動員しなくちゃならなかったわ」。ドリュー自身はそのころのことについて、次のように言っている。「まるで、アルファベットを一三文字しか習ってないのに本を読もうとするようなものだった」

それでも自力でへ音記号を理解し、五歳でやっと正式なレッスンを受けはじめたときには、ピアノ教師に最初の半年の課程は飛ばしてもだいじょうぶだと言われた。その一年後には、カーネギー・ホールでリサイタルを開いてベートーベンのソナタを弾き、イタリアの若者向けの音楽祭で、自分より一〇歳以上年上の人々に混じって演奏していた。スーは言った。「とてもうれしかった。でも私たちは、これをあまり深刻に受けとめてはいけないとも思っていた。息子はまだ小さな男の子だったから」

一家がドリューのピアノ教師にどこか違和感をいだいていたとき、スーはミヨコ・ロットという名のピアノ教師を探すようにアドバイスされた。ロットは、ドリューを教える時間はないが、彼の演奏を聞いて誰か別のピアノ教師を紹介しようと言ってくれた。それなのに、ドリューが弾き終わると彼女は言った。「火曜日の四時なら空いています」。数年後、ロットは当時を思い出して言った。「ドリューはペダルに足が届くか届かないかといった状態だったのに、ピアノを弾くのに必要とされる成熟した微妙な表現のテクニックをすべて備えていたんです。私は心のなかで思ったわ。『ああ、なんてこと、これは本物の天才だわ。この子は誰かのまねをしてるんじゃない。甘やかされてもいない。彼の音楽的才能は内側から湧きでている』って」

とはいえ、ロットの熱狂は手離しで歓迎されたわけではなかった。スーは言った。「とうてい信じられなくて、ぞっとしたほどよ」。ジョーはこう言った。「とんでもないことが起きたと思った」。結局、スーはドリューを毎週マンハッタンに連れていくことはできなかったので、ロットの勧めてくれたニュージャージーのピアノ教師に師事させることにした。ロットは数週間ごとに、状況はどうかと尋ねるメールをくれた。そして数カ月ごとにドリューを招いてピアノを弾かせた。「とても何気ない感じだった。でもいま思えば、厳格に管理された、明確な目的のあることだったんでしょうね」とスーは言った。

ある日、幼稚園に行く途中でドリューが母親に尋ねた。「今日は勉強したいことがあるから、家にいていい?」。スーは当惑した。「息子はとっても分厚い教科書を読んでいたの。クラスのみんなが、ふくらませた風船のMを使ってアルファベットの勉強をしてるときに」。ドリューは言った。「最初は孤独だった。でもそのうち受け入れられるようになる。そう、自分はみんなとはちがうんだってことを。そしてみんなも、いずれは友だちになってくれるんだ」

ドリューの両親は、彼をモンテッソーリ教育の幼稚園に移らせ、その後は私立学校に通わせた。新しいピアノも買ってやった。七歳になったドリューが、このアップライトピアノだとダイナミックなコントラストが表現できないと言ったからだ。「家の頭金を除いたら、これまでに費やしたどんなものよりも大きな出費だった」とスーは言った。

中学生になるまでに、ドリューは頻繁に演奏会を開くようになり、同時に週に九時間の練習がある競泳チームにも入った。ドリューが一四歳のとき、スーはハーバード大学の自宅学習プログラムを見つけた。私が会ったとき、ドリューは一六歳で、ハーバードの学士課程を半分終えたところだった。

ピーターセン夫妻と話をした私は、彼らの熱心さだけでなく、クラシック音楽につきものの気どった態度をごく自然に避けている様子に感銘を受けた。スーは養護教諭で、ジョーは〈フォルクスワーゲン〉の技術部門で働いていた。彼らはドリューがもたらした人生に期待しすぎていないばかりか、怖じ気づいているわけでも、厚かましくしがみつこうとしているわけでもなかった。そこには勤勉さと芸術性があった。ジョーは言った。「ふつうの家族というのは、どういうものだと思う？　私の思い描くふつうの家族というのは、ただただ幸せな家族なんだ。私の子どもたちがたくさんの喜びをもたらしてくれているこの家のように」。ドリューの才能が、弟の子育てにどんな影響を与えたかと私が尋ねると、スーは答えた。「下の子がいると、上にばかり集中しなくなるし、エリックはドリューとはまったくちがうの。ドリューが障がいをもっていたり義足だったりしても、同じだったでしょうね」

音楽の引力は、ドリューにとって抗えないものだった。「ハーバードのプログラムで、本当に興味のもてそうな科目を探そうとしたんだ。もしかしたら音楽よりもずっと興味をもてるものを。でも見つからなかった。本当はそんなもの望んでないのかもしれない」。ロットがマンハッタン音楽学校で教えていたので、ドリューはそこで音楽教育を続けることにした。スーは回想した。「あの子はこう言ったの。『いまはマネジメントや注目はいらない。音楽漬けの子ども時代をおくりたいんじゃない。音楽漬けの人生をおくりたいんだ』」。それは、〈オプラ・ウィンフリー・ショー〉［訳注：アメリカでもっとも有名なトーク番組。著名人もこぞって出演する］に出てほしいという再三の依頼をなんとかやりすごしたころだった。

「七歳のときにも、『ぼくはサーカス芸をやってるんじゃないんだ』と言った」。一六歳になっても、ドリューはマネジメントを望んでいなかった。「嫌なものは、はねつけなきゃいけない」と彼は説明した。さらに、私がドリューに、まだそんなに人生経験がないのに、どうして音楽でそんなにたくさんのことを表現できるのかと訊いたときには、こう答えた。「ぼくは音楽でしか表現できない。ことばじゃなくて。たぶん経験も音楽を通してしかできないんだと思う」。話をすることで親しくなる人もいれば、セックスやスポーツで親密になる人もいる。だとしたら、親密さを築く核が音楽であってもいいだろう。

私が出会ってから一年後、ドリューは上級特別クラスに選ばれ、当時二八歳だった中国人ピアニスト、ラン・ランの指導を受けることになった。私はふたりのレッスンを見学にいった。しゃべりが流暢なラン・ランは六人の生徒を指導していたが、ドリューにはあまりことばをかけず、ドリューもラン・ランにあまりことばを発さなかった。しかしドリューの演奏は、誰にもまねできない彼独特の雄弁さとラン・ランの洞察力による指導が融合して、劇的に変化していた。

スーはこう言っている。「あの子の才能が、私がしなくちゃいけないことを拡大して見せてくれるの。正直言って、あの子に尋ねないかぎり、自分が正しいことをしているのかまちがったことをしているのか知るすべなんてないわ」。ドリューはそんな母にこう言う。「母さんはいつも質問してくるよね。ぼくは反逆児だけど、母さんはいつだって質問してばかりだ」。するとスーはこう返した。「あなたの答えはいつも自信に満ちあふれているから、ありがたいわ」

音楽の才能は、三つの要素に分けることができる。運動機能と模倣と解釈だ。ほとんどの楽器でこれが要求される。手や唇を正確に動かすにはすぐれた身体能力が必要だし、他人の技術を再現する模倣能力もなくてはならない。「そんなものはたんなるコピーだ、と切り捨てるべきではない」と言うのは、ニューヨーク誌の音楽評論家ジャスティン・デイビッドソンだ。「模倣することで、私たちは話したり書いたり自分を表現することを学ぶ。模倣の能力を充分に備えている音楽家は、幼いころから非常に洗練された解釈をすることができる。そうした解釈は指導者から教わったものなのか、録音された音源から得たものなのか、ほかのピアニストの演奏を聞いて得たものなのか、それとも内側から湧きでてきたものなのか。おそらく、それらすべてが源なのだ」

また、ロバート・レビンは次のように述べている。「ことばをどう発音するのか知らなければ、メッセージを伝えるのはむずかしい。すばらしい考えが頭のなかにあったとしても、技術をなおざりにしていたら、技術が完璧でもなんのメッセージももっていない場合と同様、きちんと伝えられない。演奏家は、こういう明らかに両立のむずかしい要素を両立させ、訓練と経験のメリハリをつけないといけない」。画家ピエール＝オーギュスト・ルノアールのことばにもあるように、職人技は才能の妨げになったりはしないのだ。

ただし、チェロ奏者で指導者でもあるスティーブン・イッサーリスは私に、音楽が競技スポーツのように教えられる場合が多すぎる、と不平をもらした。「音楽は宗教と科学の融合のように教えられるべきなんだ。指をすごく速く動かせるのはとてもすばらしいことだけど、それは音楽とは関係のないことだ。音楽は人に影響を与える。でも、人が音楽に影響を与えることはない」

ナターシャ

ミハイルとナタリーのパレムスキー夫妻は、ソ連の体制のなかで居心地のいい地位を確保していた。ミハイルはロシア原子力機関で、ナタリーは物理工学協会で働いていた。一九八七年に生まれた娘のナターシャは、早くからピアノに関心を示した。弟のミーシャはまったくの無関心だったというのに。「キッチンにいて、『いったい誰が弾いてるのかしら』と思ったの」とナタリーは振り返った。「で、見にいって驚いたわ。『赤ちゃんが子守歌を弾いてる！』って」

ミハイルは、音楽をやったってろくな人生にならない、レッスンを受けさせるのはやめてくれと言うだけだったが、ナタリーは少しくらいなら害にはならないだろうと考えた。半年後、ナターシャは子どものコンサートでショパンのマズルカを弾いていた。「あの子は四歳で『私はピアニストになる』って決めた」とナタリーは言った。ナターシャは学校のクラスでいつも一番だった。「私たち、音楽のことは何も心配していなかったの。あの子は数学も物理も化学もよくできたから、もし音楽の才能が涸(か)れてしまっても、何かほかのことができると思って」

ところが、状況が変わった。ソビエト連邦が崩壊し、特権階級にいた人々に疑惑の目が向けられたのだ。一九九三年のある夜、ミハイルは遅くに仕事から家に帰る途中でひどい暴行を受けた。医師はその夜ナタリーに、「未亡人になる覚悟をしてください」と言った。ミハイルは何年も前からアメリカ企業に誘われていた。夫妻はこのときまでロシアを離れたいと思っていなかったが、ナタリーは気持ちを変えた。「三日後、私は病院にいる夫のところに書類一式をもっていった。私がミハイルの手に手を添えて、署名をさせたの。そして、ミハイルが昏睡状態から目を覚ましたとき、『あなたはカリフォルニアに行くのよ』と言った」

ミハイルが先に渡米し、一九九五年に家族が追いかけた。ナターシャは四年生に編入した。クラスメイトはみんな、彼女より二歳年上だった。ほんの数カ月で訛(なま)りなく英語がしゃべれるようになったナターシャは、すべての科目のテストで一番をとった。家族はいいピアノを買ってやる余裕がなかったが、どうにかして安物を見つけた。「まるでキャベツみたいな音がしたわ」とナターシャは当時を振り返る。

ナタリーは学校に対して、ナターシャが力を発揮できるよう独学をさせてやってくれと頼んだ。『お嬢さんが誇らしいでしょう』ってみんなに言われた。そんなとき私は、誇らしい気持ちをいだくべきなのは私じゃなくて、ナターシャ本人ですと答えていたんだけど、そういう言い方はアメリカでは礼儀にかなってないと学んだの。だから最近は『ええ、娘をとても誇りに思っているわ』って答えている。そうすれば会話が弾むから」。ナターシャ自身、自分に強い衝動があったからこそ成功につながったのだと認めている。「私を練習させるために両親が何をしたの？　私を食べさせたり眠らせるために、彼らが何をしたの？」

ナターシャが一三歳でイタリアのコンクールに出場したとき、彼女がプロコフィエフの六つのソナタを演奏しようとしているのを見て、審査員のひとりが言った。「きみにはこのソナタは演奏できないよ。これは刑務所がテーマの曲だからね。きみは刑務所に行ったことはないだろう？」。するとナターシャは憤慨して、「ピアノを上達させるために刑務所に行くつもりはありません」と言った。演奏家は経験したことのない感情を表現するのが当然だと、ナターシャは考えている。「もし私にその経験があったとして、それがかならず音楽をよりよく表現する助けになるかしら？　私の仕事は何かを表現することで、実際にそういう生き方をすることじゃないわ。ショパンはマズルカを書いた。そして聴衆のなかの誰かがそのマズルカを聞きたがっている。そうしたら私は楽譜を解読して、その誰かが理解できるようにしてあげなくちゃならない。ええ、とてもたいへんなことよ。でも、それは私の人生経験とはなんの関係もない。私たちは世界を音で満たさなくちゃいけないの。もしも何かを取り除いたりしたら――たとえば世界からブラームスのピアノ協奏曲第二番を取り除いたとしたら、何かがちがってくる。ブラームスのあるこの世界が私の世界。そしてその世界を構成しているものの一部は、私を通して表現されるの」

一四歳のとき、ナターシャは高校を成績トップで卒業し、ニューヨークのマネス音楽院への入学を許された。学費は全額免除。マネジメント契約もして東海岸に移り、そこで音楽の勉強漬けの生活を始めた。平日はニューヨーク市内のホストファミリーの家ですごし、週末は郊外のマネジャーの家ですごした。ニューヨークで暮らしはじめた最初のころ、ナターシャと母親は電話でしょっちゅう連絡をとり合った。ナタリーは、娘がニューヨークで心をすり減らさないか心配していた。「あっちでは未来を思い描く時間なんてない。みんな、生き延びるためにただひたすらがんばってる。モスクワにいたときみたいに」。だが娘はこう答えたという。「未来を思い描くというのは、どうやって生き延びるかということよ」。ナタリーは、「あれは私からあの子へのプレゼントだった。私はあの子に自分の人生を与えたの」と言った。

私がナターシャに会ったのは、彼女が一五歳のときだった。初めてインタビューをしたのは一六歳のときだ。その一年後の二〇〇四年、私は彼女のカーネギー・ホール・デビューのコンサートに行った。演目はラフマニノフのピアノ協奏曲第二番で、彼女は長い髪を波打たせた、ほっそりとして上品で美しい女性に成長していた。腕を自由に動かせるように、袖のない黒いベルベットのドレスを着て、尋常でない高さのハイヒールをはいていた。そうすると、梃子(てこ)の作用でペダルをより強く踏むことができるのだそうだ。

ナターシャの演奏は、女性らしい衣装とは裏腹に男性的で、聴衆は大喝采をおくった。だが、両親は来ていなかった。「あまりにも協力的すぎて来なかったの」と、彼女は開演まえに私に教えてくれた。あとでナタリーが説明した。「その場にいたら、心配で音符のひとつひとつまで気になって、じっと座っていられない。そんなんじゃ、あの子の役に立たないから」

マネス音楽院で、ナターシャはたちまち頭角を現した。「先生は私に、自分のしていることの隅々にまで気を配るようにと言う」と、二〇歳になったナターシャは私に話した。「そうすれば、衝動的な演奏になるのを防げる。いまから危険をおかそうとしていて、その危険はこうなるということがわかっていれば、もうそれは危険ではなくなるって。演奏は一〇〇パーセント直感的であるべきと同時に、一〇〇パーセント論理的であるべきなの」。すると、いっしょに座っていたナターシャの弟が皮肉っぽく言った。「なんて論理的な説明なんだ！」。ナターシャがつけ加えた。「でも、同時にとても直感的なのよ。私は演奏するとき、頭を使って、息をして、いろんなことをしている。でも――」、そこでナターシャは珍しくことばに詰まった。

あとを受けたのは母親だ。「自分自身のことは考えていない」。ナターシャがうなずいた。「だから私は心配なの。この子はピアノに夢中なあまり、体重が減って、食べるのも忘れている」。ナターシャは今度は頭を振った。「演奏以外のいろんなことは、気を散らすんだもの」

二〇〇五年、ナターシャはスティングとともに、イギリス皇太子主催の慈善コンサートに招待された。「娘はマドンナと友だちになったのよ」とナタリーが言うと、「友だちになんかなってないわ」とナターシャは反論した。「マドンナは私にこう言った。『あなたたちクラシックの音楽家はお高くとまってるのね。たまにはホットパンツでもはいてみたらどう？』って」

ナターシャのデビュー評を書くのを断ったニューヨーク・タイムズ紙が、彼女を高く評価するようになった。「ナターシャの場合、若さは新鮮さを意味すると同時に、切りたての木材のような生々しさも意味する。彼女は楽譜を徹底的に掘り下げ、これまで一度も聞いたことがないと思わせるような、あらゆる種類の新たな音と調べを生みだした」。こうした成功にもかかわらず、本人は慎み深いままだ。「みんなが私に電話してきて、『あなたのお嬢さんは地に足がついているのね』って言う」とナタリーは言った。「最初は『お嬢さんのことが誇らしいでしょう』だったけど、いまは『お嬢さんは地に足がついているのね』よ。いかにもアメリカ人らしいわ」

ジェイ

ロバート・グリーンバーグは言語学の教授で、妻のオルナは画家だ。どちらもとくに音楽の才能があったわけではないが、幼い息子のジェイは、マザーグースの歌のCDに夢中で聞き入り、CDが止まると泣きだすので、またかけ直さなくてはならなかった。二歳でチェロを弾きはじめ、三歳で自分なりの楽譜の書き方を編みだした。数年後には、ジュリアード音楽院の奨学金を手にしていた。「ピアノもないのに一時間足らずでベートーベンふうの壮大なピアノソナタの半楽章分を作曲し、完璧に譜面に起こせる八歳の少年を目のまえにしたら、あなたならどうする?」と書いたのは、ジュリアード音楽院で作曲を教えるサミュエル・ジーマンだ。

一四歳のとき、ジェイは「60ミニッツ」〔訳注:米CBSテレビのドキュメンタリー番組〕に出演し、頭のなかではつねにいくつものチャンネルで音楽が流れていて、聞こえているものをただ楽譜にすればいいだけなのだと説明した。「ぼくの頭は、二つとか三つの音楽を同時にコントロールできるんだ。日常生活やほかのいろいろなことと同時に。無意識が光の速さで命令をくだしてる。ぼくにはただ、それがすでに書かれたなめらかな音楽として奏でられてるのが聞こえてくるだけなんです」

そんな神童には、フルタイムの支援が必要だった。「私たちは借金をし、自分のキャリアを犠牲にしなければならなかった。でも、決してステージパパやステージママだったたからじゃない」とロバートは私に話した。「息子の幸せと心の健康、自信、そして指導者と友人を見つける能力のために必要不可欠だったからだ」

神経科学者のナンシー・アンドレアセンは「芸術家と科学者の創造のプロセスは似ている。どちらも非常に直感的なもので、無意識もしくは夢のなかのような精神状態から生まれるものなのかもしれない。そのとき脳の大脳皮質では、新しい結合がつくりだされている」と書いている。ジェイの作曲プロセスの説明も、この見解を裏づけている。どうやって音楽的な着想を得ているのかと私が尋ねたとき、彼は言った。「ぼくのところにやってくるんだ。たいていは作曲をするのにいちばん都合の悪い瞬間、ぼくが紙やペンからうんと離れているときにね。もちろん、音楽ソフトが入ってるコンピュータなんて使えない状況で。たとえば散歩しているときに、二台のオーボエとバスーンとディジュリドゥ［訳注：シロアリに食われて空洞化したユーカリの木を用いたアボリジニの楽器］が奏でるメロディが聞こえてきたりするんだ。そうしたらぼくは家に帰る。そこからさらにほかの部分のメロディのアイデアが湧いてきて、最終的には完全なひとつの曲としてまとまっていく」

　一四歳になるまでに、ジェイはソニー・クラシカルとレコード契約を結んだ。『交響曲第五番』と『弦楽五重奏曲』を収めたCDのライナーノートでは、彼の一風変わった考え方についての洞察が説明されている。「最終楽章でいくつか細かい技術的な訂正をしたことを除けば、第三楽章のファンタジアが完成したのが最後だった。それはまた、全編を通して構造上もっとも完璧な楽章だった。$y=\frac{1}{x^2}$の関数をなぞるような。この関数のグラフはX軸とY軸を漸近線（ぜんきんせん）としている。かぎりなくゼロに近いけれど、ゼロにはならず、ゆっくりと、でも着実に$x=1$と$x=0$のあいだを上がっていき、Y軸にかぎりなく近づくが、またもや触れることはない。そしてY軸の反対側でも同じことが起きる。弦楽五重奏曲では、フロイト理論による人間の精神の三つの層を描いている。曲のほかの楽章を統括する〝超自我（スーパーエゴ）〟あるいは良心（アダージョ）、現実と接触し、〝この世は、感じる者にとっては悲劇であり、考える者にとっては喜劇である〟という古い格言を体現している〝自我（エゴ）〟（スケルツォ）、そして衝動、本能、無意識、究極の欲望を表す〝本能的欲求（イド）〟（プレスティッシモ）だ」。彼の音楽がどれほど叙情的か、あるいはどれほど人の心を魅了するか、この説明からはうかがい知れない。

　ジェイは立ち居ふるまいも一風変わっていて、しばしば無礼ですらある。控えめに言えば退屈そうに見えるし、誇張して言えば、軽蔑の念があらわになっている。言うなれば、彼のエネルギーと相手のエネルギーの向けられる先はまったくちがっている。ある記者は私に、彼を取材するのは「井戸に石を落とすような感じだ」と言った。父親はこんなふうに言っていた。「息子は自分の音楽が演奏されるのを聞くのが大好きなんだ。それが心の栄養になる。でも、ステージに上がるのは大嫌いでね。シューベルトはステージに上がる必要なんてないのに、なぜぼくは上がらなくちゃいけないの？　なんて言う」

ジェイの人間嫌いは、勝利のオーラをまとっている。まるで自分より社交上手な音楽家は本物ではないと言わんばかりに。「息子は、大人が相手のほうがうまくやれるみたいだね。でも大人の多くはあの早熟さを怖れ、脅威を感じたり動揺したり怖じ気づいたりしてしまう」とロバートは言った。ジェイが外から見た印象よりもはるかに思いやり深い人間であることはたしかだが、それはじかに接するよりも、彼の音楽を通じてのほうが、あるいはブログを通じてのほうがずっとよく感じられる。「ぼくの音楽は、ぼくの感情を表している。たとえ自分で気づいていなくても」とジェイは言う。多くの人は音楽を、相手に感情を伝えるツールとして信頼している。ジェイは、自分の感情を自分に向けて明らかにする方法として信頼している。

歴史の大部分で、「天才とは何かに取りつかれた存在だ」と考えられてきた。アリストテレスは、狂気をもたない天才はありえないと信じていたし、パガニーニは、悪魔に魂を売り渡してあの演奏技術を手に入れたと非難された。イタリアの犯罪学者チェーザレ・ロンブローゾも一八九一年に、「天才とはまさに、倫理的問題を抱えた退行性の精神病者だ」と述べている。最近の神経科学でも、創造のプロセスと精神障がいとで、脳内の反応が似ていることが実証されている。いずれの場合も視床でのドーパミンＤ２受容体［訳注：神経伝達物質であるドーパミンと結合する物質。Ｄ２は抑制をになう］の減少がかかわっている。ふたつの症状は連続体であり、両者のあいだに明確な線引きはない。

行動神経学の父として知られるノーマン・ゲシュヴィントは、神童はさまざまな能力に加えて、失読症、言語発達遅滞、ぜんそくなどの困難も併せもつことが多いと述べた。そのなかから何が強く発現するか、なのだ。だが、こうした理論は深刻な問題をはらんでいる。ある家族は私に、息子は二歳のときに五〇を超える音楽を聞き分けることができたと話した。「マーラーの五番！」とか「ブラームスの五重奏曲！」などと。そして五歳で自閉症の疑いがあると診断された。そのとき、かかりつけの小児科医は、音楽を完全に取り去って、増大している強迫観念を和らげるよう指示した。両親がそのとおりにすると、たしかに自閉症の徴候はなくなったが、音楽への興味もいっさいなくなってしまったという。

研究者のなかには、音楽の才能は、自閉症基質の人の音に対する過敏性の現れだと言う人もいる。イスラエルの精神科医ピンチャス・ノイによれば、自閉症基質の子どもにとって、音楽は襲いかかってくる騒音に対する組織的な防御反応だ。実際、この章で取りあげた音楽家の多くが、自閉症スペクトラム障がいの臨床基準に合致している。

言うまでもなく、天才と狂気に関連性があるという理論は、神童をもつ多くの親を不安にさせる。オーストラリアの天才児研究家であるミラカ・グロスは、神童はたいていほかの子どもよりも苦境からの回復力が高いものの、極度に高い才能に恵まれた子になると、それよりやや回復力が劣るという理論を展開している。ニューヨーク・フィルハーモニックの総裁ザリン・メータは、妻とお互いにこう話しているそうだ。「ありがたいことに、私たちにはこんなに才能のある子どもはいない」。また、一四歳で一度燃えつきたが三〇代なかばでカムバックを果たした神童ピアニストのエリシャ・アバスはこう言った。

「ときには自分の才能を担うのに、子どもの肩じゃ小さすぎることがあるんだ」

神童と仕事をしたことがある人は誰でも、非同期、つまりの知性と感情と肉体の年齢が一致していないせいで生じる、抜け殻のような状態を見たことがあるはずだ。子どもの体に大人のような心をもつことは、大人の体に子どもの心をもつのと同じくらい、簡単なことではない。ジュリアード音楽院の前学長ジョゼフ・ポリシは次のように述べている。「ごくごくふつうの子どもが、バイオリンを手に取ったりピアノのまえに座ったりしたとたん、いきなり目のまえで豹変するんです。驚くべきことです」。同校教師のベダ・カプリンスキーも、こうつけ加えている。「天才とは異常であり、異常は一度にひとつずつ現れるわけではない。多くの天才児が注意欠陥障がい（ＡＤＤ）や強迫性障がい（ＯＣＤ）、アスペルガー症候群を抱えています。ただ親は、子どものふたつの側面のうち、才能豊かで並はずれてすぐれた肯定的な部分はすぐに理解しますが、そのほかの部分からは目をそむけてしまいがちです」

すばらしい演奏をするには、感受性もつねに育てなければならない。しかし鋭い感受性は、ともすれば安定を失うきっかけにもなりかねない。「ちがい」のある子の親の多くは、疾患のなかにある個性を見るべきだが、神童の親は個性と向き合うとき、そのなかにある疾患の可能性を認めるよう教えられるべきだろう。とりたてて疾患のない神童でも、感情的な結びつきのいちばんの対象が無生物であるという孤独をやわらげる必要がある。精神科医のカレン・モンローはこう説明している。「かりに、音楽の練習を一日に五時間するとしたら、ほかの子どもが外で野球をして遊んでいるあいだも、その子は遊べません。たとえ音楽が大好きで、ほかのことをする自分が想像できなくても、それは孤独を感じていないという意味ではないのです」。ただし、レオン・ボットスタインはにべもなくこう言いきる。「孤独は創造性の鍵だ」

自殺もつねにつきまとうリスクである。音楽に天賦の才があり、一〇歳で高校の学習課程を終えたブランデン・ブレマーは、インタビューに淡々と答えた。「アメリカは完璧を求める社会です」。そして彼が一四歳のとき、食料品を買いに出かけて戻った両親は、息子がなんの遺書も残さず拳銃で頭を撃ち抜いているのを見つけた。「あの子は、生まれたときにはすでに大人だったんです」と母親は言った。「私たちはただ、あの子の体が大きくなるのを見ているだけだった」

テレンス・ジャッドは、一二歳のときにロンドン・フィルハーモニー管弦楽団で演奏し、一八歳のときにリスト・ピアノコンクールで優勝したが、二二歳のときに崖から身を投げて自殺した。バイオリニストのマイケル・レビンは心神の衰弱からの〝回復〟をとげた人物だが、最後は転倒により三五歳にして命を落とした。その血液からは大量のバルビツール酸系薬物［訳注：鎮静や催眠の効果がある向精神薬］が検出された。バイオリン、ピアノ、指揮、作曲でひときわ注目されたオランダの神童クリスティアン・クリーンスも後年、音楽界でのキャリアをこれ以上続けていけそうにないと綴った遺書を残し、頭を銃で撃ち抜いて自殺した。

神童の感情的な欲求について書いた著書のなかで、ジュリアン・ホワイブラは「知的にすぐれた才能を与えられた子どもの自殺が増えている問題」について述べている。神童がほかの子どもに比べて精神的に弱いことを示す調査結果はないと主張する人もいるが、才能と自殺が無関係というわけではない。才能ゆえに自殺にかりたてられるケースもあるだろう。その一方で、その同じ才能ゆえに自殺を思いとどまる場合もあるだろう。才能は自分を守るものにもなれば弱みにもなるもので、神童は自殺しやすくもあれば、自殺しにくくもあるということだ。もっとも、この推論は自殺率の実際の数字で証明されているわけではない。ある人々を自殺にかりたてるものが、別の人々の自殺を思いとどまらせるということの考え方は、まだ研究の余地がある。

子を道具にする親たち

わが子が自殺すると、親はたいてい責められるが、神童の場合、実際にわが子を限界まで追いつめてしまう親がいるのはたしかだ。ステージママや、決して満足せず要求をしつづける父親の存在は、学術文献にも散見される。なかには、自分の理想の実現に一生懸命な親もいる。あざやかな夢を思い描くあまり、子ども自体の姿を見失ってしまう親もいる。マンハッタン音楽院学長のロバート・シロタはこう言っている。「ルネッサンス時代のイタリアでは、音楽のキャリアを積ませるために、母親が息子を去勢したものでした。あらゆるものから心を切断するような現代のやり方も、同じくらい残酷です」

並はずれた才能の緩衝材としてとくに重要なのは、心の健康と、思考と知性の独立性だ。挫折した神童は、成功するはずだったのにという不愉快きわまる思いを一生抱えていかねばならない。神童の物語は、つねに勝利か悲劇に突き進む。だが、ほとんどはそのあいだのどこかに満足できる着地点を見つけなくてはならないのだ。バイオリニストのヤッシャ・ハイフェッツは、かつて神童性を「たいていは命にかかわる病気」で、自分は「幸運にも生き延びることのできた数少ない神童」のひとりだと言った。

搾取のもっとも粗雑で単純な形態は経済的搾取だが、ロシアの作家イサーク・バーベリは *The Awakening*（覚醒）のなかで、戦前のロシアの神童たちが貧困から抜け出す手段にされた様子を描いている。「男の子が四、五歳になると、母親はザグルスキー氏のところに、その小さくて華奢な生き物を連れていった。ザグルスキーは、神童を量産する工場を経営していた。レースの襟をつけてエナメルの靴をはいたユダヤ人の小人たちを量産する工場だ」

神童ピアニストのルース・スレンチェンスカは、著書 *Forbidden Childhood*（禁断の子ども時代）のなかで、自分が耐えてきた体罰について書いている。「私がまちがいを犯すたびに、父は身を乗りだし、じつに淡々と、ことばもなく、私の顔を平手で打った」。一九三一年、四歳でデビューして絶賛を浴びた彼女は、ラフマニノフにこう言われたのを憶えている。「一年後にはきみは最高のピアニストになる。二年後には信じられないピアニストになる。クッキーを食べるかね？」。そしてある日、彼女は父親がこう言っているのを聞いて打ちひしがれた。「ルースにベートーベンを教えているのは、金になるからなんだ」。ピアノをやめたとき、「私は一六歳だったけれど、心は五〇歳で、見た目は一二歳だった」。ルースの父親は娘を家から追いだした。別れのことばは「この見さげはてたチビ犬め。私のいないところで音符ふたつでも弾いたらただじゃおかないぞ」だった。

ハンガリーのピアニスト、エルウィン・ニレジハージは、彼の幼少期を詳細に記録した心理学者によって、その子ども時代全般が入念に研究された。エルウィンの両親は、決して息子に服の着方や食べ物の切り方を教えようとしなかった。彼はほかの家族が食べているものよりもずっと贅沢なものを与えられた。学校には行かなかった。両親は息子の才能を、特権を得るために利用した。ヨーロッパの王族に招かれ、そのまえでエルウィンに演奏を披露させたりした。のちにエルウィンはこう語っている。「私は名刺みたいなものだった。五歳になるころには、自分が見知らぬ人ばかりの世界にいることを理解していた」。彼の父親はエルウィンのパトロンたちと情事をくり返し、母親は息子の稼いでくる金を浪費した。

エルウィンが一二歳のときに父親が亡くなると、母親は息子のいちばんの喜びを陰惨で退屈な仕事に変えた。「母は私が大嫌いだった」。エルウィンも母親が大嫌いで、彼女がナチスに抹殺されたときにはヒトラーを称賛したほどだった。

幼いころから才能を過大評価された人に多く見られるように、エルウィンも傲慢さと絶望感にまみれたもろさを抱え、傷ついたナルシストの内面をうかがわせていた。「障がい物が行く手に置かれるたびに、あっさりあきらめていた」。一〇回結婚し、九回離婚した。しばらくホームレスだったこともある。かなり高齢まで生きたが、演奏するのはほんのときおりで、その評価はいいときもあれば悪いときもあった。演奏を褒めたりけなしたりする母親がいなくなって、表現するための動機がなくなってしまったのかもしれない。

ピアニストであるロリン・ホランダーの父親は、伝説的指揮者アルトゥーロ・トスカニーニに次ぐアソシエイト・コンサートマスターであり、トスカニーニと同様、短気だった。「私は虐待された子どもでした」とロリンは私に言った。「父の求めるとおりに弾けないと、張り倒されたり椅子から吹っ飛ぶくらい殴られたりしたんです」。一九五五年、一一歳で輝かしいデビューを飾ると、ロリンの人生は勢いを増した。「一四歳のときにはすでに年間五〇回もコンサートを開き、年に一度はレコーディングをしていました」。そして一六歳で、深刻なうつ病を発症したんです。右手と右腕のコントロールも失いはじめていました」。カーネギー・ホールで最初の演奏をしたときから五二年後、彼はこう言った。「舞台不安はしばしば舞台恐怖となって、体を消耗させていきました。私は自分に選択肢があるなんて知らなかった。人生でほかに道があるなんて。やることなすこと、自分の基準に達しなくなりました。その基準というのは、技術的な完成度だけじゃない。すべての音符に人間の感情と魂の探求性と美の追求、それらの要素が完璧なかたちで染みこんでいるかどうか、そういったこともすべて含めてでした」

ロリンの私生活は混迷をきたした。「あれをセックス中毒と呼んでいいのかはわかりません。でもとにかく、私は結婚生活で貞節を守ってはいませんでした。言い訳の余地はありません。愚かだった。この渇望と乾きと欲望について、打ち明け話ができる相手は誰もいなかった。天才にはこうした地獄がつきものです。こんな話をあなたにする人は誰もいないでしょうね。音楽がどんどん速くなっていき、しがみついていられなくなるんです。私は演奏が終わると隠れていた。演奏が終わって聴衆が立ち上がり、喝采をおくりはじめるなり、ステージから去っていた。裏口から外に出て、恥ずかしさにまみれていたんです」

親が子どもを厳しく支配することは、何もいまに始まったことではない。モーツァルトの子ども時代の口癖は「神様の次にパパ」だった。パガニーニは父親について、「私がちゃんとやってないと思うと、父は私に食べ物を与えず二倍やらせた」と言っていた。一九世紀初頭、クララ・ビーク〔訳注：シューマンの妻でピアニスト、作曲家〕は父に毎日、日記の内容を調べられた。父親は娘をロマン派時代の傑出したピアニストにするために訓練をしながら、娘の日記の大部分をみずから書いたり、娘に指示して書かせたりしていたのだ。クララについて書いている伝記作家によれば、「クララの父は、クララ自身が書いているように見せるため、全編を通じて一人称で書かせることにこだわった。まるで娘の人格を乗っ取っているかのようだった」。娘が作曲家のロベルト・シューマンと恋に落ちたことを知ると、父親はこう言った。「どちらかを選ばなくちゃいけない。あいつか私か」。クララがシューマンと結婚すると、父親は日記を手渡すことを拒んだという。

スコット、バネッサ、ニコラスとその母たち

一九六〇年代から七〇年代、名高いクリーブランド管弦楽団では、招待した音楽家が泊まる適当なホテルが足りなくなると、楽団理事の家に泊まらせていた。スコット・フランケルの両親も、イツァーク・パールマンやピンカス・ズーカーマン〔訳注：いずれもイスラエルのバイオリニスト〕、ウラジーミル・アシュケナージ〔訳注：ソ連出身のピアニスト・指揮者〕のために自宅を開放した。五歳になるまでにピアノのレッスンを始めたスコットは絶対音感の持ち主で、たちまちどんな曲でも即興で演奏できるようになった。「母はよく単調な音のくり返しの曲をつくって、その場でぼくに続きをふくらませてつくるように指示してた」と彼は言った。「父は、自分の興味や芸術的能力を刺激する仕事についていなかった。だから、興味のあることをするのはすばらしいという意見に賛成だった」

最初のピアノ教師は、スコットが類いまれな才能の持ち主であることを見抜いたが、それはスコットも同じだった。「何か神聖な運命の力で、自分の能力が体のなかに満ちてくる。そういうときは、そこに何かがあるのがはっきりわかるんだ。そのせいで、たちまち学校の友だちとは疎遠になってしまう。もっと言えば仲間はずれになる」。だが、彼は両親のために演奏をするうちに、「こういうことができるから、両親はぼくを好きでいてくれるんじゃないかと思うようになった」と言った。「ぼくがどんな人間かということとは関係なく。そのプレッシャーのせいで、音楽は安全な世界ではなくなってしまった。ぼくとパートナーとで最近、昼食に知人を招いたときも、ある人にピアノを弾いてくれと頼まれて、ぼくは『いやだ』と言った。かなり無礼な言い方だったと思うけど、また例の怒りを感じたんでね。どうしても振りはらえないんだ」

スコットは、母親の支配欲は演奏のことだけではなかったと言う。「母は、ぼくがどこの学校に行くか、どんな友だちをつくるか、どんなキャリアを積むか、誰と結婚するか、何を着るか、何を言うか、すべて管理したがった。そしてぼくが母の考えに逆らいはじめると、ひどく腹を立てた。気まぐれで攻撃的で、ともすれば人を見くだしがちで、ぼくのことを自分の所有物のように思っていた。父は母からぼくを守ることができなかったのか、守る気などなかったのか、あるいはその両方だった」

スコットはクリーブランド音楽院に進み、中西部をばかにしているロシア人ピアノ教師のもとで勉強しはじめた。「長くて怖ろしいレッスンだったよ。何かまちがっていると、彼女は自分の究極の方法で侮辱した。まるでスペイン語だ、と言うんだ。『そのバッハの弾き方——どうしてスペイン語みたいに弾くの？』とよく言われたよ。でも、クリーブランド管弦楽団で協奏曲のコンクールがあったから、ぼくはエントリーして全力で弾き、優勝した。彼女は信じられないようだった」。優勝賞品として、管弦楽団でのデビューの機会も与えられた。だが、ほどなくスコットはイェール大学に進み、強く心惹かれるものを見つけた。ミュージカルの作曲だ。

スコットが両親にゲイであることを打ち明けたとき、彼らは怒り狂った。「両親の偏(かたよ)った愛情を腹立たしく思った。全部をまるごと受け入れるべきなのに、ぴかぴかの部分だけを受け入れてほかは捨てるなんて」。二〇代になると、両親への怒りのあまり、ついに作曲もやめた。「彼らの身勝手な興味のせいで、自分の才能を自分でつぶしたい気持ちになった。自分たちの利益のためにぼくを身売りするチャンスを奪ってやりたかったんだ。もちろんそれによって、キャリア的にも精神的にも、代償を払わなければならなかった。ぼくは完全に音楽から解放された。もはやすべてが何も意味をなさなくなった。残ったのは、ドラッグとセックスと治療だけだったよ」。その後、スコットは一〇年間ピアノにさわらなかった。「でも音楽はつねに侵入してきた。ピアノのそばに寄ると、遮断することのできない感情に襲われたんだ」。ついにスコットはミュージカルの作曲を始め、ブロードウェイに進出することになった。

彼は、ぴったりの歌詞を思いついたとき、どんなふうにインスピレーションがひらめくのかを語った。それを聞いて私が、喜びに満ちたプロセスのようだと言うと、「音楽は信じがたいほど高低差のある地図を描くんだ。でもぼくの書くものはたいてい、痛みがベースになっている」と言った。「ニスを塗られてぴかぴかに磨かれた後悔と失望と無力感が、人生経験から湧きでてくるんだ」。彼はｉＰｈｏｎｅに収められた五歳のときの自分の写真を見せてくれた。幼いスコットは満面に笑みを浮かべている。「これは資料Ａ」。次に、いま服用している抗うつ剤のリストを見せてくれた。「これは資料Ｂ。あの笑顔の少年が、ぼくの生まれつきの本質的な性格だと思う。もし何も傷つくことなく成長することを許されていたら、いまごろは疾風怒濤(しっぷうどとう)の音楽じゃなく、楽天的な音楽を書いていただろうね」。そう言って彼は頭を振った。「そして、いまと同じくらいいい曲が書けていただろう」。私は彼の抗議の声のなかに、怒りよりも多くの悲しみを聞きとった。

バイオリニストのバネッサ・メイの母親は、彼女の人生のあらゆる面を支配した。銀行口座、服、一七歳でリリースしたアルバムのジャケットに使われたセクシーで挑発的な写真。手を切るといけないからと、自分でパンを切ることも許さなかった。気が散るからと、友だちをつくることも禁じた。母親はこう言っていた。「あなたのことを愛しているのは、あなたが私の娘だからよ。でもバイオリンを弾かなかったら、あなたは私にとって特別じゃなくなるの」

ついに二一歳のとき、バネッサは「ふつうの母娘関係を強く望んで」新しいマネジャーを選んだ。監視されるのではなく、対等な関係を求めたのだ。以来、母親は娘と口をきいていない。BBCテレビが母親にインタビューを求めると、彼女は文章で回答をよこした。「娘はそろそろ三〇歳です。私は人生で母としての役割はもう充分果たしました」

バネッサは輝かしい成功を収め、個人資産は推定で六〇〇〇万ドル（約六三億円）と言われているが、本人はこう言っている。「私はいまよりも一二歳のときのほうが歳をとっていた気分だった。母がBBCに送ったメールをいつも持ち歩いている。私たちの関係はもっとちがうふうになっていたかもしれないと考えて胸の痛みを覚えたときには、そのメールを読んで、決してそんなふうにはならないんだと納得することにしているの」

ニコラス・ホッジズは、生まれたときから音楽が身近にあった。母親はコベント・ガーデン王立歌劇場で歌うオペラ歌手だったが、結婚後にキャリアを断念した。ニコラスは六歳でピアノのレッスンを始め、九歳までにペルセウスをテーマにしたオペラ楽曲の練習を始めた。だが、一六歳のときに両親に、ピアニストではなく作曲家になる決意を告げた。「まるで両親にナイフを突きつけたようなものだった」

とニコラスは言った。「ぼくの考えはぼくのためだと思ってたけど、本当はすべて母のためだった。母はぼくが何をしたいかなんてまったく気にしていなかったんだ。それがはっきりしたのは衝撃だった」

成長するにつれて音楽とのかかわりがより深くなっていくと、ニコラスは作曲とピアノの両方で技術を維持するのは不可能であり、演奏するほうが高収入であることを理解するようになった。「すでに確立した自分のイメージを壊したくなかったし、それ以下ではなく、それ以上になりたかった」。母親は喜んだ。「だからぼくは母に、もう二度と話をしたくないと手紙を書いた。それから一年間、連絡をとらなかった」

そしていま、彼はおもに現代音楽を演奏している。母親が嫌っている音楽だ。二五年たってもなお、彼はこう言う。「一種の背信行為だね。パートナーというのは、信頼を裏切られたことを決して忘れてくれない。ぼくが一九世紀の音楽を演奏すると、母は『あら、いいじゃないの！　あなたほんとにこういうのが好きなのね！　ほんとに！』と言う。一度ぼくのフラットを訪ねてきたときに、ショパンのCDをかけたら、『あら、あなたまだショパンが好きだったの？』と。まるで『あなたって男の子が好きなのね。でもまだ女の子も好きなの？』とでも言うみたいな調子で。母はとにかく自分の思いどおりに、自分の得になることをぼくにさせたかったんだ」

ニコラスが最終的に演奏の世界に戻る決断をしたとき、そこには反抗と服従という相反する奇妙なふたつの要素があった。「結局ぼくは、母がもともと望んでいたところに戻った。でも今回は自分で選択したことだった」と彼は説明した。「一六歳のときに、いきなり母をあれほど失望させたおかげで、自分が本当に望んでいることを見つけるのがとても楽になったんだ」

音楽の世界で生きていくには、とてつもない意志の力が必要となる。ピアニストのルドルフ・ゼルキンが、おそらく世界でもっとも名高い音楽学校であるカーティス音楽院の学長を務めていたとき、ある学生にこう言われた。「自分はピアニストになれるのか、それとも医学部に進むべきなのか、決めなくてはと思ってるんです」。するとゼルキンは言った。「私なら医者になりなさいとアドバイスするよ」。「でも、あなたはまだぼくの演奏を聞いてません」と返すと、ゼルキンはこう答えた。「そういう質問をしている時点で、きみはピアニストとして成功しないよ」

しかし、音楽家になる決断に疑問をもつことはきわめて重要かもしれない。チェロ奏者のヨーヨー・マほどの天才ですら、神童と呼ばれる年齢をすぎたあとは、別のキャリアを考えたことがあるという。「まるで自分の人生の道筋があらかじめ決まっているかのようだった。でも私は、選択が許されることを強く望んでいた」と彼は書いている。そして両親が「子どものころの身体的な器用さと成熟した感情の発達とが結びついて初めて、音楽的に健全な声が生みだせる」という考えを理解してくれたことに感謝している。作曲家のグスタフ・マーラーの子孫である歌手のテレーズ・マーラーも、親が音楽の世界に無理やり進ませなかったことを感謝している。「もし親に背中を押されていたら、もっと音楽家として成熟していたかもしれません。でも、自分がどれほど音楽を必要としているかはわからなかったかもしれない。強引に背中を押されなかったからこそ、これは自分の選択なんだと言えるんです」

意志の力は、神童性が現れたあとで音楽の世界で生きていくことをやめるときにも必要だ。ベダ・カプリンスキーはこう言っている。「神童が大人になると、自分自身と音楽家という職業を区別して考えるのはとてもむずかしくなってきます。自分がほかのことをしている姿を想像できないのです。たとえ彼らが本当は音楽家になりたいと思っていなくても」。実際、偉大な音楽家のなかには、演奏家としての人生を望んでいない人もいる。ピアノの神童ホアン・ファムが私にこう言ったように。「若いころは成功が見える。でもまだ実際にふれることはできない。成長するにつれ、ふれたいものに少し泳いで近づけるようになる。そして外から見えていたものと実際とはちがうことを理解する。海でトラブルにあうと、すべてが思っていたよりも少し荒々しく感じられるだろう？　でも、きれいだと思っていたものが本当はかなり荒削りで少し崩壊しているのがわかったときには、かなり遠くまで泳いできているから、泳ぎつづけるしかないんだ」

ケン

ケン・ノダの母タカヨ・ノダは、ケンが五歳のとき、ビレッジ・ボイス紙でピアノ教室の広告を見つけ、息子をそこに通わせることにした。二年後、そこのピアノ教師はケンに、ジュリアード音楽院の大学進学予備コースを受けたらどうかと勧めた。タカヨはもともとダンサー志望だったが、東京の有名な政治家の家に生まれたため、父親に夢をあきらめさせられた。だから息子には、自分が否定された芸術の世界を与えてやりたいと思っていた。「家で練習をしていると、母はいきなりぼくの隣に座って、二時間きっちりやっているか監視した。そして、まちがえると罰を与えた」とケンは当時を振り返った。「ぼくは音楽が大好きだったのに、あれでピアノが嫌いになりかかったよ。ピアノはとても扱いにくくてむずかしい楽器だしね。基本的にタイプライターみたいで」

その後、両親の結婚生活がうまくいかなくなったせいで、ケンのレッスンはますます過酷になった。「口汚くののしられた。悪夢のようだった。才能ある子どもの親になるには、司法試験並みの資格試験をパスさせるべきだね。ぼくは、母は典型的なステージママなんかじゃないと、無理やり信じようとした。だってほかの人に対して母自身が、自分はステージママなんかじゃないって、よく言っていたから。でも実際には、まさにステージママだった。ぼくがうまく弾ければ本当に深い愛情を示してくれたけど、うまく弾けないと怖ろしい母親になるんだから」

一方の父親は、事実上息子を見放していた。「父はよく、ぼくのやっていることに対して軽蔑の念をあらわにしてた。でもそれは、本当はぼくじゃなくて、母に向けられた軽蔑だった。ぼくには友だちをつくる時間なんてなかった。それでも自分を愛してくれる存在は必要だったから、母にせめてときどきは愛してもらえるように、がんばりつづけたんだ。ぼくはふたつのへその緒をつけて生まれてきた。ひとつは誰でももっている物理的なもの。そしてもうひとつは、音楽でできているもの」

ケンの言う「最初のキャリア」は、一六歳から始まった。一九七九年、バレンボイム指揮による幸先のよいデビュー・コンサートのあと、ケンは〈コロンビア・アーティスト・マネジメント〉と契約した。バレンボイムはタカヨに言った。「彼のなかにはたくさんの感情があり、たくさんのものが渦巻いている。でも身体的には、ピアノを弾いているときの彼はとても緊張していて、ほとんど身もだえしているかのようだ。彼が自分を傷つけないか心配だ」。ケンはバレンボイムの弟子になった。技術的な熟練はまだまだだったが、胸に迫る洞察力で演奏した。「ぼくは老成していた」とケンは言う。

しかし、いくら老成していても若者らしい気晴らしは必要だ。「幼いころから音楽家になるべく育てられ、敷かれたレールに乗せられて、自分のイメージどおりにぼくを変えたがる精力的な重要人物たちと出会う——それは本当に夢のような、でも死ぬほど怖ろしい経験だった」とケンは語った。一八歳のとき、タカヨはケンの父親を捨ててイタリア人画家のもとに走った。「そのときを境に、突然すべてがうまくまわりだしたんだ。母も囚われていたんだと気づいたから。そして、ぼくは母の感情のはけ口だったんだと」

二一歳で、ケンはゲイであることを公表した。それは彼の心の健康と音楽、両方に必要なことだった。「若者が恋愛小説や戦争小説、勧善懲悪の物語、古い映画を好むのは、彼らの人生の感情的側面のほとんどが空想の産物だからで、ある意味、自然なことだ。演奏でも、その空想のなかの感情を表現しようとする。それはそれで説得力があるけれど、成長するにつれて、空想の感情は新鮮みを失う。ぼくもしばらくのあいだは空想の人生を生きることができた。喪失とは何を意味するのか、失恋とは何か、死とはどういうものか、性的快感とはどんなものか……、そうした感情を想像できる驚くべき能力があったからね。言ってみれば、それも才能の一部なんだ。でも、その才能はいつか枯渇する。だから多くの神童が一〇代後半や二〇代前半に中年の危機に陥るんだ。もし想像が経験で補充されなければ、演奏で感情を表現する能力は徐々に失われる」

ケンは、名だたる指揮者たちと続けざまにコンサートで共演した。マネジメント事務所は、すでに数年先までスケジュールを組んでいた。二七歳のころ、とうとう自殺寸前まで追いつめられた。「もう息が詰まりそうだった。演奏は用心深くなりすぎ、小さく凝り固まっていた。もともと音をひとつもはずすことのない、潔癖な演奏家だったけど、その潔癖さが、ほとんど心気症の域に達するほどになっていた。もう何も表現できないという気分だったよ」。ケンはコロンビア・アーティスト・マネジメントの本社オフィスに行き、もうやめたいと打ち明けた。マネジャーは「でも、五年先までコンサートの予定を組んであるんだよ」と答えたが、「人生をすべて白紙に戻したい」と言った。一五年後、彼は私に言った。「あれはぼくのなかで唯一の、最高にぞくぞくする経験だったね」

ケンは、しばらく働かなくても快適に暮らせるだけの財産を蓄えていた。「だから一年間、ニューヨークをぶらぶらしてすごした。ただ公園のベンチに座ったり、博物館に行ったり。図書館にもよく行ったよ。いままでずっとできなかったことばかりだ。よくみんなに『次はどこで演奏するの？』と訊かれたけど、『どこでも演奏しないよ』と答えた。人生で最高の一年だった。自分の人格や自尊心を、才能とまったく切り離した一年だったから」

やがて、メトロポリタン歌劇場の芸術監督ジェイムズ・レバインから、彼の補佐として仕事をしないかという申し出があった。そこから、ケンの第二の音楽人生が始まった。ケンは歌手に指導を始めた。レバインが社交面でいくらか不器用である一方、ケンの活気とあたたかさは演者の心を解放する力があった。「いまぼくがおくっている音楽生活は、夢みたいなものなんだ」と彼は言う。「劇場が大好きで、歌い手たちが大好きで、メトロポリタン歌劇場を愛している」。ケンもときには演奏するが、たいていは伴奏者としてで、スポットライトの当たらないポジションを好んでいる。「演奏は、舞台恐怖症に負けてやめたわけじゃないということを、自分に証明するためにやっているだけだよ」

新たなキャリアが以前の絶え間なく続く単調な仕事と似ていることにケンが気づくのに、数年かかった。毎朝五時前に起き、オペラの勉強をし、六時半にメトロポリタン歌劇場に向かい、数時間練習をし、リハーサルをし、指導をして、夜の一〇時か一一時まですごし、家に帰る。そして四五歳で黄色ブドウ球菌［訳注：食中毒や肺炎を引き起こす細菌］に感染した。さらに、救急救命室の医師に、緊急に連絡をとりたい人はと尋ねられたとき、連絡をしたい人が誰もいないことに気づき、抑うつ状態に陥った。自分の音楽的才能がふたたび枯渇しかかっているのを感じた。ずっと自分を導いてくれていたものが衰えてきて初めて、内にひそむ精神的な減退に気づいたのだ。「自分は年がら年中こういうマイナス思考に陥っているんだ、という悪循環にはまるのはとても簡単だ。そういうときは、一日じゅうマイナスの感情を再生しつづけているから。でも中年になってやっと、ぼくは人生への憧れをいだきはじめた。これまでずっと本のなかで、映画のなかで、あるいはほかの人の家庭のなかで見聞きしてきた人生への」

こうして四七歳にして初めて、ケンは真剣に人とつき合いはじめた。「恋愛は何度もしたことがあった。でもどれもどこか作りもののような、きらびやかなだけの一瞬の恋という感じだった。だけどようやく人生を真剣に生きはじめた。そうしたら今度は、芸術を生みだす自分の能力がいつか消えてしまうんじゃないかという、信じがたい恐怖に襲われたんだ」。この恐怖は定期的に彼を引退へとかりたてる。

ケンはまた、彼の孤独の名残である社会性のなさについても語った。ゲイ・プライド［訳注：同性愛者の人権を訴えるイベント］の真っ最中に、彼はメトロポリタン歌劇場で練習がしたいからそろそろ帰らなくてはとウェインに告げた。ウェインは「きみはぼくのパートナーだよ。ぼくを置いてひとりで帰るなんて冗談じゃない。歌劇場にとっとと戻って練習室にこもりたいだなんて」と抗議した。ケンは私に説明した。「昔からほかの子どもと遊んだりしなかったから、四七歳になってパートナーと遊びに出かけないのもわかるだろう?」。だが、その後すぐにケンは自分のピアノと楽譜を慈善事業に寄付した。「ピアノのない家に帰ってくるというのは、ひどくさっぱりした気分だね」

父親との関係は、仲たがいの期間を経て修復された。息子の子ども時代について激しく後悔している母とも和解した。「いまは母に愛情をいだいているよ。もう嫌ってはいない。でも、母との結びつきは強力すぎる。ぼくは人生でほかに意識を集中させられるものを持たなくちゃならない」。そこで間を置いて、続けた。「ぼくの内にある活力と集中力は、母のスパルタ教育がもたらしたものだね。それはぼくをとても遠いところまで連れていってくれた。ぼくが憎んでいる第一の音楽人生のことを思うと、母を決して許すことはできないけど、ぼくが愛している第二の音楽人生のことを思うと、母にどれほど感謝しても、し足りないんだ」

喝采を浴びるのが何より好きだという人のなかには、その熱気を音楽への情熱と混同する人もいる。「残念ながら、そういう人はいずれみじめな状況に陥ります」とベダ・カプリンスキーは言う。「なぜならたいていの場合、大切なのは本人と観客との関係ではなく、本人と音楽との関係だからです」。また、批評家のジャスティン・デイビッドソンは次のように述べている。「一四歳のときは、音楽をやることを期待されているから、それが得意だから、そうする。そして見返りを受け取る。しかし、一七、八歳になったときもまだ、音楽を続けている理由が同じであれば、挫折する可能性は高い。音楽が表現であるならば、自分の観点から自分を表現しなくてはならない。他人の観点からではなく」

キャンディ

神童が喜ばせたい大人たちは、ときに互いに競い合っている。多くの音楽家は、両親が使いこなせない重要な言語を教師と共有している。教師と生徒の関係は、レオン・フライシャーと母親とシュナーベルのように、しばしば親子の絆に割りこんで三角関係になる。教師と親の指示や目的がちがって、子どもがその板ばさみになれば、喧嘩別れのような厄介な事態にもなりかねない。ある生徒は、母親と教師の助言のちがいに心を乱され、前途有望なキャリアをあきらめて数学の道に転向した。

テキサスの神童キャンディ・ボーコムの場合、両親も教師たちもその可能性認めていながら、それを開花させる努力をするなかで全員が傷ついた。

一九六〇年代、テキサス州クリバーンで養女として育ったキャンディは、ほかのどんな子どもともあらゆる点でちがっていた。東部出身の両親はラジオでよくシカゴ交響楽団の演奏を聞いていて、娘をバレエ教室に通わせた。キャンディはバレエは大嫌いだったが、レッスンのためにピアノを弾いてくれるピアニストには魅了され、両親にこう言った。「バレエをやめさせてくれるなら、ピアノを練習する。ぜったいにやめないから」。教会の牧師がキャンディの父親に、昔の教区民が幌馬車でテキサスに持ってきたという一八九三年製のスタインウェイのアップライトピアノを貸してくれた。

キャンディのピアノ教師は、ダラス男声合唱団とともにテキサスをツアーでまわっていたが、キャンディが七歳になると、いっしょにツアーに連れていって演奏させはじめた。「ミネオラで、ある女性に『あなたのサインが欲しい』と言われた」とキャンディは振り返った。「私が『筆記体の書き方をまだ知らないの』って言うと、その女性は、『あら、なんでもかまわないのよ。あなたは次のバン・クライバーンになるわ』って」。そのうち、みんながキャンディを内輪の冗談で〝バン・クリバーン〟と呼ぶようになった。「なんだかサーカスの芸人みたいな気分になってきた。それでついに両親に言ったの。『気分が悪い。おなかが痛いの』って」

八歳になって、両親はキャンディを公演に出すのをやめた。その後ある人が彼女を、クライバーン・コンクールの事実上の創設者でフォートワースの名士だった、グレース・ウォード・ランクフォードに紹介した。ランクフォードはキャンディをフォートワースの私立学校に入れて、平日は彼女をあずかり、自分が音楽教育を施すと言った。両親はその提案を断ったが、娘の能力に対する評価は真剣に受けとめ、娘をランクフォードに師事させることにした。母親は娘に、一日四時間練習するように言った。キャンディは自分でもそうすると決めていた。「四歳のときにもう『コンサート・ピアニストになる』って言ってたの。それ以外の選択肢は私にはなかった」

その年、キャンディはフォートワースで開催されたコンクールで優勝した。ところが一〇歳のとき、ランクフォードに進行性の結腸がんが見つかり、余命三カ月と診断された。誰もキャンディに死にいたる病を見守らせたくはなかったので、それを境に恩師には二度と会わせなかった。キャンディはランクフォードがいなければ弾けないと両親に訴えた。やがて彼らは一本の電話を受けた。相手はテキサス・キリスト教大学に招聘（しょうへい）されていた高名なハンガリー人ピアニスト、リリー・クラウスだった。死の床でランクフォードは彼女に、キャンディを弟子として引き受けてほしいと頼んでいたのだ。

「あの美しさには圧倒された」とキャンディは言った。「リリー・クラウスはヨーロッパの女王だった。きらめくブロケードのドレスに、生涯毎日身につけていた三連の真珠のネックレス。バイオリニストのフェリックス・ガリミールは、あとになって私に『ヨーロッパの男はみんな、リリー・クラウスに恋してたよ』って言ったわ」

メンデルスゾーンのピアノ協奏曲第一番をすでに習っていたキャンディは、新しい先生もきっと感心してくれると思った。「なのに、彼女は私のピアノをじっと聞いて、こう言ったの。『さてと、あなたにピアノの弾き方を教えましょうかね』。そして私の楽譜を取り上げて床に投げ捨てて言った。『音階を弾いて』。そこで私がハ長調の音階を弾くと、『ト短調を弾いて。変ロ長調を弾いて。逆向きに。四オクターブ』と。これまで聞いたこともないようなことをするよう指示された。私の全人生が崩壊して押しつぶされたわ」

キャンディの母親は、ランクフォードにはどことなく怯えていたが、クラウスには畏敬の念をいだいて、彼女のドレスを繕ったりした。キャンディは新しい教師に対してさまざまな感情をいだいた。「一一歳で、強い個性をもった世界的ピアニストとかかわることになってしまったら、母親を見くださずにいることとなんてできやしないわ。あのころの私は、クラウスをあらゆる点で模倣したがった」。キャンディは母親の手の届かないところでクラウスと親密な関係を深めていったが、母親は娘の鬼軍曹として毎日数時間ピアノのまえに座らせつづけた。「とにかくピアノが第一だった」とキャンディは言った。

「それだけが」

結局、一年半のあいだ、キャンディは練習曲しか弾かなかった。アルペジオ、トリル、音階、ツェルニー、三度音階、数オクターブの音階。「頭がおかしくなるんじゃないかと思った。協奏曲はどうなるの？　って」。だがついにクラウスは、キャンディにモーツァルトのソナタを弾く準備が整ったと見なした。クラウスは夏じゅうずっとヨーロッパでツアーをおこなうので、そのあいだキャンディは曲を暗譜する。そしてクラウスが九月に帰国したら、その曲を正しいやり方でもう一度習う。これがふたりの毎年の手順になった。キャンディの父親は昇進を提示されたが、そのためには引っ越さなくてはならず、キャンディがクラウスのもとで勉強しているかぎり論外だった。

いつのまにか、キャンディを「リリー・クラウスの弟子で、次のクライバーン・コンクールの優勝者だ」と紹介するのが定番の冗談になっていた。キャンディにとってそれは「レンチでネジをどんどんきつく締められる」ようなものだった。彼女はジュリアード音楽院に行きたかったが、クラウスと離れるのは耐えられなかった。「私はクラウスの本物のテクニックを習ったただひとりの生徒。一四年間、彼女とともにすごして、そのテクニックを学んだの」。だが、シューベルトの『さすらい人幻想曲』を弾いて名をあげたいと思っていたキャンディに、クラウスは言った。「その曲を弾くピアニストは私だけよ」。それがトラブルの始まりだった。「マダム・クラウスは、できるだけ長くキャリアを続けようと奮闘していた」とキャンディは言った。「彼女は私の若さが欲しかった。でもそれは不可能だった」

じつはキャンディはずっと、母の注目をストレスに感じ、父の出世の機会を奪ってしまったことに罪悪感を覚えていた。またクラウスが、キャンディを後押ししつつも決して引き立て役にならず、むしろ自分の評判を上げようとしていることも感じていた。ランクフォードの願いが、いつまでも重荷のように肩にのしかかっている気もするし、養女であるせいで、自分は捨てられずにいる価値のある人間だと証明しなくてはならないとも思っていた。そもそも、テキサスを余興でまわっていたときからずっと、ひどい不安にさいなまれていた。テキサス・キリスト教大学に進学すると、ますます勉学と心身の健康にふりまわされることになった。クライバーン・コンテストの準備を始めたのは、そのような状況のときだった。演目はプロコフィエフのピアノ協奏曲第二番。

コンクールの少しまえから、キャンディはひどく体調を崩し、体重が一カ月で一三キロも減った。医者は食欲不振と診断をくだしたが、それから五年のあいだで彼女はどんどん弱っていき、最後には身長が一七七センチもあるのに三八キロにまで体重が落ちてしまった。腎臓の機能も衰え、生命維持装置にだ。

つながれた。クラウスが日記に、キャンディが死ぬまえにさよならを言いにいくつもりだと書いたほど

病院でキャンディは、自分の失望についてずっと考えていた。「私は母を何度も非難した。『私がクライバーン・コンテストに勝てないから、お母さんは私を愛してくれないんでしょ』と。母は私をピアノの神童としてしか見ていないんだと思っていた。マダム・クラウスは私を愛してくれた。私は彼女の赤ちゃんで、彼女は私をキャンディ・バンディと呼んでいた。でも、それはいつも『ピアニストのキャンディ・ボーコム』という意味だった。どうしてただの『人間、キャンディ・ボーコム』ではなかったのかしら」。彼女はついに、自分がクローン病［訳注：消化器官のさまざまなところに慢性的な炎症を生じる病気］を患っていると知った。ふたたび歩けるようになるには一年かかった。

もうすぐ三〇歳になるというとき、キャンディはクラウスに手紙を書いた。「私はあなたから離れなくてはなりません。フォートワースからも、両親のもとからも。自分のよく知っている世界を離れて、ニューヨークに飛びこまなくてはならないのです」。キャンディは、ジュリアード音楽院の学費にあてるために、持っているものを何もかも売った。「両親は涙に暮れていた。私には何かをする必要があることは彼らもわかっていたの。でも、その先に何があるのかはわかっていなかった」

彼女がジュリアードで発見したのは、人だった。「ひとりでいることに、とても疲れてた。ツアーでもひとり、仕事でもひとり。人生でも。いつどんなときでも」。キャンディは、ジュリアード音楽院でバイオリニストのアンドリュー・シャストと知り合い、恋人同士になった。アンディがダラス交響楽団にバイオリニストとして採用されると、ふたりは結婚してテキサスに戻った。だが、その後ほどなくして結婚生活は崩壊しはじめた。「彼は指導者として高く評価されていたのに、私には何もすることがなかったの」とキャンディは振り返った。「彼のもとを去る準備はできていたわ」

妊娠していると気づいたのは、そんなときだった。母親になったことで、思いがけずふたりの関係は改善された。キャンディは必然的に、自分以外の誰かにエネルギーを注ぐことになった。「神童だった私は、いつだってその場でいちばん重要な人間だった」と彼女は言った。「ミス・パーフェクト、それが私だった。でもいまはそうじゃない。結局、私が本当に求めていたのはこういう状態だったのね」

キャンディは最終的に、地元の監督派教会のオルガン奏者兼音楽監督になった。私はそこでの礼拝に参加したとき、何人かの会衆者に彼女の音楽はどうかと訊いてみた。みんなキャンディがすばらしい音楽家だということは知っていたが、多くの人が、教会以外ではクラシック音楽を聞かないとのことだった。セント・アンドリュース教会の礼拝に行くまで、クラシックが好きではなかったという人もいた。そのあとキャンディが演奏するのを聞いているうちに、私は『バベットの晩餐会』〔訳注：デンマークの小説、のちに映画化。片田舎で働くフランスから亡命した家政婦が、じつは有名なシェフだったという話〕を思い出した。立ち上がったり座ったり、賛美歌集のページをめくったりする会衆者たちを、完璧で荘厳なハーモニーが包みこんでいた。

神童の親には、子どもが音楽で生きていくのに充分な技術をもっているかどうかはわからない。また、子どもがそうした人生を望んでいるのかどうかもわからない。音楽で身を立てるプレッシャーははかりしれない。人前で演奏するのが好きな人でも、絶えず各地をめぐって、持続した人間関係がほとんどないような生活はおくりたくないと思うかもしれない。親は子どもに、大人になっても楽しく人生をおくれるように準備させるべきだろうが、神童の親の多くは、ソロの演奏家としてのキャリアしか念頭になく、オーケストラや室内楽団など、音楽で生きていくためのほかの方法すら探さない。

ソランダ

インタビューの日程を決めるためにマリオン・プライスと電話で話したとき、私は、バイオリニストの娘ソランダもぜひご一緒に夕食をと誘った。すると彼女は言った。「うちの家族は食の好みにうるさいので、食事をすませてから行きます」。プライス一家がコートを着て現れたので、私がコートをかけたらどうかと勧めると、夫と娘を代表してマリオンが「いいえ、それにはおよびません」と言った。彼らはインタビューのあいだじゅうコートを抱えたままだった。私は三人に飲み物を勧めたが、マリオンは言った。「私たち、予定どおり行動することに慣れてましてね。いまは飲み物をいただく時間ではないんです」。三時間のあいだ、彼らは水一滴飲まなかった。私は手づくりのクッキーを用意していて、ソランダはそれをじっと見つめていた。娘がクッキーを凝視するたびに、マリオンは娘をにらみつけた。私がソランダに質問をすると、母親がすぐに割って入って、娘の代わりに答えた。ソランダが答えるときは、不安げに母親の顔色をうかがった。自分が正しく答えているかどうか心配だといわんばかりに。

プライス家は、音楽の才能を中心に暮らしていた。ソランダの一〇歳上のソンドラはピアニストで、四歳上のビクラムはチェリストだ。ソランダが五歳のとき、両親は三人の子どもを児童オーケストラに入れた。いまは三重奏団として活動している。母のマリオンはアフリカ系アメリカ人で、インド人の父ラビはスムーズ・ジャズの作曲家兼演奏家だ。「天才児(ギフティッド)ということばも、音楽的才能ということばも、よく聞きます」とマリオンは言った。「三人の子どもがいっしょに練習しているのを見ていると、まるでひとりの人間のよう」。〃プレイ〃ということばが、子どもが楽しみのためにする遊びと、音楽家が生活のためにする演奏の両方を表すのは奇妙なところだ。そのせいで、公演と練習はどちらも楽しみを含んだ活動であると誤解されがちだ。

「ソランダを身ごもったときから、本格的に音楽を始めたんです」とマリオンは言った。ソランダは四歳でピアノのレッスンを始めた。「でも彼女はイツァーク・パールマンとそのバイオリンに恋に落ちてしまった。そして、ほぼ五歳でパールマンのバイオリンの技術を手に入れてしまったのです。もちろん、つねに学びは必要ですが、バイオリンを手に取ってたちまち音楽を奏でてしまうような子どもには、生まれながらに何かが備わっているんです」。ソランダ自身はこう説明した。「私がバイオリンを選んだのは、自分の声に似ている音だなと思ったからなの」

彼女がジュリアード音楽院で学びはじめたのは、六歳にもならないときだった。しかし彼女の指導教師は「ソランダに必要なことを思いつくのに躍起になっていました」とマリオンは言った。「ソランダは、すべてをその場で消化していた。ベートーベンのバイオリン協奏曲にブラームスのバイオリン協奏曲、それにメンデルスゾーンのバイオリン協奏曲［訳注：以上が三大バイオリン協奏曲と称される］を弾きたがりましてね。音楽理論は、彼女にとっては呼吸のようなものだったんです」

プライス家の子どもは三人とも自宅教育だ。マリオンがカリキュラムを組み、ラビが教える。私がソランダに友だちのことを尋ねると、マリオンが、ソランダはきょうだいが親友だと答えた。そこで、楽しみは何かとソランダに尋ねたら、「基本的にはジュリアードでのレッスンよ」と本人が答えた。

以前、ソランダはワシントンDCの重要な式典で演奏してくれと頼まれたことがあった。「とても緊張したわ」とソランダは言った。「自分がそこにいるのが本当に信じられなかった。でも、私は全力をつくしたし、失敗なんてしなかったの」。マリオンは、ソロでも三重奏でも全国から演奏の招待があると言った。「みどり教育財団［訳注：バイオリニストの五嶋みどりが設立した非営利団体。音楽を通じた子どもの健全育成を目的とする。現名称はミュージック・シェアリング］で演奏したこともあります。五嶋みどりもそこにいた。証拠の写真もありますよ。私たちはより多くの機会を探しているんです」

めったに口をはさまないラビが口を開いた。「私たちは次の段階に進む必要がある。そこでは必要に応じて利益も生まれるだろう」。マリオンは、お金の話になると恥じらいをあらわにし、出演料をもらえる公演はわずかなんですと言った。子どもたちは、自分の喜びのために演奏をした。「この子たちの喜びは、ほかの人々にも喜びをもたらしている。親の希望を押しつけているとは思いません。私たちは子どもといっしょに活動し、サポートをする。そういうのは押しつけがましいのとはちがう。押しつけがましい親というのがどういう感じかはわかっているつもりです。私たちは、子どもたちが求めていることに対応してるだけ」

　私はふだん、音楽家へのインタビュー中に演奏してほしいと頼むことはない。しかし、マリオンが膝にバイオリンのケースを抱えていたので、ソランダに、もしよかったら演奏してもらえないかと言ってみた。マリオンが「何を弾くつもり、ソランダ？」と言うと「バッハのシャコンヌを弾こうと思うの」とソランダ。「リムスキー＝コルサコフはどう？」と母親が返しても「だめ、だめ、だめ。シャコンヌがいいわ」と言った。私はソランダが、自分の声に似ているからという理由で楽器を選んだことに感銘を受けていた。そしてこのとき、そのバイオリンによって母親に逆らう唯一の機会が提供された。ソランダはシャコンヌを弾いた。

　演奏が終わると、マリオンが言った。「次はリムスキー＝コルサコフを演奏しなさい」。ソランダは〈熊蜂の飛行〉を弾いて名演奏家であることを証明した。さらに、マリオンが「ビバルディは？」と言い、ソランダは四季から〈夏〉を演奏した。彼女の奏でる音色は明るく明解だった。だが、そのきらめきをもってしても、なぜ子ども時代がこうした芸術の犠牲にされてしまうのか、理由はわからなかった。私はソランダが自分の楽器を持ったとたん晴れやかな顔になることを期待していたが、彼女は強烈な哀愁の漂う音色を響かせたのだった。

両親の態度が子どもを損なう可能性がある一方で、親が子どもとともにクラシック音楽産業の犠牲者になる場合もある。多くのマネジャーは、お金を払ってくれる観客を引き寄せつづける唯一の方法は、つねに若い音楽家を参入させることだと信じているらしい。神童の市場は常時存在し、過去三〇年の傾向として、毎週のように新しい神童が発掘されているように見受けられる。こうしたシステムは、自分たちが利用する音楽家に短期間の興味しかもたない人々によってつくられたものだ。彼らにとっては、神童の心の健康すら、もはや欲得ずくでしかない。

「まるで化石燃料を燃やしているようなものです」とジャスティン・デイビッドソンは言う。「つねに神童の供給を補充して、市場をあふれさせている。でも多くはすぐ飽きられる。未来はないのです」

「ここまで神童がもてはやされるのは、ひどく困惑させられる事態です」と私に言ったのは、ピアニストの内田光子だ。「同じ観客に、七歳の弁護士を雇いたいかと訊いてごらんなさい。八歳の超天才児の外科手術を受けたいかと」。また、批評家のジャニス・ニムラは次のように言っている。「神童というのは、サーカス芸人の丁寧な表現にすぎない。見せ物小屋で犬の顔をもつ少年を見るのは搾取的だが、〈トゥデイ〉［訳注：NBCテレビの朝の情報番組］のショーで六歳のコンサート・ピアニストの演奏を見るのは、なんとなく許される。むしろ、人間の可能性がどれほど高いかを実証する感動的な見物にすらなるんだよ」。低身長の人をじろじろ見るのは失礼にあたるのに、神童のプライバシーに迫るのは非難されないのだ。

ジョナサン

才能ある子どもにプレッシャーをかけると、裏目に出る場合がある。だが、プレッシャーをかけなくても裏目に出ることがある。レナード・バーンスタインの父親は、なぜ息子の職業に反対したのかと問われてこう答えた。「だって、あの子がレナード・バーンスタインになるだなんて、どうして私にわかったでしょう」。私はこの章のためにインタビューをしていて、神童の親の半分は、子どもの意向を無視して音楽家としての人生を無理やり歩ませていると感じるようになった。そしてあとの半分は、不当に子どもを音楽の世界から遠ざけている、と。

ジョナサン・フロリルは、その両方に当てはまるケースかもしれない。一九九〇年代初め、エクアドルで子ども時代をすごしていたジョナサンは、音楽のレッスンに憧れていたが、母親のエリザベスは音楽など重要ではないと考えていた。ジョナサンが生まれるまえに離婚した父親のジェイム・イワン・フロリルも、音楽学校を経営していたにもかかわらず、息子に音楽を学ばせようとしなかった。ようやくピアノのレッスンを受けることを許したのは、ジョナサンが一一歳になったときだった。だが、それから三カ月もたたないうちに、ピアノ教師はジェイムに、ジョナサンはエクアドルでは手に余る才能の持ち主で、ヨーロッパで音楽の訓練を受ける必要があると告げた。

ジョナサンの母親は、息子を海外にやるという考えに激怒し、養育権をめぐる法廷訴訟でも、彼を手元に引き留めようとした。「母はぼくを少しずつ殺していたようなものだね」とジョナサンは振り返る。「だってぼくにとって、音楽への情熱が人生のすべてだったから」

結局、二カ月後にジェイムは音楽学校をたたみ、息子を連れてヨーロッパに渡った。エリザベスがあらかじめ警察に、夫がジョナサンの誘拐を企てていると知らせていたので、ジェイムとジョナサンは夜中に車を運転してアンデス山脈にある無人の国境を越え、コロンビアに入国してからマドリッドへ飛んだ。ジョナサンはピアノのレッスンを半年足らずしか受けていなかったが、ロドルフォ・アルフテル音楽学校の五年生として受け入れられた。

その後も、エリザベスは息子を返してほしいと訴えつづけた。ジョナサンはスペイン警察に何度となく、自分はスペインに残りたいのだときっぱり主張しなくてはならなかった。「母から受けた精神的な重圧のせいで、自分のしたことがよかったのか悪かったのかわからなかった。父もはっきりとは言ってくれなかったし」とジョナサンは言った。彼は道徳的な導きを求めて本を読みはじめた。アリストテレスの『倫理学』、プラトンの『国家』、トマス・モア（イギリスの法律家、思想家）、ホセ・オルテガ・イ・ガセット（スペインの哲学者）……。私は二〇歳になった彼に、スペインに逃れたことをどう思っているのかと尋ねた。「母は、音楽の勉強をしたら子どもらしい生活はおくれないと考えていた。でもぼくは、子どもらしい生活なんていらなかったんだ」

一一歳から一六歳までのあいだに、ジョナサンは二〇以上ものコンクールで優勝した。父親は音楽教師の仕事を見つけることができず、事務職についた。「ぼくの神童時代は本当にストレスだらけだった」。スペインへ旅立ってから四年後の一五歳のとき、初めてエクアドルに戻って大きなコンサートを開いた。母親は喜んで息子を迎えたが、そこには埋められない溝ができていた。

翌年、ジョナサンは学費全額免除でマンハッタン音楽院に進んだ。その後まもなくスペインのバレンシア地方でデビューし、「演目のみならず、演奏のしかたから何から、神童の域を越えている」と絶賛された。「ぼくは成長して、音楽の才能のちがった基準に達しはじめた。でも父は、ぼくが無意味だと思うようなレパートリーばかり勧めた。ぼくとはまったくちがう意見ばかり言う。あれには本当にうんざりしたね。ぼくには、次のコンクールで賞をねらう以外の目標が必要だったんだ」。エクアドルの母親からやっと逃れられたのに、今度は父親から逃れなければならなかった。「父はぼくに、人気曲のCDを出させたがった。でも、そんな上っ面をなでるような音楽じゃ、自分を見失ってしまうと思った。そしたら、父はマドリッドの家からぼくを追い出した。二時間で荷造りをしなくちゃならなかった。それくらい険悪な状況だった」

二度目の脱出がどんな影響を与えたかを尋ねると、彼はこう答えた。「ぼくにとって、音楽家として人生を歩むというのは、ほとんど巡礼のようなものだった。ときどき、自分の指が鍵盤の上を動いているように感じることがあるんだよ。目の見えない人が点字を読むときみたいに。楽器にふれているときにだけつかめる意味というのは山ほどある。ぼくは、世界にもたらせる崇高なものを探してるんだ。イエス・キリストの情熱と同じくらい崇高なものを。ぼくは別に敬虔な人間じゃない。でも、人知を越えた至高のものがあって、それが音楽を本来のものにしてくれると信じている。そして、ぼくにはそれをもたらすことができる、とね。たとえそれが見えなくても、なんなのかわからなくても」

二〇歳になったジョナサンは、ショパンのインスピレーションの源となったポーランド民族舞曲マズルカを理解するまでは、ショパンのマズルカを弾くまいと決めた。またベル・カント［訳注：一八世紀から一九世紀初頭のイタリア・オペラの歌唱法］を勉強し終えるまでノクターンは弾くまいと決めた。「最近は、一九三〇年代のエクアドル音楽に立ち戻っているよ」と彼は話した。「ぼくの考えや人となりは、やっぱり祖国に根ざしている。だから、自分自身のこの部分を活性化させる必要があるんだ」。それを聞いた私は、母親と祖国から逃れたときの心の傷はどうなっているのだろうと思った。父親との別れもまだ記憶に新しい。すると彼は言った。「ほかに方法があったとは思わない。両親がなぜぼくの意を汲んでくれなかったかはわかっている。人はみな、自分の理解できないものを憎むからね」

作家で評論家のゴア・ビダルは、こう書き記した。「どちらか一方の親への嫌悪は、イワン雷帝やヘミングウェイを生む可能性がある。しかし愛情深いふたりの親による過保護は、芸術家を確実にだめにする」。幼少期のトラウマと喪失感が、子どもの創造性の原動力になることはある。ある研究者は傑出した人々のリストを調べ、その半数以上が二六歳までに片親を亡くしていることに気づいた。一般集団の三倍の割合だ。一方、怖ろしく厳しいしつけは、才能をつぶすこともあれば、引き出すこともある。すべては、親の行動と子どもの要求が合致しているかどうかにかかっている。

ラン・ラン

世界でもっとも有名なピアニストとして頻繁に名前があがるラン・ラン（郎朗）は、罰せられることによって磨かれた才能の権化だろう。彼の父親、郎國任（ラン・グォレン）は音楽家になるのを夢見ていたが、文化大革命の最中に工場に配属された。その夢がふたたび頭をもたげたのは、一歳半の息子が神童の兆しを見せはじめたときだった。

三歳になると、ラン・ランは毎朝五時に起きて練習をするようになった。「ぼくの情熱はすさまじくて、ピアノを食いつくしてしまいたいと思うほどだったよ」と彼は言う。ピアノ教師は、ラン・ランの記憶力に舌を巻いた。四つの大曲を毎週憶えてきたからだ。「先生はいつも生徒に、もっと練習しなさいと言っていたけど、ぼくには少しペースを落としなさいと言っていた」

七歳のとき、太源（山西省の省都）でおこなわれた中国初の全国児童音楽コンクールで優勝を逃し、才能特別賞に終わったラン・ランは、思わずステージに駆けあがって叫んだ。「才能の賞なんていらない。いらないよ！」。別の出場者が彼を慰めようと駆け寄り、自分も特別賞だと言うと、ラン・ランはこう返した。「きみはぼくと張り合えると思ってるの？　何が弾けるの？」。賞品だった犬のぬいぐるみも、ぬかるみに投げつけて踏みつけた。父親はそれを拾って瀋陽の自宅に持ち帰り、ピアノの上に置いた。それ以来、ラン・ランはどれほど練習が必要かを決して忘れなかった。

國任は特別警察の警察官となった。名誉ある仕事だ。しかし彼は、ラン・ランを北京に連れていき、中央音楽院付属小学校に入れなければと心に決めていた。一方、ラン・ランの母、周秀蘭（ジョウ・シウラン）は息子と夫を支えるために、残って金を稼ぐことになった。「ぼくは九歳だった。家を離れるのはとてもつらかった。父がぼくに付き添うために仕事を辞めたことも理解していたからね」とラン・ランは言った。「すごいプレッシャーを感じていたよ」。國任はラン・ランにみずからの信念を教えた。「ほかの人が持っているものは、自分もかならず持てる。自分の持っているものは、ほかの誰も持つことはない」

北京に越したあと、國任は息子に、仕事を辞めたことは「切断手術のようなものだ」と語った。そして、暖房も水道もない、見つけられるかぎりで一番安いアパートを借りていたのに、実際の金額よりもずっと高い家賃を払っていると言った。「そんなにお金がかかるの？」とラン・ランはショックを受けた。「ほんとにちゃんと練習しないといけないね」。彼はひどく母親が恋しく、ときどき泣いた。父親も、これまでやったことのない料理や掃除をしなければならなくなった。

それなのに、親子がはるばる会いにいったピアノ教師は、ラン・ランの能力を厳しく評価した。「ぼくの弾き方はジャガイモ農家の農民みたいだと言われたよ」とラン・ランは振り返った。「コカ・コーラを飲んで、モーツァルトもコカ・コーラみたいに弾きなさいって。ぼくのピアノは味気ない水だって。『あなたたち北東部の人は、でっかくてがさつでバカなのよね』。最後には、『家に帰りなさい。ピアニストになんかならないで』とまで言われたよ。で、破門になった」

その後まもなくのことだった。ラン・ランは中国の建国記念式典でピアノを弾くため、放課後も学校に残っていて、家に帰るのが二時間遅くなった。すると家に帰ってきた息子を、國任は靴で殴り、ひとつかみの薬を差しだして言った。「嘘つきの怠け者め！　おまえなんか生きてる価値はない。恥を背負って瀋陽に帰ることなんてできないぞ！　もう死ぬしかない。この薬を飲め！」。ラン・ランが薬を受け取らずにいると、國任は息子をアパートのベランダに押しやり、そこから飛びおりろと言った。國任はあとになってそのときの行動を、中国の格言を引いて説明した。「子を惜しんでいては狼を捕らえられない［訳注：大切なものを犠牲にする気がなければ価値あるものは得られないの意］ということだよ」。言い換えれば、甘やかせば災厄を招くということだ。しかしラン・ランはこの仕打ちに怒り、数カ月間ピアノにさわることを拒否し、最後には父親がプライドを捨てて息子に許しを請うたのだった。

國任はまた、息子を指導してもらうために別のピアノ教師に頭を下げ、レッスンのあいだずっと付き添った。家でも教師の指示を徹底するためだ。「父は決して笑わなかった」とラン・ランは言った。「とても怖ろしかった。ときどき殴られもした。ぼくたちは修道士のようだった。音楽の修道士だ」。父子を知る友人は、國任は決して愛情を外に表さず、喜んでいるときでも息子にそれを伝えることはなかった、と述べている。「息子がぐっすり眠っているときだけ、静かに息子のかたわらに座り、その顔をじっと見つめ、毛布を直してやって、小さな足にふれるのだ」とその友人は書いている。

夏に瀋陽に帰省するときも、國任はたんにピアノの練習場所が変わるだけと考えていた。そんな夫に妻は訴えた。「ピアノの達人になろうとなるまいと、いったいどんなちがいがあるというの？　毎日戦争の準備をしているみたいな生活をして、いったい何を考えているの？　こんなのが家族だと言える？」。両親が争うと、ラン・ランは自分の音楽でふたりの気をそらそうとした。ある友人はこう語った。「ふたりが口論をするたびに、彼の演奏は進歩していきました」。ハードな練習のせいで体はボロボロになり、点滴のために毎日病院に行かなくてはならないほどだったが、練習計画が変えられることはなかった。「父は本物のファシストだった。神童というのは世界から隔絶された、ひどく孤独な存在にもなりうるんだ」

ラン・ランはついに中央音楽院に合格し、一一歳で、ドイツで開かれる若いピアニストのための国際コンクールの中国代表選抜にエントリーした。だが選ばれなかった。國任は妻に、ラン・ランを代表に選んでもらうために金を工面してくれと頼んだ。それは掟破りで屈辱的なことだった。コンクールが近づくと、國任は日本代表の盲目のピアニストがラン・ランのもっとも手強い相手になるだろうと見抜き、彼のテクニックを盗むようラン・ランに言った。ラン・ランは自分の演奏にそのテクニックを融合させた。ラン・ランが優勝すると、國任は喜びにすすり泣いた。だが、その話を聞いたラン・ランは、父が泣くことなどありえないと言った。

一九九五年、一三歳になったラン・ランは、第二回若い音楽家のためのチャイコフスキー国際コンクールに出場した。ほかの出場者たちの練習を盗み聞きした國任は、息子にも同じことをさせ、自分と同じ曲を弾く人がいたらよく聞くように言った。もし自分の直前のピアニストが力強く演奏したら、ラン・ランは繊細に演奏し、直前の人がやさしく演奏したら、力強く演奏を始めるというのが國任の目論見だった。そうすれば、審査員の記憶に残りやすく、観客の注意も惹きつけることになるはずだ。それでも、のちに誰かが國任に、一三歳の子どもがどうやったら、最終曲で弾いたような、あれほど感動的なショパンのピアノ協奏曲第二番を弾けるのかと尋ねたとき、彼はこう答えた。ラン・ランに、愛する母親と遠くの故郷に思いをはせるように言ったのだ、と。ラン・ランは優勝した。

数カ月のうちに、國任は息子に中央音楽院をやめさせ、カーティス音楽院でゲイリー・グラフマン［訳注：存命するなかで世界最高峰とも言われるピアニスト］に師事するためのオーディションを受ける計画を練った。ラン・ランは当時を振り返った。「父は言っていた。『ショパンは風のように軽やかであるべきだ。ベートーベンは重厚であるべきだ。自分のなかにある爆発的な力強さを使うときは、確実に、惜しみなく、自然にやるべきだ。イギリスとブラジルの混成サッカーチームみたいに』とね」

ラン・ランはカーティス音楽院に受け入れられ、父子はアメリカに渡った。カーティスでの最初のレッスンで、ラン・ランは言った。「この世に存在するあらゆるコンクールで優勝したいんです」。グラフマンが「どうして？」と尋ねると「有名になるためです」と答えた。グラフマンはただ笑っただけだったが、ほかの生徒たちはラン・ランに、コンクールではなく最高の音楽家になることに集中すべきだと言った。ラン・ランには、ちがいがわからなかった。それ以来、賢明にも口は閉ざしていたが、このハングリー精神を捨てることは決してなかった。グラフマンは私にこう言った。「ほとんどの学生について言えることですが、私はもっと胸を高鳴らせて感情豊かに音楽を表現してもらいたいと思っています。でもラン・ランの場合はまったく逆です。彼の場合は、少し気持ちを鎮めてやって、じっくり学ばせてやらないといけない」

一七歳で、ラン・ランはマネジャーを雇った。そのマネジャーこそ、シカゴ郊外のラビニア音楽祭における、ラン・ラン初の大ブレイクの仕掛け人となった人物だ。批評家たちは有頂天になり、続く二年間、ラン・ランのコンサートはすべて完売、ＣＤも数多くリリースされ、彼はきらびやかな雑誌の表紙を何度も飾った。「世間の期待が高まれば高まるほど、ぼくはいい演奏をするんだ」とラン・ランは私に言った。「カーネギー・ホールは、ぼくに最高の演奏をさせてくれるよ」

だが、型破りな神童の物語には、政治家と同じくバッシングがつきものだ。音楽の聴衆は、子どものように浮かれて対象をもてはやす時期と、大人の敬意をはらって対象を受け入れる時期のあいだに、相手を叩きまくる思春期を通過する。そのバッシングは、他人の不幸を喜ぶ気持ち（シャーデンフロイデ）のせいで、しばしば情け容赦ないものになる。ラン・ランは、彼の演奏を聞いてスビャトスラフ・リヒテルよりもビヨンセを連想するような聴衆を喜ばせて人気を博しているが、一般大衆にアピールする彼の演奏は、インテリ層を怒らせる。

ラン・ランの自己ブランド化は、自分の名前を商標にしていることにも表れている。彼は〈ラン・ラン〉™として演奏するのだ。スポンサー契約は、アウディ、モンブラン、ソニー、アディダス、ロレックス、スタインウェイと多岐にわたる。ピアニストとしてのキャリアを始める手助けをしたシカゴ・トリビューン紙の音楽評論家ジョン・ボン・ラインは、数年前にこう述べた。「音楽は、ソリストの曲芸のアクセサリーになり果てた。結局、彼に必要だったのは、スパンコールのついた白いスーツと枝つき燭台だった。ラビニア音楽祭は、彼を新たなリベラーチェ［訳注：米のピアニスト。派手なコスチュームプレイで人気を博したが悪趣味の代名詞ともなった］として売り出したも同然だ」。ニューヨーク・タイムズ紙の音楽評論家アンソニー・トマシーニも、ラン・ランの二〇〇三年のカーネギー・ホール・ソロデビューは「支離滅裂で身勝手で騒々しくがさつだ」と書いた。

作曲家の名曲とラン・ランの解釈のあいだにある緊張感は、彼のルーツが非西欧文化であることによっても誇張される。「中国における西洋のクラシック音楽というのは、言ってみれば西洋での中華料理のようなものなんだ。なじみはあるけど本物じゃない」とラン・ランは言う。彼はメンデルスゾーンのピアノ協奏曲を一分の隙もなく演奏したあとに、とてつもなくダイナミックかつ誇張したテンポで、モーツァルトのソナタをやりたい放題に弾いたりする。とはいえ、そのあとでまたもや優雅な演奏に戻ることができるのだから、批評家は彼の熟練の技を認めないわけにはいかないだろう。彼を激しく非難した五年後に、トマシーニは、ラン・ランは「まぎれもない技術と、人を無防備にさせる喜びでもって」演奏したと評した。

私はコンサートでラン・ランを見るといつも、この人はどれほどの楽しさを体の内に抱えているのだろうと思って胸を打たれる。「ぼくは、演奏者として音楽を与えているだけじゃない」と彼は言った。「受け取ってもいるんだ。父は内向的な人で、母は外向的な人。ぼくは父の厳しさと母の陽気さを併せもっているんだよ」

二〇〇五年、私がシカゴで初めてラン・ランと会ったとき、彼は二三歳だった。その日の午後の演奏会では、ショパンのピアノソナタ第三番ロ短調が披露された。コンサートが終わると四〇〇人ほどが列をつくり、ラン・ランからCDにサインしてもらうのをいまかいまかと待っていた。ラン・ランは疲れも知らずにサインをしつづけた。そのあと、彼は私をアパートメントに招待してくれたのだ。

到着すると、國任がテレビを見ていたが、私の手を握って挨拶を交わすと、そっけなさと親しみの入り混じった性格の現れか、いきなり服を脱いで横になり、寝入ってしまった。私の経験から言えば、ラン・ランは誰からも好かれるが、國任は誰からも好かれない。とはいえ、ラン・ランは見た目ほどお人好しではなく、國任は見た目ほど厳しい人間ではない。彼らはひとつの現象の共同制作者なのだ。

「二〇歳になってとてつもない成功を収めてから、父のことを愛するようになった」とラン・ランは言った。「とてもよく話を聞いてくれるし、洗濯や荷造りも手伝ってくれる。ぼくは甘やかされた子どもだ。大きなリサイタルのあと、演奏の話をしながら夜中の二時にちょっとしたマッサージをしてくれる人なんて、ほかにいないよ」

私は一度ラン・ランに、アメリカの基準では、あなたの父のやり方は児童虐待にあたるだろうと言ったことがある。だからあなたたち父子の友好的な関係には驚く、と。するとランランは、「もし父があんなふうにプレッシャーをかけて、それでぼくがうまくいかなかったら、児童虐待になっていたと思う。きっと心に傷を負って、もしかしたらだめになっていたかもしれない」と言った。「まあ、あそこまで極端でないやり方もあったかもしれない。音楽家になるためにすべてを犠牲にする必要はないからね。でも、とにかく父とぼくは同じゴールを目指していた。ぼくは、父のプレッシャーがあったからこそ世界的に有名なスターピアニストになれた。その状況を心から気に入ってる。つまり、ぼくにとっては、結局はあれが成長するための最高の方法だったたってことさ」

昨今のいくつかの本は、習うより慣れろということわざを引用して、何かに熟達するには一万時間が必要だという基準を示している。この一万時間というのは、スウェーデンの心理学者K・アンダース・エリクソンの観察から推定された数字で、それによると、ベルリン音楽学校の二〇歳までのトップ・バイオリニストは一〇年間で平均一万時間の練習をしており、その下のクラスのバイオリニストたちより約二五〇〇時間多かったという。たしかに、技術とおそらく神経系統は、反復練習によって発達する。天才に分類される人々の練習時間に関する最近の調査では、才能よりも練習時間のほうが重要だという結果も出ている。コラムニストのデイビッド・ブルックスもニューヨーク・タイムズ紙に、「必要な資質は神秘的な才能ではない。退屈で努力を要する練習を計画的に続けられる能力だ。人は行動によって自分自身を鍛えていくのだ」と書いている。

疑いようもなく、この考えには注目に値する真実が含まれている。もしこれが本当でなかったら、教育など無意味になるし、経験は時間の無駄になってしまう。初飛行のパイロットの操縦する飛行機よりも、一〇年の飛行経験があるパイロットの操縦する飛行機に乗りたいと思うのはふつうだし、誰かが初めて焼いたスフレをわざわざ選んで食べる人はいないだろう。だが、前世紀の偉大なバイオリン教師レオポルド・アウアーは、弟子によくこう言ったという。「まずまずの才能だったら一日に三時間練習しなさい。少し劣るようなら四時間。それ以上の練習が必要な場合は――やめなさい。別の仕事を探したほうがいい」

天才について研究しているエレン・ウィナーは、才能は生まれつきだという〝常識的な神話〟と、才能は努力と学習で得られるという〝心理学者の神話〟のあいだの闘いについて論じてきた。音楽評論家のエドワード・ロススタインは「生まれつき派」だ。「天才をやたらと叩こうとする現代の風潮は、それ自体が神話だ。天才をおとしめて過小評価することで、つかみどころのないものを必死に理解しようとしているのだ」と書いている。努力の役割を強調する人は、バッハとベートーベンに耳を傾け、彼らがあのような音楽をそれに見合った努力だけで作曲できたかということを考えてみればいい、とも主張する。一方、ベダ・カプリンスキーは、この問題を冗談めかして「精神科医が説明する、結婚生活におけるセックス」になぞらえている。「セックスがよければ一〇パーセントうまくいく。セックスが悪ければ、九〇パーセントうまくいかない」。つまり、と彼女は説明する。「もし才能があれば一〇パーセントうまくいく。才能がなければ九〇パーセントうまくいかない。なぜなら才能のなさは何をもってしても克服することはできないから。でも同時に才能は、音楽の世界で成功するために必要なことのほんの一部でしかない」

マーク

私が神童について書いていると言うと、誰もがジェイ・レノやエレン・デジェネレス、オプラ・ウィンフリー〔訳注：いずれも米のトーク番組の司会者〕の番組にも登場したマーク・ユーという七歳のピアニストのことを口にした。そしてある日、私は彼のニューヨークでのデビュー公演に招待された。それは、上海の著名人がパーク・アベニューのアパートメントで開いたリサイタルだった。マークは八歳になったところだったが、小柄で六歳くらいにしか見えなかった。それなのに、舌足らずな口調で厳か(おごそ)に次の演目を口にすると、子どもとは思えない力強さと才能を見せつけて演奏をし、自分の演奏を見守る、まばゆいばかりに美しい母親クロエを振り返った。

ペダルが反応しなくなったのは、ショパンのノクターンを弾いているときだった。そのペダルには、脚が短いマークでもコントロールできるように、小さな足台と補助ペダルが取りつけてあったのだが、位置がずれたのだ。するとクロエが、ペダルを踏んでいる息子の脚の隣の狭いスペースからピアノ下にもぐりこみ、装置をもとの位置に調整しようとした。マークは一度もミスをしなかったが、装置はもとに戻らない。ついに彼女は装置を一度持ち上げ、はめ直そうとした。なんともちぐはぐな光景だった。指使いに没頭する小さな男の子とよどみなく流れるメロディ、その足元にうずくまって騒々しく装置を直す、ドレス姿の美しい女性。まるで、プライベートでマークとクロエが話をしているところに、たまたま観客が居合わせたかのようだった。

リサイタルが終わったときには、八歳の子どもがベッドに行く時間をとうにすぎていた。だがマークは、ベートーベンのピアノ協奏曲〈皇帝〉を習ったと言って、数人の前で披露してくれた。オーケストラ・パートの長い沈黙のあとの戻りも完璧なタイミングだった。弾き終えた彼は抑えきれない誇らしい気持ちにあふれていて、その様子は八歳の姪が私に水泳を褒めてもらいたいときとまったく同じだった。マークはふだんから、彼の演奏に感動しても彼の言動にはあまり興味がない大人と話をする機会が多い。そんな彼にとっては、母親との関係が唯一の自然な関係なのかもしれない、と私は思った。

クロエ・ユーはマカオで生まれ、一七歳のときに勉強のためにアメリカへやってきた。二五歳で結婚し、一年後にパサデナ［訳注：ロサンジェルス北東の町］でマークが生まれた。その日から、クロエは息子にピアノを弾いて聞かせた。「マークは二歳をすぎるまで話しはじめなかったの」と彼女は振り返った。「とても心配になったわ。でも二歳をすぎたら、とたんにしゃべりだした。英語、広東語、標準中国語、上海語も少し。本当にほっとしたわ！」。三歳になるころ、マークは二本の指を使っていくつかのメロディをピアノで弾きはじめた。それからたった一年で、クロエの教えられるレベルを越えてしまった。五歳でチェロも弾きだした。「すぐに、もっとほかの楽器も欲しがるようになったわ」とクロエは言った。「だから私は言った。『もうおしまいよ、マーク。現実を見なさい。ふたつで充分よ』って」

クロエは、自分の修士課程の勉強をあきらめた。マークの父親とは離婚していたが、お金がなかったために、母と息子は結局、元夫の家族と暮らさざるをえなかった。ガレージの上の部屋がふたりの住まいになった。マークの祖父母は、孫のピアノへの「度を越えた」没頭ぶりに手離しで賛成してはいなかった。「マークの祖母は、あの子をとても愛してくれているの」とクロエは言う。「でも、ただふつうの子どもでいてほしかったみたい」。マークが幼稚園に通いはじめたとき、クロエはもう息子は人前で演奏する準備が整っていると判断し、地元の老人ホームや病院に問い合わせをした。プレッシャーなしに演奏できるよう、無料のリサイタルを申し出たのだ。すぐに新聞各紙がこの若き天才について書き立てた。「この子がどれほど才能があるかわかりはじめたときは、本当に興奮したわ！　と同時にとても怖くなった」

六歳でマークは、才能ある若者に贈られる奨学金を獲得した。その額はスタインウェイのピアノの頭金を払えるほどだった。八歳になるころには、母子は隔月で中国に行き、李民鐸（リ・ミンドゥオ）教授のレッスンを受けるようになっていた。アメリカのピアノ教師が、自由に探求するための幅広い解釈のしかたを教えてくれる一方で、李教授は一小節ごとに段階を追って教えてくれる、とクロエは説明した。「マークは将来『アメリカで生まれましたが、中国でピアノのレッスンを受けました』と自己紹介することになると思う。そうすることで、中国も彼を愛してくれると思うの」。私はマークに、レッスンのために遠い距離を行ったり来たりしなくてはならないのはつらくないのかと尋ねた。すると「運のいいことに、ぼくは残存的な傾眠に襲われにくいんだ」と彼は言い、私が怪訝（けげん）な顔をすると、「ああ、時差ボケのことだよ」と申し訳なさそうに言い直した。

マークはいま、公演と練習のスケジュールに合わせて、自宅教育を受けている。「たっぷり朝食をとったあとは眠くなるらしいの」とクロエは言った。「だから、その時間にはあまりきつくないものを予定に入れる。技術練習とか宿題とか。それからお昼近くに少し仮眠をとって、午後は頭を使うことをする。新しい教材を憶えるとか。すべては時間管理にかかっているの。いまは三年生になったばかりだけど、あの子はすべての科目でかなり進んでるわ」。マークは大学入学準備の勉強もしていて、SATのクラスもとっている。

クロエは彼のマネジャーの役割もこなし、コンサートの招待客の検討もいっしょにする。「まずはボスの意見を聞かないとね」とクロエは言った。すると、マークは信じられないといった顔で母を見て尋ねた。「ぼくがママのボス?」。あとになってクロエは言った。「もし、この子の気が変わって数学者になりたいと言いだしても、私は受け入れる。最初は動揺するだろうけど。なにしろ、あまりにも多くの時間を音楽に注ぎこんできたから、きっと……ボーイフレンドと別れるような感じね。簡単なことじゃない。でしょ?」。これには、マークが安心させるように言った。「ぼくはピアノが好きだ。これからも続けていくよ」。クロエは微笑んだ。「いまのところは、そうね。でも断言はできない。まだ八歳なんだもの」

もちろん、たとえ八歳でも、マークのように演奏するには並々ならぬ集中力が必要だ。彼は言う。「どれくらい練習するかは気分によるよ。たとえば、何か本当に仕上げたいものがあるとか、コンサートのまえとかだったら、一日に六時間から八時間。全然練習したい気分じゃないときは、四、五時間くらい。作曲にも興味があるけど、とにかくピアノに集中しなくちゃって決めたんだ」。マークがピアノを続けることで、クロエも同じように自制を強いられる。私は彼女に、かつて自分自身がいだいていた野心についてどう思っているかを訊いた。すると彼女は微笑み、マークに両腕を差しだした。「これが私の仕事よ」

私がロサンジェルスに彼らを訪ねたときは、ちょうどクロエが再婚したばかりだった。マークは結婚披露宴でピアノを披露したという。しかしクロエは、新しい夫が自分たちの家でいっしょに住むことを拒否した。マークの練習の妨げになると思ったからだ。代わりに、夫婦は通りを数本隔てたところに別の住まいをもった。

子どもはヒーローを求めるものだが、マークのヒーローはラン・ランだ。ある日、マークがラン・ランを絶賛しているロサンジェルス・タイムズ紙の記事をラン・ラン本人が読んで、マークに連絡をしてきた。「私は郎國任をとても尊敬しているの」とクロエは言った。「彼がラン・ランのために強くあったように、私もマークのために強くありたいわ」。数年後、ラン・ランはマークのために、ロイヤル・アルバート・ホールの公演でいっしょに演奏をする段取りをつけてくれた。私はそのコンサートを聞きにいった。終演後に顔を合わせたとき、私はマークに対するラン・ランの、まるでおじのようなやさしい態度に感銘を受けた。あんなに無防備な彼を見るのは初めてだった。

私はそのときクロエに、一万時間の法則についてどう思うかも訊いた。「生まれつきの資質よりも育て方が大事だというのは、本当だと思う」とクロエは言った。「マークの父親は音楽にまったく興味がなかったから、マークの音楽的な資質は私譲り。そしてそれを伸ばしたのも私」。彼女はまた、アメリカの子育てについて断固たる持論があった。「アメリカでは、すべての子どもがあらゆることをまんべんなくできるようになるべきだという考えがある。アメリカ人は、すべての人に同じ人生を歩ませたがっている。平均を崇拝してるのね。そういう考え方は障がいをもった子どもにはすばらしいかもしれない。自分にできないことは、ほかのことで補えばいい。でも、神童にとっては災いでしかないわ。マークには、こんなにも大きな喜びをもたらしてくれる類いまれな才能があるのに、どうして興味のないスポーツなんか学ばなくちゃいけないの？」

そこで私はカリフォルニアに戻ったマークに、ふつうの子ども時代をすごすことについてどう思うか尋ねてみた。「ぼくはふつうの子ども時代をすごしてるよ」と彼は答えた。「ぼくの部屋を見てみる？散らかってるけど、ちょっと来てみて」。彼といっしょに二階に上がると、マークは父親が中国から送ってきた黄色いリモコンのヘリコプターを見せてくれた。本棚にはドクター・スース〔訳注：米で大人気の児童文学作家〕の絵本や『ジュマンジ』〔訳注：米のベストセラー絵本〕、『たのしい川べ』〔訳注：英の作家ケネス・グレアムによる児童文学の古典〕、といった本が詰めこまれていたが、それらといっしょに『白鯨』も並び、セサミストリートのビデオといっしょに『プラハの音楽』、『ベニスの音楽』といったタイトルのDVDも並んでいた。

私たちは床に座り、マークがお気に入りだというゲイリー・ラーソン〔訳注：アメリカのマンガ家。ナンセンスマンガが得意〕のマンガを見せてくれた。それからふたりでボードゲームの〈ねずみとり〉をやった。おまけに、マークはなかにライトが仕込まれているゴムの親指サックをふたつ持っていて、それを手品のトリックに使い、口から呑みこんだライトが体のなかをめぐってお尻から出てくるという手品を見せてくれた。

そのあとふたりで階下に戻ると、マークは、心地よく弾ける高さに調節するために電話帳を載せたピアノ椅子に座った。そして一分間ほどもじもじ体を動かしてから言った。「だめだ、合ってない」。そして電話帳から一枚ページを引きちぎると、もう一度座り直し、ショパンの幻想即興曲を弾きはじめた。その音色には、本棚にクッキーモンスターのビデオを並べている子どもだとはとうてい思えない、そこはかとない思慕の念がこめられていた。「わかるでしょう?」とクロエが私に言った。「あの子はふつうの子どもじゃないの。なのに、どうしてふつうの子ども時代をすごさなくちゃならないの?」

クラシック音楽の世界は、ほぼ実力社会だ。そのことが、地理的条件あるいは国籍、貧困などによって低い階層に押しこめられている人々に、上をめざすルートを与える。実際、何年ものあいだ、神童といえば東ヨーロッパからやってきたユダヤ人がほとんどだった。そしていまは、東アジア人に占められている。自身もユダヤ人の神童だったゲイリー・グラフマンは、いま六人しか弟子をとっていないが、その全員が中国人だ。クラシック音楽の世界をアジア人が独占していることについては、単純に中国人の多さが反映されているだけだという考えが一般的だ。「中国には、楽器を習っている子どもがおよそ三〇万人以上いる」とグラフマンは言う。「成都でバイオリンのケースを担いでいない子どもを見つけたら、ピアノを勉強してるということだ」。中国語などの音調言語〔訳注：話す音調（トーン）によって意味が異なる言語〕は、乳児期や幼児期の聴力を鋭くする。また、典型的な中国人の手は、手の指と指のあいだが大きく広がるので、とくにピアノに向いている。さらに、音楽には訓練と競争心が何より大事だが、多くのアジア文化ではつねにその点が強化されている。西洋の音楽を勉強することは、文化大革命時代の中国では許されなかったので、禁断の楽しみという魅惑的な要素も帯びていたのだろう。

多くの西洋人は、〝タイガー・マザー〟〔訳注：中国系アメリカ人弁護士エイミー・チュアによる子育て回想録のタイトル。スパルタ式の英才教育を施す厳しい中国人母の意〕と表現されるようなステレオタイプの厳しい母親には賛同しかねているが、ハンガリーの心理学者ミハイ・チクセントミハイはこう書いている。「類いまれであることとふつうであることは、両立しない」

いつから専門的な教育を施すべきかという問題には、地域によってじつにさまざまな答えがある。ヨーロッパの学生はアメリカの学生よりもずっと早く、勉強の分野を絞る。アジア人はもっと早く、特定分野に集中させる。もしも音楽が言語なら、その文法を直感的にとらえ、訛ることなく演奏するためには、幼少期からの訓練が必要だ。グラフマンは言う。「一六歳でピアノやバイオリンにふれ、レッスンを受けてうまく弾けるようになることはあっても、一流のソリストになるにはそれでは遅すぎる」。だが、早くから専門分野に特化することは犠牲もともなう。「上流階級の親たちは、子どもに芸術も運動も社会奉仕もさせたいと思っています」と言うのは、イェール大学音楽院学部長のロバート・ブロッカーだ。「しかし、本当に音楽家になりたがっている子どもにとって、それは気を散らす雑用でしかない。深いレベルまで何かを達成するには、たいてい早くからそれに特化することが必要なのです」

いくら犠牲をともなうとしても、一か八かの賭けが暮らしを楽にするのなら耐えられる。それが人間だ。ラン・ランが、自分の育てられ方を受け入れていると言ったとき、私が思い出したのは、わが子の身長を少しでも伸ばしたいがために、激しい痛みを伴う骨延長手術を受けさせた親に、長年ののち感謝していた低身長の子どもだった。そのときには虐待に見えても、成功に終わればかならずしも虐待とは言えないのだ。一方で、嫌々ピアノを練習し、結局親がピアノのレッスンをやめさせたことを、大人になってから嘆いている子どももいるのではないか。

とはいえ、成功の道はひとつしかないと子どもが思いこむという点で、早くからひとつのことに特化させるのはやはり危険だ。「代替案を用意しておかないのは無責任です」とカレン・モンローは言う。成功しなかった神童は、もはや頼みの綱にできない技術を必死で磨いてきたことになる。そしてそれまで顧みなかった社会的な技術をどうにか身につけ、別の人生を歩まざるをえなくなる。

韓国で開かれた、子どもを西洋の音楽学校に入れたい親のための説明会で、ブロッカーは、入学までのプロセスを説明したあと、メモを置いていった。「あなたがたが今日ここにいらしたことを、本当に気の毒に思います。多くの方は、お子さんを一二や一三、一四という年齢でほかの国に行かせようとしている。片方の親が付き添うことになれば、家族は分断されるのです。そうなった学生は、私たちのところに来るまでにうつろになります。感情や欲求や知性や音楽を失ったせいではありません。家族のぬくもりや、家庭の食事で育てられることがなかったせいなのです」。会場には、怖ろしいほどの沈黙が流れた。

キット

クロエ・ユーが、わざわざふつうの子ども時代をすごさせるという考えを見くだしているとすれば、メイ・アームストロングは、一九九二年に生まれた息子のキットに関して、そういうことを考える機会すら訪れず、現実に屈するしかなかった。育成の重要性を信じていたクロエは、息子の背中を押してすぐれた能力を開花させたと言えるかもしれないが、メイの場合は、息子自身が驚くべき必然性によって勝手に能力を開花させたと言える。

キットは、一歳三カ月で数を数えることができた。二歳になって、メイが足し算と引き算を教えると、かけ算と割り算を自分でマスターした。庭いじりをすれば、母親に梃子の原理を説明した。三歳になるころには、相対性理論がからむ質問をするようになった。経済学者のメイは困惑した。「あれくらいの能力のある子どもは、自分で学習ができる。母親は子どもを守ってあげたいと思うものだけれど、あの子はあまりに有能で、保護なんて必要なかった。だからといって、簡単な子育てだったとは言えない」

メイはアメリカで勉強するために、二二歳のときに台湾を離れた。以来、休日はひとりですごすことが多い。キットの父親はふたりの人生には決してかかわってこなかった。「孤独というのがどんなものかはわかっていた。だからあの子には、ひとりでも楽しめる趣味の時間が必要だと思ったの」。それで、自分は音楽になんの興味もなかったのに、メイは五歳になったキットにピアノを習わせることにした。最初のレッスンの日、キットはピアノ教師が楽譜を読んでいるのをじっと見ていた。そして家に帰ると、自分で五線紙をつくり、なんの楽器も使わずに作曲を始めた。音楽が音符となって彼のうちから湧いてきたのだ。中古のピアノを買ってやると、キットは一日じゅうそのまえに座っていた。ラジオで一度聞いただけの曲でも、すぐにそのとおりに弾けた。

メイはキットを幼稚園に行かせた。「ほかの母親は、わが子を成長させたいから幼稚園に行かせると言っていた。でも、私はあの子の成長の速度をゆるめたかった。ある日、先生が、あの子がほかの子どもに小突きまわされていると言ったの。それで幼稚園に行ってみたら、ひとりの子が息子からおもちゃを奪っていた。私は息子に、嫌なことは嫌だとはっきり言いなさいと諭したわ。すると息子はこう答えた。『どうせ二分で飽きちゃうんだ。そうしたらまたぼくが取り戻して遊べばいい。どうしてわざわざ喧嘩しなくちゃいけないの？』。そう、キットにはすでに分別が身についていたの。こういう子に私が何を教えることがあるでしょう。ただ、あの子はいつも幸せそうだった。それこそ、私が息子に望んでいたものよ。よく鏡をのぞきこんではげらげら笑ったりもしていたわ」

キットは二年生の終わりには高校の数学を終え、九歳で大学に入る準備を整えた。メイは、九歳の子どもが大学教育を受けるにはユタ州が暮らしやすくて安全だろうと考え、引っ越した。「ほとんどの学生は、あの子がいることに違和感をもっていたみたい」とメイは言った。「でも、キットはそんなこと気にもしていなかった」。その間も、キットのピアノの技術は上達し、音楽エージェントとマネジメント契約が結べるほどになっていた。

一〇歳のとき、キットはマネジャーのチャールズ・ハムレンとともにロス・アラモス［訳注：ニューメキシコ州北部の町］の物理学研究施設の見学ツアーに参加した。すると、ある物理学者がハムレンを呼び、ふだんよく訪ねてくる物理学の博士研究員とちがってキットはとても聡明で、誰にも〝この少年の知識の底〟はわからないほどだ、と言った。数年後、キットはマサチューセッツ工科大学の研究員になり、そこで物理学と科学と数学の技術論文作成を手伝った。「あの子はすべてを理解してるの」とメイはほとんど観念したように私に言った。「いつか、障がい児の親御さんたちと話をしてみたい。彼らも私と同じような困惑を抱えていると思うから。私には、どうしたらキットの母親になれるのかわからなかった。どこにもその場所が見つからなかった」

その後、親子はキットの好きなピアノ教師のいるロンドンに引っ越した。就労許可証がなく、仕事につける見込みがなかったにもかかわらず。「ロンドン行きは正直、うれしくはなかった。でも、しかたないという感じだった」。ほどなくキットは、偉大なピアニストのアルフレッド・ブレンデルと会い、弟子をとらないはずのブレンデルがキットを弟子にした。しかもレッスン費を受け取ることを拒み、まともなピアノを買う余裕がないためにピアノのショールームで練習をしていると知ると、彼らの自宅にスタインウェイを届けさせた。

キットが一三歳になると、子どもの演奏家をプロモーションすることに強く反対しているイギリスのジャーナリストが、彼のコンサートにやってきた。そして、「彼の演奏は教養にあふれ、演奏中にみなぎる喜びはまぎれもなく、小さな体をいっぱいに使って低音まで届かせる弾き方は完璧だった。自分がじつに意地悪な偏見をいだいていたと認めざるをえない」とガーディアン紙に書いた。

メイは、キットの音楽的才能が花開いたのはブレンデルのおかげだと思っている。「私はいまだにキットの役に立てるようないい耳はしていない。私にできるのは、こんな才能をもって生まれたのは幸運なんだということを、あの子に思い出させることくらい」。メイは、キットが思春期のあいだはスケジュールもメディアへの露出も制限し、コンサートは年に一〇回ほどに抑えた。「でもいまは、ミスター・ブレンデルが、あの子はめいっぱいコンサートのスケジュールを入れてもだいじょうぶなくらいまで成長してると言っているの。あの子ももう一八歳、私がどうこう言える年齢じゃないわ。私としては、数学の教授になってほしかった。そのほうがあちこち旅に出なくてもいいし、もっと幸せな人生が歩めそうだから。でもキットは、数学は趣味で、ピアノが仕事だと決めたの」

キットは、パリで純粋数学の修士号をとった。本人に言わせると、数学は緊張をほぐすためにやっている。私はメイに、特別な才能のある多くの若者と同様、キットも神経衰弱になることが心配ではないかと尋ねてみた。彼女は笑って答えた。「いまの状況で誰かが神経衰弱になるとしたら、それは私よ！」

神童の多くの親と同じく、メイも自分のキャリアはあきらめていた。かつては経済学で博士号をとって重要な仕事につきたいと思っていたが、キットが生まれたために博士号は断念せざるをえなかった。

「親として、台湾人の母親として、自分を犠牲にすることは人生というゲームの一部だと思っているの。

人生を犠牲にすることを楽しむ方法が学べたらいいわね。でもこれまでのところ、私にはその能力がないみたい。ここにいるのは、パリの街を自転車で走りまわって息を切らしている中年女よ。だけど、息子が私に魅力的な人生をくれたことには感謝しているわ」

神童には米国障がい者法は適用されない。天才児の教育について、国は何も定めていない。しかし、受け入れるのが少々むずかしい特異な脳をもつ子どものために、特別な教育プログラムが必要だと認識されているのなら、驚くべき能力を生む特異な脳をもつ子どものためにも、特別な教育プログラムをつくるべきだろう。これについて、アトランティック・マンスリー誌のダニエル・シンガルは、「問題なのは平等性の追求ではなく、優秀性につきまとう偏見だ」と書いている。また、二〇〇七年には、教育者のジョン・クラウドがタイム誌に寄稿し、落ちこぼれ防止法（二〇〇一年制定）の「急進的な平等主義」の価値観を非難している。この法律のもとでは、才能ある子どもはほとんど支援されない。二〇〇四年には、飛び級制度に関するテンプルトン・ナショナル・リポートが、学校教育システムは並はずれた能力をもつ子どもを阻害するようにつくられている、と断じている。神童たちのニーズに応えてやれるかどうかは親の肩にかかっているが、それはしばしば親たちに、そうした子に敵意をもっていたり、まったく無関心な教育機関と向き合うことを余儀なくさせる。レオン・ボットスタインは、冷ややかにこう語っている。「もしベートーベンが現代の幼稚園に入れられたら、投薬治療を受けさせられて、鄙便局員になっていただろう」

過去数十年にわたって、アメリカの政治・文化に論争を巻き起こしてきた〝反エリート主義〟は、ふつうの人としても充分通る非凡な才能の持ち主に対する偏見を表している。そして、この偏見は、しばしば〝民主主義〟ということばで本質をごまかしてきた。そこには、おぞましい同化政策が感じられ、ゲイの子どもをふつうにさせようとするような、誤った努力がくり返される。

多くの神童は、仲間はずれと引きこもりのあいだのどこかに、自分のポジションを選ぶ。そして多くは、仲間として認めてもらうために自分の才能を隠そうとする。きわめて高いＩＱをもつ生徒におこなったある調査では、五人中四人が、通常の子どもの規範にしたがおうと、つねに自分を制御していることが明らかになった。また別の研究では、九〇パーセントの神童が、頭脳派としてくくられることをあまり喜んでいないことがわかった。

昔から、勉学面での神童は社会でうまくやっていけないと信じられてきた。現に、うちの子の友だちは七〇代だと冗談を言う神童の親もいた。ロバート・グリーンバーグによれば、息子のジェイが最初にオンライン上で人と交流しはじめたとき、誰も彼の年齢を知らなかったそうだ。ほかの「ちがい」のある人たちの集団もそうだったが、インターネットのおかげで、神童たちは所属する社会を得た。彼らはそこでなら、本来なら受け入れてもらえないような特異な部分を小出しにしつつ、同好の士とつながることができるのだ。

ミラカ・グロスは一九九〇年代に、一一～一六歳で大学課程を学びはじめた子どもたちを研究した。すると、こうした飛び級教育を後悔している子どもは誰ひとりおらず、ほとんどは好成績を収め、年上の子どもたちとの友情も保っていた。反対に、同じ年齢の子どもたちといっしょに勉強させられた神童たちは、怒りと抑うつと自己批判を経験していた。今日、ほとんどの天才児教育プログラムにおいて、神童はある一定の時間は年齢に合った環境に置かれ、それ以外の時間は能力に合った環境に置かれるというシステムがとられている。つまり、どちらの要求も完全に満たすプログラムは提供できていない。数学の神童であるノーバート・ウィーナーは、神童には「大人の世界と、同世代の子どもの世界に半分ずつ属していることから生じる苦しみ」がある、と書いた。「私自身は子どもと大人が混じっているというよりは、仲間と交わるときにはまるっきり子ども、勉強をするときにはほぼ完全に大人という感じだった」

音楽の神童は、対照的なふたつのタイプに分けられる。突き動かされたようにひとつのことに没頭するタイプと、骨の髄から音楽が好きで、それゆえ息長く活躍できるそうなタイプだ。後者はより幅広い知性と好奇心をもち、総じてはっきりと信念を述べ、ユーモアのセンスがあって、自分を客観的に見ることができる。彼らは思春期のあいだに正常な社会性の体裁を整え、結局は音楽院ではなく大学に進む。実際的で、賢明で、落ち着いていて健康というのは、音楽への情熱や才能と同様に、彼らのもって生まれた資質だ。

ジョシュア

ジョシュア・ベルは、何事においても秀でている。同世代でもっとも傑出したバイオリニストであり、一〇歳のときに出場した国内のテニス・トーナメントでは四位になり、いくつかのビデオゲームではつねにハイスコアを叩き出し、ルービックキューブの最速記録保持者のひとりで、マサチューセッツ工科大学メディア研究所の研究員のポストが約束されている。そのうえ、トークショーに出るとじつにおもしろい。ハンサムで愛嬌があり、彼と話をした人はみな心を奪われるが、人目にさらされる生活のなかでプライバシーを求めている人に特有の、謎めいた雰囲気も漂わせている。彼と初めて会った人は、その気さくな人柄に魅了され、彼を長く知る人は、そのはかりしれない部分に魅了される。

ジョシュアの両親は相性がいいとは言えなかった。出会ったとき、シャーリーはキブツ［訳注：イスラエルの生活共同体］を出たばかりで、アランは聖公会の司祭だった。その後、アランは聖職を辞めて心理学で博士号をとり、インディアナ州のブルーミントンで性についての研究機関であるキンゼイ研究所の上級職についた。「彼は一方的に判断しない人だった、私とちがって」とシャーリーは当時を振り返った。「そして私は、すべての答えがわかっているタイプだった」

シャーリーは他人との間の垣根など気にしない、強い存在感をまとっている。人に食事をふるまい、いっしょに飲んでポーカーをし、遅くまで話をしたがる。浅黒い肌にしなやかな体をもつ美しい女性で、強烈なパワーを放ち、いじらしいほど無防備で、自分に誠実であるのと同じだけ相手にも誠実でいたいと思っている。

アランは聖歌隊員で、シャーリーはピアノを弾いていた。彼らの子どもはみな音楽を習っていた。ジョシュアは一九六七年に生まれた。二歳のとき、戸棚の引き出しの取っ手から取っ手にゴムバンドを渡したかと思うと、引き出しを開いて張りを調節し、さまざまな音が出るようにして、ゴムをかき鳴らした。のちに、大人になった彼は冗談で「ぼくは食器棚（クラデンツァ）からカデンツァ［訳注：協奏曲の独奏部分］に進化させたんだ」と言った。バイオリンは四歳で始め、新しい曲はすぐに憶えた。「一度聞くと、ずっと頭にとどめておけるの」とシャーリーは言った。音楽は母子が仲よく共有できる世界だったが、ジョシュアの創造性はいつも悲しみを帯びていた。「よく夜中に起きて泣いていたわ」とシャーリーは続けた。「ほかの子どもたちは抱きしめてやれば気が鎮まったのに、ジョシュアは何をしてもだめだった」

七歳のとき、ジョシュアはブルーミントン管弦楽団で、バイオリンの教師とともにバッハの〈ふたつのバイオリンのための協奏曲〉を演奏し、地元の有名人になった。彼の演奏は哀愁を帯びていた。ただ、技術面での熟練は欠けていた。「母はぼくにお金と時間を注ぎこみ、練習にも付き添ってくれたけど、そんなに厳しい人じゃなかったんだ。父も同じだった」とジョシュアは言った。「ぼくはテストの日の朝に詰めこみ勉強をしたし、コンサートも前日に詰めこみ練習で切り抜けた。綱渡りの生活だったんだ。ときには、バイオリンに何日もさわらないですごすこともあった。練習してなくちゃいけないのに音楽スタジオの裏口からこっそり抜け出して、午後じゅうずっとビデオゲームをして、母が迎えにくるころに戻ってきたり」。だが、いまの彼は、この監視のなさがよかったのだと思っている。「音楽しかやらないのは心の健康にあんまりよくない。それに、音楽にとってもあんまりよくないよ」

一二歳の夏、彼はメドウマウント音楽学校が主催する弦楽奏者のための夏期集中プログラムに参加し、そこで初めて、二〇世紀のもっとも偉大なバイオリン教師のひとりジョゼフ・ギンゴールドのレッスンを受けた。ベル夫妻はギンゴールドに、ジョシュアの専属講師になってほしいと頼みこんだ。「ふたりはいつもぼくの教育を支えてくれた」とジョシュアは言った。「もし母が何も干渉しなかったら、ぼくは音楽家として成功していなかったと思う。少なくともいまと同じようにはね」

ある日シャーリーは、セブンティーン誌が開催する高校生の音楽家のためのコンクールの記事を目にした。一年飛び級していたジョシュアにも、かろうじて出場資格があった。シャーリーはあまりに息子が心配で、コンクールに付き添えないほどだった。「優勝したという電話をもらったときは叫んだわ」と彼女は振り返り、それからため息をついた。「私は子どもがいて本当によかったと思っているの。子どもたちは私の人生そのものになったから。でも、末の娘はほったらかしだった。彼女の誕生日にジョシュアの公演があったら、私たちはジョシュアのコンサートに行ったんだもの。末の娘が育ち盛りのときには、ジョシュアのツアーについてまわってた。あの子の心の叫びは聞いてあげられなかった。でも、神童には神童なりの要求がある。いったい誰がそれを満たしてあげたらいいの？」。問題は、時間配分だけではなかった。「私はジョシュアの音楽からほんとに大きな喜びをもらっていた。ほかの子どもたちも、それはわかっていたはず。そして、そのことに傷ついていた」。ジョシュアも、自分のキャリアが妹たちに与えた影響を思って後悔にかられていたが、母親の関与は絶対に必要で、「ほかに方法はなかった」とも感じている。

ジョシュアが大々的に公演活動を始めると、シャーリーの心配は〝観客の関心をどうやって惹きつづけたらいいのか〟になった。「一四歳になれば、一二歳のときよりも驚きは少なくなる。たとえ演奏自体はずっと上達していても」。その一方で、ジョシュアは学校生活に徐々に居心地の悪さを感じるようになっていった。「ぼくは例の〝背の高いケシ(トール・ポピー)〟シンドローム〔訳注：成功を収めた人を妬(ねた)むこと〕の餌食になっていたんだ」とジョシュアは説明した。「ふつうでないことをやってのける生徒に怖れをいだく教師もいくらかいた。そんな教師にいじめられて、みじめな思いをさせられたよ」

ジョシュアは一六歳で高校を卒業した。「高校を卒業したあとも実家にいるなんて、考えられないことだった」。それは、シャーリーの役割が変わらざるをえないことを意味した。「共生関係を結ぶのもふたりの人間ならば、共生関係を断ち切るのもふたりの人間というわけ」とシャーリーは言った。息子が生活のすべてを母親にみてもらいたがらなくなったのが、シャーリーはつらかった。ジョシュアは両親が買ったブルーミング市内のアパートメントに移ったが、シャーリーは「つながりを保つために」洗濯をしに通った。

ジョシュアは当時を振り返って言った。「ぼくの人生を管理することが、母の生きがいになっていたんだ。だからぼくたちは離れた。そのおかげで、お互いに別々の人間だという感覚をちゃんともてるようになった。いまのぼくは、母に自分の成功について話せるし、お互いに独立した大人としてふるまうことができる」。ジョシュアは二二歳で、最初のガールフレンドであるバイオリニストのリサ・マトリカルディと同棲を始めた。「同棲生活は七年続いた」と彼は言った。「母への信頼の一部がリサに移ったんだ。たぶん、不健全な方法で」

ジョシュアはインディアナ大学芸術科で、演奏、音楽理論、ピアノ技術、ドイツ語を学び、学位をとった。それからすぐにカーネギー・ホール・デビューを飾り、一八歳で名誉あるエイブリー・フィッシャー・キャリア・グラント〔訳注：ニューヨークのリンカーン・センターからすぐれた若手演奏家に贈られる賞〕を受賞した。その年にいっしょに受賞したのは、ケン・ノダだった。

そしていまジョシュアは、一年に二〇〇以上もの公演をこなし、加えて、セントポール室内管弦楽団の指導にもあたっている。また彼は、異分野の音楽とクラシックを融合させた最初のクラシック音楽家のひとりでもあり、たとえばＶＨ１〔訳注：ニューヨークに本部を置く音楽系のケーブルテレビ・チャンネル〕では、ブラームスのハンガリー舞曲を現代ふうにアレンジしたミュージックビデオをつくった。ブルーグラス〔訳注：カントリー・ミュージックのひとつ〕のベーシスト、エドガー・メイヤーとの共演や、ジャズ演奏者のチック・コリアやウィントン・マルサリスとのコラボなどもある。スティングやレジーナ・スペクター〔訳注：ロシア出身の米のピアニスト〕、シンガーソングライターのジョシュア・グローバンとレコーディングをしたこともある。

ジョシュア・ベルのアルバムは、どれもビルボードのトップ20入りを果たしている。とくに『ロマンス・オブ・ザ・バイオリン』は五〇〇万枚以上を売り上げ、その年のグラミー賞最優秀クラシック・アルバム賞を受賞している。グラミー賞では、ほかにもいくつかの部門でノミネートされ、見事アルバム賞に輝いた。いま彼が所有するバイオリンは、四〇〇万ドル（約四億二〇〇〇万円）のストラディバリウスだ。「ストラディバリウスは、ぼくが演奏したいと思って頭のなかに思い描く音色をそのまま表現してくれる」と彼は言う。「まるで結婚したいと思ってる女の子と会うような感じだよ」。優雅な暮らしを好むジョシュアは、まるでロックスターのクラシック版といった風情だ。しかしロックスターの生活も、これほど華やかではないだろう。

「ジョシュアはかなりのストレスにさらされてるから、どんなものに対しても注意を向けさせるのはむずかしいのよ」。息子が四〇歳をまえに血圧の薬を飲みはじめたことを嘆いて、母親は言った。「私がいちばんうれしいのは、息子が私に電話してきて、何かについて意見を求めること。まだあの子の母親でいられるって感じられるから。私たちには、音楽的なつながりがたしかに存在してるの。でも、立ち入りすぎないように気をつけなくちゃいけない。すぐそうしたくなる性格だから。私は、あの子のことをもうそんなにはわかってないわ」

私がその会話のことをジョシュアに話すと、ジョシュアは憤慨した。「母は、ぼくをとてもよくわかっているよ。いまも母の意見を誰よりも信頼してる。リサイタルのプログラムを考えるときも、これまでどおり母に手伝ってもらっているんだ。コンサートが終われば、いまでも褒めてもらいたいと思う。もしぼくが自分で最高だと思う演奏をして、母が前回のほうがよかったなんて言ったら、ほんとに落ちこむと思うよ」

ジョシュアには、元ガールフレンドのリサとのあいだに二〇〇七年に生まれた息子がいる。リサと息子は「基本的にふたりでひとつだ。母親と赤ちゃんにとっては、ふつうのことだよね。一五歳になってもまだ母親が何かとからんできたら、それは不健全だけど。とはいえ、ぼくが二〇代のとき、母はまだぼくの税金関係の処理をしてくれてたな」。それでも、子どもの父親になるかどうかの決断については、母親に相談しなかった。「賛成されるにしろ反対されるにしろ、母の意見はやっぱりかなりの威力がある。大事なことのいくつかに関しては、母を巻きこまないのがいちばんなんだ」

一方、シャーリーは、神童の親によくあるように、わが子が孤独なのではないかと心配していた。

「あの子は、人づき合いに問題を抱えている。誰も敵にまわしたくないの。人前ではとことん自由で、冗談も言うし、とてもおもしろい。彼のまえにいると誰もが謙虚な気持ちになる。あの子の口から次は何が飛び出してくるんだろうって思うわ。でも、心の奥にはちょっと謎めいた部分がある。だからこそ、人はあの子に惹きつけられるんだと思う。誰も知ることができないから。私も同じ。子どものころの彼を、私はなだめることができなかった。ある意味で、それはずっと変わらない。それもあの子の才能の一部なんでしょうね。そう思うと胸が苦しくなるわ」

一八七七年の蓄音機の登場は、音楽を誰もが楽しめるものにした。音楽にお金を払ったり演奏家を雇ったりする余裕がない人でも、気軽に楽しめるようになったという点では、社会的にも重要な意味があった。そして今日、音楽を聞くのになんら特別なことは必要ない。昔ならたった一度しか宮廷で聞けなかった最高の演奏が、いまはスーパーマーケットや車内や自宅で聞ける。人工内耳が発明される以前の手話や、写真が発明される以前の絵と同じで、蓄音機以前の生演奏には、いまとはちがった臨場感があったから、生演奏に重きを置く音楽家は、こうした技術的な変化を可能性を狭めるものだと思うかもしれない。だが、音楽が世間一般に広まることに興味のある人々は、これらの変化にわくわくするだろう。関係性は見えにくいかもしれないが、新しい科学は、ろう者やゲイの文化、自閉症スペクトラム上の神経多様性を脅威にさらしているのと同様に、音楽の神童たちの未来にも影を投げかけている。適応と絶滅の議論は、多くの障がいの世界と同様、音楽の世界にも関係があるのだ。

たとえば、すぐれた音楽家の数が増えているにもかかわらず、聞き方を知っている聴衆の数は減っている。その原因は、二〇世紀後半の音楽の多くが以前と比べてはなはだしく異質になったことや、反エリート主義の高まり、コンサート・チケットの高騰、技術の急速な発展にともない、さまざまなメディアに利用者が細分化したことなどが考えられる。つまり、ほかの「ちがい」を抱えた人々と同様に、すぐれた音楽家も、社会的な認知が広がると同時に、科学の進歩によって絶滅に追いこまれている。

　ほかの多くのことがそうであるように、現代では音楽も具体性を奪われている。そのようななかで、起死回生の策として使われているのが神童だ。たとえば、マーク・ユーの演奏を実際に見れば、誰もが奇跡の子どもを見たと思うだろう。それは、彼の演奏をたんにオンラインで聞くのとはまったくちがう経験だ。ジャスティン・デイビッドソンはこう言っている。「八歳の子どもがコンサートホールで生で何かを伝えようとする瞬間、彼はもてるものをすべて表している。だが、大部分の人々が反応しているのは、その演奏者が〝八歳である〟ということだ。演奏家と演奏は切り離せないのに。ダンサーとダンスを切り離すことができるだろうか？　できるわけがない」

コンラッドとクリスチャン

　コンラッド・タオは、アメリカ生まれの神童だ。マーク・ユーより年上で、キット・アームストロング〔訳注：マークと同じくピアノの神童。台湾系アメリカ人〕よりも若い。科学者の両親は、プリンストン大学大学院で研究をするため、一九八〇年代初頭に中国から移住した。一九八九年に天安門事件が起きたのは、夫婦に娘が生まれた直後で、彼らはもうしばらくアメリカにとどまることにした。もし中国に帰っていたら、ひとりっ子政策にしたがわなければならず、コンラッドは生まれていなかっただろう。「あの子は、私たちがアメリカに残ったという事実の証」と母親のミンファン・ティンは説明した。

　ミンファンは科学研究員となり、イリノイ大学で気候変動を予測するコンピュータ・モデルの開発にたずさわった。父親のサム・タオは〈アルカテル・ルーセント〉〔訳注：仏資本の通信会社。現在はノキアの子会社〕でエンジニアとして働いていた。ふたりとも仕事には意欲的だったが、芸術には無関心だった。

「文化大革命時代に育った私たちは、どちらも愛国歌を歌っていた。それが私たちの唯一の音楽だったの」とミンファンは言う。彼らは音楽を贅沢と見なしていた。だが、子どもたちには存分にふれさせたいと思った。

コンラッドが一歳半になったとき、家族の友人がピアノ椅子に彼を座らせ、隣で弾きはじめた。するとコンラッドはその友人をぐいぐいと押しやり、曲の続きを弾きはじめた。友人は言った。「この子を音楽家にしないとしたら、きみたちは大きなまちがいを犯すことになるよ」。コンラッドがのべつまくなしピアノを弾くので、両親は指がだめになってしまうのではないかと心配した。ピアノ教師は、ピアノに鍵をかけたらどうかとアドバイスした。

ミンファンは、息子の才能自体には怖じ気づかなかったが、神童と呼ばれて必要以上に騒がれる事態は心配した。それでコンラッドに、すぐにはマスターできそうにない別の楽器を試させた。「息子の才能は自分の手柄だと言わないけど、彼の謙虚さは私の手柄だと思うわ」。だが、コンラッドの音楽の勉強が進むにつれ、今度は息子が芸術的才能を伸ばす絶好の機会を逃しているのではないかと心配になってきた。「イリノイ州シャンペーンの神童は、ほかの場所では神童ではないかもしれない」。そこでコンラッドが五歳になると、母親は長期休暇をとり、一家でシカゴに移り、一年後に今度はニューヨークに移った。その地でコンラッドは、ジュリアード音楽院のベダ・カプリンスキーの弟子として受け入れられた。ピアノは小さな防音室に入れられた。「これじゃコンサートホールの感覚がつかめない、ってみんなに言われた。でも私たちは人生を楽しめればいい」とミンファンは言った。

コンラッドをコンクールに出場させるのも控えた。「あれは悲しいから」というのが母親による理由だ。「もし勝ったら、負けた友だちがかわいそうになるし、もし負けたら、自分がかわいそうになるでしょ?」。コンラッドはまた別の解釈をしていたが、他者への思いやりという意味では似たような感覚をもっていた。「いまでも、かなりの数の公演依頼がある。ほかの人はみんなこうじゃない。もしぼくがコンクールに入賞したら、彼らの演奏の機会を奪ってしまうよ」。ミンファンは、こうした態度が典型的な中国人とちがうことを認めている。「もし中国に残っていたら、息子をあらゆるコンクールに挑戦させていたかもしれない。そして失敗したら、あまり愛してあげられなかったかも。でも、私はアメリカ流の考え方になった。いまは、心に落ち着きがなければ美は生みだせないと信じているわ」

ミンファンは、独自のものの見方ができるハイブリッド・マザーだ。中国の基準に照らせばかなり寛容で、アメリカの基準に照らせばかなり厳格ということになる。そして、コンラッドは両方の価値観をもっている。「ぼくはアジア人というレッテルを拒絶したくはない。それは自分を拒絶することだから。でも、中国系アメリカ人の神童ピアニストって、もうレッテルだらけだよ。両親は、ぼくの知ってるアメリカ人よりもずっと自由に感謝しているけど、それはふたりが、自由のなかで育ってはいないから。彼らは音楽とも無縁で育ったから、音楽にも感謝してる。ぼくは、その恩恵を受けているというわけだね」

公演スケジュールがあまりにこみ入ってきて、ふつうの学校に通えないため、コンラッドは独学をしている。社会生活が満足におくれていないことは認めているが、学校もさほどすばらしい場所ではなかった。「みんながぼくを思いあがったやつだと思ってた。でも、それに反論することはできない」。カプリンスキーは、もしコンラッドが一般教養を身につけたがったら、音楽への集中が削がれるのではないかと心配したが、母親は、ジュリアードで音楽の勉強を続けながらコロンビア大学に在籍することを勧めた。「音楽は気候のようなもの——無限の変数に左右される巨大なシステムよ」とミンファンは私に説明した。「コンラッドのやり方は、私ととても似ている。まずは構造を把握して、何がカオスをつくっているのかを解明するの」

人の知性は、新たに目覚めたときに新しい価値観をもつ。一五歳のコンラッドは、まだ無垢のかたまりだった。「世界はぼくに、ベダと同じくらいたくさんのことを教えてくれると思う。ぼくの知らない人たちも。本だってたくさんのことをぼくに教えてくれる。映画も、美術も、生命も、科学も、数学も。何もかもが、ぼくにたくさんのものを与えてくれるんだ。ぼくはスポンジだよ。ぼくらはポストモダンの時代に生きてる。子どものころからあらゆるスタイルの音楽を聞いて、音楽をかけながらメールを送る。ぼくもそういう子どものひとりなんだ」

コンラッドはいま、新しい聴衆を開拓しなければならないと思っている。「インディーズのロッカーに比べて、クラシックの音楽家には実験的なものを受け入れる寛容さがあまりない。それがとても残念なんだ」と彼はため息をついた。「音楽についてのぼくの考え方は、毎週変わる。ティーンエイジャーだからね。ホルモンバランスが乱れやすいんだ。ぼくはできるだけ自分をさらけ出すようにしてるよ。政治家になるっていうのは、議論を取り入れて自分流にアレンジするってことでしょ。ぼくにはそんなことはできない。ぼくはアーティストだから。議論できるのは、自分の考え方についてだけ」

クラシック音楽とポピュラー音楽の溝は広がったままだ。そこに踏みこんで溝を埋めようとしたのは、クラシックの作曲家たちだった。「一方は気取って、もう一方は素人ぶるという一種の軍事境界線がつねにあった」とジャスティン・デイビッドソンは言う。「でもどんな美学が入り混じっていようと、資本家を相手にしなくてはならないのは同じだ。一方には商業界があり、もう一方には非営利の世界がある。あまりにちがいすぎるふたつの商業モデルが融合するのはむずかしい」

自分たちのことばが死にかけていることを怖れたクラシックの作曲家と演奏家は、世界的な評価と経済的な恩恵を求め、かつては見くだしていたかもしれない本流に飛びこんだ。ラン・ランは人気コマーシャルに登場し、ジョシュア・ベルは映画のテーマ曲からブルーグラスまで、あらゆるジャンルの演奏をする。コンラッド・タオは、自分の音楽を聞いてくれる人々を生みだすのも仕事の一部だと考えている。クリスチャン・サンズやニコ・マーリー、ガブリエル・カハネといった作曲家兼演奏家たちは、クラシックとポップスのちがいを際立たせない、幅広い層に訴える音楽を追求している。彼らはみな、自分たちのアイデンティティが消し去られないように闘っているのだ。

クリスチャン

クリスチャン・サンズは、ゴスペルとジャズとポップスで育った。三歳のときに教会の素人演芸大会で三位をとり、ピアノのレッスンを受けはじめてわずか一年後の四歳のときに、地元コネチカット州ニューヘイブンで作曲賞を受賞した。

父親のシルベスターは、巨大穀物会社〈カーギル〉で夜間勤務をしていたから、夜はいつもクリスチャンと母親のステファニーのふたりきりだった。「音楽は私に安心をくれた。私と息子にとって音楽は、強くならなくてはいけない日々のなぐさめだったの」とステファニーは語った。クリスチャンが幼稚園に通いはじめると、先生はステファニーに、おたくの息子さんはじっと座っていることができず、どこか別の惑星にいるようだと言った。ステファニーは反論した。「あの子は別の惑星にいるんじゃありません。頭のなかで作曲をしてるんです。昼寝のまえに、ほかの子どもたちに子守歌か何か演奏するようにあの子に言ってくださったら、きっとそわそわするのをやめると思います」。クリスチャンの部屋は、両親の部屋の隣にあった。ピアノを弾くには遅すぎる時間になり、彼が部屋にひきとったあとは、机を鍵盤代わりにして爪がカチカチ当たる音が聞こえてきたものだった。

クリスチャンは最初から即興演奏をした。「バッハを弾いている最中にショパンを少し混ぜたりした」

とシルベスターは言った。クリスが七歳のとき、彼のピアノ教師が、ジャズの教師に替えるべきだと言ってきた。「ぼくはすぐ勝手に曲をつくっちゃう。でも誰も『そんなことはやめろ』とは言わなかった」とクリスチャンは振り返る。「ぼくの指には、それぞれ脳みそがあるんじゃないかと思ってた。『ちっちゃな人たち』って呼んでたよ。それぞれの指が意思をもちはじめて、ちがうことをやりだすから」

クリスチャンのピアノ教師は彼のために、イェール大学の施設であるスプレーグ・ホールでのコンサートを準備してくれた。「トリオだったよ」とクリスは言った。「ベース奏者は六五歳、ドラムはたぶん五八歳で、ぼくは九歳。ぼくがリーダー。聴衆にはまったく注意なんてはらってなかった。なんていうか、子どものころにおもちゃで遊んでいて、両親はほかの大人たちといっしょにいて、いっしょの部屋にいるのにまったく彼らに注意をはらってない、みたいな感じ。ただ一心に自分の列車を走らせたり、ブロックのタワーを積み上げたり……。ピアノはぼくのおもちゃだった。で、ぼくは自分のつくった自分だけの世界にいた」。聴衆はスタンディング・オベーションの大喝采だった。両親は舞台裏に引っこんだクリスチャンが、床にタキシードのまま寝そべって本を読んでいるのを見つけた。

それをきっかけに演奏の依頼が次々と舞いこんだ。一一歳になるころには、クリスの音楽がラジオで流れ、自作のCDも発売された。翌年はニューヘイブン学区で一万五〇〇〇人の六年生のために特別公演を開いた。イェール大学の秘密結社スカル&ボーンズのカクテルパーティに招待されて演奏もした。そこにジャズ・ピアニストのデイブ・ブルーベックの主治医がいた。彼はすぐにクリスがブルーベックからレッスンを受けられるように手配してくれた。偉大なジャズピアニスト、ビリー・テイラー教授と出会ったのは一五歳のときだ。テイラーは、クリスチャンの最初のメジャーアルバムのレコーディングをプロデュースしてくれた。高校に入ってからは、週に四つもの公演をこなした。

クリスチャンの慎み深さは、まわりの人間にちょっとした畏怖の念をいだかせる。彼はハンサムで気さくで、つらい仕事でも楽なふりをするのが好きだ。つき合いが悪いと友人から不平を言われると、こう答える。「きみはぼくの友だちだ。でも音楽はぼくの恋人なんだ。いつだって最優先だよ」。ステファニーはこう言う。「息子は孤独になる必要があるの。私たちからでさえも。それはつらいことかもしれない。それでも、船の漕ぎ手はいつもあの子。私たちはただ、沈まないように気をつけてやるだけ」。シルベスターはこう言った。「私たちは息子に『演奏するまえに祈りなさい。おまえの才能を人のために使いなさい。自分のためではなく』と言っているよ」

ステファニーは、若い有名人が出演するトーク番組を見て、クリスチャンの親であることについて考えたという。「才能に恵まれているというのがどういうことなのか、理解できたかどうかはわからない。でも、あの子にピアノを与えないのは、空気を与えないようなものだというのはわかってた」。それでも両親はコンラッドに、ふつうの子どもらしい楽しみを失ってほしくなかった。親子は、夜遅い公演の休み時間に、楽屋口からこっそり外に出て、鬼ごっこをしたりじゃれ合ったりした。

二〇〇六年のグラミー賞授賞式で、クリスチャンは伝説のジャズピアニスト、オスカー・ピーターソンのために演奏することになった。一七歳だった。ピーターソンが車椅子でステージに上がることは、事前に知らされていた。クリスチャンはピーターソンの〈ケリーズ・ブルース〉を弾きはじめた。「二番のまんなかで、拍手が聞こえてきたんだ。てっきりぼくに向けてのものだと思ったけど、突然、和音が聞こえてきた。ぼくは『ちょっと待てよ、こんな和音は弾いてないぞ』と思って顔を上げた」。ピーターソンが車椅子から立ち上がり、ステージ上の別のピアノのまえに座ったところだった。ふたりはセッションを始め、ピアノで対話をし、互いに挑み合いながら、歓喜のうちにショーを終えた。

その後、クリスチャンはマンハッタン音楽院に進学し、そこで、シルベスターに言わせれば、彼がとっくに実践していることを学んだ。私が両親に、クリスチャンの音楽的感受性の発達に関してどんな役割を果たしたと思うかと尋ねると、シルベスターは、彼が気に入っているいくつかのハーモニーはまちがいなく自分の影響だと言い、ステファニーは、物語を形づくる方法を教えたのは自分だと言った。

私がサンズ一家を自宅に招いたとき、クリスチャンは二一歳で、ドバイ出身のメゾソプラノ歌手とのロマンスをモチーフとしたらしい、ジャズとクラシックが半々のオペラを書いているところだった。「彼女の身の上もぼくと同じくらい独特なんだ。だからぼくの書くオペラは、みんながスポーツをやっているときにジャズをやっているみたいでもあり、みんながショッピングとイスラム教にいそしんでいるときにオペラをやっているような感じでもある」。クリスチャンはそう言って笑った。「ぼくはオペラ音楽をつくりたいのか？　それとも残酷で大胆不敵なジャズをやりたいのか？　あるいはアフロキューバン音楽をやりたいのか、それともこの新しいラテンスタイルを試したいのか？　太古の昔から、人間はこっちに棍棒を置き、あっちにぶどうを置き、ってやってきた。ずっとそんなふうにしてすべては分類されてきた。だからたくさんのジャンルとサブカテゴリーがあるけど、ぼくの音楽はさながら新種の野獣だね。飼い慣らされてない。そいつがニューヨークの通りをドスドスと走りまわってるのさ」

クラシック音楽はほとんどの学校でおろそかにされている。そのため、一般の人はクラシックに関しては無知どころか、あえてそこから遠ざけられたりする。だが、ずんぐりむっくりの気むずかしそうな男ポール・ポッツが、二〇〇七年に〈ブリテンズ・ゴッド・タレント〉［訳注：イギリスの公開オーディション番組］でプッチーニの〈誰も寝てはならぬ〉を歌い、スタンディング・オベーションを受けたときには、その様子がユーチューブでおよそ一億回も再生された。人々は、明らかに素人である彼が、プッチーニの音楽を美しく、感動的に表現したことに大いに反応した。数年後、八歳のジャッキー・エバンコがアメリカの類似番組でプッチーニの〈私のお父さん〉を歌ったときにも同じことが起きた。プッチーニが一般受けするせいでもあるが、こうした現象は、ふだんクラシック音楽を聞こうとも思わない多くの人が、その音楽に感動しうることを如実に示している。

逆説的に言えば、クラシック音楽を一般教育で教える機会が消えつつあるからこそ、実際の音楽家による啓蒙が依然として影響力をもっているのかもしれない。「音楽学校は、恐怖政治時代［訳注：仏革命時にジャコバン派がおこなった、反対者を弾圧する政治］から基本的に変わっていない」とロバート・シロタは言う。「レパートリーを再検討し、コンサートとは何かを考え直し、人々がどんなふうに音楽を耳にし、何に興味をもって聴くのかをもう一度考えるような、因習打破主義者が必要だ」

ニコ

バニー・ハーベイとフランク・マーリーは、いわば惰性で結婚した。ブラウン大学を退学になったバニーの元ボーイフレンドが、堅物の友人フランクに、彼女の面倒をみてくれと頼んだのがきっかけだった。ゴーゴーダンサーのアルバイトをしていたバニーは、当時女性とつき合っていた。「でも自分のなかのひねくれた何かが、試しに彼を受け入れてみようと決意させたの」とバニーは言った。「それが思わぬことになった。だって恋に落ちてしまったんだもの」。そのころ、フランクは大学院を中退し、ときどき映画の撮影を手伝ったりフリーランスでイベントのプロジェクトに参加したりして、出世とは無縁の生活をおくっていた。そんななか、一九七四年にバニーが絵画でローマ賞［訳注：ローマの芸術財団アメリカン・アカデミーから若手芸術家に贈られる奨学制度］をとり、彼らは二年間イタリアで暮らした。

帰国したバニーとフランクは、子どもをつくろうと決めた。「親になるには何が必要かなんてわかっていなかったわ」とバニーは言った。「いまは、芸術みたいなものだと思ってる。目のまえの素材をできるかぎりの創造性と愛情でもって扱うの」。ニコ・マーリーはバーモント州で生まれた。九カ月で鳥の声をまねし、すぐにアカオノスリの鳴き声を聞き分けられるようになった。冬のあいだ、一家はロードアイランド州のプロビデンスに住んだ。そこではニコの四年生のときのクラスメイトが聖歌隊に入っていた。ある日、彼がニコを聖歌隊に誘った。エリザベス朝時代の合唱音楽を聞いたニコは、たちまち心が安らいだ。「プロビデンスの中心街はひっそりとしてた。そのまんなかに、気むずかしい変わり者の男が運営する、古くて大きな聖公会教会が建っていたんだ。彼はものすごく興味深い音楽を取り入れていた」

数カ月後、バニーは息子をボストンのトリニティ教会に連れていった。そこの音楽監督がニコに、オルガンは好きかと尋ねると、ニコはオルガンのまえに座って、記憶を頼りにバッハのプレリュードとフーガを弾いた。バニーは思わず泣きだした。「ペダルに足が届きもしないのに。あの子が歌っているのは知っていたわ。でも、オルガンが弾けるようになっていたなんて。こんなびっくりすることを、私はずっと知らなかったのよ」。その日の遅くに、ハーバード・スクエアのカフェで、ニコはペーパー・ナプキンにキリエ［訳注：キリスト教の礼拝における祈りのひとつ］につける曲をつくりはじめた。突然、自分にとって大切なものは何かを悟ったのだ。

「鳥の鳴き声のときと同じだよ。何かがきっかけとなって一気に花開いた」とフランクは言った。バニーはウェルズリー図書館からCDと楽譜を借りはじめ、ニコは取りつかれたように音楽に没頭した。「ある日はメシアン［訳注：フランスの作曲家、オルガン奏者］だった」とニコは言った。「次の日は『マリンバについてすべてが知りたい』。一九世紀の音楽には興味がなかった。興味があるのは近代、近代だった。そのあたりの音楽が、ぼくを狂おしいほど幸せにしてくれたんだ。まるで麻薬みたいに」

バニーがローマのアメリカン・アカデミーにゲスト・アーティストとして招かれたのは、ニコが一二歳のときだった。ニコはイタリアの学校に通うことになった。アカデミーの作曲スタジオは自由に使えて、講師陣のひとりがニコをピアノ科の生徒として受け入れてくれた。「息子は家では、ふつうの環境にいる特殊な子どもだった。でも、あそこではみんなが特殊だった。だからどうにかふつうの子でいられたの」とバニーが言うと、ニコが続けた。「何もかもがほんとに魅力的だった。みんなができるかぎりぼくに合わせてくれた。ぼくは、そのおかげでミュージシャンになれたんだ」

プロビデンスに戻ると、ニコは高校で上演するミュージカルをすべて監督し、『バイ・バイ・バーディー』［訳注：一九六一年初演のブロードウェイ・ミュージカル］にストラビンスキーとアバを少し取り入れたりした。だがやがて、強い抑うつ性の強迫神経症（ＯＣＤ）を発症しはじめた。

一四歳のとき、彼はタングルウッド音楽祭で勝ち残り、そこで若い作曲家たちと出会った。彼らの多くは一流の教育プログラムを受けている学生で、ニコは生まれて初めて、完全に音楽だけの環境に身を浸した。ニコには彼らの受けたような訓練は欠けていたが、その一方で彼らと同等だと感じられる別の経験をたくさん積んでいた。「ぼくは世慣れてた。ナポリまでの列車のチケットだって予約できたんだからね。ほかの大勢の子どもは厳しく管理されていた。韓国にいる親から一日に二回も寮に電話がかかってきたり」

ニコはコロンビア大学とジュリアード音楽院の両方に進学し、コロンビアでは英語とアラビア語を専攻した。「そのころのぼくは躁病的な遁走状態に陥ってた。考えうる自己破壊的な行動はおよそやりつくしたよ。外に出ていって公園で男とファックすること以外はね。原因は作曲だ。夜中に急に起きて、家族に見つからないようにディスプレイの画面を暗くして曲を書いた。こっそり隠れて何か食べてるような気分だったよ。そのとき思ったんだ。酒をたくさん飲めば、この強迫観念を止められると。最悪だった。だから、ばかげた精神科医のところに行って、自分の気持ちを整理した」

ニコは聴覚タイプで、バニーは視覚タイプだったが、ふたりには食べ物という共通の言語があった。

バニーの料理の腕前は見事で、自分で野菜を育て、食肉処理もできた。私がニコと会った直後、彼は、バニーが死んだ豚の半分を担いでいるお気に入りの画像を送ってくれた。彼女のフランス人の母親は非の打ちどころない主婦で、ダックプレス［訳注：鴨の骨や内臓から血液を絞り出す調理器具］を二台所有し、自分で育てたスミレでキャンディをつくっていた。ニコがコロンビア大学の寮に移ると、祖母はマンドリン型のトリュフをつくって送ってくれた。大学に行くまで、彼はマヨネーズが店で買えることを知らなかったという。

「私がいちばん誇らしいのは、息子が私の料理上手なところを好きでいてくれること」とバニーは言った。「ずっと、あの子が何かで幸せを見つけてほしいと思ってた。それが音楽だった。でも私は、何かをつくったり失敗をしたり、台所で遊んだりすることで、あの子に遊び心と安心感を与えてきたの。それはあの子にとっても、あの子の音楽にとっても、いいことだったと思う」。ふたりはたまに喧嘩をしても、食べ物についてメールをやりとりして仲直りする。ニコは言う。「母はスイスチャード［訳注：ほうれん草に似た栄養豊富な野菜］のことで二〇段落も書いてメールを送ってくるんだ。でも、それでまた仲よくできる」

バニーが話すすべてのことばには、懸命に誠実であろうとするこだわりが感じられる。一方、ニコは作り話が好きで、彼にとって真実は絶対的なものではない。その結果、彼らはお互いに惹かれ合いつつもぶつかり合うが、ふたりともその過程を大切にしている。「音楽のなかには、たとえ耳に聞こえなくても重要な意味をもつ構成上のしくみがある」とニコは言う。「まぎれもなくあらわになっているピースもあれば、埋もれて見えなかったり、かき消されてしまうピースもある」。ニコの二枚目のアルバムである『マザータング（母国語）』には、シンプルで愛らしいメロディが収録されている。「たとえフォークソングだろうと、そこにはぼくが解き明かした数学の巨大なかけらが含まれている。それがぼくの曲を形づくる。けれど、できあがったときには完全に忘れ去られている。そういう二重構造は、あらゆるものを創造するうえで欠かせないものなんだ」

ニコはアメリカン・バレエ・シアターのためにバレエ音楽を、メトロポリタン歌劇場のためにオペラを提供し、ビョークの楽曲のアレンジも頼まれていた。批評家のなかには、ニコの音楽は扇情的すぎると言う者もいる。たとえば、ニコに多大な影響を与えた作曲家のジョン・アダムズはこう言っている。「彼のように若い人が、音を扇情的に響かせることにこだわりすぎるのが、いいことなのかどうかわからない」。ニコに言わせれば、きらびやかさがすばらしいものではありえないという考えは、ポストトーナル音楽［訳注：調性（トーナル）にもとづいた古典的な西洋音楽のあとに生まれた現代の音楽のこと］の残酷さの表れだ。「現代クラシックに存在する共通語は、見境がないほど醜悪だ。だからファーストアルバムの『スピークス・ボリュームズ』は、わざと愛らしい音楽にした。耳になじんで、なおかつ意義深くて感情に訴える音楽というのもつくれることを示すために。もしぼくの作品に感情的な深みがあるとすれば、それはメロディをくり返して安心感を与え、それからその安心感を奪うという、期待の逆を突くやり方からくるものだ」

ニコはふだん二台のコンピュータを使い、作曲をしながらスクラブル・ゲームをしたりメールを送れるようにしている。「ぼくには野心はない。強迫観念があるだけ。それも意識していただいているわけじゃない」。彼の血気さかんな音楽は、まだ自分のスタイルを見つけていないことの表れだと世間が見抜いていることを、本人も認めている。「どこから何を盗んだか正直に言えば、きっとわかりやすいんだろうね。だから、もしぼくの作品はこの曲の模倣だ、なんて言われたら、そうだな、『まさにその曲のこの部分をまねしたんだ』って言うかもしれない」

しかし彼は、音楽がどういうものかをことばで語りつくすことはできないと思っている。「芸術とはどういうものかを延々と話しつづける人がよくいる。『あなたの音楽はひどくて聞けやしない』なんて言うような人たちだ。でもコンサートに行って、理解しようと躍起になる音楽っていうのはどうかと思うね。わかりにくい、いけ好かないやつにはなりたくないんだ。ぼくは人に喜びを与えたい。音楽は食べ物だ。消費されるべきものだ。ぼくは『静かよりマシ』っていうことばが大好きでね。何か音楽があったほうが、しーんとしてるよりずっといいだろう？　ぼくたちは、芸術というビジネスにかかわってる。でも同時に、エンターテインメントというビジネスにもかかわっていて、それは精神的、感情的な栄養を与えてくれるものなんだ。人はそういうものを心にもっていないといけないんだ」

神童の親になれば、必然的に自分の影は薄くなる。それをすんなりと受け入れられる親もいるが、バニーはそうではなかった。もっとも私は、彼女がニコの才能や成功を妬んでいると感じたことは一度もない。バニーは明らかに息子を誇りに思い、成功を喜んでいる。ただ彼の成功は、「息子の人生を経済面で支えるためには、母親が芸術家としての自分をあきらめざるをえない」という問題を浮き彫りにした。それはまた、昔から続く、女性ならではの不自由さの問題でもある。母親にならなければ、バニーは豊かなキャリアを築いていたかもしれない。バニーは息子が独立したことで、自分の存在が薄くなった気がしていた。彼女は子をもつ画家になるつもりだったが、結局は絵も描く母親になった。ニコはそのことに罪悪感をもち、それゆえに、母が自分のために犠牲になったことに怒りも覚えていた。

ニコは、母親の失望という重荷を背負ってきた。彼らは一種の〈愛の死〉［訳注：ワーグナーの悲恋のオペラ『トリスタンとイゾルデ』の最終曲］をつねに演じている。ニコは、母親の最高の芸術作品となるために、彼女を殺しつづけなくてはならないのだ。「ぼくはもう、ぼくを芸術家にするために母が自分の能力を犠牲にしたという話を聞くのが耐えられない。うんざりする。そうじゃなくて、母が料理に感じていた喜びが、別のものにかたちを変えただけだ。それが、ぼくのすべての考え方の中心になっているんだ」。一方、バニーはニコの成功を一歩離れたところから見守っている。「みんなは『おめでとう。ニコは大成功を収めたね』って言うわ。私は何もしてないのに。でも、私とフランクが褒められる仕事をしたとすれば、ニコを、幸せになる方法を知ってる人間に育てたということね。あの子は憂鬱を抑えながら生きることを選んでいる。とはいえ、本当は別の選択肢もあるはずよね」

ニコは、自分の経歴については何を書かれようと寛大だが、自分の魂はかたくなに守っている。さもないと、プライバシーを安易に見せることになるからだ。「初期のイギリスの教会音楽では、人と問題の核心のあいだにはいくつもの幕があるんだ。ベンジャミン・ブリテンの音楽では、たとえ活力があふれんばかりであっても、つねにこの種のまわりくどさがある。でも、鼓動が脈打っているのはわかる。その痕跡が見える」。ニコのポピュラー楽曲は、喜びを表現しながらも悲しみを感じさせる。彼は喜びと悲しみが同時に聞こえるように、振り幅の大きな感情を統合してきた。それが彼の音楽をシンプルにする。しかし決して平均化はしない。人は彼の喜びに手を伸ばし、ひとつかみの悲しみを引き出して驚くかもしれない。けれども、その悲しみをよくよく見てみれば、そこには喜びの粒子が満ちているのだ。

天才に対する偏見を正すことは、社会の責任でもある。なぜなら偉業がなしとげられるかどうかは、社会的状況に左右されるからだ。グアテマラの貧困家庭に生まれたら、たとえスキーに天賦の才があっても、おそらく決してその才能を見いだされないだろう。生まれつきコンピュータ・プログラミングの才能がある人も、一五世紀では成功できない。レオナルド・ダ・ビンチもイヌイットに生まれていたら、あれほど忙しかっただろうか。ガリレオが一九九〇年代に生まれていたら、弦理論［訳注：粒子を一次元の弦として扱う七〇年代に登場した仮説］を進化させられただろうか。

理想を言えば、天才がその能力を発揮するためには、必要な道具と環境だけでなく、友人や崇拝者によって受け入れられる社会も与えられるべきだ。私たちは、より人道的で暮らしやすい世界を実現する探求のなかで、障がい者に手を差しのべているが、同じ精神で、天才たちにも手を差しのべるべきかもしれない。憐れみは障がい者の威厳を傷つけるが、妬みは類いまれな才能をもつ人々に同様のダメージをもたらす。憐れみと妬みはどちらも、自分とは根本的にちがう人々に対する恐怖の表れである。

ジュリアード音楽院の学長ジョゼフ・ポリシは、クラシック音楽にのめりこむには、まず「聞き方を習得すること」が前提になっている、と述べている。アメリカのポップカルチャーは二〇世紀後半から世界的に絶大な力をもつようになった。また、多文化主義は非営利団体の助成金申請のキーワードとなっている。その反面、クラシックと実験音楽に見られるエリート主義は、驚異的な速さでその聞き手の数を減らしている。クラシック音楽の神殿にエリートではない人々が入っていくことは誰も邪魔しないとはいえ、ヨーロッパの貴族社会や伝統的な礼拝に根づいているため、そうした伝統に慣れて、それを心地よく感じるのは、比較的裕福な人々だろう。

共和制ローマ期の詩人ルクレティウスは、高尚とは「単純な楽しみをむずかしく考える芸術である」と定義し、そのおよそ二〇〇〇年後、ショーペンハウアーは、苦痛の対極にあるのは退屈であると言った。クラシック音楽は初心者には退屈かもしれないが、研究してみると、衝撃を受けるほどの複雑さがある。無数のわかりにくさはあるものの、人はそうしたむずかしさのなかに意味を見つけるようになるものだ。ろうやダウン症といった障がいと比べれば、プロコフィエフを学ぶことなどむずかしいうちに入らないかもしれないが、苦労して意味を追求するという点で、両者は似ていなくもない。どちらの場合も、自分で手に入れた喜びは、受け身で得た喜びに勝る。

よりよいサービスが広まることで、障がい者や社会的に不利な人々は暮らしやすくなり、多方面から恩恵を受けられる。公共の利益という点から見れば、神童の教育も同様だろう。科学や文化の発展が、こうした人々のおかげであることを考えれば、彼らを認め、支えることを拒むのは、大多数の一般人にも大きな不利益をもたらすはずだ。

私たちの社会は、偉業をなしとげた人々をヒーローとして褒めたたえると同時に変わり者と見なしがちだ。文化人類学者のマーガレット・ミードは一九五四年に、「今日アメリカでは、怖ろしいほど多くの第一級の才能が無駄にされている。教師も、ふつうの子どもたちも、その親も、誰も神童を受け入れようとはしない」と言った。有権者は、自分たちに欠けている性質をもつ非凡なリーダーよりも、いっしょにビールが飲める居心地のよさを感じられる人に大統領になってほしいと思っている。そんな世の中にあって、非凡な才能の持ち主は有名になったとたん、過小評価されたりする。社会評論家のロンダ・ガレリックが「憧れの危機」と呼ぶ現象のひとつだ。

ところで私は、自分の育てられ方に否定的なかつての神童の多くが、同じく神童である自身の子どもの子育てに悪戦苦闘していることに驚かされた。キャンディ・ボーコムの娘は、私がキャンディにインタビューしたときはもうすぐ一六歳だったが、絶対音感の持ち主で、ピアノを弾き、声楽を勉強していた。「ケイティが三歳でピアノのレッスンを始めたとき、私はとにかく厳しく指導したいと思ってたの」とキャンディは言った。「『毎日三時半に練習開始よ。それを毎日続けましょう』って。当然、お互いに衝突した。何もかも白紙に戻さないといけなかった」。どうしてなんだろう、と私は思った。母親を批判しないように気をつける子どもだったキャンディは、こう答えた。「たぶん娘に、こんな人生は望んでないなんて責められたくなかったのね」

ニック・ホッジズもやはり、自分が矛盾していることに気づいた。「六歳でピアノのレッスンを受けるのはものすごいプレッシャーだ、なんて言うぼくは、ひどく恩知らずなんだろうね。それでも、母がああいう母でなかったら音楽家にならなかったのもわかっている。ほかの何かになるなんて想像できないし、ほかの誰かになったり、ほかのことをしたいと思う自分すら想像できない」。そしていま、彼は親であることの苦しみと直面している。「自分の人生のすべてをひとつの仕事に注ぎ込んできたなら、あとを継いだわが子にも同じことを求めてしまう。自分が知っていることはすべて伝えたいし、自分が経験したことはすべて役立ててほしいと思う。どんな親もそう思うんじゃないかな。でも、そういうのは決してうまくいかないんだ」

ガブリエル

ジェフリー・カハネの父は、ふた部屋で九人が暮らす貧しい移民家庭で育ったが、高名な心理学者になった。だから彼は、息子も同じような道を歩むと思っていた。ジェフリーはよく家で演奏するよう求められた。「私はピアノのまえに座っていると、心から安堵と喜びを感じた。なのに、それを穢（けが）された。私は自分の音楽への愛情を、父の信じがたい要求を満たすために吸い取られたくなかった」

ある日、ジェフリーはサマーキャンプでマーサという名の少女に出会った。互いに一〇歳だった。ふたりは長い手紙のやりとりをし、若いうちに結婚して子どもをふたりもとうと約束し合った。そしてそのとおりにした。マーサはカリフォルニア大学バークレー校の音楽科で学び、最終的には心理療法士になった。ジェフリーは世界的に高く評価されるピアニスト兼指揮者となった。

彼らの息子ガブリエルは、一九八一年に生まれた。マーサはガブリエルが二歳のときに、音をはずさず完璧に歌えることに気づいた。四歳のとき、彼は母に尋ねた。「あの電車が立ててるジャズっぽい音が聞こえる？」。しかし、ガブリエルの才能は訓練では育たなかった。彼のバイオリン教師はついに、これ以上続けても無駄だと言った。「母はしつけに厳しい人で、公演で留守にすることの多い父は、ぼくの音楽教育をかなり離れたところから見守っていた」と彼は振り返った。「ふたりのアプローチは正しいと同時にまちがっていたんだ」

ガブリエルが影響を受ける音楽は、つねに変わった。ドクター・ドレー、サイプレス・ヒル、ハウス・オブ・ペインといったラップ音楽のCDを聞くかと思えば、両親の好む音楽、たとえばポール・サイモンの『グレースランド』や、ジョニ・ミッチェルの『ブルー』やビートルズも大好きだった。ジャズ・ピアノに挑戦し、合唱団で歌い、ミュージカル劇にかかわったりもした。何か習いたいと思えばすぐに実践した。「一〇代でピアノを習ったときの上達スピードは、唖然とするほどだった」とマーサは言った。しかし、学校の勉強はガブリエルの興味を惹かなかった。そのことをマーサはいつも心配したが、ジェフリーは平気だった。「宿題くらいはすべきだと思ってたわ」とマーサは言った。「でも、ジェフリーは教育システムをまったく信じていなかった。『ガブリエルにはとてつもない才能があるよ』と私に言ったのを憶えている。私もなんとなくそう思っていたけど、ジェフリーほど確信してはいなかったわね」

とうとう、ガブリエルは高校を退学させられた。「こんなに才能のある子どもを卒業させないなんて、本当に腹立たしかったわ」とマーサ。「そんなふうに思う私は、うるさい親なのかしら?」。ガブリエルはニュー・イングランド音楽院を訪ね、聴覚テストを受け、すぐに入学を許可された。だが、一年が終わるころには、視野が狭い教育だと思うようになった。

そこで、当時つき合っていた女性が通うブラウン大学を志願し、合格した。「自信満々なところが役に立ったんだ。なぜ学校でしくじったのかについて説得力ある作文を書いたのさ」。ブラウン大学では、自分を克服するために何かを達成するという考えに取りつかれた。「解釈的な音楽家よりも創造的な音楽家になることが、死の欲望を処理する方法だった」。ガブリエルは作曲を始め、初めて書いたミュージカルがケネディ・センターから表彰された。

大学を卒業するとニューヨークに移り、のちの『クレイグスリスト［訳注：ネットの個人広告サイト］歌曲』となるものの制作に着手した。連作歌曲として発表したのは二〇〇六年だ。ガブリエルはその曲を「クラシックなど何も知らない、ブルックリンの流行に敏感な若者たちに向けて、ボロボロのピアノのある薄汚いバーで」演奏した。「そしたら、彼らが夢中になってくれたんだ」。同時に、彼の音楽はクラシック音楽家の心にも訴えた。二〇〇七年、ナターシャ・パレムスキーが、彼にとって初めてとなるピアノソナタの作曲を依頼してきた。二〇〇八年には自身の名前を冠したアルバムをリリースし、ロサンジェルス交響楽団から公演依頼を受けた。私はリンカーン・センターでおこなわれたジャズのデビュー・コンサートを聴きにいった。一〇数人の音楽家とともに演奏された楽曲の数々にはそこはかとないクラシックの雰囲気があったが、彼が中心となることで、音楽に圧倒的な親しみやすさが生まれていた。

ガブリエルは私に、できないことがあまりにも多いから、自分自身を強くするために音楽を書かなくてはならないのだと言った。彼が受けた音楽教育のなかでのいろいろなずれについて、後悔はあるかと私が尋ねたときはこう言った。「子ども時代にプレッシャーをかけられた人の話はよく聞くけど、そうなると音楽的成長が停滞したり、芸術との不健全な結びつきができたりする。ぼくは、そうまでして追求する価値があることとは思わない。父とぼくは明確な関係で深く結びついている。ぼくにとって、父のようになる方法が何かあるとしたら、それは父のように基本的な知識欲と、なぜ自分がこういうことをするのかという根本的な問いをいだきつづけることなんだ」

ガブリエルの父親は、才能あふれる息子とのあいだに、支配的だった自身の父親との関係を再現させたりしなかった。代わりに、何かもっと別の、それ以上のものを求めていた。「私はゲイブ［訳注：ガブリエルのこと］の成功に関与しないように、過剰なほど遠く離れたところから見守っていた」とジェフリーは言う。「ゲイブに『もっと練習させてくれたらよかったのに』と言われたこともある。でも、自分で自分の道を見つけさせたことが、彼をとても特異なアーティストにしたと思わずにはいられないんだ」。マーサは次のように言った。「ゲイブはとてもやさしい子なの。それはあの子の音楽にも現れている。音楽を書いているとき、ときどき私の音楽に対する反応のしかたについて考える、と話してもくれる。自分の気持ちに誠実に反応することの大切さを教えてくれて感謝している、って」

ガブリエルは、チェリストのアリサ・ワイラースタインやバリトン歌手のトマス・クバストホフといった錚々たるクラシック音楽家はもちろん、ルーファス・ウェインライトやマイ・ブライテスト・ダイアモンド、サフジャン・スティーブンスといったポップ・ミュージシャンともレコーディングや公演をしている。ニューヨーク・タイムズ紙はガブリエルを「ハイブロウな博識家」と書きたてた。その彼が私に、「統一された言語を手に入れたい」と説明した。「ジャンルに囚われない演奏家でいようと思うのはしんどいけれど、ぼくはコンサート・ホールだとどんどん抑圧された気分になる。クラシック界の保守的なエリート主義や、アイロニーのなさが大嫌いなんだ。クラシックの世界では、メロディやハーモニーに関して、ジョン・レノンやポール・マッカートニーがシューベルトと同じくらい鋭い感覚をもっているってことを、誰も理解しないいんだ」

ほとんどの大人ができないことをやすやすとやってのける子どもはまれだが、考えてみればふつうの子どもも驚くべき存在だ。小さな子どもは生後二年ほどで言葉を口にするようになり、さらにそこから五年ほどで読み書きもできるようになる。そのうえ、文字の形が音と意味にどのように結びついているかを学び、数というものの抽象概念と、数が私たちのまわりのあらゆるものに与えている意味も楽々とつかむ。その一方で歩き方や食べ方を学んだり、もしかしたらボールの投げ方やユーモアのセンスまで学んだりする。神童の親は、わが子ができることを知ると怖じ気づき、畏怖の念に打たれるが、神童でない子どもの親たちも、彼らなりに同じ経験をしているのだ。自分をはるかに超える能力をもつ子どもを育てることになった人は、このことを思い出すといい。そうすれば正気を保てるだろう。

神童の親はみな、よい結果が得られるかどうかわからないことに莫大な投資をしている。彼らは社会性の未発達や立ち直れないほどの絶望、度重なる引っ越し、家族間の永遠の断絶といった巨大なリスクを承知で、成長したわが子が望むかどうかわからない人生を手に入れるために、すべての希望をかけている。なかには、子どもにプレッシャーをかけすぎてだめにしてしまう親もいれば、才能への情熱をうまく育ててやれず、わが子が楽しんでいた唯一の世界を奪ってしまう親もいる。どちらの方向のまちがいも起こりうる。プレッシャーをかけすぎるやり方は、われわれの文化ではよく見られることだが、プレッシャーをまったくかけないやり方も、同じく悲惨な状況をもたらす。ふつうの子どもの育て方にすら一致した意見がないことを考えれば、ましてや並はずれた才能をもつ子どもの育て方にそんなものがありえないことは、なんら驚くにはあたらない。多くの神童の親が、根本的にまったく異質な幸せの尺度をもつ子どもに当惑するのも当然だ。

ゲーテの母は、息子に物語を聞かせてやったときのことをこう表現している。「空気、火、水、土――私はそれらを美しい王女に見立てて息子に語り聞かせました。すべての自然には深い意味があるのだと。私たちは登場人物をこしらえてそれぞれかかわらせ、偉大な登場人物と出会わせたりしました。息子は私を食い入るように見つめたものです。お気に入りのキャラクターの運命が息子の思いどおりに進んでいないことは、彼の顔に表れた怒りの表情でわかりました。あるいは、泣くまいとしていることから。ときどき、息子はこう言って話をさえぎりました。『お母さん、お姫様はみじめな仕立屋とは結婚しないよ。たとえ彼が巨人を殺しても』。そこで私は話をやめて、次の晩まで結末を先延ばしにしました。翌朝、息子の提案にしたがって運そんなふうなので、私の想像は、よく彼の想像に乗っ取られました。翌朝、息子の提案にしたがって運命を書き換えて、『あなたがそう予測したのよ。続きはこうなるって』と言ったりしました。息子は大興奮しました。鼓動が高鳴っているのが見えるくらいに」

「私の想像は、よく彼の想像に乗っ取られた」ということばは、類いまれな才能をもつ子どもを育てるうえでもっともすばらしいものを、余さず表現している。誰かの想像に取って代わることは、子どもの成長を促進する。神童の親にとって、そうやって自分が賢く一歩身を引くやり方は、高い代償をともなうかもしれない。だが、みずからの知性の輝きで己の道を切り開く子どもにとっては、世界をつくり替える方法を探す旅のなかでの大いなる癒やしとなることだろう。

3巻へ続く

p392) ルクレーティウス著『物の本質について』（岩波文庫）を参照。

p392) *Essays of Schopenhauer* (1897), p153 を参照。

p393) マーガレット・ミードのことば「今日アメリカでは、怖ろしいほどの多くの……」は、論文“The gifted child in the American culture of today”, *Journal of Teacher Education* 5, no. 3 (1954), page 213 の要約。Jan Davidson, Bob Davidson and Laura Vanderkam, *Genius Denied: How to Stop Wasting Our Brightest Young Minds* (2004), p51 に引用されている。

p393) ロンダ・ガレリックの「憧れの危機」という表現は、2011 年の個人的なやりとりから。

p394)「ガブリエル」の項は、2009 年と 2010 年にジェフリー、マーサ、ガブリエル・カハネにおこなったインタビューに依拠している。

p397) ガブリエル・カハネに対する「ハイブロウな博識家」という評価は、Nate Chinen, “Gabriel Kahane, Where Are the Arms”, *New York Times*, 19 September 2011 より。

p398) ゲーテの母のことば「空気、火、水、土――」は、ブルーノ・ベッテルハイム *The Uses of Enchantment* (1976) , p153 の要約。

with tone language fluency", *Journal of the Acoustical Society of America* 125, no. 4 (April 2009)、Ryan J. Giuliano et al., "Native experience with a tone language enhances pitch discrimination and the timing of neural responses to pitch change", *Frontiers in Psychology* 2, no. 146 (August 2011)など。一般的な中国人の手の形についての考察は、ベダ・カプリンスキーへのインタビューにもとづく。

p363) ミハイ・チクセントミハイのことば「類いまれであることとふつうであることは、両立しない」は、著書『クリエイティヴィティ：フロー体験と創造性の心理学』（世界思想社）より。

p363) ロバート・ブロッカーのことばは、すべて2010年におこなったインタビューにもとづいている。

p365)「キット」の項は、2010年にメイ・アームストロングにおこなったインタビューにもとづいている。

p366) チャールズ・ハムレンは、ロス・アラモスのツアーについて話してくれた。

p367) イギリスのジャーナリストの「彼の演奏は教養にあふれ……」ということばは、Stephen Moss, "At three he was reading the Wall Street Journal", *Guardian*, 10 November 2005より。

p368) ダニエル・シンガルのことば「問題なのは平等性の追求ではなく、優秀性につきまとう偏見だ」は、彼の記事"The other crisis in American education", *Atlantic Monthly*, November 1991より。

p368) 落ちこぼれ防止法を「急進的な平等主義」と断じたジョン・クラウドのことばは、彼の記事"Are we failing our geniuses?", *Time*, 16 August 2007より。

p368) テンプルトン・ナショナル・リポートは、Nicolas Colangelo, *A Nation Deceived: How Schools Hold Back America's Brightest Students* (2004)を参照。

p369) 五人中四人の神童が、天才ではない子どもの規範にしたがおうとつねに行動を制御しているという調査は、Maureen Neihart et al., *The Social and Emotional Development of Gifted Children* (2002), page 14。90%の神童が頭脳派としてくくられることをあまり喜んでいないという調査は、B. Bradford Brown and Laurence Steinberg, "Academic achievement and social acceptance: Skirting the 'brain-nerd' connection", *Education Digest* 55, no. 7 (1990)。

p369) ミラカ・グロスはオーストラリアで60人の神童におこなった研究調査を、著書 *Exceptionally Gifted Children* (1993)で報告している。加速教育に対する被験者の満足については p26-27 で述べられている。

p370) ノーバート・ウィーナーのことば「大人の世界と、自分と同じくらいの子どもの世界に半分ずつ属していることから生じる苦しみ」および「私自身は子どもと大人が混じっているというよりは……」は、自伝『神童から成人へ：わが幼時と青春』（みすず書房）より。続編『サイバネティックスはいかにして生まれたか』（みすず書房）も参照。

p370)「ジョシュア」の項は、2007年にジョシュア・ベルとシャーリー・ベルにおこなったインタビューとその後のやりとりに依拠している。

p376) 録音の詳細な歴史については、David L. Morton Jr., *Sound Recording: The Life Story of a Technology* (2006)。蓄音機の発明について書いたトマス・エジソンの論文のデジタル再現版は、ラトガーズ大学のウェブサイト、http://edison.rutgers.edu/docsamp.htm で閲覧可能。

p377) コンラッド・タオの話は、2010年の本人とミンファン・ティンへのインタビューにもとづく。

p381)「クリスチャン」の項は、2010年にシルベスター、ステファニー、クリスチャンのサンズ一家におこなったインタビューとその後のやりとりにもとづいている。

p383) この種のセッションを表すジャズ用語は「トレーディング・フォーズ」という。オスカー・ピーターソンとクリスチャンの演奏は YouTube で視聴可能。https://www.youtube.com/watch?v=fYpoWD1qmEA。

p384) ポール・ポッツの演奏は以下で視聴可能。http://www.youtube.com/watch?v=1k08yxu57NA。ジャッキー・エバンコの演奏は、https://www.youtube.com/watch?v=f9KZfCULaCw。

p385)「ニコ」の項は、2010〜2012年にニコ・マーリー、バニー・ハーベイ、フランク・マーリーにおこなったインタビューとその後のやりとりに依拠している。Rebecca Mead, "Eerily composed: Nico Muhly's sonic magic", *New Yorker*, 11 February 2008も参照。

Simonton と Anna V. Song が追跡研究の結果を発表した。“Eminence, IQ, physical and mental health, and achievement domain: Cox’s 282 geniuses revisited”, *Psychological Science* 20, no. 4 (April 2009) を参照。

p349)「ラン・ラン」の項は、2005 年にラン・ラン（郎朗）と郎國任におこなったインタビューとその他のやりとりにもとづいている。ラン・ランのウェブサイトは、https://www.langlangofficial.com。自伝も 2 冊出版されており、資料として活用した。Michael French との共著 *Lang Lang: Playing with Flying Keys* (2008)およびデイヴィッド・リッツとの共著『奇跡のピアニスト郎朗自伝：一歩ずつ進めば夢はかなう（WAVE 出版）』。また、David Remnick, “The Olympian: How China’s greatest musician will win the Beijing Games”, *New Yorker*, 4 August 2008 も参考にし、Yuanju Li, *Dad’s Aspirations Are That High* (2001) (英語翻訳版は未出版。原典は中国語/ *Ba ba de xin jiu zhe mo gao: Gang qin tian cai Lang Lang he ta de fu qin*)も活用した。

p354) ジョン・ボン・ラインがラン・ランをリベラーチェになぞらえたのは、評論“Bend the rules, but don’t break the bond”, *Chicago Tribune*, 18 August 2002 において。

p354) ラン・ランの演奏に対するアンソニー・トマシーニの辛辣な批評は、“A showman revs up the classical genre”, *New York Times*, 10 November 2003。

p354) ラン・ランに対するアンソニー・トマシーニの好意的な批評は “Views back (and forward) on an outdoor stage”, New York Times, 17 July 2008。

p356) 1 万時間の仮説を推奨している人気の本は、マルコム・グラッドウェル著『天才！ 成功する人の法則』(講談社)、ダニエル・コイル著『天才はディープ・プラクティスと 1 万時間の法則でつくられる：ミエリン増強で脅威の成長率』（フェニックスシリーズ 85、パンローリング）およびジョフ・コルヴァン著『究極の鍛錬：天才はこうしてつくられる』（サンマーク出版）。

p356) 1 万時間の仮説の研究と追跡研究については、K. Anders Ericsson, R. T. Krampe, and C. Tesch-Romer, “The role of deliberate practice in the acquisition of expert performance”, *Psychological Review* 100 (1993)、K. Anders Ericsson, Michael J. Prietula and Edward T. Cokel, “The making of an expert”, *Harvard Business Review*, July-August 2007 および K. Anders Ericsson, Roy W. Roring and Kiruthiga Nandagopal, “Giftedness and evidence for reproducibly superior performance”, *High Ability Studies* 18, no. 1 (June 2007)を参照。

p356) 才能よりも練習時間が重要だとする研究は Michael J. A. Howe, Jane W. Davidson, and John A. Sloboda, “Innate talents: Reality or myth?”, *Behavioural & Brain Sciences* 21, no. 3 (June 1998)。

p356) デイビッド・ブルックスのことばは、彼の記事“Genius: The modern view”, *New York Times*, 1 May 2009 より。

p356) レオポルド・アウアーのことば「まずまずの才能だったら一日に三時間練習しなさい……」は、弟子のヨーゼフ・シゲティによる回想録『シゲティのヴァイオリン演奏技法：個性的表現の理論と実践』（シンフォニア）より。

p356) エレン・ウィナーは「才能は生まれつき」だという「常識的な神話」と「才能は努力と学習で得られる」という「心理学者の神話」について、著書『才能を開花させる子どもたち』（日本放送出版協会）で述べている。

p356) エドワード・ロススタインのことば「天才をやたらと叩こうとする現代の風潮は……」は、彼の記事 “Connections: myths about genius”, *New York Times,* 5 January 2002 より。

p357)「マーク」の項は、私が 2007 年のマーク・ユーのニューヨーク・デビュー公演に出席したときの経験、その年にクロエとマーク・ユーにおこなったインタビューと、その後のやりとりにもとづいている。

p363) 中国語のような音調言語が幼児の音楽性を高めるという仮説を支持する研究はかなりある。たとえば、Diana Deutsch et al., “Absolute pitch among students in an American music conservatory: Association *a Musical Prodigy* (1925)。

p323) エルウィン・ニレジハージのことばは、ケヴィン・バサーナ著『失われた天才：忘れられた孤高の音楽家の生涯』（春秋社）より。

p324) ロリン・ホランダーの話は、2007 年に本人におこなったインタビューにもとづいている。

p325) モーツァルトは「神様の次にパパ」と 1778 年の手紙に書き、それが *The Letters of Wolfgang Amadeus Mozart* (1866), p183 に再録されている。メイナード・ソロモン著『モーツァルト』（新書館）も参照。

p325) パガニーニの父親による虐待の記述「私がちゃんとやってないと思うと、父は私に食べ物を与えず二倍やらせた」は、G. I. C. de Courcy による 1957 年の伝記 *Paganini the Genoese* (再版 1977), p13 より。Julius Max Schottky, *Paganini's Leben und Treiben als Kunstler und als Mensch* (1830)も参照。

p325) クララ・ビークの父親が娘の日記を詳細に調べ、書き加えていた話は、ナンシー・B・ライク著『クララ・シューマン：女の愛と芸術の生涯（音楽之友社）』より。

p325) スコット・フランケルの話は、2010 年の本人へのインタビューとその前後のやりとりにもとづく。

p328) バネッサ・メイに関する引用はすべて Nikki Murfitt によるインタビュー"The heart-breaking moment I realised my mother had cut me off forever, by violin virtuoso Vanessa-Mae", *Daily Mail*, 7 August 2008 から。

p328) ニコラス・ホッジズの話は、2010 年に本人におこなったインタビューとその後のやりとりにもとづく。

p329) ルドルフ・ゼルキンにまつわる逸話は、2009 年にカーティス音楽院の元学長ゲイリー・グラフマンに聞いた話である。この話をしたとき、ゼルキンもそばにいた。

p330) ヨーヨー・マのことばは、Samuel and Sada Applebaum, The Way They Play, vol. 13 (1984), p265より。

p330) テレーズ・マーラーのことばは、2010 年におこなったインタビューにもとづいている。

p330) ホアン・ファムのことばは、2010 年におこなったインタビューにもとづいている。

p331)「ケン」の項は、2009 年のケン・ノダへのインタビューとその後のやりとりにもとづいている。

p331) タカヨ・ノダはすぐれた芸術家であり詩人である。http://www.takayonoda.com を参照。

p336)「キャンディ」の項は、2010 年にキャンディ・ボーコムにおこなったインタビューにもとづいている。

p342)「ソランダ」の項は、2010 年にマリオン、ソランダ、ビクラム、サンドラのプライス一家におこなったインタビューにもとづく。ここに出てくる名前はすべて仮名で、いくつかの詳細には変更を加えた。

p345)「ここまで神童がもてはやされるのは、ひどく困惑させられる事態」という内田光子のことばは、2012 年の個人的なやりとりから。

p345) ジャニス・ニムラの「神童というのは、サーカス芸人の丁寧な表現……」ということばは、本人の記事"Prodigies have problems too", *Los Angeles Times*, 21 August 2006 より。

p345)「ジョナサン」の項は、2010 年にジョナサン・フロリルにおこなったインタビューにもとづいている。

p345) レナード・バーンスタインに関する逸話は、Clifton Fadiman, *The Little, Brown Book of Anecdotes* (1985), p107 より。全文は、「バーンスタインの父親は、才能ある息子をもっと後押しすべきだったと批判されると、『だってあの子がレナード・バーンスタインになるだなんて、どうして私にわかったでしょう』と反論した」。私がこの逸話を口にすると、バーンスタイン家のほかの人たちも同じことを言った。

p347) ジョナサン・フロリルへの称賛「演目のみならず、演奏のしかたから何から、神童の域を越えている」は、Alfredo Brotons Munoz, "Más que un prodigio", *Levante* EMV, 7 May 2007 より。原語は、Aunque, como luego se explicará, va más allá de eso, de momento no puede escapar a la calificación de prodigio. No sólo por cómo toca, sino por lo que toca.

p348) ゴア・ビダルのことば「どちらか一方の親への嫌悪は、イワン雷帝やヘミングウェイを生む……」は、評論集 *Matters of Fact and Fiction* (1977), p34 より。

p348) 傑出した人々の場合、早くに片親を亡くした割合が一般集団の 3 倍であるとする研究については、Catherine Cox, *The Early Mental Traits of Three Hundred Geniuses* (1926)。その 83 年後、Dean Keith

"Virtuosity, the violin, the devil . . . what really made Paganini 'demonic'?", *Current Musicology*, 22 March 2007 を参照。

p318）チェーザレ・ロンブローゾのことばは、著書『天才論』（改造文庫）より。

p318）創造のプロセスにおけるドーパミン D2 受容体の役割については、Orjan de Manzano et al., "Thinking outside a less intact box: Thalamic dopamine D2 receptor densities are negatively related to psychometric creativity in healthy individuals", *PLoS One 5*, no. 5 (17 May 2010)を参照。

p319）ノーマン・ゲシュヴィントは「優位性の病理」について、論文"The biology of cerebral dominance: Implications for cognition", *Cognition* 17, no.3 (August 1984)で言及している。ゲシュヴィントと Albert M. Galaburda は、*Cerebral Lateralization* (1987)の共著者。Daniel Goleman は、彼らの研究について、記事"Left vs. right: Brain function tied to hormone in the womb", *New York Times*, 24 September 1985 で報告している。

p319）ピンチャス・ノイは、音楽に没頭することが防御反応だということを、"The development of musical ability", *Psychoanalytic Study of the Child* 23 (1968)で述べている。

p319）ミラカ・グロスは神童の回復力について、Maureen Neihart et al., *The Social and Emotional Development of Gifted Children: What Do We Know?* (2002), p19-30 の彼女の論文"Social and emotional issues for exceptional and intellectually gifted students"で述べている。

p319）ザリン・メータのことば「ありがたいことに、私たちにはこんなに才能のある子どもはいない」は、2010 年におこなったインタビューにもとづく。

p319）エリシャ・アバスのことば「ときには自分の才能を担うのに、子どもの肩じゃ小さすぎることがあるんだ」は、Daniel J. Wakin, "Burned out at 14, Israeli concert pianist is back where he 'really belongs'", *New York Times*, 2 November 2007 より。

p320）ジョゼフ・ポリシのことばは、2010 年におこなったインタビューにもとづく。

p320）ブランデン・ブレマーのことば「アメリカは完璧を求める社会です」は、Alissa Quart, *Hothouse Kids: The Dilemma of the Gifted Child* (2006), p142 より。彼の両親のことば「あの子は生まれたときにはすでに大人だったんです」は、ニュース報道"Child prodigy's time to 'do something great,' Mom says", *Washington Post*, 20 March 2005 より。

p321）テレンス・ジャッドとマイケル・レビンについては、いずれも Richard Morrison, "The prodigy trap", *Sunday Times*, 15 April 2005 で言及されている。.

p321）クリスティアン・クリーンスについては、Joyce Maynard, "Prodigy, at 13", *New York Times*, 4 March 1973 で言及されている。

p321）すぐれた才能を与えられた子どもの自殺に関するジュリアン・ホワイブラのことばは、Michael J. Stopper 編 *Meeting the Social and Emotional Needs of Gifted and Talented Children* (2000), p40 の彼の論文"Extension and enrichment programmes"より。Nancy Robinson は Maureen Neihart et al.編 *The Social and Emotional Development of Gifted Children: What Do We Know?* (2002), p xiv の序文において、知的にすぐれた才能をもつ子どもはほかの子どもよりも精神的に弱いという主張に反論している。

p322）ロバート・シロタのことばはすべて、2010 年におこなったインタビューとその後のやりとりに依拠している。

p322）神童性の危険性に関するヤッシャ・ハイフェッツの気の利いたことばは、1959 年に録音されたシベリウスのバイオリン協奏曲 (RCA Victor Red Seal/BMG Classics)のライナーノートから。

p322）イサーク・バーベリの文章は、Cynthia Ozick 翻訳の小説 *The Complete Works of Isaac Babel* (2002), p628 からの要約。

p322）ルース・スレンチェンスカのことばは、自伝 *Forbidden Childhood* (1957), p31, 137, 232 より。

p323）エルウィン・ニレジハージを研究した心理学者は Géza Révész である。その著書は、*The Psychology of* p305）ベダ・カプリンスキーのことばはすべて、2010年におこなったインタビューに依拠している。

p305）日本のことわざ「十で神童、一五で才子、二〇すぎればただの人」は、“Music: Prodigies' progress”, *Time*, 4 June 1973より引用。

p305）チャールズ・ハムレンのことばはすべて、1996年と2007年におこなったインタビューとほかのやりとりに依拠している。

p306）カレン・モンローのことばはすべて、2007年におこなったインタビューに依拠している。

p306）バン・クライバーンのことばと彼についての記述は、Cクロード・ケネソン著『音楽の神童たち 上・下』（音楽之友社）より。

p306）ピアノ・コンクールの増加の歴史は、Michael Johnson, “The dark side of piano competitions”, *New York Times*, 8 August 2009に記されている。

p306）ロバート・レビンのことばはすべて、2010年におこなったインタビューに依拠している。

p306）「ドリュー」の項は、2010年にスー、ジョー、ドリューのピーターセン一家におこなったインタビューとその後のやりとりにもとづいている。

p308）ミヨコ・ロットのことばは、Roberta Hershenson, “Playing piano recitals and skipping fifth grade”, *New York Times*, 9 July 2009より。

p310）ジャスティン・デイビッドソンのことばはすべて、2010年と2012年におこなったインタビューとその前後のやりとりに依拠している。

p311）「職人技は才能の妨げになったりはしない」というピエール=オーギュスト・ルノアールのことば、よく引用される英語の格言だ。画家のHenry Mottezの1910年ごろの手紙や、ジャン・ルノワール著『我が父ルノワール』（みすず書房）に記述がある。

p311）スティーブン・イッサーリスのことば「宗教と科学の融合のように教えられるべきなんだ……」は、2010年におこなったインタビューに依拠している。

p311）「ナターシャ」の項は、私が2007年にミハイル、ナタリー、ミーシャ、ナターシャのパレムスキー一家におこなったインタビューとその前後のやりとりに依拠している。

p314）ナターシャ・パレムスキーによるラフマニノフのピアノ協奏曲第2番の演奏は、批評家のアン・ミジェットの記事“Pinchhitting at Caramoor: Young pianist and Rachmaninoff”, *New York Times*, 25 June 2007で、「新鮮」かつ「未熟」と批評された。

p316）「ジェイ」の項は、2007年と2008年にロバートとオルナとジェイのグリーンバーグ一家におこなったインタビューとその後のやりとりに依拠している。

p316）サミュエル・ジーマンのことば「ピアノもないのに一時間足らずで……」は、彼の記事“New music from a very new composer”, *Juilliard Journal*, May 2003より。

p316）作曲をする際の思考プロセスについてのジェイの表現は、Rebecca Leung, “Prodigy, 12, compared to Mozart”, CBS News, 18 February 2009より。

p316）ナンシー・C・アンドレアセンのことば「芸術家と科学者の創造のプロセスは似ている……」は、著書『天才の脳科学：創造性はいかに創られるか』（青土社）より。

p317）作曲した楽曲のひとつを数学の基礎的な用語で言い表すジェイの表現については、Symphony No. 5; Quintet for Strings(2006)のライナーノートより。

p318）「ぼくの音楽は、ぼくの感情を表している……」というジェイのことばは、Matthew Gurewitsch, “Early works of a new composer (very early, in fact)”, *New York Times*, 13 August 2006より。

p318）アリストテレス「問題集」第30巻（『新版 アリストテレス全集13』［岩波書店］）を参照。

p318）パガニーニの悪魔にまつわる伝説の出所は、G. I. C. De Courcyの1957年の伝記 *Paganini the Genoese* (1977年再版)および“Fiddler Paganini's ways: Stories and facts in the great man's life”, *New York Times*, 27 July 1891より。この偉大なバイオリニストに関する現代的な解釈については、Maiko Kawabata, p297）ブロンフマンの話は、私が2010年にイェフィム・ブロンフマンにおこなったインタビューにもとづく。ブロンフマンのほかのプロフィールについては、アン・ミジェット"A star who plays second fiddle to music", New York Times, 15 December 2007を参照。ブロンフマンはフィリップ・ロスの小説『ヒューマン・ステイン』（集英社）でも描かれている。

p298）Peter Kivyはプラトンの天才の定義について、著書*The Possessor and the Possessed: Handel, Mozart, Beethoven, and the Idea of Musical Genius* (2001)の第1章（p1-13）で述べている。

p298）ロンギヌス『崇高について』（河合文化教育研究所ほか）, Thomas R. R. Stebbing翻訳(1867), p4参照。

p298）ジョン・ロックのことば「子どもの心は水のように……」は、著書『ジョン・ロック「子どもの教育」』（原書房）より。

p298）カントのことば「もし著者が生み出すものが天才的な……」は、著書『純粋理性批判』（岩波文庫ほか）より。

p298）『意志と表象としての世界 1～3』（中公クラシックス）にはショーペンハウアーのことばがわかりやすく書かれている。

p298）フランシス・ゴールトン著『天才と遺伝』（岩波文庫ほか）参照。

p298）ルイス・ターマンの研究報告は、"A new approach to the study of genius", *Psychological Review* 29, no. 4 (1922)、*Genetic Studies of Genius*, vol. 1, *Mental and Physical Traits of a Thousand Gifted Children* (1925)および*The Gifted Group at Mid-Life: Thirty-Five Years Follow-Up of the Superior Child* (1959)など。

p299）Scott Barry Kaufmanは、記事"The truth about the Termites", *Psychology Today*, September 2009でターマンの研究を批判している。

p299）ポール・ポペノーのことば「アメリカにおいて、単純労働者の子どもが……」は、著書*The Child's Heredity* (1929), p134より。

p299）イギリスとアメリカの優生学運動の隆盛がナチの人種隔離政策を助長したことに関する綿密な調査については、Henry P. David, Jochen Fleischhacker, and Charlotte Hohn, "Abortion and eugenics in Nazi Germany", *Population & Development Review* 13, no. 1 (March 1988)、ティモシー・ライバック著『ヒトラーの秘密図書館』（文春文庫）およびEdwin Black, War Against the *Weak: Eugenics and America's Campaign to Create a Master Race* (2004)を参照。

p299）アルフレッド・クローバーの天才についての考察は、*Configurations of Culture Growth* (1944)を参照。

p300）絶対音感と側頭平面に関する独創的な研究については、Gottfried Schlaug et al., "In vivo evidence of structural brain asymmetry in musicians", *Science*, n.s., 267, no. 5198 (3 February 1995)を参照。Julian Paul Keenan, "Absolute pitch and planum temporale", *Neuroimage* 14, no. 6 (December 2001)も参考になる。

p300）バイオリニストの脳の特定部位が大きいという発見は、Thomas Elbert et al., "Increased cortical representation of the fingers of the left hand in string players", *Science* 270, no. 5234 (13 October 1995)で報告された。

p300）音楽家の発達した運動協調性を示す神経画像の証拠については、Burkhard Maess et al., "Musical syntax is processed in Broca's area: An MEG study", *Nature Neuroscience* 4, no. 5 (May 2001)およびVanessa Sluming et al., "Broca's area supports enhanced visuospatial cognition in orchestral musicians", *Journal of Neuroscience* 27, no. 14 (4 April 2007)を参照。

p300）「レオン」の項は、2010年にレオン・フライシャーとジュリアン・フライシャーにおこなったインタビューとその後のやりとりに依拠している。

p304）デインズ・バーリントンのことばは、著書*Account of a very remarkable young musician* (1780), p285-6（2008年にMozart Society of Americaより再版）より。

りによる。

p284) 動物の子育てに関する詳細は、スーザン・オールポート著『動物たちの子育て』（青土社）参照。

p284) アニー・ルクレールのことば「子どもに向ける深い理解と愛情」は、ダフネ・デ・マーネフの著書 *Maternal Desire: On Children, Love, and the Inner Life* (2004)の p90 と p82 で引用されている。

p284) ジークムント・フロイトの引用「親の愛はいじらしいが、根底において子どもじみており……」は、「ナルシズム入門」（『エロス論集』（ちくま学芸文庫）に収録）より。

p285) ロジカ・パーカー著 *Torn in Two: The Experience of Maternal Ambivalence* (1995, 2005)を参照。「スキュラのごとき介入と、カリュブディスのごとき放置」の引用は p140、「ある種の悲しみ」は p45 より。

8章　神童

p288) レイモン・ラディゲのことば「非凡な才能をもつ大人が存在するように……」は、彼の小説『ドルジェル伯の舞踏会』（光文社古典新訳文庫ほか）より。

p289)「神童とは共同事業」ということばは、デイビッド・ヘンリー・フェルドマン、リン・T・ゴールドスミスの共著 *Nature's Gambit: Child Prodigies and the Development of Human Potential* (1991), p121 より。

p289) スティーヴン・ミズン『歌うネアンデルタール：音楽と言語から見るヒトの進化』（早川書房）参照。

p289) ジョン・ブラッキングの、音楽は「もともと体のうちにあるものであり……」ということばは、著書 *How Musical Is Man?* (1973), p100 より。

p289) 異文化間における音楽による感情的なコミュニケーションの研究については、Thomas Fritz et al., "Universal recognition of three basic emotions in music", *Current Biology* 19, no. 7 (April 2009)参照。

p289) 音楽を「私たち人間が社会化するうえで主要な手段」と見なすロバート・ガーフィアスのことばは、F. Wilson and R. Roehmann 編 *Music and Child Development: Proceedings of the 1987 Biology of Music Making Conference* (1989), p100 の彼の記事"Thoughts on the process of language and music acquisition"より。

p290) Géza Révész は著書 *The Psychology of a Musical Prodigy* (1925), p7 で、「ヘンデルはしゃべりだすまえに歌いだした」と述べている。しかしこの話の真偽は疑わしい。もっとも早くヘンデルの伝記を書いた作家 John Mainwaring は、ヘンデルの幼少期を描いていない。

p290) アルトゥール・ルービンシュタインは幼少期に欲求を歌で表す習慣があったことを、著書『華麗なる旋律：ルビンシュタイン自伝』（平凡社）で述べている。

p290) ジョン・スロボダのことば「音楽による表現は、言語のように……」は、論文"Musical ability", in *Ciba Foundation Symposium 178: The Origins and Development of High Ability* (1993), p106 より。

p290) レオン・ボットスタインのことばは、すべて 2010 年の彼へのインタビューとその後のやりとりに依拠している。

p290) キーシンの話は、私が 1996 年にエフゲニー・キーシン、エミリア・キーシン、アンナ・パブロブナ・カントールにおこなったインタビュー、2008 年にエフゲニー・キーシンにおこなったインタビュー、その他のやりとりに依拠している。

p294) エフゲニー・キーシンのカーネギー・ホール・デビューは、圧倒的多数の肯定的な評価を集めた。Allan Kozinn, "Recital by Yevgeny Kissin, a young Soviet pianist", *New York Times*, 2 October 1990、Peter Goodman, "Sparks fly from his fingertips", *Newsday*, 2 October 1990、Harold C. Schonberg, "Russian soul gets a new voice at the keyboard", *New York Times*, 7 October 1990 および Michael Walsh and Elizabeth Rudulph, "Evgeny Kissin, new kid", Time, 29 October 1990 を参照。

p296) アン・ミジェットのことばは、彼女の批評"Kissin is dexterous but lacking in emotion", *Washington Post*, 2 March 2009 より。

ン上で公開された。

p267）アリス・ドムラット・ドレジャーの引用は、論文“Attenuated thoughts”, *Hastings Center Report* 40, no. 6 (November-December 2010)より。

p268）ノーマン・クンツの引用「私は三歳から一二歳まで……」の部分は、Michael F. Giangreco がおこなったインタビュー“The stairs don't go anywhere! A disabled person's reflections on specialized services and their impact on people with disabilities”, University of Vermont, 7 September 1996, https://www.broadreachtraining.com/giangreco より。

p269）大量殺戮に言及する障がい者関連の文献としては、Paddy Ladd and Mary John, “Deaf people as a minority group: The political process”, in the 1992 Open University syllabus *Constructing Deafness: Social Construction of Deafness: Deaf People as a Minority Group—the Political Process*、Harlan Lane, “Ethnicity, ethics and the deaf-world”, *Journal of Deaf Studies & Deaf Education* 10, no. 3 (Summer 2005)、Bridget Brown がシカゴ・トリビューン紙やタイム誌、*Down Syndrome Development Council Forum* 6, March 2007, 3 に送った手紙などがある。

p270）ピーター・シンガーがフランク・シャンにふれているのは、著書『生と死の倫理：伝統的倫理の崩壊』(昭和堂)。

p270）ピーター・シンガーの「障がいをもつ新生児を殺すことは、パーソンを殺すことと倫理的には同じではない」との発言は、*Practical Ethics*, 2nd ed. (1993), p191。シンガーのパーソンについての定義は、p86-87、著書『実践の倫理』（昭和堂）より。

p270）「重度の障がいを持つ人間の幼児と……」で始まるピーター・シンガーのことばは、論文“Sanctity of life or quality of life?”, *Pediatrics* 72, no. 1 (July 1983), p128 より。

p271）ミラー家の苦難の物語は、テキサス州最高裁判所 *Miller v. HCA, Inc.*, 118 S.W.3d 758 (Tex. 2003), https://caselaw.findlaw.com/tx-supreme-court/1110534.html の法廷意見より。Kris Axtman, “Baby case tests rights of parents”, *Christian Science Monitor*, 27 March 2003 も参照。

p271）〈ノット・デッド・イェット〉などの団体が提出した法廷助言書については、“Brief of amici curiae in support of respondents”, Miller v. HCA, Inc., Civil Action No. 01-0079 (Supreme Court of Texas, filed 21 March 2002)を参照。

p272）「障がい者の権利を擁護する人々の多くは……」は、Dave Reynolds, “Who has the right to decide when to save the sickest babies?”, *Inclusion Daily Express*, 14 June 2002 より。

p272）エレン・ライト・クレイトンの引用「……じつに不適切です」と、ジョージ・アナスの引用「じつのところ……誰にもわからない」は、Kris Axtman, “Baby case tests rights of parents”, *Christian Science Monitor*, 27 March 2003 より。

p272）訴訟 Becker v. Schwartz, 46 N.Y.2d 401 (1978)におけるニューヨーク州控訴裁判所の判決文抜粋は、Adrienne Asch and Erik Parens 編 *Prenatal Testing and Disability Rights* (2000), p320 の Pilar N. Ossorio, “Prenatal genetic testing and the courts”に引用されている。

p272）「イモジェン」の項は、ジュリア・ホランダーにおこなった 2006 年のインタビューとその後の情報交換、および彼女の著書 *When the Bough Breaks: A Mother's Story* (2008)にもとづいている。

p273）ジュリア・ホランダーの引用「一度死んだ嬰児が、この辺獄で……」は、著書 *When the Bough Breaks: A Mother's Story* (2008), p22。「ある夜の暗がり」で始まる箇所は p69 より。

p279）タニヤ・ビールの引用はすべて、ジュリア・ホランダーとの共著“A tale of two mothers”, *Guardian*, 8 March 2008 より。

p283）クリス・ボースウィックの引用は、論文“The proof of the vegetable”, *Journal of Medical Ethics* 21, no. 4 (August 1995)の p205 と p207 より。

p284）マギー・ロビンズの引用「意識とは名詞ではなく、動詞である」は、2010 年の彼との個人的なやりとと

disabled girl small", *Los Angeles Times*, 3 January 2007、CNN の特別番組"'Pillow angel' parents answer CNN's questions", broadcast 12 March 2008 および BBC の報道"Treatment keeps girl child-sized", broadcast 4 January 2007 にもとづいている。

p259) ダニエル・ガンサーの発言は、CNN の報道"Ethicist in Ashley case answers questions", broadcast 11 January 2007 および Nancy Gibbs, "Pillow angel ethics", *Time*, 7 January 2007 より引用。

p260) ダグラク・ディークマの発言は、CNN の報道"Ethicist in Ashley case answers questions", broadcast 11 January 2007 より引用。

p261) アシュリー療法の臨床報告については、ダニエル・F・ガンサーとダグラス・S・ディークマの論文"Attenuating growth in children with profound developmental disability: A new approach to an old dilemma", *Archives of Pediatric & Adolescent Medicine* 260, no. 10 (October 2006)を参照。

p261) アーサー・キャプランの引用は、MSNBC の番組"Is 'Peter Pan' treatment a moral choice?", 5 January 2007 での発言から。

p261) アシュリー療法に対する「体を手術で不自由にする」という反応は、"The Ashley treatment", on *Burkhart's Blog*, 6 January 2007 より。「殺すほうがまし」という意見は、"The mistreatment of Ashley X", *Family Voyage*, 4 January 2007 より。

p261) フリーダ（FRIDA）の声明文は、2007 年 1 月 10 日にプレスリリースされた。http://fridanow.blogspot.com/2007/01/for-immediate-release-january-10-2007.html を参照。

p261) 「デザイナー障がい者」の出現を遺憾に思う Helen Henderson の署名入り記事は、"Earthly injustice of 'pillow angels,'" *Toronto Star*, 27 June 2009。

p261) ジュリア・エプスタインが、アシュリー療法を「致命的な幼児化」と呼んだのは、Nancy Gibbs, "Pillow angel ethics", *Time*, 7 January 2007 より。

p261) 重度障がい児をもつふたりの母親の発言は、Elizabeth Cohen の CNN の報道 "Disability community decries 'Ashley treatment,'" broadcast 12 January 2007 より。同番組では Penny Richards, "Sigh", *Temple University Disability Studies Weblog*, 5 January 2007 と、Nufsaid という人物の記事"The world has gone completely nuts", *Ramblings*, 4 January 2007 も紹介した。

p262) 〈成長抑制の倫理に関するシアトル作業部会〉の声明は、Benjamin S. Wilfond et al., "Navigating growth attenuation in children with profound disabilities: Children's interests, family decision-making, and community concerns", *Hastings Center Report* 40, no. 6 (November-December 2010)より。

p262) Norman Fost は、論文"Offense to third parties?"で、アシュリー療法に対する世間の関心を押しつけがましいと述べ、Eva Feder Kittay は、論文"Discrimination against children with cognitive impairments?"で、この治療法が差別的だと言っている。両者は *Hastings Center Report* 40, no. 6 (November-December 2010)に発表された。

p263) MSNBC の調査結果は、CNN の番組"'Pillow angel' parents answer CNN's questions", broadcast 12 March 2008 で解説された。

p263) ガンサーの「治療が有益であっても……おこなうべきではない」という主張は、Nancy Gibbs, "Pillow angel ethics", *Time*, 7 January 2007 より。

p264) ピーター・シンガーの「アシュリーの人生で大切なこと……」の引用は、論考"A convenient truth", *New York Times*, 26 January 2007 より。

p265) シェイクスピアのソネット 116 番より。

p265) アン・マクドナルドの引用は、本人の記事"The other story from a 'pillow angel': Been there. Done that. Preferred to grow", *Seattle Post-Intelligencer*, 15 June 2007 より。

p266) 3 歳児の段階ではコミュニケーション能力の発達予測はできないとする Miriam A. Kalichman の投書"Replies to growth-attenuation therapy: Principles for practice", *Pediatrics* (18 June 2009)は、オンライ

は、"Hurting all over", *New Yorker*, 13 November 2000 より。

p235) 親の社会的孤立が、うつ病や愛着障がいを引き起こす危険因子になるという報告は、Glenn Affleck, Howard Tennen and Jonelle Rowe 編 *Infants in Crisis: How Parents Cope with Newborn Intensive Care and Its Aftermath* (1991), p93-95。Glenn Affleck and Howard Tennen, "Appraisal and coping predictors of mother and child outcomes after newborn intensive care", *Journal of Social & Clinical Psychology* 10, no. 4 (1991)も参照。

p237)「マックス」の項は、スザンナ・シンガーへの 2006 年のインタビューとその後の情報交換にもとづいている。

p241) チェチーリア・バルトリのウェブサイトは、http://www.ceciliabartolionline.com。

p243) 親と同居する成人障がい者についての統計は、Carol Ryff and Marsha Mailick Seltzer 編 *The Parental Experience in Midlife*, (1996), p460 による。

p243) 現代における知的障がい者の平均寿命の伸びは、Louis Rowitz 編 Mental Retardation in the Year 2000, (1992), p85 で論じられている。Richard K. Eyman et al., "Survival of profoundly disabled people with severe mental retardation", *American Journal of Diseases of Childhood* 147, no. 3 (1993) も参照。

p243) 子どもと暮らしながら介護をする親の役割と目的意識については、Tamar Heller, Alison B. Miller, and Alan Factor, "Adults with mental retardation as supports to their parents: Effects on parental caregiving appraisal", *Mental Retardation* 35, no. 5 (October 1997)で論じられている。

p244)「サムとジュリアナ」の項は、2005 年におこなったビル・ジリンスキールース・シェクターへのインタビューと、彼が寄稿した"Sam's story", *Exceptional Parent*, June 1997、"Saying goodbye to our cherished boy, Sam Zirinsky", *Crazy Wisdom Community Journal*, May-August 2004、"Life with my two little girls", *Crazy Wisdom Community Journal*, January-April 2006 および"If you could see her through my eyes: A journey of love and dying in the fall of 2007", *Crazy Wisdom Community Journal*, January-April 2008 にもとづく。

p250) 障がい児のきょうだいが示す適応性に関する引用文献として、きょうだいの責任感や寛容さが増したこと： Sally L. Burton and A. Lee Parks, "Self-esteem, locus of control, and career aspirations of college-age siblings of individuals with disabilities", *Social Work Research* 18, no. 3 (September 1994)。不幸を感じていても精神な疾患には至らないこと： Naomi Breslau et al., "Siblings of disabled children: Effects of chronic stress in the family", *Archives of General Psychiatry* 44, no. 12 (December 1987)。障がいが重ければ重いほどきょうだいが対応しやすいこと： Frances Kaplan Grossman, *Brothers and Sisters of Retarded Children: An Exploratory Study* (1972)のとくに p177-78。明確な診断がきょうだいの助けになること： Ann Gath and Dianne Gumley, "Retarded children and their siblings", *Journal of Child Psychology & Psychiatry* 28, no. 5 (September 1987)。

p251) アレン・ショーンは双子の重度障がい児の妹との思い出を著書 *Twin: A Memoir* (2010)に書いている。

p251)「アリックス」の項は、ジョン、イブ、ディラン・モリスにおこなった 2007 年のインタビューとその後のやりとりにもとづいている。

p258) アシュリー療法をめぐる議論とその後の論争に関しては、2008 年におこなったアシュリーの父親との電話インタビューとその後の情報交換、アシュリーの両親によるブログ"Ashley Treatment" (父親の文章はすべてここから引用)、Chris Ayres and Chris Lackner, "Father defends decision to stunt disabled girl's growth", *Ottawa Citizen*, 4 January 2007、Elizabeth Cohen による CNN の報道 "Disability community decries 'Ashley treatment,'" broadcast 12 January 2007、Nancy Gibbs, "Pillow angel ethics", *Time*, January 7, 2007、Ed Pilkington, "Frozen in time: The disabled nine-year-old girl who will remain a child all her life", *Guardian*, 4 January 2007、Geneviève Roberts, "Brain-damaged girl is frozen in time by parents to keep her alive", *Independent*, 4 January 2007、Sam Howe Verhovek, "Parents defend decision to keep p200）リチャード・C・フリードマンの発言「精神病の診断の問題は……」は、2011 年の私信から。

p201）「サム」の項は、2008 年のパトリシア、ウィンストン、サムのフィッシャー家へのインタビューとその後のやりとりにもとづいている。ここに登場する名前はすべて仮名である。

7章　重度障がい

p211）エレーヌ・ファウラー・パレンシア *Taking the Train: Poems* (1997), p6-7。

p213）これらの障がいについての私の定義は、National Dissemination Center for Children with Disabilities' FAQ の'Severe and/or multiple disabilities'にもとづいている。

p214）「理由があって愛すること」は、リチャード・ウィルバーの詩"Winter Spring"の一節。*Collected Poems, 1943–2004* (2004), p453。

p214）重度障がいの基本情報は、John J. J. McDonnell et al.編 *Introduction to Persons with Severe Disabilities: Educational and Social Issues* (1995) に依拠している。MSD の年間約２万人という数字は同書 p75。

p215）「ジェイミーとサム」の項は、デイビッドとサラ・ハッデンにおこなった 2004 年と 2007 年のインタビューとその後の情報交換にもとづいている。

p223）アラン・O・ロスの引用は、著書 *The Exceptional Child in the Family* (1972), p55-56 と p157 より。

p224）スーザン・オールポートの引用「親が無力な子どもを養育することではなく……」は、著書『動物たちの子育て』（青土社）より。

p224）サラ・ハーディのことば「養育という行動は、少しずつ引き出され……」は、著書『マザーネイチャー：「母親」はいかにヒトを進化させたか 上・下』（早川書房）より。

p224）母性的愛着は「直線的な一方向だけの作用というより、相互のやりとり」だと特徴づけているのは、Jude Cassidy and Phillip R. Shaver 編 *Handbook of Attachment: Theory, Research, and Clinical Applications* (1999), p659 のキャロル・ジョージとジュディス・ソロモンの共著"Attachment and caregiving: The caregiving behavioral system"。

p225）全前脳胞症児の両親の話は、キャリー・ノールの論考"In parents' eyes, the faintest signs of hope blur the inevitable", *Los Angeles Times*, 28 October 2002 より。

p225）「メイジー」の項は、ルイスとグレタ・ウィンスロップにおこなった 2005 年のインタビューにもとづいている。名前はすべて仮名。

p227）ソフィア・イサコ・ウォンの問いかけ「……親はどんな褒美を期待できるか……」は、論文"At home with Down syndrome and gender", *Hypatia* 17, no. 3 (Summer 2002)より。

p227）サイモン・オルシャンスキーのことばは、"Chronic sorrow: A response to having a mentally defective child", *Social Casework* 43, no. 4 (1962)を参照。

p227）ジークムント・フロイト『喪とメランコリー』〈フロイト全集 14〉（岩波書店）。

p227）「……悲劇の雰囲気……」への言及は、George H. S. Singer and Larry K. Irvin 編 *Support for Caregiving Families: Enabling Positive Adaptation to Disability* (1989), p27 の Jeanne Ann Summers, Shirley K. Behr, and Ann P. Turnbull, "Positive adaptation and coping strengths of families who have children with disabilities"において。

p228）患者家族が、専門家の想定ほどストレスを感じていないことは、Anne E. Kazak and Robert S. Marvin, "Differences, difficulties and adaptation: Stress and social networks in families with a handicapped child", *Family Relations* 33, no. 1 (January 1984) で述べられている。

p229）「リアム」の項は、ポールとクリス・ドノバンにおこなった 2007 年のインタビューとその後の情報交換にもとづいている。

p229）ジェローム・グループマンのコメント「ことばは、医師が聴診器やメスを使う技術と同じように……」

p188）統合失調症者が家族に暴力をふるう危険が高いことは、Annika Nordstrom and Gunnar Kullgren, "Victim relations and victim gender in violent crimes committed by offenders with schizophrenia", *Social Psychiatry & Psychiatric Epidemiology* 38, no. 6 (June 2003)および Annika Nordstrom, Lars Dahlgren, and Gunnar Kullgren, "Victim relations and factors triggering homicides committed by offenders with schizophrenia", *Journal of Forensic Psychiatry & Psychology* 17, no. 2 (June 2006)に言及がある。

p188）デショーン・チャッペルによるステファニー・ムールトン殺害は、Deborah Sontag, "A schizophrenic, a slain worker, troubling questions", *New York Times*, 17 June 2011 および"How budget cuts affect the mentally ill", *New York Times*, 25 June 2011 に対する John Oldham の編集者への手紙を参照。

p190）ジャレッド・ロフナーの銃撃事件とその後についての引用は、以下の資料から。「クラスに精神的に不安定な学生がいて……」: Matthew Lysiak and Lukas I. Alpert, "Gabrielle Giffords shooting: Frightening, twisted shrine in Arizona killer Jared Lee Loughner's yard", *New York Daily News*, 10 January 2011。「彼が精神面で問題を抱えているのは明らかでしたから」と「どうしてこんなことになったのかわからない」: Leslie Eaton, Daniel Gilbert, and Ann Zimmerman, "Suspect's downward spiral", *Wall Street Journal*, 13 January 2011。ロフナーは「椅子のなかで前後に体を揺らし」、「妄想や奇妙な思考や幻覚を経験して……」: Mark Lacey, "After being removed from court, Loughner is ruled incompetent", *New York Times*, 25 May 2011。「ミスター・ロフナーには……権利があります」: Mark Lacey, "Lawyers for defendant in Giffords shooting seem to be searching for illness", *New York Times*, 16 August 2011。「……倫理にかなったことでしょうか？」: Mark Lacey, "After being removed from court, Loughner is ruled incompetent", *New York Times*, 25 May 2011。

p191）裁判所によるジャレッド・ロフナーへの薬物療法の再開許可は、"Judge allows forced medication for Arizona shooting suspect", *New York Times*, 28 August 2011 を参照。

p191）ロフナーの有罪答弁については、Fernanda Santos",Life term for gunman after guilty plea in Tucson killings", New York Times, 7 August 2012 を参照。

p191）アメリカでもっとも多くの統合失調症患者を収容している施設はロサンゼルス郡刑務所であるとの記述は、"Treatment not jail: A plan to rebuild community mental health", *Sacramento Bee*, 17 March 1999 より。精神衛生制度と刑事司法制度についての包括的かつ一般的な情報については、州政府協議会の報告書 *Criminal Justice / Mental Health Consensus Project* (2002)を参照。

p191）刑務所に収監されているか、執行猶予中の統合失調症患者の総数については、Paula Ditton, *Mental Health and Treatment of Inmates and Probationers* (1999)に依拠している。

p191）マサチューセッツ州の統計は、囚人の精神病に関するもっとも包括的な研究 Sasha Abramsky and Jamie Fellner, *Ill- Equipped: U.S. Prisons and Offenders with Mental Illness* (2003)に依拠している。

p192）「スーザン」の項は、2007 年のスーザン・ワインライヒとボビー・エバンズへのインタビューとその後のやりとりにもとづいている。

p198）声や妄想についての 4 つの引用は個人的なやりとりから。

p199）マイケル・フォスター・グリーンの発言「ある病気が説明のつかない理解不能なものの場合……」は、著書 *Schizophrenia Revealed* (2001)の冒頭から。

p199）カール・ヤスパースの「深淵な相違」の原典は、『精神病理学原論』（みすず書房）。Christopher Frith and Eve Johnstone, *Schizophrenia: A Very Short Introduction* (2003), p123 に引用されている。

p199）ジェイ・ニューグボーレンの引用「医者たちは、あたかもロバートが肉でできた容器にすぎず……」は、ロバートの統合失調症についての著書 *Imagining Robert: My Brother, Madness, and Survival* (2003), p136-139 の要約。

p200）アンディ・バーマンは、"Mental health recovery: A personal perspective", About.com, 29 December 2011 で自身の双極性障がいについて語っている。

11 May 2008を参照。

p182) ジュディ・チェンバレンの発言「みずから望んだものでなければ、それは治療とは言わない」は、David Davis, "Losing the mind", Los Angeles Times, 26 October 2003から引用。チェンバレンは『精神病者自らの手で：今までの保健・医療・福祉に代わる試み』(解放出版社）の著者。

p183)〈アッシュビル・ラディカル・メンタル・ヘルス・コレクティブ〉を組織した人物の発言「かつては病気のレッテルを貼られ……」は、Gabrielle Glaser, "'Mad pride' fights a stigma", *New York Times*, 11 May 2008より引用。

p183) デイビッド・W・オークスの発言「彼らは私の心の大聖堂に鉄球を当てて壊したんです」、サリー・ジンマンのオークスへの賛辞およびアメリカ精神医学会の反応については、David Davis, "Losing the mind", *Los Angeles Times*, 26 October 2003を参照。

p184) ピーター・ブレギンが薬物使用による統合失調症の症状の改善を「精神的能力を失った障がい状態である」と述べているのは、*Psychiatric Drugs: Hazards to the Brain* (1983), p2において。

p184) 精神病薬の「プロチョイス」の提唱者については、I. A. Robinson and Astrid Rodrigues, "'Mad Pride' activists say they're unique, not sick", ABC News, 2 August 2009で取り上げられている。

p184) ウィル・ホールの発言は著書 *Harm Reduction Guide to Coming Off Psychiatric Drugs* (2007), p3より。

p184) クレア・アランのこの発言「最初に症状が出たときにサインをする……」と、それに続く発言は、彼女の記事"Misplaced pride", *Guardian*, 27 September 2006より引用。「医者によれば、私は……」の発言はその記事に対するコメント欄より。

p186) アリソン・ジョストは、論文"Mad pride and the medical model", *Hastings Center Report* 39, no. 4 (July-August 2009)のなかで、マッド・プライドについて言及している。

p186) ピーターの話は、2008年のウォルター・フォレストへのインタビューにもとづく。ここに登場するすべての名前は仮名である。

p187)『カッコウの巣の上で』のキャスティングに苦労した逸話は、Otto F. Wahl, *Media Madness: Public Images of Mental Illness* (1995), page 38より。

p188) 部屋を借りたい人が精神病とわかると40%の大家が即座に断る、という調査結果は、Joseph M. Alisky and Kenneth A. Iczkowski, "Barriers to housing for deinstitutionalized psychiatric patients", *Hospital & Community Psychiatry* 41, no. 1 (January 1990)に依拠している。

p188) 統合失調症者の悲惨な雇用状況については、Eric Q. Wu et al., "The economic burden of schizophrenia in the United States in 2002", *Journal of Clinical Psychiatry* 66, no. 9 (September 2005)およびDavid S. Salkever et al., "Measures and predictors of community-based employment and earnings of persons with schizophrenia in a multisite study", *Psychiatric Services* 58, no. 3 (March 2007)を参照。

p188) 就労が効果的な治療法になるという主張については、Stephen Marder in Mark Moran, "Schizophrenia treatment should focus on recovery, not just symptoms", *Psychiatric News* 39, no. 22 (19 November 2004)を参照。Marder は Robert S. Kern et al., "Psychosocial treatments to promote functional recovery in schizophrenia", *Schizophrenia Bulletin* 35, no. 2 (March 2009)の共同執筆者。

p188) ジェイムズ・ベックの発言「長く統合失調症を患っている人といっしょに働くことに耐えられない人は多い」は、Rael Jean Isaac and Virginia C. Armat, *Madness in the Streets* (1990), p97より引用。

p188) 統合失調症者が殺人を犯す危険に関する統計は、Cameron Wallace et al., "Serious criminal offending and mental disorder: Case linkage study", *British Journal of Psychiatry* 172, no. 6 (June 1998)に依拠している。

p188) 精神病患者が暴力をふるう確率に言及した1998年の研究は、Henry J. Steadman et al., "Violence by people discharged from acute psychiatric inpatient facilities and by others in the same neighborhoods", *Archives of General Psychiatry* 55, no. 5 (May 1998)。

experience?", *International Journal of Psychiatry in Clinical Practice 5*, no. 2 (January 2001)も参照。

p173) ジェフリー・リーバーマンの発言「問題は家族が介護で燃えつきてしまうことです……」は、2009 年におこなったインタビューから。

p174) エズラ・ササーの発言「実際にできる以上のことを……」は、2008 年のインタビューから。

p174) 世界保健機関の調査結果については、Dan Chisholm et al., "Schizophrenia treatment in the developing world: An interregional and multinational cost-effectiveness analysis", *Bulletin of the World Health Organization* 86, no. 8 (July 2008)より引用。統合失調症患者の治療でより高い成果をあげているのは発展途上国であるという主張とは相容れない、1999 年のナイジェリアの調査結果もある。Oye Gureje and Rotimi Bamidele, "Thirteen-year social outcome among Nigerian outpatients with schizophrenia", Social Psychiatry & Psychiatric Epidemiology 34, no. 3 (March 1999)を参照。

p174) シリル・ドスーザの発言「アメリカで初めて訓練を受けたとき……」は、2007 年のインタビューから。

p174) セネガルの精神病患者の治療についての引用は、2000 年の現地での個人的な調査にもとづいている。

p175) エッソ・リートの発言「批判するなら……」は、Agnes B. Hatfield and Harriet P. Lefley 編 *Surviving Mental Illness: Stress, Coping, and Adaptation* (1993)の論文"Interpersonal environment: A consumer's personal recollection"より引用。

p175)「妄想には、ともに探求するという精神で接してください」という提案は、East Community のウェブサイトの「家族と友人の方々へ」においてなされた。

p175) ある父親の発言「愛情にあふれ、明るくておもしろい人間だった息子が……」は、Raquel E. Gur and Ann Braden Johnson, *If Your Adolescent Has Schizophrenia: An Essential Resource for Parents* (2006), p34 より引用。ある母親の発言「この子たちは死んでしまったのに、葬られないでいるだけなの」は、p93 より。

p175)「病気の子どもはちがう世界で暮らしていて……」は、Nona Dearth and Families of the Mentally Ill Collective, *Families Helping Families: Living with Schizophrenia* (1986), p3 より引用。

p175) マルコム・テイトの殺人事件については、E・フラー・トーリー Out of the Shadows: Confronting America's Mental Illness Crisis (1997), p79 を参照。弟を殺害した罪でサウス・カロライナ州によって起訴されたロッテル・テイトに対する有罪判決は、1992 年 4 月 13 日にサウス・カロライナ州最高裁判所で下された。

p176)「ジョニーとジョー」の項は、2008 年のローズマリー・バーリョへのインタビューにもとづいている。

p180) 病態失認は、ザビア・アマダーの『病気じゃないからほっといて』の主題になっている。

p181)「それはあなたの頭がおかしくなっている証拠ですね。自分でそれがわからないのだから」は、トマス・デッカーの 1604 年作の戯曲『貞淑な娼婦 第一部』(早稲田大学出版部) (1998, Nick Hern Books により復刻) の第 4 幕第 3 場より。

p181) エリン・サックスの発言「私たちが自己を選ぶようなことになってはいけない」は、著書 *Refusing Care: Forced Treatment and the Rights of the Mentally Ill* (2002), p12 より引用。

p181) IQ の統合失調症への影響については、Janet C. Munro et al., "IQ in childhood psychiatric attendees predicts outcome of later schizophrenia at 21 year follow-up", *Acta Psychiatrica Scandinavica* 106, no. 2 (August 2002)および Maurizio Pompili et al., "Suicide risk in schizophrenia: Learning from the past to change the future", *Annals of General Psychiatry* 6, no. 10 (2007)を参照。

p181) ジョン・クリスタルの発言「統合失調症患者のなかで、声を聞きながら……」は、2012 年におこなったインタビューから。

p182) リンダ・ビショップについては、Rachel Aviv, "God knows where I am: What should happen when patients reject their diagnosis?", *New Yorker*, 30 May 2011 で取り上げられている。

p182) マッド・プライドの運動については、Gabrielle Glaser, "'Mad pride' fights a stigma", *New York Times*, p165）ラリー・デイビッドソンとデイビッド・ステイナーの引用「はたから見れば無表情でうつろに見えるかもしれず……」は、彼らの論文“Loss, loneliness, and the desire for love: Perspectives on the social lives of people with schizophrenia”, *Psychiatric Rehabilitation Journal* 20, no. 3 (Winter 1997)より。

p165）ジャンヌ・フラジエールの発言は、2008年におこなったインタビューから。

p165）息子のセラピストが提案したモットーについての匿名の母親の発言は、2008年の私信から。

p166）「ジョージ」の項は、マーコロ家のジョージ、ジュゼッペ、ブリジットへの2008年のインタビューとその後のやりとりにもとづく。ここに登場する名前はすべて仮名である。

p170）症状の回復とリカバリー運動については Robert Paul Liberman et al., “Operational criteria and factors related to recovery from schizophrenia”, *International Review of Psychiatry* 14, no. 4 (November 2002)、Jeffrey A. Lieberman et al., “Science and recovery in schizophrenia”, *Psychiatric Services* 59 (May 2008) および Kate Mulligan, “Recovery movement gains influence in mental health programs”, *Psychiatric News* 38, no. 1 (January 2003)を参照。

p170）匿名の母親の発言「二年前なら、かわいそうにこの子は苦労しているのねと思ったでしょうね……」は、2009年におこなった個人的なインタビューより。

p170）ノラの話は、2008年のマーニー・キャラハンへのインタビューから。ここに登場する名前はすべて仮名である。

p172）ジェフリー・リーバーマンの発言「問題は……」は、2011年におこなったインタビューから。

p172）統合失調症者がホームレスになる割合は、E・フラー・トーリー, *Out of the Shadows: Confronting America's Mental Illness Crisis* (1997), page 3 より引用。

p172）出典は、アメリカ合衆国保険福祉省薬物濫用・精神衛生サービス局の *Results from the 2008 National Survey on Drug Use and Health: National Findings* (2008)。

p172）ジャンヌ・フラジエールの発言「精神的に消耗するのは……」は、2008年のインタビューから。

p173）統合失調症にかかる費用の見積もりは、Eric Q. Wu et al.”,The economic burden of schizophrenia in the United States in 2002”, *Journal of Clinical Psychiatry* 66, no. 9 (September 2005)に依拠している。

p173）統合失調症患者の高い自殺率については、Kahyee Hor and Mark Taylor, “Suicide and schizophrenia: A systematic review of rates and risk factors”, *Journal of Psychopharmacology* 24, no. 4 suppl. (November 2010)および Alec Roy and Maurizio Pompili, “Management of schizophrenia with suicide risk”, *Psychiatric Clinics of North America* 32, no. 4 (December 2009)において報告されている。Maurizio Pompili et al., “Suicide risk in schizophrenia: Learning from the past to change the future”, *Annals of General Psychiatry* 6 (March 16, 2007)も参照。

p173）便を食べる姿が目撃され、裁判所に申し立てがなされたあとも病院へ送られなかった囚人の逸話は、E・フラー・トーリー, *Out of the Shadows* (1997), p142 より引用。

p173）ケネス・ダックワースの発言「州立病院に入院するのは、ハーバード・メディカル・スクールに入学するよりもむずかしい」は、Deborah Sontag, “A schizophrenic, a slain worker, troubling questions”, *New York Times*, 17 June 2011 より引用。

p173）家族と同居している統合失調症者の割合は、Richard S. E. Keefe and Philip D. Harvey, *Understanding Schizophrenia: A Guide to New Research on Causes and Treatment* (1994) (p173 に 65%との記述あり)、Agnes B. Hatfield, *Family Education in Mental Illness* (1990) (page 15 に 65%との記述あり。p16-17 の家族調査によると、統合失調症患者の身内が家族と暮らすべきだと考えているのは回答者のたった 3%である）および Alex Gitterman 編 *Handbook of Social Work Practice with Vulnerable and Resilient Populations*, 2nd ed. (2001)の Ellen Lukens, “Schizophrenia”（p288 で 50〜70%と見積もっている）に依拠している。統合失調症患者の居住状況と親の満足度については、Benedicte Lowyck et al., “Can we identify the factors influencing the burden family-members of schizophrenic patients

Research 105, nos. 1-3 (October 2008)で報告している。実験結果に対する「かろうじて意味がある」というマグラシャンの評価は、Benedict Carey, "Mixed result in drug trial on pretreating schizophrenia", *New York Times*, 1 May 2006 より引用。

p156) 認知行動療法に効果があることを発見したイギリスとオーストラリアの研究には、Patrick D. McGorry et al., "Randomized controlled trial of interventions designed to reduce the risk of progression to first-episode psychosis in a clinical sample with subthreshold symptoms", *Archives of General Psychiatry* 59, no. 10 (October 2002)、Mike Startup, M. C. Jackson, and S. Bendix, "North Wales randomized controlled trial of cognitive behaviour therapy for acute schizophrenia spectrum disorders: Outcomes at 6 and 12 months", *Psychological Medicine* 34, no. 3 (April 2004)、Mike Startup et al., "North Wales randomized controlled trial of cognitive behaviour therapy for acute schizophrenia spectrum disorders: Two-year follow-up and economic evaluation", *Psychological Medicine* 35, no. 9 (2005)、P. Kingsep et al., "Cognitive behavioural group treatment for social anxiety in schizophrenia", *Schizophrenia Research* 63, nos. 1-2 (September 2003)および Andrew Gumley et al., "Early intervention for relapse in schizophrenia: Results of a 12-month randomized controlled trial of cognitive behavioural therapy", *Psychological Medicine* 33, no. 3 (April 2003)などがある。

p156) オメガ3脂肪酸によって精神病を予防するという説は、K. Akter et al., "A review of the possible role of the essential fatty acids and fish oils in the aetiology, prevention or pharmacotherapy of schizophrenia", *Journal of Clinical Pharmacy & Therapeutics* (19 April 2011)、Claire B. Irving et al., "Polyunsaturated fatty acid supplementation for schizophrenia: Intervention review", *Cochrane Library* 9 (20 January 2010)および Max Marshall and John Rathbone, "Early intervention in psychosis", *Cochrane Library* 15, no. 6 (June 2011)を参照。

p156) トマス・マグラシャンの発言は、2007 年におこなったインタビューから。

p157)「精神病リスク症候群」の概念は、トマス・マグラシャンによって生み出され、Keith A. Hawkins et al., "Neuropsychological course in the prodrome and first episode of psychosis: Findings from the PRIME North America double blind treatment study", *Schizophrenia Research* 105, nos. 1-3 (October 2008)のような PRIME 研究の構想に組み入れられた。マグラシャンらは、Scott W. Woods et al., "The case for including Attenuated Psychotic Symptoms Syndrome in DSM-5 as a psychosis risk syndrome", *Schizophrenia Research* 123, nos. 2-3 (November 2010)において、その症候群を診断名として認めるよう主張している。そうした提案はかなりの反論を呼んだ。たとえば Cheryl M. Corcoran, Michael B. First, and Barbara Cornblat, "The psychosis risk syndrome and its proposed inclusion in the DSM-V: A risk-benefit analysis", *Schizophrenia Research* 120 (July 2010)や、Allen Frances, "Psychosis risk syndrome: Far too risky", *Australian & New Zealand Journal of Psychiatry* 45, no. 10 (October 2011)などだ。この論争についての学術的な見解については、Barnaby Nelson and Alison R. Yung, "Should a risk syndrome for first episode psychosis be included in the DSM-5?", *Current Opinion in Psychiatry* 24, no. 2 (March 2011)を参照。ジャーナリスティックな見解については、Sally Satel, "Prescriptions for psychiatric trouble and the DSM-V", *Wall Street Journal*, 19 February 2010 を参照。診断名からはずすという DSM 作成委員会の最終決定については、Benedict Carey, "Psychiatry manual drafters back down on diagnoses", New York Times, 8 May 2012 で報告されている。

p157) ジョン・クリスタルの「DSM での分類は……流行の問題にすぎない。……」は、2012 年の私信から。

p157) 匿名の患者についてジェフリー・リーバーマンが語った逸話は、2007 年のインタビューから。

p158)「エレクタとジャッキー」の項は、2008 年のジョージ・クラーク、シャーロット・クラーク、エレクタ・ライシャー、ジャッキー・クラークへのインタビューとその後のやりとりにもとづいている。

p165) デボラ・レビーの発言は、2008 年におこなったインタビューにもとづく。

325, no. 7374 (23 November 2002)を参照。

p153) シリル・ドスーザの発言は、2007年におこなったインタビューから。この問題について言及した彼の最近の論文に、R. Andrew Sewell, Mohini Ranganathan, and Deepak Cyril D'Souza, "Cannabinoids and psychosis", *International Review of Psychosis* 21, no. 2 (April 2009)がある。

p153) 神経伝達物質の調節不全については、Paul J. Harrison and D. R. Weinberger, "Schizophrenia genes, gene expression, and neuropathology: On the matter of their convergence", *Molecular Psychiatry* 10, no. 1 (January 2005)を参照。

p154) アニッサ・アビ=ダーガムらによる研究と論文には、Anissa Abi-Dargham et al., "Increased baseline occupancy of D2 receptors by dopamine in schizophrenia", *Proceedings of the National Academy of Sciences* 97, no. 14 (July 2000)、Anissa Abi-Dargham and Holly Moore, "Prefrontal DA transmission at D1 receptors and the pathology of schizophrenia", *Neuroscientist* 9, no. 5 (October 2003)、Bernard Masri et al., "Antagonism of dopamine D2 receptor/beta-arrestin 2 interaction is a common property of clinically effective antipsychotics", *Proceedings of the National Academy of Sciences* 105, no. 36 (9 September 2008)、Nobumi Miyake et al., "Presynaptic dopamine in schizophrenia", *CNS Neuroscience & Therapeutics* 17, no. 2 (April 2011)および Robert W. Buchanan et al., "Recent advances in the development of novel pharmacological agents for the treatment of cognitive impairments in schizophrenia", *Schizophrenia Bulletin* 33, no. 5 (2007)などがある。

p154) エリン・サックスは、*The Center Cannot Hold: My Journey Through Madness* (2007)のなかで、トーク・セラピーによって救われたと述べている。統合失調症に対する認知行動療法（CBT）については、ザビア・アマダー著『病気じゃないからほっといて：そんな人に治療を受け入れてもらうための新技法 LEAP』(星和書店)、Jennifer Gottlieb and Corinne Cather, "Cognitive behavioral therapy (CBT) for schizophrenia: An in-depth interview with experts", Schizophrenia.com (3 February 2007)、Debbie M. Warman and Aaron T. Beck, "Cognitive behavioral therapy", National Alliance on Mental Illness (2003)、Susan R. McGurk et al., "A metaanalysis of cognitive remediation in schizophrenia", *American Journal of Psychiatry* 164, no. 12 (2007)および Sara Tai and Douglas Turkington, "The evolution of cognitive behavior therapy for schizophrenia: Current practice and recent developments", *Schizophrenia Bulletin* 35, no. 5 (2009)を参照。

p155) ジェフリー・リーバーマンの発言「人類の歴史において、いまほど精神病にかかっても心配のない時代はない……」は、2008年におこなったインタビューから。

p155) 国際早期精神病協会のウェブサイトは、http://www.iepa.org.au。

p155) トマス・マグラシャンが早期の治療の効果について言及している論文は、Scott Woods と共同執筆の "Early antecedents and detection of schizophrenia: Understanding the clinical implications", *Psychiatric Times* 28, no. 3 (March 2011)。

p155) ジャック・バーチャスの指摘は、2010年の私信から。

p155) 統合失調症における初期症状は、Nancy C. Andreasen, "Schizophrenia: The characteristic symptoms", *Schizophrenia Bulletin* 17, no. 1 (1991)および Tandy J. Miller et al., "The PRIME North America randomized double-blind clinical trial of olanzapine versus placebo in patients at risk of being prodromally symptomatic for psychosis II: Baseline characteristics of the 'prodromal' sample", *Schizophrenia Research* 61, no. 1 (March 2003)を参照。

p156) トマス・マグラシャンらは研究結果を"Randomized, double-blind trial of olanzapine versus placebo in patients prodromally symptomatic for psychosis", *American Journal of Psychiatry* 163, no. 5 (May 2006)や、Keith A. Hawkins et al., "Neuropsychological course in the prodrome and first episode of psychosis: Findings from the PRIME North America double blind treatment study", *Schizophrenia* no. 3 (May 2011)および Francine M. Benes, "Amygdalocortical circuitry in schizophrenia: From circuits to molecules", *Neuropsychopharmacology* 35, no. 1 (January 2010)を参照。自閉症におけるシナプス接続は、Carlos A. Pardo and Charles G. Eberhart, "The neurobiology of autism", *Brain Pathology* 17, no. 4 (October 2007)を参照。

p152) 母体からの感染が統合失調症を引き起こすとの説については、Douglas Fox, "The insanity virus", Discover, June 2010 および Alan S. Brown and Ezra S. Susser, "In utero infection and adult schizophrenia", *Mental Retardation & Developmental Disabilities Research Reviews* 8, no. 1 (February 2002)を参照。

p153) 妊娠中に身内の死や重病に直面した女性の子どもに統合失調症患者が多くなると言及した研究には、Ali S. Khashan et al., "Higher risk of offspring schizophrenia following antenatal maternal exposure to severe adverse life events", *Archives of General Psychiatry* 65, no. 2 (2008)や、Matti O. Huttunen and Pekka Niskanen, "Prenatal loss of father and psychiatric disorders", *Archives of General Psychiatry* 35, no. 4 (1978)などがある。戦争が精神衛生におよぼす予期せぬ影響については、Jim van Os and Jean-Paul Selten, "Prenatal exposure to maternal stress and subsequent schizophrenia: The May 1940 invasion of the Netherlands", *British Journal of Psychiatry* 172, no. 4 (April 1998)および Dolores Malaspina et al., "Acute maternal stress in pregnancy and schizophrenia in offspring: A cohort prospective study", *BMC Psychiatry* 8 (2008)を参照。飢饉後の統合失調症の発症については、Hans W. Hoek, Alan S. Brown, and Ezra S. Susser, "The Dutch famine and schizophrenia spectrum disorders", *Social Psychiatry & Psychiatric Epidemiology* 33, no. 8 (July 1998)および David St. Clair et al., "Rates of adult schizophrenia following prenatal exposure to the Chinese famine of 1959-1961", *Journal of the American Medical Association* 294, no. 5 (2005)を参照。

p153) 胎内のストレスホルモンとドーパミンの活性化が統合失調症におよぼす影響については、Alan S. Brown, "The environment and susceptibility to schizophrenia", *Progress in Neurobiology* 93, no. 1 (January 2011)および Dennis K. Kinney et al., "Prenatal stress and risk for autism", *Neuroscience & Biobehavioral Reviews* 32, no. 8 (October 2008)を参照。

p153) 頭部外傷によって統合失調症発症の危険が増すとしている最近の研究は、Charlene Molloy et al., "Is traumatic brain injury a risk factor for schizophrenia?: A meta-analysis of case-controlled population-based studies", *Schizophrenia Bulletin* (August 2011)を参照。

p153) 移民に統合失調症発症の危険が高いとする研究の分析には、Elizabeth Cantor-Graae and Jean-Paul Selten, "Schizophreniaand migration: A meta-analysis and review", *American Journal of Psychiatry* 162,no. 1 (January 2005)および Jean-Paul Selten, Elizabeth Cantor-Graae, and ReneS. Kahn, "Migration and schizophrenia", *Current Opinion in Psychiatry* 20, no. 2 (March 2007)などがある。

p153) 統合失調症の症状の深刻化にコカイン、メタンフェタミン、マリファナの濫用が関係しているとする研究として、たとえば、Killian A. Welch et al., "The impact of substance use on brain structure in people at high risk of developing schizophrenia", *Schizophrenia Bulletin* 37, no. 5 (September 2011)や、P.A. Ringen et al., "The level of illicit drug use isrelated to symptoms and premorbid functioning in severe mental illness", *Acta Psychiatrica Scandinavica* 118, no. 4 (October 2008)を参照。

p153) 戦後日本におけるメタンフェタミンの使用と精神病については、Marissa J. Miller and Nicholas J. Kozel 編 *Methamphetamine Abuse: Epidemiologic Issues and Implications* (1991)の Hiroshi Suwaki, Susumi Fukui and Kyohei Konuma, "Methamphetamine abuse in Japan"および Mitsumoto Sato, Yohtaro Numachi and Takashi Hamamura, "Relapse of paranoid psychotic state in methamphetamine model of schizophrenia", *Schizophrenia Bulletin* 18, no. 1 (1992)を参照。

p153) スウェーデンの大麻と統合失調症の研究は、Stanley Zammit et al., "Self reported cannabis use as a risk factor for schizophrenia in Swedish conscripts of 1969: Historical cohort study", *British Medical Journal*

Controlled Offensive Behavior: USSR, Defense Intelligence Agency Report ST-CS-01-169-72 (1972)に引用されたもの。ソビエト連邦における精神病薬の使用については、Carl Gershman, "Psychiatric abuse in the Soviet Union", *Society* 21, no. 5 (July 1984)を参照。

p143) ジャネット・ゴトキンの「自分自身や……切り離されたようになり……」という発言は、司法委員会の報告書 *Drugs in Institutions* (1977), p17 より引用。

p143)「顎の筋肉がおかしくなって」から始まる引用は、Jack Henry Abbott, *In the Belly of the Beast* (1981), p35-36 より。

p143)「マルコム」の項は、ピース家のペニー、ピーター、ダグ、ポリーへの2008年のインタビューとその後のやりとりから。

p148) マクリーンによる統合失調症患者の遺伝子研究は https://www.mcleanhospital.org/news/mclean-hospital-researchers-find-inherited-pathway-risk-schizophrenia を参照。

p148) クロザピンの中毒症状については、Carl R. Young, Malcolm B. Bowers Jr., and Carolyn M. Mazure, "Management of the adverse effects of clozapine", *Schizophrenia Bulletin* 24, no. 3 (1998)を参照。

p149) 精神病についてのフーコーの著作は、『狂気の歴史——古典主義時代における』(新潮社)。

p149) 例としてアービング・ゴッフマン "The insanity of place", *Psychiatry: Journal of Interpersonal Relations* 32, no. 4 (November 1969) を参照。

p149) R・D・レインの発言は、著書『経験の政治学』(みすず書房) より引用。

p149)「反精神医学」についての重要な論文には、上記のアービング・ゴッフマンとR・D・レインの論文も含まれる。トマス・サズの著書『精神医学の神話』(岩崎学術出版社) と *Insanity: The Idea and Its Consequences* (1987)も同様である。

p149) 施設保護されていた患者の減少数は、『統合失調症がよくわかる本』(日本評論社) より引用。

p149) E・フラー・トーリーの「異常でいる自由とは、まやかしの自由である」という発言は著書 *Nowhere to Go: The Tragic Odyssey of the Homeless Mentally Ill* (1988)より。

p150) ベレル・シーザー判事の発言は、Rael Jean Isaac and Virginia C. Armat, *Madness in the Streets: How Psychiatry and the Law Abandoned the Mentally Ill* (1990), page 160 より。

p150) アン・ブレイデン・ジョンソンの発言「精神病が作り事だという嘘」と「プログラムを作った官僚の多くは……」は、それぞれ *Out of Bedlam: The Truth About Deinstitutionalization* (1990)の p4 と p xiv より引用。

p150) ナンシー・C・アンドレアセンが病院における機能をコミュニティにたとえたのは、*The Family Face of Schizophrenia* (1994), p32 において。

p151) 怒りにかられた父親の「野良犬のように生きるのは息子たちの選択であり……」との発言は、Rael Jean Isaac and Virginia C. Armat, *Madness in the Streets* (1990), p11 より引用。

p151) ウィリアムの話は、2008 年のマデリン・グラモントへのインタビューにもとづく。ここに登場するすべての名前は仮名である。

p152) 統合失調症患者における側脳室の拡張は、Danilo Arnone et al., "Magnetic resonance imaging studies in bipolar disorder and schizophrenia",*British Journal of Psychiatry* 195, no. 3 (September 2009)参照。

p152) 樹状突起スパインの機能は、Anissa Abi-Dargham and Holly Moore, "Prefrontal DA transmission at D1 receptors and the pathology of schizophrenia", *Neuroscientist* 9, no.5 (2003)にくわしい。

p152) 統合失調症における側頭葉の機能は、Christos Pantelis et al., "Structural brain imaging evidence for multiple pathological processes at different stages of brain development in schizophrenia", Schizo*phrenia Bulletin* 31, no. 3 (July 2005)を参照。

p152) 統合失調症でのシナプス接続と前頭葉の機能は、Gabor Faludi and Karoly Mirnics, "Synaptic changes in the brain of subjects with schizophrenia", *International Journal of Developmental Neuroscience* 29, p139) フリーダ・フロム＝ライヒマンが「分裂病をつくる母」という概念を発表したのは、論文“Notes on the development of treatment of schizophrenics by psychoanalytic psychotherapy”, *Psychiatry* 11, no. 3 (August 1948)において。その概念は科学的文献で広く使われるようになった。たとえば、Loren R. Mosher, “Schizophrenogenic communication and family therapy”, *Family Processes* 8 (1969)など。

p139) 統合失調症患者を「両親のあいだの感情の行きちがいをうまく仲裁できなかった人間」になぞらえた引用は、Murray Bowen et al., “The role of the father in families with a schizophrenic patient”, *American Journal of Psychiatry* 115, no. 11 (May 1959)より。

p139) 出典は、グレゴリー・ベイトソン他編“Toward a theory of schizophrenia”, *Behavioral Science* 1, no. 4 (1956)。

p139) システムにもとづいた家族療法についての文献のなかで、両親に非があるとするものには、Ruth Wilmanns Lidz and Theodore Lidz, “The family environment of schizophrenic patients”, *American Journal of Psychiatry* 106 (November 1949)、Murray Bowen, Robert H. Dysinger, and Betty Basamania, “The role of the father in families with a schizophrenic patient”, *American Journal of Psychiatry* 115, no. 11 (May 1959)および Gregory Bateson et al., “Toward a theory of schizophrenia”, *Behavioral Science* 1, no.4 (1956)などがある。親に非があるとする理論を掘り下げた論評として、John G. Howells and Waguih R. Guirguis, *The Family and Schizophrenia* (1985)を参照。

p139) トマス・インセルの引用「非難と恥」は、2010 年の私信から。

p140) 回答者の 57%が両親の行動によって統合失調症が引き起こされると信じているという NAMI の調査結果については、Peter Wyden, *Conquering Schizophrenia* (1998), page 41 を参照。

p140) パトリシア・バックラーによる「ときどき胸に“S”の緋文字をつけているような……」という発言は、著書 *The Family Face of Schizophrenia* (1994), p15-16 より引用。

p140)「ある世代の精神衛生学の専門家」で始まる引用は、Maryellen Walsh, *Schizophrenia: Straight Talk for Family and Friends* (1985), p160-61 から。

p140) E・フラー・トーリーの引用「……子どもを育てたことのある親なら……」は、著書『統合失調症がよくわかる本』(日本評論社) より。

p140) 通俗心理学のベストセラー『ザ・シークレット』(角川書店) において、ロンダ・バーンは、「人間は意識的に思考し、それによって自分の人生のすべてを創造する力を持っている」と明確に述べている。

p140)「心の健全さの宗教」は、W・ジェイムズ著『宗教的経験の諸相 上・下』(岩波文庫) の章のタイトルにもなっている。「勇気や希望や信頼の絶対的な効能を褒めたたえ、それと反比例して、疑念や不安や心配をさげすむ原理である」は p95 より引用。

p141) このくだりは、2008 年のポールとフリーダのスミザー夫妻へのインタビューにもとづいている。ここに登場するすべての名前は仮名である。

p142) 統合失調症治療の歴史における素人治療に関しては、Robert Whitaker, *Mad in America: Bad Science, Bad Medicine, and the Enduring Mistreatment of the Mentally Ill* (2003)を参照。Henry Cotton の“病巣感染”理論 (抜歯も治療と考える理論) については、Richard Noll”,The blood of the insane”, *History of Psychiatry* 17, no. 4 (December 2006)を参照。ロボトミー手術の歴史については、Joel T. Braslow, “History and evidence-based medicine: Lessons from the history of somatic treatments from the 1900s to the 1950s”, *Mental Health Services Research* 1, no. 4 (December 1999)を参照。

p142) ソラジンはクロルプロマジンの商標名。詳細については、Thomas A. Ban, “Fifty years chlorpromazine: A historical perspective”, *Neuropsychiatric Disease & Treatment* 3, no. 4 (August 2007)を参照。

p142) ヘレン・メイバーグの発言「家が焼け落ちるのに似ています……」は、2011 年の私信から。

p143) ロシア人の政治犯の発言「個性を失い、心がうつろになり……」は、地下出版物 *Chronicle of Current Events* 18 (5 March 1971)に掲載されたものがロシア語から英語に翻訳され、John D. LaMothe, p137）統合失調症におけるドーパミンの機能についての研究には、Abi-Dargham et al., "Increased baseline occupancy of D2 receptors by dopamine in schizophrenia", *Proceedings of the National Academy of Sciences* 97, no. 14 (July 2000)や、Philip Seeman et al., "Dopamine supersensitivity correlates with D2High states, implying many paths to psychosis", *Proceedings of the National Academy of Sciences* 102, no. 9 (March 2005)などがある。

p137）統合失調症での海馬の機能については、Stephan Heckers, "Neuroimaging studies of the hippocampus in schizophrenia", *Hippocampus* 11, no. 5 (2001)や、J. Hall et al., "Hippocampal function in schizophrenia and bipolar disorder", *Psychological Medicine* 40, no. 5 (May 2010)にくわしい。

p137）統合失調症におけるエピジェネティクスについては、Karl-Erik Wahlberg et al., "Gene-environment interaction in vulnerability to schizophrenia", *American Journal of Psychiatry* 154, no. 3 (March 1997)およびPaul J. Harrison and D. R. Weinberger, "Schizophrenia genes, gene expression, and neuropathology: On the matter of their convergence", *Molecular Psychiatry* 10, no. 1 (January 2005)を参照。

p137）寄生生物と統合失調症の問題（統合失調症はトキソプラズマによって悪化するというJaroslav Flegrの仮説）については、Kathleen McAuliffe, "How your cat is making you crazy", *Atlantic*, March 2012を参照。

p137）統合失調症におけるコピー数多型については、Daniel F. Levinson et al., "Copy number variants in schizophrenia: Confirmation of five previous findings and new evidence for 3q29 microdeletions and VIPR2 duplications", *American Journal of Psychiatry* 168, no. 3 (March 2011)、Jan O. Korbel et al., "The current excitement about copy-number variation: How it relates to gene duplication and protein families", *Current Opinion in Structural Biology* 18, no. 3 (June 2008)およびG. Kirov et al., "Support for the involvement of large copy number variants in the pathogenesis of schizophrenia", *Human Molecular Genetics* 18, no. 8 (April 2009)を参照。父親の年齢が統合失調症の発症に関係するという説については、E・フラー・トーリー, "Paternal age as a risk factor for schizophrenia: How important is it?", Schizophrenia Research 114, nos. 1-3 (October 2009)およびAlan S. Brown, "The environment and susceptibility to schizophrenia", *Progress in Neurobiology* 93, no. 1 (January 2011)を参照。

p137）突発性の遺伝子異常と統合失調症については、Anna C. Need et al., "A genome-wide investigation of SNPs and CNVs in schizophrenia", *PLoS Genetics* 5, no. 2 (February 2009)およびHreinn Stefansson et al., "Large recurrent microdeletions associated with schizophrenia", Nature 455, no. 7210 (11 September 2008)を参照。

p138）ジョン・クリスタルの発言は、2012年におこなったインタビューから。

p138）遺伝子を移植したネズミが統合失調症に似た症状を見せるようになると初めて言及したのは、Takatoshi Hikida et al., "Dominant-negative DISC1 transgenic mice display schizophrenia-associated phenotypes detected by measures translatable to humans", *Proceedings of the National Academy of Sciences of the United States of America* 104, no. 36 (September 4, 2007)およびKoko Ishizuka et al., "Evidence that many of the DISC1 isoforms in C57BL/6J mice are alsoexpressed in 129S6/SvEv mice", *Molecular Psychiatry* 12, no. 10 (October 2007)。遺伝子を移植したネズミの研究に関する最近の見解として、Alexander Arguello and Joseph A. Gogos, "Cognition in mouse models of schizophrenia susceptibility genes", *Schizophrenia Bulletin* 36, no. 2 (March 2010)を参照。

p138）エリック・カンデルの引用は私信から。カンデルらの研究については、Christoph Kellendonk, Eleanor H. Simpson, and Eric R. Kandel, "Modeling cognitive endophenotypes of schizophrenia in mice", *Trends in Neurosciences* 32, no. 6 (June 2009)を参照。

p139）マリエレン・ウォルシュの「統合失調症の歴史は非難の歴史である」という発言は、著書Schizophrenia: Straight *Talk for Family and Friends* (1985), p154より引用。

course", *Annual Review of Psychology* 55 (February 2004)を参照。さらに、Jeffrey A. Lieberman et al., "Science and recovery in schizophrenia", *Psychiatric Services* 59 (May 2008)の figure 1 も参照。

p133) 統合失調症発症に対するホルモンの影響については、Laura W. Harris et al., "Gene expression in the prefrontal cortex during adolescence: Implications for the onset of schizophrenia", *BMC Medical Genomics* 2 (May 2009)および Elaine Walker et al., "Stress and the hypothalamic pituitary adrenal axis in the developmental course of schizophrenia", *Annual Review of Clinical Psychology* 4 (January 2008)を参照。

p133) シナプス切除に関する仮説を最初に提起したのは、I. Feinberg, "Schizophrenia: Caused by a fault in programmed synaptic elimination during adolescence?", *Journal of Psychiatric Research* 17, no. 4 (1983)。この問題についての最近の見解は、Gabor Faludi and Karoly Mirnics, "Synaptic changes in the brain of subjects with schizophrenia", *International Journal of Developmental Neuroscience* 29, no. 3 (May 2011)。

p134) 統合失調症患者の灰白質について、くわしくは、G. Karoutzou et al., "The myelin-pathogenesis puzzle in schizophrenia: A literature review", *Molecular Psychiatry* 13, no. 3 (March 2008)および Yaron Hakak et al., "Genomewide expression analysis reveals dysregulation of myelination-related genes in chronic schizophrenia", *Proceedings of the National Academy of Sciences* 98, no. 8 (April 2001)を参照。

p134) 長・短期の抗精神病薬投薬の効果についての統計は、Jeffrey A. Lieberman and T. Scott Stroup, "The NIMH-CATIE schizophreniastudy: What did we learn?", *American Journal of Psychiatry* 168, no. 8 (August 2011)に依拠している。

p134)「ジャニス」の項は、2008 年のコニーとスティーブのリーバー夫妻へのインタビューとその後のやりとりにもとづいている。

p134) Brain & Behavior Research Foundation (元 NARSAD)のウェブサイトは、http://bbrfoundation.org。

p135) 補助金の数字は、Brain & Behavior Research Foundation（旧 NARSAD）, "Our history" (2011)より。2012 年現在の統計では、NARSAD の補助金は総額$275,947,302.20、補助対象者数 3117 人、補助金支払い対象総数 4061、対象研究機関総数 426、対象国総数 (アメリカを除く)30 となっている。

p135) ハーバート・パルデズの発言は、2010 年の NARSAD の授賞式において。

p136) ブロイラーが「精神分裂症 (統合失調症の旧称)」ということばを生み出したということについては、Paolo Fusar-Poli and Pierluigi Politi, "Paul Eugen Bleuler and the birth of schizophrenia (1908)", *American Journal of Psychiatry,* 165, no. 11 (2008)に言及がある。

p136) フレデリック・プラムの「精神分裂病は神経病理学者の墓場である」との発言は、論文"Prospects for research on schizophrenia. 3. Neurophysiology: Neuropathological findings", *Neurosciences Research Program Bulletin* 10, no. 4 (November 1972)より。

p136) 統合失調症の遺伝子についての詳細は、ナンシー・C・アンドリアセン『脳から心の地図を読む：精神の病を克服するために』(新曜社) および Yunjung Kim et al., "Schizophrenia genetics: Where next?", Schizophrenia Bulletin 37, no. 3 (May 2011)を参照。

p136) 近親者の統合失調症発症の危険に関するもっとも包括的な研究は、Roscommon (Ireland) Family Study。Kenneth S. Kendler et al., "The Roscommon Family Study. I. Methods, diagnosis of probands, and risk of schizophrenia in relatives", *Archives of General Psychiatry* 50, no. 7 (July 1993)、また Kendler らによって 1993〜2001 年に数多く発表された論文も参照。双子における統合失調症の発症のちがいにさまざまな環境的要因が影響を与えているとする双子研究の総論としては、Patrick F. Sullivan, Kenneth S. Kendler, and Michael C. Neale, "Schizophrenia as a complex trait: Evidence from a meta-analysis of twin studies", *Archives of General Psychiatry* 60, no. 12 (December 2003)を参照。

p136) デボラ・レビーの発言は、2008 年におこなったインタビューとその後のやりとりから。

accused of murder", *Dispatch-Argus*, 6 June 2007 および"Mom convicted in autistic girl's death", *USA Today*, 17 January 2008 より。

p116) カレン・マッキャロンの友人のことばは、Phil Luciano, "Helping everyone but herself", *Peoria Journal Star*, 18 May 2006 より。

p116) ケイティの祖父マイク・マッキャロンのことばは、Kristina Chew, "I don't have a title for this post about Katherine McCarron's mother", *Autism Vox*, 8 June 2006 およびジャーナリストの Phil Luciano, "This was not about autism", *Peoria Journal-Star*, 24 May 2006 より。

p116) スティーブン・ドレイクとデイブ・レイノルズのことばは、〈ノット・デッド・イェット〉の 2006 年 6 月22日のプレス・リリース"Disability advocates call for restraint and responsibility in murder coverage."より。

p117) ハイディ・シェルトンのことばは、Larry Welborn, "Mom who drugged son gets deal", *Orange County Register*, 4 May 2003 より。

p117) ジョン・ビクター・クローニンの妻のことばは、Nick Henderson, "Attack on wife: Mental health system blamed", *Advertiser*, 13 October 2006 より。

p118) デブラ・L・ウィットソンのことばは、"Woman charged with trying to kill son", Milwaukee Journal Sentinel, 14 May 1998 より。

p118) 利他的行為を理由とする実子殺害の割合は、Phillip J. Resnick, "Child murder by parents: A psychiatric review of filicide", *American Journal of Psychiatry* 126, no. 3 (September 1969)から引用した。

p118) 利他的行為を理由とする実子殺害に関する議論については、Dick Sobsey, "Altruistic filicide: Bioethics or criminology?", *Health Ethics Today* 12, no. 1 (Fall/November 2001)を参照。

p118) 実子殺害において考えられる動機については、John E. Douglas et al., Crime Classification Manual: A Standard System for Investigating and Classifying Violent Crimes (1992), p111 より。

6 章　統合失調症

p121) 統合失調症における自殺の危険性の統計は、Maurizio Pompili et al., "Suicide risk in schizophrenia: Learning from the past to change the future", *Annals of General Psychiatry* 6 (16 March 2007)を参照。

p121) 統合失調症の男の妹のことばは、Carole Stone, "First person: Carole Stone on life with her schizophrenic brother", *Guardian*, 12 November 2005 より引用。

p122) 「ハリー」の項は、2007 年のキティ・ワトソンとパメラ・ワトソンへのインタビューとその後のやりとりにもとづいている。ここに登場する名前はすべて仮名である。

p131) 統合失調症についての有益な一般入門書には、Christopher Frith and Eve Johnstone, *Schizophrenia: A Very Short Introduction* (2003)、Michael Foster Green, *Schizophrenia Revealed: From Neurons to Social Interactions* (2001)、Rachel Miller and Susan E. Mason, *Diagnosis: Schizophrenia* (2002)、E・フラー・トーリー『統合失調症がよくわかる本』（日本評論社）および NIH の小冊子 *Schizophrenia* (2007)などがある。

p131) 自身の陽性症状について語る統合失調症の女性の発言「怖ろしい幻覚に襲われて……」は、M・セシュエー著『分裂病少女の手記』より引用。

p131) 統合失調症の陰性症状について語る患者の発言「つねに……失っている感じです……」は、Christopher Frith and Eve Johnston, *Schizophrenia: A Very Short Introduction* (2003), p2 より引用。

p132) エリック・カンデルの発言は、2009 年の私信から。

p132) エミリー・ディキンソンの詩は、*The Complete Poems of Emily Dickinson* (1960)の no. 937, "I Felt a Cleaving in My Mind"の引用。

p132) 統合失調症患者の症状の進み方についての詳細は、Elaine Walker et al., "Schizophrenia: Etiology and p110) ジェイ・デイビス奨学金は、Justin Quinn, "Local parents get scholarships to attend conference on autism", *Lancaster Intelligencer-Journal*, 30 July 2004 および"For mother and son, life lessons as death nears: Woman ravaged by cervical cancer prepares autistic son for her passing", *Lancaster Intelligencer-Journal*, 20 August 2003 で説明されている。ジェイ・デイビス研修プログラムについては、Maria Coole, "Report recommendations could put Pa. at forefront in autism services", *Lancaster Intelligencer-Journal*, 23 April 2005 でも触れられている。2004 年 9 月、〈自閉症研究機構〉はジェイ・デイビス記念アワードの設立を発表した。それについては、"OAR Seeks Nominations for Community Service Award in Honor of the Late Jae Davis", https://researchautism.org/wp-content/uploads/2016/05/OARSeeksNominationsforAward.pdf を参照。

p111) オリバー・サックス『火星の人類学者』参照。

p113)「わが子を殺める親たち」の項で言及されている、親による自閉症の子どもや大人の殺人および殺人未遂の報道は、チャールズ＝アントアーヌ・ブレー: Peter Bronson, "For deep-end families, lack of hope can kill", *Cincinnati Enquirer*, 9 October 2005。ケイシー・オルベリー: Kevin Norquay, "Autism: Coping with the impossible", *Waikato* Times, 17 July 1998、Paul Chapman, "Mom who strangled autistic child tried to get her to jump off bridge", *Vancouver* Sun, 11 July 1998 および"Murder accused at 'end of her tether,'" *Evening Post*, 14 July 1998。ピエール・パスキオ: "Suspended jail term for French mother who killed autistic son", *BBC Monitoring International Reports*, 2 March 2001。ジェイムズ・ジョゼフ・カミングズ: "Man gets five years in prison for killing autistic son", *Associated Press*, 1999。ダニエル・ロイブナー: "Syracuse: Woman who killed autistic son is freed", *New York Times*, 12 May 2005。ガブリエル・ブリット: "Man pleads guilty to lesser charge", *Aiken Standard*, 7 August 2003。ジョニー・チャーチ: Barbara Brown, "Mother begins trial for death of her son", *Hamilton Spectator*, 5 May 2003 および Susan Clairmont, "'Sending you to heaven' said mom", *Hamilton Spectator*, 6 May 2003。アンジェリカ・アウリエマ: Nancie L. Katz, "Guilty in autistic's drowning", *New York Daily News*, 19 February 2005。判決についての情報は New York State Department of Corrections and Community Supervision より。テランス・コットレル: Chris Ayres, "Death of a sacrificial lamb", *Times*, 29 August 2003。ジェイソン・ドーズ: Lisa Miller, "He can't forgive her for killing their son but says spare my wife from a jail cell", *Daily Telegraph*, 26 May 2004 および Patrick Markcrow and Sarah Naylor: Peter Bronson, "For deep-end families, lack of hope can kill", *Cincinnati Enquirer*, 9 October 2005。クリストファー・デグロート: Cammie McGovern, "Autism's parent trap", *New York Times*, 5 June 2006。ホセ・ステイブル: Al Baker and Leslie Kaufman, "Autistic boy is slashed to death and his father is charged", *New York Times*, 23 November 2006。ブランドン・ウィリアムズ: Cheryl Korman, "Judge: Autistic's mom to serve 10 years for 'torture of her vulnerable child,'" *Tucson Citizen*, 19 September 2008。ジェイコブ・グラーベ: Paul Shockley, "Grabe gets life in son's murder", *Daily Sentinel*, 31 March 2010。ズビア・レブの息子: Michael Rotem, "Mother found guilty of killing her autistic son", *Jerusalem Post*, 22 February 1991。

p115) モントリオール自閉症協会会長のことばは、Debra J. Saunders, "Children who deserve to die", San Francisco Chronicle, 23 September 1997 より。

p115) ローラ・スラトキンの「暗くおぞましい考えを心に秘めているのは〜」は、Diane Guernsey, "Autism's angels", *Town & Country*, 1 August 2006 より。

p115) キャミー・マクガバンのことばは、自身の記事"Autism's parent trap", *New York Times*, 5 June 2006 より。

p116) ジョエル・スミスのことばは、ブログ *This Way of Life* に掲載された記事"Murder of autistics"より。

p116) カレン・マッキャロンのことばは、Associated Press による報道"'Autism left me hollow,' says mother p93)「神経多様性」という語が最初に使われたのは、Harvey Blume, "Neurodiversity", *Atlantic*, 30 September 1998。ジュディ・シンガーが神経多様性という用語を最初に使ったのは、M. Corker and S. French 編 *Disability Discourse* (1999)のなかの論文"Why can't you be normal for once in your life: From a 'problem with no name' to a new kind of disability"において。

p93) カミーユ・クラークのことばは、個人的なメールのやりとりにもとづく。

p94) ジム・シンクレアのことば「私たちの人とのかかわり方は、世間一般とは"ちがう"」は、論文"Don't mourn for us", *Our Voice* 1, no. 3 (1993)より。

p95) ガレス・ネルソンのことばは、Emine Saner, "It is not a disease, it is a way of life", *Guardian*, 6 August 2007 より。

p96)『自閉症：ありのままに生きる』(星和書店) の著者リチャード・グリンカーのことばは、2008 年におこなったインタビューに依拠している。

p97) キット・ワイントラウブのことば「私の子どもたちに発達の異常があるという事実は～」は、2007 年に the Association for Science in Autism Treatment のウェブサイトに掲載された論文 "A mother's perspective"より。https://asatonline.org/for-parents/parents-share-their-stories/a-mothers-perspective/。

p97) ジョナサン・ミッチェルのことば「神経多様性擁護者は、無防備な聴衆に向けて情報を発信しているが～」は、2007 年の論文"Neurodiversity: Just say no", http://www.jonathans-stories.com/non-fiction/neurodiv.html より。

p99) 対立意見をもつ団体に対する情報掲示板での誹謗中傷の投稿は、ヤフー上の「Evidence of Harm を討議するグループ」より。このことはキャスリーン・サイデルの 2005 年 5 月の書簡"Evidence of venom: An open letter to David Kirby"にも引用されている。書簡の発表は、http://www.neurodiversity.com/evidence_of_venom.html にて。

p99) サラ・スペンスのことばは、2011 年の個人的なやりとりにもとづく。

p99) サイモン・バロン=コーエンのことば「自閉症は障がいでもあり、個性でもある」は、Emine Saner, "It is not a disease, it is a way of life", *Guardian*, 6 August 2007 より。

p101)〈オーティスティック・ドット・オルグ〉のウェブサイトのくだりは、Amy Harmon, "How about not 'curing' us, some autistics are pleading", *New York Times*, 20 December 2004 より。

p101) MOV video による *In My Language* は、アマンダ・バグズが 2007 年 1 月 14 日に自主制作したものである。http://www.youtube.com/watch?v=JnylM1hI2jc。

p102) ジェイン・マイヤーディングのことば「自閉症スペクトラム障がいの人々がみな「カムアウトして～」は、1998 年の論文"Thoughts on finding myself differently brained"より。http://www.planetautism.com/jane/diff.html。

p102) リチャード・グリンカーのことば「娘のことで同情してくる人たちの気持ちがよくわからない～」は、著書『自閉症：ありのままに生きる』より。

p102) ケイト・モビアスのことば「エイダンにとっての"発見！"の瞬間～」は、自身の記事"Autism: Opening the window", *Los Angeles*, September 2010 より。

p103) 歴史上または文学上有名な多くの人物が自閉症だったかもしれないという推測については、マイケル・フィッツジェラルド著『アスペルガー症候群の天才たち：自閉症と創造性』(星和書店) を参照。

p103)「クリス」の項は、私がビル、ジェイ、クリス、ジェシーのデイビス一家に 2003 年におこなったインタビューと、ビルに対してさらにくわしくおこなったインタビュー、およびそれ以外のやりとりに依拠している。

p105) ビンセント・カーボンの手法は、Vincent J. Carbone and Emily J. Sweeney-Kerwin, "Increasing the vocal responses of children with autism and developmental disabilities using manual sign mand training and prompt delay", *Journal of Applied Behavior Analysis* 43, no. 4 (Winter 2010)で説明されている。

(July 2006)、Laurent Mottron et al., "Enhanced perceptual functioning in autism: An update, and eight principles of autistic perception", *Journal of Autism & Developmental Disorders* 36, no. 1 (January 2006)、Robert M. Joseph et al., "Why is visual search superior in autism spectrum disorder?", *Developmental Science* 12, no. 6 (December 2009)および Fabienne Samson et al., "Enhanced visual functioning in autism: An ALE meta-analysis", *Human Brain Mapping* (4 April 2011)。

p85) ジョイス・チャンのことばは、私が2008年におこなったインタビューとその後のやりとりにもとづく。

p85) トーキル・ソナの革新的ビジネスについては、David Bornstein, "For some with autism, jobs to match their talents", *New York Times*, 30 June 2011 に記されている。

p85) ジョン・エルダー・ロビソンのサバン症候群についての言及は、『眼を見なさい！：アスペルガーとともに生きる』より。

p85) テンプルの話は、私が2004年と2008年にテンプル・グランディンに対しておこなったインタビューにもとづく。

p86) この一節でのユースティシア・カトラーのことばは、*A Thorn in My Pocket* (2004), p38 (「癇癪を収めるのはたいへん。」)、p106 (「神は『生めよ殖えよ地に満てよ』と耳にささやいて……」)、p151 (「思春期というのはどんな子どもにとっても厄介なものだが〜」)、p164 (「あの子は最初、確かな考えもなく……」)および p219 (「途方もないことをなしとげたにもかかわらず……」)。

p86)「自分だけの世界から引っ張り出してやらなければならないの」ということばは、2012年のユースティシア・カトラーとの個人的なやりとりに依拠している。

p89) ジム・シンクレアのことばは、彼のエッセイ"Don't mourn for us", *Our Voice* 1, no. 3 (1993)より。

p90)「自閉症のある人」という言い方を「男らしさのある人」という言い方にたとえるジム・シンクレアのことばは、彼の1999年のエッセイ"Why I dislike 'person-first' language",より。アーカイブは、https://autisticuk.org/wp-content/uploads/2016/05/AUTISTIC-UK-KEY-TEXTS-1-WHY-I-DISLIKE-PERSON-FIRST-LANGUAGE.pdf。

p90) イザベル・ラピンのことばは、2009年の Cold Spring Harbor Laboratory での講演より。

p90) アレックス・プランクのことばは、2008年におこなったインタビューより。

p91) アリ・ネーマンのことばは、2008年におこなったインタビューとその後のやりとりにもとづく。

p91)〈自閉症自己支援ネットワーク〉のメンバーに宛てた2007年のアリ・ネーマンのメモ「緊急行動要望：障がい者に対するステレオタイプな見方をやめるようニューヨーク大学児童研究センターに提言する」の全文は、組織の公式ウェブサイト、https://autisticadvocacy.org/2007/12/tell-nyu-child-study-center-to-abandon-stereotypes/で閲覧可能。

p91) 身代金要求文書への抗議に関する報道については、Joanne Kaufman, "Campaign on childhood mental illness succeeds at being provocative", *New York Times*, 14 December 2007、Shirley S. Wang, "NYU bows to critics and pulls ransom-note ads", *Wall Street Journal Health Blog*, 19 December 2007、Robin Shulman, "Child study center cancels autism ads", *Washington Post, 19 December* 2007 および Joanne Kaufman, "Ransom-note ads about children's health are canceled", *New York Times*, 20 December 2007 を参照。2010年には、身代金要求文書のスキャンダルについての学術論文が出版された。Joseph F. Kras, "The 'Ransom Notes' affair: When the neurodiversity movement came of age", *Disability Studies Quarterly* 30, no. 1 (January 2010)。

p92) アリ・ネーマンの全米障がい者協議会への任命は、2009年12月6日に発表された。ホワイトハウスのプレスリリース"President Obama Announces More Key Administration Posts."。その後の議論については、Amy Harmon, "Nominee to disability council is lightning rod for dispute on views of autism", *New York Times*, 28 March 2010。

p93) ジュディ・シンガーのことばは、2008年におこなったインタビューに依拠している。

Clinical Evidence Online 322 (January 2010) を参照。2003 年にイギリスでおこなわれた調査によると、「家族がこの療法を長年続けることによる利益よりも不利益のほうが大きい」ことがわかった。2006 年の追跡調査では、「プログラムはつねに資料に書かれているとおりに実施されるわけではない」と結ばれ、これが評価をきわめてむずかしくている。Katie R. Williams and J. G. Wishart, "The Son-Rise Program intervention for autism: An investigation into family experiences", *Journal of Intellectual Disability Research* 47, nos. 4-5 (May-June 2003)および Katie R. Williams, "The Son-Rise Program intervention for autism: Prerequisites for evaluation", *Autism* 10, no. 1 (January 2006)を参照。2010 年 3 月、イギリス広告規制局は、Option Institute の広告は〈サンライズ・プログラム〉で自閉症が治るという誤解を招いているが、実際にはまだその評価は確立されていない、との判断を下した。"ASA adjudication on the Option Institute and Fellowship" (2010 年 3 月 3 日発行) を参照。息子はそもそも自閉症ではなかったという医師の診断については、ブライナ・シーゲル *The World of the Autistic Child* (1996), p330-31 より。シーゲルは「少年を自閉症と診断したとされる医師たちとかかわった何人かの専門家に会ったが、少年が治療前から自閉症だったのかどうかは不明なままである」と書いている。

p79) 抱きしめ療法については、Jean Mercer, "Coercive restraint therapies: A dangerous alternative mental health intervention", *Medscape General Medicine* 7, no. 3 (9 August 2005) にくわしい。

p79) ルパート・アイザックソン著『ミラクル・ジャーニー：わが子を癒したモンゴル馬上の旅』(早川書房)

p80) キレーション療法の危険性については、Saul Green, "Chelation therapy: Unproven claims and unsound theories", *Quackwatch*, 24 July 2007 で論じられている。

p80) 水銀原因説は、Karin B. Nelson and Margaret L. Bauman, "Thimerosal and Autism?", *Pediatrics* 111, no. 3 (March 2003)で論じられている。

p80) キレーション療法の最中に死亡した自閉症の少年に関しては、Arla J. Baxter and Edward P. Krenzelok, "Pediatric fatality secondary to EDTA chelation", *Clinical Toxicology* 46, no. 10 (December 2008)で報告されている。

p80) リュープリン・プロトコル療法、およびこれを促進する業者への州医事当局の懲戒処分については、Trine Tsouderos, "'Miracle drug' called junk science", *Chicago Tribune*, 21 May 2009、Steve Mills and Patricia Callahan, "Md. autism doctor's license suspended", *Baltimore Sun*, 4 May 2011、Meredith Cohn, "Lupron therapy for autism at center of embattled doctor's case", *Baltimore Sun*, 16 June 2011、Maryland State Board of Physicians, Final Decision and Order in the matter of Mark R. Geier, M.D. (22 March 2012), https://mdcourts.gov/data/opinions/cosa/2019/0338s18.pdf、Statement of Charges under the Maryland Medical Practice Act in the Matter of David A. Geier (16 May 2011), http://www.mbp.state.md.us/BPQAPP/orders/GeierCharge05162011.pdf および the Medical Board of California, State of Florida Department of Health, Medical Licensing Board of Indiana, Commonwealth Board of Kentucky, New Jersey State Board of Medical Examiners, State Medical Board of Ohio, Virginia Department of Health Professions and the State of Washington Department of Health Medical Quality Assurance Commission のウェブサイト上での州外保留通知と業務停止命令を参照。

p81) Melissa L. McPheeters et al., "A systematic review of medical treatments for children with autism spectrum disorders", *Pediatrics* 127, no. 5 (May 2011)では、従来の治療法だけでなくそれに変わる治療法についても論じられている。

p81) 「アンジェラ」の項は、私が 2004 年にエイミー・ウルフにおこなったインタビューとその後のやりとりにもとづいている。登場する名前はすべて仮名である。

p83) 自閉症者の特別な能力についての研究は、モントリオールの Hôpital Rivière-des-Prairies の Laurent Mottron ら研究チームがとくに着目している分野である。彼らの研究報告は、M. J. Caron et al., "Cognitive mechanisms, specificity and neural underpinnings of visuospatial peaks in autism", *Brain* 129, no. 7

"Behavioural and developmental interventions for autism spectrum disorder: A clinical systematic review", *PLoS One 3*, no. 11 (November 2008)

p74) DIR フロアタイム・モデルに関するくわしい情報は、S・グリーンスパン、S・ウィーダー著『自閉症のDIR 治療プログラム：フロアタイムによる発達の促し』(創元社) を参照。

p75) 米国小児科学会は、聴覚統合訓練の有効性は未確立と結論づけている。American Academy of Pediatrics Policy Committee on Children with Disabilities, "Auditory integration training and facilitated communication for autism", *AAP Policy Committee on Children with Disabilities* 102, no. 2 (1998)。

p75) ラピッド・プロンプティング・メソッドについては、ポーシャ・アイバーセン『ぼくは考える木：自閉症の少年詩人と探る脳のふしぎな世界』および *Tito Rajarshi Mukhopadhyay, The Mind Tree: A Miraculous Child Breaks the Silence of Autism* (2003)で説明されている。

p75) 介助動物についての学術論文には、Olga Solomon, "What a dog can do: Children with autism and therapy dogs in social interaction", *Ethos* 38, no. 1 (March 2010)や、Francois Martin and Jennifer Farnum, "Animal-assisted therapy for children with pervasive developmental disorders", *Western Journal of Nursing Research* 24, no. 6 (October 2002)などがある。

p75) ケイレブとチューイーについての最初の記述は、Amanda Robert, "School bars autistic child and his service dog, " *Illinois Times*, 23 July 2009 より。2 番目は、判決文 *Nichelle v. Villa Grove Community Unit School District No. 302, Board of Education 302* (Appellate Court of Illinois, Fourth District, decided 4 August 2010)の判決文より。全文は、http://caselaw.findlaw.com/il-court-of-appeals/1537428.html。両親の学校区に対する訴訟結果について、くわしい情報は、Patrick Yeagle, "Dog fight ends with hall pass", *Illinois Times*, 9 September 2010。

p75) グルテンやカゼイン除去の食事療法の効果については、キャリン・セルーシ著『食事療法で自閉症が完治!!：母の命がけの取り組みで奇跡が起きた真実の物語』(コスモ 21) 参照。

p75) 近年のコクラン共同計画のレビューは、「選択的セロトニン再取りこみ阻害薬 (SSIR) が子どもに害を与えるという証拠は見られない。また、検査結果に偏りを生じさせる危険が不明確な状況での小規模な研究では、SSIR が大人に与える効果の証拠もかぎられている」と結論づけた。Katrina Williams et al., "Selective serotonin reuptake inhibitors (SSRIs) for autism spectrum disorders (ASD)", *Evidence-Based Child Health: A Cochrane Review Journal* 6, no. 4 (July 2011)を参照。

p75) 自閉症者の発作性疾患の発症率のデータは、The National Institute of Neurological Disorders & Stroke's "Autism Spectrum Disorder Fact Sheet" (2011), https://www.ninds.nih.gov/Disorders/Patient-Caregiver-Education/Fact-Sheets/Autism-Spectrum-Disorder-Fact-Sheet から引用した。

p75) 精神薬理学療法については、Melissa L. McPheeters et al., "A systematic review of medical treatments for children with autism spectrum disorders", Pediatrics 127, no. 5 (May 2011)で論じられている。

p76) カムラン・ナジールのことばは、『ぼくたちが見た世界：自閉症者によって綴られた物語』より。

p76)「ロビン」の項は、私が 2007 年にブルース・スペードに対しておこなったインタビューにもとづいている。登場する名前はすべて仮名である。

p79) アントン・チェーホフからの引用は、David Mamet による翻訳版 *The Cherry Orchard* (1987) (『桜の園』), p30 より。原典のロシア語版は、"Еслипротивкакой-нибудьболезнипредлагается оченьмногосредств,тоэтозначит,чтоболезньнеизлечима", http://ilibrary.ru/text/472/p.1/index.html。

p79) バリー・ニール・カウフマンの著書には、『明日へ歩む詩：ある自閉症児の軌跡』(三笠書房)、*Son-Rise: The Miracle Continues* (1995)などがある。Option Institute の宣伝資料には、〈サンライズ・プログラム〉の効果に関する事例証拠の言及があり、調査結果はまもなく査読誌に掲載されると記されているが、プログラムの厳格な評価はまだ公式にはなされていない。Jeremy Parr, "Clinical evidence: Autism", p71）双子と環境因子の研究は、Joachim hallmayer et al., "Genetic heritability and shared environmental factors among twin pairs with autism", *Archives of General Psychiatry* (4 July 2011)。

p71）ニール・リッシュのことばは、Erin Allday, "UCSF, Stanford autism study shows surprises", *San Francisco Chronicle*, 5 July 2011 より。

p71）ジョゼフ・コイルのことばは、Laurie Tarkan, "New study implicates environmental factors in autism", *New York Times*, 4 July 2011 より。

p71）妊娠期に選択的セロトニン再取りこみ阻害薬（SSRI）を服用した母親の子どもの自閉症リスクが高くなることがわかった研究は、Lisa A. Croen et al., "Antidepressant use during pregnancy and childhood autism spectrum disorders", *Archives of General Psychiatry* 68, no. 11 (November 2011)。

p71）これらの研究結果は複雑なモデルと特殊な仮定に頼っており、かならずしも条件を満たすとはいえない。ヨアヒム・ホールマイヤーのデータは二卵性双生児の22%に発症の一致が見られることを示しており、一卵性双生児の場合は60%よりわずかに高い。Joachim hallmayer et al.,"Genetic heritability and shared environmental factors among twin pairs with autism", *Archives of General Psychiatry* 68, no. 11 (November 2011)を参照。遺伝性を解明する単純で標準的な手段は、ファルコナーの公式 $hb^2 = 2(r_{mz} - r_{dz})$である。ここで hb^2 は一般的な遺伝可能性、r_{mz} は一卵性双生児の相関関係、r_{dz} は二卵性双生児の相関関係を表す。このことから約70%の推定遺伝率が導き出され、先の結果と一致する。きょうだいと、片方の親がちがうきょうだいを比較した最近の大がかりな研究では、60%以上という数字が出ている。John N. Constantino et al., "Autism recurrence in half siblings: Strong support for genetic mechanisms of transmission in ASD", *Molecular Psychiatry*(書籍に先立って2012年2月28日に電子出版)を参照。

p71）マーク・ブラキシルの話は、2008年に私がおこなった彼へのインタビューにもとづく。

p71）ブラキシルには以下の共著がある。Amy S. Holmes, Mark F. Blaxill and Boyd E. Haley, "Reduced levels of mercury in first baby haircuts of autistic children", *International Journal of Toxicology* 22, no. 4 (July-August 2003)および Martha R. Herbert et al., "Autism and environmental genomics", *Neuro-Toxicology* 27, no. 5 (September 2006)。

p74）イェール大学でおこなわれた、自閉症者に『バージニア・ウルフなんかこわくない』を見せた反応についての研究は、Ami Klin et al., "Visual fixation patterns during viewing of naturalistic social situations as predictors of social competence in individuals with autism", *Archives of General Psychiatry* 59, no. 9 (September 2002)および Ami Klin et al.,"Defining and quantifying the social phenotype in autism", *American Journal of Psychiatry* 159 (June 2002)で報告されている。

p74）Catherine Lord and James McGee, *Educating Children with Autism* (2005), p5 を参照。ここで彼女は、「たとえ治療介入が改善につながるという証拠があっても、特定の治療と子どもの進歩のあいだに明確な直接の関係が見られるとは言えない」と述べている。

p74）ブライナ・シーゲルのことばは、*Helping Children with Autism Learn: Treatment Approaches for Parents and Professionals* (2003), page 3 より。

p74）チャールズ・ファースターによる行動の条件づけについての研究の初期の報告は "Positive reinforcement and behavioral deficits of autistic children", *Child Development* 32 (1961)および"The development of performances in autistic children in an automatically controlled environment", *Journal of Chronic Diseases* 13, no. 4 (April 1961)。

p74）応用行動分析（ABA）について詳細に述べられているのは、ローラ・シュライブマン The Science and *Fiction of Autism* (2005)および Michelle R. Sherer and Laura Schreibman, "Individual behavioral profiles and predictors of treatment effectiveness for children with autism", Journal of Consulting & Clinical *Psychology* 73, no. 3 (June 2005)。

p74）自閉症スペクトラム障がいへの行動的介入に関する最近の総合的な評価文献は、Maria B. Ospina et al.,

文にまとめた最初の研究者だが、その論文はいまだに出版されていない。

p67) 自閉症における退行についての情報は、Sally J. Rogers, "Developmental regression in autism spectrum disorders", *Mental Retardation & Developmental Disabilities Research Reviews* 10, no. 2 (2004)、Janet Lainhart et al., "Autism, regression, and the broader autism phenotype", *American Journal of Medical Genetics* 113, no. 3 (December 2002)および Jeremy R. Parr et al., "Early developmental regression in autism spectrum disorder: Evidence from an international multiplex sample", *Journal of Autism & Developmental Disorders* 41, no. 3 (March 2011)を参照。自閉症における退行は遺伝子の展開プロセスの表れである可能性であるとする考えについては、Gerry A. Stefanatos, "Regression in autistic spectrum disorders", *Neuropsychology Review* 18 (December 2008)を参照。

p67) アンドリュ・ウェイクフィールドが三種混合ワクチン(MMR)と自閉症の相関関係を最初に提示したのは、"Ileal-lymphoid-nodular hyperplasia, non-specific colitis, and pervasive developmental disorder in children", *Lancet* 351 (1998)。

p67) イギリスにおける MMR ワクチン拒否による麻疹患者と死亡者の公式数は、The UK Health Protection Agency report "Measles notifications and deaths in England and Wales, 1940–2008" (2010)より。

p68) Thomas Verstraeten et al., "Safety of thimerosal-containing vaccines: A twophased study of computerized health maintenance organization databases", *Pediatrics* 112, no. 5 (November 2003)を参照。

p68) アンドリュー・ウェイクフィールドの 1998 年の論文に関する〈ランセット〉の謝罪は、編集長 Richard Horton により "A statement by the editors of The Lancet", *Lancet* 363, no. 9411 (March 2004)でなされた。最終的な論文撤回は 6 年後、イギリス医学総会議が調査結果を発表したあとだった。Editors of the Lancet, "Retraction—Ileal-lymphoid-nodular hyperplasia, non-specific colitis, and pervasive developmental disorder in children", *Lancet* 375, no. 9713 (February 2010)を参照。一連の経緯は、David Derbyshire, "Lancet was wrong to publish MMR paper, says editor", Telegraph, 21 February 2004、Cassandra Jardine, "GMC brands Dr Andrew Wakefield 'dishonest, irresponsible and callous,'" *Telegraph*, 29 January 2010 および David Rose, "Lancet journal retracts Andrew Wakefield MMR scare paper", *The Times*, 3 February 2010 で報告されている。

p68) 自閉症のワクチン原因説の歴史に関する概要は、Stanley Plotkin, Jeffrey S. Gerber and Paul A. Offit, "Vaccines and autism: A tale of shifting hypotheses", *Clinical Infectious Diseases* 48, no. 4 (15 February 2009)

p69) 自閉症の 20〜50%が退行性であるとの見積もりは、Emily Werner and Geraldine Dawson, "Validation of the phenomenon of autistic regression using home videotapes", *Archives of General Psychiatry* 62, no. 8 (August 2005)より。

p69) デイビッド・カービー *Evidence of Harm: Mercury in Vaccines and the Autism Epidemic: A Medical Controversy* (2005)を参照。

p69) ハンナ・ポーリンの訴訟については、Paul A. Offit, "Vaccines and autism revisited: The Hannah Poling case", *New England Journal of Medicine* 358, no. 20 (15 May 2008)で論じられている。

p69) レニー・シェーファーのことばは、2008 年の彼へのインタビューに依拠している。

p70) 自閉症の発症に環境金属が関係しているとする仮説を唱える論文の一例は、Mary Catherine DeSoto and Robert T. Hitlan, "Sorting out the spinning of autism: Heavy metals and the question of incidence", *Acta Neurobiologiae Experimentalis* 70, no. 2 (2010)。反対に、最近の研究では、体内の重金属を調節する遺伝子と自閉症になんの関連もないと立証されている。Sarah E. Owens et al., "Lack of association between autism and four heavy metal regulatory genes", *NeuroToxicology* 32, no. 6 (December 2011)。

p71) Yumiko Ikezuki et al., "Determination of bisphenol A concentrations in human biological fluids reveals significant early prenatal exposure", *Human Reproduction* 17, no. 11 (November 2002)参照。

ついての研究には、Luke Tsai, "Comorbid psychiatric disorders of autistic disorder", *Journal of Autism & Developmental Disorders* 26, no. 2 (April 1996)、Christopher Gillberg and E. Billstedt, "Autism and Asperger syndrome: Coexistence with other clinical disorders", *Acta Psychiatrica Scandinavica* 102, no. 5 (November 2000)および Gagan Joshi et al., "The heavy burden of psychiatric comorbidity in youth with autism spectrum disorders: A large comparative study of a psychiatrically referred population", *Journal of Autism & Developmental Disorders* 40, no. 11 (November 2010)などがある。

p59) カムラン・ナジールのことばは、『ぼくたちが見た世界：自閉症者によって綴られた物語』より。

p59) ジョン・シェスタックとポーシャ・アイバーセンの話は、2008 年に私が彼らにおこなったインタビューにもとづく。

p60) イザベル・ラピンのことばは、2009 年の Cold Spring Harbor Laboratory での講演より。

p61) 自閉症の診断方法については、ローラ・シュライブマンが *The Science and Fiction of Autism* (2005), p68 で述べている。

p61) アウグスト・ビアのことばは、Victoria Costello, "Reaching children who live in a world of their own", *Psychology Today*, 9 December 2009 より引用。原典はドイツ語の *Eine gute Mutter diagnostiziert oft viel besser wie ein schlechter Arzt*。

p61) 2008年のキャスリーン・サイデルへのインタビューより。情報開示しておくと、私は 2009 年から本書の執筆にともなう調査、引用、参考文献の整理のため彼女を雇った。

p62)「マービン」の項は、2005 年におこなったイシルダ・ブラウンへのインタビューに依拠している。登場する名前はすべて仮名。

p65) 全米自閉症協会による自閉症者数の見積もりは協会のウェブサイト http://www.autism-society.org/ より。

p65) 自閉症の患者数に関する最近の研究については、Gillian Baird et al., "Prevalence of disorders of the autism spectrum in a population cohort of children in South Thames: The Special Needs and Autism Project (SNAP)", Lancet 368, no. 9531 (15 July 2006)、Michael D. Kogan et al., "Prevalence of parent-reported diagnosis of autism spectrum disorder among children in the US, 2007", *Pediatrics* 124, no. 5 (2009)および Catherine Rice et al., "Changes in autism spectrum disorder prevalence in 4 areas of the United States", *Disability and Health Journal* 3, no. 3 (July 2010)を参照。

p65) カリフォルニアでの診断の振り替えは、Lisa A. Croen et al., "The changing prevalence of autism in California", *Journal of Autism and Developmental Disorders* 32, no. 3 (June 2002)のテーマである。Marissa King and Peter Bearman, "Diagnostic change and the increased prevalence of autism", *International Journal of Epidemiology* 38, no. 5 (October 2009)も参照。

p66) 自閉症者ひとりを支援するための障がいコストについては、ローラ・シュライブマン *The Science and Fiction of Autism* (2005), page 71 および Michael Ganz, "The lifetime distribution of the incremental societal costs of autism", *Archives of Pediatric & Adolescent Medicine* 161, no. 4 (April 2007)にもとづいている。

p66) スティーブン・ハイマンのことばは、2008 年の個人的な会話より。

p67) Marissa King and Peter Bearman, "Diagnostic change and the increased prevalence of autism", International Journal of Epidemiology* 38, no. 5 (October 2009)および Dorothy V. Bishop et al., "Autism and diagnostic substitution: Evidence from a study of adults with a history of developmental language disorder", *Developmental Medicine & Child Neurology* 50, no. 5 (May 2008)を参照。

p67) Eric Fombonne は 2012 年にカリフォルニア大学ロサンゼルス校の講演でこの理論を発表した。それは古い症例を現代の診断基準で分類し直した Judith Miller の研究を紹介したものだった。Miller は、自閉症の患者数は以前は低く見積もられていた（たとえば当時は、今日では自閉症に含まれる多くの子どもが、診断基準に合わないとの理由で研究から除外された）ことを示している。彼女はこの研究を論

allopregnanolone", *Human Molecular Genetics* (書籍に先だって2012年4月6日にオンライン版が出版)を参照。

p56) レット症候群の薬物治療の臨床試験における発見に関する暫定報告は、Eugenia Ho et al., "Initial study of rh-IGF1 (Mecasermin [DNA] injection) for treatment of Rett syndrome and development of Rett-specific novel biomarkers of cortical and autonomic function (S28.005)", *Neurology* 78, meeting abstracts 1 (25 April 2012)。

p56) 脆弱X症候群に有効と見られる薬物治療に関する議論は、Randi Hagerman et al., "Fragile X syndrome and targeted treatment trials", *Results and Problems in Cell Differentiation* 54 (2012), p297-335。脆弱X症候群の新たな研究を担う人材採用活動も進行している。プレスリリース"Clinical trials of three experimental new treatments for Fragile X are accepting participants", FRAXA Research Foundation, 22 March 2012を参照。

p56) ジェラルディン・ドーソンのことばは、2012年のアレクサンドリア・サミットでの講演"Translating Innovation into New Approaches for Neuroscience"より。ドーソンは〈オーティズム・スピークス〉の科学部長である。

p57) 脆弱X症候群と自閉症に似たような遺伝子突然変異が見られることについての研究は、Ivan Iossifov et al., "De novo gene disruptions in children on the autistic spectrum", Neuron 74, no. 2 (April 2012)およびCold Spring Harbor LaboratoryのプレスリリースA striking link is found between the Fragile-X gene and mutations that cause autism", http://www.cshl.edu/Article-Wigler/a-striking-link-is-found-between-the-fragile-x-gene-and-mutations-that-cause-autismを参照。

p57) サイモン・バロン=コーエンは自身の「共感／体系化」の仮説について、"The extreme male brain theory of autism", *Trends in Cognitive Science* 6, no. 6 (June 2002)、"Autism: The empathizing-systemizing (E-S) theory", *Annals of the New York Academy of Sciences* 1156 (March 2009)および"Empathizing, systemizing, and the extreme male brain theory of autism", *Progress in Brain Research* 186 (2010)で述べている。

p57) 胎内の高テストステロン濃度と自閉症との相関関係は、Andrew Zimmerman編 *Autism: Current Theories and Evidence* (2008)のBonnie Auyeung and Simon Baron-Cohen, "A role for fetal testosterone in human sex differences: Implications for understanding autism"およびBonnie Auyeung et al., "Foetal testosterone and autistic traits in 18 to 24-month-old children", *Molecular Autism* 1, no. 11 (July 2010)で論じられている。

p57) サバン症候群の研究は、Darrold Treffertのライフワークである。サバン症候群についての彼のふたつの報告は、Pasquale J. Accardo他編 *Autism: Clinical and Research Issues* (2000)の"The savant syndrome in autism"および"The savant syndrome: An extraordinary condition. A synopsis: Past, present, future", *Philosophical Transactions of the Royal Society*, Part B 364, no. 1522 (May 2009)。ローマの完璧な地図はStephen Wiltshireによるもので、彼のウェブサイトhttps://www.stephenwiltshire.co.uk/prints/rome-panorama-print/1224に掲載されている。

p58) 児童養護施設の環境がルーマニアの孤児に与えた影響については、Michael Rutterが報告している。Michael Rutter et al., "Are there biological programming effects for psychological development?: Findings from a study of Romanian adoptees", *Developmental Psychology* 40, no. 1 (2004)。

p58) 自閉症児を強制収容所の収監者にたとえたベッテルハイムの記述は、『自閉症・うつろな砦 1・2』より。

p58) マーガレット・バウマンの臨床経験は、Rachel Zimmerman, "Treating the body vs. the mind", *Wall Street Journal*, 15 February 2005で論じられている。

p58) 抑うつや不安などの精神疾患が併存する自閉症者の割合のデータは、Lonnie Zwaigenbaumの2009年のCold Spring Harbor Laboratoryでの講演から。高確率で自閉症者の精神疾患が併存していることに研究として、Nadia Micali et al., "The broad autism phenotype: Findings from an epidemiological survey", *Autism 8*, no. 1 (March 2004)、Joseph Piven et al., "Broader autism phenotype: Evidence from a family history study of multiple-incidence autism families", *American Journal of Psychiatry* 154 (February 1997)および Molly Losh et al., "Neuropsychological profile of autism and the broad autism phenotype", *Archives of General Psychiatry* 66, no. 5 (May 2009)などがある。

p52) 自閉症に関する遺伝子のゲノム規模での出現率に関する学術議論は、Joseph T. Glessner et al., "Autism genome-wide copy number variation reveals ubiquitin and neuronal genes", *Nature* 459 (28 May 2009)。

p52) この20〜30%という数字は、アメリカ疾病予防センターによって導き出された、一般集団と比較した場合の、自閉症児のいるきょうだいの自閉症発症リスクを反映している。つねに再計算されつつも100人にひとり程度の割合を維持している自閉症の発症率と、約5人にひとりというきょうだいの発症リスクを前提として、この数字が出ている。Brett S. Abrahams and Daniel H. Geschwind, "Advances in autism genetics: On the threshold of a new neurobiology", *Nature Review Genetics* 9, no. 5 (May 2008)を参照。

p53) 2009年のマシュー・ステイトへのインタビューより。

p53) 2010年のトマス・インセルへのインタビューより。

p53) 2008年のマイケル・ウィグラーとジョナサン・セバットへのインタビューより。

p53) 遺伝子の多面発現と自閉症の背景は、Annemarie Ploeger et al., "The association between autism and errors in early embryogenesis: What is the causal mechanism?", *Biological Psychiatry* 67, no. 7 (April 2010)にくわしい。

p53) 自閉症関連遺伝子と合併症の相関の研究は、Daniel B. Campbell et al., "Distinct genetic risk based on association of MET in families with co-occurring autism and gastrointestinal conditions", Pe*diatrics* 123, no. 3 (March 2009)。

p53) 自閉症関連遺伝子の研究に関するセバットとウィグラーの報告については、ジョナサン・セバット他"Strong association of de novo copy number mutations with autism", Science 316, no. 5823 (20 April 2007)。

p54) 遺伝子の欠失と頭囲の増大の相関についてのジョナサン・セバットの研究は、The Simons Foundation のプレスリリース"Relating copy-number variants to head and brain size in neuropsychiatric disorders", http://sfari.org/funding/grants/abstracts/relating-copy-number-variants-to-head-and-brain-size-in-neuropsychiatric-disorders で説明されている。

p54) ダニエル・ゲシュヴィントのことばは、2012年の個人的な会話より。自閉症関連遺伝子に関するゲシュビントの最近の報告は、"Autism: Many genes, common pathways?", *Cell* 135, no. 3 (31 October 2008)および"The genetics of autistic spectrum disorders", *Trends in Cognitive Sciences* 15, no. 9 (September 2011)。

p55) マウスにラパマイシンを投与した場合の学習障がい、記憶障がい、てんかん発作への影響の研究については、Dan Ehninger et al., "Reversal of learning deficits in a Tsc2+/- mouse model of tuberous sclerosis", Nature Medicine 14, no. 8 (August 2008)および L.-H. Zeng et al., "Rapamycin prevents epilepsy in a mouse model of tuberous sclerosis complex", *Annals of Neurology* 63, no. 4 (April 2008)を参照。

p55) アルシノ・シルバ教授のことばは、2008 UCLA のプレスリリース"Drug reverses mental retardation in mice", https://www.scientificamerican.com/article/existing-drug-reverses-a/からの引用。

p56) 自閉症における代謝型グルタミン酸受容体の役割については、Mark F. Bear et al., "The mGluR theory of fragile X mental retardation", *Trends in Neurosciences* 27, no. 7 (July 2004)および Randi Hagerman et al., "Fragile X and autism: Intertwined at the molecular level leading to targeted treatments", *Molecular Autism* 1, no. 12 (September 2010)で論じられている。遺伝子操作されたマウスに代謝型グルタミン酸受容体の拮抗薬を投与して行動障がいの改善が見られたという研究については、Zhengyu Cao et al., "Clustered burst firing in FMR1 premutation hippocampal neurons: Amelioration with p45)「ベン」の項は、私が2008年にボブとスーのレーア夫妻におこなったインタビューとその後とやりとりにもとづいている。

p46) ファシリテイティッド・コミュニケーション(FC)に関する独創的な本に、Douglas Biklen, *Communication Unbound: How Facilitated Communication Is Challenging Traditional Views of Autism and Ability/Disability* (1993)。

p50) 自閉症児の脳の発達に関する詳細は、*Autism: Current Theories and Evidence* (2008)の Stephen R. Dager et al., "Imaging evidence for pathological brain development in autism spectrum disorders"、Martha R. Herbert et al., "Localization of white matter volume increase in autism and developmental language disorder", *Annals of Neurology* 55, no. 4 (April 2004)、Eric Courchesne et al., "Evidence of brain overgrowth in the first year of life in autism", *Journal of the American Medical Association* 290, no. 3 (July 2003)、Nancy J. Minshew and Timothy A. Keller, "The nature of brain dysfunction in autism: Functional brain imaging studies", *Current Opinion in Neurology* 23, no. 2 (April 2010)および Eric Courchesne et al., "Brain growth across the life span in autism: Age-specific changes in anatomical pathology", *Brain Research* 1380 (March 2011)を参照。

p50) 自閉症の遺伝学に関する最近の有益な研究については、Judith Miles, "Autism spectrum disorders: A genetics review", *Genetics in Medicine* 13, no. 4 (April 2011)および Daniel H. Geschwind, "Genetics of autism spectrum disorders", *Trends in Cognitive Sciences* 15, no. 9 (September 2011)などがある。

p51) 妊娠期の自閉症の環境因子については、Tara L. Arndt, Christopher J. Stodgell and Patricia M. Rodier, "The teratology of autism", *International Journal of Developmental Neuroscience* 23, nos. 2-3 (April-May 2005)で論じられている。

p51) 父親の年齢と自閉症の相関関係は、Abraham Reichenberg et al., "Advancing paternal age and autism", *Archives of General Psychiatry* 63, no. 9 (September 2006)、Rita M. Cantor et al., "Paternal age and autism are associated in a family-based sample", *Molecular Psychiatry* 12 (2007)、および Maureen S. Durkin et al., "Advanced parental age and the risk of autism spectrum disorder", *American Journal of Epidemiology* 168, no. 11 (December 2008)を参照。

p51) 母子の遺伝子的不適合による自閉症発症の可能性については、Andrew W. Zimmerman and Susan L. Connors 編 *Maternal Influences on Fetal Neurodevelopment* (2010)の William G. Johnson et al., "Maternally acting alleles in autism and other neurodevelopmental disorders: The role of HLA-DR4 within the major histocompatibility complex"で論じられている。

p51) 同類交配の影響に関する仮説のくわしい情報は、サイモン・バロン=コーエン"The hyper-systemizing, assortative mating theory of autism", *Progress in Neuropsychopharmacology & Biological Psychiatry* 30, no. 5 (July 2006)および Steve Silberman, "The geek syndrome", *Wired*, December 2001 を参照。

p52) 兄弟姉妹を対象とする新たな多角的研究によって、自閉症関連のみで279の突然変異が確認された。これについては、Stephen Sanders et al., "De novo mutations revealed by whole-exome sequencing are strongly associated with autism", *Nature* 485, no. 7397 (10 May 2012)を参照。

p52) 遺伝的発現の影響については、Andrew Zimmerman 編 *Autism: Current Theories and Evidence* (2008)の Isaac N. Pessah and Pamela J. Lein, "Evidence for environmental susceptibility in autism: What we need to know about gene x environment interactions"で論じられている。

p52) 遺伝子の浸透度の可変性については、Dan Levy, Michael Wigler et al., "Rare de novo and transmitted copy-number variation in autistic spectrum disorders", *Neuron* 70, no. 5 (June 2011)。

p52) 一卵性双生児の遺伝子の一致と自閉症の発症についてのデータは、Anthony Bailey et al., "Autism as a strongly genetic disorder: Evidence from a British twin study", *Psychological Medicine* 25 (1995)。

p52) 近しい家族や親戚に自閉症者がいる場合の自閉症の症状の発現など、自閉症の広範な表現型についての

Ellis Weismer, "The role of language and communication impairments within autism"、Gerry A. Stefanatos and Ida Sue Baron, "The ontogenesis of language impairment in autism: A neuropsychological perspective", *Neuropsychology* Review 21, no. 3 (September 2011)などがある。自閉症における口腔運動機能についての議論は、Morton Ann Gernsbacher et al., "Infant and toddler oral- and manualmotor skills predict later speech fluency in autism", *Journal of Child Psychology & Psychiatry* 49, no. 1 (2008)を参照。

p36) アリソン・テッパー・シンガーのことばは、2007年におこなったインタビューにもとづく。

p37) ミッキ・ブレスナーンのことばは、2008年に私がおこなったインタビューに依拠している。匿名の母親が手話を習うことについて意見を述べたのは、2008年の個人的なやりとりにおいて。

p37) カーリー・フライシュマンと父親のことばは、次のふたつのレポートより引用。John McKenzie, "Autism breakthrough: Girl's writings explain her behavior and feelings", ABC News, 19 February 2008およびCarly Fleischmann, "You asked, she answered: Carly Fleischmann, 13, talks to our viewers about autism", ABC News, 20 February 2008。

p38)「デイビッド」の項は、2008年に私がハリーとローラのスラトキン夫妻におこなったインタビューとその後のやりとりにもとづく。

p42) ここで描かれている光景は、〈オーティズム・スピークス〉が制作したドキュメンタリー映画*Autism Every Day*に出てくる。

p43)「自閉症群」という語が最初に紹介されたのは、Daniel H. Geschwind and Pat Levitt, "Autism spectrum disorders: Developmental disconnection syndromes", Current Opinion in Neurobiology 17, no.1(February 2007)。

p44)「心の欠陥」という仮説が紹介されたのは、サイモン・バロン=コーエン『自閉症とマインド・ブラインドネス』(青土社)。

p44) 自閉症におけるミラーニューロンの機能不全については、Lindsay M. Oberman et al., "EEG evidence for mirror neuron dysfunction in autism spectrum disorders", *Cognitive Brain Research* 24, no. 2 (July 2005)およびLucina Q. Uddin et al., "Neural basis of self and other representation in autism: An fMRI study of self-face recognition", *PLoS ONE 3*, no. 10 (2008)。

p44) 自閉症者には一貫性のある思考が欠けているという仮説は、ウタ・フリス『自閉症の謎を解き明かす』(東京書籍)で示された。

p44) 覚醒に関する仮説については、Corinne Hutt et al., "Arousal and childhood autism", *Nature* 204 (1964)およびElisabeth A. Tinbergen and Nikolaas Tinbergen, "Early childhood autism: An ethological approach", *Advances in Ethology, Journal of Comparative Ethology*, suppl. no. 10 (1972)で論じられている。それ以降も多数の有能な自閉症研究者が、Tinbergenの推測を立証しようと研究を重ねた。Bernard Rimland et al., "Autism, stress, and ethology", *Science*, n.s., 188, no. 4187 (2 May 1975) などを参照。

p44) カムラン・ナジールのことばは、著書『ぼくたちが見た世界：自閉症者によって綴られた物語』(柏書房)より。

p45) ジョン・エルダー・ロビソンは自身の機械に対する愛着について、著書『眼を見なさい！：アスペルガーとともに生きる』で述べている。

p45) イェール大学でおこなわれた顔認識研究については、Robert T. Schultz et al., "Abnormal ventral temporal cortical activity during face discrimination among individuals with autism and Asperger syndrome", *Archives of General Psychiatry* 57, no. 4 (April 2000)で報告されている。

p45) デジモン好きの少年の研究結果については、David J. Grelotti et al., "fMRI activation of the fusiform gyrus and amygdala to cartoon characters but not to faces in a boy with autism", *Neuropsychologia* 43, no. 3 (2005)。

者：脳神経科医と7人の奇妙な患者』(ハヤカワ文庫) および彼女自身の自伝『自閉症の才能開発：自閉症と天才をつなぐ環』(学習研究社) によってである。グランディンは2006年のBBCのドキュメンタリー *The Woman Who Thinks Like a Cow* や、HBOの伝記映画 *Temple Grandin* など、さまざまなテレビ番組の題材となっている。ASAN（自閉症自己支援ネットワーク）のウェブサイトは、http://www.autisticadvocacy.org/。アリ・ネーマンのインタビューは、Claudia Kalb, "Erasing autism", Newsweek, 25 May 2009 を参照。

p22) テンプル・グランディンが自分の心をインターネットの検索エンジンにたとえた話は、2004年に私がおこなったインタビューにもとづく。彼女はそのたとえを自身の自伝（『自閉症の才能開発：自閉症と天才をつなぐ環』）でも披露している。

p22) ジョン・エルダー・ロビソンのことばは、自伝『眼を見なさい！：アスペルガーとともに生きる』(東京書籍) より引用。

p23)「アナ」の項は、2008年に私がジェニファー・フランクリンにおこなったインタビューとその後のやりとりに依拠している。彼女の詩の引用は、著書 *Persephone's Ransom* (2011)より。

p26) 応用行動分析 (ABA) に関する基本情報は、ローラ・シュライブマン *The Science and Fiction of Autism* (2005)から得た。O・アイバー・ロバースの業績については、"Behavioral treatment and normal educational and intellectual functioning in young autistic children", *Journal of Consulting & Clinical Psychology* 55, no. 1 (February 1987)および "The development of a treatment-research project for developmentally disabled and autistic children", *Journal of Applied Behavior Analysis* 26, no. 4 (Winter 1993)などにある。

p29) スコット・シーについてのくだりは、彼の記事"Planet autism", *Salon*, 27 September 2003 を簡略化したものである。

p30) ジュリエット・ミッチェルのことばは、個人的なやりとりにもとづく。彼女は自閉症について、著書 *Mad Men and Medusas: Reclaiming Hysteria* (2000)で言及している。

p30) 取り替え子のたとえについては、ポーシャ・アイバーセン著『ぼくは考える木：自閉症の少年詩人と探る脳のふしぎな世界』(早川書房) より。障がいの原因としての取り替え子伝説についての学術的議論は、D. L. Ashliman, "Changelings", *Folklore & Mythology Electronic Texts*, University of Pittsburgh, 1997, http://www.pitt.edu/~dash/changeling.html および Susan Schoon Eberly, "Fairies and the folklore of disability: Changelings, hybrids and the solitary fairy", *Folklore* 99, no. 1 (1988)。ふたりの自閉症の活動家の活動については、アマンダ・バグズの"The original, literal demons", Autism Demonized, 12 February 2006 およびアリ・ネーマン"Dueling narratives: Neurotypical and autistic perspectives about the autism spectrum", 2007 SAMLA Convention, Atlanta, Georgia, November 2007, https://case.edu/affil/sce/Texts_2007/Ne'eman.html を参照。

p30) 取り替え子はただの肉のかたまりだというマルチン・ルターの主張の原典は、*Werke, Kritische Gesamtausgabe: Tischreden* (1912–21), vol. 5, p. 9。引用は、D. L. Ashliman, "German changeling legends", *Folklore & Mythology Electronic Texts*, University of Pittsburgh, 1997, http://www.pitt.edu/~dash/changeling.html より。

p30) ウォルター・O・スピッツァーのことばは、彼の記事"The real scandal of the MMR debate", *Daily Mail*, 20 December 2001 より。

p30) 自費出版されたウェブログ、アマンダ・バグズ Autism Demonized, 2006 より。

p31)「フィオーナとルーク」の項は2007年に私がナンシー・コーギーにおこなったインタビューにもとづく。登場する人物はすべて仮名である。

p36) 自閉症での言語機能障がいと言語の発達の概要については、P. Fletcher and J. F. Miller 編 *Language Disorders and Developmental Theory* (2005)の Morton Ann Gernsbacher, Heather M. Geye, and Susan *of Psychiatry* 114, no. 9 (March 1958)がある。Robert F. Asarnow and Joan Rosenbaum Asarnowが "Childhood-onset schizophrenia: Editors' introduction", *Schizophrenia Bulletin* 20, no. 4 (October 1994)でこの診断の歴史を再考察している。

p19) 世に多大な影響を及ぼしたレオ・カナーの1943年の報告書"Autistic disturbances of affective contact"は、彼の論文集『幼児自閉症の研究』(精神医学選書第2巻/黎明書房)に収められている。

p19) 1943年、カナーは、自閉症児の母親は冷淡であるという仮説を発表したが、自閉症は先天的なものであるという可能性も残した。『幼児自閉症の研究』の"Autistic disturbances of affective contact"を参照。1949年までにカナーは、自閉症は親の責任であるという持論をさらに発展させた。「冷蔵庫」ということばは彼の1949年の記事"Problems of nosology and psychodynamics in early childhood autism", *American Journal of Orthopsychiatry* 19, no. 3 (July 1949)に2回出てくる。しかし自閉症の神経学的な原理についての理解が深まるにつれて、カナーの持論も変化していった。彼の同僚たちによる回想、Eric Schopler, Stella Chess, and Leon Eisenberg, "Our memorial to Leo Kanner", *Journal of Autism & Developmental Disorders* 11, no. 3 (September 1981), p258より、「"冷蔵庫マザー"という用語で一躍名声を得た人物は、1971年の全米自閉症児協会の年次総会で会員に対し、この用語によって自閉症児の親に責任があるとの認識を広めてしまったことは不適切でありまちがっていた、と述べた」。

p20) ブルーノ・ベッテルハイムの悪名高いことば「小児自閉症の増悪因子は、わが子がいなければいいのにという親の願望である」は、『自閉症・うつろな砦 1・2』(みすず書房)より。

p20) 2009年におこなったイザベル・ラピンへのインタビューより。

p20) バーナード・リムランドは自閉症の原因についての生物学的仮説を、『小児自閉症』(海鳴社)で展開している。

p20) 冷蔵庫型の名札の逸話の源は、ローラ・シュライブマン *The Science and Fiction of Autism* (2005), p84-85より。「第1回会合の参加者は小さな冷蔵庫型の名札をつけたことが広く知られている」

p20) ユースティシア・カトラーのことばは、彼女の自伝 *A Thorn in My Pocket* (2004), p208より。

p20) アスペルガーのもとの論文は、第二次世界大戦中にドイツで出版された。ハンス・アスペルガー"Die 'autistischen psychopathen' im kindesalter", *Archiv fur Psychiatrie & Nervenkrankheiten* (European Archives of Psychiatry and Clinical Neuroscience) 117, no. 1 (1944), p76-136。1981年にウタ・フリスが"'Autistic psychopathy' in childhood"に英訳。のちのこの翻訳は論文集『自閉症とアスペルガー症候群』(東京書籍)に収められた。

p21)「小さな教授」という用語が初めて登場したのは、ハンス・アスペルガー"Die 'autistischen psychopathen' im kindesalter", *Archiv fur Psychiatrie & Nervenkrankheiten* (European Archives of Psychiatry and Clinical Neuroscience) 117, no. 1 (1944), p118: "Die aus einer Kontaktstorung kommende Hilflosigkeit dem praktischen Leben gegenuber, welche den 'Professor' charakterisiert und zu einer unsterblichen Witzblattfigur macht, ist ein Beweis dafur."

p21) DSM-5(『精神疾患の診断・統計マニュアル第5版』[医学書院])での自閉症スペクトラム障がいの診断基準に対する修正提案については、Claudia Wallis, "A powerful identity, a vanishing diagnosis", *New York Times*, 2 November 2009およびBenedict Carey, "New definition of autism will exclude many, study suggests", *New York Times*, 19 January 2012を参照。DSMの変更に関する学術的議論については、Mohammad Ghaziuddin, "Should the DSM V drop Asperger syndrome?", *Journal of Autism & Developmental Disorders* 40, no. 9 (September 2010)およびLorna Wing et al., "Autism spectrum disorders in the DSM-V: Better or worse than the DSM-IV?", *Research in Developmental Disabilities* 32, no. 2 (March-April 2011)。

p21) アスペルガー症候群の人の社会的な欠点についての逸話はすべて、個人的な会話に依拠している。

p22) テンプル・グランディンの逸話が最初に世間の注目を集めたのは、オリバー・サックス『火星の人類学

p6）トマス・インセルのことばは、個人的なやりとりにもとづく。

p6）自閉症に関する本や映画の驚くべき増加は、世界の図書館蔵書の総合目録 WorldCat にはっきりと現れている。自閉症のキーワードで検索をすると、1997 年には 1221 項目だったのが、2011 年には 7486 項目に増加している。

p7）エミリー・パール・キングスレーの 1987 年のエッセイ『オランダへようこそ』はインターネット上のあらゆるところで読めるほか、ジャック・キャンフィールド他編著『こころのチキンスープ〈10〉母から子へ 子から母へ』（ダイヤモンド社）でもふれられている。Susan Rzucidlo のエッセイ『ベイルートへようこそ』も自費出版されており、http://www.bbbautism.com/beginners_beirut.htm などで見ることができる。

p8）自閉症者に関する私の最初の研究については、私自身の記事“The autism rights movement”, *New York*, 25 May 2008 に書いた。

p8）「セス」の項は、2003 年と 2012 年におこなったベッツィ・バーンズとジェフ・ハンセンへのインタビューとその他のやりとりにもとづいている。

p9）神経科医はおそらく過度に悲観的な見方をして、早期介入プログラムを受けてもセスがしゃべりださない場合、一生しゃべることはないと断言したのだろう。2004 年の論文では、自閉症児の 90％が 9 歳までに機能的な発話をすると結論づけている。*Developmental Language Disorders: From Phenotypes to Etiologies* (2004)の Catherine Lord et al., “Trajectory of language development in autistic spectrum disorders”より。

p9）Simons Foundation の自閉症研究の主要な資金提供者である Jim Simons は、個人的な会話のなかで、自分の娘は熱を出すと自閉症の症状がなくなり、ふだんよりもスムーズに行動できると述べた。また、そのほかの体の状態も、自閉症の症状の発現に影響を及ぼすことがあり、セスの場合と同様、突然の一時的な変化の原因となっている場合があるとのこと。しかしこの考えを治療に役立てられるような科学技術はまだ発展していない。発熱と行動の改善の相関関係については、L. K. Curran et al., “Behaviors associated with fever in children with autism spectrum disorders”, *Pediatrics* 120, no. 6 (December 2007)、Mark F. Mehler and Dominick P. Purpura, “Autism, fever, epigenetics and the locus coeruleus”, Brain Research Reviews 59, no. 2 (March 2009)および David Moorman, “Workshop report: Fever and autism”, Simons Foundation for Autism Research, 1 April, 2010, https://www.sfari.org/2010/04/01/workshop-report-fever-and-autism/を参照。

p9）セスの最初のことばは、エリザベス（ベッツィ）・バーンズの 2003 年の小説 *Tilt: Every Family Spins on Its Own Axis*, p96 より、2 番目のことばは、p43-44 より引用。

p12）研究者によれば、自閉症者の家族の精神疾患発症率は平均より高いという。Mohammad Ghaziuddin, “A family history study of Asperger syndrome”, *Journal of Autism and Developmental Disorders* 35, no. 2 (2005)および Joseph Piven and Pat Palmer, “Psychiatric disorder and the broad autism phenotype: Evidence from a family study of multipleincidence autism families”, *American Journal of Psychiatry* 156, no. 14 (April 1999)を参照。

p19）*The Oxford English Dictionary*, 2nd ed. (1989)には、オイゲン・ブロイラーの 1913 年の論文“Autistic thinking”, *American Journal of Insanity* 69 (1913), p873 から以下の一節が引用されている。「よく見てみれば、一般的な人々のなかにも、思考が論理や現実から分離している重要な事例は多く見られる。私はこうした思考の形態を、統合失調症的自閉症という考え方に対応して、自閉症と呼んできた」

p19）「児童統合失調症」という用語は 1930 年代に作られ、幼児期の初期に現れた広範な認知障がいを漠然と言い表していた。この用語の伝道者には、Bellevue Hospital で小児科医として働き、自身の臨床経験からいくつもの著書を出版している Lauretta Bender もいる。現在、この用語の不適切な使用を懸念する論考として、Hilde L. Mosse, “The misuse of the diagnosis childhood schizophrenia”, *American Journal*

原 注

この原注は簡略化してある。詳細バージョンはオンラインを参照（http://www.andrewsolomon.com/far-from-the-tree-footnotes）［原文のみ］。
いくつかの前置きを。まず、私がインタビューをした人には全員、実名か仮名かを選んでもらった。仮名の場合には、すべてここに注記した。仮名の人もアイデンティティはできるだけ正確を期したものの、プライバシー保護のために本人の希望で個人情報を多少変更したところもある。また、著作物からの引用は、すべてここに引用元を記した。ほかの引用はすべて1994〜2012年におこなった個人インタビューにもとづく。さらに、本書がこれ以上長くなり、省略記号だらけになることを防ぐために、一部の著作物からの引用は内容を要約した。それらの全文はオンラインの原注に載せてある。

5章　自閉症

p4）自閉症の広がりと自閉症一般に関する歴史的情報は、ローラ・シュライブマン *The Science and Fiction of Autism* (2005)から得た。自閉症の発症率が110人に1人から88人に1人に増加したという2012年3月30日の疾病予防管理センターの報告については、Jon Baio, “Prevalence of autism spectrum disorders: Autism and Developmental Disabilities Monitoring Network, 14 sites, United States, 2008”, *Morbidity & Mortality Weekly Report (MMWR)*, 30 March 2012 を参照。

p5）エリック・カンデルのことばは、2009年に私がおこなったインタビューにもとづいている。彼はまた、“Interview: biology of the mind”, Newsweek, 27 March 2006 でも同様の発言をしている。

p5）自閉症の診断基準（“299.00 Autistic Disorder”）、アスペルガーの診断基準（“299.80 Asperger's Disorder”）、特定不能の広汎性発達障がいの診断基準（“299.80 Pervasive Developmental Disorder Not Otherwise Specified”）については *Diagnostic and Statistical Manual of Mental Disorders DSM-IV-TR*, 4th ed. (2000), p70-84 にある。

p5）自閉症に関する信頼できる基本的な入門書は、Shannon des Roches Rosa et al., *The Thinking Person's Guide to Autism* (2011)。

p6）自閉症で退行現象が見られるとする根拠については、C. Plauche Johnson et al., “Identification and evaluation of children with autism spectrum disorders”, *Pediatrics* 120, no. 5 (November 2007)、Gerry A. Stefanatos, “Regression in autistic spectrum disorders”, *Neuropsychology Review* 18 (December 2008)、Sally J. Rogers, “Developmental regression in autism spectrum disorders”, *Mental Retardation & Developmental Disabilities Research Review* 10, no. 2 (May 2004)、Robin L. Hansen, “Regression in autism: Prevalence and associated factors in the CHARGE study”, *Ambulatory Pediatrics* 8, no.1 (January 2008)などがある。

p6）2006年の自閉症支援法（Public Law 109-416）の全文は、https://www.congress.gov/bill/109th-congress/senate-bill/843#:~:text=Combating%20Autism%20Act%20of%202006%20%2D%20(Sec.,improve%20program%20efficiencies%20and%20outcomes.で閲覧できる。2011年の自閉症支援再授権法(Public Law 112-32) の内容は、https://www.congress.gov/bill/112th-congress/senate-bill/1094 で閲覧可能。この法案成立のために自閉症児の親による活動団体が果たした役割については、2006年12月6日放送のABC News内でのEd O'Keefeの報告“Congress declares war on autism”で報道された。〈キュア・オーティズム・ナウ〉と〈オーティズム・スピークス〉は2007年に統合した。

【使用許可】

5 章 自閉症

ジェニファー・フランクリンの詩は、Persephone's Ransom からの引用。Copyright © 2011 by Jennifer Franklin. Finishing Line Press, www.finishinglinepress.com の許可を得て転載。

6 章 統合失調症

エミリー・ディキンソンの詩"I Felt a Cleaving in My Mind." は、発行人およびアマースト大学評議会の許可を得て、The Complete Poems of Emily Dickinson, Thomas H. Johnson, ed., Cambridge, MA: Belknap Press of Harvard University Press より転載。Copyright 1951, © 1955, 1979, 1983 by the President and Fellows of Harvard College.

ジャクリーン（ジャッキー）・クラークの詩は、無題の詩（"And when I tried to find the"）からの引用。著者の許可を得て転載。

7 章 重度障がい

エレーヌ・ファウラー・パレンシアの詩は、Taking the Train（列車に乗って）(Grex Press, 1997)のなかの"Taking the Train"より。著者の許可を得て使用。

「ちがい」がある子とその親の物語 Ⅱ
自閉症、統合失調症、重度障がい、神童の場合

2021年10月20日　初版第1刷発行

著者
アンドリュー・ソロモン
訳者
依田卓巳　戸田早紀　高橋佳奈子
編集協力
藤井久美子
装幀
Y&y
印刷
中央精版印刷株式会社
発行所
有限会社 海と月社
〒180-0003　東京都武蔵野市吉祥寺南町2-25-14-105
電話0422-26-9031　FAX0422-26-9032
http://www.umitotsuki.co.jp

定価はカバーに表示してあります。
乱丁本・落丁本はお取り替えいたします。

ISBN978-4-903212-74-6

弊社刊行物等の最新情報は以下で随時お知らせしています。
フェイスブック　www.facebook.com/umitotsuki
インスタグラム　@umitotsukisha　ツイッター　@umitotsuki